BASTEI
LÜBBE

SEAN RUSSELL

Meer ohne Ufer

Roman

Ins Deutsche übertragen
von Dietmar Schmidt

BASTEI
LÜBBE

BASTEI LÜBBE TASCHENBUCH
Band 20 410

1. Auflage: April 2001

Vollständige Taschenbuchausgabe

Bastei Lübbe Taschenbücher
ist ein Imprint der
Verlagsgruppe Lübbe

Deutsche Erstveröffentlichung
Titel der englischen Originalausgabe: See Without Shore

Lektorat: Angela Koonen / Stefan Bauer
Titelillustration: Braldt Bralds
Umschlaggestaltung: QuadroGrafik, Bensberg
Satz: QuadroPrintService, Bensberg
Druck und Verarbeitung:
Brodard & Taupin, La Flèche, Frankreich
Printed in France

ISBN 3-404-20410-7

Sie finden uns im Internet unter
http://www.luebbe.de

Der Preis dieses Bandes versteht sich einschließlich der gesetzlichen Mehrwertsteuer

Eulensang an leisem Strand
Wo die silbrige See erstirbt
Und im Gefolg des eilenden Monds
Sich Mondgezeit und Magie erhebt.

Danksagungen

Auf dass dieses Buch an ihm vorbeigehe, ist Sean Stewart nach Texas umgezogen, doch meine anderen Korrekturleser taten ihre Pflicht. Natürlich Dank an Karen; ebenso an Jill, Walter und Chris bei White Dwarf Books. Außerdem möchte ich mich bei Rose und Brian Klinkenberg bedanken, die meine sämtlichen botanischen und zoologischen Fragen nicht nur großzügig, sondern vor allem auch unverzüglich beantwortet haben!

Für Michael Moravec,
Don Deese und John Higgenbotham

—

durch Dick und Dünn

Nun wollen wir im Einzelnen den Kampf um das Dasein behandeln.

CHARLES DARWIN: ›Der Ursprung der Arten‹ (1859)

Eine Vorbemerkung für den Leser

Wissenschaftliche Namen wurden, obschon sie ursprünglich in Alt-Farrisch standen, durchgehend in ihre lateinischen Entsprechungen oder Beinahe-Entsprechungen übertragen.

1. Kapitel

In seiner sacht schaukelnden Hängematte lauscht Tristam Flattery auf den Puls des Ozeans, der am Rumpf der *Swallow* entlang streicht – genauso musste es sich angehört haben, als er noch im Mutterleib lag. Mit geschlossenen Augen lässt er die längst vertraut gewordene Bewegung des Schiffes auf sich wirken und prüft, wie weit seine Genesung fortgeschritten ist.

Zwar hatte Llewellyns *Regis* die Entzündung rasch heilen lassen, doch dauerte es noch lange Zeit, bis das geraubte Blut ersetzt war. Infolgedessen litt Tristam fortgesetzt unter Müdigkeit, Schwindelanfällen und Schwäche. Hinzu kamen die Entzugserscheinungen des Pflanzenheilmittels: Übelkeit, Stechen in allen Gelenken, Zittern und Kopfschmerzen, von unbeschreiblicher Heftigkeit.

Und als wäre das noch nicht genug, musste er Träume erdulden – grausige Albträume. Oft dachte er daran, dass der König sie mit ›reißenden Wölfen‹ verglichen hatte. Immer wieder träumte er von einer gewaltigen Schlacht, auf finsterem Feld türmten sich die Leichen der Gefallenen.

Tristam fühlte sich besudelt. Ihm war, als hätte das Vordringen von *Regis* in sein Blut ihn unwiderruflich verändert.

Er blinzelte. Das offene Oberlicht ließ eine kleine Linse aus Sonnenschein einfallen, die unbändig durch die Kammer flitzte und mit der gleichen hektischen Verzweiflung etwas zu suchen schien, mit der Tristams Körper nach der *Regis*-Arznei verlangte. Die Gier war ärger als jeder Hunger, und für Tristam bestand kein Zweifel, dass ein Verschmachtender weniger litt.

Selbst wenn man sie mir anbietet, ich nehme sie nicht, schwor er sich. *Das lehne ich ab.* Er kniff die Augen zu und kämpfte die Bilder zurück, die in seinem Verstand Gestalt annehmen wollten. Eine Dosis *Regis*-Arznei hätte seine Albträume umgehend vertrieben, auch die Beklommenheit und die Melancholie. Er hätte seine Vitalität zurückerlangt und seinen gewohnten Optimismus obendrein. So wirkte die *Regis*-Arznei - vorübergehend.

Zeit, dachte er so intensiv, dass er das Wort beinahe geflüstert hätte. *Die Zeit wird mich heilen. Ich werde nicht zum Sklaven der Saat wie Llewellyn ...*

Den Kommandanten hatte der Arzt vielleicht davon überzeugen können, dass er nur eine kleine Handvoll *Regis*-Kerne für sich benötigte, Tristam aber wusste es besser. Wenn Llewellyns Willensstärke nicht die Standhaftigkeit jedes anderen Menschen übertraf, würde der Mediziner kaum von der Arznei lassen können. Nicht, nachdem er ihr schon so viele Monate verfallen war.

Wer noch war von der Saat abhängig? Benjamin Rawdons Frau, oder hatte Llewellyn diese Geschichte frei erfunden? Trevelyan - da war sich Tristam nun völlig sicher. Zumindest war der Baron einmal süchtig gewesen. Vielleicht war er nun frei, aber er war geistig zerrüttet. Keine beruhigende Vorstellung.

Tristam fühlte sich elend. Zwei Wochen lag er nun schon in diesem Zustand danieder und genas so langsam, dass man vom einen Tag auf den nächsten keine Besserung beobachten konnte. Auch sein Verstand war gehemmt, er vermochte sich kaum zu konzentrieren oder einen Gedankengang bis zu Ende zu verfolgen, und sein eigentlich ausgezeichnetes Gedächtnis ließ ihn häufig im Stich.

Dazu kamen weitere Veränderungen, die zumindest ebenso beunruhigend waren. *Von allen Menschen auf der Welt hätte gerade ich diese Arznei nicht einnehmen dürfen,* dachte er. Ihm war aufgefallen, dass er Sachverhalte erfasste und Menschen durchschaute, ohne über das dazu erforderliche Wissen zu verfügen - jedenfalls bildete er sich ein, manches mühelos zu erkennen. Zum Beispiel erschien ihmTrevelyans *Regis*-Abhängigkeit nun ganz selbstverständlich (wie hatte er sie vorher nur übersehen können?). Llewellyns Unfähigkeit, sich von der Sucht zu lösen, trat nun ganz augenfällig zutage. Außerdem wusste er, dass Llewellyn nicht war, wer zu sein er behauptete; mit solch unumstößlicher Gewissheit wusste Tristam darüber Bescheid, als hätte der Mediziner es ihm gestanden.

Zum tausendsten Male fragte er sich, ob er den Verstand verlor.

Seine neue Erkenntnisfähigkeit offenbarte ihm, dass sogar bei Seekadett Beacham der äußere Anschein trog, so erstaunlich das auch sein mochte. Allein die Herzogin widerstand seiner Wahrnehmung; sie wahrte ihre Geheimnisse, und Tristam fragte sich, wie ihr das gelang. Sie musste selbst ein gewisses Talent besitzen, auch wenn sie es fest entschlossen verbarg. An jenem Abend in ihrem Haus hatte sie zu vermeiden gewusst, Bertillons Verdacht zu wecken, im Gegensatz zu Tristam, der sich wie ein Narr offenbart und dadurch letztendlich den entonnischen Kaperfahrer ins Kielwasser der *Swallow* gelockt hatte.

Zu viel Wissen, dachte Tristam. *Keine zwei Minuten kann ich bei einem Thema bleiben. Darf ich diesen Einblicken überhaupt trauen? Doch andererseits ließ ihre Wahrheit sich kaum bestreiten. Vielleicht empfindet der Verblendete es immer so.*

Seine erschreckendsten Erkenntnisse aber betrafen ihn selbst. Tristam wusste nun, dass zum Magus zu werden nicht etwa bedeutete, eine schwierige Kunst zu meistern – wenngleich das dazu gehörte –, sondern mehr als alles andere eine Umwandlung war. Eine Umwandlung, die schon eingesetzt hatte. Vielleicht hatte sie begonnen, als er erstmals eine *Regis*-Pflanze berührte, doch mit Sicherheit, als er aus dem Brunnen der Ruine von Farrow trank und den Berg hinaufkletterte, um einen Blick in den Vulkanschlot zu werfen. Danach hatte die Umwandlung ihn zur Vergessenen Stadt und ihren überlebenden Bewohnern geführt, die alte, geheimnisvolle Riten zelebrierten. Doch zu welchem Zweck?

Um verlorene Macht zurückzuerlangen.

Dieser Gedanke schien sich auf nichts zu gründen, was Tristam wusste. Er kam wie eine Einflüsterung.

Was hatten die Unbekannten von ihm gewollt? Das konnte er nicht sagen und wollte es auch gar nicht wissen.

Auf sein Blut waren sie ausgewesen – genau davor aber hatte Lord Trevelyan ihn gewarnt; so viel wusste Tristam, und das genügte ihm.

Er dachte an die endlose Wanderung mit dem Geisterjungen, den es auf gleiche Weise zu Tristam zog, wie Tristam den ihm vorbestimmten Pfad folgen musste. Der Gedanke an den Jungen brachte ihn augenblicklich dem merkwürdigen Traumzustand näher, den die *Regis*-Arznei auslöste.

Sofort schlug er die Augen auf und sah erleichtert, dass die Lichtlinse noch immer seine Kammer absuchte. Plötzlich hatte er das Gefühl, er könnte sie einfangen, indem er nur eine Schublade öffnete, die auf ihrem Weg lag, und sie rasch wieder schlösse.

Die Wirkungen der Arznei verloren sich – nicht alle, und nicht alle gemeinsam –, doch Tristam empfand eine merkliche Veränderung.

Vielleicht komme ich nie wieder frei, dachte er, aber ich werde so frei sein wie nur irgend möglich. Ich werde so weit zu mir selbst zurückfinden, wie ich kann. Ich bin Tristam. Tristam.

»Seine Genesung schreitet ganz nach meinen Erwartungen voran, Hoheit. Es besteht kein Anlass zu Besorgnis. Der Körper kann solch einen großen Blutverlust nicht über Nacht ausgleichen. Aber in einem Monat wird Tristam wieder ganz er selbst sein, und einige Wochen später wieder völlig bei Kräften. Er ist jung und gesund. In zwei Monaten wird ihm keiner mehr ansehen, dass er jemals krank war.«

Die Herzogin thronte auf dem Sims des Heckfensters und musterte Dr. Llewellyn, der vor ihr saß und sich an den Tisch lehnte.

Der Arzt belog sie, nicht über Tristams Gesundheit, da sprach er ohne Zweifel die Wahrheit, aber in anderer Hinsicht. Eine schwierige Situation.

»Sagen Sie, Doktor Llewellyn, weshalb wurde er Ihrer Meinung nach in dieser Weise behandelt? Sie scheinen ja recht sicher zu sein, dass die Täter es auf sein Blut abgesehen hatten.«

Llewellyn zupfte sich an der Hemdmanschette und wollte schon antworten, dann überlegte er es sich anders und bekräftigte seinen Entschluss mit einem Kopfnicken. »Das geht meiner Meinung nach aus der Art seiner Wunden hervor. Die Speichenschlagader ist mit chirurgischer Präzision aufgetrennt worden. Wer immer es getan hat, wollte Tristam so viel Blut wie möglich entnehmen – das nehme ich zumindest an. Warum fragen Hoheit? Sie wissen so viel wie ich. Tristam ...«, er blickte aus dem Heckfenster, »steht im Brennpunkt merkwürdiger Vorkommnisse. Daran kann kein Zweifel bestehen.«

»Aber wieso ist er der Brennpunkt, was meinen Sie?«

Llewellyn zuckte mit den Schultern. »Ich weiß nicht —«

Die Herzogin durchbohrte ihn mit ihrem schneidendsten Blick. »Ich glaube, Sie wissen sehr genau Bescheid, Doktor Llewellyn. Davon bin ich sogar fest überzeugt. Andernfalls hätte Roderick Sie nicht auf dieses Schiff geschickt.«

Der Arzt bewegte sich auf seinem Stuhl, als wolle er aufstehen, ihr den Rücken zukehren und die Kajüte verlassen. Aber das wagte er nicht. Die Herzogin war seine Dienstherrin. So blickte er ihr in die Augen, was er normalerweise nicht über sich brachte.

»Ich möchte Hoheit darauf hinweisen« – sein Groll trat offen zutage –, »dass Sie mich brauchen, um den jungen Mann am Leben zu erhalten. Vielleicht wähnen Sie, selbst genügend über *Regis* und seine Wirkung zu wissen, doch da irren Sie sich. Ohne mich wird Tristam Flattery nicht überleben, was ihm bevorsteht. Ich rate Ihnen, dies zu berücksichtigen, wenn Sie das nächste Mal erwägen, mich von Ihrem werten Bruder beseitigen zu lassen.« Nun erhob sich Llewellyn tatsächlich. Lang unterdrückter Zorn machte seine Bewegungen eckig. »Hoheit wird mich entschuldigen, ich habe mich um einen Patienten zu kümmern.« Er verbeugte sich knapp und ging hinaus; die Herzogin blieb mit ihrem Erstaunen allein zurück.

»Sieh an«, sagte sie. Wenigstens hatte der Arzt ihr einmal

die Wahrheit gesagt – zumindest hielt er es für wahr, daran konnte kein Zweifel bestehen.

»Kommen Sie herein, Herr Doktor.«

Llewellyn schob sich durch die schmale Tür. »Wie geht es Ihnen heute, Tristam?«, fragte er in geschäftlich-nüchternem Ton.

»Ganz gut.«

Llewellyn nickte und lächelte, wie um die Genesung anzuspornen, doch konzentrierte er sich ganz auf Tristams Puls.

»Ist Ihnen beim Aufstehen noch schwindlig? Haben Sie Kopfschmerzen?«

Tristam nickte.

»Es dauert seine Zeit.« Llewellyn drehte Tristams Hand herum, als wolle er die Farbe begutachten, doch sein Augenmerk galt, wie Tristam genau wusste, der verblassenden Tätowierung. »Und die schrecklichen Albträume?«

»Sie lassen ganz allmählich nach. Was machen die Ihren, Doktor Llewellyn?«

Llewellyn ließ Tristams Hand sinken. »Um Sie mache ich mir Sorgen, Tristam.« Er zögerte. »Und Sie verspüren kein – Bedürfnis nach der Arznei?« Während er diese Frage stellte, fuhr er sich zaghaft mit der Zunge über die Lippen.

Tristam zog die Hand fort, versteckte sie gar ein wenig. »Das Bedürfnis empfinde ich durchaus, Herr Doktor, aber es wird schwächer. Je kräftiger ich werde, desto mehr nimmt das Verlangen ab.«

Llewellyn antwortete nichts.

»Was haben Sie befürchtet, Doktor? Dass ich dem Wahnsinn verfalle wie der arme Trevelyan?«

Ohne hinzusehen, tastete Llewellyn hinter sich nach dem Türknauf, doch Tristam wollte den Arzt noch bei sich behalten.

»Ich weiß, dass Sie Stern belogen haben, Doktor. Die geringe Menge Saat, die Sie benötigen, um Ihre ›Krankheit‹ zu kurieren, wird Ihnen nicht genügen. Für Sie wird es niemals genug *Regis* geben, habe ich Recht? Stern könnte Ihnen gar nicht so viel zugestehen, wie Sie brauchen. Hat Ihnen etwa Sir Roderick versprochen, für Ihren Bedarf einzustehen? Oder besitzen Sie bereits so viel davon, dass es für Sie ohne Belang ist, was man Ihnen zubilligen würde?«

Llewellyn drehte den Knauf, öffnete die Tür indes noch nicht. »Eine der traurigen Nebenwirkungen dieser Arznei besteht darin, dass man sich verfolgt und im Mittelpunkt schändlicher Pläne glaubt. Sie sollten sich dagegen wappnen, Tristam. Ich bin Ihr Arzt. Ich meine es gut mit Ihnen. Ihr Wohlbefinden ist meine oberste Sorge.« Er brachte ein gepresstes Lächeln zustande und bemühte sich um Haltung, als er die Kammer verließ.

Nachdenklich legte sich Tristam zurück und betrachtete den Lichtfleck, der durch die Kammer schweifte. Dann besah er sich seine rechte Hand. Die Schlange schien vom Kopf zum Schwanz hin blasser zu werden, als zöge sie sich in die Wunde am Handgelenk zurück - als schlüpfte sie in die Ader.

Langsam senkte er die Hand und legte sie auf sein Herz, das leise, aber regelmäßig schlug.

2. Kapitel

Ein falscher Frühling war Averil Kent nichts Neues. Er spazierte in seinem Februargarten umher und genoss wie eine neu aufgebrochene Knospe die Wärme der Sonne, die gar nicht zu dieser Jahreszeit gehörte. Kurz blieb er stehen, um sich an dem Anblick zu weiden. Nach Süden zu senkte sich eine Böschung zum Fluss hinab und bot ein Bild aus blassen winterlichen Grün-, Grau- und Brauntönen, aufgehellt nur durch hellrote Beeren und die wenigen Pflanzen, die im milden farrischen Winter gediehen.

Mit dem Anbruch des Frühlings würde sich all das ändern, doch noch war er nicht gekommen – nur scheinbar.

Er ging weiter und stocherte hier und da mit dem Gehstock in der Erde. Um in Ruhe nachdenken zu können, hatte er sich auf sein Landhaus zurückgezogen, doch erzielte er leider nicht die gewünschten Ergebnisse.

Die Luft war kühl, aber es wehte kein Wind und die Sonne schien ungewöhnlich warm, sodass der Tag sehr mild war. *Falscher Frühling. Spuriverna.*

Ich mache mir zu viele Gedanken, sagte sich Kent. Graf Massenets Angebot hatte ihn tiefer aufgeschreckt, als er sich eingestehen wollte. Dabei war er immer so vorsichtig gewesen! Zu vorsichtig, hatte er manchmal geglaubt. Der Stein war ins Rollen gekommen, als der entonnische Gelehrte Varese sich an den farrischen Historiker Valary wandte; eine andere Erklärung ließ sich nicht finden. Offenbar hatte Kent in seinen Überlegungen die Entonnier nicht gebührend berücksichtigt. Im Gegensatz zu den Farrländern erkannten sie die Bedeutung von Valarys Arbeit.

Valary.

Kent folgte einem festgetretenen Kiesweg, und seine Stiefelsohlen machten ein raues, knirschendes Geräusch.

Graf Massenet, der entonnische Botschafter, war vorsichtig und zugleich überaus liebenswürdig. Im Lauf der Jahre hatte Kent oft mit ihm gesprochen. Deshalb dürfte ihre letzte Unterhaltung wohl kaum Verdacht erregt haben – es sei denn, Palle und sein Klüngel wären inzwischen ebenfalls auf Valary aufmerksam geworden ... Das wäre allerdings schlecht. Zum Glück, so versicherte sich Kent, war er umsichtig gewesen und hatte Valary nicht mehr mitgeteilt als unbedingt nötig. So hielt er es mit jedem, den er einbezog. Niemand wusste um alle Fäden des Spinnennetzes, außer ihm selbst und der Gräfin. Nun aber verschwieg er auch ihr etwas: seinen Kontakt mit Massenet.

»Hoffentlich dringen sie niemals zur Gräfin vor«, flüsterte er inbrünstig.

Er ging weiter, und als sich die Unruhe wieder einstellte, verschob sich sein Augenmerk.

Nun führe ich doch noch ein Leben voller Sorgen, dachte er. Und das trat zusehends stärker zutage. Es zehrte Tag und Nacht an ihm. Er kam sich vor wie ein verletzter Hirsch, der durchs Unterholz flieht. Anfangs auf flinken Beinen, schwächt ihn bald der allmähliche Blutverlust aus der offenen Wunde. Die Angelegenheit saugte ihm die Lebenskraft aus, und Averil Kent wusste genau, dass er sich das nicht leisten konnte. Nicht in seinem Alter.

Doch noch war er nicht am Ende. Massenet hatte ihn zwar überrumpelt, aber noch steckte ein wenig Kraft in den alten Beinen, genug für einen letzten Spurt.

Kent blickte über den Garten hinaus. Vierzig Jahre Arbeit.

»Damit hast du deine Tage vergeudet, Averil«, schalt er sich. Keine Frau und keine Kinder, die sich um den Garten kümmerten, wenn er nicht mehr da sein würde. Alles, was seinem Herzen entsprang, war auf die Leinwand geflossen und in diesen Garten – nein, *fast* alles. Er stieg die drei Stufen hinab, die unter die Pergola führten. Ein Gewirr von Glyzinien rankte sich um das ausgebleichte Holz.

Vierzig Jahre. Kent hatte so viel Zeit in seinem Garten verbracht, dass er schon glaubte, jeden Stein zu kennen und jeden Ast an jedem Baum. Tatsächlich aber wuchs er in jedem Frühjahr aufs Neue aus der Erde, ohne zweimal gleich auszusehen. Ein sich stets veränderndes Gemälde, und kein einziger Tag wiederholte sich. Man konnte einen Garten bis in alle Einzelheiten planen, doch was dann aus der Erde spross, entsprach der Vision nur annähernd. In dieser Hinsicht war ein Garten wie ein Gemälde oder auch wie ein Menschenleben. Man konnte niemals vorhersagen, was die Zauberkraft der Erde hervorbrachte.

Falscher Frühling.

Wenn nun zu vieles blühen und der Frost noch einmal hereinbrechen würde ...

Kent schüttelte den Kopf und ging weiter.

Massenet, Massenet, Massenet. Ein verdammenswert unergründlicher Mann. Charmant, brillant, einnehmend freundlich, trügerisch, mit großer Charakterstärke begabt und nicht ohne Mut. Massenet mangelte es an nichts, was Kent in den Sinn kam; und ganz gewiss mangelte es ihm nicht an Frauen.

Die Herzogin von Morland – an sie fühlte Kent sich erinnert, wenn er an Massenet dachte. Diese beiden Adligen waren durchaus verschieden, doch die Ähnlichkeiten ihres Charakters waren größer als die Unterschiede. Wie zwei Rosenarten, die in Farbe und Gliederung variieren, aber durch endloses Bemühen schön geworden sind und ihre Dornen verborgen halten.

In mancherlei Hinsicht wäre Kent froh gewesen, Massenet zum Verbündeten zu gewinnen – mehr als froh. Doch Massenet war zuallererst Entonnier, der Gesandte Seiner Heiligen Entonnischen Majestät. Kent hoffte verzweifelt, die Pläne Palles und seiner Verbündeten zu durchkreuzen, aber deshalb Farrland an Entonne zu verraten ... Da war es vielleicht besser, wenn er sich allein gegen Palle stellte.

Aber – was war denn die Wahrheit? Er dachte an sein Gespräch mit Massenet zurück. Entweder hatte der durchtriebene Graf ihn vorher genau taxiert, oder Massenet und er stimmten in vielen grundlegenden Wahrheiten des Lebens überein. Und das Fragment ...! Valary hatte ihm die Echtheit bestätigt. Nicht in seinen kühnsten Träumen ...

Der Maler verharrte einen Augenblick, als habe er vergessen, wo er war und wohin er ging.

Jawohl - Massenet. Valary. Er schüttelte den Kopf und ging weiter. Ein unvermitteltes dumpfes Pochen in der Hüfte zwang ihn, sich tatsächlich auf den Gehstock zu stützen, den er lange Jahre nur aus modischen Motiven geführt hatte.

Am Rand des Teiches ließ er sich auf einer Steinbank nieder. Er schloss die Augen und genoss die Sonne auf seiner Haut, dazu den kühlen, sanften Wind. Dann musste er an die Gräfin denken. Ihr Leben in der Abgeschiedenheit erschien ihm nahezu makaber, und das quälte ihn. Wie distanziert sie sich gab, und doch wusste Kent, dass sie nicht ohne Herz war. O ja, das wusste er gut.

Welch ein Glück für Jaimas Flattery, eine junge Dame wie Alissa Somers gefunden zu haben. Warm im Herzen, süß im Gemüt - und mit solchem Intellekt begabt! Sie spürte keinerlei Veranlassung, einen Teil ihres Lebens auf irgendeinem Altar zu opfern.

Anders als die Gräfin von Chilton, die ihre Rolle angenommen hatte wie eine schwindsüchtige Künstlerin, die vor dem Ende ein letztes großes Werk vollbringen will und dieser Leidenschaft alles opfert.

Leidenschaft. Ein Wort, dessen Macht dahinschwand. Ein Zauberbann, der im Alter an Wirkung einbüßte - aber nicht völlig.

Die kahlen Äste einer Weide knackten im Wind, und Kent dachte an seine alten Knochen. Als er die Augen öffnete, sah er, wie der Teich sich kräuselte und die Seerosenblätter wiegte.

Noch hatte die *Swallow* die Königin-Anne-Station nicht erreicht, jedenfalls nicht laut dem letzten Bericht von dort. Wie töricht von ihm, sich auch darüber Gedanken zu machen; sie waren keinen Monat überfällig gewesen, als die Nachricht in seine Hände gelangte. Das war nichts Ungewöhnliches.

Die Welt ist weit und hat unzählige Probleme, sagte er sich. *Ich kann mir nicht um alle Sorgen machen, ganz besonders nicht um solche, die ich in keiner Weise zu beeinflussen vermag.*

Bei diesem Gedanken stemmte er sich auf den Stock, erhob sich und folgte weiter dem Weg, der den Teich umgürtete. Mitte Mai würden hier die Sumpf-Schwertlilien in Blüte stehen, gelbe Punkte auf geschwungenen grünen Linien, und sich auf der Wasserfläche zwischen den Wolken spiegeln. Daneben würde eine seltene blaue Taglilie blühen. Ein Spalier Kletterrosen, korallenrote und rosa Arten, hatte Kent aus Doorn mitgebracht. Pfingstrosen, und links vom Weg Hortensien, bunt und fremdländisch aussehend. Pfeilkraut und süßer Huflattich.

Mit dem Einbruch des Frühlings würde der Garten aufblühen und eine Generation Blumen, Farben und Muster die vorherige ablösen. Wie eine Abfolge von Flutwellen würden sie über den Garten spülen: Leben in all seiner Fülle und seinem verzweifelten Kampf um die Existenz. Dann kam der Winter, die Erholungspause für Blumen und Gärtner. Eine kurze Pause.

Kent schlug einen anderen Weg ein, der zu einem steinernen Steg führte, den er vor Jahrzehnten selbst entworfen hatte. Dort sollte ... – jawohl, dort: Ein Kirschbaum, und tatsächlich blühte er auf, wie man es ihm gesagt hatte; die silbern-rosafarbigen Blüten hatten sich halb geöffnet, als seien sie sich in ihrer Entscheidung noch nicht ganz schlüssig.

Kent bog einen Zweig auf Augenhöhe herab und bewunderte die kleinen Dolden mit den makellosen Blütenblättern und die zierlichen gelbköpfigen Staubgefäße.

Ein falscher Frühling. Er fürchtete, dass die Blüten um ihren Zweck betrogen würden. Noch gab es keine Bienen, die den Pollen trugen. In diesem Jahr blieb der Kirschbaum wohl unfruchtbar. So unfruchtbar wie des Königs *Regis*-Pflanzen.

Als Kent den Rückweg durch seinen geschätzten Garten antrat, fragte er sich wie schon oft in den vergangenen Jahren, ob er in diesem Sommer zum letzten Mal Zeuge dieses Wunders werden würde. Er hatte gehört, dass Halden in seinem achtzigsten Lebensjahr befohlen habe, den Kirschbaum zu fällen, der vor dem Fenster seines Arbeitszimmers wuchs. Jeder, der das hörte, erachtete die Anweisung als höchst befremdlich für einen alten Mann, der die Natur so liebte. Kent verstand ihn mittlerweile sehr gut: das prächtige Leuchten eines blühenden Kirschbaums, der vom ersten Wind kahlgefegt wird – das Leben ist kurz genug, und die Alten bedürfen keiner anzüglichen Gedächtnisauffrischung.

Als Kent sich dem Haus näherte, hörte er Musik. Jemand spielte auf seinem Pianum, doch er konnte sich nicht vorstellen, wer um alles auf der Welt so anmaßend sein mochte.

Kent ging daher nicht in die Halle, sondern näherte sich gleich den Türen, die zum Salon führten. Auf der Schwelle blieb er stehen. Bisher hatte er die unfassliche Virtuosität des Spielers nicht bemerkt. Solche Meisterschaft hatte sein altes Instrument gewiss noch nie kennen gelernt!

Ein schlanker Mann saß über die Tasten gebeugt auf der Bank. Das glatte Haar fiel ihm frei herab und verbarg sein Gesicht. Beim Spiel verdrehte er den Leib und zuckte, als würde die Musik in ihn hineinfahren.

Dann sah er auf, bemerkte Kent, und die Töne stoben davon wie Blütenblätter im Wind.

Ein trauriges Lächeln zog über das hagere Gesicht des Mannes.

»Mr. Kent. Charl Bertillon, zu Ihren Diensten.«

So, so, der berühmte entonnische Virtuose.

»Ich hoffe, Sie sind mir nicht böse.« Mit einer Kopfbewegung wies er auf das Instrument, während er von der Sitzbank aufstand. »Ihr Diener hieß mich hier warten, und ich ... nun, ich konnte einfach nicht widerstehen.«

»Wenn die Muse ruft, Mr. Bertillon, soll man ihr folgen. Gewiss hat mein armes Pianum noch nie solch einen

Meister erlebt. Ich fürchte, ich werde mit meinen armseligen Bemühungen nie wieder zufrieden sein.«

Der junge Mann durchquerte den Raum und ergriff voll Zuneigung Kents Hände.

»Ich hoffe, Sie haben ein wenig Zeit, Mr. Bertillon. Es ist nicht mehr lang bis zum Abendessen.« Kent, der sein gesellschaftliches Leben streng auf Avonel beschränkte, fragte sich, was ihm diesen Besuch bescherte. War er ein Bewunderer? Ein Kunstsammler? Eigentlich kannte Kent diese Leute, die bedeutenden zumindest. Doch viele Menschen überkam plötzlich das Bedürfnis, ein Kunstwerk ihr Eigen nennen zu dürfen, die einen aus Ehrfurcht, die anderen aus Geltungsdrang.

»Ich möchte keineswegs Ihre Überlegungen und Ihre Arbeit stören, Mr. Kent. Sehen Sie, ich bin tatsächlich nur Bote für jemand anderen.«

Kent erstarrte. Vielleicht hoben sich seine Augenbrauen ein wenig.

»Mein guter Freund, der Graf Massenet, bat mich, bei Ihnen vorbeizuschauen.«

»Soso. Und wie geht es Seiner Exzellenz?« Kent zog sich die dünnen Handschuhe aus und stellte zufrieden fest, wie wenig seine Finger zitterten.

»Nun, ich habe den Herrn Grafen noch nie anders als gesund erlebt«, antwortete Bertillon und lächelte. »Vielleicht liegt es an seiner Ernährung.«

Über diesen Geistesblitz lächelte Kent nicht einmal.

»So muss es sein. Soll ich die Diener wissen lassen, dass wir beim Abendessen einen Gast haben?«

Trotz des frühlingshaften Tages wurde der Abend klar und kalt. Kent war froh über das Kaminfeuer. Die beiden Gentlemen saßen am Tisch, von dem das Geschirr schon größtenteils abgeräumt worden war. Kent kam der entonnische Gast im Schein des Feuers und der Kerzen beinahe gespenstisch vor. Offensichtlich kultivierte der junge Mann den Anschein des sensiblen Künstlers – etwas, das Kent immer vermieden hatte. Doch andererseits boten sich dessen feingliedrige Statur und heller Teint dafür an.

Kent sah noch einmal in den Brief, mit dem sein Gast sich ausgewiesen hatte; er war als übliches Empfehlungsschreiben formuliert und bat Kent, ob er das ›Buch‹ mit Bertillon zurücksenden könnte, denn Massenet vertraue Bertillon bedingungslos. Ganz gewiss handelte es sich um keine Fälschung.

»Ich muss mich entschuldigen, Mr. Bertillon. Das fragliche ›Buch‹ befindet sich noch in der Obhut eines mir bekannten Gelehrten.«

»Das muss der treffliche Mr. Valary sein«, entgegnete Bertillon ruhig.

Kent gab darauf keine Antwort.

»Seien Sie unbesorgt. Ich soll es nur dann zurück bringen, wenn es Ihnen genehm ist, Mr. Kent«, sagte Bertillon auf Entonnisch. Er verschob sich auf dem Stuhl und hob das Weinglas. Wie viele andere, zierlich gebaute Männer, die Kent gekannt hatte, schien auch Bertillon eine gewaltige Aufnahmekapazität für Alkohol zu besitzen. Weder vor noch während oder nach dem Abendessen hatte er sich Beschränkungen auferlegt, und trotzdem war ihm nicht die geringste Wirkung anzumerken. Dass nur große Männer viel vertragen konnten, war ein Ammenmärchen, so viel stand fest.

»Darf ich einen Vorschlag machen, Mr. Kent?«

»Aber gewiss.«

»Wir sollten offen miteinander sprechen. Beide wissen wir, wie wichtig diese Angelegenheit ist und wie wenig Zeit wir haben.«

Nickend schaute Kent wieder in den Brief. Er hielt ihn ganz locker, mit spitzen Fingern, als könne er seine Berührung kaum ertragen. Aber aus der Hand legen konnte er ihn auch nicht.

Bertillon wirkte nicht wie der Typ Mensch, der als Agent für den Grafen Massenet arbeitete, und das war durchaus ein geschicktes Vorgehen. Dieser Musiker kannte wahrscheinlich keine Tür, die ihm verschlossen geblieben war.

Vermutlich hatte er sogar schon vor dem König gespielt. Doch, Kent glaubte, davon gehört zu haben. Vielleicht war sogar Sir Roderick anwesend gewesen!

»Dürfen wir hoffen, dass Sie über den Vorschlag des Grafen nachgedacht haben und in gegenseitige Hilfeleistung einwilligen?«

Kent streckte den Arm aus und legte widerwillig den Brief auf den Tisch, dann hakte er den Daumen in die Westentasche. Darin steckte der Diamant und erwartete den geeignetsten Augenblick, um zurückgegeben zu werden. Kent beabsichtigte nicht, Geld in gleich welcher Form von den Entonniern anzunehmen. Kurz blickte er in die tanzenden Flammen des Kaminfeuers und dachte an seine Treffen mit der Gräfin – dort sollte man nicht direkt ins Feuer schauen. Sonst war man in der Dunkelheit blind.

»Ich kann mich nicht entsinnen, während all meiner Jahre vor einer ähnlich schweren Wahl gestanden zu haben«, sagte Kent. Er war froh, dass sie Entonnisch sprachen, was keiner seiner Diener gut verstand.

Bertillon nickte und schwieg, bis feststand, dass sein Gegenüber nichts weiteres sagen würde. Nun musste ihm klar sein, dass Kent keine Entscheidung gefällt hatte.

»Mr. Kent, vielleicht könnten Sie mir sagen, was Sie sich ausbedingen, um einer solchen Zusammenarbeit geneigter zu sein?«

»Ausbedingen? Nun, das ist ganz einfach, Mr. Bertillon. Schwierig dürfte es nur sein, meine Bedingungen zu erfüllen.« Während Kent nachdachte, folgte ein kurzes Schweigen. »Wer einmal aus Gewissensgründen mit ausländischen Regierungen zusammenarbeitet, muss später oft feststellen, dass er außerstande ist, eine Fortsetzung der Zusammenarbeit zu verweigern. Schließlich und endlich hat er ein schlimmes Verbrechen begangen – Landesverrat, auf den die Todesstrafe steht. Deshalb ist der Betreffende in der Folge leicht zu nötigen.« Er überlegte, ob er seine Worte damit unterstreichen sollte, dass er den Diamanten zurückgab, doch er zögerte, und der Moment ging vorüber.

»Sie könnten antworten, der Graf Massenet sei ein Ehrenmann, Mr. Bertillon. Und dass die betreffende Sache zu bedeutsam ist, als dass solch armselige Überlegungen eine Rolle spielen dürften. Aber wie Sie bereits sagten, müssen wir offen sprechen. Der Graf Massenet hat in der Vergangenheit Männer in genau der Weise behandelt, die ich eben umriss. Streiten Sie das bitte nicht ab. Kaum jemand weiß so gut wie ich, was in Avonel vor sich geht – vielleicht nicht einmal der Graf Massenet –, sonst wären Sie heute Abend nicht hier. Und warum Lord Kastler Selbstmord beging, ist für mich niemals rätselhaft gewesen.«

Er blickte Bertillon ins Gesicht. *Vor dir sitzt kein alter Trottel, mein entonnischer Freund.*

Der Virtuose fuhr sich mit dem Finger über die Wange. Er nickte; eine andere Antwort gab er nicht.

Die Flammen lenkten wieder Kents Blick auf sich, und er griff in die Tasche, um den Diamanten hervorzuholen.

»Würde es Sie beruhigen«, sagte Bertillon rasch und hielt dabei Kents Hand auf, »dass Sie in meinem Land willkommen wären, wenn es in Farrland zum Schlimmsten käme? Berühmt sind Sie dort bereits, in einem Land, das die Künstler verehrt.«

»Ich muss Ihnen leider sagen, Mr. Bertillon, dass mir das nur ein geringer Trost wäre, denn wenn ich auf dieses Angebot zurückkommen müsste, würde man mich in meinem Vaterland als Verräter betrachten. Zu diesem Risiko bin ich nicht bereit. Nennen Sie es Stolz, aber ich möchte nicht als Verräter in die Geschichte eingehen.«

Bertillon zog die Brauen hoch, vielleicht ein wenig ungeduldig. »Wenn Palle und seine Gruppe Erfolg haben, Mr. Kent ... Nun, wir können ihnen nicht gestatten, so weit zu kommen.« Bertillon beugte sich vor. »Ich will keineswegs eine Drohung aussprechen, aber Sie müssen doch erkennen, worauf es hinausliefe. Meine Regierung kann unter keinen Umständen zulassen, dass Palle – von allen Menschen ausgerechnet Roderick Palle – solche Macht erlangt. Sie kennen den Mann doch, Mr. Kent, und Sie müssen so deutlich sehen wie ich, was er mit solcher Macht begänne. Entonne ... Palle ist geradezu besessen. Und die Sache zieht noch weitere Kreise. Auch Farrland schwebte in schrecklicher Gefahr.«

Kent erwartete fast, dass Bertillon den Arm ausstrecken und ihn zur Betonung seiner Worte am Arm fassen würde, doch der Pianist hatte sich vorzüglich in der Gewalt. Er blickte Kent nur zwingend an. *Krieg*. Bertillon sprach von Krieg.

Kent fragte sich, ob er im Begriff stand, einen Fehler zu begehen. Vielleicht war die Angelegenheit wirklich viel zu bedeutend, um sich Gedanken über das Urteil der Geschichte zu machen.

Bertillon setzte sich in den Stuhl zurück, ohne die Augen von dem Maler zu nehmen. Er atmete lange hörbar aus; es klang fast wie ein Seufzer. »Was wäre, wenn Sie bestimmte Kenntnisse erhielten, über die Sie frei verfügen dürfen; die Sie vor Palle schützen und gleichzeitig den Grafen ruinieren könnten – oder deren Bekanntwerden es zumindest unmöglich machte, dass er der entonnischen Regierung noch länger von Nutzen ist?«

Kents Schultern schmerzten vor Anspannung, und er rutschte unbehaglich auf dem Stuhl umher. »Ich kann mir nicht vorstellen, worum es sich dabei handeln sollte, Mr. Bertillon.« *Was um alles auf dem Erdball meint er nur?*

Bertillon überlegte noch einen Moment, dann beugte er sich vor, winkte Kent dabei näher und sprach erst, als sein Mund sich ganz dicht an des Malers Ohr befand.

Bei dem, was er hörte, wäre Kent fast vom Stuhl aufgesprungen. »Das ist nicht möglich!«, protestierte er. »Ich kenne sie doch!«

»Ich fürchte, es ist mehr als nur möglich, Mr. Kent«, entgegnete Bertillon leise. Er griff in seine Rocktasche und zog ein Kuvert hervor, das er Kent reichte. »Wir vertrauen darauf, dass Sie es verborgen aufbewahren. Vieles hängt davon ab.«

Kent nahm den Brief widerstrebend entgegen. Sollte er denn gar keine Illusionen mehr behalten dürfen? War denn niemand mehr über den allgemeinen Verfall erhaben? Er öffnete den Umschlag und las. Plötzlich wurde ihm warm;

vielleicht war er sogar rot angelaufen. Als er zu Ende gelesen hatte, schloss er einen Moment lang die Augen.

»Ist es richtig«, fragte Bertillon, »dass die Bark *Swallow* die Königin-Anne-Station noch nicht erreicht hat?«

Kent merkte, dass er nickte, und selbst diese unscheinbare Bewegung bereitete ihm große Mühe. Er blickte nicht auf.

»Und was beabsichtigt Ihrer Meinung nach die Herzogin von Morland?«

Kent atmete tief durch und zwang sich, ins Feuer zu blicken, direkt ins Herz der tanzenden Flammen. »Das ist ein großes Rätsel, Mr. Bertillon. Ich bin mir nicht sicher. Im Palast gibt es zahlreiche Gerüchte darüber – es besteht kein Mangel an Geschichten; doch welche wahr ist ...? Das kann ich nicht sagen.«

»Sie möchte ihre Jugend verlängern?«

»Allermindestens.«

»Wir können annehmen, dass jemand an Bord der *Swallow* ist, dem Sie vertrauen?«

Kent nickte. »Jawohl, ich habe dort wen. Wie verlässlich, das wird sich zeigen.«

Bertillon hielt einen Moment inne, als riefe er sich die Liste von Fragen ins Gedächtnis, die man ihm aufgetragen hatte. »Dieser Professor Dandish – wir sind uns nicht ganz im Klaren, welche Rolle er gespielt hat. Er stand dem Palast-Arboretum als Berater zur Seite, so viel wissen wir, aber ...«

»Er hat im Geheimen für die Herzogin von Morland *Regis* angebaut«, sagte Kent, dann erhob er sich und trat vors Feuer.

Bertillon stieß den Atem aus; beinahe hätte er gepfiffen. Massenet schien nicht über alles im Bilde zu sein.

»Und die Clique um Palle, Mr. Kent? Stimmen unsere Listen überein? Palle, Wells, Beall, Rawdon, Noyes und natürlich Hawksmoor.«

»Sir Stedman Galton. Kronprinz Kori.«

Bertillon schaute auf, zögerte und sah zur Seite. »Ja, allerdings hegen wir die Hoffnung, dass Seine Königliche Hoheit den Irrtum des von ihm eingeschlagenen Weges noch einsieht.« Dann suchte er Kents Blick. »Wer enträtselt für sie das Geheimnis?«

»Vor allem Wells. Außerdem Galton. Und nun ist ein junger Mann namens Egar Littel hinzugekommen – er ist völlig unschuldig und weiß nichts von ihren Absichten.«

Bertillon nickte. »Der Unschuldige«, sagte er leise.

»Und von wem lassen Sie das Rätsel entschlüsseln?«, fragte Kent. Ein wenig Groll schwang in seiner Stimme mit. Als Bertillon sich überrascht zeigte, bemerkte Kent: »Ich hatte einem Austausch von Wissen zugestimmt.«

Bertillon nickte. »Eine Frau ... ich sollte nicht —« Der junge Musiker hob den Kopf, und vielleicht wusste er Kents Gesichtsausdruck zu deuten. »Miss Simoe Dewitt. Sie ist die Tochter des Linguisten Dewitt. Und Varese – Sie sind ja Zeuge unserer Torheit geworden, was ihn anbetrifft. Wir hatten auf Valary gehofft, doch jemand ist uns zuvorgekommen.« Er lächelte.

Schweigen. Die beiden Männer musterten einander wie Duellanten. Wie feindliche Brüder.

»Was wird man Ihrer Meinung nach als nächstes tun, Mr. Kent?«, fragte Bertillon schließlich.

Kent begann, vor dem Kamin auf und ab zu schreiten.

»Das ist nicht so leicht zu sagen. Was man beabsichtigt, wissen Sie schon. Palles Zirkel ist viel zu fasziniert, um rechtzeitig aufzuhören – man hält sich für weiser als selbst die Magi.« Er blickte zu dem Gemälde über dem Kaminsims auf, ein Porträt der Gräfin von Chilton, eines von vielen, die Kent gemalt hatte. »Zu viel hängt von der Natur des Textes ab«, sagte er mehr zu sich selbst und blickte seinen Gast hoffnungsvoll an.

Bertillon schüttelte den Kopf. »Da wissen wir nicht mehr als Sie.«

»Selbst wenn die Übersetzung gelingt, genügt das nicht – das behauptet wenigstens Valary. Die *Regis*-Saat wird benötigt, und Zeit, um zu lernen – sehr viel Zeit womöglich, das wissen wir nicht. Ferner benötigt man jemanden mit Talent. Ohne einen Talentbegabten scheitert das Vorhaben.«

»Flattery?«

»Das müssen schon Sie mir sagen, Mr. Bertillon. Haben Sie ihn nicht persönlich geprüft?«

Bertillon nickte. Er zeigte keine weitere Überraschung über das Ausmaß von Kents Wissen. »Sonst gibt es niemanden?«

»Nun, ich hege eine Befürchtung ...«

Bertillon zog die Brauen hoch.

»Tristam Flattery hat einen Cousin, Lord Jaimas.«

»Gehört er zu Palles Gruppe?«

»Nein. Nein. Noch nicht jedenfalls, und es ist unwahrscheinlich, dass er sich auf ihre Seite stellt. Sein Vater, der Herzog, stand Palle schon immer misstrauisch gegenüber. Lord Jaimas ist kein Dummkopf. Ich habe auch nur so ein Gefühl, wissen Sie. Aber ich beobachtete ihn trotzdem.« Kent blieb stehen. »Und Sie, Mr. Bertillon – wie weit sind Sie?«

»Nicht sehr weit. Längst nicht so weit wie Palle und seine Freunde, das steht einmal fest.«

»Aber Sie selbst – Sie besitzen Talent? Sonst hätten Sie die Prüfung schließlich nicht durchführen können.«

Bertillon wischte einen Krümel vom Tisch. »Jawohl, wenn auch nur in sehr geringem Maße, Mr. Kent. Nicht mit Ihrem jungen Freund Tristam Flattery zu vergleichen. Diese Prüfung zu erlernen ... im Vergleich dazu war es ein Kinderspiel, mir das Pianumspiel anzueignen.«

»Aber der Mühe wert. Unschätzbar wertvoll, würde ich sagen.«

Bertillon nickte. »Vielleicht sollte ich die Bekanntschaft des jungen Lords machen. Dann könnte ich Ihnen Ihre Frage ein für allemal beantworten.«

»Ich bin mir nicht ganz schlüssig, wie wir dergleichen arrangieren sollten, aber ich denke darüber nach.« Eine Weile schwiegen sie beide.

»Wenn Prinz Kori nicht von seinem Irrtum abgebracht werden kann, Mr. Kent ... Nun, in Entonne macht man sich Gedanken über die Thronfolge.«

Bei diesen Worten überfiel Kent eine schwere Bestürzung, doch hielt er sich mit aller Willenskraft davon ab, das erregte Schreiten wiederaufzunehmen. Das war ein ausländischer Agent, der diese Äußerung wagte. Ein ausländischer Agent unter Kents Dach!

»Es wäre unklug, sich da einzumischen, Mr. Bertillon.«

Der Musiker blickte auf. »Unklug?« Er schüttelte den Kopf. »Mit unklugen Dingen befassen sich viele Menschen. Wir sind gezwungen, verzweifelte Maßnahmen zu erwägen, Mr. Kent. Unklug? Dem stimme ich durchaus zu. Aber was sollen wir sonst tun? Sie wissen doch, was auf dem Spiel steht.«

Im Kamin verrutschte ein Scheit und ließ Funken aufstieben. Kent fühlte sich nun restlos unbehaglich und bereute jedes einzelne Wort, das er diesem Mann geantwortet hatte. Er deutete auf den Brief, der auf dem Tisch lag. »Sie sind sich im Klaren, dass ich damit nicht nur den Grafen zur Rückkehr nach Entonne zwingen, sondern auch anderen großen Schaden anrichten könnte.«

»Vielleicht.« Bertillon lockerte die Finger, als wollte er wieder in die Tasten greifen. »Graf Massenet ist ein Ehrenmann, Mr. Kent, und würde die Dame keinem Risiko aussetzen. Er vertraut darauf, dass Sie Ihr Wissen nur dann benutzen, wenn es unumgänglich ist.«

Kent schüttelte den Kopf. »Seltsame Ehrauffassung«, brummte er.

»Der Graf handelt mit Erlaubnis der Dame, Mr. Kent«, erklärte Bertillon ruhig und ohne zu erkennen zu geben, dass der Maler soeben seinen Freund beleidigt hatte.

Kent hob ruckartig den Kopf. »Stimmt das?«

Bertillon nickte.

»Blut und Flammen«, entgegnete der Maler.

Noch immer stand Kent vor dem Feuer – mehr aus Gewohnheit denn aus Notwendigkeit. Bertillon hatte sich in den Salon zurückgezogen und einen Kerzenleuchter vom Tisch mitgenommen, was die Schatten vertiefte und die Farben verdunkelte. Aus dem Salon drang nun außergewöhnliche Musik in einer Molltonart, sehr melancholisch und von düsterer Melodik. Kent kannte das Stück nicht, doch die Komposition war sehr ausdrucksstark. Bertillon musste fürchten, dass er sein Anliegen mit den stets so unzuverlässigen Worten nicht verdeutlicht hatte, und zog sich nun auf sein wahres Ausdrucksmittel zurück. Zweifellos spielte er ein Requiem.

Kent klopfte auf seine Westentasche und bemerkte, dass er den Diamanten ganz vergessen hatte, doch er zog nicht einmal in Betracht, ihn jetzt noch zurückzugeben.

Er blickte zum Portrait der Gräfin hoch, und ihre gebieterischen blauen Augen schauten kühl zu ihm herab. »*Isollae*«, flüsterte er.

3. Kapitel

Durch das offene Oberlicht wehte Blumenduft in die Kammer, und der war auf einem Schiff so ungewöhnlich, dass es Tristam aus dem Schlaf riss wie eine Berührung, er war wie ein Glockenschlag für seine Sinne. Tief sog er die Luft ein, das prickelnde Zimtaroma sonnengewärmter Erde, gemischt mit ... womit eigentlich? Honig, Lavendel, Flieder und Pflaume: Die süßesten Düfte, an die er sich erinnerte, reichten an diesen Wohlgeruch nicht heran. Er hatte ihm sogar seine Träume versüßt, denn er hatte geträumt ... wovon? Von etwas Behaglichem, Wohligem, vage Sinnlichem. Nach Wochen in der Enge der *Swallow* wirkte dieser Duft wie ein Lichtschimmer auf einen Blinden.

Die Vorwärtsbewegung der *Swallow*, an die er sich so gewöhnt hatte, fehlte. Die Bark lag bei und schaukelte nur leicht auf den flüsternden Wellen.

Varua, dachte Tristam; *wir liegen vor Varua*. Er rollte sich von der Hängematte und suchte im Dunkeln nach seiner Kleidung.

Als er auf Deck kam, wehte ein leichter Passat und trieb das Blumenparfum zur Insel zurück. Tristam blieb am oberen Ende des Niedergangs stehen und begriff, dass er nicht allein war. Nicht nur die ganze Wache stand auf Deck, andere waren ebenfalls gekommen. Stille Erwartung lag in der Luft. *Land.* Kein gewöhnliches, sondern die sagenumwobene Insel Varua. Die lange Reise war vorüber.

Gregory hatte berichtet, die Varuaner seien das zufriedenste Volk auf der bekannten Welt, und hatte die Inselgruppe als die Eilande des Glücks bezeichnet. Tristam hatte die Berichte immer für übertrieben gehalten, aber nun bemerkte er selbst, wie seine Fantasie Purzelbäume schlug.

Eine Gruppe Matrosen räkelte sich auf dem Vorderdeck und sang leise – ein trauriges Lied, das die Jacks sehr liebten.

Vergrabt mich ganz tief, fünfzig Faden oder mehr,
Außer Sicht von allem Lande.
Und wenn ich 'nen Sohn hab',
Beim Rauschen und Tosen der See –
Der soll bloß bleiben am Strande.

Tristam trat vom Luk an die Reling. Am westlichen Horizont waren die Sterne auf einem kleinen Stück verdeckt: die dunklen Bergspitzen der Insel. Hörte er nicht sogar die Brandung? Dort beendeten die Wellen, die vor dem Passat den Großen Ozean überquert hatten, ihre wochenlange Reise, und warfen sich aufs Riff. Tristam dachte an die Wanderschaft der Lachse, die wochenlang flussaufwärts schwimmen in den Tod.

Meine Heuer verprass' ich am Kai,
denn sie war für sechs Monde und länger.
'ne alte Dirne mit 'nem Herzen aus Stein,
die nimmt mich zu ihrem Freier.

Also vergrabt mich ganz tief ...

»Allmählich glaubte ich, wir würden nie ankommen.« Die Herzogin stellte sich neben Tristam und drückte seine Hand, die auf der Reling ruhte. Dann schien sie sich an seine Wunde zu erinnern und zuckte erschrocken zurück, als hätte sie etwas Heißes berührt.

Im matten Licht des Sternenhimmels glich ihr Gesicht einer Maske, die Tristam unwillkürlich ans Theater denken ließ. Er überlegte, welche Figur wohl diese Maske getragen hätte. Nicht die Naive, Unschuldige, das stand fest; nicht die pflichtbewusste Gattin, ganz gewiss nicht die alte Vettel. Elorin Herzogin von Morland war nur sie selbst: die schöne Witwe mit mehr Verstand, als farrische Frauen offenbaren sollten, und mit größerer Strenge, als ein Minister des Königs nach außen trug. Und doch schlug hinter dieser Maske ein Herz, das aufrichtig einer verlorenen Liebe nachtrauerte – so glaubte Tristam zumindest –, und dessen Charakter gerade durch die Umstände enthüllt wurde, welche die Herzogin auf sich nahm, um ihn zu verbergen.

»Ich habe oft den großen Globus im Merton College betrachtet«, sagte Tristam, »und trotzdem niemals die Größe des Ozeans begriffen. Manches kann nicht mit dem Verstand allein erfasst werden.«

»Ich war davon überzeugt, aus Ihrem Munde niemals ein Eingeständnis wie dieses zu hören, Tristam Flattery.« Er glaubte, die Maske lächeln zu sehen, spöttisch, aber nicht grausam.

Eine Sternschnuppe schoss über den Himmel, und Tristam wünschte sich etwas, ohne zu wissen, was ihm peinlicher war: der Drang zu wünschen oder der Wunsch selbst, welcher etwas mit dieser Frau neben ihm zu tun hatte.

»Auch ich habe ein Geständnis zu machen«, sagte sie sehr leise.

Während der Reise hatte sich keine weitere Gelegenheit geboten, gemeinsam eine Nacht zu verbringen. Die Vertrautheit, die aus ihrem Flüstern sprach, reichte nun aus, um Tristams Blut in Wallung zu bringen, obwohl er genau wusste, dass sie diese Wirkung nicht beabsichtigt hatte.

»Ich kann es kaum fassen, doch ich bedaure, dass unsere Reise sich dem Ende nähert«, sagte sie, und ihr Atem roch so süß wie der Blumenduft. »Solch ein Schiff ist wie eine Insel: Man ist von vielen Vergnügungen ausgeschlossen, die man liebt, aber es werden auch alle Angelegenheiten ferngehalten, die man verabscheut. Kein Sekretär erreicht Sie, es gibt keine Post, keine unerwünschten Besucher, keine Ränke schmiedende Höflinge, keine Klatschmäuler, keine Überraschungen, die unversehens vor der Tür stehen. Wir blieben sogar unbehelligt von all dem leeren Gerede, das unsere Stellung mit sich bringt.« Sie lächelte zufrieden in die Dunkelhei. »Selbstverständlich könnte man einiges an Bord dieses Schiffes verbessern, aber es hat uns über das weite Meer getragen, und diese Erfahrung werde ich so leicht nicht vergessen. Der Puls meines Lebens scheint sich verlangsamt zu haben. Die meisten Sorgen sind von mir abgefallen – denn was kann ich an Bord dagegen unternehmen? Kein bisschen. Der Rhythmus meiner Existenz hat sich der Bewegung des Schiffes auf den Passatwellen angepasst. Ein träges Heben und Senken, regelmäßig bis aufs Äußerste, dabei kraftvoll und sanft zugleich ...« Sie verstummte in ihrer Erklärung wie das Rauschen des Kielwassers, wenn das Schiff anhält »Ich bin nicht wortgewandt genug, um dies wirklich treffend auszudrücken.«

»Das ist wohl niemand«, entgegnete Tristam. »Aber ich glaube, ich empfinde das gleiche. Das stellt sich ein, wenn man eine Weile auf hoher See verbringt. Die Seeleute sagen, das Meer verändere den Menschen.«

Vielleicht nickte die Herzogin, denn die Schattenlinien auf der Maske verschoben sich ein wenig. Beide schwiegen sie und blickten auf die dunkle Fläche am Horizont, während vom Vorderdeck die tiefen Stimmen der Jacks in die Nacht hinaussangen.

An Land gibt's kein'n Flecken für 'n Seemann,
wo sein Herz frei wandern kann,
deshalb verließ ich das Land
  mit seinem Herzen aus Stein,
und fuhr wieder hinaus auf See.

Ach, vergrabt mich ganz tief ...

Erst am folgenden Nachmittag trat seiner Majestät Vermessungsbark *Swallow* in den Kanal der Lagune ein, denn zwischen den Korallenriffen kann man nur mit der Sonne im Rücken navigieren, sonst verbergen sich die Gefahren unter dem Wasserspiegel durch die Reflexionen auf der Oberfläche.

Varua erhob sich aus dem Ozean, die Gipfel der grünen Berge waren teils hinter Wolken verborgen und teils von dunklen Vorhängen seidigen Regens reingewaschen, die der Wind Wolldocken gleich über die Hochtäler und steilen Klippen fegte. Die tropische Sonne beleuchtete die schwankenden Farnwedel und Blätter, die Tristam an Flimmerhärchen denken ließen – als wären die smaragdfarbenen Böschungen die Flanken eines großen Organismus.

Dieser Kontrast von Licht und Dunkelheit – strahlendes Grün gegen die Schatten von Wolken und graue Regenschleier – belebte die Szenerie, und auch der langsame, machtvolle Rhythmus der Brandung mit ihren Kronen aus schneeweißem Schaum trug zur Dramatik bei: der Friedhof der weißschöpfigen Brecher.

Dem Gestirn, das auf die Länder am Entide-Meer schien, ähnelte diese Sonne überhaupt nicht mehr. Ihre Strahlen verliehen allen Farben eine erstaunliche Leuchtkraft. Die Luft schien das Licht überhaupt nicht gebrochen zu haben, es war klar und warm. Tristam erschien es geradezu rein und unbefleckt von Menschentaten.

Von seinem Ausguck im Großmars konnte Tristam auf den Grund der Lagune blicken, wobei der Schatten der *Swallow* auf dem Meeresboden voraneilte, als überflöge sie ein großer Vogel.

»Legen Sie sich davon eine Windung um die Hüften«, sagte Leutnant Osler und hielt ihm ein Tauende hin. »Wenn wir auf eine Korallenspitze laufen, wirft es uns sonst aufs Deck. Ein Schicksal, das dem Zorn des Kommandanten vielleicht sogar vorzuziehen wäre.«

Tristam nahm die vom Salz gehärtete Leine und knotete sie sich lose um die Taille. Eine Schule Fische schoss vor dem näherkommenden Schatten davon wie helles Herbstlaub, in das ein plötzlicher Windstoß fährt.

Die beiden Männer saßen nebeneinander auf der Mars und ›lotsten‹ das Schiff durch die schwierigen Stellen der Lagune, die manchmal einem wahren Labyrinth glich. Einige Korallen wuchsen bis dicht unter die Wasseroberfläche.

Zum Glück waren sie an einem schönen Tag wie diesem leicht zu erkennen: Das hellfarbige Wasser – sandbraun und blass türkis – ließ sich ohne Mühe vermeiden. Das

Schiff blieb in den tieferen Blau- und Grüntönen, und Osler rief dem Rudergänger die Anweisungen zu.

Unten auf Deck stand die Herzogin mit Dr. Llewellyn und ihrer Gesellschafterin an der Reling. Ihr Sommerkleid lugte unter dem gelben Sonnenschirm hervor, gelegentlich schaute sie zu Trisatm hinauf und lachte entzückt wie ein Kind, wenn sie seinem Blick begegnete. Dann leuchteten ihre weißen Zähne in dem sonnengebräunten Gesicht.

Auf der anderen Seite der Lagune standen am Ufer elegant geschwungene Palmen. Ihre zottigen Wipfel wiegten sich in den Fallwinden, die vom Hochland der Insel herabwehten. Es gab keinerlei Anzeichen für Besiedlung, keinen Rauch von Kochfeuern. Die Insulaner zogen es vor, an den Ostufern zu leben, wo der Passatwind blies und ihnen die zahlreichen Insekten ein wenig vom Leibe hielt. Nur gelegentlich stießen Gruppen zu den westlichen Ufern vor, um Kokosnüsse und andere Früchte zu ernten oder in der Lagune zu fischen und nach Muscheln zu tauchen. Davon abgesehen gehörten die Westufer dem Eremiten oder heiligen Mann, welcher der Einsamkeit bedurfte, und die war unter den geselligen Varuanern nur schwer zu finden.

Das Wasser war auf geradezu unglaubliche Weise klar. Man hätte glauben können, dass die *Swallow* durch die Lüfte segelte wie die Schwalbe, deren Namen sie trug. Und wie um die Wahrheit dieses Eindrucks zu beweisen, schweifte ein Rochen träge durch das Wasser und gab sich den Anschein, als könnte der leichte Schlag seiner Schwingen ihn durch die unsichtbare Oberfläche tragen, damit er seinen Platz unter den Vögeln einnähme. Rings um das Schiff schrien Seeschwalben; sie tauchten klatschend in die Lagune und zeigten, dass es Himmel und Wasser gab.

Das Schiff hatte sich der Insel nun genähert, und Tristam richtete das Glas für einen Moment dorthin; er suchte die Bäume und blühenden Büsche heraus, die er kannte – die kleine weiße Blüte, nach der er suchen sollte, sah er zu seiner Erleichterung nicht. Die Bäume, die von den Insulanern so sehr bewundert wurden, gediehen im Überfluss: Brotfruchtbäume, Kokospalmen und Bananenstauden, von denen sie den größten Teil ihrer Nahrung bezogen.

In der letzten Woche hatte Tristam zwischen Begeisterung und Grauen geschwankt. Die Ankunft in Varua würde alle Übel hervorbrechen lassen, die während der Reise unter der Oberfläche geschlummert hatten.

Tristam sah an Deck Llewellyn durch sein Fernrohr spähen – Llewellyn, der *Regis*-Saat an Bord dieses Schiffes gebracht hatte; Dr. Llewellyn, der Tristam mit einer Arznei gerettet hatte, die ein Neffe Erasmus Flatterys niemals hätte einnehmen dürfen; Llewellyn, welcher der Herzogin gegenüber behauptete, nur er könne Tristam in den Tagen, die ihnen bevorstanden, am Leben erhalten. Tristam rieb sich das Handgelenk, dann zog er die Manschette herab, um die Narbe zu bedecken.

In den vergangenen Wochen hatte er sich bemüht, so viel wie möglich von der Eingeborenensprache zu lernen. Dabei war Llewellyn ihm eine große Hilfe gewesen, denn der Mediziner erfasste die Sprache mit erstaunlicher Mühelosigkeit, vor allem, wenn man bedachte, dass er noch nie in Oceana gewesen war. Trotzdem war Tristam schnell aufgefallen, dass Llewellyns Kenntnisse entweder eine ganz entscheidende Lücke aufwiesen oder aber der Mediziner nicht bereit war, sein Wissen auf einem bestimmten Terrain mit dem Naturforscher zu teilen: Tristam lernte von ihm keinerlai Begriffe, die mit der varuanischen Religion zusammenhingen – welche indes das Leben der Insulaner beherrschte. Danach gefragt, zuckte der Arzt jedes Mal die Schultern, und das leutselige Lächeln, das Tristam so verabscheute, trat auf sein Gesicht. »Vielleicht kommen Sie in die Lage, dieses besondere Gebiet zu bearbeiten, Tristam. Llewellyn muss einräumen, davon nichts zu wissen.«

Gerade das aber war nach Tristams Dafürhalten sehr unwahrscheinlich. Llewellyn behielt ausgewähltes Wissen für sich. Den Grund dafür kannte Tristam nicht. Seine Abneigung gegenüber dem Arzt hatte sich jedenfalls sehr gesteigert. Selbst das Mitgefühl, das Tristam ihm wegen seiner Krankheit entgegenbrachte, schwand dahin. Der Mensch verschwieg ihm einiges mit Bedacht.

Plötzlich streckte Osler den Arm aus und peilte daran entlang. »Insulaner!«

Tristam hob sein Perspektiv und sah nicht weit entfernt auf einer Landzunge ein Dutzend Frauen leichtfüßig über den Strand laufen. Ihre kräftigen, braunen Beine glänzten im Sonnenlicht. Der Wind wehte durch ihr schwarzes Haar, und ihre zimtfarbene Haut wurde von bunten Tüchern, die sie um die Hüfte geschlungen hatten, kaum bedeckt. Als Schmuck trugen sie Blüten im Haar und Blumenkränze um den Hals. Tristam war ergriffen, der Traum aus seiner ersten Nacht in Avonel kam ihm in den Sinn.

»Ich glaube, der Steuermann wäre zuversichtlicher, wenn Sie Ihr Augenmerk wieder auf die Lagune richten könnten«, ermahnte Osler ihn leise.

Hastig senkte Tristam den Blick und sah, dass Hobbes, die Hände in die Hüften gestemmt, zu ihm heraufstarrte. Tristam begab sich wieder an seine Aufgabe – die streng genommen gar nicht seine Aufgabe war, denn er gehörte nicht zur Schiffsbesatzung.

Auf- und abflauende Böen trieben die Bark stoßweise voran; die *Swallow* schien sich in Sprüngen dem Punkt zu nähern, wo man kein Fernrohr mehr benötigte, um die Schönheit der Frauen bewundern zu können. Die Offiziere strichen an Deck hin und her; das Geräusch eines Tampens untermalte die leisen Laute des Tages und trieb die liebeshungrigen Matrosen zurück an ihre Arbeit.

Als das Schiff dicht genug herangekommen war, begannen die Frauen zu singen, und die Brandung schlug einen pulsierenden Rhythmus. Zu dieser Musik tanzten sie langsam und grazil und winkten lockend mit den Armen. Das Lied klang verführerisch, geradezu bezaubernd, und Tristam spürte den Biss des Seiles um seine Taille, als er sich weit vorbeugte, um einen letzten Blick auf die Singenden zu werfen, bevor sie hinter einem Segel verschwanden. Einige Frauen streiften ihre Pareos ab und sprangen kopfüber wie Seehunde in die Lagune.

»Nun«, bemerkte Osler, »anscheinend ist manches, was man von Varua hört, keine Übertreibung. Ich glaube nicht, dass man ihre Absichten missverstehen könnte.«

»Sollten wir nicht lieber den Kurs nach Backbord ändern?«, fragte Tristam plötzlich.

»Einen Strich backbord!«, rief Osler auf Deck hinunter.

Im Lee der Insel blockierten die Berge den Passat, und als der Nachmittag zum Abend wurde, ließen auch die Fallwinde nach. Stern beschloss, vor einem Streifen Strand für die Nacht vor Anker zu gehen, bevor die rasch einbrechende tropische Dunkelheit die Navigation gefährlich machte.

In der kurzen Dämmerung ging Tristam mit einem Boot an Land, das ausgesandt war, um Palmwedel zu sammeln – auf Varua ein Symbol des Friedens. Während die Jacks unter Oslers Befehl am Strand ihren Auftrag versahen, entfernte sich Tristam ein wenig; er sehnte sich nach Abgeschiedenheit. Nie zuvor war ihm bewusst gewesen, wie wertvoll die Zeit ist, die man allein mit sich verbringt. Das Leben an Bord dieses Schiffes hatte in ihm die Erinnerungen an das Internat wachgerufen, wo Privatsphäre fast unmöglich gewesen war.

Unter den nackten Sohlen und zwischen den Zehen spürte er den weichen, mehlfeinen Sand. Um die halbe Welt war er zu dieser saftgrünen Insel gefahren, und eigentlich konnte er noch immer nicht glauben, tatsächlich angelangt zu sein.

Er stieg auf einen Felsen und merkte sogleich, dass er noch immer nicht ganz bei Kraft war. Er setzte sich und blickte in den rasch verblassenden Sonnenuntergang, über die breite, türkisefarbene Lagune und auf das geankerte Schiff.

Tristam fuhr mit der Hand über den glatten Fels, gealtertes Vulkangestein, und dachte an die Varuaner. Sie verstanden sich nur auf die einfachsten Steinmetzarbeiten, und doch fand sich überall auf der Insel kunstvoll behauener

Stein; Trevelyan hatte angedeutet, dass sich unter der üppigen Vegetation sehr viel verbergen könnte. Man glaubte, dass die varuanische Kultur auf den Ruinen einer älteren Gesellschaft lebte. Einer älteren Kultur, die über grundlegende technische Kenntnisse verfügt und es verstanden hatte, mit Stein zu bauen.

In diesen Breiten kam die Dunkelheit rasch. Sie floss aus den Schatten, als sei das Sinken der Sonne ein Signal, das den Zauberbann des Lichtes brach. Auf der *Swallow* wurden die Laternen entzündet - winzige, flackernde Flämmchen von Menschen, die sich in der Finsternis fürchteten. Aber auch Tristam, der die Nacht liebte, fühlte sich hier allein und mit dem dunklen Dschungel im Rücken ein wenig beklommen.

Er fuhr herum. Plötzlich hatte er das Gefühl, er werde beobachtet, er war sogar sicher, ein Augenpaar zu sehen, das ihn anstarrte - schwach leuchtende Augen in einem dunklen Gesicht unter einer verfilzten Haarmasse. Dann war die Erscheinung fort, doch das Geräusch zurückschnellender Zweige und leise Schritte verrieten Tristam, dass er sich nichts eingebildet hatte.

Einen Augenblick starrte Tristam mit angehaltenem Atem in die Dunkelheit, dann sprang er auf und eilte zum Strand. Er brauchte die Gesellschaft seiner Schiffskameraden.

4. Kapitel

Das Landhaus des Herzogs und der Herzogin von Blackwater konnte sich dreiundzwanzig Schlafzimmer rühmen, was Alissa Somers nicht aus dem Kopf ging, während sie das Gewirr aus Korridoren und Zimmern durchstreifte. Sie erkundete einen der alten Flügel, die im Winter abgesperrt und ungeheizt blieben und weder von der Familie noch vom Personal weiter beachtet wurden. Wie eine Entdeckerin kam sie sich vor, denn das Haus war so weitläufig, und die Korridore war so verzweigt, dass sie es durchaus für möglich hielt, tagelang darin umherirren zu können.

»Ein Lageplan wäre sehr nützlich«, murmelte sie. Der Flur, dem sie folgte, schien allein der Aufbewahrung von Familienportraits zu dienen, die man für so geringwertig hielt, dass man ihnen während der Wintermonate nicht den Schutz von Wärme zukommen ließ. Einen ernst dreinblickenden Jungen hielt sie zuerst für ihren Jaimy, doch als sie das Bild genauer betrachtete, entdeckte sie, dass es sich vielmehr um Erasmus Flattery im Alter von sieben Jahren handelte. Das rief ihr ins Gedächtnis, weshalb sie eigentlich hierher gekommen war. Sie ging weiter, und das Klacken ihrer Schritte auf dem Holzboden hallte von den hohen Wänden wider.

Als Kind war ihr das Elternhaus in Merton so geräumig erschienen, voll verborgener Zufluchtsorte hatte es gesteckt, wo Kinder abgeschieden von der Erwachsenenwelt spielen konnten: der Wandschrank unter der Treppe, der hohle Baum am Gartenrand, der Tunnel, der in die alte Hecke führte, und – das Beste von allem – der Dachboden. Den hatte Alissa innig geliebt und zugleich gefürchtet! Heute aber sah sie, dass man das traute Heim ihrer Kindheit in einem einzigen Flügel des Familienlandsitzes der Flatterys hätte unterbringen können – und zwar mehrmals!

Noch einmal blieb sie vor einem Portrait stehen– es zeigte

ihren zukünftigen Schwiegervater. Er sah nicht so gut aus wie sein Sohn und wirkte, nach dem Gesichtsausdruck zu urteilen, nicht annähernd so glücklich wie Jaimy, war aber gleichwohl ein beeindruckender Mann. Allmählich keimte in Alissa eine gewisse Zuneigung für das Familienoberhaupt. Edward Herzog von Blackwater brachte der Bürgerlichen, die ihr Herz an seinen Sohn verloren hatte, sichtlich großen Gefallen entgegen, und Alissa wusste noch immer nicht recht, wie sie darauf reagieren sollte.

Nun, mir geht es nicht um gesellschaftlichen Aufstieg. Das werden mir viele wohl niemals glauben, aber ich will nicht annehmen, dass der Herzog zu ihnen gehört.

Nein, der Herzog von Blackwater war ein recht guter Menschenkenner, und dieser Scharfsinn beunruhigte sie ein wenig. Weil Alissa unsicher war, womit sie sich die Zustimmung des Herzogs erworben hatte, fürchtete sie nun, dass sie ihn sich durch anderes, ebenso unbewusstes Verhalten wieder entfremden könnte. Außerdem war sie in einen Plan Averil Kents verstrickt: Für ihn sollte sie herausfinden, ob der Herzog Schriften aus dem Nachlass seines berühmten Onkels verborgen hielt.

Alissa war sich noch immer nicht recht darüber klar, wieso sie Mr. Kent gestattet hatte, sie in seine Nachforschungen zu verwickeln. Der Kunstmaler hatte an ihren ausgeprägten Gerechtigkeitssinn appelliert, welcher wohl stärker war, als sie gedacht hätte. Dazu kam Kents Aufrichtigkeit. Niemand konnte bezweifeln, dass er ein Ehrenmann war, ein Ehrenmann alter Schule, ähnlich ihrem Jaimas und dessen Cousin, der um Jaimys willen bei ihrem Vater vorgesprochen hatte.

Freilich hatte sie Mr. Kents Auftrag nicht übernommen, ohne einige Stunden damit zu verbringen, ihr Handeln zu rechtfertigen, wenn auch nur vor ihrem eigenen Gewissen. Dabei war sie zu dem Schluss gelangt, Mr. Kents Ansinnen nur deswegen zu folgen, weil sie ihm beweisen wollte, dass er sich irrte. Folglich tat sie einem alten Freund ihrer Familie einen Dienst, ohne dabei Jaimys Familie zu schaden. Das war durchaus akzeptabel.

Jedenfalls so lange, bis sie mit ihren Nachforschungen begann. Sie hatte sich mit einem etwa gleichaltrigen Dienstmädchen angefreundet. Von Anfang an bestand eine gewisse Anziehung zwischen ihnen, vermutlich, weil Alissa nicht dem Adelsstand entstammte. Während mehrerer Unterhaltungen hatte Alissa erfahren, dass unter den Dienstboten häufig über den Nachlass von Erasmus Flattery getratscht wurde. Zahlreiche Stücke seien unter der Aufsicht des Herzogs und seines Sekretärs aus dem Haus des Verstorbenen entfernt worden, wurde behauptet. Alle, die dabei beteiligt gewesen waren, hatten schwören müssen, Stillschweigen zu bewahren – als hätte das Leben unter der Treppe sich plötzlich völlig geändert, als wäre dort ein Geheimnis gut aufgehoben.

Im Getuschel von Dienstboten steckte gewöhnlich ein Körnchen Wahrheit, so viel wusste Alissa. Folglich musste sie sich fragen, ob Averil Kents Verdacht eventuell doch auf solider Basis fußte. Und folglich konnte Alissa Somers sich nicht mehr des Prinzips gewiss sein, dem sie folgte; wenn sie nicht länger darauf bedacht war, den Namen von Jaimys Familie in den Augen Mr. Kents reinzuwaschen, was um alles auf dem Erdball tat sie dann?

Sie bog um eine Ecke und gelangte in einen weiteren Gang, der nur durch die Lichtbalken zwischen den hohen Ritzen der Fensterläden erhellt wurde. Hier irgendwo musste die Tür sein, nach der sie suchte.

Alle Flatterys kamen mit so großer Neugier auf die Welt, dass sie im Laufe der Generationen eine gewaltige Sammlung von Büchern, Monografien und Zeitschriften angehäuft hatten. Die schöne Bibliothek am zentralen Innenhof konnte beileibe nicht alle Bände aufnehmen, die sich im Laufe der Jahre angesammelt hatten, und deshalb war, so hatte Alissa erfahren, eine zweite, weniger elegante Bibliothek angelegt worden, wo man das Unbedeutendere aufbewahrte.

Alissa glaubte natürlich nicht, dass der Herzog sich die Mühe gemacht hatte, die Schriften Erasmus Flatterys zu entfernen, nur um sie dann in einer unverschlossenen

Bibliothek aufzubewahren, wo jeder einen Blick hineinwerfen konnte. Aber sie wusste keinen besseren Anfang für ihre Suche, als zunächst das Offensichtliche auszuschalten.

Nachdem sie sich vergewissert hatte, dass sich in der Hauptbibliothek kein Exemplar von Dennis' ›Mondschein am Winterende‹ befand, erwähnte sie beim Frühstück, wie gern sie dieses Buch immer habe lesen wollen. *»Gibt es irgendwo in diesem Haus vielleicht eine Ausgabe davon?«* Der Herzog hatte ihr augenblicklich angeboten, einen Diener in der zweiten Bibliothek danach suchen zu lassen, doch Alissa wandte ein, dass sie dann des größten Vergnügens in ihrem Leben beraubt würde, nämlich in vollgestopften Bücherregalen zu stöbern. Der Herzog war viel zu sehr Gentleman, als dass er Alissa ihres größten Vergnügens im Leben beraubt hätte – ganz wie sie von ihm erwartet hatte. Also war sie jetzt hier und kam sich ein wenig gerissen vor.

Vor einer gut zehn Fuß hohen Doppeltür blieb sie stehen. Wenn sie die Wegbeschreibung richtig verstanden hatte, musste sich dahinter die Bibliothek befinden.

Nachdem sie einen der schweren Flügel aufgeschoben hatte, bot sich ihr ein unerwarteter Anblick. Der Raum war warm und hell erleuchtet. Die weißen Kanten der Regale rahmten die versetzt angeordneten Reihen der Bücherrücken ein wie kostbare, vom Alter gedunkelte Gemälde. Zwei Fuß über Kopf zog sich ein Laufsteg entlang und ermöglichte den Zugang zu den oberen Hälften der Büchermauern. Gegenüber der Tür knisterte ein Feuer im Kamin, der mit Schnitzarbeiten verziert war.

Verblüfft blieb sie stehen. Sie hatte eine kalte, verstaubte, unbenutzte Bibliothek erwartet. Ohne Zweifel hatte der Herzog oder die Herzogin einen Diener vorausgeschickt, damit er dafür sorgte, dass Alissa in aller Behaglichkeit die Regale durchstöbern konnte. Darüber musste sie lächeln, denn die Familie erwies ihr fortwährend solche Freundlichkeiten, damit sie sich willkommen fühlte.

Alissa schloss die Tür und schnitt den kalten Luftzug vom Korridor ab. Bei dem Geräusch der sich schließenden Tür beugte sich ein Mann aus dem Lehnsessel vor, der ihn bis dahin verborgen hatte.

»Alissa?«

Sie fuhr zusammen; beinahe wäre sie davongerannt. »Herr Herzog ...? Sie haben mich erschreckt.«

»Dafür entschuldige ich mich, aber Sie dürfen gewiss sein, dass Ihnen innerhalb unserer Mauern niemals ein Leid geschieht, Alissa. Dafür schätzen wir alle Sie viel zu sehr.«

Der Herzog stand vom Sessel auf, ein großer, stattlicher Mann von dunklem Teint und trotz seiner Jahre recht gutaussehend. Er wies auf einen anderen Sessel und sagte: »Kommen Sie, setzen Sie sich zu mir ans Feuer. Die Kälte ist schrecklich, finden Sie nicht?«

Alissa nickte und zog ihr Schultertuch enger. Trotz all seiner Freundlichkeit schüchterte dieser Mann sie immer wieder ein. Er gehörte den höchsten Kreisen der farrischen Gesellschaft an und war ein erfolgreicher Mann, der im ganzen Königreich geachtet wurde.

Alissa war dankbar für die Wärme und setzte sich ein wenig hölzern in den angebotenen Sessel. Der Herzog legte ein Scheit nach und wendete fachmännisch die Glut. Alissa beobachtete ihn dabei und suchte nach äußeren Merkmalen, die er an seinen Sohn weitergereicht hatte. Das Gesicht des Herzogs wirkte energischer, die Züge schärfer, was sich allerdings der Lebenserfahrung zuschreiben ließ. In Größe und Statur glichen sie einander – nicht etwa, dass sie auf dergleichen achtete. Der Herzog hatte feines Kraushaar und trug wie die meisten Gentlemen einen kurzgeschnittenen Bart. Trotz seines kräftigen, maskulinen Körperbaus bewegte er sich elegant und benutzte seine Hände höchst ausdruckstark. Alissa gefiel dieser Gegensatz, denn er verlieh seiner Erscheinung ein wenig Weichheit.

Plötzlich wurde ihr klar, dass dieses Zusammentreffen kein Zufall sein konnte, und durch diese verspätete Erkenntnis kam sie sich einmal mehr wie eine Landpomeranze vor. Erneut meldete sich drohend der Gedanke, dass sie keine Mitgift einbrachte, und machte sie darüber verlegen.

Was würde Vater ihr für eine Standpauke halten, wenn er ihre Gedanken lesen könnte! Nach seiner Sicht der Welt besaßen Reichtum und Titel keinerlei Wert.

Der Herzog setzte sich wieder, schlug die Beine übereinander und lächelte sie an, ganz gewiss in der Absicht, sie zu beruhigen, was ihm aber nicht gelang.

»Sie sind durch den ›Korridor der Unähnlichkeit‹ gekommen?«, fragte er und wies mit einem langen Finger zur Tür. Sein Mund verzog sich zu dem gleichen Beinahelächeln, das auch ihr Jaimy aufsetzte, wenn er glaubte, geistreich zu sein.

Sie nickte und lächelte, um zu zeigen, dass ihr der Scherz nicht entgangen war.

»Es gehört zu den Traditionen meiner Familie, gescheiterte Kunstmaler zu unterstützen.« Er schüttelte leicht den Kopf. »Und das sage ich nicht nur zum Scherz.«

Jaimy schlug in Teint und Haarfarbe mehr seiner Mutter nach, doch hatten Vater und Sohn viele Gesten gemeinsam, und häufig zeigten sich Lachfältchen um ihre Augen, als würden sie gleich in Lachen ausbrechen, was Alissa sehr liebreizend fand. Natürlich hatte der Herzog tiefere Falten als ihr Jaimy, doch eines Tages würde desssen Gesicht ähnlich markant sein. Dagegen hätte sie nichts einzuwenden.

»Selbstverständlich gibt es in unserem Haus viele vorzügliche Gemälde«, fügte der Herzog rasch hinzu. »Daran kann kein Zweifel bestehen. Gelegentlich versicherten sich meine Vorfahren der Dienste wahrhaft talentierter Künstler, aber ich glaube, diese Fälle sind selten und allein auf ein gewisses Glück zurückzuführen.« Er zuckte mit den Schultern. »Nach der Heirat werden Sie jedenfalls von einem begabten Maler porträtiert werden. Die zukünftige Herzogin von Blackwater, zumal sie so entzückend ist, muss unbedingt die Wände unseres Hauses zieren.« Er beugte sich leicht zu ihr vor. »Und seien Sie versichert: Ihr Bild hängen wir schon nicht in einen ungeheizten Korridor.« Für einen Moment blickte er ins Feuer, stützte den Ellbogen auf die Sessellehne und legte einen Finger an das Auge, ganz wie Jaimy, wenn er sich in Gedanken verlor. »Wenn Sie natürlich einen bestimmten Künstler bevorzugen ... Ich glaube, Sie interessieren sich für Kunstmaler.« Er wandte sich ihr zu, und nun wirkte er ein wenig ernster – die Fältchen um seine Augen waren verschwunden. »Habe ich Sie bei der Geburtstagsfeier nicht mit Averil Kent sprechen sehen?«

Alissa zögerte – ein schuldbewusster Augenblick –, dann beeilte sie sich mit ihrer Antwort. »Mr. Kent, ja, das stimmt. Er ist ein Freund meines Vaters. Ich kenne ihn, so weit ich zurückdenken kann.«

»Gewiss. Wie schade, dass er keine Portraits malt.« Er nickte, als wolle er seine Feststellung bekräftigen. »Ein recht interessanter Mann, unser Averil Kent ... obwohl er einige sehr merkwürdige Vorstellungen hat.« Der Herzog blickte zum Fenster, wo das letzte Tageslicht von grauem Nebel verschluckt wurde. Der Anblick schien ihn eine Weile gefangen zu nehmen, bis er plötzlich sagte: »Kent hat sich bei mir einmal über meinen Onkel erkundigt, über Erasmus Flattery – wissen Sie, wen ich meine?«

Alissa nickte. Kein gebildeter Mensch konnte behaupten, noch nichts von dem großen Erasmus gehört zu haben, und doch kam es ihr vor, als gebe sie soeben mehr zu, als nur von seiner Existenz zu wissen. Ihr Platz auf der Sesselkante erschien ihr plötzlich höchst unsicher.

»Ja? Nun, ›erkundigen‹ ist nicht ganz zutreffend. Im Grunde hat Mr. Kent mich beschuldigt, Onkel Erasmus' Papiere nach seinem Tod versteckt zu haben. Ich war Testamentsvollstrecker, müssen Sie wissen.« Er schüttelte den Kopf. »Ich muss schon sagen, wenn der Mann nicht damals schon alt gewesen wäre und nicht im ganzen Lande in so hohem Ansehen gestanden hätte ...« Er ließ den Satz unvollendet. »Gewiss, er ist ein Freund Ihrer Familie und, wie ich weiß, ein guter Mann, aber ...« Er zog die Augenbrauen hoch, und Alissa sah die Anspannung um seinen Mund. »Als ob ich meinen eigenen Neffen bestehlen würde, denn Erasmus' Erbe ist Tristam.« Er verfiel in Schweigen und betrachtete eingehend das Teppichmuster.

Alissa fragte sich, ob ihr die Nackenhaare wirklich zu Berge standen oder ob es ihr nur so vorkam. Sie hatte das untrügliche Gefühl, der Herzog erwarte von ihr eine Entgegnung. Dabei war ihr Mund wie ausgetrocknet, sie hatte viel zu viel Angst, um zu sprechen.

Dann hörte sie zu ihrer großen Erleichterung den Herzog fortfahren. »Nun, vermutlich sind nicht wenige enttäuscht gewesen, als sich herausstellte, dass Erasmus vor seinem Ende sein ganzes Lebenswerk vernichtet hat. Ich muss gestehen, auch mich hat dieser Entschluss mit Trauer erfüllt. Das Lebenswerk eines brillanten, wenngleich sprunghaften Geistes - verloren. Welch bedauerlicher Verlust.«

Der Regen klopfte leise ans Fenster, ein Geräusch, das Alissa sonst sehr behaglich fand.

Der Herzog hob den Kopf und lächelte sie an. »Der Einzelne wird von anderen so unterschiedlich gesehen.« Mit einem Winken der Hand wies er auf die Tür und den Korridor dahinter, und die Lachfältchen zeigten sich wieder. »Sehen Sie sich nur die Portraits dort an, auch das von Erasmus. Jeder Künstler sah eine andere Person. Und es kommt sehr oft vor, dass ein Portrait von den Verwandten als völlig falsch abgetan wird, während die Freunde behaupten, die Darstellung sei so originalgetreu, dass sie ihnen schon unheimlich vorkomme.« Er lachte. »Verschiedene Augen sehen unterschiedliche Dinge, und manche Menschen lassen sich weniger leicht erfassen als andere, fürchte ich fast. Erasmus Flattery war solch ein Mensch, ein Mann höchster Komplexität mit nahezu unendlich vielen Stimmungen. Welcher Maler könnte hoffen, alle davon zu sehen, geschweige denn einzufangen?«

Alissa lächelte, zustimmend, wie sie hoffte: *Welcher Maler, allerdings.* Ihr wurde klar, dass sie es keinen Augenblick mehr auf ihrem Sessel aushalten konnte, und so erhob sie sich und stellte sich vor das Feuer. Dem Herzog den Rücken zuzukehren wäre unverzeihbar unhöflich gewesen, so gern sie es auch getan hätte. Sie wollte ihre Gefühle verbergen. Seine Augen, die sie durchaus nicht unfreundlich anblickten, schienen selbst ihre innersten Gedanken lesen zu können. Offenbar war sie beim Aushorchen des Dienstmädchens längst nicht so klug vorgegangen, wie sie sich eingebildet hatte. *Idiotin*, schimpfte sie sich. Die Familie Flattery ließ die neu Hinzugekommene wohl nicht aus den Augen. Vielleicht hatte man ihr das freundliche Zimmermädchen sogar geschickt. Zorn brandete in ihr auf - aber hatte sie nicht als Erste zu Heimlichkeiten gegriffen und die Flatterys getäuscht? War sie nicht mit verborgenen Absichten hierher gekommen? *Idiotin!*, schimpfte sie sich erneut.

Alissa warf einen Blick zu den dämmrigen Fenstern. Unsichtbare Regentropfen trommelten an die Scheiben. »Ich ... Gewiss hatten viele Empiristen gehofft, etwas über den geheimnisvollen Erasmus Flattery aus seinen nachgelassenen Schriften zu erfahren, Herr Herzog. So viele Gerüchte rankten sich um Ihren Herrn Onkel - schon allein wegen seiner Verbindung zu Lord Eldrich ...«

Der Herzog nickte. »Ganz genau. Gerüchte - die zumeist von Menschen aufgebracht worden sind, die es besser hätten wissen sollen. Der arme Kent; ich fürchte, seine Enttäuschung war so groß, dass sie ihn zu unbesonnenen Worten verleitet hat.« Er hob die Achseln. »Aber das ist nun schon viele Jahre her, und selbstverständlich verkehren wir miteinander wieder auf bestem Fuß. Ich wollte keineswegs gegen einen alten Freund Ihrer Familie sprechen, und schon gar nicht gegen jemanden, der so gutherzig ist wie unser Mr. Kent.« Er streckte den Arm nach dem kleinen Tisch neben sich aus, schlug den Deckel des darauf liegenden Buches auf und verdrehte den Kopf, um das Titelblatt lesen zu können. Dann blickte er auf, als sei ihm nun wieder eingefallen, was er sagen wollte. »Die Herzogin und ich würden sehr gern einen bekannten Maler engagieren, dass er Ihr Portrait anfertigt, Alissa. Bald sind Sie eine von uns – man wird Sie Lady Alissa nennen. Ich hoffe, Sie sind mir nicht gram, wenn ich das sage, denn selbstverständlich beabsichtigen wir nicht, Sie vom Busen Ihrer Familie zu reißen. Nicht im Geringsten. Die Somers und die Flatterys sollen eng miteinander verkehren. Darauf hoffe ich, und die

Herzogin ebenso.« Wieder entstanden die Fältchen um seine Augen, und er lächelte. »Ich möchte sagen, dass wir ein wenig Substanz gebrauchen können. Zu viele Generationen verwöhnter Aristokraten.« Er schüttelte den Kopf. »Schlecht für das Blut.«

Alissa nickte und presste dabei die Lippen aufeinander. *Hält er mich also für eine Zuchtstute?*, fragte sie sich.

»Ich werde Sie nun allein lassen, damit Sie die Regale durchstöbern können, aber ich fürchte, hier finden Sie nicht, wonach Sie suchen.« Der Herzog stand auf, verbeugte sich und küsste ihr die Hand.

Als er den Raum verließ, wehte ein kalter Luftzug aus dem ›Korridor der Unähnlichkeit‹ herein, und Alissa drehte sich zum Feuer hin, um sich die Hände zu wärmen. Dabei bemerkte sie das Frauenportrait, das über dem Kaminsims hing, und musterte es eingehend.

Wenn es stimmte, dass die Flatterys in der Vergangenheit schlechte Künstler engagiert hatten, so nicht bei diesem Bild. Eine Signatur allerdings war auf dem Gemälde nicht zu sehen. Es zeigte eine Frau von außergewöhnlicher Schönheit, die auf einem Diwan saß; dunkle Locken umrahmten ein herzförmiges Gesicht. Wenn dies eine frühere Herzogin von Blackwater war, dann sollte sich Alissa jetzt beschämt fühlen, weil der Herzog sie entzückend genannt hatte.

Andererseits war es in dem Gespräch mit dem Herzog nicht um Portraits gegangen, sondern um die Warnung, Mr. Kents Verdacht nicht weiter nachzugehen. Eine sanfte Abfuhr.

Alissa riss sich vom Anblick der Unbekannten los und starrte in die Flammen. Ihre Wangen glühten. »Ungeschickte Närrin«, schalt sie sich zischend. Niemals wieder würde Jaimys Vater ihr vertrauen. Nun, er hatte ja auch zuvor keinerlei Vertrauen in sie gesetzt. *Beim Blute Farrelles, einem Zimmermädchen bin ich auf den Leim gegangen!*

Erneut zog das Portrait über dem Kamin ihren Blick auf sich. Wer immer diese Frau war oder gewesen war, sie wirkte nicht, als ob sie sich in solch einer Situation zur Närrin machen würde. Einen winzigen Augenblick lang dachte Alissa verzagt, es wäre am besten gewesen, wenn Jaimy und sie einander nie begegnet wären. Dann wäre alles einfacher gewesen, und Mr. Kent hätte niemals versucht, sie in seinen Plan zu verwickeln. Ihr Zorn richtete sich eine Weile gegen den onkelhaften Maler, doch nicht lange, denn sie wusste, dass sie ihre Entscheidung aus freien Stücken getroffen hatte.

Nun konnte sie nur fortfahren und so handeln, wie es sich mit ihrem Gewissen vereinbaren ließ. Auf keinen Fall wollte sie sich in törichte Ränke verstricken lassen, mit denen Jaimys Familie nicht einverstanden war.

Sie wandte sich den Bücherregalen zu. Zweifellos waren die Werke in irgendeiner Weise geordnet, und sie würde nun die Regeln lernen.

Eine Stunde später hatte sich die Winterdunkelheit wie ein schwarzer Regen über die Grafschaft Deptford gesenkt. Das gesuchte Buch hatte Alissa schon lange gefunden, doch sie durchstöberte die Regale weiterhin aus reinem Vergnügen. Diese Bibliothek hätte selbst ihren Vater gelinden Neid verspüren lassen, denn sie steckte, obwohl weitgehend ignoriert, ebenso voller Juwelen wie die Schatzkammer des Königs – nur handelte es sich hier um Perlen der Schreibkunst.

Die Flatterys waren allesamt sprachlich talentiert, und die Bibliothek spiegelte diese Begabung wider: philosophische Werke, Romane und Lyrik in allen Sprachen der Länder am Entide-Meer; allerdings war im Vergleich zur Bibliothek im Hause Somers die empiristische Literatur klar unterrepräsentiert.

Alissa war auf eine der verschiebbaren Treppenleitern gestiegen und begutachtete die Bücher; sie war nun überzeugt, dass das Leben viel zu kurz sei, denn hier konnte sie mehr als ein Lebensalter mit Lesen zubringen.

Als die Tür vernehmlich geöffnet wurden. fuhr sie auf.

»Alissa?«

Es war Jaimy. Sie spürte, wie ihr Gesicht wärmer wurde.

»Bist du es, geliebter Alfred?«, rief sie, indem sie zufällig einen Namen aussuchte.

»Nein. Nein, nur dein armer Verlobter. Alfred ist anderswo aufgehalten worden.«

»Ach so. Na schön, dann muss ich mit dir vorlieb nehmen.« Sie stieg von der Leiter und legte dabei eine wenig damenhafte Eile an den Tag.

Jaimy war am Morgen mit den Nachbarn auf die Jagd geritten und hatte offensichtlich gerade ein Bad genommen. Gewiss schickte man ihn, um sie zum Abendessen zu rufen, wodurch ihnen ungefähr eine halbe Stunde gewährt wurde, in der sie allein sein konnten. Das war eine der größten Freuden der Verlobten – sie durften den einen oder anderen Augenblick miteinander verbringen, ohne dass eine Anstandsdame zugegen sein musste.

Jaimy fasste Alissa bei den Händen und küsste sie zärtlich auf beide Wangen, dann auf den Mund. Sie umarmten sich viel enger, als jede Anstandsdame für geziemend befunden hätte, und Alissa spürte das Verlangen, das sie beide in sich trugen, bei Tag und bei Nacht.

Nicht mehr lange, versicherte sie sich, obwohl sie es eigentlich nicht recht glauben konnte. Sie hatten beschlossen, der Tradition zu folgen und im Frühling zu heiraten – in etwa zwei Monaten. Nur noch Wochen also, aber seit wann dehnten sich Wochen so fürchterlich?

Jaimy löste sich gerade so weit, um ihr ins Gesicht sehen zu können. Seine Augen lachten, doch dann wurde er ernst. »Stimmt etwas nicht? Du wirkst, als hättest du ein Gespenst gesehen.«

Nun, das war die andere Sache. Als Alissa sich entschied, Mr. Kents Bitte nachzukommen, war sie Jaimy gegenüber nicht ehrlich gewesen. Nicht dass sie ihn belogen hatte, aber dennoch gebot die Aufrichtigkeit, sich ihm nun in allem mitzuteilen, was Bedeutung besaß. So empfand sie es zumindest.

Alissa drückte ihr Gesicht an seine Brust. »Komm, wir setzen uns ans Feuer«, bat sie ihn und trat zurück, um seinen nun besorgten Blick erwidern zu können. »Ich habe dir ein kleines Geständnis zu machen. Nichts wirklich Schlimmes, also schau nicht so und komm.« Alissa nahm ihn bei der Hand und führte ihn zu den beiden Sesseln vor dem Kamin. Sie hockte sich auf die Kante des einen, und Jaimy nahm unwissentlich den Platz seines Vaters ein, nur dass er nicht so furchteinflößend wirkte.

Einen Moment lang starrte Alissa ins Feuer, dann hob sie den Blick zu der Frau, die vom Kaminsims hinabschaute. »Ich habe ein sehr denkwürdiges Gespräch mit Mr. Averil Kent geführt«, begann sie und sah Jaimy an, der nickte und damit einräumte, dass Kent ihm bekannt war. »Auf der Geburtstagsfeier der Herzogin.« Sie biss sich auf die Lippe und fuhr rasch fort:

»Weißt du, Mr. Kent ist der Meinung, dass die Papiere deines Großonkels Erasmus vielleicht – versteckt worden sind.« Wieder zog es ihren Blick zu den Flammen. Sie hatte plötzlich begriffen, dass sie Jaimy in der Tat durch ihre Heimlichkeit betrogen hatte. »Ich hätte dir davon berichten sollen«, erklärte sie und war nur noch zu einem Flüstern fähig.

Jaimy sah sie unverwandt an, mit unlesbarem Gesicht, und das traf sie wie ein Hieb. Kannte sie ihn denn überhaupt?

Sie stellte fest, dass ihr Blick auf dem Teppichmuster haftete – Rot und warmes Grün, eine ungewöhnliche Kombination. »Ich gebe zu, ich habe danach bei den Dienstboten Erkundigungen angestellt. Dort wird geredet, wie es immer so geht.« Kurz versagte ihr die Stimme, und als sie aufblickte, um weiterzureden, merkte sie, dass Tränen an ihren Wimpern hingen und jeden Moment hervorquellen konnten. »Der Herzog hörte von meinen Nachforschungen und hat nun darüber mit mir gesprochen. Nicht in schroffen Worten, aber —« Sie konnte nicht weiterreden und hob die Schultern, eine dümmliche Geste, wie sie fand.

Jaimy stand vom Sessel auf, kniete sich vor sie und strich ihr zärtlich eine Haarsträhne aus dem Gesicht.

»Du brauchst nicht zu weinen, Alissa, oder verlegen zu

sein. Der Herzog hat den Vorfall längst vergessen. So ist er.« Jaimy blickte ihr tief in die Augen und versuchte zu lächeln. Dann sagte er zögernd: »Ich habe selbst ein Bekenntnis zu machen, und das ist weit länger und verwickelter als deines. Vielleicht ergeben sie zusammen sogar einen Sinn.« Er zog ihre Hände an seine Lippen und küsste nacheinander jeden Finger. »Alles begann letzten Sommer in Merton, als Tristam und ich uns zufällig über den Weg liefen. Er kam in den Ort, um Dekan Emin bei Dandishs Nachlass zu helfen, wie du dich gewiss erinnerst. Als ich Tristam begegnete, spürte ich etwas Merkwürdiges an ihm, was ich damals noch seiner Trauer über Professor Dandishs Tod zuschrieb. Ich weiß gar nicht mehr, ob ich erwähnt habe, dass in Dandishs Haus eingebrochen wurde. Oder hast du von deinem Vater darüber gehört?«

Jaimy setzte sich zu ihren Füßen und blickte ins Feuer. Während er die ganze Geschichte erzählte, strich sie ihm ab und zu durchs Haar. Jaimy neigte nur selten zu solchem Ernst, und deshalb beunruhigte sie sein Stimmungsumschwung so sehr, als wäre er plötzlich erkrankt. Auch war die Geschichte, die er zu berichten hatte, höchst seltsam: Alissa erfuhr von einem pflanzlichen Tonikum, das den König am Leben hielt, von Hofintrigen und einem Plan, in den von allen Männern ausgerechnet Dandish verwickelt gewesen war, obwohl dies vermutlich als Hochverrat gelten musste; vom Diebstahl der Tagebücher des Professors und einem Briefwechsel mit dem Historiker Valary, der Experte für die Magi war, worin Erasmus Flattery erwähnt wurde. Je weiter die Erzählung voranschritt, desto verwickelter und absonderlicher erschien sie Alissa.

»Ich wünschte, du hättest Tristam abgehalten, an dieser Expedition teilzunehmen«, sagte sie, als Jaimy geendet hatte.

Er drückte ihre Hand. »Ich fürchte, da habe ich einen Fehler begangen. Ich bete, dass ihm kein Unheil zustößt.« Jaimy zog eine Uhr aus der Tasche und las die Zeit ab. »Wir müssen nun gleich zum Essen «, sagte er; traurig, wie sie glaubte. »Vorher aber muss ich dir noch von Kent erzählen. Am gleichen Tag, an dem er mit dir sprach, nahm Sir

Roderick Palle mich beiseite und begann ein Gespräch mit mir, das Mr. Kent recht grob unterbrach. Nicht etwa, dass er unhöflich gewesen wäre. Einfältig trifft es vielleicht. Jedenfalls störte er unser Gespräch, als hätte er nicht bemerkt, dass wir unter vier Augen reden wollten. Kent zog Sir Roderick mit sich, um ihn jemandem vorzustellen. Nun ist Kent zwar sehr alt, aber er hat die besten Umgangsformen und ein kultiviertes Feingefühl. Ganz offenkundig versuchte er, Sir Roderick und mich voneinander fernzuhalten.« Er schwieg einen Moment, und Alissa spürte, wie die Muskeln in seinem Nacken hart wurden.

»Nun zu deiner eigenen Besorgnis«, fuhr Jaimy fort. »Auch ich habe gehorcht, was die Dienstboten sagen. Deshalb bin ich recht sicher, dass in der Tat einiges aus dem Haus meines Großonkels entfernt wurde, bevor Tristam sein Erbe antrat. Vielleicht das, was Kent haben möchte, vielleicht aber auch etwas anderes.« Er zeigte auf das Gemälde über dem Kaminsims. »Dieses Portrait zum Beispiel hing zu Erasmus' Zeiten in Highloft Manor«, sagte er leise. »Das ist eine Tatsache. Die Gräfin von Chilton. Du hast doch gewiss von ihr gehört?«

Alissa nickte und betrachtete das allzu hübsche Gesicht noch einmal. So also hatte diese Frau ausgesehen.

»Es gab einen Skandal. Nun, möglicherweise ist Skandal das falsche Wort, aber einige ... *Schwierigkeiten*. Mir ist es nicht gelungen, etwas Konkretes herauszufinden, doch zwischen meinem Großonkel Erasmus, Lady Chilton, Lord Skye und, wie ich mittlerweile stark vermute, Averil Kent ist etwas vorgefallen.« Er machte wieder eine Pause. »Und da ist noch etwas. Auch für meinen Vater besitzt dieses Gemälde eine Bedeutung. Er lässt diesen Raum heizen, um die Bücher zu schützen – sagt er. Und er kommt oft hierher. Meine Mutter dagegen wagt sich niemals in diesen Raum.«

»Als ich mit Kent gesprochen habe ...«, begann Alissa, doch Jaimy legte einen Finger vor seine Lippen und setzte sich eilends wieder in den Sessel. An der Tür klopfte es leise, dann wurde sie einen Spalt geöffnet, ohne dass ein Gesicht erschien.

»Ich soll Sie zum Essen rufen, M'lord Jaimas. Lady Alissa.« Ein jüngerer, sichtlich verlegener Diener stand vor der Tür.

Jaimy lächelte sie an. Aber Alissa kam sich vor wie ein ungezogenes Kind, als hätte man sie soeben mit einer viel bedeutenderen Dame verwechselt.

»Wir kommen sofort nach. Vielen Dank.«

Die Tür wurde wieder geschlossen.

Jaimy machte keine Anstalten aufzustehen, sondern blickte Alissa unbeirrt ins Gesicht. Er, der normalerweise so lebhaft und unbeschwert war, wirkte nun sorgengeplagt und um Jahre gealtert. »Meistens möchte ich alldem einfach keine Beachtung schenken«, sagte er. »Ich versuche mir oft einzureden, dass ich nur einige belanglose Zwischenfälle miteinander in Verbindung bringe und sie über alle Maßen aufblähe, doch im Grunde weiß ich, dass ich mich damit nur beunruhigen will. Dazu kommt Tristam, der deswegen auf der anderen Seite der Welt große Gefahren auf sich nimmt. Ihn kann ich nicht im Stich lassen, und irgendwie scheint es mir, dass ich das täte, wenn ich die vielen scheinbaren Zufälle ignorierte. Was immer in Farrland geschieht, kann doch gewiss keinen Einfluss auf Ereignisse auf der anderen Seite des Erdballs haben, und trotzdem ... Wenn Tristam mit neuen Erkenntnissen zurückkehrt und ich derweil nichts unternommen habe, wird es mir vorkommen, als hätte ich ihn im Stich gelassen. Verstehst du, wie ich das meine?«

Alissa verstand ihn sehr gut. Sie ging zu ihm und küsste ihn liebevoll. Er konnte nicht ahnen, welche Erleichterung sie empfand. Ihre tiefste Furcht hatte darin bestanden, dass ihr charmanter Verlobter ein Mann war, der sich niemals für den beschwerlichen Pfad entschied, denn Bequemlichkeit war für jeden, der in Jaimys Welt geboren war, allzu leicht erreichbar.

Als sie ihn bei den Händen nahm und zu sich hochzog, lief ihr eine Träne die Wange hinunter, aber sie fühlte sich nicht im Mindesten traurig.

5. Kapitel

Wenigstens war die Straße gut befahrbar, wenn sie schon in ständigen Kurven dem Talboden folgte. Kent musterte die kahlen, silbergrauen Äste, die an ihm vorbeizogen, und das trockene Laub der Böschung, welche sich steil der Sonne und dem Himmelsblau entgegenreckte; beides war aus der Kutsche nicht zu sehen. In dem engen Tal mussten zahlreiche Schattierungen von Grau, Braun und dunklem Grün für alle Farben herhalten, die es hier, wo in den langen Wintermonaten kein direktes Sonnenlicht einfiel, nicht mehr gab.

Gletscher hatten eine Reihe schmaler Täler geschaffen, die nahezu parallel zwischen schroffen Bergkämmen verliefen; so wenigstens hatte Layel gefolgert, mehr wusste Kent eigentlich nicht. Die Geologie war nicht seine große Leidenschaft, die Malerei allerdings auch nicht mehr – zumindest nicht in den letzten Monaten.

Valarys Brief war so nachdrücklich gewesen, der Tonfall so dringlich:

> Kommen Sie so schnell als möglich zur Abtei von Tremont. Vergeuden Sie keinen Augenblick! Sie müssen mit eigenen Augen sehen, was ich gefunden habe.

Als sei, was immer Valary entdeckt hatte, von der Gefahr bedroht zu verschwinden; vielleicht war es tatsächlich so, das konnte Kent nicht wissen. Der alte Gelehrte war immerhin reichlich exzentrisch, aber er nahm dann doch nicht an, dass Valary ihn ohne guten Grund durchs halbe Land hetzte – nun, jedenfalls hoffte er sehr auf die Vernunft des Historikers.

Kent beugte den Kopf aus dem Fenster, sodass er zum Hügelkamm hinauf schielen konnte. Jawohl, was dort zwischen den Bäumen hervorblitzte, konnte eine Ruine sein.

Fast sah es aus, als kaure sie auf einem Ast und blicke schroff herunter. Ein neuerlicher Windstoß ließ den Wagen auf seinen Federn hin und her schwingen, und Kent musste sich auf seinen Sitz zurückziehen und sich festhalten.

Weit konnte es nicht mehr sein. Hoffentlich war auch der Weg, der zu der ehemaligen Abtei hinaufführte, in passablem Zustand. Die Aussicht, am Ende noch aus eigener Kraft aus diesem Talbecken aufsteigen zu müssen, vergällte Kent die Laune. Zum tausendsten Mal wünschte er sich, die Sache wäre ans Licht gekommen, als er noch jung war.

Links von der Straße folgte ein schmaler Bach seinem gewundenen Bett. Das Gewässer schien es eilig zu haben, den Winterregen fortzutragen; die Strömung war von Strudeln durchbrochen und trug viel Schlamm mit sich.

Hier, im tiefen Tal, herrschte lange Windstille, bis sie von plötzlichen Fallwinden unterbrochen wurde. Sie wälzten sich die Hänge hinab, rüttelten die Bäume auf und stöhnten entsetzlich in den Ästen. Dann regneten Moos, tote Blätter und abgerissene Zweige auf Kutscher und Gespann herab; das Fuhrwerk schwankte wie ein Schiff auf unruhiger See.

Der Wind entsprang den Ausläufern eines schneelosen Februarsturms, der einige Dutzend Meilen weiter östlich aufs offene Meer hinausblies. Kent zog sich den Wintermantel enger um den Hals. Für den armen Hawkins ist es viel schlimmer, dachte er und wehrte jedes Selbstmitleid ab. Zu keiner ungünstigeren Jahreszeit hätte er diese Reise antreten können, doch leider war jeder Aufschub unmöglich. Valary hatte etwas entdeckt. Etwas, von dem Kent eindringlich hoffte, es würde ihnen bei ihrem Vorhaben nützen, denn allmählich verlor er alles Vertrauen auf einen günstigen Ausgang.

»Lass es die Mühe wert sein«, betete er, und wie zur Antwort wurden die Pferde langsamer und blieben ganz stehen. Kent warf das Fenster auf, um zu sehen, was vor sich ging. Auf der rechten Seite ragte ein wuchtiger Torbogen aus Stein neben der Straße auf. Die Torflügel mussten schon seit langem fehlen, und jeder Stein nahm zum Erdboden einen individuellen Winkel ein, sodass der Eindruck entstand, sie seien im Laufe der Zeit vom Wind schiefgeweht worden.

Mit einiger Mühe lenkte Hawkins den Vierspänner um die scharfe Kurve und dann den steil ansteigenden Weg hinauf. Die Auffahrt gestaltete sich schwierig, denn der alte Kutschweg war stark zerfurcht und von Moos und feuchtem Laub glitschig. Kent musste sich ununterbrochen festhalten und fragte sich am Ende, ob er nicht doch besser getan hätte, zu Fuß zu gehen. Doch endlich stießen sie in helles Tageslicht vor, und rauer Seewind traf sie. Hier, oberhalb der Bäume, wachte die alte Abtei wie ein geheimnisvoller Menhir über das Tal. Wie leere Augenhöhlen starrten die Öffnungen in den Mauern aufs graue Meer und hielten sinnlos Ausschau .

Der Kutscher hielt an, und Averil Kent kletterte aus dem Wagen. Den Dreispitz musste er sich dabei mit einer Hand auf dem Kopfe festhalten, sonst wäre er ihm davongeweht worden. Einen Augenblick hielt er sich mit der anderen Hand am Wagenschlag fest, den der Wind ihm aus den Fingern reißen wollte, dann nahm er den Gehstock in die Hand und stemmte sich gegen die Bö, die seinen Mantel laut flattern ließ.

»Was für ein übler Sturm, Sir«, rief Hawkins, der steif von seinem Kutschbock stieg.

Kent nickte und packte mit der Hand wieder den Hut, als eine neue Bö heranheulte. Er schloss die Kutsche, trat vom Wagen zurück und schaute zu den Überresten der Abtei von Tremont auf. Flechten und Ranken bedeckten den alten Stein, und selbst dieser anspruchslose, zähe Bewuchs trotzte den Winterstürmen nur mit Mühe.

Über die Abtei wusste Kent nur, dass sie aus vor-farrellitischer Zeit stammte, ansonsten gab es Anzeichen, dass Menschen diese Gemäuer niedergerissen hatten, allerdings war das Zerstörungswerk nie vollendet worden. Hier und dort war der Stein geschwärzt, als hätte das Bauwerk einmal in Flammen gestanden. Die Ruine übte eine gespenstische, abweisende Wirkung aus, daran konnte auch das Tageslicht nichts ändern.

Kent schaute eine Weile über das Meer, dann aber zogen die dahineilenden Wolken seinen Blicke auf sich. Sie verfolgten die Flecken aus Sonnenlicht über Land und Wasser. Gewaltig sich auftürmende Wolken, die der Seewind zu Streifen zerriss, flohen hastig landeinwärts, als jagten sie dem Sturm nach, der sie zurückgelassen hatte.

»Soll ich nach Ihrem Freund schauen, Sir?«, bot sich der Kutscher an, wenngleich er nicht sonderlich eifrig klang. Der arme Hawkins hatte sich zweifellos fast zu Tode gefroren.

»Nein, nein, such lieber einen windgeschützten Winkel für dich und das Gespann.« Kent schaute nach dem Sonnenstand. »In drei Stunden wird es dunkel. Ich weiß noch nicht, wo wir die Nacht verbringen, aber lass mich nur Mr. Valary finden, dann bekomme ich vielleicht eine Antwort.«

Unverzüglich machte sich Kent auf den Weg zur Ruine; er plante, sie zu umkreisen und zu sehen, was sich ihm bot.

»*Hal-lo!*«, rief er, doch schien es, als nähme ihm der Wind die Stimme, zerdehnte das Wort und trüge es mit sich fort. Dennoch ließ Kent nicht locker und rief alle zehn Schritt. Gelegentlich blieb er stehen, um zu lauschen. Irgendwo musste Valary doch stecken?

Die Ruine schien halb im Boden versunken zu sein. Natürlich wusste Kent, dass sich vielmehr der Boden im Laufe der Jahrhunderte angehoben hatte. Sicher schleuderte dieser wilde Wind jeden Tag Erdreich gegen die Mauern. Eigentlich war es ein Wunder, dass man die Abtei überhaupt noch sehen konnte.

Das Mauerwerk war besser, als Kent erwartet hatte. Die einstigen Fenster besaßen elegante Spitzbögen, und noch war darin zu sehen, dass sich früher feines Steinmaßwerk zwischen ihnen befunden hatte. An den Ecken des Gebäudes fielen die Wände schräg ab und liefen rampenartig gekrümmt zum Boden aus; diese bauliche Eigenheit war allerdings stark beschädigt worden. Kent kletterte eine sechs Schritt hohe Böschung aus weicher Erde hinauf und entdeckte frische Stiefelabdrücke im dunklen Boden. Valary konnte nicht weit sein.

Er ging weiter und bog schließlich um das entfernte Ende der Abtei, wo er Schutz vor dem Wind fand, und dort hörte er recht klar das unmissverständliche Geräusch, wenn Metall über Stein scharrt. Das Geräusch war nicht laut, doch hallte es so scharf von den zerfallenen Mauern wider, dass es wie eine Glocke im Nebel klang.

Kent trat in einen Türdurchgang und blieb lauschend stehen. Als er eine Unterbrechung in der Arbeit bemerkte, rief er wieder, und kurz darauf hörte er Schritte.

»Aha, Kent!« Valarys Kopf schob sich aus einem Loch im Boden, das gut vierzig Fuß entfernt klaffte. Sein Haar stand wirr ab und erinnerte an ein zerzaustes Wollknäuel, sein Gesicht war schmutzverschmiert und gerötet, doch alles in allem wirkte der alte Historiker sehr mit sich zufrieden. Er setzte seinen Aufstieg fort – offenbar befand sich in dem Loch eine Treppe –, und mit jedem Schritt wirkte Valary ungekämmter und schmutziger. Er trug einen kurzen Mantel aus schwerer, geölter Baumwolle, wie Waldarbeiter sie schätzten, und darunter die schweren Wollhosen eines Jägers. Hohe Lederstiefel vervollständigten seine Kleidung – sehr vernünftig, dachte Kent.

Der alternde Gelehrte trat auf Kent zu, der sich nicht von dem Türdurchgang entfernt hatte, und schüttelte ihm fest die Hand, als wisse er überhaupt nicht mehr, wie schmutzig seine Finger waren.

»Kent, Sie können sich nicht im Entferntesten vorstellen, wie sehr ich mich freue, Sie zu sehen! Oder muss ich schon Sir Averil sagen?«

Der Maler schüttelte den Kopf, verdrossen, dass Valary ihn daran erinnerte.

»Nun, wie auch immer – Sie können sich nicht vorstellen, was ich gefunden habe!« Valary blieb vor Kent stehen und musterte ihn eingehend, als suche er nach Zeichen einer Krankheit, doch dann kehrte sein Lächeln zurück. »Ach, Sie brauchen nicht so zu gucken. Ich habe keineswegs meinen Verstand fahrenlassen. Nicht im Geringsten. Nein, nein, mein lieber Kent, wenn Sie sehen, was hier ans Licht kommt ...« Überwältigt von seiner Begeisterung ergriff

Valary den Maler beim Arm und zerrte ihn in die Abteiruine. »Ich darf Ihnen versichern, die beschwerliche Reise wird Ihnen als geringer Preis für diese Offenbarung erscheinen!«

Ohne weitere Erklärung überquerte er hastig den ehemaligen Fußboden des Gebäudes, der nun von Gras und kümmerlichen Ginsterbüschen überwachsen war, und begann, die Treppe wieder hinunterzusteigen. »Achten Sie darauf, wohin Sie treten. Der Stein ist allzu lange den Elementen ausgesetzt gewesen und hat sehr gelitten. Dieser eine hier besonders - der wackelt ganz scheußlich. Stellen Sie Ihren Fuß mitten darauf.«

Kent stützte sich beim Abstieg an die Wand und klopfte mit seinem Gehstock auf jeden Stein, bevor er den Fuß darauf setzte, als könnte er am Klang erkennen, wie trügerisch der Tritt wohl war.

Am Fuß der Treppe befand sich eine enge Kammer, in der eine Wand eingerissen war und den Durchgang zu einem größeren Raum freigab; wie groß dieser tatsächlich war, ließ sich wegen der Dunkelheit nicht erkennen. Das Deckengewölbe ruhte auf Säulen und breiten Pilastern, die einmal reichen Verzierungen waren nun verwittert und abgebröckelt. Trotzdem glaubte Kent, der als Maler den Blick für Formen besaß, dass er in der Lage wäre, die Muster zu rekonstruieren, wenn man ihm nur genügend Zeit dazu ließ.

Valary nahm eine Sturmlaterne auf, die er auf dem Fußboden hatte stehen lassen, und ging durch eine niedrige Tür in einen dumpfigen Gang voran. Die Decke war so niedrig, dass Kent sich ducken musste und am feuchten Stein trotzdem Hut und Mantel beschmutzte. An einem Knick des Ganges waren Mauersteine entfernt worden, sodass eine annähernd quadratische Öffnung entstanden war, und Valary quetschte sich hindurch. Unmittelbar dahinter fand sich eine zweite Wendeltreppe, die ganz den Anschein erweckte, als würde sie in die Tiefe des Berges führen.

Aus dem Treppenschacht drang ein vernehmliches Scharren, und je tiefer sie hinabstiegen, desto lauter wurde es. Nach ungefähr fünfzig Fuß kroch Valary durch eine in die Wand geschlagene Öffnung, obwohl die Treppe noch tiefer hinunter führte, und Kent folgte ihm. Gebückt kletterten sie über einen Haufen Steine und Erde, und dann endlich erreichten sie ihr Ziel, eine weitere Kammer.

»Sie erinnern sich gewiss an Laud?«, fragte Valary geistesabwesend.

Der Kutscher, Gärtner und gelegentliche Hausdiener des Gelehrten tippte sich an den Hut. Kent hatte ihn noch nie ein Wort sagen hören.

»Aber natürlich.« Er nickte dem Mann zu.

Valary richtete sich auf und blickte Kent erwartungsvoll an. Der Schein mehrerer Laternen verwandelte seine Haut in dunkles Gold. Kent widerstand dem Drang, sich von dem Schmutz zu befreien, der nach dem Abstieg an ihm haftete, und drehte sich stattdessen langsam im Kreise und betrachtete den Raum. Groß war er nicht, keine fünfzig Fuß im Quadrat. In einer offenen Vertiefung wurde gegraben; der hagere Laud stand in ihrer Mitte. Die Wände bestanden aus glattem Stein. Auch hier ruhte die Decke auf Stützpfeilern, sechsseitigen, glatten Säulen. An mehreren Stellen fanden sich Reste von Steinmetzarbeiten. Nichts Außergewöhnliches. Nichts, was es wert erscheinen ließ, das halbe Königreich im Galopp zu durchqueren.

Valary spürte Kents Enttäuschung und ergriff das Wort. »Sehen Sie es denn nicht?«

Augenblicklich kam sich Kent ein wenig töricht vor und empfand gleichzeitig eine gewisse Gereiztheit.

»Schauen Sie.« Valary nahm ihn wieder beim Arm. »Es ist überall ringsum.« Er führte Kent in die Grube, wo Laud einen Fußboden aus Steinfliesen freigelegt hatte, und ging an die Mauer. »Sehen Sie sich diese Wand genau an.« Er nahm eine Laterne und hielt sie in die Höhe.

Die Wand bestand aus Bruchsteinen, zwischen denen zahlreiche Lücken klafften – geradezu erstaunlich, dass sie nicht schon längst eingestürzt war. Unwillkürlich schaute Kent zur Decke, um sich zu vergewissern, dass sich dort keine Risse gebildet hatten.

Valary trat noch einen Schritt näher und beleuchtete eine der Stellen, wo Steine fehlten. »Hier. Dies ist mit aller Hast zerstört worden, wie ich glaube.«

Aber auf den verbliebenen Steinblöcken ließ sich der Rest eines eingemeißelten Ornaments erkennen, das zu beiden Seiten des Wandstücks senkrecht angeordnet war.

»Ein Blumendekor«, sagte Kent und zog die Brille hervor, um es genauer in Augenschein zu nehmen.

Valary deutete auf eine sechs Fuß entfernte Mauerstelle. »Und dort das gleiche.«

»Ja«, sagte Kent, der noch immer nicht begriffen hatte, was Valary ihm zeigte, obwohl es den Historiker augenscheinlich bis an die Grenze zur Albernheit aufregte.

Auch zwischen den beiden Wandstücken, wo Steine fehlten, war unkennntlich gemacht worden, was sich dort einmal befunden hatte. Ein dünnes Rinnsal tröpfelte hervor und versickerte in einem Loch im Boden. Am Fuß der Wand war der Boden aufgewühlt; Valary musste hier gegraben haben, denn die Öffnung reichte einige Fuß tief ins Erdreich; im Dämmerlicht war das schwer zu beurteilen.

Der Historiker beobachtete Kent noch immer mit erwartungsvoller Miene.

»Also, was ist es?«, brach es schließlich enerviert aus Kent hervor.

Valary beachtete den Ausruf nicht. »Ich will Ihnen noch einen weiteren Hinweis geben, und wenn Sie dann nicht darauf kommen, muss ich es wohl verraten.«

Kent schüttelte den Kopf. *Bei Farrelles Flammen*, dachte er, *sag schon, bringen wir's hinter uns!*

Doch der alte Gelehrte hatte das Rätsel selbstständig gelöst und wollte es nun auskosten, wie Kent seinerseits die Lösung fand. Er kehrte zu den freigelegten Steinfliesen zurück und hielt die Lampe über eine Stelle am Boden, wo ebenfalls Steine entfernt worden waren. Dann blickte er Kent an, der wieder gereizt den Kopf schüttelte, wenngleich er sich der Faszination des Geheimnisses nicht mehr entziehen konnte. Sein Unwille wich langsam einem vagen Gefühl von – Vertrautheit.

Einige Schritt weiter rechts zeigte ihm Valary eine ähnliche Stelle, dann noch eine.

Kent verharrte plötzlich und richtete sich erstaunt auf. »Blut und Flammen!«, flüsterte er.

Über Valarys Gesicht ging ein Leuchten.

»Soll das etwa eine kleinere Nachbildung der Ruine von Farrow sein ...?«, fragte Kent kaum hörbar, als sei die Entdeckung so folgenschwer, dass man sie nicht laut aussprechen sollte.

Valary nickte heftig und ruckartig. »Ja. Ja, genau das ist es.«

»Wie um alles —«

»Unermüdliche Suche und ein umwerfender Glückstreffer.« Der Mann tänzelte vor Entzücken auf der Stelle. »Oh, ich habe Ihnen eine Geschichte zu erzählen, Kent. Doch vorher muss ich Ihnen noch etwas zeigen. Dann begeben wir uns in eine gemütlichere Umgebung.«

Kent fühlte sich unvermittelt von Erschöpfung übermannt. Er trottete zu dem Loch zurück, durch das sie hereingekommen waren, und hielt die Laterne hoch. Auf dieser Seite der dicken Wand war deutlich zu erkennen, dass sich dort ein Durchgang mit einem reichverzierten Sturzstein befunden hatte.

»Nun, Sie sind der Naturkundige von uns, Mr. Kent, was halten Sie davon?«

In der Mitte über dem Eingang befand sich das beschädigte Relief eines Vogels mit ausgebreiteten Schwingen. Obwohl es zerschlagen war, konnte kein Zweifel bestehen. »Ein Falke«, sagte Kent, und Valary antwortete mit einem nachdenklichen Nicken.

Dessen Hochstimmung war verflogen, und die bleierne Müdigkeit nach langen Stunden körperlicher Anstrengung war an ihre Stelle getreten. »Jawohl, und sehen Sie dieses Detail, das hier zurückgeblieben ist?« Er deutete vage auf den Vogel. »Auf der gegenüberliegenden Seite wird es sich wiederholt haben, doch dort ist, wie Sie sehen, ein anderer Teil erhalten geblieben.«

»Eine Blume. Vielleicht eine Rose.«

»Um genau zu sein, eine Talrose, so meine ich zumindest.« Valary bedachte Kent mit einem kurzen Blick und musterte dann ein letztes Mal die Darstellungen über der Tür. »Lassen Sie uns nach oben gehen«, bat er leise.

Gleich unterhalb des Bergkamms stand an einer windgeschützten Stelle eine Kate, in der sich Valary recht komfortabel eingerichet hatte.

Kent saß an einem Tisch, den sie vor den Herd gezogen hatten. Über dem neu entfachten Feuer heizte sich ein Wasserkessel auf. Kent fror und ahnte, dass es noch einige Zeit so bleiben würde – je älter er wurde, desto schlechter war er gegen Kälte gewappnet. *Scheußlich ist es hier*, dachte er, als der Wind heulend über die Bergkuppe fuhr.

Valary, der sich frischgemacht und einigermaßen saubere Kleidung angezogen hatte, goss im Stehen kochendes Wasser in eine Teekanne, die er nicht vorgewärmt hatte. Die Zeit dazu hatte er sich nicht genommen. Unfähig, länger ruhig zuzusehen, griff Kent nach Valarys verschmierter Lesebrille, zog ein Leinentuch hervor und begann sorgfältig die Gläser zu polieren. Valary bemerkte es gar nicht.

»So ist es häufig bei meiner Arbeit, Kent. Man muss immer weiter graben und auch dem kleinsten Verdacht auf den Grund gehen.« Valary blickte auf. Es war nicht zu übersehen, dass er dünn geworden war, nicht dass er abgemagert gewirkt hätte, aber anscheinend hatte er seine Untersuchung mit höchstem Nachdruck betrieben, gründlich und vor allem rastlos.

»Ein alter Kollege stattete mir einen Besuch ab – Dolfield. Kennen Sie ihn zufällig?«

Nur dem Namen nach, dachte Kent, doch er unterbrach Valary nicht, nachdem er nun endlich zu sprechen begonnen hatte.

»Wie sich herausstellte, kam er zu mir, um mich eingehend über einige obskure Begebenheiten aus ferner Vergangenheit auszufragen. Das ist eigentlich nichts Ungewöhnliches, aber Dolfield ist augenblicklich *der* Experte, was die Abtei angeht, und unser Gespräch entwickelte sich zusehends in diese Richtung. Wir sprachen darüber, was er bei seinen letzten Grabungen hier gefunden hat. Nun, Kent, ich kann Ihnen sagen, als er mir diese Kammer beschrieb, wäre ich fast vom Stuhl gefallen. Ich brachte kaum die Beherrschung auf, um nicht gleich mitten im Gespräch zur Tür hinaus zu eilen, so sehr drängte es mich zu sehen, was er mir beschrieben hatte.« Valary hängte den dampfenden Kessel wieder an den Haken, ohne seine Erzählung zu unterbrechen, und Kent nutzte den Augenblick der Ablenkung, um die Brille an ihren Platz zurückzulegen. Laud kam still mit einem Eimer voll Brunnenwasser ins Zimmer und hantierte damit in einer Ecke, dann ging er wieder hinaus.

»Schließlich aber war ich doch skeptisch über den Bericht und machte mich mit Laud auf den Weg, um selbst nachzuschauen, denn ich wollte Sie nicht behelligen, ohne stichhaltige Beweise vorlegen zu können.« Er setzte sich und legte die Füße auf einen niedrigen Holzschemel vor dem Feuer.

»Wissen Sie, ich glaube nicht, dass Dolfield überhaupt weiß, was er da gefunden hat.« Er blickte Kent ins Gesicht, und seine Augenbrauen wölbten sich beinah ulkig. »Eine der großen Entdeckungen unserer Zeit, zumindest auf seinem Feld, und er hat ihre Bedeutung nicht erkannt. Nun, es war freilich nur eine Sache unter vielen, die er mir erzählte, aber er erfasste nicht die Wichtigkeit– er sieht den Wald vor lauter Bäumen nicht.« Der alte Mann schüttelte den Kopf, und sein wolliges Haar schwang hin und her. »Natürlich gibt es noch immer tausend unbeantwortete Fragen. Ich begreife nicht im Entferntesten, worauf das alles hinausläuft.« Er blickte den Maler an. »Und da kommen Sie ins Spiel, mein lieber Kent.«

Der legte den Kopf schräg, eine untypische Bewegung, derer er sich nicht bewusst war. »In solchen Fällen suche ich die Antworten eher bei Ihnen, Valary. Die Geschichte der Magi ist Ihr Fachgebiet – Sie verstehen mehr davon als jeder andere, so viel steht für mich fest.«

Valary blickte von seinem Tee auf und hob einen Finger.

»Als jeder andere Mann, jawohl, da würde ich Ihnen zustimmen. Allerdings gibt es eine Person, die ganz wesentlich zu unserem Wissen beitragen könnte.«

Kent war für einen Moment völlig überrumpelt, dann fasste er sich wieder. Der Historiker indes fuhr ohne Unterbrechung fort.

»Ich vermute schon lange, dass die Gräfin von Chilton uns sehr viel erzählen könnte, wenn sie wollte. Nur dass die Chance dazu freilich gering ist.«

Kent nippte an seinem Tee, ohne aufzusehen. »Die Gräfin? Das überrascht mich nun aber.«

»O ja. Die Gräfin könnte tatsächlich sehr viel wissen.« Er nahm die Füße von dem Hocker und drehte sich zu Kent herum und stützte die Ellbogen auf dem Tisch auf. »Wissen Sie denn nicht, dass sie – *Umgang* mit Skye pflegte? Und Skye war seinerseits sehr gut mit Erasmus Flattery bekannt, vielleicht sogar mit Eldrich. Die Gräfin jedenfalls korrespondierte mit Eldrich, das weiß ich sicher. Freilich darf man nicht hoffen, auch nur die Hälfte der Korrespondenz je zu Gesicht zu bekommen. Wirklich eine Schande. Innerhalb dieser Gruppe kam es zu Auseinandersetzungen. Zweifellos wegen der Gräfin, oder genauer gesagt, wegen der rivalisierenden Gentlemen. Ich meine sehr wohl, dass man sich damit genauer befassen sollte, und ich weiß, dass in Erasmus Flatterys Locfaler Haus ein Portrait der Gräfin hing. Und um zum Thema zurückzukehren: er unterhielt außerdem eine Residenz auf Farrow, und zwar unweit der berühmten Ruine. Verstehen Sie? Alles fügt sich so säuberlich zusammen.«

»Höchst fesselnd.« Kent rutschte auf dem Stuhl herum, bis er schließlich dem Feuer zugewandt saß. »Dieser Dolfield – was hat er gesagt?«

Valary fiel augenblicklich auf das Ablenkungsmanöver herein. »Ach ja, Dolfield. Nun, nicht viel Neues. Die Abtei wurde über einem älteren Gebäude errichtet, denn diese Stelle galt schon in der Vorzeit als heiliger Ort. Von den Oristonermönchen, die vor Farrelles Geburt verschwanden, heißt es, sie hätten die Abtei errichtet, wie wir sie hier sehen, zumindest die oberirdischen Teile. Das ist auch Dolfields Meinung, obwohl ihn das, was er vorgefunden hat, durchaus zu anderen Schlüssen bringen könnte. Der Bergkamm ist jedenfalls mehrmals befestigt worden, in vorfarrellitischer Zeit und später erneut.

Über diese Mönche wissen wir so gut wie nichts – die Farrelliten waren so verdammt erfolgreich bei ihrem Bemühen, unsere Geschichte auszuradieren!« Das sagte er mit dem Zorn, den nur ein Historiker angemessen empfindet. »Die Oristonermönche reisten weit, allerdings kennen wir den Grund nicht, denn ihr Einfluss reicht kaum über die Grenzen des Landes Kerhal hinaus, das heute Locfal heißt; dazu kam vielleicht die Hälfte von Kerdowne. Kaum ein passables Herzogtum also. Es ist unwahrscheinlich, dass sie je mehr als ein paar hundert Köpfe zählten; gut möglich, dass es viel weniger waren. Über ihren Glauben wissen wir kaum etwas. Aus den Tagebüchern des farrellitischen Bischofs Aiden erfährt man allerdings, dass es einige Mühe machte, bei bestimmten Volksgruppen gewisse Glaubensvorstellungen zu ›tilgen‹, und das, obwohl die Mönche schon Jahrhunderte vor Farrelles Geburt verschwunden waren. Außerdem wissen wir, dass die Farrelliten sehr darauf bedacht waren, diesen Ort in Besitz zu nehmen – mehrere hundert Jahre lang stand hier eins ihrer Klöster.

Folgende Ansicht kann ich nun nicht beweisen, aber ich halte es für sehr wahrscheinlich, dass die Farrelliten die Abtei einem Magus abgenommen haben. Helfing wäre der Kandidat, der am ehesten in Frage kommt. Außerdem ist anzunehmen, dass die Farrelliten um den Besitz der Abtei kämpfen mussten; auch wenn es darüber keine Aufzeichnungen gibt. Sicher wissen wir aber, dass die Magi im späten zehnten Jahrhundert wiederum die Farrelliten aus der Abtei vertrieben haben. Ohne Mühe lassen sich noch heute Relikte der späteren Schlachten finden, wenn man ein wenig gräbt. Zudem stehen überall noch Reste der Befestigungen. Unverkennbar.« Er blickte an Kent vorbei ins Leere, wie immer, wenn er in seinem erstaunlichen Gedächtnis suchte. »Doch fünfzehnhundert Jahre vorher haben die Oristonermönche hier gelebt. Sie seien gelehrsam gewesen, hätten zu Aberglauben geneigt und die niedere Zauberei praktiziert, behaupten manche. Und dann sind sie verschwunden.« Er schnippte mit den Fingern und drehte die Handfläche nach oben, als hätte er aus dem Stegreif eine Vorstellung gegeben.

»Keine große Geschichte, ich gebe es zu – mit einer Ausnahme: der ›Ballade von Brenoth‹. Haben Sie schon einmal davon gehört?«

»Nur, was man im zweiten Jahr am College darüber lernt. Es handelt sich um ein Fragment, wenn ich mich recht entsinne, und die Übersetzung gilt doch als – strittig.«

»Jawohl, so ist es. Wenigstens sagt man uns das in den hehren Hallen von Merton.«

Kent bemerkte, dass Valarys Augen trotz aller Erschöpfung wieder lebhaft funkelten. Er hatte offenbar etwas zu erzählen und war entschlossen, nichts zu überstürzen. »Erinnern Sie noch, was ich Ihnen bei unserem letzten Treffen über den jungen Egar Littel berichtet habe? Nun, er hat inzwischen seine beträchtliche Intelligenz auf die Ballade von Brenoth angewendet und höchst interessante Resultate erzielt. Sie unterscheiden sich gänzlich davon, was wir so viele Jahre geglaubt haben und was die guten Herren in Merton und ähnlichen Institutionen gern gehört hätten. Darüber hinaus scheint mir dieses Werk für uns von besonderem Interesse zu sein. Die Ballade ist lange für eine simple Heldendichtung gehalten worden und wurde mehr für das geschätzt, was sie über das Leben der Oristonermönche enthüllt, als für ihren literarischen Wert.« Einen Moment lang schwieg Valary nachdenklich.

»Ein steinalter Mönch des Oristonerordens verfasst eine Schriftrolle von noch nie dagewesener Weisheit und Klarheit, doch unglücklicherweise verlassen ihn aufgrund seines hohen Alters die Kräfte. Die Bruderschaft ist über alle Maßen bestürzt und schickt einen jungen Mönch aus, um ein Kraut zu beschaffen, das den alten Weisen am Leben erhalten soll. Dieses Kraut soll auf der ganzen Welt allein in einem fernen Königreich wachsen, von dem es heißt, es liege jenseits einer unüberwindlichen Bergkette und man könne es nur erreichen, indem man gewaltige, labyrinthische Kavernen durchquert, in denen Seltsames geschieht und nichts ist, wie es scheint. In dem geheimnisvollen Königreich nun, das in einem Hochtal liegt, ist es immer warm und grün. Die harten Bergwinter berühren es nicht, denn dort herrscht eine wundersame Macht. Der junge Mönch, der für diese Mission längst nicht die beste Wahl ist, wie bald deutlich wird, erduldet während seiner Suche alle Arten von Schwierigkeiten, bis er das Königreich findet. Die eigentliche Prüfung besteht natürlich darin – das kennt man ja aus derlei Geschichten –, dieses Königreich wieder zu verlassen, nachdem man es einmal gefunden hat, denn dort ist das Leben verführerisch angenehm. Niemand wird je krank, niemand altert. Und vielleicht vergeht sogar die Zeit anders. Wenn der Mönch dort nur wenige Tage verbringt, kann der Weise bereits seit Jahren tot sein. Den Rest der Geschichte kennen Sie, vermute ich.«

»Die Geschichte unterscheidet sich in einigen bedeutsamen Einzelheiten von der Version, die ich kenne«, gelang es Kent zu sagen, der sich bemühte, den Hergang der ›Legende‹ zu erinnern, die er vor mehr Jahrzehnten gehört hatte, als er sich nun eingestehen wollte. *Ausgeschickt, um ein Kraut zu suchen ...*

Er empfand das dringende Bedürfnis, mit diesem neuen Wissen auf der Stelle zur Gräfin zu eilen. Wusste Valary mittlerweile von seiner, Kents, Beziehung zur Gräfin? Er war nicht vorsichtig genug gewesen. Mit einem plötzlichen Schuldgefühl kam ihm zu Bewusstsein, wie oft er das gemeinsame Ziel zum Vorwand eines Besuches genommen hatte.

»Nein, wirklich. Aber kommt es Ihnen nicht ideal vor? Können Sie sich das vorstellen? Es hieß immer, der Mönch sei auf der Suche nach den ›Pflaumen der Unsterblichkeit‹, doch in Littels Übersetzung werden einige wenige Wörter anders gedeutet. Und durch eine Kaverne! Auch das ist anders. Er glaubt —«

»Aber, Valary«, unterbrach ihn Kent eilig, »wer hat denn

Ihrer Ansicht nach diese Kaverne erbaut, die Sie mir gezeigt haben?«

»Nun, das gerade ist die Frage.« Der Historiker erhob sich und begann, mit gebeugtem Kopf, die Hände hinter dem Rücken verschränkt, im Zimmer auf und ab zu schreiten. »Und was ich dazu sagen kann, bleibt zunächst reine Spekulation. Andererseits füllte es eine beträchtliche Lücke des Mosaiks, an dem ich fast mein ganzes Leben lang gearbeitet habe.« Er blieb stehen und drehte sich zu Kent. »Ich habe einen Sinn für solche Dinge entwickelt, Averil ... Ich weiß, mit empirischen Folgerungen hat es nichts zu tun, aber trotzdem ...« Valary ging zum Herd und stellte sich mit dem Rücken vor das Feuer. »In den vielen Jahren, in denen ich mich nun schon damit beschäftige, bin ich gelegentlich Hinweisen auf eine Geheimgesellschaft begegnet. Sie hätte, sofern ich recht habe, in der Mitte des zehnten Jahrhunderts existiert, mithin vor sechshundert Jahren. ›Das ist doch nichts Ungewöhnliches‹, werden Sie nun sagen, doch diese Gesellschaft verfolgte einen interessanten Zweck. Ihre Mitglieder wollten, die Geheimnisse der Magi in ihren Besitz bringen und kannten dabei nur wenig Skrupel.« Valary setzte sich sichtlich frierend auf den Hocker und rieb sich die Hände über dem Feuer. Auch ihm war nach all den Stunden, die er im bitterkalten Untergrund der Abtei verbracht hatte, noch nicht wieder warm geworden. »Freilich handelte es sich kaum um die erste und wohl auch nicht um die letzte Gruppe, die dieses Ziel verfolgte, doch diese Gesellschaft war von Teller gegründet worden, einem Mann, der vermutlich die lange Lehrzeit eines Magus bei Lapin absolvierte, einem bedeutenden Kopf in der Geschichte der Magi. Hierzu muss man wissen, dass jemand, den ein Magus für die Lehrzeit angenommen hatte, aus den Diensten seines Herrn nie wieder austrat – ein weiterer Grund, weshalb man annehmen sollte, dass Erasmus Flattery kein Lehrling Eldrichs gewesen ist. Das kann an der Effizienz des Auswahlverfahrens gelegen haben – dass die Magi niemanden erwählten, der nicht der Aufgabe gewachsen war –, oder ein geheimnisvollerer Nachdruck hat die Loyalität der Lehrlinge sichergestellt. Jedenfalls, wer die Lehrzeit antrat, wich nicht von dem Kurs ab, den sein Lehrer vorgab. Teller hingegen bildet eine Ausnahme, und ich weiß nicht, woran das lag. Am wahrscheinlichsten erscheint mir die Erklärung, dass Lapin starb, bevor Teller ausgelernt hatte.« Valary sah Kent mit großen Augen an, als habe er beim Sprechen eine neue Erkenntnis gewonnen. »Ich halte es für höchst unwahrscheinlich, dass die Magi keine Vorkehrungen für diesen Fall getroffen haben sollen. Doch Teller muss sozusagen durch die Maschen dieses Netzes gerutscht sein. Zu jener Zeit hatten die Magi genügend andere Schwierigkeiten. Eine geheimnisvollere Erklärung für Tellers Schicksal benötigt man wohl nicht. Es ist durchaus denkbar, dass Teller vorübergehend den Farrelliten in die Hände gefallen ist – eine faszinierende Möglichkeit. Überlegen Sie: Wie konnten die Farrelliten mit solchem Erfolg gegen die Magi zu Felde ziehen? Und ich spreche hier von ihren echten Erfolgen, nicht ihren eigenen falschen Behauptungen. Sie müssen Methoden gehabt haben, um die Kräfte der Magi wenigstens zum Teil zu kontern. Welche andere Erklärung könnte es geben?

Auf jeden Fall muss eine Gesellschaft existiert haben, deren Ziel darin bestand, die Künste der Magi zu erlernen, und es ist sehr wahrscheinlich, dass sie von Teller gegründet wurde, der auf unbekannte Weise den Fängen der Kirche entkam. Aber im Lichte dessen, was den Farrelliten widerfuhr, kann das nicht allzu schwierig gewesen sein.« Valary setzte sich wieder an den Tisch und redete weiter, während seine Finger langsam und scheinbar aus eigenem Willen eine Pfeife zu stopfen begannen. »Wie so oft, lässt sich auch über Tellers Gesellschaft nur wenig mit Bestimmtheit sagen. Graf von Jouelle, der große entonnische Historiker, glaubte, die Gesellschaft sei von den Magi noch vor Ausbruch des Winterkrieges zerschlagen worden, um 1315.« Valary sah auf und suchte Kents Blick.

Der Maler stieß einen leisen Pfiff aus. »Zerschlagen? Das sagt eine Menge, Valary. Die Magi hätten sich kaum damit abgegeben, wenn diese Gesellschaft nicht in irgendeiner

Weise ... ihren Anstoß erregt hätte. Bei Farrelles Flammen! Diese Gesellschaft muss etwas erfahren haben.«

Der Historiker nickte. »Jawohl, und wenn die Magi auch nicht über Irrtümer erhaben gewesen sind, so begingen sie bei Angelegenheiten dieser Tragweite doch keine Fehler.« Valary erhob sich wieder und entzündete im Kamin eine dicke Kerze, an der er sich sodann die Pfeife ansteckte. »Das einzige, was ich mit irgendwelcher Sicherheit weiß, ist folgendes: Tellers Gesellschaft benutzte als Erkennungszeichen drei Talrosen.«

»Und der Falke?«

Valary unterbrach sich mitten im Zug und klemmte sich den Pfeifenstiel zwischen die Zähne. »Ich habe es noch nicht herausgefunden. Ein Familiar vielleicht, aber wessen, das kann ich nicht sagen. Viele Magi hielten sich solche Tiere, doch welche Bedeutung sie besaßen – wenn überhaupt eine –, darüber kann man nur spekulieren. Allen populären Geschichten zum Trotz kennen wir den Zweck der Familiare nicht, das darf ich Ihnen versichern.«

Nun war es Kent, der aufgeregt von seinem Stuhl aufstand. Dann beherrschte er sich, nahm Valarys Platz am Herd ein und wärmte sich den Rücken; sein Schatten waberte über den Tisch. Es bestand keine Notwendigkeit zu erwähnen, dass ein Falke Tristam Flattery zu folgen schien. »Die fehlenden Steine in der Abtei – nehmen Sie an, dort befand sich eine Art Niederschrift?«

Valary nickte. »Ja, obwohl sich diese Vermutung natürlich nur auf unser Wissen über die Ruine von Farrow gründet.« Der alte Historiker lehnte sich zurück und rieb sich mit der Hand über den Leib, als leide er an Magenbeschwerden. »Wenn es kein Text war, so hätte ich nicht einmal einen Ausgangspunkt für meine Spekulationen. Nichts, was wir bisher gefunden haben, liefert irgendwelche Hinweise, und daher würde ich sagen, dass wir erst am Anfang des Werkes stehen, das zu verrichten ist. Ich werde mich in näherer Zukunft verstärkt dieser Frage widmen. Der arme Dolfield – ich wage mir nicht auszumalen, was er sagt, wenn er wiederkommt und feststellt, dass jemand in seiner persönlichen Fundgrube herumgestochert hat. Das wird ihm nicht schmecken, und ich muss sagen, dass ich dergleichen niemals auch nur erwogen hätte, wenn mir der Ernst der Lage nicht bewusst wäre.«

Kent stellte fest, dass sein Verstand sich weigerte, die auf ihn einströmenden Kenntnisse zu einem sinnvollen Ganzen zu verbinden – es war, als versuchte er ein glühendes Schüreisen zu umfassen; man kann sich bemühen, so sehr man will, die Hand schließt sich einfach nicht um einen Gegenstand, der solche Hitze ausstrahlt. »Aber wenn Ihr Fund nun gleichen Ursprungs ist wie die Ruine von Farrow? Was würde das bedeuten? Sie haben noch nicht gesagt, welcher unter den Inhabern der Abtei so etwas gebaut haben könnte.«

Valary legte die glimmende Pfeife auf den Tisch und dachte nach. »Die Insel Farrow ist vor vierhundert Jahren entdeckt worden«, begann er, und seine Stimme nahm unwillkürlich den bedachtsamen Tonfall eines Dozenten an. »Teller könnte damals noch gelebt haben, obwohl mir kein Indiz dafür bekannt ist. Es ist jedenfalls denkbar, dass Teller oder seine Anhänger die Arbeiten hier verrichtet haben. Etliche Magi zeigten großes Interesse an der Ruine von Farrow. Sie hat ihnen etwas bedeutet, mehr als eine reine Kuriosität, dessen können Sie sicher sein – aber ich könnte nicht mehr dazu sagen, und wenn mein Leben davon abhinge.« Der alte Mann kostete seinen Tee, stellte fest, dass er kalt geworden war, und schob die Tasse beiseite. »Kann unser Fund entstanden sein, während die Abtei im Besitz der Magi war? Vor der Entdeckung von Farrow? Da wir so wenig wissen, können wir diese Hypothese nicht ganz von der Hand weisen. Besteht die Möglichkeit, dass es sogar älter ist? Von den Oristonermönchen erschaffen? Oder gar von Menschen, die vor ihnen da waren? Von dem gleichen Volk, das einen Tempel auf Farrow errichtet hat?

Der Boden, auf dem die Abtei steht, muss schon seit Urzeiten eine große Bedeutung für die Menschen gehabt haben. Wenn Sie hier graben, finden Sie allerhand Dinge. Schon immer wurden an dieser Stelle Riten vollführt, und schon immer ist dieser heilige Grund Gegenstand bitterer

Auseinandersetzungen gewesen. Man kann in der Erde hier ringsum Pfeilspitzen aus Feuerstein finden. Aus *Feuerstein*! Und zerbrochene Bronzeschwerter. Fremdartige Helme.« Fast traurig schüttelte er den Kopf.

»Wirklich, ich weiß nicht, wer dieses Bauwerk errichtet hat, Averil. Ich weiß es nicht. Doch wenn ich eine Vermutung anstellen müsste, so würde ich sagen, dass es älter ist als unsere Geschichtsschreibungt. So alt wie die Ruine von Farrow. Vielleicht sogar noch älter.« Er unterbrach sich, legte die Fingerspitzen aneinander und starrte Kent beschwörend an. »Und Erasmus Flattery wusste davon – Jahre vor Dolfield –, da zumindest bin ich mir sicher. Dolfield glaubt, dass er die Kammer, in die ich Sie führte, als erster entdeckt hat, denn sie sei sorgfältig verschlossen gewesen, als er sie fand.«

Kent beugte sich vor, ohne seine Frage auszusprechen, und zur Antwort griff Valary in die Westentasche. Er zog einen kleinen Gegenstand hervor, den er in der Hand verborgen hielt wie ein Bühnenzauberer, der nicht willens ist, sein Geheimnis zu lüften, bevor es an der Zeit ist. »Das hier habe ich vor zwei Tagen gefunden; da hatte ich Sie bereits benachrichtigt, Kent.« Er streckte die geschlossene Hand vor, dann öffnete er langsam die Finger und präsentierte ein kleines Taschenmesser, dessen Bronzeschalen zerkratzt und abgegriffen waren, aber wie altes Gold schimmerten. Indem er es mit einem Finger umdrehte, enthüllte Valary zwei Buchstaben, die auf der anderen Seite des Messers in Silber eingelegt waren: E und F.

»Mir kommt es vor, als ob ich bei jedem Schritt in die Fußstapfen Erasmus Flatterys trete«, sagte Kent, dessen Stimme plötzlich müde klang. »Geradezu, als wäre der Mann noch am Leben und arbeitete auf das gleiche Ziel hin wie wir, wäre uns aber stets ein paar Schritte voraus.«

Valary nickte. »Ein paar Schritte aus dem Blickwinkel des Historikers ... doch in Wirklichkeit ist Erasmus vor gut vierzig Jahren hier gewesen. Bei der Sache, die wir betreiben, ist das zu lang, Averil. Ich fürchte, wir sind weit abgeschlagen.«

6. Kapitel

Die Gregorybai lag in dem Kraterring eines Vulkans, der vor Urzeiten durch eine gewaltige Eruption zerstört worden war. An einer weiteren Vulkaninsel anzulegen, berührte Tristam unangenehm, und es milderte seine Beklemmung nicht, dass dieser Vulkan schon seit Jahrtausenden untätig war.

Mein Kurs, dachte er. *Wir können keinem anderen folgen.*

Vor langer Zeit war die Kraterwand auf einer Seite zusammengebrochen und hatte dem Wasser der Lagune gestattet, hineinzufließen und die kleine, hohe Insel zu umschließen, die nun wie ein Wächter in der Mitte des Ringes stand. Der übrige Kraterrand war zerfallen, und die Erosion hatte eine schmale, niedrig gelegene Ebene erschaffen, hinter der ein Reihe grauer Steine wie Stoßzähne aufragten. Die Insulaner nannten die Bucht *Vaha Nea*, das ›Maul des Aals‹, was nach farrischen Maßstäben nicht gerade romantisch klang, doch andererseits besaßen die Geschöpfe des Meeres für die Varuaner eine ganz andere Bedeutung.

Als die *Swallow* unter der Sonne des frühen Nachmittags in die Bai einlief, stand Tristam auf der Saling und war völlig gefangen von dem, was vor ihm lag: ein Lapislazuli in einem Ring aus lebendigem Grün, umgeben von gezackten grauen Spitzen.

Ein honiggelber Strand erstreckte sich an hohen Kokospalmen entlang zu einem ausladenden Rund, und im Hintergrund ragte der Mount Wilam empor, der höchste Berg Varuas, den feine Fäden aus vorbeiziehendem Regen mit den Wolken verbanden. Wasserfälle in berückendem Weiß stürzten die steilen Klippen hinunter und sahen aus, als wäre dort das Gewebe der Wolken in schmale Streifen gerissen und hinge an den Felsen herab.

Wohin man schaute, blühten leuchtende Blumen: Exotischer Jasmin und *Tiara Varua* waren durch ihre

Häufigkeit am auffälligsten, doch auch zahllose andere Arten bereicherten die Farbenpracht. Der warme Passat verrührte in der Kraterschüssel ihre Düfte und schuf ein außerordentliches Parfum, welches, so dachte Tristam, alle Frauen dieser wunderschönen Insel trugen.

Neben Tristam stand Leutnant Osler, auch er schweigsam, denn es schien zunächst keine angemessenen Worte für dieses Naturerlebniss zu geben.

Halb um die Welt, dachte Tristam.

Der Passat schickte eine Brise in die Bucht, die die Palmen beugte und das Wasser mit kleinen Wellen überzog. Ein Paar Doppelrumpfboote mit eigenartigen, zweispitzigen Segeln strich darüber hinweg wie Wasserspinnen, die vom Wind ergriffen werden. Ihr Kielwasser war kaum ein dünner Kratzer auf dem Spiegel der Bai.

Als die *Swallow* von der äußeren Lagune hereinsteuerte, legten die Steuerleute der Katamarane plötzlich das Ruder über und kreuzten gegen den Passat auf. Die Besatzungen bewegten sich aufgeregt hin und her. Auch am Strand vor dem Dorf versammelten sich nun die Menschen. Durch sein Perspektiv betrachtete Tristam ihre Häuser, die *Fales*, mit den Ecksäulen aus Stein und den hellgrauen Strohdächern. Durch einige Brotfruchtbäume vom Dorf abgetrennt, lag eine Steinterrasse im Schatten hoher Bäume, eine sogenannte *Marae*. Die Steinplatten waren mit Reliefs verziert, deren kompliziert verschlungene Tiermuster wegen ihrer Schönheit verblüfften, denn bekanntlich verstanden sich die Varuaner der Gegenwart nur auf gröbste Steinmetzarbeiten. ›Von den Dienern der Götter zurückgelassen‹, behaupteten die Insulaner, und mehr, so fanden sie wohl, musste dazu nicht gesagt werden.

Oberhalb dieses Dorfes sah man die Stadt der Götter, auf einer Hochebene, die vielleicht dreihundert Schritt durchmaß, der Kern eines sekundären Vulkankegels. Dort stand das prächtige Haus des Königs, und dort befand sich eine größere *Marae*, die bei wichtigen Riten benutzt wurde. Die Frage nach ihren Erbauern hatte bei den Farrländern viele Spekulationen ausgelöst.

Tristam hatte Stern schon vorweg über die Stadt ausfragen wollen, freilich – ohne sich freiheraus zu erkundigen, ob es Ähnlichkeiten mit den Ruinen im Archipel gebe. Aber der Kommandant bemerkte sofort, worum es ihm ging, und meinte freundlich lachend: »Machen Sie sich keine Sorgen, Mr. Flattery. Diese so genannte Stadt der Götter muss das Zuhause von sehr anspruchslosen Gottheiten gewesen sein. Keine hohen Türme, keine Prachtbauten. Nichts, was der Ruine von Farrow ähneln könnte. Strohgedeckte Häuser wie überall auf der Insel. Hie und da Überreste älterer Bauwerke, aber nichts Bedeutendes. Nein, die Stadt der Götter ist sehr natürlich, wenn auch höchst ungewöhnlich. Von Interesse ist nur die Treppe, die dort hinaufführt. Sie ist in eine Basaltader gehauen, wenn ich mich nicht irre, und die wiederum steht aus dem anderen Gestein hervor. Lord Trevelyan behauptet, ein Volk hätte sie geschaffen, das die Insel lange vor unserer Zeit bewohnt hat. Aber wer kann das mit Bestimmtheit sagen? Vielleicht haben die Varuaner diese Kunst im Laufe der Zeit schlichtweg vergessen.«

Tristam hätte sich nach Sterns Worten sehr erleichtert fühlen können, trotzdem blieb seine Beklemmung, und er spürte, dass sie von dieser Insel herrührte.

In der Nacht, die sie auf der Pyramide verbrachten, hatte Seekadett Beacham gesagt, etwas wie Zufall gebe es auf dieser Welt nicht. Tristam versuchte, an der Bergflanke die mysteriöse Treppe zu entdecken, doch sie lag hinter dem alles verhüllenden Grün verborgen.

Die Varuaner glaubten, diese Stadt sei das Werk der Götter und ihrer Diener, die dort vor langer Zeit gelebt hatten, und dass die Götter ihr Haus einem einzigen Diener überließen, der zurückblieb, um darauf achtzugeben und ihre Rückkehr zu erwarten. Die varuanischen Könige behaupteten, die Nachkommen dieses Dieners zu sein, und das unterschied sich nicht grundlegend von den Ansprüchen, die von den Königen in Tristams Welt erhoben wurden.

Unter der schwebenden Sonne schritt der Tropentag voran: heiß, träge – sinnlich, fand Tristam. Er richtete das Glas wieder auf die Küste. Die Insulaner zeigten auf die *Swallow,* und die Kinder hüpften über den Strand, während noch mehr Auslegerkanus ins Wasser geschoben wurden.

Stern hatte befohlen, alle Flaggen zu heißen, wodurch das Schiff einen protzigen und zutiefst unseemännischen Anblick bot, aber ganz dem Schönheitssinn der Insulaner entsprach. Als das Schiff die Mitte der Bai erreichte, wurden auf beiden Seiten zwei Kanonen abgefeuert, und der Geschützdonner rollte von den Wänden des alten Vulkans zurück und hallte etliche Male wider, bevor er erstarb. Für eine Weile hielten die Insulaner bei ihrem Treiben inne und lauschten auf den langsam verhallenden Knall.

Der Matrose am Ruder legte das Rad um, und das Schiff drehte langsam in den sanften Wind. Die Segel legten sich back, und die *Swallow* verlor ihre Fahrt. Als sie begann, nach achtern abzudriften, wurde der Anker in das glasklare Wasser gelassen, in dem man beobachten konnte, wie er sich umdrehte und einen Flügel im goldenen Sand vergrub. Die *Swallow* hängte sich an ihr Ankertau und schwebte wie ein Drachen über ihrem eigenen Schatten.

Bevor die Beiboote des Schiffes ausgesetzt werden konnten, kam das erste Kanu längsseit, und die Insulaner kletterten mit lebhafter Behändigkeit über die Reling.

Osler glitt die Pardune hinab, doch Tristam blieb, wo er war. Sein ungläubiges Staunen machte ihn nachgerade bewegungslos. *Varua.* Sie waren angekommen. So viel war schon über diese Insel geschrieben worden, und so ideal klangen die Beschreibungen, dass sie für Tristam zu einem unwirklichen Land geworden war, das nur in Büchern existierte. Und doch, hier waren sie, und die Insel war noch schöner, als ein Mensch Worte hat.

Die ersten Schwimmer erreichten das Schiff, das inmitten der vielen Kanus den Aufbauten eines großen Floßes glich, und dieses war von lachenden, plappernden Insulanern bemannt. Fast jeder, der an Bord kam, sogar die Schwimmer, brachten reife Früchte und Kokosnüsse, Blumen oder Muscheln. Vom süßen Nektar dieser Geschenke trieften schon bald Gesichter und Arme der Jacks, die gierig die exotischen Gaben der legendären Insel herunterschlangen.

Tristam sah die Herzogin und Jacel von einer Menschentraube umgeben. Die Insulaner hatten noch nie eine hellhäutige Frau gesehen und sich überdies immer gefragt, weshalb nur Männer an Bord der farrischen Schiffe fuhren. Die Herzogin bemühte sich zu lächeln und ein gewisses Maß an Würde zu bewahren, was aber sehr schwierig war, weil die Schar der Neugierigen immer mehr anwuchs und so viele Hände zu ihr drängten, die sie berühren und kneifen wollten. Tristam lachte still in sich hinein.

Ein trällerndes Lachen veranlasste ihn, sich umzudrehen, und dort, auf der Rahe hinter ihm, hockten zwei junge Frauen, beide triefnass bis auf das schöne lange Haar, das sie vor dem Schwimmen zu einem straffen Knoten schlangen. Es umschmeichelte ihre schlanken Leiber wie feines Gras, in dem der Wind spielt. Um die Hüften trugen sie Pareos in kräftigen Rot-, Blau- und Gelbtönen und um den Hals und im Haar Blüten in schmeichelnden Farben. Ihr Stilempfinden war ebenso ausgefeilt wie das jeder Entonnierin. Doch bis auf die Pareos trugen sie keine Kleidung, und ihre weiche zimtfarbene Haut, auf der Wasserperlen standen, glänzte im Sonnenlicht.

Sie beäugten Tristam gutgelaunt und redeten miteinander in ihrer melodischen Sprache. Dabei lachten sie und lächelten ihn an, als wäre er ein Kind, das noch zu klein ist, um zu begreifen.

Tristam, wenngleich ein wenig befangen, grüßte sie auf varuanisch, worauf sie einen erstaunten Blick tauschten und schon wieder in Lachen ausbrachen.

Er rutschte ein Stück in ihre Richtung, bis ihn ein Ruck um die Leibesmitte daran erinnerte, dass er sich festgebunden hatte.

Die Auswahl der Geschenke, die dem Herrscher des Königreichs gemacht werden sollte, war recht eigenartig: eine Truhe mit einem silbernen, übermäßig verzierten Service; ein Dutzend Sonnenschirme in verschiedenen Schattierungen von Gelb und Rosa; ein Sortiment Lebensmittelkonserven; zwanzig Ballen Stoff in Farben, die auf Varua unüblich waren; Federn der exotischeren Art (besonders rote); eine Lupe; mehrere Bücher mit Stichen, welche die Architektur Avonels darstellten; zwei großeTeppiche und etliche kleine; ein Kasten mit Kämmen, Ohrringen, Haarnadeln, Ringen und anderem Frauenschmuck; eine in Leder gebundene Ausgabe der ›Bücher des Märtyrers‹ (dies auf Bitten der Farrellitenkirche, obwohl sie niemand würde lesen können); verschiedene Schleifsteine, Äxte, Breitbeile, Schabhobel, Sägen und Kalfaterwerkzeuge; und zur Krönung all dessen ein Gemälde von König Wilam zu Pferd vor den Springbrunnen des Tellaman-Palastes.

Das Bild erregte Tristams Aufmerksamkeit, nicht weil die dargestellte Szene in der tropischen Umgebung kurios wirkte, sondern weil es den König im Alter von vielleicht fünfzig Jahren zeigte. Seine Majestät war nun doppelt so alt.

Auch König Sala herrschte noch, wie die Farrländer inzwischen wussten, und dürfte demnach die Hundert bereits überschritten haben. Tristam war darüber nicht verwundert, und andere an Bord gewiss auch nicht.

Der Haufen Geschenke war an Land gefahren und sorgfältig am Strand aufgebaut worden, als handle es sich um Waren auf dem Markt. Die Varuaner standen staunend und stumm davor, womit sie in Tristam ganz unerwartet ein gewisses Unbehagen hervorriefen. Und dabei wusste er, dass Stern weitere Gaben in Reserve hielt, um sie dazuzulegen, falls er mit den anderen nicht das erwünschte Ergebnis erzielen sollte.

Auch für die untergeordneten Häuptlinge gab es Geschenke, desgleichen für die ›Alten Männer‹, die *Kenaturaga*, die auf den Inseln große Macht innehatten.

»Doch wo ist der König?«, fragte die Herzogin. Sie hatte sich mehr oder minder von dem Affront erholt, dass eine

Schar Varuaner sie misshandelt hatte, und von Stern war ihr eine Garde aus vier großen Jacks zugeteilt worden. Die Neugierigen hielten nun einen gewissen Abstand ein, doch scheuten sie sich nicht, sie offen anzustarren. Nach dem wenigen zu urteilen, was Tristam über die Kultur der Insulaner wusste (nach dem wenigen, was *irgendein* Farrländer wusste), mussten sie nun annehmen, die Herzogin sei *tapu*. Die varuanische Gesellschaftsordnung beruhte auf einem komplizierten System von Vorrechten und Tabus. Aber er wusste nichts Näheres.

Die Farrländer warteten nun schon eine Weile vor ihren Gaben am Strand und wunderten sich, wo der varuanische Herrscher blieb. »Mr. Hobbes erwähnte etwas von einem Ritual«, sagte Tristam.

Ein ungutes Gefühl legte sich über die Wartenden; auch die Varuaner begannen unruhig zu werden. Sie hatten Stern und Hobbes auf der Stelle erkannt und freudig begrüßt, doch nun standen sie verlegen da, starrten auf den Haufen Geschenke und raunten untereinander. Allmählich befürchteten die Farrländer, ein Tabu gebrochen zu haben, das ihnen unbekannt war.

Hobbes bemühte sich nach Kräften, den Grund für den abweisenden Empfang herauszufinden, doch er schien damit nur wenig Erfolg zu haben. Stern wusste nur einige rudimentäre Begrüßungsphrasen und Höflichkeitsfloskeln. Unter ihnen beherrschte Dr. Llewellyn das Varuanische am besten, doch Stern hatte dem Mediziner unmissverständlich klargemacht, dass er nicht zu sprechen habe, solange man ihn nicht darum bat. Dadurch wollte Stern nur sicherstellen, dass Llewellyns Gier nach *Regis*-Kernen nicht das Ziel der Expedition in Gefahr brächte. Und tatsächlich wand sich der Arzt geradezu unter dem Bedürfnis, seine Sprachkenntnisse zur Anwendung zu bringen.

»Mr. Hobbes?« Da sprach irgendjemand unter den Insulanern ein perfektes Farrisch. »Sind Sie das wirklich, Mr. Hobbes?«

Die Varuaner bildeten eine Gasse, und hindurch schritt ein schlaksiger Farrländer mittleren Alters, der einen bis an die Wade reichenden Pareo und ein zerlumptes Hemd am Leibe trug, und er grinste so breit, dass Tristam meinte, noch kein entzückteres Gesicht gesehen zu haben.

»Mr. Wallis!«, rief Hobbes. Dann sprang er vor und ergriff den Mann bei Hand und Schulter. »Ich dachte, in diesem Leben würde ich Sie nicht mehr wiedersehen!«

Mr. Wallis lachte über das ganze Gesicht und nahm die Pranke des Steuermanns in beide Hände. »Und ich habe gedacht, ich würde überhaupt niemand mehr sehen, denn als die *Southern Star* davonsegelte, war ich mir sicher, dass ich fern vom Heimatland sterben sollte.« Als er des Wandels in Hobbes' Miene ansichtig wurde, beeilte er sich hinzuzufügen: »Doch ich zweifle nicht im Geringsten daran, dass Kapitän Pankhurst richtig gehandelt hat. Es steht außer Frage, dass ich auf der Heimreise gestorben wäre, und wer weiß, wie viele andere ich mit in den Tod genommen hätte. Nein, Mr. Hobbes, nicht einen Augenblick sollten Sie sich schlecht fühlen. Zweifellos war die Entscheidung richtig. Andernfalls wäre ich in diesem Moment nicht hier.« Er bedachte die Farrländer mit einem seligen Blick, als erteile er ihnen für jederart Sünde die Absolution.

»Bitte entschuldigen Sie, Sir.« Hobbes zögerte und verneigte sich nach einem Seitenblick auf die Herzogin leicht vor dem Kommandanten. »Kapitän Stern, Kommandant Seiner Majestät Vermessungsbark *Swallow*. Ich möchte Ihnen Mr. Wallis vorstellen, Schiffs-Künstler auf der Expedition von Kapitän Pankhurst.«

»Madison Wallis, zu Ihren Diensten, Herr Kapitän.« Der Mann umklammerte Sterns Hand, als hätte er gerade einen verloren geglaubten Cousin wiedergefunden.

»Ihr Diener, Sir«, entgegnete Stern. »Darf ich Ihnen die Herzogin von Morland vorstellen?«

Wallis wirkte plötzlich sehr verlegen und schielte an seiner Kleidung herab. »Eine große Ehre, Hoheit. Bitte entschuldigen Sie meinen ... meinen Aufzug.«

Die Herzogin trat einen Schritt vor, schüttelte dem Künstler die Hand und begegnete völlig offen seinem Blick. »Entschuldigen Sie sich nicht, Mr. Wallis, es ist ein Wunder, dass Sie hier sind. Wenn Sie als Mitglied des königlichen Hofes gekleidet wären, könnten Sie mir keinen willkommeneren Anblick bieten.«

Wallis lief rot an, was seine dunkle Sonnenbräune geradezu aufleuchten ließ.

Die Herzogin drehte sich halb zu Tristam hin. »Und ich darf Sie mit meinem besonderen Freund bekannt machen, Mr. Tristam Flattery, Naturforscher des Schiffes.«

»Zu Diensten, Mr. Flattery. Ich kann Ihnen gar nicht sagen, wie schnell ich gerannt bin, um zu Ihnen zu gelangen«, sagte er freudig, und tatsächlich wirkte er etwas abgekämpft. »Seit dem ersten Morgenlicht bin ich gute acht Meilen gelaufen, auf meinen eigenen Beinen, denn ich war weit oben im Hochtal. Farrelle sei gepriesen, es ist so wunderbar, dass ich meine Muttersprache wieder auf der Zunge spüre und dass man wahrhaft farrisch mit mir spricht.«

»Ganz bestimmt haben Sie einiges zu erzählen, Mr. Wallis«, sagte Stern, »doch verraten Sie uns als Erstes bitte eins: Wissen Sie, weshalb man uns einen so kühlen Empfang bereitet? Wir haben noch nicht einmal eine Botschaft des Königs erhalten. Geht es ihm nicht gut?«

»Ach, das wissen Sie noch nicht?«, entgegnete Wallis und nickte, als er ihm die Antwort von Gesicht ablas. »Das *Mata Maoeã hat* begonnen, ein Ritual der Reinigung und Läuterung. Gestern bei Sonnenaufgang haben sie damit angefangen. Es ist eines ihrer bedeutendsten Rituale und wird nur in Zeiten höchster Not ausgeführt. Der König und die Alten Männer werden wenigstens zwei Wochen lang beschäftigt sein.«

»Zwei Wochen ...« Stern konnte seine Enttäuschung über diese Neuigkeit nicht verhehlen.

Wallis nickte. »Während der König in ein Ritual eingebunden ist, hat eigentlich keiner das Sagen. Er wacht sehr eifersüchtig über seine Vorrechte, und niemandem ist es gestattet, ihn offiziell zu vertreten.«

Wallis wies an der *Swallow* vorbei auf die Bucht hinaus. »Vielleicht kommt dort die Antwort auf Ihre Fragen. Anua. Haben Sie sie bei einem Ihrer früheren Besuche vielleicht kennen gelernt? Nein? Sie ist im Augenblick die einflussreichste unter den Frauen des Königs – nicht die Älteste, wie Sie sich denken können, aber ihre Familie ist im Laufe des vergangenen Jahres sehr erstarkt.«

Ein großer Katamaran strich behänd über die Bai. Auf Deck bewegten sich geübte Seeleute in kurzen Pareos, und am Bug saßen neugierige Kinder.

Das Segelkanu passierte die *Swallow* und sah neben der Bark wie ein Wasserinsekt aus, das mit langen fadendünnen Beinen über die Wasseroberfläche läuft; die Steuerruder erinnerten an Fühler. Kurz vor dem Strand bremste der Katamaran ab, und die Besatzung schob eine Planke über den Bootsrand ins seichte Wasser.

Eine Frau schwer bestimmbaren Alters führte mit großer Würde ein kleines Kind die Planke entlang. Ebensogut hätte sie eine prächtige Treppe hinabschreiten können. Sie trug den losen, ärmellosen Mantel des varuanischen Adels und den fast bis zum Knöchel reichenden Pareo, der ihren Rang bezeichnete.

Die Pareos der varuanischen Schicht, die dem farrischen Bauernstand entsprach, hörten indes knapp über den Knien auf, und zwischen diesen beiden Extremen gab es anscheinend beliebig viele Zwischenstufen.

Einige Insulaner in längerer Bekleidung traten zur Begrüßung vor, und dieses Wiedersehen schien allen echte Freude zu bereiten. Dann war ihnen eine Zeitlang anzusehen, dass sie über die Farrländer sprachen, und schließlich kamen die Frau und das Kind auf Stern und Hobbes zu.

Anua sagte etwas in ihrer eigenen Sprache und fügte in weich moduliertem Farrisch hinzu: »Ich grüße euch.« Sie winkte daraufhin Wallis herbei, der ihr unterwürfig, aber auch mit Zuneigung begegnete und sich dabei nicht weniger unbeholfen benahm als vor der Herzogin. Anua sprach leise zu ihm, während neben ihr das Kind aus großen Augen die Fremden anstarrte.

»Anua sagt, dass der König es zweifellos bedauern wird, nicht hier gewesen zu sein, um Sie zu begrüßen. Die meisten Alten Männer und die Häuptlinge sind entweder mit dem Maoeã in der Stadt der Götter beschäftigt, oder sie vollführen private Rituale vor ihren eigenen ...« Wallis zögerte. »Ich glaube, Schreinen wäre hier das Wort, das am ehesten zutrifft.« Dann deutete er auf den Berg Geschenke. »Wenn das für den König und die Häuptlinge bestimmt ist, dann müssen Sie warten, bis das Ritual beendet ist, bevor Sie sie übergeben können.« Wallis wirkte ein wenig unbehaglich. »Es wäre unweise, Herr Kapitän, auch nur ein Geschenk herauszugeben, bevor der König zurückgekehrt ist.« Tristam gewann den Eindruck, dass hier Wallis selbst sprach. »Wenn Sie dringend Vorräte benötigen, könnten Sie auf den Gedanken kommen, darum zu handeln, aber auch den Handel zu eröffnen, bevor der König hergekommen ist, würde unzähligen Schwierigkeiten die Tür öffnen. Diese auszuräumen könnte leicht Monate in Anspruch nehmen.«

Stern nickte rasch. »In dieser Sache halten wir uns ganz an Ihren Rat, Mr. Wallis, wie auch in vielen anderen Dingen. Ich lasse augenblicklich alles aufs Schiff zurückbringen. Bitte danken Sie Anua für ihre Freundlichkeit, und sagen Sie ihr, wir hätten nicht gewusst, dass Maoeã ist, und hoffen, das Ritual nicht in irgendeiner Weise gestört zu haben. Wenn für die Dauer der Zeremonie womöglich ein besonderes Tabu gilt, so sollte man es uns sagen, und wir werden es befolgen.«

Wallis beriet sich mit Anua, die nicht den Eindruck vermittelte, als hätte Sterns Versicherung sie sonderlich beruhigt. »Anua sagt, es sei wichtig, dass Sie nicht die Ruhe der Gemeinde stören. Niemand sollte die Stadt der Götter betreten – dazu muss man während des Maoeã eigens gereinigt sein – und Ihre Männer müssen sich unbedingt von den Marae fernhalten. Sie werden für das Ritual benötigt und sind besonders vorbereitet.« Er schaute kurz die Adelige an und wandte sich wieder den Farrländern zu. »Wenn ich so sagen darf, Herr Kapitän, dieses Ritual ... vergleichen Sie es am besten mit unseren Buß- und Versöhnungstagen. Auch wer nicht direkt an den Riten beteiligt ist, bringt eigene Opfer dar, und die Atmosphäre auf der Insel ist allgemein gedämpft.«

Schließlich fügte die Adlige noch etwas hinzu.

»Anua würde Ihnen gern den König von Später vorstellen – den Kronprinzen Ra'i Auahi, ihren Enkel.«

Das Kind an ihrer Seite wurde sacht nach vorn geschoben, doch es ließ weder Anuas Pareo los, noch nahm es die Finger aus dem Mund. Hobbes grüßte mit leiser Stimme, und das Kind blickte höchst erstaunt zu Anua hoch, was allgemeines Gelächter auslöste

»Ra'i Auahi ist noch schüchtern«, sagte Wallis und lächelte den Jungen an.

Dann stellte er die anderen Farrländer vor, und anscheinend war auch Anua vor allem auf die Herzogin und ihre Gesellschafterin neugierig. Mit Wallis' Hilfe führten sie ein ausgedehntes Gespräch, bei dem Anua viele Fragen stellte.

Tristam kam an die Reihe, und er gab sich große Mühe mit dem Varuanischen, um die Adelige angemessen anzusprechen, was diese sichtlich erfreute.

Auch Llewellyn ergriff nun die Gelegenheit, die fremde Sprache zu sprechen, in der Auffassung, dass das Verbot des Kapitäns in dieser Situation wohl nicht gelten könne. Wallis hatte unterdessen ein Gespräch mit seinem alten Freund Hobbes begonnen, und Tristam lauschte aufmerksam auf alles, was unter den Insulanern gesprochen wurde, versuchte ihm bekannte Wörter oder Phrasen herauszuhören und den Gesprächen einen Sinn zu entnehmen. Dabei bemerkte er, wie während Llewellys Redefluss das Lächeln von den Gesichtern der Varuaner verschwand. Sie blickten einander peinlich berührt an und rückten sogar ein wenig von ihm ab. Doch Tristam war entgangen, was der Arzt da gesagt hatte.

»An die ersten Tage nach dem Aufbruch der *Southern Star* kann ich mich nicht mehr erinnern, denn ich litt unter schwerem Fieber.« Wallis versank einen Augenblick lang in der Vergangenheit, und sein sonst freudiger Gesichtsausdruck verflüchtigte sich.

Man hatte sich in der Kajüte der Herzogin zusammengefunden, um Wallis' Bericht über seine Zeit unter den Insulanern anzuhören. Stern hatte dem Künstler neue Kleider gebracht, doch dieser wollte nur die Hemden annehmen, weil er befürchtete, die Varuaner zu beleidigen, wenn er den Pareo ablegte. Llewellyn fragte ihn natürlich nach dem Hergang seiner bemerkenswerten Genesung, denn Wallis war für tot zurückgelassen worden, als Kapitän Pankhurst sein Schiff in See befahl.

Der gestrandete Farrländer streckte sich auf dem Stuhl aus, als habe er vergessen, wie man auf Möbeln sitzt. Auf dem hageren Leib gab es keine Unze überflüssiges Fett. Sein Haar war dünn und von der Sonne gebleicht, die Haut bronzefarben wie altes Leder.

»Die Alten Männer kümmerten sich um mich, denn der König hatte Kapitän Pankhurst persönlich versprochen, dass man mich nicht im Stich lassen werde. Sie gaben mir zu essen und flößten mir zerstoßene Wurzeln ein und Kräuter und was man hier sonst noch als Medizin benutzt, und sie sangen und leierten um mich herum. Wenn ich einige dieser heidnischen Riten beschreiben sollte, so würden Sie wohl glauben, ich hätte in einem schrecklichen Delirium gelegen – was, um ehrlich zu sein, auch oft der Fall war.«

Die Herzogin warf Tristam einen raschen Blick zu.

»Ich wurde kräftiger«, sagte Wallis leise; mit diesen einfachen Worten beschrieb er das fast Unmögliche. Nacheinander blickte er seine Zuhörer an, als suche er Anzeichen von Zynismus, und fuhr fort:

»Zunächst glaubte ich, an mir sei ein Wunder vollbracht worden. Kaum ein Mensch überlebt das Stillwatersche Fieber, auch wenn man immer wieder davon hört. Nun lebe ich schon eine Weile unter den Insulanern und glaube, dass die Kenaturaga mich geheilt haben. Sie kennen heilkräftige Kräuter und bedienen sich einiger Methoden, die den Medizinern unseres Landes wohl sehr merkwürdig vorkommen müssten, aber ...« – er blickte Llewellyn an und hob entschuldigend die Achseln –, »aber sie erreichen viel damit.«

Stern sah Tristam prüfend an, ob dieser die Bedeutung

des Gesagten begriffen hatte, doch Tristam entging nichts, nicht einmal Hobbes' Reaktion, der den Blick senkte und plötzlich ganz starr wurde, als müsste er befürchten, dass jede Bewegung seine Gedanken enthüllte.

»Und so überlebte ich und fand mich unter Fremden wieder, deren Sprache ich kaum verstand. Zunächst dankte ich Farrelle zu jeder Stunde, mich geschont zu haben, und war einfach froh zu leben. Doch dann traf mich die Erkenntnis, wie viel Zeit vergehen würde, bis das nächste farrische Schiff diese Insel anliefe. Jahre vermutlich. Ich malte mir aus, was alles in der Heimat geschehen mochte: Krieg, Pest, Tod des Königs, Regierungswechsel – alles, was die Aussendung eines Schiffes nach Oceana verzögern könnte.« Er trank einen Schluck von seinem Bier. »Ich hatte zuhause keine Familie – keine Frau, meine ich damit –, und dennoch sehnte ich mich so verzweifelt nach der Heimat. Die Varuaner wollten davon nichts hören. Sie haben ein Sprichwort, das sich nicht befriedigend übersetzen lässt. In etwa bedeutet es: ›Auf das Leben zu warten ist der Pfad zum Tod‹.« Er lächelte versonnen. »In ihrer Sorglosigkeit und ihrem einfachen Glück mögen sie uns wie Kinder erscheinen, aber in Wirklichkeit besitzen sie viel Weisheit.

Ich wurde zu einem Insulaner gemacht. In eine Sippe aufgenommen. Ich erhielt den Pareo – er reicht mir sogar übers Knie, wenn ich mir erlauben darf, darauf hinzuweisen. Ein Fale wurde für mich errichtet und eine Frau gefunden – oder vielleicht fand sie mich.« Er lächelte wie über einen geheimen köstlichen Scherz, und seine Augen begannen zu leuchten; es war, als ginge über ruhiger See die Sonne auf. »Zum guten Schluss liehen sie mir ein Kind, denn die Insulaner glauben nicht, dass man ohne Kinder glücklich sein kann.« Darüber musste er lachen. »So einige ihrer Ansichten werden Ihnen fremd erscheinen. Mir wurde ein varuanischer Name gegeben: *Jawa Janu* – ›Der ferne Inseln kennt‹. Denn die Varuaner können sich nicht vorstellen, dass Farrland keine Insel ist, müssen Sie wissen, und es hat keinen Zweck, sie vom Gegenteil überzeugen zu wollen. Unter den Varuanern nehme ich eine seltsame Stellung ein:

Man erachtet mich in mancher Hinsicht als weise, doch dagegen fehlt es mir oft an selbstverständlichem Wissen; über die Fische, die in der Lagune leben, weiß jedes Kind mehr als ich. Ein wenig komme ich mir vor wie ein alter Professor, der die Werke von Boran und Halden auswendig weiß und Alt-Farrisch wie ein Mann aus vergangenen Zeiten spricht, aber schon an den einfachsten Verrichtungen des Alltags scheitert.« Er lächelte, nicht im Mindesten verlegen über seine Enthüllung. »Ich bin Weiser und Narr zugleich, außerdem ein Künstler, denn all meine Habe wurde hier für mich zurückgelassen. Das meiste habe ich an die Menschen verschenkt, die mir geholfen haben, aber meinen Farbkasten habe ich behalten. Einigen habe ich unsere Sprache beigebracht – dem ältesten Sohn des Königs, Anua und ein paar anderen. Die besten Schüler sind sie nicht, denn sie sind es nicht gewöhnt, still zu sitzen und sich irgendwelchen Studien zu widmen wie wir, aber trotzdem haben sie ein begrenztes, aber doch passables Farrisch gelernt.« Er schaute seine Zuhörer an, plötzlich war ihm das Gesagte ein wenig peinlich. »Also, ich richtete mir hier ein Leben ein, das ich nicht unglücklich über sechs Jahre lang führte. Ich habe viel gemalt und von der varuanischen Sprache alles aufgeschrieben, was mir unterkam, außerdem alles, was ich über Land und Leute erfuhr, über ihren Glauben und ihre Geschichte, obwohl diese ein wenig wirklichkeitsfremd erscheint – wie so oft bei mündlicher Überlieferung.«

Er verfiel in Schweigen und senkte den Blick in den Bierkrug, den er in der Hand hielt. Vielleicht begriff er, was die Ankunft der *Swallow* bedeutete. Tristam fragte sich, wie Stern entscheiden würde. Könnte er Wallis erneut zurücklassen und damit gegen bestehende Befehle verstoßen? Tristam hielt das für unwahrscheinlich und empfand Mitleid mit dem Gestrandeten.

»Aber was ist mit den Insulanern?«, fragte Stern leise. »Wieso haben sie sich nicht bei Ihnen angesteckt?«

Wallis hob den Blick, und Verwirrung überzog sein Gesicht, als wisse er nicht, wie er eigentlich an Bord eines farrischen Schiffes gelangt war. »Ich wurde von allen abgesondert, und auch die, die mich pflegten. Kapitän Pankhurst hatte darauf bestanden. Weder steckten sie sich an, noch gaben sie die Krankheit weiter. Sie können ganz beruhigt sein, Kapitän Stern, diesmal haben wir keine schreckliche Seuche über die Insulaner gebracht, auch wenn es leider schon vorgekommen ist.«

Stern nickte sichtlich erleichtert. »Nun, dafür sollten wir dankbar sein. Sie können sich nicht vorstellen, wie erfreut ich bin, Sie gefunden zu haben, Mr. Wallis. Gewiss wird Ihre Hilfe uns den Weg ebnen, sodass es keine bedauerlichen Missverständnisse gibt, wie sie in der Vergangenheit geschehen sind.« Stern führte diese Andeutung nicht aus; jeder wusste, dass einmal die Kanonen eines farrischen Schiffes auf dieses Dorf gerichtet worden waren.

Wallis nickte. Plötzlich wandte er sich dem Arzt zu. »Ich muss Ihnen etwas sagen, Doktor Llewellyn. Die Alten Männer von Varua nennen sich Heiler, doch ist es nicht richtig, wenn Sie sich den gleichen Titel verleihen. Dieser Titel bedeutet mehr, als dass sie ›heilen‹. Sehr viel mehr.«

Llewellyn erfuhr die strafenden Blicke des Kapitäns und der Herzogin.

»Das ... das wusste ich nicht«, antwortete er und rutschte nervös auf dem Stuhl hin und her. »Ich hatte ja keine Ahnung.«

Die Dinergesellschaft war sorgfältig ausgewählt: die Herzogin, Tristam, Viscount Elsworth, Stern und Wallis. Dr. Llewellyn indes war, zu seiner Konsternation, nicht eingeladen worden. Als zusätzliche Vorkehrung hatte Stern seinem Ersten Offizier befohlen, das Achterdeck frei zu halten. Zurückgezogener ließ sich ein Gespräch an Bord eines Schiffes nicht führen.

Wallis war ein wenig erstaunt gewesen, dass sein Freund und früherer Schiffskamerad Hobbes ebenfalls nicht anwesend war, und gab seiner Verwunderung darüber Ausdruck. Und seit er das diesbezügliche Unbehagen des Kommandanten gespürte hatte, machte Wallis nur noch sehr gezwungen Konversation. *Der Mann ist kein Narr,* dachte Tristam, *er weiß, dass etwas in der Luft liegt.*

»Erzählen Sie uns von diesem Ritual, Mr. Wallis«, bat die Herzogin schließlich und bedeutete ihrem Bruder, dem Gast Wein nachzuschenken.

Wallis hob das neugefüllte Glas nicht, sondern blickte in die rubinrote Flüssigkeit, als wäre sie eine Kristallkugel. »Was die Religion betrifft, Hoheit, fällt es einem Außenstehenden immer schwer zu erkennen, worum es den Varuanern gerade geht. Zuzeiten erscheint die Religion als wenig mehr als ein Hilfsmittel, um die Vormachtstellung bestimmter Gruppen zu erhalten, zu anderen Gelegenheiten meint man es dagegen sehr ernst, da bin ich mir sicher. Wir können es uns nicht leisten, die insulanische Religion zu verspotten, ganz gleich, was wir für ihre Ziele halten. Und in diesem Fall glaube ich sogar, dass mit den Ritualen etwas überaus Wichtiges beabsichtigt wird.« Er schob seine langen Finger ineinander.

»Es hat hier eine Reihe merkwürdiger Zwischenfälle gegeben, die von den Varuanern samt und sonders als böses Omen betrachtet werden. Vor etwa anderthalb Monaten strandeten aus irgendeinem Grund sieben große Wale vor dem Dorf. In diesen Breiten herrschen keine starken Gezeiten, sodass sie als Erklärung ausfallen. Wie Sie vermutlich wissen, ist der Wal den Varuanern heilig. Man glaubt, dass die Wale auf ihrem Rücken den Mond zurück nach Osten tragen, nachdem er im Westen ins Meer gefallen ist. Die Insulaner, besonders die Kenaturaga, waren ehrlich bestürzt über dieses Ereignis, und es gab Anlass zu zahlreichen Opferungen und Ritualen.«

Stern war ein wenig befremdet. »Mr. Flattery verdankt einem dieser heiligen Wale vermutlich sein Leben«, sagte der Kommandant plötzlich, und ein angedeutetes Lächeln zog über seine Lippen. »Er sprang tapfer einem Schiffsjungen hinterher, der über Bord gefallen war, und wir fanden sie nur deshalb, weil ein neugieriger Wal sie umkreiste und Mr. Hobbes' Aufmerksamkeit auf sich lenkte.«

Wallis wirkte eigenartig beeindruckt von dieser Mitteilung und musterte Tristam respektvoll. Dann setzte er seinen Bericht fort:

»Etwa zwei Wochen nach dem Stranden der Wale rollten große Wellen in die Lagune, an einem völlig klaren Tag. Dabei gingen sieben Kinder verloren, die dort geschwommen haben. Eine fürchterliche Tragödie, denn die Varuaner lieben Kinder über alles. Auch einiger Schaden wurde angerichtet, sogar hier in der Gregorybai, besonders an Kanus, und dazu muss man wissen, dass den Kanus ganz große Bedeutung beigemessen wird. Die Varuaner behaupten, es wären sieben Wellen gewesen, obwohl ich das für etwas weit hergeholt halte. Ihr Aberglaube erlaubt es ihnen, vieles kritiklos für wahr zu halten und hinzunehmen. Außerdem hieß es, sieben Kanus seien zerstört worden, doch mir kam es so vor, als gäbe es mehrere Boote, bei denen man sich nicht mehr die Mühe machte, sie zu reparieren, sodass man auf die magische Zahl kam.« Er schüttelte den Kopf; die Tragödie war ihm offenbar noch sehr gegenwärtig. »Erneut wurden Riten und Opfer durchgeführt, und seitdem machen der König und die Kenaturaga sich große Sorgen. Man befasste sich mit dem Deuten von Vorzeichen, um zu sehen, was die Zukunft bereithält, und mehrere begaben sich auf Reisen in die Nachtwelt – eine Art Trance, von der behauptet wird, sie führe in die Welt der Geister. Die Zurückkehrenden waren schrecklich verstört und sagten, die Götter hätten sich von dem Volk der Varuaner abgekehrt. Dann, wie aus dem Nichts, erschien ein weißer Vogel – ein Raubvogel – über der Insel. Und weitere sieben Tage später läuft die *Swallow* mit ihren weißen Segeln in die Bai ein. Sie müssen verstehen, die Varuaner halten nichts für Zufall.« Er blickte in die Runde, unsicher, wie seine Zuhörer auf diese Enthüllungen reagieren würden, doch niemand schien sich über den Aberglauben der Insulaner lustig zu machen.

»Die Varuaner glauben nun, dass die Götter unzufrieden sind – daher das Maoeã: zur Besänftigung der Götter.« Er sah Tristam zaghaft an. »Dieser Wal, Mr. Flattery – hat er Sie wirklich umkreist?«

Tristam zuckte unwillkürlich mit den Schultern, als sei er gar nicht dabeigewesen. »Jawohl, so schien es, doch wie Sie im Grunde schon sagten, lassen sich Zufälle nie ausschließen. Der Wal wird neugierig gewesen sein – bestimmte Tierarten legen sehr häufig Neugierde an den Tag. Ich bin schon oft von Seehunden verfolgt worden, als ich mit einem Boot die Küste entlang ruderte, und jeder, der das schon getan hat, wird die gleiche Erfahrung gemacht haben. Doch ich möchte sagen, es war ein wenig beunruhigend, ein Tier solcher Größe in der Nähe zu wissen, obwohl ich mir sicher war, dass es uns nichts antun wollte.«

Einen Moment überschattete Schweigen die Tischgesellschaft, und jeder Einzelne schien dem Essen oder seinem Getränk großes Interesse entgegenzubringen.

»Aber erzählen Sie uns doch, Mr. Wallis«, sagte die Herzogin im Ton der höflichen Gastgeberin, »wie Sie so weit von Ihrer Heimat entfernt in dieser fremdartigen Kultur zurechtgekommen sind.«

Wallis bemühte sich, den Ernst wieder abzuschütteln – immerhin handelte es sich hier um ein geselliges Beisammensein. »Ich muss sagen, dass ich sehr gut zurechtgekommen bin, Hoheit. Wenn ich der Wahrheit die Ehre gebe, dann kommen mir nach einigen Jahren auf Varua manche Aspekte der farrischen Kultur ein wenig seltsam vor.« Er musste lachen. »Die Weltsicht verändert sich, wenn man hier lebt. In Farrland verbringt man die meiste Zeit damit, sich der Menschenwelt zu widmen. Man geht seinem Beruf nach, bezahlt die Miete und die Steuern, geht ins Theater, zum Fleischer und zum Bäcker, man beantwortet seine Post. Eine endlose Abfolge von Pflichten, die aber fast alle von Menschen ersonnen wurden. Auf Varua hingegen scheint man es mit der Welt zu tun zu haben – oder besser gesagt, mit dem Leben selbst. Man führt ein ursprünglicheres Dasein, erntet seine Speise von den Bäumen und aus der Erde, man fischt in der Lagune, repariert nach einem Sturm sein Dach, sammelt Feuerholz, zieht Kinder auf und hilft dem Nachbarn. Gewissermaßen erscheint das Leben hier unverfälscht, und die von Menschen erdachte Welt wirkt sehr kühl, fremd und künstlich. Oh, ich möchte nicht behaupten, das Leben hier sei stets gut und einfach. Ich bin kein törichter Romantiker. Schließlich habe ich hier gelebt und kann sagen, dass es einem sehr viel Arbeit abverlangt. Und manche Annehmlichkeiten vermisst man bald: Bücher, ein weiches Bett.« Er hob, wie um seine Aufzählung zu ergänzen, das Weinglas. »Doch das, was man hinzugewinnt, gleicht den Verlust aus. Sie können sich nicht vorstellen, wie sorgenfrei und glücklich diese Menschen sind; es kann auf diesem Erdball kein schöneres Fleckchen geben, davon bin ich überzeugt.« Wallis blickte in die Runde, als wolle er die Anwesenden herausfordern, ihm doch den Namen des Ortes zu nennen, an dem es noch schöner sein sollte.

»Ohne Zweifel stimmt, was Sie sagen, Mr. Wallis«, antwortete Stern, der augenscheinlich nicht an den philosophischen Erkenntnissen des Künstlers interessiert war. »Vielleicht können Sie uns durch das Wissen, das Sie während Ihres Aufenthaltes erlangt haben, eine Frage beantworten. Wir haben ein botanisches Problem«, sagte der Kommandant und kam damit endlich zum Thema. »Es gibt da eine Pflanze ... Wie lautet doch gleich der insulanische Name dafür, Mr. Flattery?«

»*Hei upo'o ari'i.*«

Wallis nickte wie jemand, der eine lang erwartete schlechte Neuigkeit erfährt. »Des Königs Krone oder des Königs Laub nennt man sie hier.«

»Sie wissen von der Pflanze?«, fragte die Herzogin.

Wallis nickte ein zweites Mal traurig. »Ja. Jawohl, ich weiß davon. Kein Geheimnis hierzulande.« Er trank einen kräftigen Schluck von seinem Wein, als könnte er sich dadurch wappnen. »Ich will Ihnen ganz offen sagen, Kapitän Stern, dass es auf der Insel kein stärkeres Tabu gibt als dasjenige, welches mit dieser Pflanze zusammenhängt. Sie ist Eigentum des Königs und allein des Königs. Schon wer sie berührt, hat sein Leben verwirkt. In der Vergangenheit mussten sogar Angehörige des Königshauses für dieses Vergehen die Todesstrafe erdulden. Die Pflanze ist auf dieser Insel das Allerheiligste. Sie wären gut beraten, wenn Sie hier nicht einmal ihren Namen in den Mund nähmen.«

»Aber Kapitän Gregory hat doch von König Sala Kerne dieser Pflanze erhalten, die er unserem König bringen sollte. Er hat sie geschenkt bekommen.«

Wallis verzog das Gesicht, als hätte ihn ein plötzlicher Schmerz durchzuckt. »König Wilam hat diese Pflanze?«

»Ja«, antwortete Stern. »Schon seit vielen Jahren.«

»Farrelle behüte uns«, murmelte Wallis, stellte sein Glas allzu heftig ab und befleckte die Tischdecke mit Wein. »Vor allem anderen glauben die Varuaner, dass des Königs Laub verflucht ist. Es ist die Pflicht des Königs und der Kenaturaga, diesen Fluch für das Volk zu tragen. Gewiss, es heißt, des Königs Laub verleihe Zauberkraft – es wird für einen großen Teil der religiösen Rituale benötigt –, doch es trägt einen Fluch in sich, dem man nie ganz vorbeugen kann, auch nicht durch die peinlichste Beachtung aller Formen und Rituale. Den ›Fluch der Stärke‹, so nennt man ihn.« Der Künstler sah sich verzweifelt am Tisch um. »Verstehen Sie nicht? Dieses Geschenk ist eine Geißel, ein Pesthauch. Schlimmer als alles, was wir den Varuanern je angetan haben. Es war Rache!«

Stern nippte seinen Weinbrand. Das Gespräch mit Wallis hatte ihn schwer erschüttert. Seit dieser gegangen war, wiederholte der Kommandant immer wieder die gleichen Phrasen: »Der Mann ist ein wenig verschroben. Dem Tod noch einmal von der Schippe zu springen ... und dann so weit von der Heimat leben zu müssen. Ja. Verschroben.«

Die Herzogin war dagegen wie gelähmt, denn sie sprach kein Wort. Vielleicht lag es an Tristams neu gewonnenem Einfühlungsvermögen – auf jeden Fall fiel es ihm plötzlich leicht, in ihrem Gesicht zu lesen. Die Art, wie sie jede Minute den Kopf schüttelte: *Leugnen.* Sie strich sich das Kleid glatt und presste die schönen Lippen zusammen, ihre Augenbrauen bewegten sich, während sie das, was der Künstler gesagt hatte, gegen alles abwog, was sie bereits wusste.

Tristam selbst war nicht einmal enttäuscht. Ihm war es vorgekommen, als hätte er Wallis' Warnung schon einmal gehört und vorübergehend wieder vergessen. Wie viele hatten diesen Fluch nun schon auf sich geladen! In Varua waren es nur der König und die Alten Männer. Doch in Farrland ... Selbst an Bord der *Swallow* waren sie zu zweit: Llewellyn und er selbst. *Verflucht*!

7. Kapitel

Fünf prächtig gewandete Palastgardisten geleiteten Averil Kent durch einen kalten Flur, ohne dass sich ein Amtsträger blicken ließ. Er schloss kurz die Augen und stellte sich vor, dass nur Geräusche ihn begleiten würden: schwere Stiefeltritte, das harte Klacken von eisenbeschlagenen Absätzen, das Knirschen der Ledersohlen, Stoffrascheln und Schwertklappern. Alles in allem keine heimeligen Geräusche.

Auf dem Gang stand eine alte Rüstung, von Draht zusammengehalten, sodass sie den Anschein eines Wache stehenden Gardisten bot. Das lange Kettenhemd, das wuchtige Schlachtbeil und die Augenlöcher ließen an einen Wachtposten aus der Unterwelt denken, und Kent erschauderte, als er daran vorbeiging.

Die Eskorte bog in einen Korridor ein, wo die Büsten von Farrlands Herrschern aufgereiht waren. Vor jeder dieser Büsten senkte der Anführer seine Standarte, während die anderen mit Metallhandschuhen auf ihre Schwertgriffe schlugen.

Totenhuldigung, dachte Kent und kam sich vor, als träten sie tatsächlich in die Unterwelt hinüber. Mit Verwunderung bemerkte er die Ausdruckslosigkeit der Steingesichter. War sie ein charakterliches Merkmal der königlichen Familie, oder glaubte man, dadurch königliche Haltung auszudrücken? Auch hier fand er nur wenig Beruhigendes.

Am Ende dieses Korridors blieben sie stampfend vor einer bewachten Doppeltür stehen.

»Wer verlangt Zutritt zum Palast?«, fragte ein Gardehauptmann mit unbewegter Stimme, die dennoch eindrucksvoll durch den Korridor hallte.

»Mr. Averil Kent, im Geleit der Leibwache des Königs.«

»Ist Mr. Averil Kent ein Peer oder ein Freisasse?«

»Mr. Averil Kent soll am heutigen Tag durch die Gnade Seiner Majestät Wilams VII. ein Peer des Reiches werden.«

»Dann soll Mr. Kent eintreten.«

Nach einem Hornstoß öffneten sich die Türen und knarrten leise, ein alltäglicher Laut, der in krassem Gegensatz zur Feierlichkeit der Zeremonie zu stehen schien. Hinter der Tür schwenkte das Ehrengeleit nach rechts und gelangte in die Halle der Banner, einen hohen Raum, der mit Flaggen und Standarten geschmückt war, die meisten alt und zerrissen, einige von Ruß geschwärzt, andere mit Blut befleckt. Hier hingen die Flaggen, welche in den furchtbarsten Schlachten geweht hatten, die Farrland bisher führte; hier hingen Wimpel, die gegen einen hohen Preis von feindlichen Schiffen erbeutet, und Fahnen, die auf dem Felde erobert oder von fernen Türmen niedergeholt worden waren.

Die Halle war ein nüchterner Ort, der durch die bleigefassten Fenster hoch oben in der Wand wenig Licht erhielt. Verblichenes Rot, Blau, Gold und Grün hing schlaff über den Köpfen der Menschen herab, doch vor seinem inneren Auge sah Kent sie alle stolz und mit ungetrübten Farben im Wind flattern. Wie viele Leben waren gegen jedes dieser zerfetzten Banner eingetauscht worden? Und wie viele dieser Leben waren völlig in Vergessenheit geraten, wurden niemals geehrt und waren nur von wenigen betrauert worden? Ihnen war kein Ritterschlag zuteil geworden für ihr größtes Opfer. Jedem dieser Banner, daran zweifelte Kent keinen Augenblick, hafteten tausend traurige Geschichten an, auch wenn sie nur von Mut und Ruhm erzählen wollten.

Man verließ die Halle wieder und stieg eine breite Steintreppe hinauf, die in scharfen Kehren in den dritten Stock führte. Dort war es heller, denn der Gang führte an einer Reihe hoher, von Längsstäben unterteilter Fenster vorbei. Alle fünfzig Fuß hielt ein kleiner Kamin die Winterkälte auf Abstand, und vor jedem standen Gardisten in purpurroten Uniformen. Sobald die Eskorte näherrückte, nahmen sie Haltung an, und wenn sie vorbeimarschierte, salutierten sie zackig.

Nun war der Zug durch den Palast fast zu Ende, was Kent sehr erleichterte. Hätte man noch einige Jahre gewartet, bis man ihn ehrte, dann hätte er die Schande erdulden müssen, zu seinem Ritterschlag getragen zu werden. Zwar wäre er beileibe nicht der Erste gewesen, dem dies widerfuhr, doch zog er es vor, dass ihm diese Demütigung erspart blieb.

Selbstverständlich glaubte Kent nicht ernstlich, seine anstehende Erhebung zum Baronet habe auch nur das Geringste mit seinen angeblichen Verdiensten zu tun. Allerdings hätte er rundheraus zugestimmt, dass anderen, die weniger geleistet hatten als er, weitaus größere Ehren zuteil geworden seien. Doch war es Palle gewesen, der darauf bestanden hatte, Kent in den Adelsstand zu erheben – und Sir Rodericks Unterstützung behagte dem Maler überhaupt nicht. Gewöhnlich erwies Palle niemandem einen Gefallen, der nicht seinem Zirkel angehörte.

Kent schüttelte den Kopf. Vielleicht bedeutete diese Ehrung nicht mehr, als man vorgab. Wenn Palle ihm zu verstehen geben wollte, über seine Anstrengungen im Bilde zu sein, brauchte er ihn doch nicht zum Ritter schlagen zu lassen? Absurd. Dennoch fand Kent den Tag verstörend.

Mit genau angemessenen Schritten hielten die Gardisten vor einer schmucklosen Doppeltür an, die sich scheinbar aus eigener Kraft öffnete. Augenblicklich marschierte das Ehrengeleit weiter und gelangte in einen kleinen Saal mit getäfelten Wänden, der etwa sechzig Fuß lang war. Hier standen zwei einfache Throne auf einem Podest, das etwa einen halben Fuß erhöht war. In zwei großen Kaminen loderte Feuer. Eine Wand bestand ganz aus Fenstern, die vom Boden bis zur Decke reichten und blasses Nordlicht einfallen ließen. Die Teppiche, so stellte Kent mit einem Blick fest, waren zwar sehr alt, zeigten jedoch keine Spuren von Abnutzung. Dieser Raum wurde nur selten benutzt.

Die Ehrenwache eskortierte Kent an seinen Platz, sieben Schritt vor den Thronen, trat zurück und bezog hinter ihm Aufstellung. Das war sozusagen das erste vieler Stichworte – zu beiden Seiten des Podestes öffneten sich die Türen, und Menschen strömten herein. Kent erkannte augenblicklich Sir Roderick Palle, zwei Königliche Kammerherren, einen Zeremonienmeister, einen Kanzler und mehrere hochrangige Minister der Regierung. Jeder begab sich auf einen ganz bestimmten Punkt vor den Thronen und stellte sich mit gefalteten Händen auf, ohne dem Maler auch nur zuzunicken, ganz so, wie es sich gehörte. Ein Page neben der Tür verkündete mit klarer, jugendlicher Stimme: »Seine Königliche Hoheit Kronprinz Kori. Ihre Königliche Hoheit Prinzessin Joelle. Seine Königliche Hoheit Prinz Wilam.«

Die Majestäten betraten den Saal. Prinz Wilam zwinkerte Kent kurz zu, denn sie kannten sich; der junge Mann dilettierte mit dem Pinsel.

Der Kronprinz und seine Gemahlin ließen sich auf den Thronen nieder, und man verbeugte sich. Kent schwenkte seinen gefiederten Hut, den ihm sodann ein Gardist abnahm.

Der Zeremonienmeister trat vor. »Königliche Hoheit«, sagte er, und der Singular schloss alle Angehörigen der Königsfamilie ein, sodass sie bereits angesprochen waren, »Gentlemen. Auf Geheiß Seiner Königlichen Majestät, König Wilam VII., soll Mr. Averil Josiah Kent, Esquire, in Anerkennung seiner großen Verdienste um die Kunst und die empiristischen Studien heute, am fünfzehnten Märztag des Jahres 1560, in den Rang eines Baronet in der Peerage von Farrland erhoben werden.«

Zwei Gardisten traten ein, der eine trug ein Kniekissen, der andere ein Schwert. Prinz Kori nahm das Schwert entgegen und stellte sich vor seinen Thron. Der Prinzessin warf er einen kurzen Blick zu, woraufhin sie zuerst ihn und dann Kent anlächelte.

Der Thronerbe war weder hochgewachsen, noch nahm er eine beeindruckende Haltung an, was Kent schon mehrmals festgestellt hatte. Vielmehr war er ein unauffälliger Mann, der weder weise aussah noch durchdringend blickte oder irgendein anderes jener äußeren Merkmale besaß, die man landläufig so gern einem Herrscher zuschreibt. Nur eines war klar: Prinz Kori wusste genau um seine Stellung, und obwohl er sich nicht wichtigtuerisch gab, konnte kein Zweifel bestehen, dass er von jedem anderen entsprechende Unterordnung erwartete. Er war der Thronerbe Farrlands, des im Augenblick mächtigsten Königreiches der Welt, und so sollte man ihm begegnen.

Kent indes wusste recht viel über den Prinzen: Ihm war bekannt, dass Koris Urteilsvermögen bei den Mächtigen der Länder am Entide-Meer in hohem Ansehen stand, dass der Königssohn so gut wie kein Interesse an bildender Kunst hatte, aber die Musik liebte und in Avonel häufig Konzerte besuchte; gelegentlich sah man ihn auch im Theater, und obgleich er nicht wie ein lustvoller Mensch erschien, hielt er sich eine Mätresse, eine atemberaubend schöne Frau, von der es hieß, der Prinz habe sie in einem großen Herrenhaus am Stadtrand untergebracht. Kent fragte sich, ob die Prinzessin von diesem Arrangement wusste.

Der Zeremonienmeister nickte Kent zu, welcher nun vortrat, sich vor dem Prinzen verbeugte und ein Knie auf das dafür vorgesehene Kissen setzte. Die erlesene Stickarbeit des Wappens umschloss das Knie, und Kent senkte den Blick auf die Silberschnallen an den Schuhen des zukünftigen Königs von Farrland. Darin konnte er tatsächlich sein Spiegelbild sehen und auch viele Gesichter der Umstehenden, obschon recht verzerrt. Ihre Leiber krümmten sich unnatürlich aufwärts und die Gesichter glichen makabren Fratzen. Seine eigene Miene erschien nicht weniger eigentümlich, ja sie wirkte geradezu furchtverzerrt, als sollte er geköpft werden.

Die gekrümmte Schwertklinge wurde erhoben und schwebte für einen Moment über ihm, dann senkte sie sich herab und berührte ihn kurz an der einen gepolsterten Schulter seines Gehrocks, darauf an der anderen.

»Erhebt Euch, Sir Averil«, sagte der Prinz mit seiner alltäglichen Stimme, und als Kent aufblickte, sah er die Fältchen eines angedeuteten Lächelns.

Auch die übrigen trugen einen ähnlich wohlwollenden Gesichtsausdruck zur Schau. Der Zeremonienmeister machte eine diskrete Handbewegung und Kent begriff, dass er noch kniete. Mit weniger Würde als erhofft, rappelte er sich auf.

Dieser Augenblick, so merkte er, gehörte zu den unwirklichen Momenten des Lebens, in denen man sich nicht gegenwärtig fühlt, sondern eher wie in einem Traum gefangen. Noch während des Geschehens mutete es schon an wie eine lückenhafte Erinnerung.

Jemand führte Kent nach vorn, und er küsste der Prinzessin die Hand, welche eine knappe Bemerkung machte, die er nicht verstand, dann vollführte er einen Kratzfuß vor dem jungen Prinzen. Gratulationen und Händeschütteln von allen Seiten.

Dann stand er vor Roderick Palle und spürte einen schwachen Händedruck. »Da sehen Sie, was Ihre Bemühungen Ihnen eingebracht haben, Sir Averil«, sagte der Königsmann lächelnd, und wer es hörte, lachte leise.

»Wenn Sie gestatten, Sir Averil?«, bat der Zeremonienmeister, der darauf bedacht war, die Situation nicht aus der Hand zu geben. Und Kent folgte wieder dem Ehrengeleit, durch große Türen in einen hell erleuchteten Saal voller Menschen. Sie standen zu beiden Seiten, und durch die Mitte schritt die Eskorte, zwischen sich den innerlich widerstrebenden Kent. Das sollte die ›einfache Zeremonie‹ sein, die man ihm versprochen hatte? Von rechts und links nickten ihm die Menschen zu und applaudierten vornehm, indem sie sich mit den Fingerspitzen auf den Handteller klopften. Kent kam es vor, als befände er sich in einem Traum, in dem man im Mittelpunkt der Aufmerksamkeit steht und von jedem erwartungsvoll angestarrt wird, nur dass man nicht um alles in der Welt weiß, worum es eigentlich geht.

Im Meer der Gesichter sah er viele Bekannte, sie drangen wie eine Springflut auf ihn ein: Empiristen, Künstlerkollegen, Schauspieler, ein Dirigent, Philosophen, Aristokraten und Mäzene. Ja wirklich: Sein Bekanntenkreis war sehr ausgedehnt. Langsam schritt er die Reihe der Bewunderer ab, und wie ein Halm im Wind neigte er sich hier zur einen, dort zur anderen Seite. Währenddessen überlegte er ununterbrochen, ob er träume oder ob am Ende dieses Korridors nicht doch zwei kapuzentragende Herren vor einem Richtblock auf ihn warteten und schon die Äxte schärften.

Er hatte die Furt zwischen den Gesichtern zur Hälfte abgeschritten, als er beinah erschrocken stehen geblieben wäre. Dort stand, höflich applaudierend, aber unfähig, seine Bestürzung zu verhehlen, Valary.

Kent legte seinen Gehrock über einen Sessel und den Degen quer auf die Armlehnen. Im Kamin knisterte ein Feuer, und eine einzelne Lampe warf ihr Licht auf den Tisch. Erst nach einem Moment begriff Kent, dass er mitten im Auskleiden innegehalten hatte und ins Nichts starrte wie ein alter Mann, den allmählich das Gedächtnis im Stich lässt.

Doch nicht um sein Gedächtnis fürchtete er, sondern um seinen klaren Verstand. »Trottel!«, schimpfte er sich und konnte doch seinen schon allzu vertraut gewordenen Missmut nicht abschütteln.

Es klopfte an der Tür, und das Gesicht seines Dieners erschien.

»Ein Mr. Valary möchte Sie sprechen, Sir Averil. Er lässt sich nicht abweisen.« Der Diener hielt ihm eine Visitenkarte hin.

»Ich werde ihn empfangen, Smithers. Schick ihn herauf.«

Kent ging an das Büffet und nahm eine Karaffe und zwei Gläser heraus. Im nächsten Augenblick hastete Valary mit rot angelaufenem Gesicht durch die Tür.

»Ist Weinbrand Ihnen stark genug?«, fragte Kent, und sein Gast blieb mitten im Schritt stehen und forschte ratlos, in welcher Stimmung der Maler sich befand.

»Anscheinend hat Geheimhaltung nur wenig Sinn. Woher um alles auf der Welt weiß man von unserer Bekanntschaft? Dabei bin ich sicher, dass ich es nicht war, der uns verraten hat.«

Kent deutete mit dem Glas auf einen Sessel. »Setzen Sie sich. Bitte setzen Sie sich, Valary, und gucken Sie nicht so zerknirscht. Ich weiß nicht, wie Palle davon erfahren hat, aber geben Sie nicht sich die Schuld. Höchstwahrscheinlich bin ich es, der einen Fehler begangen hat.« Er schenkte bernsteingelben Weinbrand in die Gläser und setzte sich auf den zweiten Sessel vor dem Kamin. »Schlimmer hätte es nicht kommen können«, sagte er schließlich. »Bevor ich Sie hier erblickte, hoffte ich törichterweise, mein Ritterschlag hätte nichts mit unseren Bemühungen zu tun.« Er schüttelte den Kopf. »Es tut mir leid, dass ich Sie mit hineingezogen habe, Valary.«

Der winkte ab. »Entschuldigen Sie sich nur nicht. Wir sind alle schon lange keine Kinder mehr. Das Risiko bin ich offenen Auges eingegangen.« Valary wirkte zutiefst verängstigt, als wolle er seine Worte Lügen strafen. Er biss die Zähne zusammen, und seine Haut hatte einen Grauton angenommen.

Kent blickte ins Feuer und blinzelte wie ein Mann, der aus dem Schlaf gerissen wird. »Mit Blödheit wurde ich geschlagen, nicht zum Ritter!«, stieß er urplötzlich hervor. »Flammen! Wie lange weiß Palle wohl schon über uns Bescheid?«

Valary schüttelte den Kopf. »Ich ... ich wusste kaum, was ich tun sollte. Die Einladung traf erst vor drei Tagen ein. Ich habe Ihnen unverzüglich geschrieben, aber ...«

»Ihr Brief liegt irgendwo in dem Riesenhaufen Gratulationsschreiben«, entgegnete Kent. »Gar nichts konnten Sie tun. Eine Einladung des Königs kann man nicht ablehnen.«

Valary saß steif auf seinem Sessel. Ohne Zweifel rechnete der arme Mensch mit dem Schlimmsten und sah schon die Zellen in Avonels berüchtigtem Tower vor sich, begleitet von der Überlegung, wieviel Wahrheit den schrecklichen Geschichten über die Verhörmethoden zukommen mochte. Kent hatte nie von ihm erwartet, tapfer zu sein, oder zumindest hatte er gehofft, der Gelehrte würde nie feststellen müssen, ob dieses Charaktermerkmal nun schlummernd in ihm verborgen lag oder nicht.

»Mein Kontakt zu Varese muss aufgefallen sein«, sagte Valary plötzlich. »Offenbar hat sich Palle nach jenem Abend im Haus der empiristischen Gesellschaft mit dem Entonnier beschäftigt. Ich wünschte, ich hätte nie ein Wort mit dem Mann gewechselt.«

Kent nickte. Valary vermutete wahrscheinlich richtig. Umso mehr war er nun erleichtert, dass er Valary gegenüber niemals die Gräfin von Chilton erwähnt hatte. Vielleicht wusste Palle wenigstens von dieser Verbindung nichts – zumindest noch nichts.

»Was ist mit unserem anderen Freund?«, fragte Valary im Flüsterton. »Der, der Ihnen das Lucklow-Fragment gegeben hat?«

Kent schüttelte den Kopf. »Das weiß ich nicht. Vielleicht ist es noch unbekannt, dass ich mit ihm in Verbindung stehe. Das hoffe ich wenigstens sehr. Aber ich muss das Fragment zurück haben. Am besten wäre, wenn ich es so schnell wie möglich loswürde.«

»Ich habe es bei mir«, sagte Valary. Er trank von seinem Weinbrand, ohne sich aus der gebeugten Haltung aufzurichten. »Alte Männer«, murmelte er.

»Wie bitte?«

»Alte Männer, Kent.« Der Historiker ließ sich noch tiefer in den Sessel sinken. »Damit meine ich uns. Worauf können alte Männer bei solch einem Wagnis schon hoffen?«

»Das weiß ich nicht«, sagte Kent wieder und gab Valary im Stillen Recht. »Wenigstens sitzen wir nicht im Kerker. Womöglich können wir doch etwas ausrichten, obwohl wir von Stund an damit rechnen müssen, dass Palles Leute uns bespitzeln. Trotzdem dürfen wir nicht einfach aufgeben. Ich weiß niemand anderen, der die Wichtigkeit unserer Anstrengungen begreifen würde.«

Valary nahm Kents Degen und zog ihn aus der Scheide. »Nein, aufgeben können wir nicht. Wären Sie nicht so bekannt, befänden wir uns vermutlich schon nicht mehr auf freiem Fuß, aber selbst Palle kann den berühmten Averil Kent nicht ohne weiteres einkerkern lassen. Er hat versucht, uns abzuschrecken – zwei tattrige alte Trottel, das kann doch nicht schwer sein?, wird er sich gedacht haben. Er benutzt mich, um Ihnen zu drohen: ›Ihnen kann ich vielleicht nichts anhaben, Kent, aber Ihren Freunden ...‹ Doch ich beschwöre Sie, lassen Sie sich davon nicht beeindrucken. Ohne uns kommt es wohl zum Krieg mit Entonne, wenn nicht zu Schlimmerem. Gelingt es Palle und seiner Gruppe die Kunst neu zu beleben, die so lange vergessen war ... Nun, dann ist man im Kerker vielleicht gar nicht so schlecht aufgehoben.«

Kent nickte. Valary wollte ihm Mut einflößen und nahm einen Teil der Schuld auf sich. Aber Kent bedrückte dies. Immer mehr Unbeteiligte zog er mit hinein! Auch Alissa Somers war unter den Gratulanten im Palast gewesen! Konnte das ein Zufall sein?

Valary schwang den Degen und vollführte halbherzig eine Riposte, als wolle er sich Fechtstunden ins Gedächtnis rufen, die so viele Jahre zurücklagen. Er patzte jedoch, und die Riposte verkam zu einem unbeholfenen Stoß, dann entglitt ihm der Degen und landete scheppernd auf dem Fußboden. Verlegen blickte er Kent an, und in seiner Miene kämpften Furcht und Entschlossenheit.

Und da haben wir sie, dachte Kent, *die Schlüsselelemente der Tapferkeit. Doch was hilft uns Tapferkeit, wenn wir weder die nötige Kraft noch die Mittel besitzen, um uns den Sieg zu sichern?*

Nach der langen Feier war Kent in eine tiefe Müdigkeit gefallen, gegen die auch der Schlaf nichts hatte ausrichten können – nicht etwa, dass er sonderlich gut geschlafen hätte. Nun saß er in seinem kleinen Salon vor dem Kamin und trug eine Decke wie ein Umhängetuch über den Schultern. Die Füße hatte er hochgelegt, und er war zu müde gewesen, um sich zu kämmen, geschweige denn eine Perücke aufzusetzen oder ein Halstuch umzubinden.

In Momenten wie diesem, wenn er sich trotz seiner strapaziösen Unternehmungen zurückgeworfen sah, spürte Kent sein Alter. Aus einem seltsamen Grund schmerzten die Riste seiner Füße, und ein heißes Pochen schoss ihm immer wieder durch die Lendenwirbel; manchmal stach es bis ins Bein hinab. Bei allem fühlte er sich übermäßig empfindlich und geschwächt, geradezu gebrechlich.

Am schlimmsten aber war es, dass er an solchen Tagen

spürte, wie die Müdigkeit in seinen sonst so scharfen Verstand einsickerte wie dichter Nebel, in dem seine Gedanken die Orientierung verloren und die Fähigkeit einbüßten, sich miteinander zu verbinden.

Er schlürfte aus der Kaffeetasse, die er mit beiden Händen hielt, und schloss die Augen. Die Wärme des Feuers behagte ihm, und er versuchte, sie durch Willensanstrengung in seine Knochen zu leiten, als käme mit ihr seine Jugend zurück. Doch die Kälte in seinen Gliedern war übermächtig und schien alle Wärme wirkungslos zu absorbieren.

»Verdammt sollst du sein, Wilam«, brummte Kent. »In Farrelles persönlicher Flammengrube sollst du schmoren.« Sein Zorn auf den König ließ sich an Tagen wie diesem nicht unterdrücken; der Monarch hatte durch seinen aberwitzigen Durst nach längerem Leben so vieles in Gefahr gebracht. *Verdammt sollst du sein!*

Jedes Mal, wenn Kent derart von Müdigkeit befallen war, ereilten ihn zufällige Erinnerungen aus seiner Jugend, wiewohl die Gefühle, die damals mit dem Erlebten verbunden gewesen waren, nicht zurückkehrten. Er wusste, dass er ganze Nächte voll Leidenschaft verbracht hatte, ohne zu ermüden, ein Prachtexemplar von einem Mann war er gewesen. Lodernde Märtyrer, er konnte mehrere junge Frauen benennen, die er damals geliebt hatte. Wie waren ihre Namen noch ...? Doch zu seinem Leidwesen musste er feststellen, dass selbst diese Erinnerungen sein Blut nun nicht mehr in Wallung brachten.

Ich habe einen weiten Weg hinter mir, dachte er. *Einen wirklich weiten Weg.*

Wie schwer ihm fiel zu glauben, dass sich all das tatsächlich einmal zugetragen hatte. Den Ereignissen seines Lebens begegnete er mit einer Distanz, als hätte er nur darüber gelesen und sie nicht selbst erfahren. In diesen Momenten, das wusste er, war ihm sein Tod nahe. Dann fürchtete er fast, ihn berühren zu können, und ihm wurde bewusst, wie die sterbliche Hülle langsam, aber unablässig verfiel. Tief im Innern geriet etwas aus der Bahn und kam nicht mehr ins Lot. Das war die Wahrheit, die wie eine Schwertklinge über Averil Kents Kopf hing. Verletzungen heilten nicht mehr so schnell wie früher, Erkrankungen hielten sich hartnäckiger. Und fast wie an dem Ausschnitt eines Gemäldes, der ihm nie recht gelingen wollte, sah er nur noch das, was falsch war: Das war die Falle des Alters.

Er trank von seinem Kaffee. An diesem Morgen hatte er ihn besonders stark bestellt, er wollte Geist und Körper einen Schock versetzen und ihnen Munterkeit und Leben einbläuen. Doch stattdessen verschlechterte sich seine Stimmung, und der Kaffee half weder seinem benebelten Verstand noch seinen schwachen Gliedern.

Auf der Treppe knarrten Schritte: Smithers. Der Mann war nun schon so lange bei ihm, dass Kent seine Stimmung daraus entnehmen konnte, wie er die Treppe heraufkam. Heute war Smithers verdrossen. Er hatte einen schwierigen Herrn – selbst an diesem Freudentag gab sein Herr sich widerspenstig. War der Herr etwa nicht geadelt worden? Hatte der König ihm etwa keine fünfhundert neuen Goldmünzen geschenkt? Kam nicht eine wahre Flut von Aufträgen herein? Der arme Smithers, die Laune seines Herrn war für ihn unauslotbar.

»Sir Averil?«, knurrte der alte Diener. Er klang wie eine Welle, die auf einen Kiesstrand schlägt. »Eine Miss Alissa Somers möchte Sie sprechen, Sir.«

»Habe ich eine Verabredung vergessen?«

»Nein, Sir. Die Dame ist ohne Anmeldung gekommen. Höchst ungehörig.«

Kent blickte sich im Zimmer um, dann betrachtete er sich selbst in einem Glas. Das lange weiße Haar fiel ihm auf die Schultern, auf die Decke, die er als Umhängetuch benutzte. *Ich muss ja aussehen wie ihre alte Großmutter*, dachte er.

»Ach, schick sie rauf«, sagte er. Nicht einmal den Gedanken ans Aufstehen konnte er ertragen.

»Hierher, Sir?«

»Ja, hierher. Und mach frischen Kaffee. Versuch aber, ihm diesmal etwas Biss zu verleihen.«

Kent schloss die Augen und legte den Kopf auf die Rückenlehne. Soll sie mich ruhig so sehen, wie ich bin: ein kraftloser, alter Mann.

Dann waren zwei Personen auf der Treppe zu hören. Eine davon ging mit so leichtem Schritt, dass die alten Stufen nicht knarrten.

»Miss Alissa Somers, Sir Averil«, brummte Smithers und zog sich zurück.

Alissa machte einen Schritt in den Raum und zögerte, während das Lächeln aus ihren wunderschönen Augen verschwand.

»Ist Ihnen nicht wohl, Sir Averil? Ich – ich komme wohl ungelegen ...«

Kent versuchte ein munteres Gesicht zu machen, zweifelte jedoch am Gelingen. »Nein, ich bin unversehrt, nur ausgelaugt von der ganzen Aufregung. Ein bisschen viel für einen Mann in meinem Alter, fürchte ich. Vergeben Sie mir, wenn ich nicht aufstehe ...« Er winkte vage ab. »Meine Füße scheinen heute nicht willens zu sein, mich zu tragen. Wie schlecht gelaunte Gäule.«

Alissa trat näher. Die Jugend schien von innen durch ihre Haut zu schimmern. Kent spürte schmerzlich den Kontrast: das alte Wrack, das er war, neben dieser lebensprühenden jungen Frau.

Sie nahm ihm gegenüber Platz und legte ihr Handtäschchen neben sich. »Vater hat oft solche Schmerzen in Füßen und Beinen. Ich reibe sie ihm dann mit Öl ein, aber schon die Massage kann Wunder wirken.« Zögernd streckte sie die Hand aus. »Wenn Sie meinen, dass es Ihnen hilft ...«

Kent wusste nicht recht, was er darauf antworten sollte, und das nahm sie als Einwilligung. Ihre Hände waren warm, ihre Haut so weich, wie nur die Haut einer jungen Frau sein kann, ihre Berührung sanft. Unwillkürlich atmete Kent rau ein.

Lob sei dem Gott der alten Trottel, sagte er sich, *ich dachte schon, mich würde in diesem Leben keine junge Frau mehr berühren. Es ist ja beinah, als hätte sie sich gewünscht, mich anzufassen.*

Nun benimm dich aber nicht wie ein alter Trottel, warnte er sich. Er wollte am liebsten mit geschlossenen Augen ihre weichen Hände genießen und erleben, wie sie seine Nerven zu einem Leben erweckten, das sie schon lange nicht mehr gekannt hatten. Doch stattdessen musterte er Alissa voller Verwunderung. *Warum bist du so gut zu einem runzligen alten Knaben wie mir?*

»Ist es so gut? Ich tue Ihnen doch nicht weh?«

»Nein, nein. Ich muss sagen, meinen alten Füßen ist schon sehr lange keine solche Wohltat mehr zuteil geworden.« Nun schloss er doch die Augen, wenn auch nur für einen Moment, und in dieser kurzen Zeitspanne wurde etwas in ihm wiederhergestellt. Plötzlich kamen die Gefühle zurück, die ihn vor vielen Jahren durchströmt hatten. Ein Name kam ihm in den Sinn: *Lauron.* Erschrocken riss er die Augen auf und setzte ein unverfängliches Lächeln auf, als hätte Alissa ihm seine Gedanken am Gesicht ablesen können.

Meiner Treu, Kent, du wirst auf deine alten Tage doch wohl nicht deviant werden wollen, schalt er sich. *Sir Averil, ich muss schon sagen! Sie ist doch fast noch ein Kind.*

»Das hat mir schon sehr geholfen, vielen Dank«, sagte er unvermittelt und entzog seinen Fuß ihrem Griff.

»Aber ich bin doch gerade erst mit dem einen fertig.«

»Dem anderen geht es gut. Vielen Dank, meine liebe Alissa. Ich glaube, in Ihren prächtigen kleinen Händen steckt die Gabe einer Heilerin.«

»Ihre Füße sind kälter als Schnee, Sir Averil, und fast genauso weiß. Wenn Sie Pantoffeln nicht ausstehen können, dann sollten Sie Ihre Füße näher ans Feuer bringen und sie locker in eine Decke wickeln.« Dabei schob sie seine Fußbank dichter an den Kamin.

»Ich glaube, Smithers bringt uns gleich frischen Kaffee«, sagte er, weil ihm nichts Besseres einfiel.

»Kaffee hätte ich sehr gern, obwohl ich zugeben muss, dass ich Ihnen keinen harmlosen Besuch abstatten wollte. Aber natürlich wünsche ich Ihnen alles Gute zu der Ehrung, die Seine Majestät Ihnen gewährt hat. Ich kann mir keinen

Herrn denken, der den Ritterschlag mehr verdient hätte als Sie, Sir Averil.«

In Anbetracht seiner jüngsten Fantasien brachte Kent es nicht über sich, ihr für die freundlichen Worte zu danken.

Alissa musterte eine Weile ihre Hände und fuhr dann fort. »Gestern, während der Zeremonie, sprach mich Ihre Königliche Hoheit Prinzessin Joelle an. Sie scheint ein gewisses Interesse an Jaimas und mir entwickelt zu haben.« Bei dieser Behauptung errötete sie eine Winzigkeit. »Die Frau Herzogin, Jaimas' Mutter, und Ihre Königliche Hoheit sind mehr als nur flüchtige Bekannte, wenn ich recht verstanden habe. Die Prinzessin hat gestern zum zweiten Mal zu mir gesprochen. Das erste Mal war während der Feier, bei der ich die Ehre Ihrer Gesellschaft erhielt.«

»Der Geburtsfeier der Herzogin?«

»Genau.« Sie fixierte Kent, und diesem Moment erkannte er in ihr das entschlossene Kind wieder, an das er sich noch gut erinnerte. »Ihre Königliche Hoheit bat mich um einen Gefallen. Ich sollte Ihnen einen Brief überbringen, und natürlich stimmte ich auf der Stelle zu. Die Prinzessin ersuchte mich außerdem, niemandem davon zu erzählen, und erhielt selbstverständlich auch hier meine Einwilligung. Sie besitzt eine gewisse Ausstrahlung – ich glaube, man würde sehr viel für sie tun und niemals Fragen stellen oder um eine Erwiderung des Gefallens bitten.«

Kent nickte. Er wusste genau, was sie meinte, denn schließlich kannte er die Gräfin von Chilton seit vielen Jahren. »Sie haben den Brief bei sich?«

Alissa nickte, entnahm ihrem Handtäschchen ein einfaches graues Kuvert und reichte es ihm.

Er drehte es um. Der Umschlag trug kein Zeichen, keine Anschrift, nicht einmal Initialen.

»Bitte, fühlen Sie sich nicht von mir gestört. Vielleicht erfordert der Brief eine Antwort, die ich gern überbringen werde.«

Kent nahm einen Brieföffner vom Tisch und schlitzte das Kuvert auf. Darin steckte eine kurze Nachricht in einer Handschrift, die er nicht kannte.

Lieber Sir Averil!
Meine wärmsten Empfehlungen. Die Würdigung Ihrer langen Bemühungen beginnt erst noch. Und obwohl niemand eine Ruhepause mehr verdient hat als Sie, hoffe ich doch, dass Sie nicht beabsichtigen, Ihre wichtige Arbeit niederzulegen. Noch einmal meine herzlichen Glückwünsche!
Es war schön, Sie wieder einmal im Palast zu sehen, denn Sie besuchen uns längst nicht oft genug, obwohl wir Nachricht von Ihrem Treiben erhalten: Der Diener Ihres Kollegen, des Historikers (ich hoffe, Sie können mir vergeben, wenn ich mich an seinen Namen nicht erinnere), scheint einen Freund im Palast zu haben.
Ich hoffe, ich sehe Sie vor Ende der Saison wieder.
Ihre ergebene J.

Valarys Diener? Also ist Valarys Diener der Verräter! Bei den Flammen Farrelles, ich muss Valary sofort Nachricht geben!

»Wünschen Sie, dass ich eine Antwort übermittle?«

»Ich ... Nein. Das wird nicht nötig sein. Vielen Dank, Alissa.«

Kent starrte noch immer auf das Papier, als könne er nicht glauben, was er gerade gelesen hatte. Er wünschte sich, allein zu sein und nachzudenken. Warum sandte ihm die Gemahlin des Kronprinzen solch einen Brief?

»Sir Averil?«

Er schaute hoch.

»Bitte verzeihen Sie, aber da ist noch etwas, worüber wir reden müssten, wenn es Ihnen recht ist.«

Natürlich – Erasmus' Papiere. »Bitte, nur zu.«

»Ich weiß nicht, wo ich beginnen soll ...« Wie sie seinem Blick auswich, ließ ihn das Schlimmste befürchten. Er fühlte sich unbehaglich, und gleichzeitig wurde ihm zum ersten Mal an diesem Tag warm.

»Ich muss voranstellen, dass ich das Wort gebrochen habe, das ich Ihnen gab, Mr. – Sir Averil. Dazu wäre es nicht gekommen, wenn ich nicht jemand anderem ein Versprechen gemacht hätte, bevor ich Ihnen mein Wort gab.« Sie blinzelte und warf ihm einen scheuen Blick zu. »Zu meiner Entschuldigung kann ich nur anführen, dass nichts von dem, was ich Jaimas gesagt habe – denn mit ihm habe ich gesprochen –, jemals vor einem anderen wiederholt werden wird.« Sie strich sich sorgfältig den Rock über ihren schlanken Beinen glatt. »Ich habe bei den Dienern des Herzogs von Blackwater Erkundigungen angestellt, auf eine Weise, von der ich hoffte, dass sie unauffällig sei. In einem großen Haus geschieht nur sehr wenig, ohne dass die Diener etwas bemerken. Dies erwies sich als richtig, denn dort hält sich das Gerücht, der Herzog und zwei Diener hätten tatsächlich einige Besitztümer aus dem Haus von Erasmus Flattery entfernt. Doch meine Erkundigungen gingen noch weiter.« Nun rutschte sie auf dem Sessel herum, und auf ihrem Gesicht sah Kent einen Ausdruck von ... was? – Demütigung! »Ich nehme an, der Herzog von Blackwater war ... neugierig auf die Fremde, die sich in ihre Mitte geschlichen hatte. Mein Verhalten muss ihm zu Ohren gekommen sein.« Sie schüttelte kurz den Kopf und richtete sich kerzengerade auf. »Nicht etwa, dass der Herzog mich rundheraus getadelt hätte. Aber er ließ mich wissen, dass er über mein Interesse an Erasmus im Bilde sei.« Sie zögerte, dann sah sie ihm offen in die Augen. »Tatsächlich sagte er mir, dass Sie ihn einmal kaum verbrämt beschuldigt hätten, die Arbeiten seines verstorbenen Onkels zu verbergen. Und dann stritt er den Vorwurf ab.«

»*Nichts dergleichen habe ich getan!*«, stieß Kent ohne nachzudenken hervor. Dann ließ er sich tiefer in den Sessel sinken. Er rückte die Decke zurecht, die seine Schultern einhüllte, und schaute nachdenklich in die Flammen. »Ich bitte Sie um Verzeihung, meine liebe Alissa, dass ich Sie in diese Angelegenheit hineingezogen habe, und ohne Zweifel bin ich schuld daran, dass Sie in eine höchst peinliche Lage gerieten. Das lag daran ... dass meine Leidenschaft mein Urteilsvermögen trübte. Ich weiß nicht, wie ich das wiedergutmachen soll.«

»Ach, Mr. Kent, machen Sie sich darüber doch keine

Sorgen. Meine eigene Unvorsichtigkeit hat den Herzog auf mich aufmerksam werden lassen. Sie können doch nicht die Schuld für mein täppisches Vorgehen auf sich nehmen. Nein, nein; denken Sie nicht weiter darüber nach. Sehen Sie, nach meinem Gespräch mit dem Herzog redete ich mit Jaimy, und er vertraute mir an, seinerseits schon lange zu vermuten, dass einige Gegenstände aus Highloft Manor entfernt worden seien - aus Erasmus Flatterys Haus -, bevor Tristam den Besitz übernahm. Er zeigte mir ein Frauenportrait - die Gräfin von Chilton, wenn ich mich nicht irre -, von dem er sicher ist, dass es früher in Erasmus' Haus gehangen hat.«

Kent fürchtete, dass ihm Bestürzung anzumerken wäre, und flüchtete sich in die Bewegung. Er nahm die Füße von dem Schemel und wollte aufstehen, aber ein heißer Schmerz schoss ihm vom Rücken bis hinunter in die Wade. Einen Augenblick lang versteifte er sich, dann ließ er sich vorsichtig in den Sessel zurücksinken. Auf seiner Schulter spürte er Alissas Hand.

»Ist Ihnen nicht wohl, Mr. Kent? Soll ich Ihren Diener rufen?«

»Nein, ich bin ... Wie dumm von mir, mich so schnell bewegen zu wollen!« *Farrelle verfluche diesen verbrauchten alten Leib!* Er schlug die Augen auf und zwang sich zu einem Lächeln. »Ein Portrait, sagen Sie. Haben Sie es denn gesehen?«

Alissa blickte ihm prüfend in die Augen; sie wog ab, wie es ihm gehen mochte, dann setzte sie sich wieder, aber nur auf die Kante. Zweifellos war sie bereit, jederzeit aufzuspringen und Hilfe zu holen.

Ich muss ihr wie der leibhaftige Tod vorkommen, dachte er.

»Ja, ich habe das Portrait gesehen. Es hängt im Landhaus der Flatterys.« Sie beschrieb es in allen Einzelheiten. »Kennen Sie das Bild, Sir Averil?«

Er nickte und erwiderte ihren Blick so ungerührt, wie es ihm möglich war. »Ja, vielleicht. Aber zu Lord Jaimas ... kennt er noch mehr aus Erasmus' Haus?«

Sie schüttelte den Kopf.

»Nun, das ist sehr merkwürdig«, überlegte er laut. Und was hatte der Herzog behauptet? Dass er ihn einmal beschuldigt hätte, Erasmus' Papiere zu verstecken! Das hatte er nie getan! Nun, gewiss hatte er den Herzog einmal gefragt, ob er es für möglich halte, dass Erasmus' Papiere gestohlen worden waren, aber das war keine Anschuldigung gewesen – und der Herzog hatte die Frage auch nicht so aufgefasst, da war Kent eigentlich sicher. *Er streut dem armen Mädchen Sand in die Augen,* dachte er. *Ich hatte nicht beabsichtigt, sie einem solch ernstzunehmenden Gegner gegenüberzustellen.*

Er betrachtete Alissa. Eins stand unverrückbar fest: Von dem Herzog ertappt worden zu sein hatte sie in ihrem Beschluss nur bestärkt. Kent erkannte Entschlossenheit, wenn er sie sah: Niemals wieder würde sie so töricht sein. Die Somers-Frauen besaßen Charakter, das ließ sich nicht bestreiten. Ob der junge Lord Jaimas ihr gewachsen sein würde?

»Wir sind noch nicht am Ende«, sagte Alissa bestimmt, »auch wenn ich nicht weiß, was wir tun sollen, wenn wir Erasmus' Papiere tatsächlich finden. Wir würden den Herzog in schreckliche Verlegenheit bringen.«

»Richtig, Sie dürfen nichts unternehmen«, sagte Kent hastig. »Nichts, was Sie nicht mit mir besprochen haben. Wie Sie sagen, wollen wir dem Vater Ihres Verlobten keinerlei Peinlichkeit bereiten. Wir müssen sehr umsichtig sein. Nichts beabsichtige ich weniger, als den guten Namen der Flatterys zu schädigen. Nein. Wenn irgendwelche Papiere auftauchen sollten, müssen wir Sie zunächst genau durchsehen, damit wir wissen, ob sie von Bedeutung sind.«

Sie schien über seine Worte nachzudenken. »Nun, darum können wir uns erst kümmern, wenn es so weit ist.« Sie lächelte Kent an. »Ich glaube, ich habe mich Ihnen nun genug aufgedrängt, Sir Averil. Bitte entschuldigen Sie. Ich werde Sie nun Ihrer wohlverdienten Ruhe überlassen.« Sie erhob sich. »Nein, nein. Denken Sie nicht einmal daran aufzustehen. Ich finde schon selbst heraus.« Bei diesen Worten schüttelte sie ihm die Hand, behutsam, wie er meinte, und küsste ihn sanft auf die Wange, dann verließ sie den Salon.

Kent schloss die Augen, lehnte sich zurück und genoss das Gefühl, das die Berührung ihrer Lippen hinterlassen hatte.

Nach einem Augenblick versuchte er sich wieder dem eigentlichen Problem zuzuwenden, doch ließ sich wohl kaum auf Anhieb begreifen, was er da alles erfahren hatte. Also las er noch einmal den Brief, den Alissa überbracht hatte. Prinzessin Joelle. Das war doch nicht zu fassen! Lady Galton hatte mit keinem Wort etwas angedeutet, obwohl sie die Cousine der Prinzessin war ... Nun, Kent hatte schließlich auch Valary nichts von der Gräfin verraten. Es war nur einfach so unglaublich. Die Gattin des Thronerben!

Nun, hierauf konnte es nur eine Maßnahme geben: Er würde Lady Galton einweihen – so unbemerkt wie irgend möglich. Und Valary! Bei den Flammen Farrelles, konnte der Mann dennoch von der Gräfin wissen und hatte sie in Gegenwart seines verdammten Dieners erwähnt?

Wenn das wirklich stimmte, was die Prinzessin ihm anscheinend mitteilen wollte, dann wussten Palle und seine Gehilfen gar nicht genau, was Kent vorhatte. Er durfte keine weitere Zeit mit Selbstmitleid vergeuden. Und er würde keine Zeit mehr haben, um sich über das Alter Gedanken zu machen – ohnehin alles Eitelkeit, jedenfalls größtenteils. Nein, er musste sich sputen. Noch war es nicht zu spät.

Kent wuchtete sich aus dem Sessel und stellte fest, dass er Alissa wohl doch nicht die Unwahrheit gesagt hatte, denn seine Füße schmerzten längst nicht mehr so stark. Und dann setzte er sich wieder – eines seiner Portraits! Es war in Erasmus' Besitz gewesen! Für wie lange? Vielleicht viele Jahre. Und nun hing es im Haus des Herzogs von Blackwater. Bei Farrelles Flammen! Sie wob einen Zauber, der noch hundert Jahre Bestand hätte.

8. Kapitel

Seltsam erscheint mir der Gedanke, dass von allen Menschen ausgerechnet ich zu einem Schmied der Sprache geworden bin, denn mein Verhältnis zum Menschengeschlecht ist von je durch einen grundlegenden Mangel an Gemeinsamkeiten gekennzeichnet gewesen, als ob ich aus einem fremden Land gekommen wäre und eine fremde Sprache spräche. Wenn ich meine Landsleute betrachte, denke ich oft, sie schlummerten im Gehen: in einem Schlaf ohne Träume.

HALDEN: ›Schlaf ohne Träume‹

Am östlichen Horizont versengte der Sonnenaufgang ein schmales Band des Himmels, verwandelte die Wolken in leuchtendes Kupfer und das Meer in glühende Lava. Tristam setzte den Fuß auf den Strand; er war allen miteinander entkommen, auch Lord Elsworth und Beacham, seinen Schatten. Auf der Stelle begann er davonzustapfen, um so viel Abstand wie möglich zwischen sich und die Farrländer zu bringen, mit denen er an Land gekommen war. Er konnte nicht genau sagen, was er sich von der Flucht versprach, außer, sein dringendes Bedürfnis nach Alleinsein zu befriedigen.

Er hatte die Tasche mit seinem Handwerkszeug mitgebracht, doch war er schon längst nicht mehr der Illusion verhaftet, er sei zum Probensammeln auf diese Insel gekommen – nicht, seit er die überflutete Treppe erklommen und die Vergessene Stadt entdeckt hatte. Doch was ihn hierher führte, das blieb weiterhin ein Rätsel. Tristam bezweifelte inzwischen, dass die Herzogin den Zweck seiner Anwesenheit kannte, was er jedoch lange geglaubt hatte.

Auf seinem Marsch über den Strand beobachtete er die Insulaner, die aus den Häusern kamen, um sich um ihre

Gärten zu kümmern, Früchte zu sammeln und ihr Vieh zu versorgen, bevor die Tageshitze hereinbrechen würde. Unterhalb der Bäume wandelten anmutige Schattenrisse. Schon nach kurzer Zeit stand für Tristam fest, dass die Varuaner ihn mieden. Er drehte sich um und sah die anderen Farrländer im Mittelpunkt einer fröhlichen Schar von Einheimischen. Sollte er auch hier ein Ausgestoßener sein? Hatten die Insulaner bereits vom Aberglauben der Jacks erfahren? Flammen! Würde es ihm denn nie gelingen, solchen Zwischenfällen zu entkommen?

Tristam schlug einen Pfad ein, der in den Busch führte. Er hoffte, keinen Insulanern zu begegnen, denn er hätte es nicht ertragen können, erneut abgewiesen zu werden. Er kam sich vor wie ein Angeklagter, der keine Gelegenheit erhält, sich zu verteidigen, und das bedrückte ihn sehr.

Also versuchte er sich dem zuzuwenden, was ihn umgab, und fand sich, einen farrischen Vernunftmenschen, umschwirrt von den Geräuschen und Gerüchen einer exotischen Welt. Aus den Bäumen riefen Vögel, deren Laute Tristam unvertraut waren. Der Passat säuselte und zischte über den Palmen, was nach dem Glauben der Varuaner die Gegenwart von Göttern oder von Geistern der Ahnen verriet.

Ringsum standen Pflanzen, die er bei Dandish studiert und die er später in der Königlichen Sammlung im Tellaman-Palast gesehen hatte. Während er an Trevelyans Sammlung gearbeitet hatte, war er oft in Tagträumen in diese Welt hinübergeglitten, doch niemals hätte er zu hoffen gewagt, dass dies eines Tages Wirklichkeit werden könnte – ein Weg, den er einschlagen durfte. Tristams Leben hatte von Anfang an nicht zu der Sorte gehört, die sich planen lässt, und seit er im Kindesalter zur Waise geworden war, erschienen ihm Pläne generell höchst suspekt. Die Erfahrung hatte ihn gelehrt, dass die Zukunft unbestimmt blieb und man sich nur auf eine Weise darauf vorbereiten konnte: indem man zu einer gleichgültigen Haltung gegenüber Enttäuschungen und Verlusten gelangte. Und diese Eigenschaft, so glaubte er manchmal, bildete das grundlegende Merkmal seiner Persönlichkeit.

Der Pfad führte ihn steil bergan auf die Felskuppe der Landspitze. Von dort aus blickte er über die blaue Lagune zu dem Ring aus brechenden Sturzwellen.

Er genoss den Wind und sog den üppigen Duft der Insel in sich hinein. In diesem Augenblick war ihm Farrland sehr fern und auch fremd, als gehörte er nicht mehr dorthin, sondern wäre ein unverhofft Gestrandeter auf einer unberührten Insel im weiten Meer. Hier holte sich ein Mann alles, was er zum Leben braucht, von den Bäumen und aus dem Wasser, und brauchte sich niemals Gedanken um die Schneiderrechnung zu machen. Nach nur zwei Tagen auf Varua kam es Tristam so vor, als habe das eingezwängte Leben, das mit der farrischen Auffassung von ›Zivilisation‹ einherging, keinerlei Bedeutung in der ›wirklichen Welt‹; Wallis' Worte erschienen ihm sehr weise.

Tristam lachte bitter auf. Das war nur eine Illusion, es konnte gar nicht anders sein. Der Mensch, so vermutete er stark, besaß eine genialische Begabung dazu, das Leben zu komplizieren – soziale Hürden zu ersinnen, die man überwinden musste, wenn man nicht als unterlegen gelten wollte. Ganz eindeutig war auch auf Varua der Reichtum nicht gleichmäßig verteilt – obwohl es einem Farrländer erscheinen musste, als lebe auch der reichste Varuaner noch in Armut. Die ärmeren arbeiteten zum Gewinn der Häuptlinge und anderer Adliger. Tristam war sich bewusst, dass er hier nicht auf eine kleinere Variante seiner heimatlichen Gesellschaft blickte, doch sah er andererseits deutlich, dass er es hier auch nicht mit dem unschuldigen Paradies zu tun hatte, als das Varua oft beschrieben wurde. In schwierigen Zeiten vollzogen die Kenaturaga Menschenopfer, und bei Überfällen auf Nachbarinseln wurden Gefangene versklavt, die auf Varua die niedrigste Kaste bildeten. Ein Paradies fand man auch hier nicht, und doch war es für jeden anderen an Tristams Stelle sicher schwierig, die Insel anders zu sehen.

Eine Weile versuchte er, Proben zu sammeln und die Pflanzen und Insekten in seinem unmittelbaren Umkreis zu bestimmen, doch schien es ihm, als spiele er den Naturforscher nur, so wie ein Mensch sich zwingt, dem normalen Tagesablauf zu folgen, nachdem eine Tragödie über ihn hereingebrochen ist. Er klammerte sich verzweifelt an die vertrauten Stränge seines alten Lebens. *Ich bin Tristam.*

Auf dem Weg, den er gekommen war, kehrte er zum Strand zurück, und er dachte darüber nach, was Wallis am vorhergegangenen Abend gesagt hatte. Die Ereignisse, die auf der Insel als Omen aufgefasst wurden, konnteTristam nicht mehr als zufällig abtun, denn dann hätte es in seinem Leben eine ungewöhnliche Häufung seltsamer Zu-fälle gegeben. Selbst der hingebungsvollste Empirist musste das nach einer Weile zugeben. Die hohen Wellen, von denen Wallis gesprochen hatte, fielen zeitlich mit der Entdeckung der Vergessenen Stadt zusammen - und lagen um höchstens einen Tag auseinander.

Wie könnte das erklärt werden?, fragte der Empirist in Tristam, doch klang er schon weniger forsch, weniger sicher.

Eine weiße Blüte erregte seine Aufmerksamkeit, aber sie war kein Königsblatt. Tristam gefiel es gar nicht, wie sein Körper schon auf den Gedanken an *Regis* reagierte: Sogleich brandete ein gewaltiges Verlangen in ihm auf, das drängend war wie körperliche Lust.

Die Begierde war schwächer geworden, aber nicht verschwunden, und kehrte immer wieder zurück, als läge sie auf der Lauer und wartete auf einen Moment der Schwäche. Tristam war mittlerweile davon überzeugt, dass er durch die Behandlung mit der *Regis*-Arznei die Gewalt über seine Gefühle verloren hatte. Noch immer war er unbeherrscht und launisch, litt unter plötzlichen Wutanfällen, verfiel in Melancholie, empfand mal überschäumende Freude und dann eine alles erstickende Sehnsucht. Zuzeiten lag er schwitzend in seiner Kammer und dachte mit solcher Intensität an die Herzogin, dass er befürchtete, er müsse den Verstand verlieren. Oft stellte er sich dann vor, aus der Ferne beobachten zu können, wie sie sich in ihrer Kajüte für die Nacht entkleidete.

Das ist die Umwandlung, aber ich unterwerfe mich ihr

nicht, sagte er zu sich und zwang sich, an etwas anderes zu denken.

Der Wald wurde lichter, je mehr sich Tristam dem Strand näherte. Als er zwischen den letzten Brotfruchtbäumen hindurchtrat, stieß er auf eine Gruppe von Inselmädchen, die ihre Körbe mit Früchten fallengelassen hatten und auf etwas über seinem Kopf starrten. Tristam drehte sich um, blickte hoch und sah gerade noch etwas Weißes hastig zwischen den Baumkronen verschwinden.

»Was?«, fragte er in seinem holprigen Varuanisch, »was war das?«

Augenblicklich wichen die Mädchen vor ihm zurück. Nur eine antwortete ihm. »Vogelgeist«, glaubte er zu verstehen. Und dann rannten sie davon.

Tristam kramte sein Perspektiv hervor und begann die Bäume abzusuchen. Fast fürchtete er sich vor dem, was er finden würde. Unter dem fremdartigen Blätterdach flohen Eisvögel und Loris in die Schatten, als hätte sie etwas erschreckt. Tristam spähte geduldig, und da, auf dem Ast eines *Mori*-Baumes, entdeckte er einen hinter Blättern halbverborgenen Vogel mit weißem Gefieder.

Leise ging Tristam ein Stück voran, ließ sich auf ein Knie nieder und hob erneut das Glas. Kurz glaubte er, der Vogel sei geflohen, doch dann fand er ihn wieder, an derselben Stelle. Ganz langsam spannte Tristam seinen Bogen, stellte die Segeltuchtasche auf den Sand, nahm sein Glas und zwei Pfeile, dann schlich er weiter.

Ein Falke kann es nicht sein, sagte er sich. *In ganz Oceana gibt es keine weißen Falken.* Wenn es aber doch einer war, dann würde er der Rätselei um dessen Herkunft ein Ende machen. Bestand das Tier aus Fleisch und Blut, so konnte er es mit einem Pfeil erlegen, und wenn es zu sonst nichts nütze war, ergänzte es doch seine Sammlung von Vogelbälgen.

Als er einen Pfeil auflegte und den Bogen hob, zitterten ihm die Hände, und das Herz schlug ihm bis zum Hals. Er wartete kurz, dann holt er tief Luft. *Belästige mich nie wieder!,* dachte er und entließ den Pfeil von der Sehne.

Tristam hörte verzweifeltes Flügelschlagen, dann trat Ruhe ein. Kein Schrei. Tristam zweifelte, ob sein Pfeil überhaupt getroffen hatte, und schaute eilig durch das Fernrohr. Ganz kurz erschien ein weißer Vogel über den Wipfeln, der sich sofort zwischen die Baumkronen fallen ließ.

Eine Eule, dachte Tristam, *das ist ganz sicher eine Eule.* Klein war sie, hatte ein herzförmiges Gesicht und goldene Augen. Eine noch unbekannte Art, sogar bei den Varuanern, soviel war nun klar.

Er ließ sich in den Sand sinken und dachte an die Eule, die Beacham gesehen hatte, als sie die Wassertreppe hinaufstiegen. War sie ein Vorbote gewesen? Wenn nun diese Eule hier auf Varua ein ähnlich makaberes Ereignis ankündigte wie die andere, dann wollte er lieber sterben, als es zu erdulden.

Er beobachtete das Meer, wie es sich unablässig gegen das Riff warf, über dem ein feiner Nebel in der Luft hing. Dieser Anblick erschien Tristam urplötzlich wie eine Zuflucht. Wenn nur die See ihn nehmen und trösten würde, wie damals vor der Vogelinsel, wo er in ihre Arme gestürzt war. Doch dann war es anders gekommen: Die See hatte ihn abgewiesen und der luftigen Welt zurückgegeben, der Welt der Lebenden.

Tristam nahm seine Tasche und trottete über den Sand. Er wollte nur noch fliehen. Die Momente, in denen er von seiner irrwitzigen Suche befreit zu sein schien, wurden immer seltener. Es gab kein Entrinnen.

Die Welt ringsum war vergessen, und er stürzte sich in einen Wirbel von Gedanken, überließ sich der Melancholie. Seine Tage glichen einem Kreisbogen, den er immer wieder abschritt bis an seinen Ausgangspunkt, ohne jemals einen Ausweg zu finden. Es trieb ihn zur Verzweiflung.

Nachdem er eine Weile gegangen war, fand er sich an der Mündung eines breiten Baches wieder, der in der friedlichen Sprache aller Bäche murmelte, und freudig in die Lagune strömte. Tristam kniete nieder, um zu trinken. Es standen keine Fales in der Umgebung, sodass wohl niemand bachaufwärts badete oder seine Kleider wusch.

»Ein guter Platz zum Baden ist in den Bäumen«, sagte jemand hinter ihm. Fünf Schritt entfernt stand eine junge Frau, die mit flinken Fingern die Stängel bunter Blumen verflocht, ohne kaum einmal hinzusehen.

»Du sprichst Farrisch«, sagte Tristam erstaunt. Auch floh sie nicht vor ihm wie alle anderen.

Das Mädchen zuckte die bloßen Schultern. »Wallis hat es mich gelernt ... *gelehrt*?«

»Ja, gelehrt.«

Tristam überlegte, wie alt das Mädchen wohl war, kaum zwanzig, vermutete er, vielleicht auch jünger, denn auf Varua wurden die Mädchen früh zu Frauen und brachten Kinder zur Welt. Sie trug das freundliche, strahlend weiße Lächeln im Gesicht, mit dem alle Varuaner gesegnet zu sein schienen. Der Pareo fiel ihr bis über die Knie, und sie trug keine Tunika, sodass nur ihr Haar und ein Halsschmuck aus Blumen ihren Oberkörper bedeckten.

Was Tristam an den Insulanern so sehr bezauberte, war ihre Unbefangenheit: Diese junge Frau war bis zu den Hüften unbekleidet, und trotzdem musterte sie ihn mit größter Offenheit.

»Bist du der Sohn eines großen Häuptlings?«, fragte sie plötzlich.

»Ich ... nein, gar nicht. Mein Vater ist tot«, sagte er und fand seine Antwort im nächsten Moment reichlich dumm.

Die Frau nickte, als wäre die Erwiderung doch höchst vernünftig gewesen. »Wallis sagt, dass du ein *Dausoko* bist. Die sauber sind und nicht arbeiten, sind die Söhne von großen Häuptlingen.«

»Aha. Nun, wir haben keine Häuptlinge, aber was Wallis sagt, ist nicht ganz unwahr. Meine Familie ist ...«, Tristam suchte nach einem Wort, »... einflussreich.« Er sah, dass sie ihn nicht verstand. »Wir sind vermögend.« Noch immer kein Begreifen. »Mein Onkel ist ein großer Häuptling«, lenkte er ein.

Da nickte sie wieder. »Meine Tante ist Anua. Kennst du Anua?«

»Ja. Ja, wir sind einander vorgestellt worden.« Tristam

suchte nach einer Wendung, die nicht falsch ausgelegt werden konnte. »Sie ist sehr weise.«

Er hatte es richtig getroffen, denn sie stimmte ihm sofort zu. »Ja. Sehr weise.«

»Ich heiße Tristam.«

Sie nickte.

»Willst du mir deinen Namen sagen?«

»Faairi.«

Tristam lächelte. »Das ist einem Wort in meiner Sprache sehr ähnlich.«

»Ja. Wallis hat es mir gesagt. Eine kleine Frau mit Zauberkraft wie ein Geist. Ich bin sehr traurig, weil ich keine kleine Frau mit Zauberkraft bin.« Sie blickte ihn immerfort unverwandt an, und ihre Miene veränderte sich kaum, so als wäre er eine halbwegs interessante Naturerscheinung oder ein Tier, das sie nicht kannte und dem sie misstraute, obwohl es harmlos aussah.

Plötzlich wandte sie sich ihrer Handarbeit zu und vollführte die letzten Flechtbewegungen. Der Blumenkranz war fertig. Sie hielt ihn am ausgestreckten Arm zu einer sorgfältigen, knappen Betrachtung vor sich hin. Dann, mit einem ersten Anzeichen von Schüchternheit, bot sie ihn Tristam an.

Der war völlig entzückt. Das Geschenk war bescheiden, ein Stück, das jede Insulanerin binnen weniger Minuten fertigzustellen verstand, doch für ihn zählte die Geste, die Spontaneität und Arglosigkeit.

Er senkte den Kopf und ließ sich von ihr den Kranz um den Hals hängen. Auf der Stelle wünschte er sich, das Geschenk zu erwidern. Soweit er wusste, wurde auf der Insel jedes Metall sehr hoch geschätzt. So waren Eisennägel zu einer landläufigen Belohnung für die Gunst einer Frau geworden, und einige farrische Kapitäne hatten das Entfernen eiserner Gegenstände von ihrem Schiff zu einem schwerwiegenden Verbrechen erklärt. Andernfalls wären die Schiffe wohl aus Mangel an Befestigung in der Lagune auseinandergefallen. Doch Tristam fand, es käme einer Beleidigung gleich, wenn er dieser freundlichen und großzügigen jungen Frau ein Stück Eisen gab. Das ließ sich nur als anzügliche Aufforderung verstehen. Und so verlockend ihm Faairi auch erschien, seine farrische Erziehung konnte er nicht so leicht abschütteln.

Er öffnete die Segeltuchtasche und suchte nach etwas, von dem er sich trennen konnte, ohne dass er dadurch die Fähigkeit einbüßte, seine Studien fortzuführen (noch etwas, wovon er sich trotz aller Umstände nicht lösen konnte). Schließlich bemerkte er, dass er mehrere kleine Handlupen besaß, mehr als er je benutzen oder verlieren könnte.

Er holte ein handtellergroßes Lederetui hervor und hielt es ihr hin; ganz sicher war er nicht, wie sie reagieren würde. Auf ihrem Gesicht erschien ein strahlendes Lächeln, und sie suchte mit solcher Heftigkeit seinen Blick, dass Tristam ein Ansturm des Verlangens überkam. Doch dann zögerte sie, und er sah ihr die Zweifel am Gesicht an.

Weil er dachte, sie wüsste nur nicht, was er ihr gab, öffnete er das Etui und zeigte ihr die Glaslinse. Über einer Blüte von seinem Kranz bewegte er die Linse, bis er den Brennpunkt fand, dann drehte er sie Faairi zu und bedeutete ihr hindurchzublicken. Tristam sah, wie ihre Neugier das Widerstreben überwand. Langsam bewegte er die Linse auf und ab, in der Hoffnung, dass sie die Blüte scharf sehen würde, und als das geschah, stieß sie laut ein varuanisches Wort hervor, das Tristam nicht kannte.

Er hob das vertrocknete Blatt eines Palmwedels vom Sand auf und sammelte mithilfe der Linse das Sonnenlicht darauf. Faairi stand dicht neben ihm und beobachtete ihn aufmerksam. Der Duft ihrer Blumen und des Öles, das die Varuanerinnen als Parfum benutzten, hüllte Tristam ein, und er spürte ihren nackten Arm, aber er beherrschte sich und wich nicht zurück, wie man es in Farrland von ihm erwartet hätte.

Ein kleiner kreisrunder Fleck auf dem Blatt schwärzte sich, und ein dünner Rauchfaden stieg davon auf. Er kündigte winzige Flämmchen an, die vom Luftzug angefacht wurden.

Faairi wandte sich ihm entzückt zu. »Das ist *Makawa*«,

sagte sie und machte keinerlei Anstalten, das angebotene Geschenk anzunehmen.

»Das verstehe ich nicht«, entgegnete Tristam.

»Werk der Kenaturaga«, versuchte sie zu erklären.

»Aha«, antwortete Tristam unter dem niederschmetternden Eindruck, dass sie Schwarze Magie meinte. »Aber das ist doch nur ein Stück Glas. Nichts Magisches oder Verbotenes ist daran. Ich habe noch mehr davon.«

Er hielt die Lupe in der Hand, ohne sie ihr noch einmal anzubieten, denn er befürchtete, gegen ein Tabu zu verstoßen. Trotzdem hoffte er, Faairi würde die Linse doch noch annehmen. Aber sie war wohl allzu sehr beeindruckt – von der Zauberkraft der Hellhäute.

»Heute ist es sehr warm«, sagte sie und blinzelte in die Sonne. »Kommst du schwimmen?«

Wie leichthin sie diesen Vorschlag ausgesprochen hatte! Tristam versuchte sich vorzustellen, dass Jenny derartig offen redete. Dann dachte er an den Abend, den er im Haus der Herzogin verbracht hatte, und dass es auch innerhalb der übermäßig geordneten farrischen Gesellschaft Enklaven gab, wo Regeln und Erwartungshaltungen missachtet wurden.

Tristam folgte Faairi den Bach entlang. Ihre biegsamen Hüften und der Pareo, der sich eng über ihr Gesäß spannte, zogen immer wieder seinen Blick auf sich. Während sie gingen, kam ihm der Unterschied zwischen dieser jungen Insulanerin und der Herzogin zu Bewusstsein: Schon ihre Kleidung war ein Symbol dieses Unterschiedes – ein simples Stück aus der Innenrinde des Papiermaulbeerbaumes, *Broussonetia papyrifera*, das um die Hüften geschlungen wurde und ohne Verschlüsse hielt. Tristam schien es, als würden die Schichten der Künstlichkeit, die sich die farrische Kultur ausbedang, mit jeder Schicht Kleidung abgeschält, die man abstreifte. Er musste an die Fischbeinkorsette denken, die farrische Frauen früher getragen hatten, um ihre Figur in eine Form zu bringen, die der Mode entsprach. Und hier war andererseits Faairi, die nur einen Blumenkranz über den Brüsten trug. Sie hatte ihn angesprochen, sie bedurfte keiner ›geziemenden‹ Vorstellung. Tristam bemerkte, dass er ungläubig den Kopf schüttelte.

Ihr glatter Rücken und ihre runden Schultern bewegten sich mit solcher Geschmeidigkeit, dass Tristam sich bei der Vorstellung ertappte, diese makellose goldene Haut zu küssen.

Sie gelangten an einen Teich, den ein Damm aus Felsbrocken anstaute, kein Werk der Natur, das war klar erkennbar. Faairi legte ihren Blumenkranz behutsam auf den Boden und zog sich den Pareo aus, den sie über einen Busch ausbreitete. Als sie die Arme hob, um ihr Haar zu lösen, schoben sich höchst verlockend ihre Brüste hervor, doch sie schien sich dessen nicht bewusst zu sein. Sie watete ins Wasser und warf dabei einen Blick über die Schulter auf Tristam, der verfolgte, wie ihre wunderhübschen Beine versanken.

Als er begriff, dass er wie gebannt dastand und sie beobachtete, begann er seinerseits sich auszuziehen. Seine Kleidung erschien ihm plötzlich in absurder Weise kompliziert und unpraktisch; sein Leben noch mehr. Er wünschte, er könnte die Schichten der farrischen Konvention einfach abschälen wie alte Häute.

Bevor er ins Wasser stieg, legte er das Vergrößerungsglas neben Faairis Blumenkranz. Dort konnte sie es nehmen oder liegen lassen, ganz wie sie wollte.

Er stürzte sich rasch ins Wasser, um sein wachsendes Verlangen zu kaschieren. Der Teich war gerade tief genug zum Schwimmen, und er machte ein Dutzend Züge, dann hielt er an. Mit den Füßen tastete er nach dem weichen Boden.

»Du schwimmst«, sagte Faairi sichtlich erfreut. »Wie kommt es, dass eure Seefahrer nicht schwimmen?«

»In meinem Land glauben viele Menschen, dass sie vom Schwimmen krank werden«, antwortete Tristam. Die Unwissenheit seiner Landsleute war ihm peinlich. »Natürlich ist bei uns das Wasser viel kälter als hier bei euch.«

Faairi lächelte kopfschüttelnd. »Farrländer glauben viel

Merkwürdiges«, sagte sie. »Nur zwei Frauen sind auf eurem Schiff und so viele Männer. Das muss dort sehr ... einsam sein.«

»Nun, früher waren überhaupt keine Frauen an Bord«, entgegnete Tristam.

Sie nickte und machte ein Gesicht, als denke sie sorgfältig darüber nach. »Diese Frauen ... die ältere ist Sterns Frau, und wem gehört die andere?«

»Die ältere« – Tristam musste sich beherrschen, um nicht laut zu lachen –, »die Herzogin von Morland, ist nicht Sterns Frau. Sie ist selbst ein großer Häuptling – wie Anua –, eine weise Frau, die man in Farrland hoch achtet, und außerdem ist sie eine enge Freundin unseres Königs. Die junge Frau, sie heißt Jacel, ist ihre Dienerin. Weißt du, was Diener bedeutet? Jemand, der deine Arbeit für dich tut: Er bringt dir dein Essen, reinigt deine Kleidung, macht dein Badewasser heiß.«

Sie nickte, obwohl Badewasser heiß machen sicherlich nach Unsinn klang.

Die schwache Strömung trieb Tristam zu Faairi, und sie wich nicht vor ihm zurück, sondern beobachtete ihn mit einem leicht abwesenden Ausdruck.

»Wenn du in der Traumwelt wandelst, kommst du dann oft nach Varua?«, fragte sie plötzlich.

Jeder andere Farrländer wäre dieser Frage mit völligem Unverständnis begegnet, doch Tristam verstand Faairi nur zu gut, gleichwohl zögerte er, es zuzugeben. Doch schließlich nickte er.

»Einmal habe ich eine Frau in der Lagune gesehen.«

»Wer war sie?«

Tristam zuckte mit den Schultern. »Das weiß ich nicht.«

»Hattest du ...« Sie suchte nach dem Wort. »Hattest du die Liebe mit ihr?«

Tristam schmunzelte. »Ich muss zugeben, das hatte ich.«

»Oh«, sagte sie; es klang anerkennend. »Wie sah sie aus?«

Diesmal lachte Tristam laut auf. »Sie hatte langes schwarzes Haar und braune Augen, und ihre Haut hatte die gleiche Farbe wie du.«

Faairi schüttelte den Kopf. »Wallis sagt, dass wir für euer Volk alle gleich aussehen.« Sie sah Tristam an. »Deine Leute sehen nicht sehr gleich aus, finde ich. Größer, kleiner, Haar wie Sand, grüne Augen oder Augen wie das Meer.« Sie schöpfte mit beiden Händen Wasser, hob sie hoch und ließ es glitzernd wieder abfließen. »In der Traumwelt bin ich in dein Land gegangen«, sagte sie, »aber nur einmal.«

»Und was hast du gesehen?«, fragte Tristam schnell.

»Ein Dorf aus Stein und Tiere wie große Schweine, die Menschen in *Wagen* zogen, so heißt das Wort wohl. Rauch stieg aus den Dächern, die glatt waren und schwarz. Wie auf den Bildern, die Wallis mir gezeigt hat, aber alles bewegte sich, und ich konnte hören und riechen.« Sie krauste die Nase. »In eurem Dorf findet die Erde nur an wenigen kleinen Stellen einen Weg durch den Stein. Der Boden war sehr hart. Während ich dort war, ging die Sonne unter, und ich kam an ein Haus, das umgefallen war. So ein großes Haus, das aussah wie ein Berg aus zerbrochenen Steinen, und unter dem Stein versteckte sich ein kleiner Junge, aber ich glaube, er war ein *Tamaroa mo'e.*«

»Was heißt das? Ein Junge? Was für ein Junge?«

Sie zuckte mit den Schultern. »Einer, der nicht berührt werden kann. Ein Junge, der in der Welt jenseits lebt.«

Tristam nickte. Offenbar hatte Wallis ihr einige Bilder von Farrland gezeigt, aber er bezweifelte, dass darauf ein Geisterjunge zu sehen gewesen war, und wohl auch nicht die Ruine des Theaters. Wer war diese Frau, und warum hatte von allen Varuanern ausgerechnet sie sich zu ihm gesellt? »Hat du oft solche Träume?«, fragte er sie, anstatt zu fragen, was er eigentlich wissen wollte.

Sie schüttelte den Kopf. »Meine Schwester ist eine Traumgängerin, aber sie hat sich in der Traumwelt verirrt. Keiner kann sie in ihren Körper zurückrufen, und sie ist für immer verloren. Mir kann das nicht geschehen. Schau.« Faairi richtete sich im Wasser auf und deutete auf eine kleine blaue Tätowierung zwischen ihren Brüsten. Tristam gelang es kaum, den Blick von den glitzernden dunklen Brustwarzen abzuwenden, die auf der Wasseroberfläche zu tanzen schienen. Die Tätowierung stellte eine kleine Raute dar, die von zahlreichen Linien durchzogen wurde.

»Das ist mein Stern«, sagte Faairi, »damit finde ich immer den Weg nach Hause.« Sie ließ sich zu Tristams Enttäuschung ins Wasser zurücksinken.

»Das sollte genügen«, sagte er und fürchtete schon im gleichen Augenblick, sie damit gekränkt zu haben. Ironie war indes nicht leicht zu übersetzen.

»Ich möchte gern deine Hand sehen«, sagte sie, und Tristam musste lächeln.

Er hob eine Hand, aus dem Wasser.

»Nein. Eine andere Hand.«

Er zögerte. Hatte sie die Narbe gesehen, als er sich auszog? Widerstrebend hob er ›eine andere Hand‹.

Faairi nahm sie behutsam und drehte sie herum, sodass die Narbe zu sehen sah. Für einen Augenblick schien sie ihn ganz vergessen zu haben und musterte konzentriert das Handgelenk, wie ein Arzt, der eine Verletzung untersucht. Dann legte sie eine Hand sacht auf die Narbe, hob den Kopf und schloss die Augen.

Tristam begriff nicht, was sie bezweckte, doch ohne ersichtlichen Grund fühlte sich die Narbe kühler an, und sein Verlangen nach *Regis* ließ nach. Er schloss ebenfalls die Augen und atmete langsam aus. Er wusste nicht, wie ihm geschah – nicht, ob außerhalb seiner Fantasie wirklich etwas vorging.

Als er die Augen wieder öffnete, betrachtete Faairi ihn neugierig. Sie hielt ihn nur noch bei den Fingern und wirkte nicht mehr so ernst. »Du bist dicht ans brennende Tor gegangen, aber zurückgekommen«, sagte sie. »Das haben nur einige geschafft. Hattest du nicht Angst?«

»Ich weiß nicht, was passiert ist«, hörte Tristam sich flüstern. *Was sage ich da? Sie redet Unsinn!*

Faairi nickte. »Nicht immer kommen die Erinnerungen mit uns aus der Traumwelt zurück.«

Tristam antwortete nichts, er schloss nur die Augen. Wovon sprach sie? Begriff sie etwa, was mit ihm geschah? Er spürte ihre Hand an der Wange.

»Du musst Acht geben, dass du nicht weggleitest. Wenn du der Sonnenwelt den Rücken kehrst ... Das habe ich bei meiner Schwester gesehen. Du musst dich an dieser Welt festhalten, Tristam. Lass sie nie los.« Bei diesen Worten drückte sie ihm fest die Hand, dann hob sie sie an ihre Brust und kam näher. Mit ihren Beinen umschlang sie seine Hüften und legte die Arme um seinen Hals. Das Verlangen überkam ihn. Es war wie in einem *Regis*-Traum: das Gefühl, sich zu verlieren oder etwas anderes die Herrschaft übernehmen zu lassen. Tristam spürte, wie seine Persönlichkeit abtauchte, als würde sie in die Tiefen gedrückt. Ein Schrei drang laut in sein Ohr, und obwohl er glaubte, dass er von Faairi stammte, wurde er bald zum Schrei eines Greifvogels.

Als Tristam erwachte, lag er auf einem Bett aus Blüten und Blättern am Teichufer. Unvermittelt erlitt er einen schrecklichen Schwindelanfall, der jedoch rasch vorüberging. Er drehte den Kopf und erblickte Faairi, die sich rücklings auf einen Felsen ausgestreckt hatte. Ihr weicher Bauch wölbte sich, sie hatte die Muskeln angespannt, und ihre kleinen Brüste waren abgeflacht. Sie drehte den Kopf und lächelte ihn an, wenn auch ein wenig besorgt.

»Bist du wieder da?«, fragte sie.

»Ja doch, ich glaube schon.«

Sie rollte herum, kam näher und legte ihm eine Hand auf die Brust. »Du musst lernen, dem anderen nicht die Gewalt über dich zu geben«, sagte sie.

»Was? Was ist geschehen?«

»Pst«, machte sie leise, dann setzte sie sich rittlings auf ihn. »Du musst mir jetzt immer in die Augen schauen. Wir machen ganz langsam.« Sie griff nach unten und half ihm in sie hinein, und Tristam spürte, wie Weichheit und Wärme ihn umschlossen. »So langsam. Du bist Tristam«, sagte sie und begann sich in einem sehr bedächtigen Rhythmus zu bewegen. »Tristam. Und wir sind hier auf Varua, in der Sonnenwelt – der wachenden Welt. *Ohh.*« Genüsslich schloss sie einen Moment lang die Augen. »Bleib bei mir.«

Er streichelte ihr Gesicht, und sie küsste ihm die Finger. Erneut schloss sie die Augen und stöhnte und sah ihn rasch wieder an. Sie legte seine Hand auf ihre Brust, und er rollte die Spitzen zwischen den Fingern. Da spürte er eine Macht in sich und erkannte sie als die Kraft, die ihn überwältigt hatte. Mit einiger Mühe behielt er die Oberhand und hob die Hüften, um Faairis Bewegungen entgegenzukommen.

Ich bin Tristam, sagte er sich. T*ristam. Ich bin kein Magus. Ganz gleich, was sie wollen, ich werde nie ein Magus sein.* Er schaute abwechselnd in ihr schönes Gesicht und auf den kleinen Stern zwischen ihren Brüsten. In diesem Moment war Faairi sein Stern, sein Berührungspunkt mit der Welt der Wachenden.

»*Tristam*«, flüsterte sie, und dann Wörter, die er nicht verstand, die aber sanft und schön klangen.

9. Kapitel

Anlässlich der jährlichen Graduierungen fand in Merton eine feierliche Zeremonie statt. So war es seit der Universitätsgründung vor fünfhundert Jahren. Wie überall in Farrland waren auch hier die Rituale tief verwurzelt.

Dass ein Mitglied des Königshauses in Merton den Abschluss machte, geschah nicht gerade in jeder Generation einmal, und trotzdem gab es auch für diese Eventualität Rituale. Obgleich keinerlei Einladungen verschickt wurden, erwartete man schlichtweg, dass gewisse Segmente der farrischen Gesellschaft zur königlichen Graduierung erschienen. Denn wer in den richtigen Kreisen verkehrte oder die richtigen Beziehungen pflegte, wusste, was anstand. Hingegen hatte jeder, der kam, ohne dass man es von ihm erwartete, damit zu rechnen, dass er sein Leben lang den Makel dieser Anmaßung nicht mehr loswerden würde.

Die Graduierung von Prinz Wilam, dem Sohn des Kronprinzen, schien ganz den erwarteten Verlauf zu nehmen, wie das Flüsschen Wedgewater, das seit Menschengedenken nicht mehr über die Ufer getreten war.

Der offizielle Empfang nach der Zeremonie wurde im Haus des Universitätskanzlers abgehalten, eines Mannes, dessen gesellschaftliche Herkunft ihm ohnehin die Pflicht auferlegt hätte, zu diesem Anlass zu erscheinen.

Sir Averil Kent hatte sich bereits zweimal unaufdringlich dem Königsmann in den Weg gestellt und beide Male beobachtet, wie Sir Roderick Palle sich abwandte und jemand anderen begrüßte. Zwar wurde der Maler nicht offen geschnitten, doch ganz eindeutig mied ihn der oberste Minister. Kent konnte nicht einmal genau sagen, weshalb er sich so sehr bemühte, dem Königsmann zu begegnen, er verspürte aber einen eigentümlichen Drang dazu – er wollte Palle unbedingt wissen lassen, dass Averil Kent nicht eingeschüchtert war. Der Königsmann sollte sich fragen, wie

Kent so ruhig sein konnte. Das war es: Kent wollte sich bei Palle für die Trübsal revanchieren, die dieser ihm mit dem Ritterschlag beschert hatte. Doch Palle schien nicht willens, ihm Gelegenheit dazu zu bieten. Der Kunstmaler entschied, es sei an der Zeit, damit aufzuhören, sich kindisch zu benehmen, und deshalb setzte er seine Runden durch die überfüllten Räume fort.

Er hatte sich bereits beim Kronprinzen und der Prinzessin angestellt und ihnen zum Studienabschluss ihres Sohnes gratuliert; als die Prinzessin seine Hand ergriff, spürte er eine kaum merkliche Steigerung des Druckes, was er als Botschaft nahm. Ein anderes Zeichen gab sie ihm jedenfalls nicht. Die Prinzessin verhielt sich ihm gegenüber nicht im Geringsten herzlicher als gegenüber jedem anderen, der vor sie trat, und Prinz Kori war liebenswürdig und zugleich distanziert wie immer.

Dieses kurze Ereignis, der knappe Händedruck der Prinzessin, hinterließ in Kent ein Hochgefühl, als sei er hier besonders geschützt, als könne ihm hier kein Unheil widerfahren; das war eine Illusion, so viel war ihm klar, und dennoch war dies eine erhebliche Verbesserung gegenüber der nagenden Beklemmung, die ihn in den letzten Monaten heimgesucht hatte.

In der Tür zum großen Ballsaal blieb Kent einen Augenblick stehen und musterte die Menge: Mertoner Professoren, die sich in ihrem offiziellen Putz sichtlich unwohl fühlten, Aristokraten und die Abgänger in Begleitung ihrer Freunde. Die Abgänger trugen karmesinrote, goldbesetzte Gewänder; die altmodischen Dreispitze hatten sie sich unter den Arm geklemmt. Ihre Gesichter waren von der Aufregung und in manchen Fällen auch vom Alkohol gerötet, schienen fast von innen heraus rosa zu glühen, und das erinnerte Kent lebhaft an seine eigene Graduierung, die schon so lange zurücklag.

Zu viele Angehörige seines Jahrgangs waren bereits verstorben, viel zu früh, wie Kent meinte. Er zählte sie nicht gerne. Irgendwann wäre es so weit, dass mehr von ihnen tot waren denn am Leben, eine Feststellung, die für Kent eine schreckliche Bedeutung besaß: Die Überzähligen wären dann die ›Überlebenden‹. Doch, Farrelle segne sie, die jungen Männer und Frauen, die er hier sah, fürchteten sich nicht vor dem Altern und Sterben – das wähnten sie noch in unfassbar ferner Zukunft.

Der Gedanke an die eigene Sterblichkeit trübte ein wenig Kents Laune, denn jedes Mal kam ihm dann *Regis* in den Sinn – die große Versuchung, wie Valary die Pflanze einmal genannt hatte: Wer würde nicht erwägen, sie zu nutzen, wenn sich die Gelegenheit bot? Valary indes war davon überzeugt, dass die aus *Regis* gewonnene Arznei jeden in den Wahnsinn trieb, der nicht die Geheimnisse der Magi kannte. Offenbar war es Trevelyan so ergangen. Der arme Mann. Nein – Kent war entschlossen, in Würde so alt zu werden, wie er sollte; für ihn gab es keine andere Wahl.

»Sir Averil, nicht wahr?«, fragte eine vertraute Stimme. »Ich hoffe, Sie haben Ihre alten Freunde trotzdem nicht vergessen.«

Kent drehte sich um und sah sich Professor Somers gegenüber, der sich gerade lächelnd zwischen den Umstehenden hindurchschob.

»Professor. Bitte belasten Sie sich nicht mit dem Titel. Wir wissen beide, wie derlei gewöhnlich erlangt wird, obwohl meine Erhebung wirklich überraschend kam. Mehr kann ich zu meiner Verteidigung nicht anführen.«

»Das wissen wir, ohne dass Sie es erwähnen. Gelegentlich sind auch Personen geadelt worden, die es verdient hatten, und mir macht es nichts aus, den Ehrentitel zu benutzen. Von allen Menschen genießen Sie meine höchste Wertschätzung.« Somers drückte Kent herzlich die Hand. »Meine Alissa sagt, Sie hätten ihr bei mehreren gesellschaftlichen Anlässen als Retter in der Not beigestanden, und dafür habe ich Ihnen zu danken.« Bei diesen Worten zog ein Anflug von Sorge über sein Gesicht.

»Ach was, kaum. Sie ist sehr gut in der Lage, diese Dinge ohne meinen Beistand zu bewältigen. Doch ich möchte Ihnen zu Miss Alissas bevorstehender Hochzeit gratulieren. Ich weiß zwar, welche Gefühle Sie dem Adel entgegenbringen, aber ich möchte Ihnen noch einmal versichern, dass dieser junge Mann ein hervorragender Gentleman ist und alles in seiner Macht Stehende tun wird, um Ihre Tochter glücklich zu machen. Sie passen gut zusammen, und sie wird sich den gesellschaftlichen Anforderungen ohne weiteres gewachsen zeigen. Die Familie Flattery besteht aus Menschen mit Charakter, das werden Sie schon bemerkt haben, und man beteiligt sich nicht an den oberflächlicheren Aspekten des Aristokratendaseins. Den Herzog von Blackwater schätze ich persönlich sehr, und seine Gattin ist eine freundliche kluge Frau, wenn es ihr in den vergangenen Jahren auch nicht gut gegangen ist. Im Augenblick erleben wir die Frau Herzogin daher nicht in Bestform, doch wollen wir hoffen, dass sich das wieder ändert.«

Somers nickte, sichtlich erfreut, diese Worte von einem alten Freund zu hören. »Gewiss haben Sie Recht, Kent. Es war doch ein Schock für mich, das gebe ich zu.« Er schüttelte den Kopf, dann lächelte er nachdenklich. »Sie sind nicht mit Kindern gesegnet, Sir Averil, aber auch, wenn man als Vater glaubt, sie besser zu kennen als sie sich selbst, sind Kinder doch immer für eine Überraschung gut. Ihre Kinder fordern von Ihnen die Einsicht, dass sie ein eigenes Leben führen.« Er warf einen knappen Blick durch den Raum, wie man es tut, um nach Freunden zu suchen, die man schon lange nicht mehr gesehen hat, oder nach anderen, die zu begrüßen man gesellschaftlich verpflichtet ist. »Ich muss Ihnen sagen, bei diesen Gelegenheiten vermisse ich immer mehr alte Freunde – allen voran aber Dandish.«

Der Maler nickte. »Das stimmt. Er war kein geselliger Mensch, aber wer ihn kannte, wusste ihn zu schätzen.«

Somers blickte wieder über die Anwesenden. »Manchmal komme ich an seinem Haus vorbei, und jedes Mal berührt es mich. Wer immer es gekauft hat, richtet es übrigens zugrunde; der ganze Garten ist aufgewühlt und die Einrichtung herausgerissen. Eine Schande! Dabei war es ein bezauberndes Zuhause, wie es da stand.«

»Man wühlt den Garten auf?«, fragte Kent überhastet. »Wer hat das Haus denn gekauft?«

Somers zuckte mit den Schultern. »Dekan Emin könnte es Ihnen wohl sagen. Aha, da kommt mein Schwiegersohn in spe.« Der Professor nickte ihm quer durch den Raum zu. »Ich muss zugeben, ich mag ihn immer mehr, auch wenn ich mir nicht helfen kann und wünschte, Alissa wäre dem Cousin des jungen Lords verfallen. Ein solider junger Mann und ein vielversprechender Empirist. Kennen Sie ihn vielleicht? Tristam Flattery?«

Kent nickte, wobei er wohlbedacht eine gleichgültige Miene bewahrte. »Ich kenne ihn allerdings. Vielleicht wird er, wenn er zurückkehrt, die Zuneigung einer Ihrer anderen Töchter auf sich lenken.« Kent folgte Somers' Blick und sah Lord Jaimas, in einer Gruppe gleichaltriger junger Männer.

»Dagegen hätte ich nichts, obwohl er ja ziemlich abgeschieden wohnt, dort oben in Locfal. Bitte entschuldigen Sie mich, Kent. Ich würde gern einen Moment mit Lord Jaimas sprechen. Besuchen Sie mich, wenn Sie können. Ich habe das ganze Haus voller Leute, aber jeder würde sich freuen, Sie zu sehen.«

Somers steuerte in das Gesichtermeer hinaus, und dabei schwankte und kämpfte er wie ein Ruderboot auf hoher See.

Der ganze Garten aufgewühlt? Kent fragte sich, wie bald er gehen durfte, ohne unhöflich zu erscheinen. Dandishs Haus schien fortgesetztes Interesse auf sich zu ziehen. Aber wessen?

Er wollte sich gerade umdrehen und aufbrechen, als er bemerkte, wie eine Frau durch eine andere Tür den Saal verließ; bei ihrem Anblick prallte er zurück, als wäre er gegen eine Glasscheibe gelaufen. Nur das wellige schwarze Haar hatte er gesehen, doch dieser Anblick rief ihm eine so machtvolle Erinnerung zu Bewusstsein, dass er einen Moment lang glaubte, er hätte es nur geträumt, alt zu sein, und wäre erwacht, um sich der Frau gegenüberzusehen, die er verehrte, während sie sich aus dem Saal zurückzog – und aus seinem Leben.

»Flammen!«, stieß er leise hervor. In den Tiefen seines Gedächtnisses lauerten zu viele Erinnerungen, die unerwartet an die Oberfläche schwammen. Einige waren wie moderndes Laub, das dunkel und formlos vom Grund aufsteigt, andere wie frische Blüten mit glitzernden Wasserperlen. Kents Erinnerungen an die Gräfin waren zweierlei Art: einige finster, mit genügend Anlass zur Verzweiflung, andere so strahlend heiter, dass es schmerzte, sich zu erinnern. Und doch erinnerte Kent sich oft und ertrug die Qualen. Er konnte nichts dagegen tun, die Strömungen, die sie an die Oberfläche trugen, waren unberechenbar.

Als Botschafter Seiner Heiligen Entonnischen Majestät hatte der Graf Massenet kostbare Geschenke überbracht als Ausdruck der Hochachtung seines Monarchen vor der königlichen Familie Farrlands. Nun verrichtete er die beiden Dinge, auf die er sich am besten verstand: Er bezauberte Frauen und suchte nach Informationen, die man vor ihm verborgen halten wollte. Lady Galton kam nicht sehr oft nach Farrland, denn sie bevorzugte ihre Wahlheimat, die Insel Farrow. Deshalb wollte sich der Graf keinesfalls die Gelegenheit entgehen lassen, mit ihr zu sprechen. Dafür gab es zwei Gründe: Die Dame verehrte ihn über alle Maßen (wie schade, dass sie nicht mehr jung und schön war), und sie war die Cousine Prinzessin Joelles.

»Ich hatte nur eine winzige Gelegenheit, mit der Prinzessin zu sprechen. Ich hoffe, Ihrer Königlichen Hoheit geht es gut?«

Lady Galtons Augen verloren für einen Moment ihre Lebhaftigkeit, als langweile es sie ein wenig, über ihre Cousine befragt zu werden. »Ich glaube, Ihrer Königlichen Hoheit geht es gut.« Dann plötzlich blickte sie den Grafen scharf an. »Obwohl ich der Meinung war, dass Sie darüber besser informiert sein sollten als ich.«

Weder blinzelte Massenet, noch zögerte er. »Ich komme häufig in den Palast, das ist wahr, doch treffe ich dort nur selten interessante oder charmante Menschen. Minister und Beamte, das Übliche. Manchmal frage ich mich, was mich getrieben hat, diese Stellung anzunehmen.«

Lady Galton lachte leise. »Die Intrige liegt Ihnen eben im Blut, Graf Massenet«, entgegnete sie lächelnd, »wie einem Vogel das Fliegen. Als man Sie aus dem Nest stieß, landeten Sie am königlichen Hof. Oder tue ich Ihnen da etwa Unrecht? Vielleicht sind Sie gar nicht gestoßen worden, sondern von allein gesprungen?«

Massenet beugte geschlagen das Haupt. Wie liebte er geistreiche Frauen!

Lady Galton indessen war noch nicht mit ihm fertig. »Und die Intrige bietet reichlich Abwechslung, denn sie hat viele Gesichter: politische Intrige, höfische, gesellschaftliche, Handelsintrigen, Intrigen der Schlafkammer. Was das Herz begehrt.«

Ja, stimmte Massenet ihr stumm zu, *wie bei den Frauen.* »Obwohl ich nicht gern die Legenden zerstöre, die sich um meine Herkunft ranken, fürchte ich doch, dass Botschafter nicht geboren, sondern ernannt werden, Lady Galton. Wie ich höre, genoss Farrow im Herbst den Besuch der Herzogin von Morland. Die Spekulationen nehmen kein Ende, weshalb die Lady sich auf diese bemerkenswerte Reise begab.«

»Ich dachte, jeder wüsste es ...«, antwortete Lady Galton langsam. »Sie sucht nach der Jugend – in Gestalt eines jungen Empiristen. Wie hieß der junge Mann doch gleich?«

Massenet bemühte sich um etwas, das er als schwierig empfand – er versuchte sich dumm zu stellen und tat, als wüsste er nicht, wen oder was sie nun meinte.

»Nun, das vermute ich jedenfalls«, fuhr Lady Galton fort. »Eine Schwäche, die manche nicht überwinden können. Sie jagen der Jugend hinterher.« Mit einer beiläufigen Handbewegung wies sie auf ein paar junge Frauen, die unablässig geziert zum Grafen herüberschauten. »Sie glauben vielleicht nicht, dass darin ihr Zweck besteht ...« Lady Galton zuckte mit den Schultern. »Doch solche Jagden enden immer in einer Tragödie, Graf Massenet. Wir alle altern, so wie ich, oder wir sterben jung. Kein Kunstgriff vermag daran etwas zu ändern.« Sie berührte ihn sachte am Arm. »Man ruft mich. Es war mir ein großes Vergnügen.« Sie knickste wie ein Mädchen, was für sie keine geringe Anstrengung bedeuten konnte, und folgte dem Königlichen Pagen, der sie abholte.

Jugend. Massenet sah sich nach den jungen Frauen um, doch sie waren fort, und an ihrer Stelle stand eine einzelne Frau dort, die ihn offen anblickte, amüsiert, als hätte sie das Gespräch zwischen ihm und Lady Galton belauscht und auch dessen tiefere Bedeutung verstanden. Sie war eine erstaunliche Schönheit! Scheinbar anerkennend beugte sie ihren langen Hals vor ihm, und ihr dunkles, welliges Haar bewegte sich wie ein Naturereignis. Dann ging sie in die gleiche Richtung davon, die Lady Galton eingeschlagen hatte. Massenet verharrte zu seiner eigenen Überraschung am selben Fleck und sah ihr hinterher, beobachtete, wie man vor ihr zur Seite wich, als wäre sie die Königin persönlich.

»Sie schauen aus, als hätten Sie einen Geist erblickt.«

Massenet drehte sich um und sah den Marquess von Sennet vor sich, der in die gleiche Richtung geblickt hatte.

»Wer war diese Frau eigentlich?«, fragte Massenet und hörte sich plötzlich heiser an.

»Nun, wenn ich mich nicht irre, war das Angeline Christophe. Ich muss gestehen, es überrascht mich, sie hier zu sehen. Vielleicht kennt sie einen der Abgänger.«

»Tatsächlich.« Von Angeline Christophe munkelte man, sie sei die Geliebte des Kronprinzen. »Nun, diese junge Frau würde ich sehr gern kennen lernen. Wären Sie so freundlich, uns einander vorzustellen?«

Sennet lächelte; möglicherweise genoss er die Offenheit des Grafen. »Bedaure, ich hatte selbst nie das Vergnügen. Wenn ich recht verstanden habe, lebt sie sehr zurückgezogen. Ich kenne niemanden, der von sich behaupten darf, mit ihr befreundet zu sein. Deshalb sollten Sie mutig sein, Graf Massenet. Ich bin überzeugt, dazu wären Sie fähig.«

Jaimy spazierte im Garten und hörte aufmerksam seinem Begleiter zu; je mehr er hörte, desto schlimmer setzte es ihm zu.

»Es war fast unmöglich zu übersetzen. Sie gaben mir nur eine Abschrift des Originaltextes, und diese Abschrift nur in Fragmenten, deren Reihenfolge nicht stimmte, damit ich den Gesamtzusammenhang nicht verstand. Diese Männer, Wells und Llewellyn, bedrängten mich, während ich arbeitete, und allmählich erkannte ich an ihrer endlosen Fragerei, dass sie versuchten, andere Passagen selbst zu übersetzen. Aber ihre Versuche, das Wesen dieser Schrift vor mir zu verschleiern, waren mehr oder minder vergebens. Irgendwann hätte jeder begriffen, worum es ging.« Egar Littel blickte furchtsam nach links und rechts. »Ich bestand darauf, nach Merton zu fahren und die Bibliothek aufzusuchen – ich sagte ihnen, andernfalls käme ich nicht weiter. Ich staune, dass es mir tatsächlich gelungen ist, ihnen zu entwischen.« Er blieb stehen. »Sind Sie sicher, dass hier nichts geschehen kann? Alle möglichen Menschen kommen und gehen.« Er sah zum erleuchteten Haus zurück. Hinter den Fenstern bewegten sich dunkle Silhouetten.

»Versuchen Sie, sich keine Sorgen zu machen, Egar. Wenn einer Ihrer Peiniger auftaucht, wird Alissa uns warnen. Was beabsichtigen Sie denn nun zu unternehmen?«

Der junge Mann setzte sich wieder in Bewegung; dabei achtete er darauf, im Schatten der Hecken und Bäume zu bleiben. »Das weiß ich nicht. Ich muss fort von hier. Außer Landes gehen, wenn es möglich ist.« Jaimy merkte, wie Littel in der Dunkelheit seine Miene zu deuten versuchte. »Ich hätte gar nicht erst ins Haus des Professors kommen dürfen, aber ich wusste nicht, wohin ich mich sonst wenden sollte. Als ich noch hier wohnte, waren die Somers immer so freundlich zu mir.«

»Rechtfertigen Sie sich nicht, denn Sie haben genau das Richtige getan. Allerdings sollten wir den Professor im Moment nicht damit behelligen. Ich verrate Ihnen mehr, sobald wir Sie aus Merton herausgeschafft haben. Dazu müssen wir uns natürlich zuerst auf einen Plan einigen.« Jaimy kannte zahlreiche Stellen, um Littel zu verstecken. Vielleicht in Tristams Haus in Locfal. Ihn außer Landes zu schaffen war aber vermutlich am sinnvollsten. Am besten nach Entonne – Egar Littel war so sprachbegabt, dass er als Einheimischer durchgehen konnte. Da war etwas Großes im Gange. Wie sehr Jaimy sich wünschte, dass Tristam schon zurück wäre! Hier fielen ihm wichtige Hinweise unerwartet in den Schoß, und er wusste sie nicht zu deuten.

»Wofür halten Sie diesen Text? Sie sagen, er sei alt. Aber wer hat ihn Ihrer Meinung nach verfasst?«

Der Linguist fasste sich an die Stirn. »Einen Namen kann ich Ihnen nicht nennen, wenn Sie darauf aus sind. Nicht einmal der Zweck der Schrift ist vollkommen klar, denn sie ist eigenartiger, als Sie glauben würden. Außerdem bekam ich ja aus dem Zusammenhang gerissene Stellen, die außerdem unvollständig waren. Der Text enthält Prosa und Verse, Abhandlungen und Zusammenfassungen, die nicht einmal in der gleichen Sprache verfasst sind. Es handelt sich um Schwarze Magie – ich wüsste nicht, wie ich es anders nennen könnte, und ich bezweifle, ob man dem Ganzen je einen Sinn entnehmen wird. Ständig gibt es Verweise auf Eigenartiges – auf Pflanzen und wer weiß was sonst noch alles; Namen wie Wurzel des Belloc, Atem des Kils und Sanguis des Königs. Diese Pflanzennamen lassen sich nicht simpel ins moderne Farrisch übertragen, und was sie bezeichnen, wissen wir nicht. Doch ganz eindeutig dreht sich der Text um die Kunst der Magi, und verfasst hat ihn meiner Meinung nach jemand, der mit ihrer Ausübung vertraut war.«

»Ein Magus also.«

»Das würde ich annehmen.«

Am Rande des Gartens blieben sie kurz stehen, und Littel zündete sich an der Glut des schwelenden Abfallverbrenners eine Pfeife an. In dem Lichtschein sah Jaimy, wie sehr ihm dabei die Hände zitterten. Er begriff, dass sein neuer Bekannter nicht mehr lange aushalten konnte.

»Und das Schlimmsten von allem ist«, sagte Littel plötzlich, wobei er fest auf den Pfeifenstil biss, »dass diese Männer – Wells und Hawksmoor und Noyes – das alles so ernst nehmen. Es steckt mehr dahinter als Wissensdurst. Sie glauben, die Kunst der Magi zu neuem Leben erwecken zu können. In unserer Zeit, stellen Sie sich das nur vor!«

»Wenn ich bedenke, dass man Sie wie einen Sträfling bewacht hat, will es mir zwingend erscheinen, dass sie mit gutem Grund annehmen, dazu in der Lage zu sein. Denn diese Männer sind keine Narren, Egar.«

Littel erwiderte nichts darauf, sondern bedachte Jaimy mit einem knappen Blick, aus dem der Zorn sprach.

»Hören Sie, Egar, es gibt jemanden, den ich einweihen möchte. Einen, der mehr über diese Leute und ihr Vorhaben weiß, als ich für mich in Anspruch nehmen kann.«

Littel nickte; seine Pfeife wiegte sich auf und ab wie eine Schiffslaterne bei schwerer See. »Wen?«

»Das möchte ich nicht sagen, bevor wir glücklich entkommen sind.«

Littel blieb stehen und nahm langsam die Pfeife aus dem Mund. »Ich würde gern jetzt erfahren, wen Sie einweihen möchten. Schließlich ist es meine Sicherheit, die auf dem Spiel steht.«

»Das verstehe ich.« Jaimy hob den Kopf und sah durch ein Loch in der Wolkendecke einen Stern glitzern. »Kennen Sie Averil Kent?«, fragte er leise.

»Den Maler?«

Jaimy nickte.

»Nur dem Namen nach. Er soll uns helfen? Ich dachte, er wäre erst auf Palles Betreiben hin geadelt worden. Habe ich nicht erwähnt, dass Palle in die Sache verwickelt ist?«

»Das sagten Sie, doch ich darf Ihnen versichern, dass Kent kein Freund des Königsmanns ist, auch wenn es zunächst so aussieht. Das kann ich erklären, aber dazu benötigen wir Zeit.«

Littel ging einige Schritte in Schweigen. »Mir kommt es merkwürdig vor«, sagte er dann. »Sie vertrauen dem Mann?«

»Völlig«, antwortete Jaimy, obwohl er sich im Grunde nur auf ein Gefühl verließ. »Kent ist im Augenblick in Merton – zumindest ist er heute Vormittag hier gewesen. Wenn er noch da ist, dann finde ich ihn, aber vorher müssen wir Sie verstecken. Ich wohne bei Flinders. Kennen Sie ihn? Nein? Gut. Ich sage ihm, Sie wären ein alter Freund von mir und könnten in der ganzen Stadt kein Gasthauszimmer finden. Er wird nichts dagegen haben, wenn Sie bleiben. Flammen, wenn Tristam nur hier wäre! Er würde alles geben, um diesen Text zu lesen. Schade, dass Sie ihn nicht mitgenommen haben, als Sie flohen.«

»Aber das habe ich.« Littel war erstaunt. »Wussten Sie das nicht? Ich kann ganze Bücher fehlerfrei wiedergeben. Mein Gedächtnis – anscheinend kann ich nichts vergessen, ganz gleich, wie trivial es ist. Ich bräuchte einige Stunden, höchstens aber einen Tag, um diesen Text niederzuschreiben, und meine Übersetzung dazu. Würde Sie das interessieren?«

»Ob es mich interessieren würde? Farrelles Blut, Egar, Sie machen sich keine Vorstellung, was für ein unentdecktes Wunder Sie sind!«

Kent beschloss, den kurzen Weg zwischen seinem Gasthof und dem Haus, das einmal Professor Sanfield Dandish gehört hatte, zu Fuß zurückzulegen. Die Straßenlaternen standen hier weit auseinander, und der Nachthimmel wurde von einer vorüberziehenden Wolkenbank halb verdeckt. Die Straßen waren dunkel und noch feucht von einem Nachmittagsregen. Mit der kleinen Sturmlaterne, die er bei sich trug, hätte er seinen Weg zwar beleuchten können, doch er hielt sie lieber geschlossen, sodass sie nur einen schwachen Schimmer und eine dünne Rauchfahne abgab.

In dieser Nacht wurde überall in Merton gefeiert, denn auch die Studenten, die noch nicht graduierten, nutzten den Vorwand für ausgelassenes Treiben, doch in diesem Teil der Stadt war es ruhig. Kent ging unwillkürlich vorsichtiger, je näher er seinem Ziel kam. Nicht einmal den Gehstock setzte er mit dem gewohnten Klopfen auf. Seine Stiefelsohlen knarrten trotzdem. Aus einem unbestimmten Grund hatte er das Gefühl, beobachtet oder, um genauer zu sein, verfolgt zu werden. Bei zwei Gelegenheiten fuhr er rasch herum, doch hinter ihm lag nur die finstere Straße. Seine Fantasie wollte ihm einreden, er sehe etwas in den Schatten kauern, allerdings versicherten ihm seine längst nicht mehr unfehlbaren Augen, er sei aller Wahrscheinlichkeit nach allein. Sein Gehör war aber noch nicht so schlecht wie seine Augen, und er hörte nichts.

In den Fenstern von Dandishs Haus brannte kein Licht, und trotzdem entschied sich Kent, den Block zu umgehen und das Grundstück von der rückwärtigen Gasse aus zu betreten. Das Gartentor in der Hecke war nicht abgesperrt, und Kent schritt rasch hindurch, dann blieb er im Schutz der Hecke stehen und horchte. Auch in der Dunkelheit war deutlich zu sehen, dass der Garten sich in einem Zustand völliger Verwüstung befand, als wäre er Stätte einer Ausgrabung. Überall lagen Erdreich und Schutt aufgehäuft. Von allen Pflanzen waren allein die Bäume verschont geblieben, die sich nun über das Schlachtfeld erhoben und in stiller Anklage die kahlen Äste in den Himmel reckten. Dandish hätte dieser Anblick das Herz gebrochen.

Nach fünf Minuten war Kent sicher, allein zu sein, und er suchte sich einen Weg zwischen den Erdhaufen hindurch. Mit dem Gehstock tastete er nach Gruben und Hindernissen, aber einmal musste er doch die Laterne öffnen, um kurzzeitig Licht zu haben. Wer für diese Schandtat verantwortlich war, konnte Kent höchstens vermuten. Er hatte einen kurzen Brief an Dekan Emin gesandt. Allerdings rechnete er vor dem nächsten Morgen nicht mit einer Antwort.

Während der Grabungen waren die Hintertüren des Hauses aufgebrochen und hastig wieder zugenagelt worden. Mithilfe seines Gehstocks öffnete Kent eine im Handumdrehen, quetschte sich durch den Spalt und öffnete den Schieber der Laterne. Leisten und Gips waren von den Wänden geschlagen, die Böden aufgerissen worden; Träger und Querbalken lagen frei. Das Hausinnere war nur noch ein Gerippe. Zwischen den nackten Deckenbalken konnte Kent in die oberen Stockwerke hinaufsehen.

Er verspürte das dringende Bedürfnis, sich zu setzen. »Was im Namen Farrelles ...?«, sagte er laut. Jemand hatte geradezu manisch das Haus durchsucht - aber wonach? Vorsichtig stieg er über einige Bohlen und blickte in den Keller.

Das ganze Haus war zerlegt worden; nur die Haupttreppe war noch intakt. Kent ging von Zimmer zu Zimmer und rief sich ins Gedächtnis, wie sie ausgesehen hatten, als Dandish noch lebte - und bei seinem letzten Besuch, als der Professor schon tot war. Die Verwicklungen Dandishs mit dem Hof und der *Regis-Affaire* zogen also weiter Kreise. War dies Palles Werk, damit von Dandishs Tun keine Hinweise und Spuren übrig bliebe? Oder gab es noch jemand anderen, von dem Kent nichts wusste? Das war eine seiner größten Befürchtungen.

Der Maler stieg wieder die Treppe hinunter, die sich ohne Stütze hielt, als wäre sie das Rückgrat dieses skelettierten Hauses.

»Sir Averil?«

Kent erschrak so sehr, dass er fast die nächste Stufe verfehlt hätte. Am unteren Ende der Treppe stand ein junger Mann, und einen Moment lang glaubte Kent, er sähe Tristam Flattery vor sich.

»Lord Jaimas! Einen tüchtigen Schrecken haben Sie mir da in die Glieder gejagt!«

»Verzeihen Sie, Sir, ich bin selbst überrascht.«

»Was machen Sie denn hier?« Kent kam zu dem jungen Mann hinunter und fasste ihn bei der Schulter, als wolle er sich vergewissern, dass er ein Wesen aus Fleisch und Blut vor sich hatte.

»Ich habe Dekan Emin besucht und ihn gefragt, ob er wüsste, wo Sie abgestiegen sind, und er erwähnte, Sie hätten ihm einen Brief geschrieben, in dem Sie sich nach Dandishs Haus erkundigen. Als ich Sie im Gasthof nicht finden konnte, entschied ich mich, hierher zu gehen, weil es nicht weit ist. Ist das nicht eine Schande? Sehen Sie nur, was man dem alten Dandish angetan hat!«

»Aber wer? Wissen Sie vielleicht Bescheid?«

Jaimy schüttelte den Kopf. »Ich habe nicht die leiseste Ahnung.« Er musterte die einstige Halle und blickte dann Kent in die Augen. »Sir Averil, ich habe mit Alissa über die Bitte gesprochen, mit der Sie sich an sie gewandt hatten, und ich glaube, dass wir das gleiche Ziel verfolgen; Sie, Alissa und ich, dazu mein Cousin Tristam und einige andere. Mehr möchte ich hier nicht dazu sagen.«

Kent hielt mühsam ein Lächeln zurück. »Lassen Sie uns hinten hinausgehen«, sagte er und hob die Laterne, sodass sie beide sehen konnten, wohin sie den Fuß setzten. Als sie die Terrasse betraten, sprang hinter einem Schutthaufen ein Kind hervor und verschwand durch das Gartentor, ohne es zu öffnen.

Kent saß in einem bequemen Sessel im Salon eines Freundes von Lord Jaimas vor dem Feuer – den Namen des jungen Gastgebers hatte er nicht behalten. Kurz schloss er die Augen und hörte dem Gespräch zu; sein Magen brannte, als hätte er Säure getrunken, ein Zeichen seiner Aufregung. Die Lage war viel schlimmer, als er befürchtet hatte. Wie sehr er sich Valary herbeiwünschte!

»Diesen Text können Sie sich nicht recht vorstellen, Miss Alissa«, sagte Egar Littel gerade. »Selbst wenn er sich fehlerfrei übersetzen ließe, was uns bisher noch nicht gelungen ist, wäre er nach wie vor ... dunkel, dicht und verschlungen.« Er unterbrach sich und suchte nach Worten, um seine Ansicht klarer darzulegen. »Man könnte fast meinen, er sei gar nicht von einem Menschen verfasst, sondern von einem Wesen aus einer anderen Welt, dessen Verstand sich drastisch von unserem unterscheidet. Der Text ist an keiner Stelle klar oder logisch oder geradlinig. Es ist, als hätte man die Sätze genommen und willkürlich vermischt.«

»Aber sagten Sie nicht, dass man Ihnen den Text in Form von Bruchstücken gegeben hat, in einer falschen

Reihenfolge, damit Sie ihn nicht verstehen? Könnten Wells und seine Leute die Sätze nicht absichtlich durcheinander gebracht haben?«

»Nein«, erwiderte Littel nachdrücklich und blieb in der Zimmerecke stehen, wo er auf und ab geschritten war.

Kent betrachtete den jungen Linguisten und glaubte zu spüren, wie angestrengt er nachdachte. Den einen Daumen hatte Littel in die Westentasche gehakt, die andere Hand auf die Stirn gepresst. Für einen Gelehrten war Littel recht präsentabel, und er versuchte, aus seinem Aussehen das Beste zu machen. Wenn er daran dachte, dass er erst vor wenigen Wochen zu Valary gesagt hatte, sie müssten mit allen Mitteln diesen jungen Mann aufspüren, und hier war er nun! Er hatte nicht etwa das Land verlassen, wie man ihnen vorgegaukelt hatte. Kent lächelte matt. *Du bist wirklich schlau, Palle, aber diesmal war das Glück auf meiner Seite. Dein Genie ist dir entkommen und direkt zu mir geflohen!*

»Wenn ich sage, der Text weise keine Folgerichtigkeit auf, so meine ich damit nicht, es sei überhaupt keine Logik erkennbar.« Littel wirkte bei dieser Erklärung ein wenig unbehaglich, als würde er mit dem Herausstellen dieses Widerspruchs zugleich den Drang eingestehen, hin und wieder schreckliche Dinge tun zu müssen. »Ich kann es nicht erklären, aber dem Text liegt ein verborgenes Schema zugrunde. Ich spüre es mehr, als dass ich es sehe, aber es ist vorhanden, da bin ich mir sicher. Und ich glaube auch mit Gewissheit ausschließen zu können, dass Wells die Sätze vertauscht hat. Man muss es selbst sehen, aber auf ganz eigene Weise führt doch der eine zum nächsten.«

»Ich kann kaum erwarten, es zu sehen«, sagte Alissa. »Wir müssen Sie wohl in eine Kammer sperren, bis Sie ihn vollständig niedergeschrieben haben.«

Littel erhob sich zu seiner ganzen Körpergröße. »Ich bin bereits in einer Kammer eingesperrt gewesen. An sich kam ich zu Ihnen, um dergleichen in Zukunft nicht mehr zu erleben.«

»Aber gewiss, Egar«, versicherte Alissa ihm eilig. »Das war nur eine Redewendung.«

»Und doch hat Miss Alissa Recht«, warf Kent ein. »Wir müssen Sie fortschaffen, und Sie müssen den Text niederschreiben. Es ist von alles überragender Wichtigkeit zu erfahren, welches Wissen Palle und seine Gruppe besitzen. Und Valary muss ihn sehen.« *Und Lady Chilton*, dachte Kent. Ihm trat die Frau im Ballsaal vor Augen. Hatte sie wirklich wie die Gräfin ausgesehen? Das war freilich absurd. Wenn er ihr Gesicht gesehen hätte, dann hätte sich diese Illusion gar nicht erst eingestellt.

»Ich kann Ihnen ein Gefühl geben, wie dieser Text ist – zumindest aber meine Meinung. Ich halte ihn für die Beschreibung eines Rituals.« Littel blickte von einem zum anderen. »Darin findet sich eine Beschwörung, ein Schutzgesang, eine Prozedur, um eine Art Arznei oder Elixier herzustellen, außerdem Anweisungen zur Herstellung eines Opfers – möglicherweise eines lebendigen Opfers. Das alles besitzen sie, glaube ich.«

Glühende Märtyrer!, dachte Kent. »Was halten Wells und die anderen davon?« Kent stellte plötzlich fest, dass er sehr müde war. Bald würde es hell werden.

»Das haben sie mir nicht gesagt, aber ich vermute, dass man es für ein Ritual hält, um ein Portal oder Tor zu öffnen.«

»Was für ein Tor?«, fragte Jaimy.

Littel zuckte mit den Achseln. »Das weiß ich nicht.«

»Aber was ist hinter dem Tor?«, fragte Alissa. »Wonach sucht Palles Zirkel denn?«

Littel rieb sich erschöpft die Augen. »Auch das weiß ich nicht, aber was immer es ist, man sucht verzweifelt danach.« Er ließ die Hände sinken, und Kent fand, dass er plötzlich sehr bleich wirkte. »Verzweifelt genug, dass ich mich davor fürchte, ihnen wieder in die Hände zu fallen. Den Teil, den ich zu ihren Plänen beigetragen habe, bedaure ich außerordentlich.«

»Ich glaube, wir sollten Sie noch heute Nacht von hier fortbringen«, sagte Kent. Er hatte sich entschlossen. »Vermutlich sucht man schon nach Ihnen, während wir hier sprechen. Als ich noch jung war, führte ein Wanderpfad von Merton nach Bothwell. Gibt es ihn noch?«

»Aber ja«, sagte Alissa und sprang auf. »Ich bin ihn schon selbst gegangen. Fünf Stunden, wenn man bei Tageslicht geht und nicht trödelt.«

»In Bothwell kann ich nicht bleiben«, protestierte Littel. »Da leben keine zweihundert Menschen, und jeder kennt dort jeden.«

»Richtig, Sie dürfen den Ort nicht einmal betreten, aber ich treffe Sie dort auf der Überlandstraße und nehme Sie im Wagen mit. Ich habe auch schon ein Versteck im Sinn —«

Ein lautes Klopfen an der Tür unterbrach ihn. Alles blickte stumm zu Kent. Littel stellte sich hinter einen Stuhl, als wäre er dort geschützt.

»Ihre Augen sind besser als meine, Lord Jaimas«, sagte Kent leise und mit gezwungener Zuversicht in der Stimme. »Würden Sie ans obere Fenster gehen und mir sagen, wer das ist?«

Erneutes Klopfen, und niemand rührte sich, während Jaimy die Treppe hinaufeilte. Einen Augenblick später war er wieder unten und wirkte perplex. »Ein Mann, offenbar allein. Er sieht aus wie Prinz Wilam.«

Jaimy ging zur Tür und sprach hindurch, dann riss er sie augenblicklich auf und verbeugte sich eilig.

»Keine Zeit dafür, Lord Jaimas«, wehrte der Prinz ab. »Palle und einige andere sind auf dem Weg hierher.« Wilam setzte eine Tasche ab und zog den schweren Mantel aus. Darunter trug er noch immer die Robe, in der er graduiert hatte.

»Sie sind Littel, nehme ich an?«, fragte er nüchtern.

Der Linguist war so gelähmt, dass er nicht antworten konnte. Immerhin gelang es ihm zu nicken.

»Ziehen Sie das an«, sagte der Prinz und zog karmesinrote Roben aus der Tasche. »Sie auch, Lord Jaimas.« Er verbeugte sich vor Alissa. »Ich muss Sie um Verzeihung bitten, Miss Alissa, aber für Sie habe ich kein Kostüm.« Dann wandte er sich Kent zu. »Ich überlasse es Ihnen, Miss Alissa nach Hause zu bringen, Sir Averil. Aber wir müssen uns später sprechen, wenngleich ich unschlüssig bin, wo.«

Kent blickte ihn an und überdachte die Wendung der

Geschehnisse. Er fand sich nur wenig erstaunt, wofür er dankbar war. Alles fügte sich säuberlich ineinander. Er hatte keine Wahl, als dem Prinzen zu trauen – wenn auch aus keinem anderen Grund als dem, dass er mehr seiner Mutter nachschlug als seinem Vater.

»An der Brücke von Bayswater, kurz vor der Stelle, wo der Weg auf die Landstraße nach Avonel mündet. Ich weiß, wo wir Mr. Littel verstecken können.«

»Bis dahin brauchen wir einige Stunden.« Der Prinz wandte sich den anderen zu, die nun als graduierte Studenten verkleidet waren.

»Königliche Hoheit?«

Wilam drehte sich zu Kent um.

»Wie dicht ist Massenet uns auf den Fersen?«

»Sehr dicht.«

»Dann sollten wir uns beeilen. Bitte, gehen Sie voran.«

10. Kapitel

Kent hatte die Viertel durchquert, wo auf den Straßen ausgelassen gefeiert wurde, eine leicht besorgte Alissa Somers nach Hause gebracht und sich dann wieder ins Getümmel gestürzt, um zu seinem Gasthof zu gelangen. Als er in die Eingangshalle kam, fand er dort zu seiner Überraschung Dekan Emin und Professor Somers vor, die recht ungeduldig auf ihn warteten.

»Aha, Kent.« Somers stand recht behände aus seinem Sessel auf. »Ich habe gerade eine Wette verloren, weil Sie zeitig eintreffen. Sie können ein paar Minuten für uns erübrigen, hoffe ich?«

Kent blieb wie angewurzelt stehen. Erübrigen konnte er keinen einzigen Augenblick! Der Gedanke, dass Littel wieder in die Hände von Palle und Konsorten fallen könnte, trieb ihn mit neugefundener Tatkraft an. Bei Farrelles Blut, der junge Mann wusste, woran Palle und Wells arbeiteten.

»Nur einen Augenblick?« Somers und Emin wirkten sehr besorgt. »Darf ich Sie dann auf mein Zimmer bitten?«, antwortete Kent also.

In eisigem Schweigen stiegen sie hinauf und betraten das Zimmer des Malers.

»Möchten Sie sich nicht setzen?«, fragte Kent, während ein Diener kam und Lampen entzündete.

Dekan Emin nahm auf einem Stuhl Platz. Somers war eindeutig aufgeregt. »Ich stehe lieber«, betonte er ein wenig kühl.

Kaum war der Diener gegangen, hob Somers einen Finger. »Es ist Zeit, dass wir erfahren, was hier gespielt wird, Kent«, sagte er nachdrücklich. »Palle ist zu mir nach Haus gekommen und hat nach Ihnen und einem meiner früheren Studenten gefragt, der am frühen Abend vor meiner Tür stand und aussah wie ein Mann, der gerade eben dem Galgen entkommen ist. Lord Jaimas und meine Tochter nahmen den jungen Herrn mit sich fort, bevor ich herausbekommen konnte, was eigentlich vorging, und nun sind sie alle drei verschwunden. Vor einer Stunde erschien Prinz Wilam bei mir und erkundigte sich nach Lord Jaimas. Und Ihr Brief an den Dekan weist darauf hin, dass Sie Dandish und seinem Treiben noch immer größtes Interesse entgegenbringen. Vielleicht wissen Sie sogar, weshalb sein Haus zerstört worden ist.« Er unterbrach sich und wirkte plötzlich, als sei er am Ende seiner Kräfte. »Ich sorge mich beinahe zu Tode wegen Alissa, Kent.«

»Sie ist in Ihrem Haus, Somers, und völlig unbeschadet. Vor keiner halben Stunde habe ich Ihre Tochter persönlich nach Hause gebracht.« Kent schenkte drei Gläser Weinbrand ein und reichte zwei davon seinen Gästen, obwohl er ein gesteigertes Bedürfnis nach dem Getränk empfand. »Mr. Littel ist, wie ich hoffe, ebenfalls in Sicherheit. Womit ich sagen will, dass er in Gefahr schwebte, als er das letzte Mal in Gesellschaft Palles gesehen wurde.«

Emin und Somers tauschten einen Blick. »Anscheinend ist der Königsmann sehr tief in diese Sache verstrickt«, bemerkte der Dekan leise, geradezu gedämpft, als wolle er das aufbrausende Benehmen seines Begleiters ausgleichen. »Obwohl Dandishs Haus von einem Rechtsanwalt erworben wurde, war es doch dieser Hawksmoor, der es bis aufs Gebälk ausweiden ließ. Er war längst nicht so umsichtig, wie er wohl glaubte; ich selbst habe ihn dort beobachtet.«

Kent stapfte aufgeregt durch den Raum. Zu viele Menschen wussten bereits zu viel davon! »Ich wünschte, ich könnte Ihnen erklären ...«, begann er, doch vermochte er den Satz nicht zu beenden. Er benötigte Zeit zum Nachdenken. Und noch viel dringender sollte er aufbrechen!

»War diese Blume, die Dandish zu züchten versuchte, denn so furchtbar wichtig?«, fragte Emin unschuldig.

Kent blieb unvermittelt stehen und blickte seine Besucher erstaunt an.

»So wichtig, dass Palle im Nachhinein Dandishs Haus zerlegen lässt, auf der Suche nach – was eigentlich?«, fragte

Somers. »Und war es der Königsmann, der Dandishs Journale fortschaffen ließ?« In seiner Erregung begann nun Somers auf und ab zu schreiten.

»Wir würden uns solche Gedanken nicht machen, Sir Averil«, warf Emin fast entschuldigend ein, »wenn die Flatterys nicht beteiligt wären – Verwandte des alten Erasmus, von denen einer Somers' Tochter heiraten will.« Emin bedachte seinen Kollegen mit einem besorgten Blick, und fuhr fort: »Tristam Flattery war letzten Sommer kurz nach Dandishs Tod hier und wurde in eine Affaire verwickelt, die ihn tief erschütterte. Wie ich feststellte, hing sie in einer mir nicht näher bekannten Weise mit dem Palast-Arboretum zusammen, allerdings wollte Tristam keine näheren Auskünfte erteilen. Und der junge Littel behauptet nun, er sei wie ein Gefangener behandelt worden, während er einen alten Text übersetzen sollte. In meinen Ohren klingt das höchst erstaunlich – wenn der junge Mann bei klarem Verstand ist.« Betrübt schüttelte er den Kopf. »Und heute Abend rennt Palle durch ganz Merton und fragt nach Ihnen und Littel. Was im Namen der Vernunft geht hier vor, Sir Averil?«

Kent ließ sich in einen Sessel sinken und blickte seine Inquisitoren an. Gute Männer, da hegte er keinen Zweifel, aber es wäre besser für sie, wenn sie nichts weiter erführen – tatsächlich wussten sie bereits mehr als ihnen bekam.

»Wenn Palle mir auf den Fersen ist, meine Herren, dann sollte ich hier nicht säumen. Wenn Sie mich nun gehen lassen, dann schwöre ich Ihnen, sobald ich kann zurückzukehren und Ihnen die ganze lange Geschichte zu berichten.«

Somers blieb stehen. »Aber was ist mit meiner Tochter und Lord Jaimas? Sind sie auch irgendwie in diesen Irrsinn verstrickt?«

Ja, dachte Kent, *was ist mit ihnen?* »Ich werde mich bemühen, ihnen jede weitere Beteiligung auszureden, Professor, aber sie sind beide erwachsen und hören vielleicht nicht auf mich.«

Somers stach mit dem Finger in die Luft. »Lord Jaimas mag die Volljährigkeit erreicht haben, Alissa hingegen noch nicht. Ich werde nicht zulassen, dass sie in Gefahr gerät, Kent! Das erlaube ich nicht!«

Kent nickte. Er empfand ein starkes Schuldgefühl. Alissas Verwicklung war allein ihm zuzuschreiben. »Das weiß ich, Professor. Sie schwebt jedoch in keiner Gefahr, da bin ich sicher. Miss Alissa wird eines Tages eine Herzogin von Blackwater werden. Palle mag es wagen, einen jungen Gelehrten wie Egar Littel einzuschüchtern und herumzuschubsen, der keine Beziehungen hat, aber vor der Schwiegertochter des Herzogs von Blackwater würde er sich noch verbeugen, wenn er sie mit ihrer Hand in seiner Tasche erwischte. Machen Sie sich keine Sorgen. Zumindest nicht darüber.«

Aus der Eingangshalle näherten sich schwere Stiefeltritte, dann klopfte es nachdrücklich an der Tür. Die drei Männer verstummten und wagten keine Bewegung. Kent holte tief Luft. »Einen Moment!«, rief er und sagte leise zu seinen Gästen: »Ich glaube kaum, dass es noch einen Sinn hat, sich zu verstecken.«

Erst auf dem Weg zur Tür bemerkte Kent, dass er mit einer Selbstsicherheit gesprochen hatte, die er keineswegs empfand. War es nicht erst wenige Stunden her, dass Prinzessin Joelle seine Hand gedrückt und ihm unerwartet ein Gefühl der Unverwundbarkeit eingeflößt hatte? Welcher Täuschung er sich hingeben hatte! Flammen, der Händedruck konnte als Warnung gemeint gewesen sein!

In der gleichen Sekunde, in der er die Tür öffnete, versiegte seine Hoffnung, es handele sich vielleicht nur um einen späten, aber unschuldigen Besucher. Obwohl die drei Männer auf dem Gang keine Uniform trugen, wusste Kent auf der Stelle, dass er Palastgardisten gegenüberstand.

»Sir Averil Kent«, sagte einer von ihnen, »Sie werden uns begleiten.«

Kent blickte die Männer an. Alle drei waren groß und kräftig und nicht mehr jung, aber alt genug, um sich einschüchtern zu lassen. »Und welchen Grund hätte ich dafür? Sind Sie Schutzleute? Wird mir etwa ein Verbrechen zur Last gelegt?«

Ein kaum merkliches Zögern. »Sir Averil, ich habe Sie mitzunehmen und alle dazu erforderlichen Mittel zu ergreifen« – er blickte seine Begleiter an, die nichts dagegen zu haben schienen, diese Drohung in die Tat umzusetzen –, »und das werden wir tun, wenn Sie uns dazu zwingen.«

Kent nickte. So ein verdammtes Pech, dass Somers und Emin ihn aufgehalten hatten. Doch irgendwann wäre es so weit gewesen. Nur ein alter Esel wie er konnte glauben, immer wieder rechtzeitig zu entkommen. »Darf ich meine Sachen packen?«, fragte er.

»Darum kümmern wir uns«, sagte der Gardist.

»Und meine Gäste?«

»Ihre Gäste dürfen gehen.«

Gefangener in der eigenen Kutsche, dachte Kent.

Sie waren auf der Straße nach Avonel, und das Gespann wurde bis zum Äußersten angetrieben. Der arme Hawkins; gerade er konnte es nicht mitansehen, wenn Tiere misshandelt wurden, und nun zwang man ihn, es selbst zu tun. Ein Gardist ritt vor der Kutsche, die beiden anderen kamen hinterdrein. Sie trugen dunkle Umhänge, und Kent konnte sie gerade eben noch ausmachen.

Seine Verhaftung war nicht so abgelaufen, wie er es sich immer vorgestellt hatte, nämlich dass man ihn in aller Heimlichkeit und ohne Zeugen fortschaffte.

Sie haben Emin und Somers laufen lassen! Hatten sie das wirklich? Kent schauderte bei dem Gedanken, dass vielleicht etwas sehr Böses über seine Freunde gekommen war.

Palle fühlte sich entweder völlig sicher oder handelte aus Verzweiflung. Wegen Kents ›Verschwinden‹ würde es einigen lautstarken Protest geben, so viel stand fest. *Es sei denn, man beabsichtigt, mich des Landesverrats anzuklagen*, fiel ihm plötzlich ein. Was um alles auf dem Erdball hatte ihn nur verleitet, sich mit Massenet abzugeben?

»*Trottel*«, flüsterte er.

Nach vorn gebeugt blickte er aus dem Fenster auf die

vorbeiziehende Landschaft und versuchte einzuschätzen, wie weit sie schon gekommen waren. Ein kahles Buchenwäldchen glitt vorüber; die silbrige Borke glitzerte schwach im Schein der Kutschenlampen. Gleich sollten sie zur Brücke kommen. Wie sehr er hoffte, dass Lord Jaimas und Littel unerkannt blieben ... – wenn man sie nicht vorher gefangen gesetzt hatte. Befand sich Prinz Wilam noch bei ihnen? Wohl kaum. Wenn doch, so würde Palle es nicht wagen, sich mit dem Prinzen anzulegen – es sei denn, er handelte unter ausdrücklichem Befehl von Kronprinz Kori.

Es hatte angefangen zu regnen, aber Kent öffnete das Kutschenfenster trotzdem; er hoffte, dass Lord Jaimas und Egar Littel ihn sehen würden. Sie wären doch nicht so dumm, ihn anzurufen? Kent beschloss, dieses Risiko einzugehen.

In der Faust hielt er einen Handschuh, und in diesen Handschuh hatte er eine kurze zusammengerollte Nachricht gesteckt, die er in der schwankenden Kutsche unter großen Schwierigkeiten auf den Knien gekritzelt hatte. Der Handschuh war dunkelbraun, fast schwarz, und trotzdem befürchtete Kent, dass die Reiter hinter ihm bemerken könnten, was er tat. Er blickte nach hinten und war ein wenig beruhigt: Die Straße war nass, und die Reiter hielten Abstand, damit sie von den Kutschenrädern nicht mit Schlamm bespritzt wurden. Unwahrscheinlich, dass sie den Handschuh sahen.

Einen Moment erwog Kent, aus der Kutsche zu springen, doch dann sagte er sich, dass etwas Menschengroßes auf jeden Fall zu sehen wäre, und außerdem würde er sich ohne Zweifel verletzen.

Weiter voraus, an der Straße, sah er Laternenschein, dann konnte er den Umriss einer großen Kutsche ausmachen. Der Reiter vor ihnen ritt langsamer, und Kent befürchtete schon, er würde anhalten, doch dann spornte er sein Pferd an und hetzte weiter.

Kent sah nur einen Kutscher am Straßenrand stehen, sonst niemanden, dann befanden sich die beiden Kutschen nebeneinander. *Was, wenn es gar nicht die Kutsche ist, auf die ich hoffe?* Er drängte die Zweifel beiseite und warf den Handschuh. Hoffentlich traf er den Kutscher oder landete so nahe, dass dieser ihn bemerkte. Im nächsten Moment ratterten sie mit einem Geräusch über die Brücke, das an ein fernes Feuerwerk denken ließ.

Obschon völlig erschöpft, wollte Kent sich nicht dem Schlaf überlassen und beobachtete stattdessen, wie eine dunkle Meile nach der anderen vorüberzog. Der Regen hatte nicht aufgehört, und die Nacht war kalt. Der Maler kauerte unter einer schweren Reisedecke aus Pelz und zitterte trotzdem. Immer wieder musste er an den armen Hawkins denken, der in der Eiseskälte bis auf die Haut durchnässt auf dem Kutschbock hockte und sein Gespann auf eine Weise antreiben musste, die ihm spürbare Schmerzen bereitete. Die gespenstischen Reiter hielten ihre Positionen. *Meine Kutschfahrt in die Unterwelt*, dachte Kent.

Etwa drei Stunden vor Sonnenaufgang erreichten sie Avonel, und Kent richtete sich mit Mühen auf, um zu sehen, wohin sie fuhren; wohin würde man ihn bringen? In Palles Haus? Oder an einen weniger verfänglichen Ort? Zu seiner Überraschung führte der Vorreiter die Kutsche ohne Umwege zum Tellaman-Palast und hielt unerwartet an einem Seiteneingang an.

Flammen, wie kühn!, dachte Kent. *Wie sicher und herrisch muss er sich fühlen, wenn er mich hierher bringen lässt, an die Quelle aller Intrigen Farrlands.*

Kent stieg steif aus der Kutsche und warf einen kurzen Blick in Hawkins' gequältes Gesicht. Einer der Reiter kam und stützte Kent; zugleich zwang er ihn, schneller zu gehen. Dass er nicht vor Müdigkeit strauchelte, war ein wahres Wunder. Durch eine Tür, an der die Laternen nicht angezündet waren, ging es in einen Korridor. Weit hinten brannte matt eine einsame Kerze. Man brachte ihn durch mehrere verschlossene Türen – ins Arboretum.

Kent blickte sich neugierig um. Dies war das berühmte

Arboretum. Hier züchtete der König sein verfluchtes *Regis*. Doch das Licht war schwach, und Kents Augen waren so müde.

Dann hörte er fließendes Wasser rauschen, und man gestattete ihm, sich auf eine Holzbank zu setzen. Sein Führer bezog schweigend hinter ihm Position.

Kent gab sich ein paar Augenblicke der Erschöpfung hin. Die vielen Stunden, die man ihn in der Kälte durchgeschüttelt hatte, waren eine Strapaze gewesen. Dann raffte er seine Kraft zusammen, hob den Kopf und sah sich um. Was er sah, wirkte unwirklich, verzaubert, als hätte man ihn auf eine fremde Welt gebracht, an keinen schrecklichen Ort allerdings. Er saß an einem kleinen Teich, und ein Wasserfall war in der Nähe. Unter seinen Stiefeln spürte er Sand, und dicht neben ihm wuchs eine Pflanze – eine exotische, aromatisch duftende Pflanze. Ein Dutzend Schritt entfernt hing eine geschlossene Laterne, die eher die Schatten vertiefte, als Licht zu spenden.

Plötzlich näherten sich schlurfende Schritte, die von rasselndem Atem und gemurmelten Flüchen begleitet wurden.

Das kann nicht sein, dachte Kent und stellte fest, dass er sich unversehens hoch aufgerichtet hatte.

Zwei Männer tauchten vor ihm auf, die einen in ihrer Mitte führten. Sie setzten ihn auf einen Stuhl, der nicht allzu weit entfernt stand. Dann traten sie zurück und nahmen Habtachtstellung ein.

»*Kent?*«, fragte eine entsetzliche, kehlige Stimme, die kaum in der Lage war, menschliche Laute zu bilden.

»Euer Majestät.« Kent beugte das Haupt; aufzustehen war ihm unmöglich. Die Laterne wurde so ausgerichtet, dass ein wenig Licht auf ihn fiel. Unvermittelt fühlte er sich an seine Gespräche mit der Gräfin erinnert: Den Mann in den Schatten konnte er nicht erkennen.

»Flammen, Mann, ist Er alt geworden. Wie lang ist es her?«

»Über zwanzig Jahre, Euer Majestät.«

Vielleicht nickte der Kopf. »Zwanzig Jahre ...«, hauchte die hohle Stimme, als suche sie allein dem Klang der Wörter ihre Bedeutung zu entnehmen. »Ich bin verloren,

Kent, ich werde erdrückt«, sagte der König übergangslos, als erinnere er sich plötzlich an den Zweck des Zusammentreffens. »Verloren. Ich schwinde. Und nun, da Elorin fort ist ... So viele sind fort.«

Stille. Kent glaubte förmlich zu hören, wie der Mann seine Gedankenfäden weiterverfolgte.

»Wenn Er schwach ist, dann treibt es Ihn am Ende in den Wahnsinn. So ist es Trevelyan ergangen. In der Dunkelheit sehe ich ...« Nichts. Kein Laut. Nur ein schwer atmender Mann. »Das Samenkorn ist selten geworden. Dem Frost zum Opfer gefallen wie alles. Zu schwach zum Widerstehen. Mir wird es genauso ergehen.« Am Klang des letzten Satzes bemerkte Kent, dass der König ihm nun direkt ins Gesicht blickte. »Fürchtet Er sich vor dem Tod?«

Kent war bestürzt, aber er beeilte sich, die Fassung wiederzuerlangen. »Geht es nicht jedem so?«

»Jawohl, aber nicht jeder wird deswegen alles opfern. Diese beiden hinter mir, sie fürchten den Tod, dessen bin ich sicher, doch sie würden sterben, damit ich leben kann. Versteht Er? Und ich würde zulassen, dass sie sich opfern, auch wenn ich den Tod verdient hätte. Das ist die Lektion.« Der König ließ ein Pfeifen hören, das ein Lachen sein mochte – oder ein Schluchzer. »Trotzdem muss Er etwas für mich tun, Kent. Eine letzte Bitte des Königs ...«

»Ich bin zu allem bereit, was Euer Majestät von mir verlangt.«

Der Wasserfall flüsterte unablässig. Einer der Gardisten bewegte sich leicht auf dem Sand. Kent war sicher, Finger schnipsen zu hören.

»Obwohl ich Ihm nicht mehr Modell sitzen kann, soll Er mein letztes Portrait malen, Kent. Öffne Er Seine Sinne, denn Er wird mich nur dieses eine Mal sehen.«

Die Laterne wurde nähergebracht. Kent spannte sich an – er war bereit zu beobachten und hantierte mit seiner Brille. Ohne Warnung fiel das Licht auf den Sitzenden. Und Kent erstarrte, hörte sich keuchen, dann wandte er die Augen ab. Den Anblick konnte er nicht ertragen.

»Eine wandelnde Leiche ist er, Valary!« Kent stand am Feuer, er schwankte vor Müdigkeit. »Unvorstellbar alt sah er aus, und zwar auf schrecklichste Weise.« Er hob die Hände, um sich die Augen zu reiben, doch stattdessen barg er entsetzt das Gesicht darin. »Wir haben uns völlig geirrt. Beim Blut des Märtyrers, ich dachte, er wäre noch jung! Wenigstens jünger als er Jahre zählt. Jedes Gerücht aus dem Palast, das wir gehört haben ...« Er ließ die Hände sinken und starrte seinen Mitstreiter an; er fühlte sich so müde und so überwältigt, dass er den Tränen nahe war.

Valary senkte die Augen auf das Blatt, das er gerade beschrieb, und beschwor Kent, jedes Wort zu wiederholen, das gesprochen worden war. »Sie sind sicher, dass der König gesagt hat: ›Und nun ist das Samenkorn selten geworden. Wie alles dem Frost zum Opfer gefallen. Zu schwach zum Widerstehen. Mir wird es genauso ergehen.‹?«

Kent nickte. »Mehr oder weniger, ja.«

Valary blähte eine Wange und klopfte mit dem Ende seines Füllhalters dagegen. »Was um alles auf dem Erdball hat das zu bedeuten?«, brummte der Historiker.

Es dämmerte; ein grauer Morgen mit rasch dahinziehenden Wolken. Vor der Tür knirschten Schritte auf den Stufen, dann hörten sie Smithers' vertrautes Klopfen.

»Ja?«

»Ich habe den Brief nach Merton aufgegeben, Sir Averil«, sagte der Diener ein wenig außer Atem. »Mr. Hawkins nimmt wie von Ihnen befohlen ein heißes Bad, Sir. Essen und Kaffee kommen sofort.«

»Ausgezeichnet, Smithers. Achten Sie darauf, dass Hawkins nicht einschläft und ertrinkt, denn er ist zu Tode erschöpft. Schaffen Sie ihn ins Bett, und lassen Sie am Nachmittag den Arzt nach ihm sehen. Ein Wunder, wenn er sich keine Krankheit zugezogen hat. Beidseitige Lungenentzündung mindestens!«

Smithers nickte und zog sich zurück. »Der Brief sollte Somers und Emin davon abhalten, Alarm zu schlagen«, erklärte Kent. »Nun, worüber sprachen wir gerade?«

»Ich rätselte über die Worte des Königs«, antwortete

Valary, der noch immer auf die Zeilen starrte, die er niedergeschrieben hatte. »Vielleicht ist Seine Majestät nicht mehr ganz bei Verstand. Was meinen Sie?«

»Nun, es war durchaus eine eigentümliche Audienz ...« Kent rief sich jeden einzelnen bizarren Augenblick ins Gedächtnis. »Ich hatte aber nicht den Eindruck, dass Seine Majestät nicht bei Verstand wäre, sondern eher nicht fähig ... bei einem Thema zu bleiben. Verstehen Sie, was ich meine? Wie ein entkräfteter Mensch, so wie ich es gerade bin, nur noch schlimmer. Aber dass er nicht richtig im Kopf wäre, das kann ich nicht behaupten. Wichtiger ist, dass König Wilam nicht jung aussieht. Das ist schließlich eine unserer zentralen Annahmen gewesen. Und wenn sie schon falsch ist, wo haben wir uns dann noch geirrt?«

Valary blickte auf, als hätte er nun erst begriffen, was sein Gastgeber sagte. »Habe ich Ihnen nicht Holderlins Brief zitiert? ›Um das Alter zu erlangen, das einige erreicht haben, hat man die Kunst mit einer niemals wankenden, eisernen Disziplin zu pflegen. Widrigenfalls muss man einen schrecklichen Preis bezahlen.‹«

»Was wollen Sie damit sagen? Dass ich einen Mann gesehen habe, der diesen Preis entrichtet hat?«

»So will es mir scheinen. Soweit wir wissen, verfügt der König über keinerlei Zaubertalent.«

»Aber ich habe mit verlässlichen Leuten gesprochen. Sie schworen, dass der König dem äußeren Anschein nach nicht älter sein könne als sechzig oder höchstens fünfundsechzig Jahre.«

»Und ich würde vermuten, dass diese Beschreibung dem Anblick entspricht, den Seine Majestät zu dieser Zeit bot, Kent. Aber das ist nun doch schon eine Weile her – wenigstens fünf Jahre. Wer weiß, welche Stadien diese Habituation durchläuft? Vielleicht verlieren die *Regis*-Kerne ihre Wirkung, wenn man nicht der Magi-Kunst folgt. Wir haben sichere Beweise, dass König Wilam in den letzten beiden Jahren immer größere Dosen der Arznei in immer kürzeren Abständen benötigte. Wenn *Regis* zu versagen anfängt, bleibt vielleicht als einzige Maßnahme, mehr davon einzunehmen. Doch wie viel davon mag ein Körper verkraften können? Verstehen Sie? Ich ziehe Ihre Erkundigungen keineswegs in Zweifel, und trotzdem meine ich, dass sie den Feststellungen anderer nicht unbedingt widersprechen. Nicht im Geringsten eigentlich.«

Kent ging zu einem Sessel. Er konnte kaum noch stehen, aber ebenso wenig hätte er schlafen können.

»Lassen Sie uns das Ganze noch einmal durchgehen, Averil. Hören Sie aufmerksam zu, denn es könnte sehr wichtig sein.« Der Historiker las die Niederschrift des Gespräches langsam und deutlich vor, als wäre er ein Schuljunge, der seine Lektion wiederholen muss, und mittendrin fiel Kent in tiefen Schlaf.

Die drei jungen Männer stürzten aus dem Zweispänner und blickten der Kutsche hinterher, die rumpelnd über die Brücke verschwand. »Aber das war Kent, dafür lege ich die Hand ins Feuer«, sagte Jaimy. »Weshalb hat er nicht angehalten?«

Neben ihm stand Prinz Wilam und spähte auf die dunkle Straße hinaus. »Weil er von Gardisten begleitet wurde. Da bin ich mir recht sicher, obwohl sie keine Uniformen trugen. Palles Leute, wie ich leider vermuten muss.«

Der Kutscher kam herbei. Er hatte zunächst sein Gespann beruhigen müssen, nachdem der ganze Zug vorbeigaloppiert war.

»Königliche Hoheit, dieser Handschuh ist aus der anderen Kutsche gefallen. Oder besser gesagt, ist er geworfen worden.«

Littel riss ihn dem Mann aus der Hand. »Aha!«, rief er. »Sehen Sie sich das an! In dem einen Finger steckt ein Zettel.« Er nahm beides mit zur Kutsche und hielt es unter die Lampe.

»Welches Huhn ist denn darüber gelaufen?«, fragte Jaimy, denn die Nachricht war kaum lesbar.

Littel zog ein kleines Vergrößerungsglas hervor. Nach einem Augenblick schüttelte er den Kopf. »Nun, es ist mit

›K‹ unterschrieben, aber es ergibt keinen Sinn. ›Wenn Sie Zuflucht brauchen: das Haus der Dame, die bei Ihren Büchern bebt.‹ Was in Farrelles Namen soll das heißen?«

»Das ist sehr hilfreich«, sagte der Prinz, »ein Rätsel kommt uns nun gerade recht. Ich schlage vor, wir beeilen uns mit dem Weiterfahren, bevor Palle oder mein Vater hier ankommt.«

»Das meine ich auch«, stimmte Littel zu, der sich noch immer fürchtete. »Machen wir uns auf den Weg.«

»Könnte da ›lebt‹ stehen?«, fragte Jaimy plötzlich. »Die bei Ihren Büchern lebt?«

»Ja, das wäre möglich, und es ergibt genauso viel Sinn«, antwortete Littel und stellte schon einen Fuß auf die Trittleiter der Kutsche.

»Wie um alles auf dem Erdball kann Kent davon wissen?«, fragte Jaimy in die Nacht hinaus.

»Man sollte Averil Kents Wissen nie unterschätzen«, antwortete Prinz Wilam. »Sie haben also eine Idee, was das bedeuten könnte?«

»Ich weiß sogar genau, was das bedeutet«, erwiderte Jaimy ungläubig, »allerdings wäre ich nie auf diese Idee gekommen, selbst wenn ich zwanzigmal so alt wäre. Aber ich weiß nicht, wie wir dorthin gelangen sollen.«

»Das spielt gar keine Rolle, steigen Sie ein«, sagte Littel drängend. »Frage und Antwort können wir auf der Fahrt noch spielen. Los geht's!«

Als Kent zu sich kam, war er sehr benommen und nur knapp in der Lage, die beiden Männer zu erkennen, die ihn geweckt hatten: Valary und Smithers.

»... von Professor Somers, Sir«, sagte der Diener gerade, »er ist in Avonel.«

Kent begriff, dass er auf dem Sofa seines Wohnzimmers lag, konnte sich aber nicht erinnern, wie er dorthin gekommen war.

»Ich bin vollständig angezogen?«

»Jawohl, Sir«, antwortete Smithers eilfertig.

»Der Herzog wünscht Antwort, glaube ich, und zwar umgehend«, sagte Valary.

»Welcher Herzog?« Kent setzte sich auf, denn plötzlich fürchtete er, wichtige Entscheidungen könnten gefallen sein, während er schlief. Es war helllichter Tag.

»Der Herzog von Blackwater, Sir«, antwortete Smithers, wobei er sich offenbar wiederholte. »Der Metzgerjunge hat gerade das Fleisch gebracht und jeweils einen Brief vom Herzog und von Professor Somers.«

»Soso, ein Brief. Zeigen Sie her.«

Smithers zögerte.

»Sie halten ihn in der Hand, Averil«, sagte Valary leise.

Kent bemerkte, dass er tatsächlich ein Stück Papier zwischen den Fingern hielt. Der Diener reichte ihm die Lesebrille, und Kent las, während er sich noch um Konzentration bemühte:

> An den Diener von Sir Averil Kent –
> Sir!
> Ich bin mit Professor Somers nach Avonel gekommen und suche Ihren Herrn. Wissen Sie, wo Sir Averil sich aufhält? Bitte geben Sie dem Jungen, der diesen Brief überbringt, eine Antwort an mich mit auf den Weg.
>
> Edward Flattery,
> Herzog von Blackwater

Kent blickte den Historiker und den Diener an. »Also hat mein Brief Merton nicht erreicht, bevor sie handelten.« Er nahm die Brille ab und rieb sich die Augen. »Einen Federhalter und Papier bitte, Smithers.« Und zu Valary sagte er: »Sie müssen glauben, dass Palle mein Haus beobachten lässt, und ich bin sicher, dass sie Recht haben.« Er versuchte den Nebel aus seinem Kopf zu vertreiben. »Haben wir schon Nachricht von Lord Jaimas?«

»Nichts«, antwortete Valary. Der Historiker trug noch die gleiche Garderobe wie am frühen Morgen, als Kent ihn geweckt hatte. War dies noch der gleiche Tag?

»Welchen Tag haben wir heute?«, fragte Kent, als Smithers ihm das Papier reichte.

»Sonntag, Sir Averil. Sonntag den sechsten.«

Das Datum hatte etwas zu sagen, da war Kent sicher. »Wird nicht heute die Eisenbrücke eingeweiht?«

»So ist es, Sir. Die Festlichkeiten müssten schon begonnen haben.«

Eilig schrieb Kent:

> Mir geht es prächtig, und ich bin geschmeichelt von Ihrer Sorge. Trotzdem wäre es klug, mein Haus zu meiden. Ich begebe mich zu den Feierlichkeiten an der Eisenbrücke, was mir gestatten wird, mit jedem zu sprechen.

Das dunkle Brückengerüst hob sich gegen den Himmel ab wie das Netz einer Riesenspinne, das über die Schlucht gespannt war, um den Unvorsichtigen zu fangen. Kent blieb unentschieden, ob er beim Anblick ihrer funktionellen Schönheit mehr Bewunderung oder mehr Bestürzung empfand. Jedenfalls war diese Brücke nicht das Werk eines Ungetüms, sondern eines besonderen Menschen – sie war von dem ehrfurchtgebietenden Mr. Wells erdacht und konstruiert worden, dem gleichen, der mit Littel an der Übersetzung des geheimnisvollen Textes gearbeitet hatte. An Intelligenz schien es ihm nicht zu mangeln, zumindest nicht auf gewissen Gebieten.

Kent war noch immer müde, und das Verlassen der Kutsche war so mühsam wie die letzten Schritte eines langen Abstiegs.

Valary begleitete ihn – der arme Hawkins hatte darauf bestanden zu fahren –, und nun standen die Gentlemen auf einer Erhebung am Fluss und blickten über die Menschenmengen hinweg auf dieses ›Monument menschlicher Erfindungsgabe‹, wie man es nannte. Es war ein stürmischer Tag, der eher frühlingshaft als winterlich anmutete; am Himmel tobten die Wolken und wälzten sich hinauf gegen das kalte Blau.

»Sir Averil!«, rief ihn der Marquess von Sennet an, der gerade auf der Kuppe der Anhöhe näher kam. Der Mann lächelte ausgelassen und fuchtelte mit einem Fernrohr in Richtung Brücke. »Ist das nicht ein Wunder der Unnatur?«

Kent stellte Valary vor, dann wandten die drei Männer sich der Brücke zu.

»Warum keine Steinbrücke?«, fragte Valary leise.

»Soweit ich weiß, dient diese Brücke allein als Beweis der Prinzipien, denn sie reizt die Grenzen des Praktikablen bei weitem nicht aus. Größere Stützweiten sind möglich, viel größere, als man mit Stein jemals zuwege gebracht hat. Vor uns, Mr. Valary, sehen wir die Brücke der Zukunft – in gewisser Weise die Brücke zur Zukunft. Man sagt, Wells plane basierend auf dem gleichen Prinzip auch ein Gebäude.« Der Marquess suchte die Menschenmenge mit dem Fernrohr ab. »Ich glaube, bis auf den König ist so gut wie jeder erschienen«, sagte er dann und fügte in einem Ton, der weitaus ernster klang, als man bei ihm gewohnt war, hinzu: »Möge Farrelle Seine Majestät wiederherstellen.«

»Was meinen Sie damit?«, fragte Kent eilig, wie stets sehr empfänglich für alle subtilen Untertöne eines Gesprächs.

»Gewiss haben auch Sie die Gerüchte gehört, Sir Averil?«

Kent warf Valary einen Blick mit hochgezogener Augenbraue zu. »Selbst ich höre keine Gerüchte, bevor sie an Ihr Ohr dringen, Lord Sennet.«

Entzückt, dass er Kent hatte überraschen können, lachte der Marquess auf. »Es heißt, der König hätte sich von seinem Verstand verabschiedet. Es ist damit zu rechnen, dass die Regierung noch vor dem Ende dieser Woche eine Regentschaft ausruft.«

Kent stützte sich ein wenig schwerer auf seinen Gehstock. Wie ein Leichentuch senkte sich die Erschöpfung der nächtlichen Fahrt über ihn. »Und wer wird in den Regentschaftsrat berufen werden?«

Sennet hob wieder das Fernrohr. »Dies zu erraten ist im Moment das große Gesellschaftsspiel – wer wird berufen? Gewiss Prinz Kori.« Er hielt in seiner Suche inne. »Ja. Da ist er, unser Thronerbe. Sie erfahren freilich keine Anerkennung, wenn Sie ihn richtig erraten. Das ist zu einfach. Ich würde aber sagen, dass jener unscheinbare Gentleman, auf den ich gerade mein Glas gerichtet halte, einen Ratssitz erhält.«

»Gewiss meinen Sie nicht Palle?«, fragte Kent. »Er ist Königsmann und sollte für den Rat die gleiche Rolle übernehmen.«

»Ja, es bedeutet einen Traditionsbruch, dennoch würde ich mein Geld auf ihn setzen.« Er bewegte das Glas weiter. »Und der dritte? Nun, das ist am schwierigsten vorherzusagen. Jede Gruppierung wird versuchen, ihren eigenen Vertreter durchzusetzen – sogar die Reformer. Da möchte ich mich noch nicht festlegen.« Er senkte das Glas. »Sie kommen zu der Feier am Winterpalast, nehme ich an?«

Kent nickte geistesabwesend. Plötzlich geriet die Menschenmenge vor der Brücke in Bewegung – wie ein stürmendes Heer nahm sie die Brücke ein. Das erste Fuhrwerk rollte auf die Plattform, und der Lärm der aufgeregten Menschen toste durch das Flusstal.

»Ich gehe zurück zu meinem Wagen«, sagte der Marquess, »denn ich möchte nicht die Gelegenheit versäumen, die Brücke zu überqueren. Kommen Sie mit?«

Kent starrte auf das gigantische Geflecht und fröstelte. Ohne Valary überhaupt zu fragen, antwortete er: »Wir kehren auf dem Weg zurück, auf dem wir gekommen sind.«

Alissa Somers hatte das Glück, den richtigen Eingang zu wählen, und ihre Geduld zahlte sich aus, denn sie war die Erste, die Kent fand. Er humpelte fast, als er von draußen in die stille Halle hereinkam, und ihn begleitete ein schlecht gekleideter Mann, dessen Haar vom Wind arg zerzaust war – ein Gelehrter, wie Alissa sofort wusste, denn diesen Menschentyp kannte sie sehr gut.

Aber der arme Mr. Kent! Wie hinfällig sah er aus! Vollkommen bleich, und sein Kopf wackelte gar unter der Anstrengung, sich aufrecht zu halten. Er wirkte noch kränker als bei ihrer letzten Begegnung.

»Sir Averil.« Sie knickste kurz und ergriff ihn beim Arm.

»Miss Alissa«, krächzte Kent kaum hörbar. »Darf ich Ihnen Mr. Valary vorstellen?«

»Es ist mir ein Vergnügen, Mr. Valary. Und nun werden Sie mit mir kommen, Sir Averil« sagte Alissa und erschrak: Seine Hand war so kalt, dass sie keinem lebendigen Menschen zu gehören schien. »Ich weiß ein ruhiges Plätzchen, wo Sie sich ans Feuer setzen können, und ich werde dafür sorgen, dass man Ihnen Tee und warmes Essen bringt.«

Kent schien Protest erheben zu wollen, doch dann gab er nach; ihm fehlte die Kraft, Widerstand zu leisten.

Nachdem sie einen kurzen Blick in den Empfangssaal geworfen hatten, wo die Gäste sich um ein Modell der Eisenbrücke scharten, führte Alissa die beiden Gentlemen in einen Flügel, wo sich nicht allzu weit entfernt ein Zimmer befand, das der Herzog von Blackwater für den alleinigen Gebrauch durch seine Familie bestimmt hatte. Alissa fand die Tür und führte den kränklichen Maler behutsam hinein.

Mit Valarys Hilfe bettete sie Kent in einen Sessel und schickte sodann Diener nach Essen und Getränken.

»Ach, Mr. Kent«, sagte sie, unfähig, ihre Bestürzung länger zu verbergen, »ich weiß nicht, was Sie vorhatten, aber ich garantiere Ihnen, so stehen Sie keinen weiteren Tag durch.« Sie bemerkte, dass sie kurz davor stand, in Tränen auszubrechen, weil sie den freundlichen alten Herrn in diesem Zustand sehen musste.

»Die junge Dame hat ganz Recht, Kent, Sie brauchen Ruhe.« Auch Valary wirkte sehr besorgt.

Alissa zog einen Stuhl heran und setzte sich neben den Maler. Indem sie sich vorbeugte, sagte sie leise und ein wenig ängstlich: »Und niemand hat etwas von Jaimas gehört, seitdem wir uns gestern Abend trennten. Wissen Sie, wo er ist? Ist er in Sicherheit?«

Kent hob die Arme, eine Gebärde, die ein wenig hilflos wirkte. »Ich weiß es nicht genau. In Sicherheit ist er vermutlich, denn ich weiß, wer ihn begleitete. Ich rechne damit, dass wir schon bald von ihm hören.«

Davon ließ sich Alissa kaum beruhigen. Was rings um Kent vor sich ging, behagte ihr nicht. Sie sah ihm ins Gesicht. Er wirkte so furchtbar gebrechlich. Wie konnte es dazu kommen, dass ausgerechnet er sich in die Wirren der farrischen Politik verstrickte?

Mit einem Krachen flog die Tür auf, und Alissa fuhr zusammen. »Vater!«

Professor Somers schloss rasch die Tür. »Alissa. Kent, wie um alles auf der Welt kamen Sie frei? Ich dachte, Sie frieren sich in einer Kerkerzelle zu Tode.« Er schüttelte ungläubig und gleichzeitig bewundernd den Kopf. »Ich verstehe nicht, wie Sie das geschafft haben.«

»Das muss ich Ihnen ein andermal erklären, Professor, es ist eine lange Geschichte.«

Somers bemerkte plötzlich, wie angegriffen Kent aussah. »Hat man Sie verletzt, Kent? Brauchen Sie einen Arzt?«

»Nein, Ruhe brauche ich, das ist alles. Ich bin die ganze Nacht hindurch nach Avonel gefahren worden und wäre dabei obendrein fast erfroren. In ein oder zwei Tagen bin ich wieder ganz der Alte.«

Somers hockte sich auf die Sesselkante und musterte den Maler besorgt. »Wie traurig, dass Sie nicht wohlauf sind. Ein irrwitziges Tauziehen ist im Gange. Wer wird in den Regentschaftsrat berufen? Sie haben vom König gehört?«

»Dann ist es nicht nur ein Gerücht?«

»Offensichtlich nein.« Somers schüttelte betrübt den Kopf. »Der Herzog ist bei der Arbeit, während wir sprechen. Jemand muss in den Rat, der ein Gegengewicht zu Palle und dem Kronprinzen schafft.«

»Wer kommt dafür am ehesten infrage, was meinen Sie?«

»Lord Harrington wäre die erste Wahl des Prinzen, doch dagegen gibt es einigen Widerstand. Der Herzog unterstützt Galton.«

»Stedman Galton?«, fragte Kent. »Aber der gehört doch zu Palles innerem Kreis!«

Somers lehnte sich überrascht zurück. »Galton? Aber der Herzog ist felsenfest davon überzeugt, dass er der richtige Mann ist.«

Kent versuchte vom Sessel aufzuspringen, musste jedoch erkennen, dass ihm diese Bewegung nicht möglich war. Kalter Schweiß trat ihm auf die Stirn. »Wo ist der Herzog? Ich muss ihn unbedingt sprechen.«

»Irgendwo in diesem Gebäude. Ich sollte ihn finden können.« Somers erschien jedoch wenig geneigt und blickte Kent seltsam an, als redete der Maler irre.

»Bitte tun Sie das, Somers. Warnen Sie ihn vor Galton, und sagen Sie dem Herzog auch, dass die Behauptungen über Seine Majestät aus der Luft gegriffen sind. Der König ist klar bei Verstand.«

»Was sagen Sie da, Kent?« Nun war der Professor wohl endgültig überzeugt, dass Kent Unsinn redete.

»Ich habe Seine Majestät heute Morgen gesehen. Ich habe sogar mit dem König gesprochen. Sagen Sie dem Herzog, dass diese Behauptungen nichts weiter sind als eine Palastintrige. Sagen Sie ihm das unbedingt, Somers.«

11. Kapitel

Das Festmahl fiel sehr karg aus, denn das Maoeã-Ritual gestattete nur die allerbescheidenste Willkommensfeier, die gleichwohl geziemende Opfer an die Götter verlangte. Allerdings bemerkten nur die Farrländer, die Varua von einem früheren Besuch kannten, wie gedämpft die Stimmung und wie anspruchslos das Menü war. Alle anderen ließen sich bezaubern von der schönen Musik, den lebhaften Frauen und der exotischen Kost, die vor ihnen ausgebreitet lag, und glaubten, sie wären im Paradies angekommen.

Man saß auf geflochtenen Matten, und ebensolche Matten, die mit Blumen und Ranken geschmückt waren, dienten als Tische. Die Sonne war gerade hinter dem Gipfel des Wilam untergegangen, und das letzte Licht schwand rasch dahin. Der Passatwind blies noch die Wärme aus der Bucht herbei, und vertraute wie exotische Gerüche schwängerten die Luft: beißender Qualm von den Feuern, Sand, der unter der Tropensonne buk, Blumenduft und die Gerüche der salzigen Lagune. Die Varuanerinnen parfümierten sich dazu mit süß duftenden Ölen, die sie in Muscheln aufbewahrten und gelegentlich frisch auftrugen. Ab und zu kam stärkerer Wind auf und klärte die Luft, wie ein Schluck Wasser den Gaumen spült. Bald drang ein neuer Hochgenuss an die Nasen: der Duft nach gebratenem Fisch und nach Fleisch, das in Öfen auf dem Boden geschmort wurde.

Die Feuer warfen nur mattes Licht, doch bald gingen die Sterne auf. Der Mond, etwa zwei Tage nach dem ersten Viertel, hing merkwürdig hoch am Himmel und verbreitete einen kühlen Schein. An diesem Abend sollte ein ritueller Tanz stattfinden, und den Besuchern wurde die Ehre erwiesen, ihm beizuwohnen.

Jeder Farrländer wurde von einer varuanischen Familie bewirtet, die sich um ihn kümmerte und dafür sorgte, dass ihm das Essen nicht ausging oder die süße Kokosmilch, die als Getränk gereicht wurde. Tristam saß zwischen den beiden Töchtern seiner Gastgeber, die ihn mit Leckerbissen überhäuften. Einige hielten sie ihm hin, und er musste von ihren Fingern essen, was er zunächst befremdlich und dann ein bisschen erotisch fand.

Ganz offen tändelten sie mit ihm; die Eltern störten sich nicht daran, ja, sie ermutigten ihre Töchter sogar. Oft genug spürte Tristam, wie eine nackte Brust ihn sacht berührte, und Hände strichen ihm vielsagend über den Leib. In ihm wuchs das Verlangen.

Unablässig musterte er die Gesichter der Menge, er suchte nach Faairi; andererseits fragte er sich ein wenig besorgt, was sie wohl von seiner gegenwärtigen Lage halten würde. Es hieß zwar, dass die Insulaner keine Eifersucht kannten, doch Tristam konnte es nicht ganz glauben.

Gelegentlich bemerkte er, dass die Herzogin ihn über die Essensberge hinweg amüsiert ansah. »Verspielen Sie nur nicht Ihre Chancen bei den jungen Mädchen«, hatte sie vor dem Fest gesagt, »etwa weil Sie sich mir verpflichtet fühlen, denn das wäre völlig fehl am Platze.« Und damit hatte sie ihn wie gewöhnlich verwirrt. Doch was würde sie wirklich empfinden, wenn sie von seinem Erlebnis am Morgen erfahren würde?

Sie versucht mich loszuwerden, dachte er plötzlich, doch schon im nächsten Moment zweifelte er daran. Was sie gesagt hatte, schien mehr als alles andere eine treffende Beschreibung ihres Verhältnisses zu sein – er durfte einfach nicht erwarten, dass es sich in normaler Weise entwickelte. Keine Brautwerbung, die auf Heirat aus war, wie in der farrischen Gesellschaft üblich. Doch wohin führte es dann? Die wahre Natur der Beziehung zwischen der Herzogin und ihm blieb nach wie vor ein Rätsel. Wenn es Regeln gab, so waren sie nur ihr bekannt.

Dass er am Morgen eine fremde Frau geliebt hatte, stachelte nun sein Verlangen an. Er überlegte, wie die Herzogin wohl als Insulanerin gekleidet aussähe, stellte sich vor, wie sie ihre Reize mit der gleichen Offenheit zur Schau stellte. Der Gedanke erregte ihn. Es würde ihr sogar leicht fallen, hätte sie nicht an ihren Ruf zu denken. Unter gewissen Umständen war Elorin von Morland mit ihrer Gunst schon so freigiebig gewesen wie die Mädchen dieser Insel. Auch das war ein Grund, weshalb Tristam sie so sehr begehrte – weil sie ihm diese geheime Facette ihrer Persönlichkeit offenbart hatte.

Tristam wandte sich lächelnd den beiden jungen Frauen zu. Was würde Jaimy denken, wenn er ihn hier sehen könnte? Er zwischen zwei wunderschönen Mädchen, die mit Blumen geschmückt, mit Ölen parfümiert und nur halb angezogen waren, deren Haar im Wind flatterte und ihn neckend umspielte? Ein Traum, wie ihn sicher viele Studenten hegten.

Inzwischen hatten die Insulaner lange Fackeln angezündet. Es roch stark nach brennendem Pech, und das flackernde Licht brachte die Schatten in zuckende Bewegung. Tristam fühlte sich unbehaglich an seinen Traum erinnert, in dem er immer zwischen finsteren Ruinen umherirrte. Trotz der Wärme des Abends fröstelte er, und er starrte in die Schatten, ob sie überhaupt echt waren oder nur ein Produkt des Zustands, in dem er sich befand.

Noch immer litt er unter Tagträumen – Begegnungen mit der Traumwelt, wie Faairi sie genannt hatte –, wenngleich die Abstände größer wurden. Und nun erlebte er eine Überflutung seiner Sinne und das Unvermögen, die Myriaden Anblicke, Geräusche und Gerüche zu unterscheiden.

Er wandte sich einer der Frauen neben ihm zu und hoffte auf Beruhigung, hoffte darauf, keine Anhaltspunkte für eine Entstellung der Wirklichkeit entdecken zu müssen. Im Halblicht lächelte sie ihn an, und das erleichterte ihn ein wenig. Sie beugte sich vor und flüsterte ihm ins Ohr, ihr Atem kitzelte ihn im Nacken. Von allem verstand Tristam nur ein Wort: *nehenehe*, was so viel wie ›stattlich‹ bedeutete. Er hoffte, dass er gemeint war, und ihr Blick schien es zu bestätigen, doch dann huschte ein Schatten über ihr Gesicht, und nichts war mehr so, wie es schien.

Ich bin Tristam, versicherte er sich, als er die kalte Hand der Unwirklichkeit auf sich spürte.

Das Essen wurde abgeräumt, und die Versammelten bildeten einen großen Kreis. Tristam sah die Schatten langsam Gestalt annehmen, wallend breiteten sie sich aus, überzogen die Szene mit tanzenden Streifen. Er schloss die Augen und glaubte zu schweben. Ihm war, als hätte er die Arznei aus der *Regis*-Saat eingenommen.

Er spürte eine zärtliche Hand auf dem Rücken, die Frau seufzte; der Atem stockte ihr, und seine Lust wuchs, obwohl der Tagtraum ihn in seine Klauen zog.

Ein plötzlicher Windstoß fuhr durch die Bäume wie das Sehnsuchtsflüstern der Nacht. Dann setzte leiser Trommelschlag ein, der das An- und Abschwellen der Brandung nachahmte.

In der Menge der Gesichter suchte Tristam nach seinen Landsleuten, aber die Schatten bewegten sich wie Flecke vor den Augen und gestatteten ihm nur hin und wieder einen kurzen Blick. Mehr spürte er die Erregung der Menge, als dass er sah, was vor sich ging.

Eine Tänzerin trat in den Kreis, ein geschmeidiges junges Ding, das noch keine zwanzig sein konnte. Hinter einem Ohr trug sie eine kleine, weiße Blüte.

»*Pōti'i mo'e*«, wisperte eine seiner Gefährtinnen Tristam zu und drängte sich enger an ihn. Hatte sie ›verlorenes Mädchen‹ oder ›Geistermädchen‹ gesagt?

Tristam fühlte sich tiefer in den Traum gezogen, und der Boden unter ihm erschien immer weniger fest. Die Blüte hinter dem Ohr der Tänzerin konnte durchaus *Regis* sein, doch in seinem augenblicklichen Zustand vermochte er nichts mit Bestimmtheit zu sagen. *Regis*!

Die Trommeln nahmen einen drängenderen Rhythmus auf. Tristam wusste nicht mehr, ob der Wind noch in den Bäumen seufzte oder ob er seinen eigenen Atem hörte.

Die Tänzerin begann herumzuwirbeln, und ihr feiner, glatter Grasrock fächerte aus. Mit Armen und Händen vollführte sie schlangenhafte Bewegungen, dabei legte sie den Kopf so weit in den Nacken, dass der lange Schatten ihres

Haars nach außen zu fliehen und sich mit der Dunkelheit zu vereinen schien. Die flackernden Schatten warfen ein Netz über sie und hüllten sie ein. Tristam konnte die Augen nicht abwenden.

Sie wird vom Schatten verschlungen, dachte er plötzlich. *Ich falle in einen* Regis-*Traum. Man hat mir die Kerne verabreicht.* Doch selbst diese Erkenntnis bewegte ihn nicht. An seinen Platz gebannt, verfolgte er die Bewegungen der Tänzerin, während die Szene zunehmend unwirklich wurde.

Ein Tänzer mit einer Vogelmaske sprang in den Kreis, als hätte er sich vom Himmel herabgeschwungen. Über Armen und Schultern trug er einen federbesetzten Mantel, wie Flügel – Flügel, die große Schatten warfen.

Durch einen Kunstgriff bewegte sich der Schnabel und gab ein Klacken von sich, wenn er zuklappte. Ein Dutzend Schritte von der Tänzerin entfernt begann der Vogel-Mann einen Tanz für sich. Tristam spürte einen sanften Finger an seinem Ohr. Der Passat fuhr wie heftiger Atem durch die Palmwedel.

Der flackernde Fackelschein bemalte die Tänzer mit wallenden Mustern. Unvermittelt brach das Trommeln ab. Der Vogel-Mann breitete die Schwingen aus und drehte sich langsam um. Er hatte die Tänzerin entdeckt, die mitten in der Bewegung erstarrte.

Dann setzten die Trommeln wieder ein, und die Tänzer liefen eilig im Kreise; der Vogel-Mann verfolgte die Tänzerin und klackerte dabei mit dem Schnabel. Was Tristam dort aufgeführt sah, war eine sexuell motivierte Verfolgung wie von balzenden Tieren. Aggressive Zurschaustellung des Männchens und scheues Locken des Weibchens.

Welche Legende, welcher Mythus wurde hier aufgeführt? Ein Geistermädchen und ein Vogel-Mann. Tristam schwirrte der Kopf. Die beiden Frauen neben ihm drängten sich an ihn, erregt vom Tanz, vom Rhythmus der Trommel und dem säuselnden Wind in den Bäumen.

Tristam fühlte sich hilflos; er bemühte sich um Gleichgewicht und berührte weiche Haut. Jemand flüsterte ihm fremde Wörter ins Ohr. Dann küsste man ihn sanft.

Die Tänzer waren einander näher gekommen; sie berührten sich nicht, aber ihre Becken waren nur wenige Zoll voneinander entfernt, ihre Hüften bewegten sich hektisch, wie bei einer Kopulation, und der Schweiß glänzte auf ihren Leibern.

Das Trommeln war immer wilder geworden und strebte seinem Höhepunkt zu. Tristam beobachtete, wie andere Paare sich betasteten und bedrängten. Dann, beim Höhepunkt der Aufführung, verharrte der Vogel-Mann plötzlich und wirbelte zu den Zuschauern herum, nein, direkt zu Tristam, und öffnete ganz langsam den großen Schnabel, wodurch eine zweite Maske sichtbar wurde – ein tätowiertes Männergesicht, das die Zeichnung einer Schlangenhaut trug. Die Tänzerin zog die weiße Blüte hinter ihrem Ohr hervor und warf sie in den langen Schnabel, der mit Endgültigkeit zuschnappte.

Währenddessen hatte sich Tristam aufgerappelt und drängte sich zwischen den überraschten Insulanern hindurch. Taumelnd verließ er den Lichtkreis und stolperte, kaum dass es um ihn dunkel geworden war. Die beiden Mädchen waren ihm gefolgt, sie stützten und führten ihn, als verstünden sie aus einem unbekannten Grund seine Panik.

»Blut und Flammen!«, murmelte Tristam. »Was zur Hölle war das?«

»Nur ein Tanz der Wandlung, Mr. Flattery«, antwortete ihm eine Männerstimme. »Sonst nichts. Ist Ihnen schlecht? Soll ich Ihren Doktor Llewellyn rufen?«

»Nein!« Tristam drehte sich dem Sprecher zu: Wallis. Das war Wallis, so viel stand fest, obwohl der Mann in der Finsternis wirkte wie eine Albtraumgestalt. »Nein. Ich möchte nur ein wenig allein sein. Ich brauche Wasser, und ich muss mich hinlegen.«

Wallis sagte etwas zu den Mädchen, die nicht antworteten, aber Tristam fühlte sich plötzlich nach links geführt. »Ich weiß eine Stelle«, sagte Wallis. »Überlassen Sie es mir. Sie ist keine vierzig Schritt entfernt.«

Nun erst bemerkte Tristam, dass sie sich in einem

Wäldchen befanden und einem gewundenen Pfad folgten. Tristam war so gut wie blind und überließ sich der Führung durch die jungen Frauen, die offenbar mühelos in der Dunkelheit sehen konnten.

Wallis sagte wieder etwas, was Tristam nicht verstand, und plötzlich stützte ihn nur noch der Künstler; die Mädchen waren fort. »Es ist nicht mehr weit«, sagte Wallis. »Das schaffen Sie.«

Ein Feuer kam in Sicht – ein niedergebranntes Feuer. Ringsum kauerten Männer in den unsteten Schatten. Tristam widersetzte sich, doch mit sanfter Gewalt schob Wallis ihn weiter voran. »Sie brauchen sich nicht zu fürchten, Mr. Flattery. Ich bringe Sie nicht in Gefahr. Bitte – setzen Sie sich leise.«

Eine Hand drückte Tristam an der Schulter auf den Boden. Er sank in den Sand, schaute sich um und versuchte zu erkennen, wer diese Männer waren, die vor ihm hockten, doch er nahm nur verschwommene Umrisse wahr. Der Albtraum gewann immer mehr Gewalt über ihn. Die Flammen des stark rauchenden Feuer schienen ihn zu umtanzen.

»Das sind Kenaturaga – Alte Männer«, erklärte Wallis. »Wissen Sie, was ich meine? Ja? Sie wollen Ihnen nichts Böses tun, sie möchten Ihnen nur einige Fragen stellen.«

Wallis hatte sich ein Stück von Tristam entfernt hingesetzt, wie um zu betonen, dass sie nichts miteinander gemein hätten. Die Alten Männer sagten kein Wort, sondern starrten Tristam an. Sieben reglose Gestalten, die wie geschnitzte Figuren aussahen. Ihre Gesichter konnte Tristam kaum erkennen, und er war nicht sicher, ob die dunklen Muster darauf Tätowierungen oder nur Schatten waren

Schließlich deutete ein Alter Mann mit einem geschnitzten Stock auf ihn und sagte etwas.

»Zeigen Sie Ihnen Ihre Hand«, sagte Wallis im gleichen Augenblick, als Tristam bemerkte, dass er einige Wörter verstanden hatte.

»Warum?« *Faairi!* Sie hatte ihn verraten!

»Mr. Flattery, die Kenaturaga wollen Ihnen nichts Böses tun, aber Ungehorsam dulden sie nicht. Diese Männer sind sehr mächtig, und Sie müssen ihnen Rede und Antwort stehen. Das ist der einfachere Weg, glauben Sie mir.«

Dennoch hielt Tristam seine Hand weiterhin eng an den Leib gepresst. Die Manschette hatte er wie immer tief herabgezogen.

»Mr. Flattery ...«, drängte Wallis warnend.

Tristam beugte sich zum Feuer vor und streckte die geballte Faust aus.

Der Alte Mann schwang seinen Stab beiseite, als wollte er vermeiden, dass Tristam ihn berührte, dann rückte er näher und betrachtete das Handgelenk. Schließlich nickte er einem anderen zu, der Tristam beim Ellbogen ergriff und den Arm vorzog, bis er die Hitze der Flammen spürte. Sein Hemdsärmel wurde hochgeschoben und die Narbe freigelegt. Tristam versuchte den Arm zurückzuziehen, doch der Alte Mann war außerordentlich kräftig.

»Sie verbrennen mir die Hand!«, appellierte Tristam an Wallis.

»Halten Sie still, Mr. Flattery. Es dauert nicht lang.«

Tristam roch das versengte Haar.

»Beim Blut des Märtyrers, Wallis!«

»Seien Sie ganz ruhig. Geduldig sind die nicht.«

Die anderen Alten Männer schoben sich vor, und aller Blicke hafteten auf Tristams Hand. Auf einmal bellte einer eine einzelne Silbe, und die anderen begannen zu murmeln.

Tristam senkte den Blick und schloss die Augen; noch immer versuchte er verzweifelt, die Hand zurückzuziehen. *Die Tätowierung ist wieder da!* Im unsteten Feuerschein schien sie sich um sein Handgelenk zu schlängeln, und sie *brannte* wie ein frischer Peitschenhieb.

»Gütiger Farrelle behüte uns«, intonierte Wallis.

Dann, unvermutet, gab man Tristams Hand frei. Er riss sie vom Feuer fort und barg sie ans Herz gedrückt unter dem anderen Arm, und der Schmerz pochte darin.

Der Alte Mann, der Tristam festgehalten hatte, breitete

die Hände aus und zog sie mit den Flächen nach unten einmal, zweimal und dann ein drittes Mal durch die Flammen. Weder bewegte er sich rasch, noch zeigte sein Gesicht etwas anderes als Konzentration. Dann kehrte er an seinen Platz zurück und setzte sich, ohne auch nur einen Blick auf seine Hände zu werfen.

Der Alte Mann mit dem Stab sprach Wallis an. Er redete viel zu schnell für Tristam, der sich zudem in der Qual gefangen sah, dass die Tätowierung wiederkehrte.

»Wie sind Sie zu der Tätowierung auf Ihrem Handgelenk gekommen, Mr. Flattery?«

Woher wussten sie überhaupt davon? Faairi hatte nur die Narbe gesehen. Wallis musste die Geschichte von den Jacks erfahren haben. Vielleicht hat sie mich doch nicht verraten, dachte er mit einiger Erleichterung.

Tristam fühlte sich in der Falle. Er wusste nicht, was diese Männer von ihm wollten und ob es zulässig wäre zu lügen, und wenn ja, welche Lüge er ihnen erzählen sollte. Der *Regis*-Traum zehrte an seiner Kraft und löschte sein Urteilsvermögen aus. Gewiss hatte Wallis die Geschichte schon zum größten Teil erfahren ...

»Als ich sagte, dass die Kenaturaga nicht geduldig sind, meinte ich es sehr ernst, Mr. Flattery«, warnte Wallis.

»Ich weiß nicht, wo ich anfangen soll ...«, sagte Tristam. *Regis* verwirrte sein Gedächtnis. »Wir wurden verfolgt ... ins Archipel ... von Kaperfahrern, das haben Sie sicher gehört.« Und er berichtete, was ihm widerfahren war. Die Alten Männer lauschten gespannt auf Wallis, der die Geschichte vom fremdartigen Tun der Menschen in der Welt jenseits des Riffes dolmetschte. Als Tristam geendet hatte, berieten die Kenaturaga untereinander.

Danach herrschte Schweigen; nur der Wind war in den Bäumen zu hören, das ferne Tosen der Brandung und das Knistern des Feuers. Der Gesang war irgendwann abgebrochen – Tristam bemerkte es erst jetzt.

In dieser Stille ergriff der Alte Mann, der den Vorsitz zu führen schien, mit dürrer Stimme das Wort. Wallis hörte aufmerksam zu; er gebärdete sich wie ein Gefolgsmann und weckte dadurch in Tristam die Frage, wem er im Zweifelsfall die Treue halten würde.

»Toata Po fragt, weshalb Sie nach Varua gekommen sind«, sagte Wallis.

»Gewiss haben Sie ihnen den Anlass unserer Expedition bereits mitgeteilt, Mr. Wallis.«

»Sie wollen *Ihren* Grund hören, Mr. Flattery, nicht den Anlass der Fahrt.«

Was soll ich sagen? Dass ich mir selbst nicht sicher bin? Dass mein Kurs für mich gewählt wurde? Dass ich getrieben werde, auf ein Ziel hingetrieben, das ich nicht sehen kann?

»Mr. Flattery?«

»Ich diene dem König, Mr. Wallis, und möchte, dass niemandem ein Leid geschieht. Sagen Sie ihnen das.«

Der Künstler schien einen Moment darüber nachzudenken, dann dolmetschte er den Alten Männern mit offenkundigem Widerstreben Tristams Worte. Die Kenaturaga raunten eine Weile untereinander, dann wandte sich einer von ihnen an Wallis.

»Mr. Flattery? Ich nehme an, dass Sie als Schiffs-Naturforscher den Auftrag haben, nach des Königs Laub zu suchen. Das dürfen Sie nicht einmal in Erwägung ziehen. Wenn Sie auf diesen Busch stoßen sollten, wo er natürlich wächst – was außerordentlich unwahrscheinlich ist –, brächten Sie allein dadurch, dass Sie ihn berühren, jeden Einzelnen an Bord Ihres Schiffes in Gefahr. Verstehen Sie, was ich sage?«

»Also wird der varuanische König uns nichts von der Saat geben?«, fragte Tristam.

Vielleicht hob Wallis die Achseln, in der Dunkelheit war es kaum zu erkennen. Der König ist mit dem Maoeã beschäftigt. Wer weiß, was er tut, wenn er zurück ist? Doch ich darf Ihnen versichern, Sie täten besser daran, nichts davon mit nach Hause zu nehmen. Ohne diese Pflanze ist Farrland besser dran.«

Wallis wurde unterbrochen und lauschte respektvoll. »Sie wollen Auskunft über Doktor Llewellyn. Er hat bei seiner

Ankunft den Titel eines ›Alten Mannes‹ beansprucht, und die Varuaner merken ihm die Spuren der Saat an. Welche Stellung hat er inne? Ist er Ihr Lehrer?«

»Mein Lehrer?« Wie absurd diese Frage erschien! »Sie müssen ihnen sagen, dass Llewellyn nur ein Arzt ist. Ein Angestellter der Herzogin, nichts mehr.«

»Mr. Flattery ... Es steht außer Frage, dass Doktor Llewellyn mehr ist als das. Diese Männer hier sind klüger, als Sie anscheinend glauben wollen.«

Tristam versuchte seinen Verstand zur Arbeit zu bewegen. Was sollte er sagen? »Llewellyn ist ein Gefolgsmann von Sir Roderick Palle, aber ich weiß nicht, welche Ziele er verfolgt. Am Hof scheint ein Machtkampf im Gange zu sein. Mehr weiß ich nicht darüber.«

Wallis schwieg eine Weile, dann begann er langsam auf Varuanisch zu reden.

»Was haben Sie ihnen gesagt?«, fragte Tristam.

»Nur dass Llewellyn einen Höfling unterstützt, den es nach der Macht verlangt. Auf Varua konkurrieren die Familien der Frauen, die sich der König nimmt, miteinander um die Macht durch die Thronfolge. Derlei ist ihnen also nicht unbekannt.«

Tristam musterte die Gesichter; fast schienen sich die Schatten ein wenig zurückzuziehen und nur noch die Abwesenheit von Licht zu sein. Das Albdruckgefühl ließ nach – ein wenig zumindest.

Er glaubte, vom Erdboden übertragen, das Donnern der Brandung zu hören, die gegen das Riff schlug. Wenn er angestrengt lauschte, dann hörte er es, nicht das Klatschen einzelner Wellen, nur ein beständiges Rollen. Eine beharrliche, elementare Gewalt – wie durch die langsame und doch unwiderlegliche Bewegung der Landmassen.

Einer der Kenaturaga begann, halbierte Kokosnüsse im Kreis auszuteilen. Vor jedem Alten Mann blieb er stehen, woraufhin dieser dreimal laut in die Hände klatschte. Der andere wiederum sprach dann einige Worte und überreichte mit beiden Händen die Kokosnusshälfte, eine Gebärde, die sehr zeremoniell wirkte. Auch Tristam erhielt eine halbe

Kokosnuss – aus der dunklen Schale wehte ein stechender Moschusgeruch. Misstrauisch blickte Tristam hinein.

»Das ist *Kawa*«, flüsterte Wallis. »Es wird aus einer Wurzel gemacht. Man trinkt es in einem einzigen Zug. So will es der Brauch.«

Die Kenaturaga sprachen einige Worte – halb Gebet, halb Trinkspruch, fand Tristam –, und er ahmte die anderen nach, indem er die Schale mit beiden Händen hob und sie in einem Schluck leerte. Er hätte fast gewürgt. Dies war ein bitteres, nach Erde schmeckendes Gebräu, ein sämiger Brei, der an den Zähnen hängen blieb.

Einer der Alten Männer sprach bedächtig einige Worte, und die anderen nickten.

»Ich werde Sie nun zurückbringen, Mr. Flattery«, sagte Wallis.

»Das war alles? Wollen Sie mir nicht erklären, weshalb Sie mich hierher gelockt haben?« Er hob die rechte Hand und wedelte zornig im Feuerschein, womit er den Alten Männern bestürzte Blicke entlockte. »Will mir niemand sagen, was das zu bedeuten hat?«

Wallis zog Tristam auf die Füße. »Hier ist der falsche Ort dazu.« Beinahe stieß er ihn fort und stellte sich zwischen ihn und die Kenaturaga. »So erhalten Sie keine Antwort.«

Der Künstler war kräftiger, als er aussah, und Tristam fand sich in die Dunkelheit jenseits des Feuers geschoben, wo er wieder nichts sehen konnte. Er stolperte und wurde von Wallis aufgefangen. Der Boden schwankte mal hierher, mal dorthin. Schließlich spürte er den feinen Sand des Strandes unter den Füßen, und Wallis blieb stehen. Er hielt Tristam am ausgestreckten Arm wie eine Stange, von der er wissen wollte, ob sie ohne Stütze stehen bliebe.

Ein milder Nachtwind blies über die Lagune, und die Sterne standen so klar am Himmel, dass Tristam die Tiefe des Firmaments über sich spürte. Einen Augenblick wurde ihm schwindelig, als könnte er stürzen und zwischen die Sterne fallen, dann landete er mit dem Hinterteil im weichen Sand.

»Gleich fühlen Sie sich wieder besser«, sagte Wallis mitfühlend. »Es geht rasch vorüber.« Der Mann stand eine Weile neben ihm, ob für einen Augenblick oder für eine Stunde, konnte Tristam nicht unterscheiden. »Warten Sie hier, Mr. Flattery. Bitte gehen Sie nicht ohne mich fort.«

Tristam stieß einen Laut hervor, der eigentlich aus artikulierten Worten hatte bestehen sollen. Seine Lippen waren so taub wie seine Zunge, die nur ein geschwollenes Stück Fleisch war in einem staubtrockenen Mund.

Wallis ging den Strand entlang davon, und Tristam ließ sich nach rückwärts fallen. So lag er ausgestreckt im Sand und blickte in den mondlosen Himmel. Die Sternbilder bewegten sich, verblassten und kehrten wieder. Ein Geräusch kam näher. Ein großer Teil des Himmels wurde schwarz, und langsam begriff Tristam, dass jemand sich über ihn beugte. *Wallis* – er zwang sich, den Namen des Mannes zu erinnern. *Soundso Wallis.*

Kühle Hände strichen ihm den Nacken und die Stirn, und weiches Haar trieb über seine Brust.

Nicht Soundso, begriff Tristam. Dann eine Stimme, die Farrisch sprach.

»Ist er wohlauf?«

Wallis.

»Ja, ich glaube, ja.« Eine weiche Frauenstimme. Diese Stimme kannte er. »Er hat zum ersten Mal Kawa getrunken?«

»Er bekam das *Ari'i*«, sagte Wallis und fügte noch etwas auf Varuanisch hinzu.

Eingezogener Atem. »Er war noch nicht bereit dafür, glaube ich.«

Eine weiche Hand liebkoste sein Gesicht. *Faairi.*

»Am besten, wir behalten ihn an Land, bis er sich ganz erholt hat. Wird er dann bestraft?«

»Nein. Er unterliegt der Schiffsdisziplin so gut wie gar nicht. Ich kümmere mich um ihn. Ich habe ein Kanu.«

Die Frau erhob sich, sagte etwas auf Varuanisch und verschwand. Tristam war enttäuscht. Er lauschte auf ihre Schritte, die sich auf dem Strand entfernten, im gleichen Rhythmus, in dem sein Herz schlug. Von irgendwoher hörte er Gesang.

»Mr. Flattery?« Das war Wallis; er klang besorgt, vielleicht auch schuldbewusst.

»Ich kann mich noch nicht bewegen.« Die Sterne kreisten, und Tristam schloss die Augen. »Erzählen Sie mir von dem Tanz. Dem Tanz der Wandlung.« Er kannte kein verzweifelteres Bedürfnis, als jemanden sprechen zu hören.

Wallis setzte sich neben ihn auf den Sand. »Nun, nichts leichter als das.« Die Worte schlängelten sich zu Tristam herüber wie eine Rettungsleine. »Eine alte insulanische Sage. In Urzeiten, so glauben sie, nahmen die Geister die Gestalt von Tieren an. Der Tänzer, den Sie gesehen haben, stellte einen Vogel dar, den man heute nur noch selten zu Gesicht bekommt; einen großen Seeadler. Vor langer Zeit kam dieser Seeadler nach Varua, wo er ein wunderschönes junges Mädchen entdeckte, das die weiße Blüte hinter dem Ohr trug. Weil der Mond noch nicht voll war, sah der Geist nicht, dass das Mädchen ein Gespenst war, das in der Finsternis umging. Manchmal wird sie das ›Traummädchen‹ genannt, allerdings heißt das nicht das gleiche, was wir damit meinen.

Der Geist fand den Liebreiz dieses Mädchens unwiderstehlich und stellte ihr in der Art seines Volkes nach, des Volkes der Meere und der Luft, doch konnte er sie nie berühren. Entschlossen, sie zu gewinnen, verwandelte der Geist sich in einen Menschenmann, nur um festzustellen, dass das Mädchen ein Gespenst war und in dieser Welt keine Substanz besaß. Weder konnte er sie berühren, noch konnte er sich in einen Adler zurückverwandeln. So wurde er der erste Varuaner. Tetarakihiwa nannte er sich. Die Insulaner sagen, dass man gelegentlich noch das Gespenstermädchen sehen kann, und keine Frau darf eine weiße Blüte tragen, es sei denn, sie ist erwählt für diesen Tanz.«

»Aber das Gesicht, die innere Maske. Der Tänzer trug eine Tätowierung, die aussah wie eine Schlangenhaut.«

»Wirklich? Nun, es war sehr dunkel. Den Menschen darin kann man nicht sehen, das gehört fest zum Drama. Können Sie schon aufstehen?«

»Noch nicht. Diese weiße Blüte – war das *Regis*?«

Wallis zögerte. »Ja«, sagte er leise.

Tristam schaute noch einmal zu den Sternen hoch, und nach wie vor wollten sie nicht stillstehen. »Erzählen Sie mir noch eine Sage – das hilft mir.« Er benötigte Wallis' Stimme als Anker.

»Es gibt so viele. Die Varuaner lieben Geschichten sehr. Meine Lieblingssage ist die Erklärung dafür, dass der Mond aufgeht und untergeht. Die Varuaner wissen natürlich, dass die Welt eine Kugel ist und im Himmel schwebt, während der Mond sie umkreist. Ob Sie es glauben oder nicht, man kennt hier sogar das Sonnenjahr – das wir erst seit zwei Jahrhunderten haben. Man könnte sagen, dass die Geschichte von diesem Wissen unabhängig ist. Wie das zuwege kommt, verstehe ich nicht ganz.

Die Varuaner erzählen, dass der Mond am Abend ins Meer fällt, wo ihn ein großer Wal verschluckt, einer von zwei Walen, die einmal Geliebte waren. Nach ihnen sind zwei Sternbilder benannt; das eine sieht man gleich nach Sonnenuntergang tief im Osten, das andere tief im Westen. Einer der Wale verschluckt also den Mond und schwimmt unter den Wellen zum östlichen Horizont, wo er ihn mit einem gewaltigen Aufschnauben zurück in den Himmel bläst. Dass der Mond schwindet, liegt daran, dass die Wale, die diese Arbeit sehr hungrig macht, jede Nacht ein Stück davon essen. Wenn er dann ganz verschwunden ist und in der Nacht Dunkelheit herrscht – wenn Neumond ist –, beschleicht die Wale solche Furcht, dass sie den Mond wieder erschaffen; jede Nacht würgen sie ein neues Stück heraus, bis er wieder voll ist. Ich glaube, der Mond ist ein großes Stück graue Ambra.« Wallis lachte leise und vergnügt.

»Während der eine Wal mit dem Mond nach Osten schwimmt, schläft der andere, von Erschöpfung überwältigt; die Arbeit ist schwer. Doch sobald der eine mit dem Mond eintrifft, muss der andre augenblicklich nach Westen aufbrechen, um rechtzeitig dort zu sein, wenn der Mond wieder untergeht – sie wechseln sich ab. Weil diese lange

Reise im Ozean so beschwerlich ist, können die Wale sich nie erlauben, auch nur ein Wort miteinander zu sprechen, sondern müssen aneinander vorbeischnellen; dabei kommen sie sich so nahe, dass ihre Flossen sich berühren. Wenn man bei Mondaufgang draußen am Strand steht, kann man die Berührung manchmal hören – ein leises Seufzen, das für uns natürlich schwer von den Geräuschen des Windes und der Wellen zu unterscheiden ist, während die Varuaner damit keine Schwierigkeiten haben.«

»Was geschieht mit der Sonne?«

»Bitte? Ach so, wer die Sonne verschluckt und sie in den Osten trägt? Das weiß ich nicht, Mr. Flattery, aber gewiss ist die Sonne sehr heiß. Dafür wird es eine andere Erklärung geben. Ich erkundige mich danach.« Wallis lachte glucksend. »Fühlen Sie sich so gut, dass Sie aufstehen können?«

»Einen Moment noch.« Tristam öffnete die Augen und sah erleichtert die Sterne klar und ruhig über ihm stehen. Er fragte sich, welches Sternbild den Wal symbolisierte.

»Die Kenaturaga haben noch eine weitere Frage gestellt, Mr. Flattery«, sagte Wallis zögernd. »Ich hatte Schwierigkeiten, ihnen klar zu machen, dass der Viscount Elsworth mit Ihnen in keiner Weise verwandt ist. Zunächst dachte ich, sie glaubten, die Herzogin sei Ihre Frau und der Viscount Ihr Schwager – Ihr angeheirateter Bruder sozusagen. Erst nach einer Weile begriff ich, dass sie den Viscount für Ihren leiblichen Bruder hielten, und hatte große Mühe, ihnen begreiflich zu machen, dass das nicht stimmt. Wenn ich ehrlich bin, weiß ich gar nicht, ob sie mir geglaubt haben. Sie sprechen ein bisschen Varuanisch – ist Ihnen das Wort *Va'ere* geläufig? Nein? Ich glaube, es setzt sich aus Teilen der Wörter für ›Geist‹ und ›Dunkel‹ zusammen. Dunkler Geist.« Wallis schwieg eine Weile. »Ich möchte Ihnen noch eine andere varuanische Sage erzählen. Es war einmal ein sehr mächtiger Häuptling mit einer hübschen Tochter, die sich in ihrem Volk unglücklich fühlte. Niemand wusste warum, denn sie war nicht krank gewesen oder unglücklich verliebt. Sie war jung und konnte noch Kinder bekommen, deshalb verstand niemand ihre Unzufriedenheit. Eines Tages verschwand sie und war nicht mehr aufzufinden. Ihr Vater war untröstlich, doch eines Nachts, als er weinend auf einem Felsen an der Lagune saß, kam nur wenige Fuß von ihm entfernt ein Delfin aus dem Wasser. ›Weine nicht, Vater, denn ich bin endlich glücklich‹, sagte der Delfin, und der Häuptling wusste sofort, dass ein Geist seine Tochter verwandelt hatte und sie nun beim Meeresvolk lebte. ›Aber ich vermisse dich so, Tochter, und ich werde nie wieder schlafen können aus Angst, dir könnte etwas zugestoßen sein. Denn du lebst nun in der Welt der Haie und Barrakudas.‹ Die Tochter blies eine kleine Wasserfontäne in die Luft. ›Aber Vater, ein Hai ist immer ein Hai und ein Barrakuda immer ein Barrakuda. Man weiß, was sie sind und was sie tun werden. Aber an Land maskieren sich die Haie und Barrakudas oft als Menschen. Sie sind schwer zu erkennen und unberechenbar in ihrer Grausamkeit.‹« Wallis rückte ein Stück ab. »Verstehen Sie, was ich meine, Mr. Flattery? Die Varuaner kennen solche Menschen. Dieser Viscount Elsworth ist ein Va'ere – in ihm lebt etwas Bösartiges.«

Ja ... und was lebt in mir?, fragte sich Tristam. *Der Viscount ist ein verwandelter Mensch*, dachte er, und dabei trat ihm der Vogel-Mensch vor Augen, wie er über das sitzende Publikum hinweg in den Kreis sprang, und dann fiel ihm die Vogelviper in der Vergessenen Stadt ein.

Die Sterne zitterten, doch Tristam zwang sich zur Ruhe und atmete gleichmäßig. Ein Tanz der Wandlung. Was hatte Wallis gesagt? ›Den Menschen kann man nicht sehen.‹

Ein Pochen in den Ohren riss Tristam aus dem Schlaf, und er fuhr jäh gereizt auf.

»Mr. Flattery?«, kam eine nachdrückliche Stimme von draußen. »Der Kap'tän will Sie sprechen. In der Kajüte der Herzogin, und schnell, Sir. Er ist in keiner Stimmung, wo man ihn warten lassen sollte. Mr. Flattery?«

»Ja, ja. Ich komme sofort.«

Es war helllichter Tag – Vormittag. Tristam setzte sich

auf und begutachtete sein Befinden. So gut wie normal, und er war wach – ganz wach.

Er rollte sich aus der Hängematte und blieb einen Moment lang ratlos in der Kammer stehen. Ach ja, frische Kleidung brauchte er. Gestern Abend war er angezogen eingeschlafen. Wie war er an Bord gekommen? Wallis! Jetzt erinnerte er sich an die Begegnung mit den Alten Männern.

Sie hatten ihm Regis verabreicht. Und seine Tätowierung war zurückgekehrt.

Tristam hob die Hand und sah, dass die Zeichnung schon fast wieder zur Unsichtbarkeit verblichen war, aber nicht ganz. Das Haar auf seinem Handrücken war versengt. Geträumt hatte er jedenfalls nicht.

Er wusste, dass er ungepflegt aussah, und er hegte das ungute Gefühl, der Expedition Scherereien verursacht zu haben, aber er machte sich unverzüglich auf den Weg zum Kommandanten.

»Mr. Flattery«, sagte Kapitän Stern, als Jacel den Naturforscher einließ. »Seien Sie gewarnt, dass ab heute Morgen Klarschiff befohlen ist.«

»Klarschiff ...!«, sagte Tristam. Er blickte die Herzogin an, die ungewöhnlich gedämpft wirkte.

»Jawohl. Wir haben in der Nacht zwei Mann verloren.« Er nickte Wallis zu, der sichtlich verstört am Tisch saß.

Der Künstler blickte Tristam aus rotgeränderten Augen an. »Heute Nacht wurden zwei Männer in der Stadt der Götter aufgegriffen. Sie waren in das Haus des mächtigsten Alten Mannes, Toata Po, eingedrungen und durchsuchten es, nach des Königs Laub, wie man behauptet. Sie wurden auf der Stelle hingerichtet.«

»Flammen!«, rief Tristam aus. »Wer denn?«

»Steuermannsmaat Garvey und Seekadett Chilsey«, antwortete Stern leise.

»Chilsey! Aber woher wusste er überhaupt davon?«, platzte Tristam heraus, und im nächsten Augenblick kannte er die Antwort. *Hobbes!* Garvey war Hobbes' Gehilfe gewesen. Blut und Flammen! Hobbes! Tristam konnte nicht anders, er sah die Herzogin an. Das musste sie bemerkt haben, doch sie hielt den Blick auf das Handtuch gesenkt, das sie sich um eine Hand gewunden hatte.

»Elende Narren«, stieß Stern hervor und musterte Tristam. »Sie haben mit niemandem über *Regis* gesprochen? Mit Beacham vielleicht?«

»Kein Wort, Sir.«

Stern schüttelte den Kopf und begann auf und ab zu schreiten. Sein Rock war zurückgeworfen, wo er die Faust in die Hüfte stützte. »Was werden die Varuaner Ihrer Meinung nach unternehmen, Mr. Wallis?«, fragte er schließlich.

Wallis lehnte über den Tisch wie ein Mann, der vom Leben erschöpft ist. Stern erwog offenbar keinen Augenblick lang, dass der zurückgelassene Farrländer den Insulanern die Treue halten könnte – den Menschen, die ihm das Leben gerettet hatten.

»Das weiß ich nicht, Kapitän Stern. Ich vermute, dass nichts geschehen wird, bevor der König das Maoeã beendet hat. Ich habe angeführt, dass diese Männer nicht auf Ihren Befehl handelten, aber wenn Sie für die Toten Sühne verlangen ... Dann wird ein anderer Eindruck entstehen. Sie müssen ihr Tun öffentlich als Verbrechen brandmarken.«

Stern verharrte auf der Stelle und blickte Wallis an. »Wollen Sie vorschlagen, dass ich diesen Wilden nachträglich gestatte, zwei Männer meiner Besatzung zu ermorden, und einfach fortfahre, als wäre nichts geschehen?«

Wallis starrte ihn vollkommen verblüfft an. »Sie haben zwei der grundlegendsten Tabus – Gesetze – dieser Gesellschaft gebrochen, Herr Kapitän. Sie müssen doch begreif—«

»Und Sie müssen begreifen, dass ich nicht untätig zusehen kann, wie meine Männer ohne Gerichtsverhandlung auf das Geheiß von jemandem ermordet werden, von dem ich noch nie gehört habe! Das kann ich nicht durchgehen lassen. Nein, man hätte sie vor mich bringen müssen, und ich hätte mich darum gekümmert. Marineleute unterliegen der Marinedisziplin.«

»Aber Herr Kapitän, wenn wir in Entonne wären, würden Sie auch nicht erwarten, dass man Ihnen Angehörige Ihrer

Mannschaft überstellt, die ein Kapitalverbrechen begangen haben. Sie unterlägen doch der Gerichtsbarkeit von Entonne.«

»Jawohl – *der Gerichtsbarkeit!* Einem Verfahren, bei dem sie angemessen verteidigt werden könnten, aber keiner summarischen Hinrichtung für ein Verbrechen, das sie vielleicht begangen haben, vielleicht aber auch nicht. Um des Märtyrers willen, sie konnten sich verirrt haben. Einen Auftrag gehabt haben und einfach in das falsche Fale gegangen sein. Es kann eine ganz einfache Erklärung geben, doch die werden wir nun nicht mehr erfahren.«

»Sie hatten Saat in ihrem Besitz, Herr Kapitän, die aus dem Fale Toata Pos stammte. Ich habe Sie vor diesen Kernen gewarnt, Kapitän Stern, und Anua hat sich ausdrücklich erbeten, dass niemand die obere Stadt betritt.«

Stern antwortete nicht. Tristam sah, wie wütend der Kommandant war. Er wusste, dass die Besatzung von ihm eine Vergeltung erwartete.

»Wir müssen noch etwas anderes bedenken, Kapitän Stern«, warf die Herzogin unversehens ein. »Wir haben unsere Pflicht gegenüber König Wilam zu erfüllen. Unmittelbar gegenüber König Wilam. Seine Majestät erwartet von uns Erfolg.«

Tristam fiel sofort ein, was sie nach Pims Rettung zu ihm gesagt hatte: ›Für das Leben eines Schiffsjungen setzen Sie alles aufs Spiel!‹ Vermutlich grämte sie sich nicht sonderlich über den Tod zweier Seeleute. Nicht, wenn ihre eigenen Interessen betroffen waren.

Garvey und Chilsey ... hatte Hobbes sie dazu angestiftet? Beim Blut des Märtyrers, Chilsey war kaum mehr als ein Junge. Und sein Vater war Kapitän in der Marine – jemand, den Stern gewiss kannte.

Der Gedanke, dass Stern die Breitseite der *Swallow* auf das Dorf richten könnte, weckte Tristams Abscheu. Die Varuaner hatten ihre eigenen Gesetze befolgt und ihre Interessen gewahrt. In der vorhergehenden Nacht hatte Tristam Nämliches erlebt, als man ihn vor das Tribunal der Kenaturaga schaffte.

»Gibt es nach den Gebräuchen der Varuaner denn keine Berufung?«, fragte er.

»Sie betrachten ihre Gesetze aus einem anderen Blickwinkel als wir die unsrigen, Mr. Flattery. Hier gibt es keine mildernden Umstände und auch kein Gericht in unserm Sinne. Wer immer die Männer letzte Nacht überrascht hat, richtete sie noch am Ort des Verbrechens – man wendet sich hier an keine übergeordnete Behörde. Gesetz ist Gesetz. Zwar betreffen nicht alle Gesetze alle Menschen, das ist wahr, aber jeder unterliegt den Bestimmungen, die für seine Kaste gelten. Auch die Königliche Familie. Sogar die Alten Männer müssen sich den Gesetzen beugen, die für sie gelten.«

»Und welche ihrer Gesetze betreffen nun uns, Mr. Wallis?«, erkundigte sich Stern.

»Das lässt sich nur schwer sagen, Kapitän Stern, weil es noch immer nicht vollkommen feststeht. Von den Gesetzen, die das regeln, was Sie als ›Eigentum‹ bezeichnen würden, sind Sie größtenteils ausgenommen. Die Jacks gehen umher und pflücken Früchte, ohne zu fragen, ob jemand womöglich ältere Rechte daran hat. Doch was die religiösen Tabus anbelangt, so unterliegen Sie den gleichen Gesetzen wie jeder. Hier macht man für Sie keine Ausnahme, fürchte ich. Es ist möglich, dass Sie Ersatz für andere Überschreitungen aushandeln, so wie wir zu Hause Strafgebühren zahlen. Aber auf religiösem Gebiet, und besonders bei allem, was mit des Königs Laub zu tun hat ... Nun, da glaube ich nicht, dass die varuanischen Gebräuche eine Ausnahme überhaupt erlauben. Sie müssen doch einsehen, dass die Varuaner sich an ihre Gesetze gebunden fühlen.« Gedankenverloren ließ Wallis sich auf dem Stuhl zusammensinken. »Ich weiß nicht, was ich tun soll, Kapitän Stern. Die Varuaner bedauern es außerordentlich, dass es gestern Nacht zu diesen Hinrichtungen gekommen ist, und empfinden sie gleichzeitig als vollkommen gerechtfertigt. Verstehen Sie, wie ich das meine?«

Stern schritt weiterhin auf und ab wie ein Mann in einer engen Zelle. »Die Jacks erwarten von mir, dass ich

Vergeltung übe, denn sie betrachten diese ›Hinrichtungen‹, wie Sie es nennen, als Mord. Die Gesetze der Varuaner erscheinen ihnen dumm. Das dürfen wir nicht vergessen. Wir können es uns nicht leisten, uns die Besatzung zu entfremden – nicht so weit von Farrland entfernt.«

»Und ich bin davon überzeugt, dass es nur einen Weg gibt, wie Sie an des Königs Laub kommen: durch das Wohlwollen des varuanischen Königs.« Wallis stand auf. »Sie müssen sich eine Möglichkeit einfallen lassen, wie Sie Ihre Besatzung besänftigen, Kapitän Stern, sonst gehen Sie mit leeren Händen in See.«

Stern verschlug es einen Moment die Sprache. Überrascht und ungläubig zugleich starrte er seinen Landsmann an. »Eines kann ich Ihnen versichern, Mr. Wallis: Ich habe nicht die Absicht, mit leeren Händen auszulaufen. Das können Sie Ihren varuanischen Freunden ruhig sagen.«

12. Kapitel

Als es Mittag wurde, ritten Jaimy und Egar Littel bei kühlem Rückenwind querfeldein. Sie hatten Reitpferde und Sattelzeug gekauft, dazu zweckmäßigere Kleidung, doch für eine Reise wie diese waren sie dennoch schlecht gerüstet. Jaimy dankte dem Himmel, dass es nicht regnete. Littel erwies sich als passabler Reiter und guter Weggefährte, sah man von seiner Furcht ab, dass Palle ihn doch wieder festnähme. »Ich habe mir große Mühe gegeben, möglichst begriffsstutzig zu erscheinen, damit niemand mich für gefährlich hielt«, hatte er gesagt, »aber nun wissen sie, dass ich weit mehr begriffen habe, als sie glaubten. Sie haben keine andere Wahl, sie müssen mich wieder in ihre Gewalt bekommen.«

Je mehr Meilen sie zurücklegten, desto geringer wurde Jaimys Sorge, dass man sie tatsächlich ergreifen könnte. Das eigentliche Problem bestand nun darin, das Versteck zu finden, auf das Kent hingewiesen hatte, denn Jaimy besaß nur eine ungefähre Vorstellung, wo die Gräfin von Chilton lebte.

Egar blickte sich über die Schulter, wie er es schon den ganzen Morgen regelmäßig tat.

»Keine Armee auf unseren Fersen, hoffe ich?«, sagte Jaimy in der Absicht, den ängstlichen Linguisten zum Lächeln zu bringen.

»Das ist doch keine törichte Angst«, erwiderte Littel, der glaubte, Jaimy wolle sich über ihn lustig machen. »Ich bin mir völlig sicher, dass Roderick Palle meine Flucht als Verrat ansieht, und Männer seines Schlages nehmen Untreue nicht einfach hin. Palles Kreis misst diesem Text eine geradezu absurd übersteigerte Bedeutung bei. Deshalb wird man keine Mühe scheuen, um mich wieder einzufangen. Ich betone dies ebenso zu Ihrer Sicherheit wie zu meiner eigenen.«

Jaimy nickte. »Ich wollte auch gar nicht ins Lächerliche

ziehen, was Sie erlebt haben, Egar, und stimme Ihnen zu: Wir sollten kein Risiko eingehen, und nur mit Eile bringen wir Sie in Sicherheit, was wir soeben tun. Aber ich verstehe Ihre Befürchtungen.«

Zum Teil war das gelogen, denn Jaimy zweifelte kaum noch, dass sie unbemerkt entkommen waren. Aber es zahlte sich nur selten aus, über die Ängste eines anderen Mannes zu spotten.

Diese Reise mit Littel erinnerte Jaimy an seine vielen Ausritte mit Tristam, und das brachte ihn auf die Frage, wo sein Cousin sich nun befinden mochte. Lag er von wunderschönen Mädchen umgeben auf einer exotischen Insel und widmete sich auf völlig neue Weise seinem Interesse für das Natürliche?

Als sie die Kuppe eines Hügels erreichten, zügelte Jaimy sein Pferd und betrachtete die umliegende Landschaft, die selbst im Spätwinter mit kahlen Bäumen und bleichen Farben noch schön aussah. »Das dort im Osten wird Coombs sein. Sehen Sie den aufsteigenden Rauch?« Er wies darauf. »Den Ort müssen wir weiträumig meiden. An der Straße nach Postom gibt es eine Herberge, wo wir vermutlich in aller Stille übernachten können.«

»Lord Jaimas«, sagte Littel sehr leise.

Jaimy drehte sich zu seinem Begleiter um, der in die Richtung starrte, aus der sie gekommen waren. Dort war eine Gruppe Reiter zu sehen, die gerade eine offene Wiese zwischen zwei Wäldchen überquerten. Und vor ihnen her rannten springend und dumpf bellend – *Jagdhunde.*

»Sind das Jäger, was meinen sie?«, fragte Littel.

»Ja«, sagte Jaimy und stellte sich in den Steigbügeln auf, »aber Füchse jagen sie nicht. Ich fürchte, wir sind ihr Wild. Kommen Sie, wir müssen von diesem Hügel hinunter.«

Sie fanden einen Weg, der sich zwischen alten Ulmen hindurchwand, und ritten eilig hügelabwärts. Am Fuße der Erhebung hielten sie an einer niedrigen Steinmauer. Littel begann schon zu verzweifeln, wie Jaimy sofort erfasste, denn er schaute gehetzt nach links und rechts wie ein in die Enge getriebener Fuchs.

»Welche Richtung?«, fragte Littel. »Wohin?«

»Lassen Sie mich nachdenken.«

»Beeilen Sie sich! Wir haben keine Zeit!«

»Doch, jetzt haben wir noch Zeit. Später mag uns dieser Luxus fehlen.« Jaimy blickte zur Böschung hinauf und versuchte abzuschätzen, wie groß ihr Vorsprung vor den Verfolgern sein mochte. Merton hatten sie auf einer Straße verlassen, die nach Westen führte, und waren später überland nach Osten galoppiert, sodass jeder, der nach ihnen fragte, in die falsche Richtung geschickt wurde. Doch das war leider fehlgeschlagen. Vermutlich hatte jemand beobachtet, wie sie die Straße verließen.

Jaimy versuchte in Gedanken eine Karte zu zeichnen. Nicht allzu weit im Norden floss die Whipple, die man nur auf Brücken oder Furten überqueren konnte. Drei Ortschaften waren in der Nähe, die sie am besten alle mieden.

»Bald sind unsere Pferde müde«, dachte er laut.

»Wenn wir hier stehen bleiben, brauchen sie bald nicht mehr zu rennen.«

»Wir müssen uns weiter nach Norden bewegen, als wollten wir zur Wye-Brücke und nach Caulfield. Sobald es dunkel ist, schwenken wir nach Südosten, nach Avonel. Damit rechnen sie nicht.«

»Aber was ist mit den Spürhunden? Die Köter scheren sich doch wohl kaum um das, was ihre Herren denken.«

»Richtig. Die müssen wir irgendwie abschütteln. Doch im Augenblick müssen wir sie nur auf Abstand halten. Sie sind die größere Gruppe und kommen daher langsamer voran, wenn das Land nicht offen ist, auch wenn unsere Tiere keine Rennpferde sind. Ich wünschte, wir hätten meine besten Springer, damit würden wir unsere Verfolger schnell hinter uns lassen.«

Im leichten Galopp folgten sie der Mauer, bis sie ein Tor fanden, dann trieben sie ihre Pferde zu schnellem Lauf über eine freie Wiese an. Als sie sich im Schutz eines Kiefernwäldchens versteckt hatten, stieg Jaimy ab und schlich sich zurück, um zu sehen, wie dicht die Verfolger ihnen auf den Fersen waren.

»Sie kommen gerade die Böschung herunter«, sagte er, als er zurückkehrte. Er stieg auf und gab dem Pferd die Sporen. Sie durften ihre Reittiere nicht übermächtig antreiben, denn sie würden in den nächsten Stunden keine frischen Pferde bekommen – wenn überhaupt je. Jaimy hoffte, dass die Verfolger ihre Pferde an der gleichen Herberge gekauft hatten wie Littel und er, denn sie selbst hatten dort die mit Abstand besten Pferde genommen.

»Wenn wir es plötzlich eilig haben, wissen sie, dass wir sie bemerkt und ihre Absicht erraten haben«, rief Jaimy über die Schulter zurück. »Deshalb müssen wir versuchen, immer den gleichen Abstand zwischen ihnen und uns zu halten.« Wie sehr er sich nun wünschte, einen Bogen zu haben. Bislang hatte er nicht einmal daran gedacht, auf einen Menschen zu schießen, doch nun könnte es tatsächlich so weit kommen. Waren die Verfolger bewaffnet? Wenn es Gardisten waren, hatten sie vermutlich Degen, was er und Littel nicht von sich behaupten konnten.

Auf der anderen Seite des Waldes gelangten sie ins Freie und sahen sich einem Moor gegenüber, das sich bis an eine weit entfernte Reihe von Weiden erstreckte. Die Sonne schien auf die Bäume, sodass sich das Gelb ihrer herabhängenden Äste leuchtend gegen eine dunkle Wolke abhob.

»Können wir es wagen, das Moor zu überqueren?«, fragte Littel.

Auf dem Moor wuchs, was Jaimy für Moosbeeren hielt, dazu vereinzelte Rohrkolben. *Wenn nur Tristam hier wäre!*, dachte er. Mit einem Blick auf die Flora konnte sein Cousin, der große Naturforscher, gewöhnlich feststellen, wie feucht solch ein Sumpf war.

»Ich weiß es nicht, Egar. Wir sollten besser dem Rand folgen. Nach Osten scheint es nicht ganz so weit zu sein.«

Nun ritten sie im gestreckten Galopp. Die Hunde mussten einem Ansässigen gehören, jemandem, der das Land gut kannte – und wusste, ob man das Moor überqueren durfte. Jaimy sah nach der Sonne und schätzte, dass ihnen noch zwei Stunden Tageslicht blieben. Zwei Stunden. Nach Osten konnten sie noch nicht, so viel stand fest. Auf keinen

Fall durften die Jäger erfahren, dass sie nach Avonel wollten.

Sie mussten sich in nördlicher Richtung halten. Jaimy wünschte, er wäre in einem Gebiet, das er kannte. Überall in der weiteren Umgebung des elterlichen Landsitzes hätte er jeden Verfolger mühelos zurückgelassen. Doch was hatten diese Männer vor? Würden sie Egar gefangen nehmen, mit dem Sohn des Herzogs von Blackwater als Zeugen? Gewiss würden sie es nicht wagen, einem von ihnen ein Leid zu tun. Nein, vermutlich würden sie Littel unter einer falschen Anklage festnehmen – ja, so würden sie wohl vorgehen.

Die Moorgrenze krümmte sich nach Norden, und die Flüchtigen trieben ihre Pferde zu höherem Tempo an, denn auf dem offenen Feld fühlten sie sich schutzlos. Ihre Augen hingen wie gebannt an der Baumlinie vor ihnen. Der Wind trug einen gespenstischen Ruf herbei, der wie ein schlecht geblasenes Horn klang. Diesen Laut kannte Jaimy gut. Hundegebell. Die Verfolger schlossen auf.

Ohne dass Jaimy ihm Bescheid geben musste, spornte Littel sein Pferd zu äußerstem Galopp an und setzte über einen gefallenen Baum. Er landete schlecht, hielt sich aber im Sattel. Nun hatten sie das Moor fast passiert, und vor ihnen ragten die Bäume auf wie eine Reihe vierschrötiger behaarter Ungeheuer. Als sie der herabhängenden Äste wegen die Pferde zügelten, drehte Jaimy sich um und sah, dass die Verfolger den Hunden, ohne zu zögern, ins Moor folgten. Littel und er hätten das Moor also gefahrlos überqueren können, doch diese Erkenntnis kam zu spät.

Zum ersten Mal empfand Jaimy echte Furcht davor, was diese Leute beabsichtigten.

Hinter den Weiden führte ein schmaler Weg nach Osten, und hier hielten sie die Pferde an, als suchten sie nach einem Versteck. Auf der anderen Seite lag ein kleiner See, der gut eine Viertelmeile durchmaß. Jaimy ließ sein Pferd nach Osten kreiseln und rief Littel zu, ihm zu folgen. Wenn sie die besseren Pferde hatten, sollten sie den Vorteil nutzen, den ihnen der Weg bot.

Sie hörten das dumpfe Trommeln von Hufen auf Schlamm und aus der Ferne die Rufe von Männern und das Bellen der Hunde. Der Wind peitschte die herabhängenden Weidenäste hin und her. Wie zupackende Tentakel schwangen sie auf den Weg, und die Reiter mussten ihre Pferde im Zaum halten, damit sie nicht scheuten.

So fühlt man sich also als Fuchs, dachte Jaimy, während er darum kämpfte, dass sein Pferd unter ihm blieb und nicht nachließ. Im Stillen schwor er sich, nie wieder auf die Jagd zu reiten.

Ein schlammiger Wirtschaftshof tauchte vor ihnen auf, daneben eine Kate und baufällige Schuppen. Jaimy und Littel zügelten die Pferde kaum, und das Federvieh stob vor ihnen auseinander. Gleich danach gelangten sie auf eine gepflasterte Straße. Jaimy zögerte nicht, sondern lenkte sein Pferd nach Norden. Er warf Littel einen Blick zu und gewahrte, dass keins der beiden Pferde dieses Tempo noch lange durchhalten würde.

»Runter von der Straße«, rief Littel, »wir müssen von der Straße runter.«

Ja, aber wo? Das Unterholz wuchs hier dicht, und kein Weg führte hinein. Jaimy war ratlos. Sie mussten weiterreiten, solange ihre Pferde mitmachten. Mehr konnten sie nicht tun.

Im Galopp folgten sie einer Biegung und trafen auf drei Männer, zwei saßen im Sattel, ein dritter stand neben seinem Ross. Bevor Jaimy reagieren konnte, hob einer von ihnen den Bogen. Da riss Jaimy sein Pferd herum und brach blind in den Wald ein. Dicht beugte er sich zum Nacken des Pferdes herab und krallte sich an der Mähne fest. Sollte die Stute den Weg finden. Gewiss würde ihm im nächsten Moment ein Ast den Schädel brechen.

Hinter sich hörte er jemanden und hoffte, es wäre Littel und keiner der Verfolger.

Jemand hatte einen Pfeil auf ihn abschießen wollen! Und auf diese Entfernung hätte er ihn mit Leichtigkeit getötet. Ihn getötet.

Das Dickicht lichtete sich geringfügig, und Jaimy wagte

den Kopf zu heben. Unter ihm rang seine Stute nach Luft; zwischen seinen Knien bebte ihre Brust. Ein rascher Blick nach hinten – Egar folgte mit grimmigem, starrem Gesicht.

Die Bäume standen nun weniger dicht, und es gab kaum Unterholz, sodass sie über eine weiche Decke aus modernden Blättern galoppierten. Sie ritten auf eine niedrige Mauer zu, die von Efeu überwachsen war, und ohne nachzudenken ließ Jaimy sein Ross hinübersetzen. Dann hörte er, als Littel hinter ihm aufsetzte, ein lautes Grunzen. Jaimy blickte zurück und sah, dass der Linguist noch im Sattel saß, aber mit einem Fuß in der Luft ruderte, um seinen Steigbügel wiederzufinden. Sie trafen auf einen anderen Kutschweg und bogen um die Kurve, ohne zu wissen, wohin der Weg führte oder was sie dort tun würden. Nur im Sattel bleiben und die Pferde antreiben, bis sie unter ihnen zusammenbrachen, mehr blieb ihnen nicht zu tun.

Plötzlich tauchte aus dem Gebüsch weiter vorn ein Fuchs hervor, der eine Maus im Maul trug. Für einen Moment hielt er, eine zierliche Pfote erhoben, inne und starrte die Reiter an, die auf ihn zupreschten, dann schoss er nach links ins Dickicht. Jaimy hätte fast laut gejubelt.

Er bog auf die Spur des Fuchses ein und zwang sein Pferd, das Tempo beizubehalten. Dürre Äste peitschten auf ihn ein und rissen ihm Kleidung und Haut auf. Sein Gesicht wurde schmerzhaft zerkratzt, und er hielt schützend einen Arm davor und konnte sich kaum im Sattel halten. Dann sah er den Fuchs wieder und schwenkte zur Seite ab. Sollte das Tier nur in die andere Richtung fliehen.

Am Fuß einer steilen Böschung floss ein seichter Bach, dem er folgte; das Pferd schlitterte über die glatten Steine. Nach einer halben Stunde hielt er an. Das Pferd blieb stehen und keuchte aus vollem Hals. Die Stute kämpfte darum zu saufen, doch ihr den Willen zu lassen, durfte Jaimy nicht wagen.

Egar Littel perschte heran. Er keuchte fast so heftig wie sein Ross. Er hatte Schlimmeres erduldet als Jaimy; ein Auge war von einer üblen Strieme fast geschlossen.

Nicht allzu weit entfernt bellten die Hunde.

»Wir sollten nicht anhalten«, brachte Littel hervor.

»Nein, hören Sie doch ... Sie gehen nach Norden – die Hunde verfolgen den Fuchs. Mit ein bisschen Glück lässt er seine Beute fallen, das stiftet noch mehr Verwirrung. Die Reiter werden Stunden brauchen, bis sie unsere Spur wiedergefunden haben, und bis dahin ist es lange dunkel.«

Jaimy glitt aus dem Sattel und stand bis zu den Knien im Bach. »Kommen Sie, wir führen die Pferde, damit sie nicht zu schnell auskühlen. Ich glaube, wir sollten noch ein wenig im Bach bleiben, auch wenn es den armen Tieren nicht gut tut. Erst wenn es dunkel geworden ist, steigen wir die Böschung hinauf. Meiner Ansicht nach halten wir uns am besten östlich und biegen irgendwann nach Norden ab. Ich fürchte mich jetzt davor, nach Avonel zu reiten, denn auf dem Weg dorthin könnten die Hunde Verstärkung erhalten.« Er winkte in die Richtung, aus der das Bellen zu hören war.

Littel wäre fast aus dem Sattel gestürzt und platschte ins Bachbett. Er sah aus, als könnte er trotz seiner Angst kaum noch weiter.

»Wir müssen losgehen, Egar«, sagte Jaimy leise. »Sie haben doch gesehen, wie man mit dem Bogen auf mich zielte. Ich fürchte, sie hätten sogar geschossen.«

»Auf Sie?«, fragte Littel ungläubig, dann wandte er Jaimy seine Schulter zu. Er zog an seinem Mantel und offenbarte ein gezacktes Loch im Ärmel. »Ist Ihnen der Pfeil etwa noch näher gekommen?«

Jaimy blieb wie gelähmt stehen, während das Begreifen sich langsam gegen Furcht und Bestürzung durchsetzte. *Die Jäger hatten versucht, sie zu töten! Man wollte sie lieber ermorden, als sie entkommen lassen!*

13. Kapitel

Sir Roderick Palle war mit sich und der Welt nicht zufrieden. Er stand auf einem Balkon des Winterpalastes und blickte über die Menschenmenge, die sich versammelt hatte, um die Eröffnung von Wells' eiserner Brücke zu feiern, und etwas an dem Anblick der wimmelnden Köpfe beunruhigte ihn.

Die Menschen dort unten waren so – richtungslos. Ihnen fehlte ein echter Lebenszweck. Man hatte ihnen gesagt, Wells' Brücke sei ein Wunder des modernen Zeitalters, und pflichtgetreu waren sie hervorgekommen, um das verheißungsvolle Ereignis zu feiern. Was dieser Moment jedoch wirklich bedeutete, so vermutete der Königsmann, begriffen in diesem ganzen großen Gebäude nicht mehr als ein halbes Dutzend Menschen.

Seiner Ansicht nach war die Große Halle mit Unbedarften gefüllt: vor allem modischen Gecken, die glaubten, nur einer gesellschaftlichen Verpflichtung unter vielen nachzukommen, die sich nicht von einem Gang ins Theater unterschied. Sicherlich gab es dort unten auch ein paar weichherzige Transzendentalisten und Naturfreunde, die das Modell der Eisenbrücke anstarrten und allein deswegen, weil es sich um ein neues Konzept handelte, bestürzt die Köpfe schüttelten. Vermutlich verstanden nicht einmal die anwesenden Empiristen zur Gänze, was sich unmittelbar vor ihren Augen abspielte.

Wir haben uns aus der Knechtschaft des Steins befreit, dachte der Königsmann, *wir haben uns vom Baumaterial unserer Vorfahren gelöst. Vor Jahrhunderten schon wühlten wir uns tief in die Erde und entwanden ihren betagten Knochen etwas Neues. Wir schmolzen und veredelten das Erz, bis wir die Essenz der Stärke unseres Planeten gefunden hatten. Und jetzt, durch einen genialen Schöpfungsakt, haben wir aus diesem Stoff ein Bauwerk errichtet. Ein Bauwerk, das Kräfte und Spannungen derartig ausbalan-*

ciert, dass es sich selbst trägt. Und das ist nur der Anfang. Wir sind frei von den Hemmnissen des Steins.

Doch Palle sah es an den leer grinsenden Gesichtern, aus deren Mündern nichts als seichtes Geplauder drang: Ihre Besitzer ahnten nicht, dass sie an einem Scheideweg der Geschichte standen. Was hätten sie zu Wells' Ansicht gesagt, dass aus Eisen sogar Schiffe gebaut werden könnten? Schiffe aus Eisen, die nicht nur auf dem Wasser fuhren, sondern jeden Geschütztreffer abprallen ließen?

Der Unverstand der Masse flößte dem Königsmann Unbehagen ein. Solche Menschen konnten alles missverstehen. Sie schworen dem schlimmsten Tyrannen unerschütterliche Treue und verleumdeten den ehrenwertesten Minister. Selbst ein Mann wie er konnte solchen Leuten zum Opfer fallen. Dazu bedurfte es nur irgendeines Aufwieglers, der den Pöbel davon überzeugte, er spreche die Wahrheit, obwohl er log. Und dann zählte es nicht, dass Roderick Palle ihnen mehr als ein Jahrzehnt Sicherheit und weise Regierung geschenkt hatte. Nein, dann würden sie sich auf den Straßen zusammenrotten und im Chor seinen Namen brüllen, als wäre er ein Dämon, der exorziert werden muss. Palle hatte beobachtet, wie dies anderen widerfuhr.

Nun, heute waren die Menschen gekommen, um die Eisenbrücke zu feiern, doch genauso gut konnten sie anrücken, um sie als Symbol ihrer Unterdrückung oder dergleichen niederzureißen. Ihrer konnte man sich nie völlig sicher sein. Und wer es doch war, den traf bald ein bittres Schicksal.

Plötzlich merkte er, dass er Überlegungen anstellte, die eher zu Rawdon gepasst hätten, und schüttelte den Kopf. Der abergläubische Königliche Leibarzt war davon überzeugt, das Schlimmste trete so lange nicht ein, wie er nicht übertrieben zuversichtlich war und sich immer ins Gedächtnis rief, dass es jeden Tag geschehen *könnte*. Der Königsmann lächelte. Vielleicht hatte der Mann sogar Recht und vereitelte manche Katastrophe durch seine Lebensphilosophie. In diesem Fall war es gut, dass Rawdon infolge seiner fortwährenden Unruhe des Nachts wach im Bett lag und sich um ihre Ziele sorgte. Palle hatten seine Entscheidungen noch nie den Schlaf geraubt, oder zumindest nur sehr selten.

Allerdings hatte er in der vergangenen Nacht nicht sehr fest geschlafen. Aber wer wäre dazu fähig gewesen? Littel war fort, Averil Kent aus Merton verschwunden – das konnte doch kein Zufall sein. Fraglos hatte Kent etwas mit Littels Verschwinden zu tun, doch Palle wusste nicht genau, wie er darauf reagieren sollte. Valarys Diener schwor, dass außer den beiden älteren Gentlemen sich niemand in Kents Haus aufhielt. Wenn Littel also nicht bei Kent war, wo steckte er dann?

Kent sollte sich glücklich schätzen, dass Roderick Palle ein zivilisierter Mann ist, dachte der Königsmann. Einige seiner Amtsvorgänger waren bei weitem nicht so diskret gewesen und hatten sich auch keine großen Gedanken um die Meinung des Volkes gemacht – was zu ihrem Untergang beigetragen hatte. In dieser Entwicklung kannte Palle sich aus, denn er hatte sorgfältige Recherchen angestellt. Nach Lage der Dinge saß er noch immer nicht fest genug im Sattel, um den Sturm zu überstehen, den eine Verhaftung Sir Averil Kents heraufbeschwören musste. Nicht dass er sich Gedanken darum machte, was die Menschen, die so weit unter ihm ihrem banalen Einerlei nachgingen, von ihm halten mochten. Die Leute schluckten ohnehin jede Erklärung, die Palle ihnen vorwarf, besonders dann, wenn sie irgendwelche Vorurteile bestätigte, die die Menschen so gern hegten. Doch eine Gruppe gab es, die Palles Erklärungen keinen Glauben schenkte, und diese Gruppe bereitete ihm Sorge. Er konnte es sich nicht leisten, bei ihr Anstoß zu erregen. Jedenfalls noch nicht. Und man musste die Unberechenbarkeit des Volkes im Hinterkopf behalten ...

Das war das Problem mit Farrland: Es wurde per Kompromiss regiert – mithilfe von Kompromissen zwischen dieser und jener Gruppierung, zwischen den Industriellen und den Kaufleuten, dem Landadel und den Farrelliten. Nun wollten auch noch die Reformer mitmischen! Sir Roderick Palle betrachtete diese Entwicklung mit ungefähr dem gleichen Wohlwollen wie ein Chirurg einen beginnenden Wundbrand.

Der Königsmann schaute auf die Menschen in der Großen Halle hinab und dachte, dass von untergeordneten, vorübergehenden Schwierigkeiten abgesehen alles genau so voranschritt wie geplant. Noch am heutigen Tag wurde der Regentschaftsrat einberufen – zumindest effektiv, wenn auch nicht offiziell ernannt. Die offizielle Bekanntmachung folgte dann bald. Am besten, man beseitigte zunächst alle offenen Probleme. Auf keinen Fall konnte zugelassen werden, dass Egar Littel durchs Land ritt und ausposaunte, was er wusste – nicht etwa, dass ihm viele Menschen geglaubt hätten. Trotzdem gab es einige ...

Noyes trat schweigsam neben ihn. Der grotesk große Mann überragte Palle um Haupteslänge. In ganz Farrland konnte es keinen geben, dem teure Mode noch schlechter stand. Wie traurig, dass ein Mann, der mit solchem Intellekt begabt war, darauf bestand, sich zu kleiden wie ein Narr.

»Ich glaube, es ist erledigt, Sir Roderick«, sagte der Empirist und lächelte breit.

»Der Herzog hat eingewilligt?«, fragte Palle und verriet gegen seinen Willen eine gelinde Überraschung.

Noyes nickte ernst, doch in seinen Mundwinkeln zuckte es. »Nicht nur, dass er eingewilligt hat – Galton war unter denen, die der Herzog von sich aus vorschlug!«

»Lachen Sie nicht, Noyes«, wies Palle ihn eilig an. »Lassen Sie niemanden je sehen, wenn Sie lachen.« Palle drehte sich um und blickte in die Halle; die große Bekommenheit, die ihn erfasst hatte, lockerte ein wenig ihren Griff, und die plötzliche Entspannung ließ ihn an eine Kutschfeder denken, die man von ihrer Last befreit. »Ich kann kaum glauben, dass es so leicht geht«, sagte Palle leise, als spreche er mit sich selbst.

»Ich auch nicht, Sir Roderick, ich auch nicht.« Noyes trippelte auf der Stelle und legte seine großen Hände breit auf das Geländer. »Er stellt nur eine Bedingung. Der Herzog wünscht eine Audienz bei Seiner Majestät.«

Der Königsmann nickte. »Gewiss kann Doktor Rawdon

ein Treffen arrangieren, welches den Herzog davon überzeugt, wie sehr unsere Behauptungen der Wahrheit entsprechen. Selbstverständlich zu einem Zeitpunkt, an dem es Seiner Majestät passt.«

»Ich werde es dem Herzog ausrichten. Möchten Sie die Neuigkeiten Galton selbst überbringen, oder soll ich es tun?«

Palle sah sich um und fand den Gouverneur, der in der Nähe seiner Frau saß und mit einer Gruppe junger Adliger sprach. »Ich werde ihn von der bevorstehenden Ehre selbst unterrichten.«

Einen winzigen Augenblick lang verspürte er Misstrauen. Der Herzog hatte Galton von allein vorgeschlagen? Doch dann lächelte er. Die vielen Jahre auf Farrow ließen Galton als den Unschuldigsten aller Männer erscheinen, der offenbar kein höheres Ziel verfolgte, als den Menschen auf seiner Insel zu helfen – und das war ihm hervorragend gelungen, besonders im Hinblick auf seine Bemühungen, die Verabschiedung der Dayeschen Gesetze durchzusetzen, die sich freilich auf die Geschäfte einiger Freunde vernichtend ausgewirkt hatten.

Palle wandte sich von Galton ab. Die guten Nachrichten mussten warten, bis der Gouverneur allein war. So erhielt der Königsmann einige Minuten, um seinen Triumph zu genießen. Solche Augenblicke waren wie ein guter Wein – man stürzte ihn nicht hinunter.

Noyes blieb an seiner Seite und schwieg. Vielleicht genoss auch er den Moment.

»Sir Roderick.« Einer seiner Sekretäre sprach ihn an.

Palle drehte sich um.

»Ein Bote von Mr. Hawksmoor ist eingetroffen, Sir.«

»Ja?«

»Er will seine Nachricht niemand anderem als Ihnen persönlich übergeben, Sir Roderick.«

Palle nickte. »Na gut, dann führen Sie ihn her.«

»Sir, er ist mehrere Stunden lang hart geritten.« Der junge Mann schaute sich leicht besorgt um. »Vielleicht möchten Sie ihn lieber unter vier Augen empfangen?«

Roderick nickte und bedeutete dem Sekretär voranzugehen. Noyes folgte unaufgefordert. Was in Farrelles Namen ging hier vor?

Palle brauchte nicht lange nachzudenken, denn Hawksmoors Bote wartete in einer Nische unweit der Halle auf ihn. Rodericks erster Gedanke war, seinen Sekretär zu befördern, weil er das Treffen abseits aller Augen vorgeschlagen hatte. Der Bote wirkte abgerissen wie jemand, der nur mit Glück und durch seine Reitkunst den Wegelagerern entkommen war – schlammbespritzt von Kopf bis Fuß, und seine Kleidung war völlig zerrissen. Hastig verbeugte er sich vor Roderick und reichte ihm einen Brief, der mit Hawksmoors Siegel verschlossen war.

> Sir!
> Nach einer schwierigen Verfolgung gelang es uns, Mr. Littel zu stellen. Ich muss leider sagen, dass Mr. Littel und sein Begleiter sich sehr heftig zur Wehr setzten und im Eifer des Gefechts beide zu Tode kamen. Da Littel zuletzt in Begleitung von Lord Jaimas Flattery gesehen wurde, fürchte ich, dass der schlimmstmögliche Fall eingetreten ist. Ich begebe mich nun eilends an den Ort der Tragödie und werde Sie so schnell informieren, wie es menschenmöglich ist.
>
> E. D. H.

Palle stellte fest, dass er zu keiner Bewegung fähig war, sondern die Nachricht anstarrte, als müssten die Wörter aus irgendeinem Grund durcheinandergeraten sein. Was er gelesen hatte, durfte einfach nicht wahr sein.

»Sir Roderick?«, fragte Noyes leise. »Was ist denn?« Der Empirist griff nach dem Brief und entzog ihn den kraftlosen Fingern des Königsmanns.

»Wir sind verloren«, flüsterte er, als er gelesen hatte, hob eine Hand vors Gesicht und ließ sie sogleich wieder sinken.

Als Palle Noyes' Reaktion bemerkte, unterdrückte er seine eigenen Gefühle. »Waren Sie an diesem Irrsinn beteiligt?«, fragte er den Boten.

Der Mann nickte nur verängstigt.

»Kannte jemand die Männer, die Sie gefangen nehmen sollten?«

Der Bote schüttelte den Kopf. »Zwei junge Herren, Sir.« Seine Stimme war so rau, dass Palle kaum verstand, was er sagte. »Wir hatten sie den ganzen Tag über verfolgt. Mit Hunden haben wir sie gehetzt, Sir. Bei Einbruch der Dunkelheit haben wir sie gestellt. Danach wurde ich sofort zu Mr. Hawksmoor geschickt, und er hat mir befohlen, Ihnen den Brief zu geben.«

Palle wandte sich ab, entriss dabei Noyes den Brief und verbarg ihn eilig in seinem Rock, als könnte er schon dadurch, dass er mit dem Schriftstück gesehen wurde, das Unheil auf sich lenken.

»Noyes«, sagte er und drehte sich seinem Verbündeten zu. Er redete so leise, dass der Bote ihn nicht verstehen konnte. »Sie nehmen die Angelegenheit in die Hand. Auf der Stelle. Wenn dieser zweite junge Mann wirklich der ist, für den Hawksmoor ihn hält, dann müssen Sie alle nötigen Schritte ergreifen, um sicherzustellen, dass niemand – absolut niemand – je davon erfährt.« Palle fasste Noyes am Arm. »Haben Sie verstanden? Wenn der Herzog einen Verdacht schöpft, spielt es keine Rolle, dass die Beweise nicht ausreichen, um uns vor Gericht zu verurteilen. Der gesamte Adel würde sich gegen uns erheben.« Palle blickte eilig in die Runde, um sich zu überzeugen, dass niemand sie hören konnte. »Welche Schritte auch immer erforderlich sind. Unser Leben hängt davon ab.«

Noyes nickte ein wenig zögerlich.

»Keine Sorge, Mr. Hawksmoor wird zur Verfügung stehen und jede Maßnahme ausführen, die Sie als erforderlich erachten. Ihre Hände bleiben sauber.« Palle wandte sich ab und blickte in die große Halle. »Wenn es wirklich wahr ist, dann müssen wir sogar die Mörder des Jungen zur Strecke bringen. Hawksmoor wird verstehen.«

Palle hielt es für das Beste, zu den Feierlichkeiten zurückzukehren. Er hatte gute Neuigkeiten für Galton. Das andere wollte er zunächst für sich behalten. Selbst seine engsten

Vertrauensleute mochten die Nerven verlieren, wenn sie vom Schicksal des jungen Lords erfuhren.

Ob Blackwater von ihm erwartete, dass er seine Aufwartung machte? Palle entschied, dass nichts Ungewöhnliches daran war, wenn er darauf verzichtete. Galton war ohnehin mit dem Herzog bekannt, und es wäre geeigneter, wenn er dem Adligen persönlich seinen Dank aussprach.

Kurz empfand Palle Mitleid für den Herzog. Der arme Mann hatte seinen einzigen Sohn verloren. Das käme ihn gewiss hart an. Roderick fragte sich, ob man den Mord bis zu ihm zurückverfolgen könnte. Sie mussten herausbringen, wie Littel aus Merton entkommen war. Das war der Schlüssel. Littel war dort in Gesellschaft des jungen Lords gewesen – des Cousins von Tristam Flattery! –, und danach war er verschwunden, ohne dass jemand wusste wie.

Auch Kent hatte sich in der Stadt gezeigt, und dann war er ebenfalls verschwunden. Palle hatte gehört, dass Kent allein in einer Kutsche auf dem Weg nach Avonel gesehen worden sei, und selbst das war nur ein Gerücht.

Der Königsmann bemühte sich um innere Ruhe. Panik hielt ihn nur von intelligenten Entscheidungen ab – das wusste er. Er hatte sich einen gewissen Ruf erworben, auch unter feindlichem Beschuss besonnen zu handeln, und er wollte verdammt sein, wenn er nun ins Zaudern verfiel. Er lächelte jemandem im Vorbeigehen zu, ohne ganz sicher zu sein, dass ihm nicht doch der Schock anzusehen war.

Aus dem Strom der Gesichter schob sich Rawdon hervor. Nun würde Palle es erfahren: Der Leibarzt kannte ihn besser als jeder andere und würde auf der Stelle bemerken, wenn etwas mit ihm nicht in Ordnung war.

»Sir Roderick.« Rawdon neigte den Kopf.

Manchmal beneidete Palle den Mediziner um seine elegante Erscheinung, denn selbst war er mit unscheinbarem Aussehen auf die Welt gekommen. »Herr Doktor. Ich glaubte, Sie wären ganz mit Ihrem Patienten beschäftigt. Seine Majestät ist wohlauf, hoffe ich?«

»Den Umständen entsprechend, würde ich sagen.« Der

Arzt schaute sich um und beugte sich dann nah heran. »Obwohl ich befürchte, dass heute Nacht etwas im Palast vorgegangen ist.«

»Im Palast geht immer irgendetwas vor, Doktor. Sie müssen schon deutlicher werden.«

Roderick warf einen Blick um sich. »Seine Majestät ist gestern noch sehr spät zu seinem Wasserfall gegangen.«

Roderick nickte. »Ungewöhnlich, das muss ich schon sagen, aber nicht außergewöhnlich.«

»Ich sprach heute Morgen mit einem Zimmermädchen, das sich ebenfalls noch spät im Garten aufhielt. Sie sagte, sie hätte beobachtet, wie jemand aus dem Arboretum geführt wurde. Ein recht alter Mann, sagt sie.«

Nun war Roderick wahrlich besorgt. »Der König ist noch immer anwesend, oder?«

»Ich habe Seine Majestät heute Morgen besucht. Aber er könnte jemanden empfangen haben, das ist meine Befürchtung.«

»Nur ein Verdacht, der auf dünnen Tatsachen beruht, aber ich begreife Ihre Besorgnis.« *Kent? Kann es Kent gewesen sein?* »Ich kümmere mich darum, sobald wir zurückkehren. Wir sprechen gemeinsam mit dem Zimmermädchen. Wenn sie zu dieser späten Stunde noch draußen war, dann wird auch ein junger Bock dort gewesen sein. Oder ein alter. Und wer hat dem König geholfen? So weit kann er auf sich allein gestellt nicht gegangen sein – heute nicht mehr. Wir müssen der Sache rasch auf den Grund gehen.«

Der Arzt wirkte so freundlich und hatte so viele persönliche Probleme erduldet, dass Roderick das Bedürfnis empfand, ihn in das Schicksal Jaimas Flatterys einzuweihen. Doch er bezähmte sich, denn er wusste, dass solche Neuigkeit den seelisch labilen Mediziner aus dem Gleichgewicht bringen konnte. Im vergangenen Jahr hatte Rawdon unter sehr starker Melancholie gelitten – seit seine Frau krank geworden war.

»Vermutlich ist es bedeutungslos, ganz wie Sie sagen«, lenkte Rawdon ein. »Ich mache mir vielleicht zu viele

Sorgen, das haben Sie ja schon oft festgestellt, Roderick.«

Am äußersten Ende der großen Halle stieg ein Betrunkener auf einen Stuhl und begann zum Vergnügen vieler, den Anwesenden eine Strafpredigt zu halten. Beamte drängten sich durch die Menge, um zu ihm zu gelangen, was er nicht zu bemerken schien oder vielleicht nur nicht beachtete. Mit tiefer, kräftiger Stimme sprach er weiter. Der allgemeine Lärm in der Halle verstummte allmählich, je mehr Menschen sich der Störung bewusst wurden, und schließlich konnte auch Roderick verstehen, was der Mann redete.

»... Häuser aus Eisen und eiserne Schiffe mit schrecklichen Waffen.« Er sprach mit leicht schleppender Stimme und dehnte die Vokale ganz albern, doch sein Ton war so voller Entsetzen, dass es auch Roderick beeindruckte. »Und eiserne Kindermädchen kümmern sich um euren Nachwuchs, säugen die Kleinen mit geschmolzenem Metall, bis ihre Seelen zu Maschinen werden, die in ihnen ticken und summen. Wohin führt uns diese Brücke? Könnt ihr das andere Ufer schon sehen? Eine Wolke aus ungesundem Rauch vernebelt es! Seht ihr euch schon in eisernen Ketten? Seht ihr eure Kinder?«

In diesem Moment bekamen die Beamten den Redner zu fassen, zerrten ihn vom Stuhl und trugen ihn fort, während er schrie und um sich zu schlagen versuchte. Ein Augenblick verstrich in Stille, als hätte alles zugleich eingeatmet, dann brach der Damm, und Hunderte Menschen riefen und redeten.

Rawdon blickte Palle achselzuckend an, doch dieser bemerkte sehr wohl, dass der Arzt kreidebleich geworden war. Er fürchtete beinahe, Rawdon könnte auf der Stelle zusammenbrechen.

»Ich glaube, Sie sollten sich setzen, Benjamin«, sagte Palle und führte ihn am Ellbogen zu einem Stuhl.

Rawdon ließ sich niedersinken, legte den Kopf in den Nacken und schloss die Augen. Palle glaubte schon, er sei ohnmächtig geworden, doch dann richtete Rawdon sich auf und lächelte matt.

»Bitte entschuldigen Sie, Roderick, ich weiß nicht, was in mich gefahren ist.«

»Zu viele schlaflose Nächte, in denen Sie sich Sorgen um Ihren Patienten machen. Wie schade, dass wir Llewellyn verloren haben. Ich zöge es vor, wenn Sie einen verlässlichen Assistenten hätten.«

»Nein«, entgegnete der Arzt mit überraschender Entschossenheit. »Auch so sind schon zu viele darin verwickelt.« Er atmete und wehrte sich bewust gegen seine übliche Zerstreutheit . »Mir geht es schon besser. Machen Sie sich keine Sorgen. Berichten Sie mir, wie unsere Pläne voranschreiten. Ist das kleine Problem mit Mr. Littel beseitigt?«

Roderick zögerte. »Ich bin mir nicht sicher«, sagte er tonlos.

»Nun, bieten Sie ihm etwas. Einen Titel. Eine Besitzung. Sie sind zu geizig zu ihm, wenn Sie mir meine Offenheit vergeben, Roderick, aber ich bin dieser Meinung. Ich weiß, dass er keiner von uns ist, aber das spielt doch keine Rolle. Wir brauchen ihn noch, zumindest behauptet das Wells. Unser Mr. Wells mag ja der große Universalgelehrte sein, doch auf seinem Gebiet reicht an Littel keiner heran. Ein echtes Genie.«

»Vielleicht haben Sie Recht, Benjamin. Ich will schauen, was ich tun kann, wenn ich ihn das nächste Mal sehe.«

Rawdon nickte. Wie gut, dass er den Königsmann in dieser Sache zurück auf den rechten Weg geführt hatte.

Der entonnische Botschafter hatte seine offiziellen Pflichten so rasch erledigt, wie es sich mit der Schicklichkeit gerade noch vereinbaren ließ, und nun galt seine ganze Aufmerksamkeit dem jüngsten Objekt seiner Begierde. Es grenzte an Verzweiflung, wie sehr er versucht hatte, Angeline Christophe zu begegnen, der Mätresse des Kronprinzen, wie allgemein behauptet wurde. Für Massenet war es nichts Neues, wenn ihn die Leidenschaft blendete, doch diese, so wusste er, war weitaus fehlgeleiteter als üblich.

Sie ist die Mätresse des Prinzen, der schon bald Kopf der farrischen Regierung sein wird. Unzählige Male hatte er sich diesen Satz in den vergangenen sechsunddreißig Stunden schon vorgebetet, doch er schien keinerlei Wirkung auf sein Verhalten zu zeigen.

Ich will ja nur mit der Frau reden, beteuerte er sich selbst, *und sehen, ob sie wirklich so schön ist, wie ich dachte – denn das kann gewiss nicht sein. Die ich gesehen habe, war eine Göttin*, dachte er.

Dieser Blick, den sie ihm zugeworfen hatte ... Schon die Erinnerung daran übte eine geradezu umwerfende Wirkung auf ihn aus. Es durchfuhr ihn beim Atemholen und kribbelte ihm noch in den Fingerspitzen. Es war, als atme er die Essenz des Lebens ein. Einfach fantastisch.

Selbstverständlich war Massenet kein junger Narr. Er glaubte sogar, dass die Jahre ihn zusehends abgestumpft hatten. Nicht nur vermochte er mit geradezu untrüglicher Genauigkeit das Verhalten anderer vorherzusagen, dies gelang ihm bei seinem eigenen Verhalten ebenso gut. Er konnte sich nicht mehr überraschen. Das gehörte zu den traurigsten Aspekten des Alterns.

Der Graf war sich wohl bewusst, dass er ein besonderes Vergnügen daran fand, Ehemännern Hörner aufzusetzen. Das hatte er – wenigstens sich selbst gegenüber – schon vor langem zugegeben. Und je perfekter und erfolgreicher der Mann, desto mehr genoss es Massenet, ihm die Zuneigung seiner Frau zu stehlen (freilich neigten solche Männer dazu, sich die schönsten Frauen auszusuchen).

Etwas Persönliches war eigentlich nicht daran. Einige der Gehörnten waren recht anständige Männer; Bekannte, deren Gesellschaft er genoss. Er gab sich außerdem alle Mühe, dass sie die Wahrheit niemals herausfanden. Schließlich wollte er ihnen nichts Böses. Er konnte seine kleinen Triumphe auch sehr gut im Privaten auskosten.

Und so wusste er zum Teil, was ihn zu dem Versuch antrieb, auch diesem einfältigen Prinzen Hörner aufzusetzen. Wie konnte jemand wie Angeline Christophe diesen Mann begehren! Es lag nur an seiner Stellung. Seiner

Macht. Massenet hatte einige Informationen gesammelt, die diese Vermutung untermauerten.

Sie hatte Massenet mit solchem ... Interesse angesehen. Er kannte diesen Blick. Er hatte ihn schon oft gesehen, vielleicht öfter als irgendein anderer Mann in Farrland. Er kannte den Blick.

»Einen angenehmen Tag wünsche ich Ihnen, Graf Massenet«, sprach ihn jemand in perfektem Entonnisch an.

»Bertillon! Angenehm allerdings.« Massenet lächelte seinen Landsmann freundlich an, obwohl sein Blick weiter durch den Saal schweifte und nach jenen dunklen Locken suchte. »Ich bin erstaunt, dass Sie an einem Wunder aus Metall interessiert sind, Charl.«

»Anscheinend glaubt jeder, ich würde mich für nichts außer Musik und Kunst interessieren, doch das stimmt nicht. Ich glaube, dass ich in dieser Versammlung kultivierter und intelligenter Menschen neue Kunden finden könnte.«

Massenet lächelte. »Also wegen des Geldes?«

»Mit einem Wort gesagt. Und Sie, Herr Graf? Auf der Suche nach der Frau, die Ihrem Idealbild genügt? Wie mag diese ideale Jungfrau wohl aussehen, wenn ich fragen darf?« Auch Bertillon begann die Menge abzusuchen.

»Ich enttäusche Sie nicht gern, Charl, doch hege ich keine romantischen Absichten. Ich bin zu alt und zu desillusioniert dazu. Haben Sie schon gehört, wen man in den Regentschaftsrat berufen will?«

»Galton?«

Massenet lachte. »Wie töricht von mir zu glauben, Sie überraschen zu können, Mr. Bertillon. Wissen Sie etwas von den Geschehnissen, die sich gestern Nacht in Merton zugetragen haben? Palle ließ die Stadt durchsuchen. Kent gehörte zu denen, die er suchte, aber er war nicht der Einzige. Ich muss zugeben, darauf nicht vorbereitet gewesen zu sein. Ich glaube, Hawksmoor sucht noch immer jemanden.«

»Ich werde sehen, was ich erfahren kann.« Bertillon wollte aufbrechen, doch dann zögerte er. »Ich habe gerade etwas sehr Merkwürdiges gesehen. Nichts Nützliches, wie ich meine, aber etwas Interessantes. Ich habe beobachtet, wie die Prinzessin Joelle ihren Sohn sehr nachdrücklich von einer jungen Frau wegführte – der Verlobten von Lord Jaimas Flattery –, und dann sah ich den Ausdruck auf dem Gesicht des jungen Prinzen! Er versuchte ihn zu verbergen, aber ...« Bertillon zuckte mit den Schultern.

»Glauben Sie, dass ein Zusammenhang besteht?«, fragte Massenet. Sein Interesse war jäh erwacht.

»Nein, das glaube ich eigentlich nicht. Ich halte es eher für jugendliche Vernarrtheit. Etwas, das man beachten sollte. Auch die Eigenschaften dieser jungen Frau sollten nicht übersehen werden. Sie können jedoch nicht so einzigartig sein, dass wir nicht eine andere mit ähnlichen Reizen finden könnten. Das wäre zumindest eine Möglichkeit.«

Der Graf sann kurz darüber nach. »Vielleicht schlägt der Sohn dem Vater nach«, sagte er dann. »Kennen Sie diese Angeline Christophe?«

Bertillon schüttelte den Kopf. »Sie lässt sich so gut wie niemals in der Öffentlichkeit sehen. Ich weiß nicht einmal, wer ihre Freunde sind, vom Offensichtlichen einmal abgesehen.« Und plötzlich völlig ernst, neigte er sich seinem Gesprächspartner zu. »Sie müssen sehr behutsam sein, Graf Massenet. Was immer sich gewinnen ließe, es ginge zehnmal so viel verloren, wenn Ihr Interesse entdeckt würde.«

Massenet stellte fest, dass er sich unwillkürlich aufgerichtet hatte und Bertillon schon mit einem Blick in die Schranken weisen wollte, da fing er sich wieder und entgegnete in sanftem Ton: »Da werden Sie Recht haben, Charl. Ich befinde mich lediglich auf einer sehr delikaten Erkundung, das ist alles. Es steht nichts zu befürchten.« Massenet blickte sich im Saal um. »Ich habe unseren Lieblingsmaler gar nicht gesehen. Würden Sie mit ihm sprechen? Ich würde zu gern erfahren, was in Merton wirklich vorgefallen ist.«

Bertillon verbeugte sich und begab sich wieder auf seine Runde. Der Botschafter blieb zurück und fühlte sich gewissermaßen gestraft. Der Virtuose hatte Recht: Besser, er dachte nicht mehr an diese Frau. Wie schade, dass ausgerechnet auf diesem Gebiet Massenets unwiderstehliche Willenskraft so oft versagte.

Im Avoneler Stadthaus des Herzogs von Blackwater saß Alissa neben ihrem Vater und war trotz aller Versicherungen Averil Kents vor Sorge um ihren Verlobten fast außer sich. Und ansehen zu müssen, dass der Herzog ebenso unruhig war wie sie, verschlimmerte durchaus ihren Zustand. Dieser Mann ließ sich Kummer normalerweise nicht anmerken.

»Wenn Kent sich allzu tief in Scherereien verstrickt, weiß ich nicht, ob ich ihn herausholen kann. Was hat er Ihrer Meinung nach vor, Herr Professor?«

Somers zuckte mit den Schultern. Alissa hatte bereits bemerkt, dass ihrem Vater in Gegenwart des Herzogs immer ein wenig unbehaglich war. Ursprünglich hatte sie angenommen, er sei von dessen Stand eingeschüchtert, doch inzwischen wusste sie es besser. Ihr Vater sah sich als engagierter Reformer, und nun stand er einem Adligen gegenüber, den er mochte und respektierte, und darüber hinaus musste er einräumen, dass dieser reiche Mann nicht dem Wohlleben frönte, sondern sich durchaus Gedanken um das Wohlergehen anderer machte, sich tiefschürfend mit dem Schicksal seines Landes und seines Volkes auseinander setzte und sich um die nächste Zukunft sorgte. Natürlich war ihr Vater ein gemäßigter Reformer, der bei jedem Blutvergießen des Pöbels erschauerte und bestürzt war.

»Ich bin mir nicht schlüssig. Kent hat nun bei zwei Gelegenheiten versäumt, sich mir zu erklären, und ich weiß nicht, ob ich davon ausgehen darf, irgendwann mehr zu erfahren. Ich bin mir nicht einmal sicher, ob Emin mir alles gesagt hat, was er weiß. Allerdings war Kent ehrlich erschüttert, als er hörte, was mit Dandishs Haus geschehen ist. Er fürchtet wohl, Hawksmoor könnte dort etwas gefunden haben, etwas, das mit Dandishs Privatstudien zusammenhängt. Emin hat mit Dandishs alter Putzfrau gesprochen, und sie erzählte ihm, dass sie zusammen mit Ihrem

Neffen einen verschlossenen Raum in Dandishs Haus geöffnet habe. Nach Aussage der Frau ist mein Kollege immer sehr auf Geheimhaltung bedacht gewesen, was dieses Zimmer anbetraf. Doch fand sich darinnen nichts außer leeren Pflanzkästen. Das war alles.« Somers blickte ins Leere, geradeso, als betrachte er durch die Wand den Raum in Dandishs Haus . »Höchst mysteriös«, brummte er.

Alissa fühlte den durchdringenden Blick des Herzogs auf ihr ruhen und errötete. Ohne Zweifel fragte er sich, worin ihre Beziehung zu Kent bestand, und einmal mehr verfluchte sie sich wegen ihres täppischen Vorgehens.

In der Hoffnung, ihre Reaktion verbergen zu können, beugte sie sich vor und schenkte Tee nach. Die jähe Befürchtung, der Herzog könnte ahnen, dass sie als Verbindung zwischen Prinzessin Joelle und Kent fungierte, hatte von ihr Besitz ergriffen. *Sei nicht töricht,* schalt sie sich, *auch der Herzog kann keine Gedanken lesen.*

»Kent besteht nach wie vor darauf, nicht für das Verschwinden von Jaimas und dem anderen jungen Herrn verantwortlich zu sein?«, fragte Blackwater, ohne jemanden im Besonderen anzusprechen.

Alissa sagte nichts und hoffte, ihr Vater würde antworten. Lügen wollte sie keinesfalls, und nun, nachdem von Jaimy jede Spur fehlte, hätte sie dem Herzog am liebsten alles gestanden, weil sie hoffte, dass er helfen könnte. Sie fürchtete außerdem, Jaimy dadurch in Gefahr zu bringen, dass sie ihr Geheimnis bewahrte. Doch Kent war unerbittlich gewesen: *Niemand darf von der Beteiligung des Prinzen erfahren.* Und Alissa begriff durchaus, wie wichtig dies war. Sie hatte ihren ganzen Mut zusammengenommen, um den Prinzen in der Halle des Winterpalastes anzusprechen, doch er war stets von Höflingen umringt gewesen, sodass sie kein einziges Wort unter vier Augen wechseln konnten. Der Prinz hatte sie allerdings bemerkt und sie ein wenig beunruhigend angeschaut – als hätte er ihr etwas mitteilen wollen. Und das hatte sie erschreckt.

»Ja, so ist es«, antwortete Somers endlich. »Alissa, du hast doch mit ihm gesprochen.«

»Sir Averil hat mir versichert, nicht zu wissen, wo sie sind.«

»Palle würde es nicht wagen, meinem Sohn ein Leid zuzufügen ... Trotzdem wundere ich mich über diesen jungen Mann. Wie nannten Sie ihn noch – Littel?«

»Egar Littel. Er kam oft zu den Versammlungen am Freitagabend in mein Haus. Offenbar ist er ein großer Linguist. Allerdings hegte ich den Verdacht, der wahre Grund seines Erscheinens sei Alissas ältere Schwester.«

Der Herzog nickte und wandte sich wieder Alissa zu.

»Ich habe der Herzogin versprochen, ihr heute Abend vorzulesen«, sagte sie und erhob sich eilig. »Wenn du mich entschuldigst, Vater. Herr Herzog.«

Sie wusste genau, dass die beiden ihr nachschauten, während sie floh, und sie fühlte sich versucht, den Kopf einzuziehen.

Als sie draußen auf dem Korridor stand, seufzte sie hörbar. Dann ging sie auf ihr Zimmer und nahm sich einen Schal und den Gedichtband, den sie in der Bibliothek herausgesucht hatte. Bevor sie wieder ging, warf sie einen Blick durch den Raum, der für ihre Begriffe sehr weitläufig war. Die Dienstmädchen hatten das Bett aufgeschlagen und die Lampen entzündet, und in einer Vase standen frische Blumen aus dem Gewächshaus, gelbe Winterrosen mit einem zierlichen Farn. Einen Moment lang sehnte sie sich nach dem elterlichen Haus und nach dem tröstlichen Lachen ihrer Schwestern. Obwohl im Kamin ein Feuer brannte, kam es ihr hier furchtbar kalt vor.

Sie nahm die Schultern zurück und ging zum Zimmer der Herzogin.

In dem kleinen Vorraum saß ein Dienstmädchen. Sie ließ Alissa ohne weiteres eintreten und lächelte sie freundlich an. Alle Angehörigen des Personals waren stets zuvorkommend und liebenswürdig – sogar die, die ihr nicht nachspionierten. Die Herzogin lag unter einer dicken Daunendecke. Dabei war es gar nicht kalt im Zimmer. Die Augen hatte sie geschlossen, aber ihr Gesicht sah nicht friedlich aus. Alissa fühlte sich immer traurig und hilflos, wenn sie diese gütige Frau so sah. Es schien, als würde das Leben aus ihr heraussickern. Manchmal fürchtete Alissa, dass Jaimy eines Tages das gleiche Schicksal drohte. Die große Ähnlichkeit mit seiner Mutter wirkte da nicht gerade beruhigend – das gleiche Haar, die gleichen Augen.

»Frau Herzogin?«, flüsterte Alissa, und die zarten Augen wurden aufgeschlagen. Sie waren gerötet, und Alissa fragte sich, ob die Herzogin geweint hatte.

»Lady Alissa«, sagte die Frau, und ihre Stimme, obschon sie gedämpft klang, deutete in nichts auf vorhergegangene Tränen hin. Das Gesicht belebte sich, und ein Lächeln erschien darauf.

»Noch heiße ich nicht so, Frau Herzogin«, sagte Alissa und nahm die angebotene Hand. Sie war sehr kalt.

»Möchten Sie einer alten Frau nicht ihren Herzenswunsch erfüllen? Ich habe mir immer so sehr eine Tochter gewünscht, für die ich mich überschlagen und deren Ehe ich durch meine ständige Einmischung ruinieren könnte.« Sie lachte leise. »Sie brauchen mich nicht daran zu erinnern, dass Sie alt genug sind, um Ihre Entscheidungen selbst zu treffen, und dass ich alt und aufdringlich geworden bin.«

»Frau Herzogin sind weder alt noch aufdringlich. Tatsächlich würde ich alle Ratschläge willkommen heißen, die Sie mir erteilen wollen.« Die Herzogin war tatsächlich nicht alt, sie war noch keine fünfzig, aber um ihre Gesundheit war es nicht gut bestellt, und sie war schon lange bettlägerig.

Die Herzogin drückte ihre Hand, sah ihr in die Augen und hielt ihren Blick eine Weile, nicht etwa forschend, sondern voll Zuneigung. Alissa verstand, warum diese Frau von so vielen verehrt wurde.

»Kein Wort von Jaimas?«

Alissa schüttelte den Kopf und wich dem Blick der Herzogin aus. Kurz standen ihr die Tränen in den Augen, dann war es vorüber.

»Zweifellos kommt er am frühen Morgen, und dann muss ich ihn dafür rügen, Ihnen solche Angst gemacht zu haben.

Selbstsucht passt gar nicht zu ihm, das müssen Sie wissen.« Die Herzogin blickte kurz ins Feuer. »Haben Sie einen Gedichtband mitgebracht?«, fragte sie. Ihre Stimme klang mit einem Mal sehr müde.

»Ich muss Sie warnen, es ist moderne —«

»Heißt das, es reimt sich nicht? Ich bin empört.« Sie lehnte sich in die Kissen zurück und schloss die Augen. »Lesen Sie mir vor, Lady Alissa«, flüsterte sie.

Widerstrebend ließ Alissa die kalte Hand der Herzogin los, die gerade erst ein wenig warm geworden war, und öffnete das Buch, neigte es ein wenig, dass Licht auf die Seite fiel, und begann:

Ich liege am knorrigen Fuß einer Eiche
Und schaue den Ameisen zu;
  sie erkunden die weite Wüste
Meines im Grase liegenden Mantels.
Welche Schätze schürfen sie aus den Taschen,
Die sie triumphierend zu Stadt
  und Königin schaffen?
    Der Hochsommer in Wicklow.

Ich verbringe den Morgen damit,
Den Salmen zuzusehen, die ihr allzu kurzes Leben
Auf den Steinen und Fällen des Wicklow vergeuden.
Geschändet und verfaulend ducken
  sie sich in seichten Tümpeln,
Sammeln Kraft in grämlichem Schweigen.
Ich sah sie brüten und verweilen,
Das freche Schlagen eines noch
  kräftigen Schwanzes.

Seeleute kommen vom offenen Meer,
Um im Gras zu sterben
Und dass ihre Asche
In den langsamen Strom ländlicher Bäche
  gestreut wird.
Man muss sich fragen wieso, wenn es doch heißt,

Dass Menschen, die auf See begraben,
Als Delfine wiedergeboren werden.

Gefangen bin ich im Rückstrom,
Treibe in den Untiefen dieses Feldes.
Langsam drehe ich mich unter der Sommersonne,
Leer sind meine Taschen.
Wer trug die Schätze meines Lebens davon?
Einst muntre Erinnerung, verblasst sie schon.

Ruhe einen Moment, ruhe.
Bald müssen wir erneut
Das Ringen beginnen.
Ein letzter Sprung
In einen leeren Himmel.

Alissa schloss das Buch und sah in das Gesicht der Kranken.

»Lord Skye?«, fragte die Herzogin leise.

»Ja.«

»Er lässt es so einfach klingen«, murmelte sie, ohne die Augen zu öffnen. Ein winziges Lächeln erschien auf ihren schönen Lippen, dann wurde ihr Atem regelmäßig, und der Mund entspannte sich plötzlich. Alissa glaubte zu sehen, wie das Gesicht erschlaffte, und ihr erschien es als ein Bild des Todes. Einen Moment lang starrte sie bestürzt auf die Herzogin nieder, dann schob sie ihr vorsichtig die Hände unter die Decke und steckte sanft das Federbett rings um den blassen Hals fest, sodass kein kalter Luftzug ihr etwas anhaben konnte.

14. Kapitel

Tristam stand an der Reling und beobachtete die tropischen Vögel bei ihrem Balzflug über der Lagune. Einen erstaunlichen Anblick boten sie, diese wolkenweißen Vögel mit ihren roten Schnäbeln und den beiden langen Schwanzfedern, die sie wie purpurne Banner hinter sich herzogen. Mit elegant geschwungenen Flügeln schlugen sie die Luft, neigten den Schwanz auf eine Seite und flogen rückwärts.

Tristam hatte genau hingesehen: Die Vögel bewegten sich in der Tat rückwärts durch die Luft. Er konnte nicht sagen, wie sehr sie damit einen potenziellen Partner beeindruckten, doch er selbst war fraglos fasziniert.

Das Dorf auf der anderen Seite der Lagune war noch immer menschenleer. Zu dieser Tageszeit wäre das nicht ungewöhnlich, denn während der Nachmittagshitze pflegten die Varuaner auszuruhen oder zu schlafen, und dann wurde es sehr still im Dorf. Tatsächlich aber hatten sie sich in ein Versteck im Innern der Insel zurückgezogen, weil sie glaubten, dass die Farrländer mit den Kanonen auf ihre Häuser schießen würden, wie es schon einmal geschehen war. Der verlassene Ort wirkte schön und verloren zugleich; Tristam fühlte sich an Kents Worte erinnert an jenem Nachmittag, als er ihn im Königin Anne besuchte: *Isollae* – Einsamkeit im Angesicht der Schönheit.

Eine Varua-Ralle hüpfte vorsichtig hinter einem leeren Fale hervor. Diese flugunfähigen Vögel kamen nicht oft in die Nähe menschlicher Siedlungen, doch hier war eine und wagte sich zögernd zwischen die verlassenen Hütten. Tristam dachte wieder, wie schnell die Natur sich die Werke der Menschen zurückeroberte.

Der Ausguck auf dem Großmars rief, und Tristam ging ein Stück die Reling entlang, wo er einen besseren Blick aufs Ufer hatte. Zwischen den Brotfruchtbäumen hinter dem Dorf traten zwei Reihen Insulaner hervor. Sie trugen

Kronen aus grünen Blättern und Halsketten aus weißen Blüten. Langsam und würdevoll schritten die beiden Reihen eng nebeneinander, und zwischen sich trugen sie zwei Lasten, die in rotes Tapa-Tuch eingeschlagen waren. Rot – die Farbe für Ruhm und Reichtum.

Auf dem Gemeindeland legten sie ihre Lasten ab – zwei Leichen, da bestand für Tristam kein Zweifel. Die Jacks hatten sich an der Reling versammelt und raunten finstere Drohungen. Lautlos trat die Herzogin dazu.

»Farrelle hab' sie selig«, sagte sie leise. »Sind das Garvey und Chilsey?«

»Das hoffe ich«, antwortete Tristam, ohne zu beachten, wie merkwürdig seine Entgegnung klang. Er fürchtete, dass dort zwei tote Varuaner lagen, die geopfert worden waren, um die Farrländer zu besänftigen. Im Gegensatz zu den Bewohnern anderer Inseln opferten die Varuaner sehr selten Menschen, doch in schlimmen Zeiten griffen auch sie auf diesen schrecklichen Brauch zurück.

Die Varuaner standen nun zu beiden Seiten der verhüllten Körper und blickten schweigen auf sie herab. Dann klatschten sie dreimal in perfektem Einklang in die Hände, und ein Mann intonierte mit lauter Stimme einen kurzen Sprechgesang. Dann begannen die Varuaner leise zu singen. Es klang beinahe wie das Lied, das Teiho Ruau gesungen hatte, als die *Swallow* von Farrland aufbrach, und Tristam erfasste ein leichtes Schaudern.

Wallis trat neben ihn an die Reling.

»Was ist das für ein Lied, Mr. Wallis?«, fragte er.

»Ein Lied, das man zu Beginn einer Reise singt, Mr. Flattery. Die Insulaner haben schon immer weite Reisen unternommen, wie Sie wissen. Ein trauriges Lied, aber ein Lied der Hoffnung. Sie singen es auch bei ihren Trauerriten, denn der Tod gilt ihnen als der Antritt einer Reise zur Heiligen Insel, dem ›Fernen Paradies‹, wie sie es nennen.« Wallis lauschte eine Weile, dann begann er zu deklamieren: langsam, als dolmetschte er das Gehörte.

Der Mutterwind trägt uns
In den fernen Westen.
Der große Wal kommt
Mit dem letzten Sonnenstrahl.
Und Sterne weisen uns den Weg
Wie Inseln, aufs Meer geworfen.

Leise singt der Mutterwind
Über den plätschernden Wellen.
Leise singt der Mutterwind
Von weit entfernten Inseln.

Der Wal kommt und ruft den Gatten
Einsam unter den Wellen.
Und wir folgen dem hellen Segel
Des vergehenden Mondes am Himmel.
Langsam werden wir gezogen,
vom Mond und von der Sonne,
Bis in den fernen Westen.

Leise singt der Mutterwind
In unseren geblähten Segeln.
Leise singt der Mutterwind
Von Inseln grün und schön.

Findet klare Lagunen
Geschützt vor dem Sturm.
Hübsch sollen euch die Mädchen finden
Und euch Willkommenslieder singen.
Übers Meer nehmt ihr unsre Herzen mit
Bis dass wir uns wiedersehen.

Leise singt der Mutterwind,
Leise.

Am Dorf beendeten die Insulaner ihr Lied und streuten den Inhalt von Körben über die Toten aus. Einen Moment standen sie schweigend da, dann klatschten sie laut in die

Hände, wandten sich ab und gingen in zwei Reihen, wie sie gekommen waren, wieder fort.

»Erst morden sie sie, dann ehren sie sie«, sagte die Herzogin so leise, dass nur Tristam sie verstehen konnte. »Obwohl sie, wie ich glaube, das Leben dieser Ehrung vorziehen würden. Das ist unsagbar traurig.«

Im Dorf strichen nur die wenigen zurückgelassenen Tiere umher; eine Sau wühlte mit ihren Ferkeln in einem Taro-Acker, und Federvieh wartete auf sein Futter, das vor allem aus Kokosnussabfall bestand. Es ging ein leichter Wind die bunten Pareos, die zum Trocknen aufgehängt waren, bewegten sich träge hin und her wie große, fremdartige Blüten. Die Landegruppe von der *Swallow* durchquert die leeren Gassen und offenen Plätze zwischen den Häusern mit dem beklemmenden Gefühl, dass etwas Unheilvolles bevorstehe. Immer wieder musste Tristam an die Vergessene Stadt denken, und die Erinnerung bestärkte seine Vorahnungen.

Es war später Nachmittag, und die Schatten der Palmen streckten sich lang über den Strand aus; wie verwachsene Finger, die auf die toten Kameraden deuteten. Stern hatte die Gruppe an Land geschickt, um die Leichen abzuholen und wenn möglich den Kontakt zu den Insulanern wiederherzustellen. Sie bestand aus Wallis, weil er selbst ein halber Varuaner war, Hobbes, weil die Insulaner ihm mit Zuneigung und Hochachtung begegnet waren, Beacham zur Verstärkung und weil er einen klaren Kopf behielt, Tristam, weil Stern der Meinung war, der Naturforscher habe ungewöhnliches Glück, und dem Viscount, weil die Herzogin darauf bestanden hatte. Er war und blieb Tristams Schatten.

Hobbes ging einige Schritte vor den anderen; unmissverständlich wollte er für sich bleiben. Seit sie gelandet waren, hatte der Steuermann kein Wort gesprochen, obwohl er eigentlich den Befehl über die Gruppe innehatte.

Stern hoffte, sie könnten auf welchem Wege auch immer

die Beziehungen zu den Varuanern wieder aufnehmen, doch die ließen sich nicht sehen. Laut Wallis hatten sie sich weiter oben in die Höhlen zurückgezogen, wo sie sonst Frauen und Kinder vor Invasoren versteckten. Die Varuaner ahnten wohl nicht, dass die Reichweite der Geschütze nur gering war – schon hinter dem Dorf wären sie in Sicherheit gewesen.

Tristam überlegte, welchen Anteil Hobbes am Tod von Garvey und Chilsey hatte? Hatte der Steuermann sie ausgeschickt, um nach den Königsblattkernen zu suchen? Oder war er nur unvorsichtig gewesen und hatte er zu viel von dem belauschten Gespräch zwischen der Herzogin und ihrem Bruder erzählt? Waren die beiden Seeleute daraufhin aus eigenem Antrieb auf die Suche nach *Regis* gegangen? Nur eins stand fest: Hobbes litt schwer – er gab sich die Schuld an ihrem Tod.

Tristam hatte den Steuermann noch nie so geistesabwesend erlebt. Hatte Stern denn nicht bemerkt, dass Hobbes im Moment unfähig war, ein Kommando zu führen? Gewiss glaubte der Kommandant, Hobbes sei des Verlustes wegen bestürzt, denn Garvey war nicht nur ein guter Seemann, sondern auch der Steuermannsmaat gewesen. Damit hatte man rechnen können, aber man sollte auch darauf zählen können, dass eine alte Teerjacke wie Hobbes seine Trauer rasch überwand.

Je näher die Gruppe den Leichen kam, desto langsamer ging sie, als gehörte auch sie bereits zu einer Trauerprozession. Süßer Blütenduft stieg Tristam in die Nase, gefolgt vom Verwesungsgeruch der Toten, die immerhin an einem heißen Tropentag in der Sonne lagen. Hobbes hielt sich ein Baumwolltuch vor den Mund und blieb sechs Fuß vor den Leichen stehen. In seinen Augen standen Angst und Abwehr, als sei er nicht fähig, sich dem zu stellen, was er verursacht hatte.

Die anderen gingen an Hobbes vorbei. Unter dem Tapa-Tuch zeichneten sich die Umrisse der Männer ab, wie die Höhen und Senken eines Landes unter der alles bedeckenden Vegetation. Tristam beugte sich nieder und zog vorsichtig das Tuch von einem Gesicht. Da lag Jon Chilsey, das Haar von Blut verkrustet, wo man ihm den Schädel eingeschlagen hatte. Beacham schluchzte auf und kehrte den anderen den Rücken zu, damit man sein Gesicht nicht sehen konnte.

Garvey war auf die gleiche Weise ums Leben gekommen. Man hatte ihnen kleine weiße Muscheln auf die Augen gelegt – *Papierboot*, stellte Tristam ohne nachzudenken fest, *Argonauta argo*. Das varuanische Sonnensymbol war ihnen auf die Wangen tätowiert worden. Zwischen den Lippen lugten zierliche weiße Blüten hervor, als wären sie in den Seelen der Seefahrer verwurzelt.

Der Anblick erinnerte Tristam in erschütternder Weise an das Ritual in der Vergessenen Stadt. Die anderen mussten den gleichen Gedanken haben. Dann erst erkannte er die Blüten, und eine jähe Gier überkam ihn. Es waren *Regis*-Blüten. Tristam entfernte die Muscheln von den Augen und die Blüten aus den Mündern und steckte sich alles in die Tasche, als wäre die Ehrung der Varuaner für die Toten eine Beleidigung.

»Farrelle schütze ihre Seelen«, sagte Wallis. »Varuanische Trauerriten sind das. Die Steindechsel in der Hand dient zum Bau von Booten und Hütten im neuen Land. Die Pflanzen zu ihren Füßen sind junge Schösslinge des Brotfruchtbaums und der Kokospalme, die angepflanzt werden, sobald die Toten ihr Ziel erreicht haben. Im kommenden Leben sollen sie sich davon ernähren, ebenso von den geopferten Hühnern und Schweinen.«

Hobbes war gute zehn Schritt fortgegangen und kehrte ihnen den Rücken zu. Tristam sah trotzdem, wie er sich in den Nasenrücken kniff, und begriff, dass der Steuermann still weinte, als hätte das Leben an Bord Seiner Majestät Schiffe ihn auch diese Fertigkeit gelehrt.

Der Viscount hatte sich ebenfalls von den Leichen abgewandt und starrte Hobbes an wie einen aufgespießten Käfer. Tristam konnte es nicht lange mitansehen, so sehr bestürzte ihn, welchen Zauber die Trauer des Steuermanns auf den Viscount offenbar ausübte.

Wallis sprach weiter, und wieder klang es, als deklamiere er. »Wenn man Menschen unter einer Blumendecke aufbahrt, dann ehrt man sie dadurch. Feinde behandelt man anders. Das heißt, die Varuaner bedauern den Tod Ihrer Schiffskameraden.«

»Warum hat man sie dann erst ermordet?«, fragte Beacham wütend. Er kniete neben dem Leichnam seines Mitkadetten und war so sehr von Schmerz erfüllt, dass er lauter sinnlose Bewegungen machte.

Wallis zuckte mit den Schultern. Er war selbst den Tränen nah. »Sie haben das Tabu gebrochen, Mr. Beacham. Ein ernstes Tabu. Die Täter haben geglaubt, nicht anders handeln zu können.«

»Weder Reden noch Zorn bringen sie ins Leben zurück«, sagte Tristam unvermittelt streng. »Wir müssen sie ans Ufer tragen und für die Bestattung an Bord bringen.«

Beacham funkelte Tristam an. Sein ganzer Zorn richtete sich jäh gegen den Naturforscher, doch statt etwas zu sagen, sprang er auf und entfernte sich ein Stück. Dort begann er erregt auf und ab zu schreiten. Hobbes unternahm nichts, um Ordnung in seine Landegruppe zu bringen.

So blieb Tristam allein mit Wallis zurück, der sich fünf Schritt vor den Toten auf den Boden gehockt hatte, die dürren Ellbogen zwischen die Knie geklemmt und die Hände gefaltet. So blickte er auf die Erde vor sich, dann die Toten an, darauf wieder zu Boden; das wiederholte er unablässig.

»Ich glaube nicht, dass Sie hier finden, was Sie wollen, Mr. Flattery«, sagte Wallis leise und ohne Tristam anzusehen.

»Was ich will? Ich habe jedes Gefühl dafür verloren, was ich will, Mr. Wallis. Ich möchte nur meine Pflicht erfüllen und nach Hause zurückkehren.«

»Aber genau das meine ich, Sir. Ich bezweifle, dass Sie von den Insulanern erhalten, was Sie beschaffen sollen. Selbst wenn die Saat nur für Ihren König bestimmt ist, werden die Kenaturaga Ihnen niemals Königsblattsamen überlassen.«

»Und weshalb nicht, Mr. Wallis?«

Der Schiffbrüchige blickte auf, und ein erstaunter Ausdruck trat in sein Gesicht. »Ist das denn nicht offensichtlich, Mr. Flattery? Erst ereignet sich eine Reihe von Vorzeichen, die von den Insulanern als unheilverkündend angesehen werden, dann treffen Sie mit dieser eigentümlichen Geschichte von einer Vergessenen Stadt ein. Ein Wal rettet Sie vor dem Ertrinken, und dann das da ...«, sagte er und deutete auf Tristams Hand. »Die Insulaner fürchten sich vor Ihnen, Mr. Flattery, und können sich nicht erklären, was Sie hier wollen. Sie haben genügend Schwierigkeiten, ohne dass jemand wie Sie hierher kommt.«

»Welch dümmlicher Unsinn!«, stieß Tristam hervor.

Wallis wiegte sich in der Hocke und fuhr mit den Fingerspitzen über den Boden. »Aber wie wollen Sie erklären, was im Archipel geschehen ist? Und alles andere ist ebenso merkwürdig. Hat das Meer Ihnen nicht das Leben geschenkt? Sie auf ein Riff gespült?«

Tristam bedachte ihn mit einem vernichtenden Blick. »Ich kann nicht erklären, was mir zugestoßen ist, aber eins darf ich Ihnen versichern, Wallis: Gewünscht habe ich mir nichts davon. Und am liebsten hätte ich mit dem Königsblatt nichts zu tun. Ich möchte es nicht einmal berühren.« Tristam trat ein Steinchen fort. »Lassen Sie uns diese Männer an den Strand tragen. Ich kann es nicht länger mitansehen, wie die Fliegen sie umschwirren.«

Und ohne eine Antwort abzuwarten, rief er die anderen herbei.

Es war schwer, die Leichen von Männern zu tragen, mit denen man einmal gefahren war. Dass sie einige Stunden lang in glühender Hitze gelegen hatten, machte alles nur schlimmer. Beim Gehen musste Beacham mehrmals würgen, doch er hielt sich tapfer. Hobbes war die Verzweiflung anzusehen, aber er ließ sich ebenfalls nicht gehen. Allerdings übertrug er Tristam den Befehl über die Gruppe und sprach kein weiteres Wort mehr.

Als die Toten an der Gezeitenlinie lagen und die *Swallow* ein Boot zu Wasser gelassen hatte, wandte Hobbes sich ab und verschwand stumm ins Dorf. Der Viscount sah dem Steuermann mit unnatürlichem Interesse hinterher. Kaum bemerkte er, dass Tristam ihn beobachtete, wandte Elsworth sich ab und bückte sich rasch nach einer Muschel, die auf dem Sand lag, als hätte ihn plötzlich das Interesse an der Naturkunde gepackt.

»Er nimmt es sehr schwer«, sagte Wallis leise.

Niemand antwortete ihm.

Schließlich sagte er. »Ich glaube, ich sollte allein hinauf zu den Höhlen gehen, Mr. Flattery, und mit den Dorfbewohnern sprechen. Weil der König und die meisten Alten Männer mit dem Mata Maoeã beschäftigt sind, ist die Lage verwirrt. Im Grunde hat niemand etwas zu befehlen, und das macht alles sehr schwierig. Ich werde sehen, was ich ausrichten kann. Wenn ich wiederkomme, kenne ich wenigstens die Stimmung unter den Insulanern. Aber jemand muss mit dem Kapitän sprechen. Die Varuaner haben das Äußerste getan, was ihre Bräuche ihnen gestatten: die Toten hierher zu schaffen und sie zu ehren. Stern muss einsehen, dass ein Varuaner eher stirbt als bestimmte Tabus zu brechen. Wenn Stern noch weitere Zugeständnisse verlangt, muss es zu einem schrecklichen, sinnlosen Kampf kommen, Mr. Flattery. Und dann ist für ihn jede Hoffnung auf Erfolg verloren.«

Tristam hielt nach dem Steuermann Ausschau, der eigentlich hätte entscheiden sollen, ob der Schiffbrüchige aufbrechen durfte. »Ich werde Mr. Hobbes melden, wohin Sie gegangen sind«, sagte er schließlich. »Und sobald ich die Gelegenheit dazu finde, rede ich mit Kapitän Stern. Aber was Sie mir gesagt haben, hätte weit mehr Gewicht, wenn Stern es von Ihnen hören würde, Mr. Wallis.« Tristam blickte die bewaldeten Hänge hinauf. »Sie glauben also, dass es für Sie ungefährlich ist, die Insulaner aufzusuchen?« Sie schienen ihm plötzlich des schlimmsten Verrats fähig zu sein.

»Ja, da bin ich mir sicher. Ich glaube auch nicht, dass

Ihnen Gefahr droht. Aber streifen Sie nicht allzu weit umher, und wenn Sie Insulanern begegnen, dann dürfen Sie ihnen auf keinen Fall folgen. Halten Sie einen Palmwedel hoch, und warten Sie.«

Tristam passte es nicht im Geringsten, dass Wallis fortging. Er fühlte sich in seiner Gesellschaft doch ein wenig geschützt. »Ich wünsche Ihnen viel Glück, Mr. Wallis.«

Beacham kam und beobachtete neben Tristam, wie Wallis' schlaksige Gestalt im Dorf verschwand. »Mir gefällt dieser Ort gar nicht, Mr. Flattery. Alles ist so leer und abweisend.« Er brauchte nicht hinzuzufügen: ›Wie in dieser anderen Stadt.‹

»Nein, mir gefällt es hier auch nicht. Wir wollen uns an den Rand des Dorfes setzen und im Freien warten. Wenn es sonst nichts nützt, sieht uns wenigstens Wallis, wenn er wiederkommt.« Er blickte sich am Strand um. »Wo ist Elsworth?«

Beacham sah sich unruhig um. »Ich weiß nicht, Sir.«

Tristam beschlich eine bange Ahnung.

Bei Einbruch der Dämmerung schickte Stern ein Boot ans Ufer, doch Tristam meinte, dass sie auf ihre Kameraden warten sollten, und ließ dies dem Kommandanten ausrichten. Mit Beachams Hilfe fachte er am Strand ein Feuer an, sodass die Bordwache sie ständig sehen konnte, und sie bereiteten sich aus Früchten, die sie in der Nähe fanden, ein Abendessen.

Die Dunkelheit, Faairis ›andere Welt‹, senkte sich herab, und Tristam fragte sich, wo die Insulanerin nun sein mochte. Wahrscheinlich versteckte sie sich mit den anderen. Er sehnte sich nach ihr, doch anders als nach der Herzogin. Das Zusammensein mit Faairi hatte ihn beruhigt. Sie schien zu wissen, was mit ihm vorging – sie hatte sogar versucht, ihm zu helfen. Tristam schloss die Augen und dachte daran, wie ihr hübsches Gesicht sich über ihm bewegt hatte, wie sie ihn immer wieder gerufen und bei sich gehalten hatte. Der Stern zwischen ihren Brüsten war wie ein Talisman. Tristam wünschte sie in seine Nähe, nun, da ihn die Dunkelheit umfing.

Der Wind flüsterte in der Sprache der Nacht. Die Varuaner glaubten, dass die Alten Männer dieses Geflüster verständen und ihm Botschaften aus der Geisterwelt entnähmen. Ein kurzer Windstoß klang ganz nach dem Beginn einer traurigen Geschichte.

Tristam kam der Traum in den Sinn, den er in Avonel gehabt hatte - wie vertraut ihm der Wind in den Palmenkronen gewesen war ... Dann merkte er, dass er sich immer wieder umblickte und in die Dunkelheit starrte, als könnten die Geister der Insel am Rand des Lichtkreises erscheinen, den das Feuer warf.

Wenn Beacham nur ein Wort sagen würde. Aber der Seekadett schwieg beharrlich. Offenbar war er in eigene Gedanken versunken, und Tristam fiel nichts ein, worüber er sprechen wollte. Sie warteten nur darauf, dass sich Schritte näherten, und hofften auf die Rückkehr der anderen.

Tristam machte sich Gedanken über Wallis, der in seiner Loyalität so fürchterlich hin und her gerissen war. Und dann über den Viscount. Wohin war er gegangen, in Farrelles Namen, und was hatte er vor? Dieser Mann war ein Unhold. Vielleicht hatte der Anblick der Leichen seine makabren Neigungen geweckt - eine zutiefst abstossende Vorstellung.

Da waren noch die Blüten in seiner Tasche; beide männlich, wie er glaubte, und am liebsten hätte er sie hervorgeholt, um sie genauer zu betrachten. *Aber weshalb?*, musste er sich fragen. Mehr und mehr war er überzeugt, dass es am besten wäre, wenn er nichts mit *Regis* zu tun hätte. Er hätte die Blüten wegwerfen sollen.

Als er zum Schiff hinüberblickte, sah er hinter den Fenstern der Heckgalerie eine schlanke Gestalt in der Kajüte auf und ab schreiten: die Herzogin. Es war, als würde er eine Schauspielerin hinter den Kulissen beobachten. So gebieterisch sie sich auf der Bühne gab, so ängstlich und verletzlich war sie, nachdem der Vorhang gefallen war. Sein Herz schien eine Brücke schlagen zu wollen.

Tristam schloss kurz die Augen und ließ seine aufbrandenden Gefühle wie eine Flut über sich hinwegspülen. Wie sollte man schwimmen, wenn die Gezeiten in einem wogten?

»Was?«, hörte er sich sagen. Beacham hatte ihn angesprochen.

»Vielleicht ergibt sich bald eine Gelegenheit, mir das Schwimmen beizubringen«, sagte der Seekadett.

»Ja, vielleicht.« Tristam blickte zum Schiff hinüber, doch die Herzogin war nicht mehr zu sehen.

Die unvertrauten, exotischen Nachtlaute Varuas umgaben sie: der niemals verebbende Passat, der nach Sonnenuntergang ein wenig leiser sprach, und die Geräusche der Insekten, die so misstönend klangen wie ein Orchester, das die Instrumente stimmt.

Am Rand des Lichtkreises bewegte sich etwas, Tristam sah es aus dem Augenwinkel, doch als er sich dorthin drehte, konnte er nichts erkennen. *Ich muss diese Stimmung loswerden*, dachte er. Ihn quälte die Furcht, in diesen schrecklichen Traumzustand zurückzugleiten. Er versuchte sich auf Faairis Stern zu besinnen, doch mit einem Mal konnte er sich nicht mehr klar an das Muster erinnern.

»Sagen Sie, Mr. Beacham, wie kommen Sie zu dem Vornamen Averil?«, fragte Tristam unerwartet.

Beacham sah ihn überrascht an, vielleicht sogar ein wenig ängstlich. »Sie sind also hinter mein Geheimnis gekommen. Ich hoffe, Sie plaudern es nicht aus, Sir. Mein ganzes Leben lang leide ich schon unter diesem verdammten Vornamen. Das Leben an Bord würde sehr unangenehm für mich werden, falls die anderen davon erfahren. Das ist ein Altmännername.«

Tristam verkniff sich ein Schmunzeln. »Hier sind nur wir zwei, Beacham. Niemand kann uns hören. Über Averil Kent und seine Interessen bin ich im Bilde.« Den letzten Satz versuchte er mit möglichst viel Selbstvertrauen vorzubringen, aber er fragte sich, ob er sich nicht eher ein wenig unausgeglichen anhörte – denn unausgeglichen war er schließlich.

Beacham schaute auf die Bucht hinaus und wandte sich endlich Tristam zu, um etwas zu sagen, doch dann stockte er und blickte auf das dunkle Wasser, wo sich die Sterne spiegelten. »Mein Vater arbeitet bei der Admiralität; er ist Kartograph, aber auch ein Maler. Im Lauf der Jahre hat Mr. Kent ihn immer ermutigt, auch wenn Vater nur sehr wenig malt. Er ist mit Talent begabt, doch fehlt ihm die Inspiration. Mr. Kent ist immer wie ein Onkel für mich gewesen. Daher der Name. Aber ich weiß nichts von Mr. Kents ... ›Interessen‹, wie Sie es nennen – außer Natur und Malerei.«

»In der Nacht, in der wir von den Korsaren verfolgt wurden, haben Sie genau bemerkt, was zwischen Kreel und dem Viscount vorfiel. Aber dem Kommandanten haben Sie nichts gemeldet.«

Bei der Erwähnung Elsworth' blickte sich Beacham mit sichtlichem Unhagen über die Schulter. »›Halte dich aus den Angelegenheiten der über dir Stehenden heraus‹, sagt mein Vater immer, Mr. Flattery. Ich halte das für einen guten Rat.«

Tristam sah zur *Swallow* hinüber, die an ihrem Ankertau zerrte. »Also gut, Jack«, sagte er resigniert. »Sagen Sie mir nur eins: Wissen Sie irgendetwas über die Lage, in der ich bin? Sie sind mit mir in der Vergessenen Stadt gewesen. Sie haben beobachtet, was in meiner Nähe geschieht – und nun auch rings um Sie.« Er hielt das Handgelenk über die Flammen, doch die Tätowierung kroch diesmal nicht aus seiner Ader hervor. »Sie waren dabei, als man mir das hier angetan hat. Ich tappe im Dunkeln, Jack. Ich weiß nicht, wie mir geschieht.« Tristam schloss die Augen. »Ich weiß nicht, wie mir geschieht«, flüsterte er.

Im Feuer verrutschte ein Scheit, und ein Funkenregen stob auf wie ein Opfer für die Sterne. Beacham schrak zusammen und hätte sich fast geduckt; er holte Luft, als wollte er etwas sagen, und schwieg stattdessen. Das Schweigen dehnte sich. »Eins sollten Sie wissen«, sprach der Seekadett nach langem inneren Widerstreit. »Unter den Jacks kursieren Gerüchte über diese – Pflanze. Es heißt, sie würde jede Krankheit heilen und das Leben verlängern. Mit nur wenigen Samenkörnern könne man ein Vermögen verdienen.

Die wundersame Genesung von Mr. Wallis hat viele, die vorher über die Gerüchte spotteten, zu Gläubigen bekehrt.«

»Beim Blut Farrelles!«, rief Tristam aus. »Wie um alles in der Welt ...?«, setzte er an, aber er brauchte die Frage nicht zu Ende zu sprechen.

»Schiffe sind klein«, sagte Beacham achselzuckend, ohne den Blick von der Bai zu nehmen.

Am Rand des Feuerscheins huschte eine Landkrabbe vorbei und erschreckte Tristam. Er zog die Knie an und vergrub sein Gesicht in den Armen. Stern ahnte offenbar nichts davon. Blut und Flammen, der arme Kommandant geriet immer mehr ins Schwimmen. Tristam sah zur *Swallow* hinüber und erwartete halb, dass die Meuterei schon im Gang wäre.

Doch ironischerweise steckte in dem, was die Jacks glaubten, mehr als nur ein Körnchen Wahrheit. Der Wert der *Regis*-Samen war unschätzbar. Es gab beliebig viele farrische Abenteurer, die dieses Eiland verheert hätten, um etwas so Wertvolles in die Hände zu bekommen – wenn sie nur davon gewusst hätten.

Was haben wir auf die Häupter der armen Insulaner herabbeschworen?, dachte Tristam. Verständlich, dass die Varuaner die *Regis*-Kerne als verflucht ansahen.

»Wir müssen Stern Meldung machen«, sagte Tristam. »Er bekommt es mit einer Meuterei zu tun und weiß nicht, was ihm blüht.«

Der Seekadett schwieg und rührte sich nicht. »Wenn Sie es ihm sagten, Mr. Flattery ...«, begann er leise, »und mich unerwähnt ließen.«

Ach ja, der Kodex der Jacks. Beacham hätte besser nichts gesagt – er saß zwischen Matrosen und Offizieren in der Falle, war weder ganz das eine noch das andere. »Na gut, auch wenn er sich wohl denken kann, woher ich davon weiß. Blut und Flammen, was für ein Schlamassel. Wir haben schon zwei Männer verloren. Das genügt doch wohl. Wir sollten auf der Stelle absegeln. Morgen schon auslaufen und diese törichte Suche sein lassen.«

Beacham nickte. »Ja. Niemand von uns wusste, wohin

es geht, und nun sind wir in sehr seltsames Terrain gelangt.« Er schob sich dichter ans Feuer, als wäre ihm plötzlich kalt geworden.

»In dieser Nacht am Tempel, als wir vergiftet wurden, haben Sie da geträumt?« Dies fragte er so bange, dass Tristam das Schlimmste befürchtete.

»Ja. Ich habe geträumt. Und fand nur schwer in die Welt zurück, selbst jetzt noch verfolgen mich die Träume. Sie ebenfalls?«

Beacham nickte. »Ja«, sagte er sehr leise. »Ich träumte, dass ich vor dem Eingang einer Höhle stand, in der ein Feuer brannte. Ich sah die Flammen tanzen und spürte die Hitze wie heißen Atem. Obwohl ich mehr Angst hatte als je zuvor in meinem Leben, ging ich weiter. Ich konnte nicht stehen bleiben, Mr. Flattery. Als ich näher kam, hörte ich die Flammen zischen, als wäre das Feuer lebendig. Gegen meinen Willen ging ich hinein. Doch als ich eintrat, stand ich draußen und sah eine Stadt, die in Flammen aufging. Die Menschen rannten brennend umher und schrien lautlos und stürzten um wie gefällte Bäume.« Beacham hatte die Augen aufgerissen und sprach mit tonloser Stimme. »Zuerst dachte ich, ich hätte die Vergessene Stadt vor mir, aber es war – es war Avonel. Und dann sah ich jemanden, der in Flammen stand. Er schritt durch das Feuer auf mich zu, und in seinen Armen trug er eine Last. Einen brennenden Mann, der eine Krone trug, und die Krone glänzte weiß im Rot der Flammen. Plötzlich konnte ich mich wieder bewegen, und ich floh in einen Tunnel. Einen endlosen Tunnel. Ich war schwach und durstig, war verängstigt und ohne Hoffnung. Irgendwann sah ich jemand anderen – weit vor mir. Es schien ein Kind zu sein, und ich folgte dem Kind zu einer schmalen Öffnung in einer Mauer, und nachdem ich mich hindurchgezwängt hatte, erwachte ich in meiner Hängematte und murmelte etwas. Dann sah ich Llewellyns Gesicht über mir.«

Tristam antwortete nicht. Er konnte Beacham nicht damit beruhigen, dass es nur ein Traum gewesen sei. Diese Träume waren mehr.

Als er sich bewegte, spürte er die zarten Muschelschalen und Blüten in seiner Hemdtasche – Wunder der Natur. Furchteinflößende Wunder.

Tristam drängte es, den Strand entlangzugehen, doch er merkte, dass er sich sehr vor dem fürchtete, was in der dunklen Welt der Insulaner vielleicht auf ihn wartete.

Hobbes kroch das letzte Stück zum Rand der Klippe, und der salzige Wind blies ihm ins Gesicht. Einige hundert Fuß tiefer schlugen die Brecher gegen den Felssockel. Hobbes atmete schwer. Ein harter, stundenlanger Marsch lag hinter ihm.

»Blut und Flammen«, sagte er, »solch ein Ende hast du verdient.« Er krümmte die Finger um die nasse Felsenkante und starrte in die See hinab, die zwischen den Klippen kochte. Man konnte sie beim Hinunterspringen vermeiden und in das tiefe Wasser eintauchen, wo der Tod einen schnell und schmerzlos ereilte. Hier richteten die Varuaner ihre Kriegsgefangenen hin – wer den Klippen entkam, wurde von der starken Strömung davongetragen und zur leichten Beute der Haie.

»Soll die See mich nehmen«, sagte er atemlos. »Flammen, Chilsey war noch ein Kind!« Das trieb ihm die Tränen in die Augen, sie kamen nicht nur von dem Wind. »Nicht fähig zu befehlen, nicht einmal zum Steuermann tauge ich. Und Garvey – der Mann hatte Familie.« Hobbes wollte schreien, doch musste er um Luft ringen. »Mein Leben liegt in Scherben – so weit hätte es niemals kommen dürfen. Ein Fluch auf jeden Schreibtischkommandanten im Marineamt!«

Das Auf und Ab der hellen Schaumkronen unter dem Sternlicht zog ihn magisch an. *Was für ein Ende*, dachte er. *Aber du hast es nicht besser verdient.*

»Du suchst den Tod, alter Mann?«, flüsterte jemand, kaum hörbar über dem Tosen der Brandung.

Hobbes fuhr zusammen und rückte rasch von der Kante ab. Diese Stimme kannte er: Sie gehörte Elsworth.

»Ich kenne den Tod«, fuhr die Stimme fort. »Schwer ist er manchmal zu finden. Aber ich weiß einen Weg dahin.«

Hobbes suchte im Dunkel, und da sah er den Viscount, der im Schatten kauerte. Er bekam eine Gänsehaut. Das war doch der Viscount, oder?

»Ich kann dir helfen, Hobbes«, fuhr die Stimme fort – sie war eigentümlich gefühlsselig und erinnerte sehr an einen Priester. »Kann's dir leicht machen.« Er schwieg einen Moment und holte zischend Luft. »Ringe mit mir, Hobbes. Einer von uns fällt hinab. Wenn ich es bin, weißt du, dass deine Zeit noch nicht gekommen ist.« Hobbes hörte, wie Elsworth näher rückte. »Du suchst doch den Tod, oder nicht?«, fragte der Viscount fast zu eifrig. »Buße für die beiden, die vor dir gegangen sind – unschuldig, wie du glaubst. Lass mich dir helfen. Oder vielleicht wirst du verschont, Hobbes, und er nimmt mich ... Doch einer von uns kann sein Leid hinter sich lassen. Es heute Nacht hinter sich lassen.«

Der Viscount näherte sich – fast schien er zu gleiten. Hobbes hörte ihn atmen wie einen Mann, den die Leidenschaft überkommt. Der Wind erschien ihm plötzlich kalt, wie er den Schweiß seines Gewaltmarsches trocknete. Unwillkürlich rückte der Steuermann noch weiter von der Felskante ab – sein Selbsterhaltungstrieb war stark.

»Zeig ihm keine Angst, Hobbes! Auf keinen Fall. Spürst du ihn schon? Er ist hier bei uns.« Wieder kam der Viscount ein Stück näher. Seine Gestalt war undeutlich wie ein Krake im Sand.

»Keinen Schritt näher!«, rief Hobbes zu seiner eigenen Überraschung.

»Du hast zu lange nachgedacht. Nachdenken schwächt nur die Entschlusskraft, Hobbes«, fuhr der Viscount fort, als hätte er nichts gehört. »Nachdenken zwingt dich, in wachsendem Elend zu leben, bis er dich holen kommt – und er kommt auf jeden Fall. Aber du hast keine Angst vor dem Tod, Hobbes. Ich habe gesehen, wie du dich ihm gestellt hast. Im Gefecht hast du ihm die Stirn geboten. Du hast nicht gewankt. Komm ... für einen von uns ist es bald vorbei.« Und dann fügte er leiser hinzu: »Vielleicht für mich. Oder vielleicht entkomme ich ... wieder. Komm, lass uns sehen, wen er heute Nacht holt, denn meine Sünden wiegen so schwer wie deine.«

Der Viscount war nun so nah, dass Hobbes ihn erkennen konnte, wie er langsam durchs Dunkle strich. Der Steuermann wartete verängstigt, erleichtert und fasziniert zugleich – wie ein gehetztes Wild, das von seinem Jäger gestellt wird.

Tod. Hatte er den nicht gesucht? Und der stand nun in Gestalt des wahnsinnigen Elsworth vor ihm. Nun spielte es keine Rolle mehr, ob ihn der Mut verließ. Dafür würde Elsworth schon sorgen.

»Stoß mich runter«, hörte er sich krächzen.

»Nein! Ring mit mir, Hobbes. Lass mich seine Hand spüren. Seinen Atem in meinem Gesicht. Lass mich sehen, ob ich noch immer sein Diener bin.« Er packte Hobbes mit eisernem Griff am Unterarm.

Der Steuermann zuckte zusammen, beherrschte sich aber.

»Bald ist es vorbei, Hobbes. Sehen wir doch, ob er dich von deinen Sünden freispricht und mich nimmt. Schauen wir, wie er es will.«

Der Griff um seinen Arm ließ nach; Elsworth hielt ihn fast behutsam fest. Dann stürzte sich der Viscount auf ihn. Er war unfassbar stark, und dennoch roch er nach dem Schweiß der Angst. Hobbes wehrte sich und geriet unter dem Gewicht des Mannes ins Taumeln. Er rollte auf die Kante zu.

Ja, dachte der Steuermann, *sehen wir, wen er nimmt.*

Eine Hand, die stark genug war, um einer Maschine zu gehören, drehte Hobbes den Arm schmerzhaft auf den Rücken. Mit dem anderen Arm umschlang Elsworth seine Brust und presste ihm die Luft aus den Lungen. Der Viscount versuchte, ihn zur Felskante zu schieben und gleichzeitig seine Füße vom Boden zu heben, doch Hobbes tastete nach hinten und packte den Adligen beim Haar. Dann trat er mit aller Kraft zu und entwand sich der Umklammerung. Beide verloren sie den Boden unter den Füßen und landeten auf hartem Stein.

»Spürst du seinen Atem?«, flüsterte der Viscount. »Wir stehen vor ihm.« Und dann packte er Hobbes wieder.

Das lange Leben auf See hatte Hobbes weitaus mehr gestählt, als sein Äußeres vermuten ließ. Mit gesenktem Kopf stemmte er sich dem Adligen entgegen, ohne zurückzuweichen. Der Viscount versuchte, ihm das Knie in die Lenden zu rammen, doch Hobbes drehte sich zur Seite, verlor dabei aber das Gleichgewicht, und wieder fielen sie.

Während sie sich aufrappelten, hörte Hobbes dicht an seinem Ohr die Stimme des Viscounts. »Bete, dass er uns beide belohnt«, sagte Elsworth. »Uns beide aus unserem Elend erlöst.« Er klemmte Hobbes die Arme an die Seiten, und der Seemann stemmte die Fersen in den Boden und versuchte dagegen zu halten, doch sie rutschten auf dem Stein aus. Wo war die Felskante?

Hobbes trat mit dem Knie zu und durchbrach die Umklammerung. Er wollte sich abwenden, doch Elsworth umfasste ihn an den Hüften und schob ihn nach vorn. Hobbes fiel auf die Seite.

Sein Alter verriet ihn. Hobbes rang um Luft und spürte seine Kraft schwinden. Das Tosen der Brandung kam immer näher.

Der Viscount senkte den Kopf und stieß die Stirn gegen Hobbes' Ohr; er warf sich nach vorn und riss Hobbes unter sich mit. Der Steuermann wedelte mit den Armen und suchte nach einem Halt auf dem Stein; schließlich schlossen seine Finger sich um eine harte Kante.

Erneut versuchte der Viscount ihn vorzuschieben, doch der Steuermann hielt seinen Griff.

»Ich bin sein Diener«, zischte Elsworth. »Ergib dich ihm, Hobbes.«

Der Viscount begann, Hobbes' Finger zu lösen, und Hobbes ließ überraschend los, stieß dem Adligen den Ellbogen vor die Stirn, warf sich herum und packte ihn bei der Kehle. Elsworth stieß einen Schmerzensschrei aus, wie Hobbes ihn noch nie gehört hatte. Dann wand er sich wie eine Schlange und riss sich los – der Wahnsinn hatte ihn in den Klauen. Während er immer stärker wurde, schwanden Hobbes die Kräfte. Plötzlich hatte er den Steuermann bei der Kehle gepackt, hob seinen Kopf an und schlug ihn mit solcher Gewalt auf den Felsen, dass Hobbes erschlaffte und darum ringen musste, das Bewusstsein nicht zu verlieren.

Dann noch einmal.

Es ist vorbei, dachte der Seemann und hörte sich schluchzen.

Ein letztes Mal griff der Viscount zu, und dann erschlafften seine Hände, und er begrub Hobbes unter seinem ganzen Gewicht. Beide lagen sie reglos da; Hobbes kämpfte um Atem, ums Bewusstsein, um sein Leben.

Die Last rollte sich langsam von ihm herunter. Hobbes atmete gierig die salzige Luft ein. Wie süß erschien sie ihm! Verschwommene Lichter waren zu sehen – er blickte zu den Sternen hoch. Noch jemand war da und beugte sich über ihn.

»So einfach sollst du nicht davonkommen«, sprach eine entsetzliche Stimme.

Der Tod. Nur der Tod kann solch eine Stimme haben.

»Leb mit deinem Elend, wie ich mein Schicksal ertragen muss. Und sei dafür verdammt!«

Fort. Das Geschöpf war fort. Hobbes hörte es lautstark durch den Urwald schlurfen, als wäre es ein betrunkenes Untier.

Einen Moment noch blieb er liegen und trank in langen Zügen die Luft, dann begann er, in verzweifelter Hast, zurück in den finstren Dschungel zu kriechen.

15. Kapitel

Nach fünfzehn Jahren Ehe glaubte Lady Galton, die Gedanken ihres Mannes in den allermeisten Fällen zu erraten – zumindest aber seine Stimmung, und dann verstand sie es mithilfe ihrer Kenntnis der augenblicklichen Lage, sehr genau abzuschätzen, was in ihm vorging. Sie beobachtete ihn, wie er an seinem Schreibtisch hantierte und vorgab, in die Arbeit vertieft zu sein, während er gleichzeitig ihrem Blick auswich. Doch in Wahrheit war er so aufgewühlt, dass seinem Täuschungsversuch der Erfolg versagt bleiben musste. Er atmete vernehmlich, und die Hände konnte er nicht ruhig halten. Rings um seine Augen saßen weitere kleine Verräter seiner wahren Stimmung, und die Zähne biss er fest zusammen, was die meisten Menschen seinem runden, fleischigen Gesicht nicht anzusehen vermochten. Er hatte heute etwas erfahren, was ihm fürchterlich zusetzte.

Nun hatte man ihn in den Regentschaftsrat berufen, wenngleich noch nicht offiziell, und das musste sie freilich berücksichtigen. Doch darüber hinaus musste etwas im Argen liegen, etwas Schwerwiegendes, das Sir Stedman Galton so sehr bedrückte, dass er seine Frau nicht damit belasten wollte.

Lady Galton blätterte die Buchseite um, doch sie las ebenso wenig, wie ihr Mann arbeitete. Eine kleine Weile ließ sie ihm noch Zeit, dann würde sie ihn ansprechen. Immerhin bestand die Möglichkeit, dass Stedman das Thema von selbst zur Sprache brachte – Lady Galton wäre darüber sehr erleichtert gewesen, denn es hätte bedeutet, dass das Geschehene nicht ganz so schlimm sein konnte, sondern nur aufgebauscht worden war. Heute allerdings befürchtete sie, vergebens zu hoffen.

Galton unterbrach seine falsche Geschäftigkeit nicht und stieß regelmäßig einen lauten Seufzer aus, als kämpfe er mit einem Problem, das sich seinen Bemühungen widersetzte. Einmal, als sie über den Rand ihres Buches schaute, bemerkte sie, dass er ihr einen Blick zuschoss, um den Erfolg seines Possenspiels zu ermessen. In diesem Blick lag wohl auch ein wenig Schuldbewusstsein.

»Es ist kühl im Raum, nicht wahr?«, fragte sie.

»Soll ich das Feuer schüren, Liebste?«, bot der Gouverneur rasch an.

»Nein, danke. Hier am Feuer ist es ganz behaglich, Stedman. Ich dachte mehr an dich in deiner dunklen Ecke.«

Er lächelte. Zuneigung huschte über sein rundes Gesicht. »Du bist so freundlich zu einem alten Mann. Womit habe ich dich nur verdient?«

Sie lächelte kurz und drehte die Seite um, die sie nicht gelesen hatte. »Du warst jung und charmant, und ich hielt dich für recht stattlich. Doch es war das Herz des jungen Stedman, das mich gewonnen hat – offen und vertrauensvoll, ein wenig naiv. Als wollte er so dringend an das Gute in seinen Mitmenschen glauben, dass er ihren Klingen gleich die Brust bot. Dem konnte ich nicht widerstehen.«

Stedman Galton sackte gerade wahrnehmbar tiefer in seinen Sessel.

»Glaubst du, Stedman, dass du mir irgendwann mitteilen wirst, was dir solche Nöte verursacht?« Noch immer hielt sie die Augen auf das Buch gerichtet, doch sie spürte seinen Blick.

Galton blieb noch einen Moment sitzen, dann erhob er sich, durchquerte sehr langsam das Zimmer und setzte sich auf die Kante des Diwans, ohne seiner Gattin allzu nahe zu kommen. Das konnte nichts Gutes bedeuten. Lady Galton legte das Buch beiseite und wappnete sich innerlich.

Es brauchte eine Weile, bis er begann, doch sie wartete schweigend und fast ohne zu atmen.

»Ich habe heute erfahren, dass dieser junge Gelehrte, Egar Littel, dazu ...« – er unterbrach sich und suchte nach passenden Worten – »verleitet wurde, den Text zu übersetzen.«

Das war schon schlimm genug, doch es würde noch schlimmer kommen, begriff Lady Galton. Noch viel schlimmer. Sie nickte, um ihren Gatten zum Weiterreden zu ermutigen.

»Doch kürzlich gelang ihm die Flucht. Er verstand es, sich unbemerkt aus der Bibliothek des Merton College zu stehlen.« Galton wandte sich ab und blickte mit erstarrtem Gesicht ins Feuer. Dann schloss er die Augen. »Beim Versuch, ihn festzunehmen, haben einige von Palles Lakaien ...« Langes Ausatmen. »Farrelle schütze uns«, hauchte er schließlich, »sie haben den armen Jungen getötet.«

Lady Galton schlug sich die Hand vor den Mund. Und Stedman war noch nicht fertig. Etwas würde noch folgen, etwas, das sie schrecklich treffen musste – sie kannte die Vorzeichen.

»Littel war in Begleitung ...« Der Gouverneur ließ seiner Bestürzung nun freien Lauf; seine Stimme zitterte, und er rang nach Luft. »Farrelle schütze ihn, angeblich war es Lord Jaimas Flattery, der Sohn —« Doch er brachte den Satz nicht zu Ende, denn Lady Galton entschlüpfte ein unterdrücktes Schluchzen.

Galton streckte den Arm aus, um seine Frau zu trösten, doch sie wischte seine Hand beiseite, sprang auf und kehrte ihm den Rücken zu. Weiter aber entfernte sie sich nicht, sondern blieb leise schluchzend stehen.

»Herzlose Schufte!«, brachte sie endlich hervor. »Bestien!«

»Du hattest die ganze Zeit über Recht, mein Herz«, sagte Galton leise. »Sir Roderick hat jeden Anstand verloren – jede Sicht für das Richtige. Und ich habe ihn auf diesem Weg begleitet – zu weit ...« sagte er voller Qual.

»Du bist nicht wie er, Stedman!«, rief seine Frau mit Nachdruck. »Kein bisschen!«

Er rutschte näher, und sie rückte nicht von ihm ab. Doch er unterließ es, sie zu berühren. Zum zweiten Mal abgewiesen zu werden, hätte er nicht ertragen können.

Lange sagten sie kein Wort, was Galton unerträglich fand, denn er fürchtete, die moralischen Grenzen überschritten zu haben, die seine Frau gezogen hatte. In dieser Hinsicht war sie unnachgiebig, und der Gedanke, sie enttäuscht zu haben, schmerzte ihn fürchterlich. Seine größte Angst lautete, dass er ihrer Beziehung einen Schaden zugefügt haben könnte, der sich nicht wieder beheben ließ.

»Ich habe es lange genug mit beiden Lagern gehalten«, sagte er fest. »Ich muss mich nun erklären.«

Lady Galton wandte sich ihm zu und musterte ihren Mann, der in tiefstem Elend vor ihr saß. Wenn er zu rechtfertigen versucht hätte, was geschehen war ... Doch nein, dazu war Stedman ein zu guter Mensch. Zu edel. Er würde immer die Last seiner Verantwortung tragen. »Du darfst vor Palle nicht Farbe bekennen, Stedman.« Sie setzte sich vor ihn und nahm das Taschentuch an, das er ihr hinhielt, und tupfte sich damit die Tränen ab. Auch dabei berührten sie einander nicht. »Er muss aufgehalten werden – endgültig aufgehalten. Eine andere Möglichkeit sehe ich nicht. Ich bin entsetzt über die Risiken, aber du musst weiter gegen Palle konspirieren, ohne deine wahren Ziele offen zu legen. Das ist die einzige Möglichkeit, den Makel dieser Morde wieder loszuwerden.« Dann fragte sie: »Weiß das Herzogspaar schon davon?«

Galton schüttelte den Kopf. »Man unternimmt größte Anstrengungen, um die Wahrheit zu verbergen.« Darauf schwiegen sie lange, denn sie begriffen, was das hieß.

»Ich werde mit der Prinzessin reden, danach besuche ich vielleicht auch die Herzogin. Wir müssen sehr umsichtig sein. Auf keinen Fall darf es so weit kommen, dass Palle vom Herzog dieser Morde bezichtigt wird ... Dazu ist die Zeit noch nicht reif.« Sie dachte nach und ließ es geschehen, dass er erst zaghaft, dann zärtlich ihre Finger nahm. Sanft erwiderte sie den Druck.

»Ich war geblendet von meiner Leidenschaft für die Ruine, von meinem Durst nach Wissen«, sagte Galton.

»Ja«, antwortete sie. »Das weiß ich.«

»Ich hätte deinen Rat beherzigen sollen.« Er nahm auch ihre andere Hand.

»Nein, du hast Recht getan.«

»In Zukunft werde ich mich nicht mehr so dumm anstellen.«

»Du bist nicht dumm. Du bist vieles, Stedman Galton, aber du bist niemals dumm. Die Sache verfolgen wir bis zu Ende. Das sind wir diesen beiden jungen Männern schuldig,

Farrelle hab' sie selig. Die Herzogin wäre bei der Geburt ihres Sohnes fast gestorben, und nun ist er tot. Das überlebt sie nicht, Stedman. Palle hätte ihr genauso gut einen Dolch ins Herz stoßen können. Das werde ich ihm nie verzeihen«, sagte sie und überraschte ihren Mann mit einer tiefen Bitterkeit in der Stimme. Es war, als hätte Palle das Kind ermordet, das ihnen nie vergönnt gewesen war.

16. Kapitel

Ein Zimmer in einem Turm zu haben, das war von Kindesbeinen an der Herzenswunsch des Prinzen gewesen. Sein Eckzimmer hoch oben im Palast hatte man so hergerichtet, dass es möglichst an eine Turmkammer erinnerte. Prinz Wilam saß in der Fensternische und wischte die beschlagene Scheibe ab, um hinausblicken zu können. Mit der Dunkelheit war auch ein Nebel gekommen und weigerte sich weiterzuziehen – wie ein Fragment der Nacht, das begonnen hatte, sich zu verfestigen. Die Umrisse der Bäume und ein paar Rasenstücke waren noch zu erkennen. War die Kante dort der Rand des Teiches oder eine Hecke?

Die Konturen verschwammen, die Dunkelschattierungen waren zahllos. Wer nicht wusste, was bei Tag durch das Fenster zu sehen war, konnte sich auch einen ganz anderen Ausblick vorstellen. Wilam hatte aber alle neunzehn Jahre seines Lebens im Palast verbracht und konnte ihn nicht mehr mit den Augen eines Fremden betrachten.

»Grau«, flüsterte er. Die Welt war zumeist grau, kaum weiß und selten schwarz. Als König würde er eines Tages darauf angewiesen sein, zwischen Myriaden von Grautönen zu unterscheiden. Aus neuer Perspektive blickte der Prinz in den Garten hinaus.

Dann zog er den Kopf ein wenig zurück, und sein Spiegelbild erschien in der Fensterscheibe. Die Perlen und Flüsschen des Niederschlags verzerrten die Reflexion. Es war, als betrachte Wiliam weinend sich selbst. Unversehens befiel ihn eine starke Vorahnung: Eines Tages würde ihn jemand durch einen Tränenschleier betrachten.

Ich werde jemandem das Herz brechen, dachte er, obgleich er sich nicht vorstellen konnte, wie er das zuwege bringen sollte. Soweit er wusste, war es nicht das Herz eines anderen, das in Gefahr schwebte. Er starrte sein Spiegelbild an. Es schien auf der Oberfläche eines dunklen Teiches zu schwimmen. Was sah Alissa, wenn sie ihn anschaute?

»Wäre ich ihr doch als Erster begegnet«, sagte er laut und hätte sich im nächsten Moment am liebsten zusammengekrümmt.

Doch er war nicht der Erste gewesen. Er beugte sich wieder vor, und sein Schatten löschte die Reflexion aus. Vielleicht hätte sie ihn ohnehin für zu jung gehalten, dabei war er zwei Jahre älter als sie.

Um das Bild Alissas heraufzubeschwören, brauchte er nicht einmal die Augen zu schließen. Auf der Geburtsfeier der Herzogin von Blackwater hatte er sie zum ersten Mal gesehen. Alissa stand neben der Gastgeberin, und Wilam hatte kaum noch Augen für jemand anderen – dieser Gegensatz! Alissa schien vor Leben und Jugend zu glühen, während die Lebendigkeit der Herzogin fast erloschen war.

Bei der Eröffnung der Eisenbrücke hatten sie sich gesprochen. Selbst hier, in der Abgeschiedenheit seines Zimmers, war er noch peinlich davon berührt, wie hastig seine Mutter ihn von ihr fortgezogen hatte. Kurz flammte der Zorn in ihm auf. Hoffentlich empfand Alissa nicht die gleiche Verlegenheit deswegen. Den Fehler hatte er begangen: Er hatte sich benommen wie ein liebeskranker Welpe. Alissa hatte sich immer vollkommen damenhaft verhalten.

Sie muss mich für einen Idioten halten.

Was will ich denn eigentlich von ihr?, fragte er sich nicht zum ersten Mal. Ganz gewiss hatte sie den Antrag Lord Jaimas' aus keinen anderen als den ehrenwertesten Gründen angenommen. Was also *wollte* er?

Er drückte die Stirn gegen die kühle Scheibe und schloss die Augen. Er hatte Alissa einen Brief von seiner Mutter überreicht, den sie Averil Kent bringen sollte. Einen winzigen Moment lang hatte die junge Dame offen seinen Blick erwidert, und noch immer kam es ihm vor, als hätte ihn nie zuvor jemand so angesehen. Sie hatte *ihn* angesehen und nicht den farrischen Prinzen. Keinen zukünftigen König, sondern *ihn*. Der Gedanke, dieses Erlebnis aufzugeben, war ihm unerträglich. Das einzutauschen gegen ein Leben voll höflichem Lächeln und abschätzenden Blicken. Abschätzenden Blicken!

Und was wollte *er*? Doch nur dieser jungen Frau mitteilen, was er empfand. Ihr sagen, wie viel ihr offener Blick ihm bedeutet hatte. Er hoffte auf einen Hinweis, eine winzige Andeutung, sie teile dieses Gefühl in irgendeinem noch so geringen Maße, auch wenn sie beide wussten, dass ihr Herz einem anderen gehörte. Mehr wünschte Wilam sich nicht – nur einen simplen Moment der Klarheit in seinem Leben. Einen Augenblick, in dem alle anderen Erwägungen keine Rolle mehr spielten und zwei Menschen ihre Herzen offenbarten. Einen Augenblick der Wahrheit, von dem er in den mit Lügen angefüllten Jahren würde zehren können, die vor ihm lagen.

Er lehnte sich zurück und betrachtete noch einmal sein Spiegelbild. Entsetzt stellte er fest, dass er sich selbst ebenso abschätzend musterte, wie jeder Höfling es getan hätte. Das also hatte Alissa gesehen. Daran konnte er nichts ändern, doch er hoffte, sich ihr erklären zu können. Er hoffte, dass sie ihn verstand.

Das leise doppelte Pochen an seiner Tür war so vertraut, dass er sofort wusste, wer davor stand. Er warf einen letzten Blick in die Dunkelheit, dann erhob er sich schwungvoll, ging zur Tür und öffnete.

»Frau Prinzessin«, sagte er und verbeugte sich vor seiner Mutter.

»Herr Prinz«, sagte sie und machte einen Knicks. »Ich dachte mir, dass du noch wach bist. Darf ich eintreten?«

Prinz Wilam trat zur Seite und ließ seine Mutter herein. Für gewöhnlich betrat sie einen Raum, als gehöre er ihr – ein Verhalten, zu welchem niemand mehr Recht hatte als sie –, doch an diesem Abend kam sie eindeutig in *sein* Zimmer. Sie wirkte gedämpft. Wie ein Gast nahm sie vor dem Kamin Platz.

»Du glaubst, ich wäre unhöflich zu Miss Somers gewesen«, sagte die Prinzessin. Weder gestattete sie, dass sich ein unbehagliches Schweigen zwischen ihnen ausbreitete, noch nahm sie zu belanglosem Geplauder Zuflucht. Sie war immer offen zu ihm gewesen, jedenfalls, seit er erwachsen war. Das verfehlte niemals seine Wirkung auf ihn.

»Ich bin schuld daran«, entgegnete er ruhig. »Wir sollten wegen meiner Torheit nicht Miss Somers in Verlegenheit bringen.«

Die Prinzessin antwortete nicht; weder stimmte sie ihm zu, noch widersprach sie. Sie sah ihren Sohn lange an, dann schaute sie zum Fenster. »Miss Somers ist bezaubernd.« Sie schüttelte den Kopf. »Nein. Damit werde ich ihr nicht gerecht. Sie ist mehr als bezaubernd. Alissa Somers ist intelligent, beherrscht, ganz aufrichtig, bezaubernd und eine Schönheit. Alles, was eine farrische Prinzessin sein sollte.« Sie wandte sich wieder ihrem Sohn zu. »Alles, was wir von einer späteren Königin erwarten müssten.«

Nun breitete sich doch noch ein unbehagliches Schweigen aus. Im Gesicht seiner Mutter bemerkte Wilam indessen Mitgefühl. »Es wird andere geben, Wilam«, sagte sie nach einer Weile »Ich weiß, momentan muss es dir unmöglich erscheinen, und doch ist es wahr. Alissa Somers eignet sich nicht für den farrischen Thron, und ich glaube auch gar nicht, dass sie dort sitzen wollte. Ich will damit nicht sagen, dass sie dir unter anderen Umständen keine Gefühle entgegengebracht hätte. Doch die Realität des Regierungsgeschäfts verlangt von uns, dass wir sehr sorgfältig auswählen, wen wir ehelichen. Ich würde dich niemals gegen deinen Willen verheiraten. Zu solch einem Leben möchte ich dich nicht verurteilen. Aber es gibt genügend junge Frauen, die infrage kommen. Es ist nicht etwa so, dass du eine von dreien erwählen müsstest.« Sie bemühte sich um ein Lächeln. »Das Leben einer Königin zu führen erfordert Vorbereitung, Wilam, eine Vorbereitung, die schon kurz nach der Geburt beginnt. Du würdest doch nicht wollen, dass deine Braut ein beschwerliches, unglückliches Leben führt, oder?«

Der Prinz schüttelte den Kopf. »Nein, das möchte ich nicht«, sagte er leise, denn es war die Wahrheit.

»Habe ich dir schon gesagt, dass du nicht nur in Bezug auf deine Geburt edel bist?«, fragte sie ihn, und der Anklang von Stolz war nicht zu überhören. Sie lächelte ihn einen Moment an, dann wurde sie ernst. »Darüber wollte ich mit dir sprechen, bevor ich dir Neuigkeiten mitteile.« Sie machte eine Pause, in der sich eine tiefe Traurigkeit in ihrem Gesicht abzeichnete, und die feinen Linien des beginnenden mittleren Alters erschienen rings um ihre Augen und in den Mundwinkeln. »Obgleich du getan hast, was du tun konntest, sind Lord Jaimas und Mr. Littel von Palles Ergebenen gefasst worden.« Sie schaute auf und sah dem Sohn in die Augen; ihr kamen die Tränen. »Beide sind sie getötet worden, Wilam. Palle ließ sie lieber ermorden, als sie mit ihrem Wissen entkommen zu lassen.«

In Wilam wallte eine Hoffnung auf, die weitaus weniger edel war als seine Herkunft. Dann kam das Begreifen, und dann die Trauer. Er hörte Jaimas' Lachen – er hatte ihn gemocht, und zugleich war er schrecklich eifersüchtig auf ihn gewesen. Wie sehr Alissa nun leiden musste!

»Du begreifst, was das bedeutet«, hörte er seine Mutter sagen, »und auch Alissa wird es erkennen: Der Palast hat ihren Verlobten ermorden lassen. Wir haben die Tat nicht gebilligt, weder ich noch du. Selbst mein erbärmlicher Gemahl hätte diesem Mord nicht zugestimmt, aber das zählt für nichts, denn erst durch die Schwäche *deines* Vaters konnte es so weit kommen. Die Schwäche deines Vaters. Und du bist erschienen, um sie zu retten, Wil, du hast sie auf den Pfad gebracht, der sie in den Untergang führte. Überlege nur, wie das aussehen muss.« Sie nahm behutsam seine Hand und hielt sie teilnahmsvoll. »Ich möchte, dass du mir eins versprichst: dass du dich von Miss Somers fernhältst. Ganz gleich, was du empfindest, ganz gleich, was dein Gefühl dir sagt, du musst dich von ihr fernhalten. Der Sohn des Mörders kann den Hinterbliebenen des Opfers keinen Trost spenden. Versprich mir das«, sagte sie, indem sie seine Hand drückte und ihn zwang, sie anzusehen. »Versprich es mir«, wiederholte sie und brachte die Worte nur als Flüstern hervor; ihre Stimme brach. Tränen rannen ihr über das Gesicht wie Regentropfen auf einer Fensterscheibe.

Er nickte.

Die Prinzessin räusperte sich. »Was ist nur geschehen,

Wil?«, fragte sie mit leiser, verzweifelter Stimme. »So war er nicht immer. Nein, nicht immer ...« Und die Stimme versagte ihr.

Wilam schüttelte den Kopf. Weder verstand der Sohn den Vater, noch konnte er ihm vergeben. Nicht diese Tat.

Ein geschlängeltes Band aus Sternenlicht fiel zwischen den Baumkronen hindurch. Prinz Wilam hielt eine dünne Wachskerze und bewegte sich vorsichtig durch das Strauchwerk zum Teich. Ein Blick nach oben zeigte, dass die Wolken sich verzogen hatten und blasse Sterne ihr Licht auf das nasse Glasdach des Arboretums und den Wasserfall schmierten.

Gerade, als er die Lichtung erreichte, begann Teiho Ruau ein neues Lied. Die reine Tenorstimme schien ebenso hierher zu gehören wie Vogelrufe und das Rauschen der Bäume im Wind. Prinz Wilam blieb stehen und wollte mit geschlossenen Augen lauschen, doch trat ihm Jaimy Flattery vor Augen, wie er tot auf einem Acker lag – und dann Alissa, wie sie ihre Trauer hinter einem Witwenschleier verbarg.

In fast völliger Dunkelheit saß Wilams Großvater auf einer Bank beim Wasserfall. Der alte König war in sich zusammengesackt wie ein müder Betrunkener. Wilam wusste, dass sein Großvater die Lieder Oceanas als beruhigend empfand, doch fragte er sich oft, ob der König sie überhaupt hörte. Anzusehen war es ihm jedenfalls nicht, er wirkte eher wie versunken. Das machten die Träume, die ihm die Arznei bescherte.

Wie erbärmlich ihm der Anblick des Herrschers mit einem Mal vorkam – über alle Maßen traurig. Welchen Preis dieser Mann für die zusätzlichen Lebensjahre bezahlt hatte. Waren sie es wert gewesen? Nun gewiss nicht mehr, da keine noch so hohe Dosis der Arznei das Alter mehr aufhielt.

Einen Augenblick lang kämpfte er mit sich – er wollte bleiben und zugleich wieder gehen. Als das Lied zu Ende war, trat er vor.

»Großvater?«, fragte er, überrascht, wie jugendlich er klang.

Schweigen. Gewiss hatte er ihn nicht gehört. In diesem Zustand zwischen Schlafen und Wachen geschah das häufig. Dann saß er mit weit geöffneten Augen, aber völlig entrückt da.

»Wil?«, antwortete der König schließlich, und etwas wie Zartheit klang in seiner brüchigen Stimme mit.

Der Prinz lächelte erleichtert. »Ich muss mit Ihnen sprechen, Großvater.«

Es folgte ein noch längeres Schweigen. »Mir geht es nicht gut, Kind. Wil? Ist Er das?«

Wilam berührte ihn sacht am Arm. »Ich bin's. Ich ... ich muss mit Ihnen sprechen, Großvater. Es ist wichtig.« Dann setzte er sich neben den König auf die Bank.

»Aha ... wichtig.« Trockene Finger fanden die Hand des Prinzen – eine Berührung wie mit Pergament, altem, sprödem Pergament. »Ich will's versuchen. Bitte lasst uns allein«, sagte er zu seinen Dienern und dem Sänger.

Wilam beugte sich näher zu dem alten Mann. »Sie haben Lord Jaimas Flattery ermordet«, flüsterte er dem König ins Ohr.

»Wer?«

»Hawksmoors Leute.«

»Palle?«

»Ja.« Es war sehr dunkel. Wilam hörte, dass der Alte um jeden Atemzug kämpfen musste. Er kannte auch den verwirrten Ausdruck auf des Königs Gesicht, wenn er darum rang, in die Welt zurückzukehren – und sei es nur für einige wenige Minuten. Der Prinz schloss die Augen, obwohl er ohnehin kaum etwas sah. Ihn schmerzte es, seinen Großvater so zu erleben, als einen Knecht der Samenkörner, der doch von Tag zu Tag alterte.

»Wil?«

»Hier bin ich, Großvater.«

»Was? Wovon haben wir gerade gesprochen?«

»Palle hat Lord Jaimas und Egar Littel ermorden lassen.«

»Ja.« Pause. »Aber weshalb kommt Er zu mir?«

Wilam wankte, wo er saß.

»Da ist noch etwas ...« Der Prinz fragte sich, ob ein gegenseitiges Verstehen überhaupt möglich war. Die Aufmerksamkeit des Königs hielt nicht lange genug an, als dass der alte Mann eine ausführliche Erklärung hätte erfassen können, so dringend erforderlich sie auch sein mochte. »Ich bin in die Frau verliebt, die Lord Jaimas' heiraten wollte«, stieß er hervor und begriff dabei, dass er die Situation völlig falsch wiedergab.

Der König nickte gewichtig, als dächte er angestrengt nach. »Er kann keinen Mann ermorden lassen und dann seine Verlobte heiraten. Das sieht nicht richtig aus.«

»Großvater – ich habe niemanden ermordet.«

Die trockne Hand drückte die seine. »Das weiß ich, Wil. Das weiß ich, aber begangen hat die Bluttat der Palast, und Er wird eines Tages König sein. Versteht Er denn nicht? Wenn sie wüsste, wenn irgendjemand ... Weiß Blackwater, was Palle getan hat?«

Wilam zögerte. »Da bin ich mir nicht sicher.«

»Beten wir, dass er die Wahrheit erfährt«, flüsterte der König. Nun schien er seinen Enkel zum ersten Mal anzusehen. »Sag Er kein Wort, Wilam«, bat er, dann begann er jählings zu schnaufen. »Ich brauche meine Arznei. Sie werden sie mir wegnehmen.«

Der Prinz legte dem König beruhigend eine Hand auf die Schulter. »Niemand wird Ihnen die Arznei verweigern, Großvater. Das verspreche ich Ihnen.«

Der König nickte. Sichtlich rang er um Fassung. »Wo ist Ruau?«, fragte er grämlich. »Wo ist meine Arznei?«

Wilam stand auf und winkte einen der Diener herbei, die nur als Silhouetten zu sehen waren. »Ruau kommt schon, Großvater. Beruhigen Sie sich.«

Die trockene Hand packte ihn mit erstaunlicher Kraft beim Handgelenk. »Wenn Er auf dem Thron sitzt, Wil, dann muss Er ihn loswerden. Sieh Er zu, dass seine Herrschaft endet. Aber bringe Er meine Arznei nicht in Gefahr. Sei Er ein guter Junge.«

Der Prinz hörte dem König zu, der in der Dunkelheit

keuchte und um Luft rang, um nur noch einen weiteren Atemzug. »Gute Nacht, Großvater.«

Die Hand gab ihn frei; der König glitt bereits in die Wachträume zurück, die ihn der Welt der Menschen entrückten.

Am Rand der Lichtung begegnete der Prinz dem Sänger. Teiho Ruau stand reglos und schweigend zwischen den Bäumen.

»Mr. Ruau«, sagte Wilam und nickte dem Varuaner zu.

»Königliche Hoheit«, antwortete der Insulaner mit seiner melodischen Stimme, die auch beim Sprechen von Musik erfüllt war. Sie blieben stehen, vielleicht, weil sie es für höflich hielten, ein paar Worte zu sagen, obwohl sie beide nicht recht wussten, was. »Er wird bald hindurchschreiten«, sagte der Varuaner unvermittelt.

»Ich verstehe nicht.«

»Mr. Ruau!«, rief ein Diener.

»Bald«, sagte Ruau, dann ging er zum König zurück und begann schon auf dem Weg zu singen.

Entmutigt blickte Kronprinz Kori von den ersten Zeilen des Briefes auf, den er vor Stunden begonnen hatte. Seine Handschrift war scheußlich anzusehen, das wusste er, doch diesen Brief konnte er von keinem Sekretär kopieren lassen. Er las das Geschriebene noch einmal und versuchte dabei, sich in die Lage der Frau zu versetzen, an die es gerichtet war, versuchte, die Wirkung jedes einzelnen Wortes zu ergründen.

> Meine liebste Angeline!
> Schon so lang ist es her, dass wir uns begegnet sind, und seitdem haben wir uns so wenig Briefe geschrieben. Oft frage ich mich, ob es Ihnen gut geht und wo Sie sind. Neulich hörte ich, Sie seien nach Farrland zurückgekehrt, doch habe ich Sie noch nicht gesehen. Steht es zwischen uns so schlecht, dass Sie dem Kronprinzen nicht einmal Nachricht senden wollten?

Er knüllte das Blatt zusammen, zerquetschte seine Sätze zwischen den Fingern. Welche Schande, dass der zukünftige König von Farrland sich herablassen musste, Briefchen zu schreiben wie ein sitzen gelassener Schuljunge. Und er war so untalentiert mit Worten – zumindest mit Worten der Liebe.

Welche Ironie, dass er zwar die Leute seiner Wahl in den Regentschaftsrat manövrieren konnte, gegen den Widerstand mächtiger Männer, die ihr ganzes Leben mit der Politik verbracht hatten, und doch wie jeder andere Mann in Farrland vor einer Frau kniete, die ihn verschmähte. Die *ihn* abwies!

Und dabei war sie bei ihrer ersten Begegnung so von ihm gefesselt gewesen. Drei Jahre lag es nun zurück, trotzdem war die Erinnerung daran so frisch, als wäre es gestern gewesen. Der Kostümball am Mittsommertag. Er hatte sie allein auf dem Balkon gefunden. Sie hielt eine Maske in der Hand, und das Weiß ihrer Schultern zeichnete sich wie Schnee gegen das Schwarz ihres Kleides und die Nacht ab. Er konnte sich nicht erinnern, jemals so nervös gewesen zu sein. Und sie wandte sich um und lächelte ihn an. Die hübschen Lippen teilten sich, und sie lächelte, wie eine gütige Frau lächelt, wenn sie bemerkt, dass dem anderen unbehaglich zumute ist. Schon da war er sich wie ein Schuljunge vorgekommen.

Später nahm er sie mit ins Arboretum, und dort sprachen sie stundenlang miteinander, während sie zusammen auf einer harten Steinbank saßen oder die schmalen Wege entlang spazierten. Dann erlaubte sie ihm, sie zu küssen. Diese makellosen weichen Lippen, die Linie ihres Halses. Er kam sich vor wie ein Mann, dem die größte Gunst des Reiches gewährt wird. Als er ihr eine Hand auf die Brust legte, wehrte sie ihn auf charmanteste Weise ab. Noch länger saßen sie beisammen und redeten leise, dann schlief er eigentümlicherweise ein. Später fand er sie am Wasserfall, wo sie mit dem König sprach, als wären sie alte Freunde.

Es war erstaunlich, aber sein Vater hatte seitdem nie ein Wort über diese Nacht verloren und ihn nicht einmal tadelnd angesehen, was bemerkenswert erschien, wenn man bedachte, in welch hoher Gunst Prinzessin Joelle beim König stand. Doch auch das Eheleben Seiner Majestät war nicht über jeden Vorwurf erhaben.

Über das unverhältnismäßig junge Aussehen des Königs zeigte sich Angeline nicht überrascht. Stattdessen lachte sie, als Kori sie um Verschwiegenheit bat, und indem sie ihn auf die Wange küsste, versprach sie es ernst und spöttisch zugleich, als ließe sie einem Kind seinen Willen. Dann war sie verschwunden. Spurlos verschwunden. Sie hatten sich geschrieben. Er hatte sie gegenüber seinen Freunden erwähnt, ihnen anvertraut, er hätte eine Mätresse von überragender Schönheit und bezwingendem Liebreiz, doch wiedergesehen hatte er Angeline nicht mehr. Sie war ins Ausland gegangen und zurückgekehrt, um sich um eine kranke Tante zu kümmern. Dann hatten die Briefe aufgehört.

Der Prinz begriff nicht, wie sie seiner Stellung so gleichgültig gegenüberstehen konnte; geradezu, als wäre er ein Mann wie jeder andere. Oft fragte er sich, was er getan hatte, dass sie vor ihm die Flucht ergriff. Als sie allein waren, schien sie ihm verfallen zu sein (und so hatte er es seinen Freunden erzählt!). Jedes Wort ihrer Unterhaltung hatte er immer wieder analysiert. Am Ende entschied er, dass er sie gelangweilt haben musste. Der Prinz wusste, dass er weder ein fesselnder, gewandter Unterhalter war, noch ein sonderlich anziehender Mann. Wenigstens behandelte seine Frau ihn so. Die Prinzessin langweilte er eindeutig schon seit Jahren.

Prinz Kori drückte sich die Handballen auf die Augen und lehnte sich zurück. Warum er mit der Frauenwelt so kämpfte, wusste er nicht. Er war nicht dafür geschaffen. Weder beherrschte er ihre Sprache, noch erlangte er Vertrautheit mit ihnen – er blieb ein Fremder, immer mit dem Gefühl behaftet, einer anderen Kultur gegenüberzustehen. Völlig unbeholfen und verlegen und mit dem Gefühl, nie als das gesehen zu werden, was man ist.

Der Prinz zog die Uhr aus der Tasche. Bald musste er Sir Roderick empfangen. Kori warf den gescheiterten Brief ins

Feuer, ging ans Bücherregal und nahm einen Band hervor, einen großformatigen Wälzer, der großen Ruhm genoss, den er jedoch niemals gelesen hatte. Er öffnete ihn an einer beliebigen Stelle und versuchte erfolglos zu lesen, denn er vermochte nicht über das wunderschöne Gesicht hinauszublicken, das ihn mit scheinbarer Liebe ansah.

»Wie ich sehe, schätzen Königliche Hoheit Halden«, sagte Sir Roderick, als er in Prinz Koris Zimmer stand. »Wenn ich ihn gelesen habe, fühle ich mich danach stets so ... unfähig, mich deutlich auszudrücken. Sein Talent liegt darin, in sein Innerstes zu blicken und etwas auszudrücken, von dem ich stets überzeugt war, man könnte es niemals in Worte fassen – bis ich bei Halden darüber lese.«

»Mir geht es genauso«, sagte der Thronfolger, klappte das Buch zu und sah dem Königsmann ins Gesicht. »Sie haben die Proklamation dabei?«

Roderick schwenkte ein großes, gerolltes Dokument. »Getreu dem Buchstaben des Gesetzes.« Sie entrollten es auf dem Schreibtisch und gingen es gemeinsam Wort für Wort durch – beruhigende Rechtssprache.

Der Prinz nickte und überflog den Text ein letztes Mal. Dann tauchte er die Feder in die Tinte und unterzeichnete das Schriftstück; dabei war er sich nur zu deutlich bewusst, wie dürftig seine Handschrift ausfiel. »Lesen Sie es morgen dem Haus vor.« Er schlug Roderick auf die Schulter. »Wir regieren nun de facto und de jure. Ich hatte einen schwereren Kampf erwartet, doch das war ja kaum ein Zeitvertreib.«

Der Königsmann blies über die feuchte Tinte, dann rollte er die Proklamation auf und umwickelte sie mit einem purpurroten Band. »Wenn man oft und deutlich gewinnt, erkennen die Gegner die Aussichtslosigkeit jedes Widerstands.« Der Königsmann schürzte die Lippen, was bei ihm als Lächeln gelten durfte. »Ich habe Wells und Galton besucht. Sie werden schon bald eine Übersetzung haben, die so vollständig ist wie irgend möglich. Vielleicht müssen wir früher handeln als erwartet.«

Der Prinz stellte den Federhalter in den Ständer zurück. Die Erwähnung des Textes lenkte seine Gedanken sofort auf den Sohn des Herzogs. Ein höchst verhängnisvolles Unglück. Was hatte der Junge nur mit diesem Verräter zu schaffen? Eine ganz traurige Geschichte, doch die Sicherheit einer ganzen Nation erforderte manchmal Opfer. Schon immer war es so gewesen, doch hoffte der Prinz sehr auf ein Zeitalter der Sicherheit – einen farrischen Frieden für alle Länder am Entide-Meer. »Ich dachte, bis dahin wären noch Monate.«

Roderick lehnte sich an den Schreibtisch, ein ungewöhnliches Verhalten für einen alten Soldaten. Ohne Zweifel laugte ihn die ständige Anspannung aus. »Der Sohn des Herzogs von Blackwater hat Littel begleitet. Wenn das, was er wusste, dem Herzog bekannt geworden wäre ...« Roderick hielt inne, als überlegte er, ob es sich lohnte fortzufahren. »Von Wells habe ich etwas erfahren, dessen Wichtigkeit mir nicht sofort klargeworden ist. Littel war nicht nur ein Sprachgenie, sondern außerdem mit einem Gedächtnis begabt, wie ich es nur aus schriftlichen Berichten kenne. Er vergaß so gut wie nie etwas. Obwohl wir uns vergewissert haben, dass er keine Abschrift des Textes auf seine Flucht mitgenommen haben kann, ist es sehr wahrscheinlich, dass er innerhalb weniger Stunden eine Niederschrift hätte erstellen können. Falls das geschehen ist, so wäre es denkbar, dass unser Feind inzwischen nicht mehr nur vage Verdachtsmomente über unsere Absichten hat.

Mehrere Stimmen bestätigen, dass der junge Flattery in der Nacht, in der er und Littel aus Merton flohen, mit Averil Kent gesehen worden ist. Wir haben alle drei eine Weile aus den Augen verloren: Kent, Littel und Flattery. Dann gibt es ein Dienstmädchen, das gesehen hat, wie ein alter Mann aus dem Palast geschafft worden ist – insgeheim. Wir wissen noch nicht genau, wer es gewesen ist, doch wenn es um mein Geld ginge, würde ich auf Kent wetten.« Palle stützte sich mit den Händen auf dem Tisch auf, als müsste er sonst zusammenbrechen. »Außerdem müssen wir an die Entonnier denken. Wir wissen nicht, was sie planen, nicht einmal, was sie wissen. Dennoch müssen wir handlungsbereit sein.«

Den Prinzen überkam eine gewisse Beunruhigung, wie man sie in dem Moment empfinden mag, in dem man einem anderen Land den Krieg erklärt. Die Möglichkeit zu erörtern war ein Ding, doch tatsächlich den Befehl zu erteilen ... Dieser Moment war ihm immer so fern erschienen, und vielleicht hatte er eigentlich nie geglaubt, dass er irgendwann wirklich käme. »Nun, je früher, desto besser«, sagte er rasch. Als Regent und Thronerbe hatte er entschlossen zu sein, und auch das zählte er zu seinen Talenten.

Er stellte sich vor ein Gemälde und besah sich darauf den Hasen, der am Waldrand zwischen Bäumen hockte. Vor ihm lag ein freies Feld und dahinter ein Dorf, von dem Rauch aufstieg und zu dem er hinüberspähte – die Welt des Menschen aus dem Blickwinkel eines Tieres gesehen. Tatsächlich wirkte der Hase befremdet.»Ich frage mich, was es mit Kent auf sich hat. Haben Sie mehr über ihn erfahren können?«

»Es ist schwieriger, ihn im Auge zu behalten, als man in Anbetracht seines Alters glauben würde. Doch ganz ist er mir nicht entwichen. Ich bin so gut wie sicher, dass er mit Massenet unter einer Decke steckt, und ich glaube nicht, dass wir da noch lange ruhig zusehen sollten.«

Der Prinz hob die Hand. »Einige Monate außer Landes – Farrow oder Doorn vielleicht. Aber nur, wenn es gar nicht anders geht. Er ist alt, und wenn er im Exil sterben sollte – nun, ich habe auch so schon genug Schwierigkeiten.« Er schüttelte den Kopf. Kent wurde von seiner ganzen Familie bewundert: vom König, von der Prinzessin und von seinem Sohn. Wenn er dem Alten auch nur ein Haar krümmte, würden sich überall im Lande wütende Stimmen erheben, am lautesten aber im Palast. Wen kümmerte schon, dass Kent mit großer Wahrscheinlichkeit Landesverrat beging!

Palle sann darüber nach und sagte: »Ich werde mit allen Mitteln zu verhindern suchen, dass ihm etwas zustößt, doch wir wissen schließlich beide, was auf dem Spiel steht. Ich war viel mehr bereit, Sir Averil« – was er mit einiger Geringschätzung aussprach – »zu erdulden, bevor ich bemerkte, dass er unter den Einfluss dieses Entonniers geraten ist …« Ihm fehlten die Worte.

»Vielleicht wäre eine kurze Auslandsreise wirklich das Beste«, überlegte der Prinz laut, denn Palles Vorbehalt gefiel ihm gar nicht. »Eine Erholungsreise. Könnte die Krone ihm nicht ein Gut auf Farrow schenken? Und ihn dann dorthin schicken, um es sich anzusehen? Dann könnte er die Ruine anstarren und über die Torheit seiner Schritte nachdenken.«

Palle zog die Brauen hoch und zögerte kurz. Dann antwortete er: »Aber man würde uns für außerordentlich grausam halten, wenn wir einen alten Mann wie ihn auf See schickten, bevor die stürmische Jahreszeit vorüber ist. Ich habe schon gehört, dass sich sogar Kapitäne über die Beschwernis dieser Reise im Winter beklagen.« Nun erst sah er, was im Gesicht des Prinzen vorging. »Aber der Frühling ist nicht mehr fern. Ich könnte alles ins Rollen bringen, und dann müssen wir hoffen, dass Kent in der Zwischenzeit keine Dummheiten begeht.«

Nachdem Palle sich verabschiedet hatte, schritt der Prinz im Zimmer umher und hielt nur gelegentlich inne, um in den nebelverhangenen Garten hinauszublicken. Vor dem Gemälde mit dem Hasen blieb er stehen und musterte es nachdenklich. Was sah das Tier? Wie nahm sich das Treiben der Menschen von ferne aus? Das konnte er sich nicht vorstellen.

Er kehrte an seinen Stuhl zurück und hob das Buch auf, das er aus dem Regal genommen hatte; nun brauchte er Roderick nicht mehr zu beeindrucken. Aber er schaute dennoch hinein, vielleicht weil er ahnte, dass er heute nicht leicht einschlafen würde.

Diese Sammlung von Haldens Essays war das meistzitierte Buch der farrischen Gesichte, das wusste der Prinz. Doch hatte er den vagen Analysen des Alltagslebens, die der Autor anstellte, nie etwas abgewinnen können. Dieses Buch sagte fast nichts über die eigentliche Arena, in der ein Mann seine Fähigkeiten beweisen sollte: der Staatskunst. Der Prinz schlug ungeduldig die Seiten um, las hier und da ein paar Zeilen, die ihm ins Auge fielen, und hoffte, dass der dicke Wälzer sich ihm dabei erschloss – denn tatsächlich empfand er eine gewisse Verlegenheit, weil er vorgegeben hatte, das Buch gelesen zu haben. Dann erregte eine Zeile seine Aufmerksamkeit, und er begann zu lesen:

> Manchmal erwache ich in der Nacht bedrängt von Ängsten, glaube, mein Herz müsse im nächsten Moment stehen bleiben; oder dass sich draußen Räuber herumtrieben und nach einem Weg ins Haus suchten; dass ein furchtbarer Sturm mich mit Blitzen treffen könnte. Dann bin ich überzeugt, dass mein Talent geschwunden und ich alt und närrisch geworden sei; dass Frauen grausam auflachen, wenn sie von mir sprechen; und dass all meine sorgsam getätigten Investitionen sich als Fehlschlag erwiesen und ich verarmt sei. Ich stelle mir vor, ein Krieg sei ausgebrochen, der alles hinwegfegt, was wir kennen, und wie Reihe um Reihe schweigender Soldaten im Dunkel der Nacht an meinem Haus vorbeizieht. Ich sorge mich, dass mangelnde Erholung meine Gesundheit ruinieren könnte.
>
> Und dann, wenn ich mehr nicht ertragen kann, wird der dräuende, unendlich tiefe Nachthimmel grau wie Stein, und die Sonne geht wieder auf, erhebt sich wie ein fröhlich gewährtes Versprechen über den Horizont, und ich begreife, dass dieses Leiden, das über mich gekommen ist, allen Menschen vertraut ist. Unser Leben, auf welch sicheren Füßen es auch zu stehen scheint, balanciert am Rande des Abgrunds, so dicht, dass wir alles Nötige tun, um niemals darüber nachzudenken, denn das Sinnen darüber muss jeden in die Verzweiflung treiben. Verzweiflung deswegen, weil wir nichts unternehmen können, als die

Illusion aufrecht zu erhalten, alles sei gut, obwohl wir insgeheim wissen, dass das nicht so ist.

Wir erwachen in den Klauen des Schreckens – die Nacht sagt uns, dass wir völlig allein sind und die Sicherheit in unserem Leben nicht mehr ist als ein Traum. Und unsere größte Angst ist, dass wir von dieser Welt der Sorge und des Schreckens erlöst werden könnten. Dass die Sonne eines Morgens nicht mehr aufgeht.

Der Prinz ließ das Buch in seinen Schoß sinken und blickte auf das dunkle Fenster. Dabei stellte er sich vor, wie schweigende Regimenter auf eine ferne Stadt marschierten, die in Rauch gehüllt war und im Kern schon in Flammen stand.

17. Kapitel

Die Wächter ließen Wallis passieren, und er bestieg eine schmale Treppe, die in den Fels gehauen war. Der Urwald ringsum rührte sich, die Schatten bewegten sich im unermüdlichen Wind. Im Gegensatz zu den Varuanern fühlte sich Wallis in der Dunkelheit wohl. Er hörte keine Ahnen, die ihm vom Waldrand her etwas zuraunten, er spürte keine Geister in der Nähe – Kühle auf der Haut verriet ihr Kommen.

Freilich hatten die Jahre auf Varua bewirkt, dass seine Herablassung gegenüber den Glaubensvorstellungen der Insulaner fast verschwunden war – unbestreitbar hatte er Unerklärliches beobachtet, auch wenn er nicht in allen Fällen bereit war, die varuanische Erklärung der Phänomene zu akzeptieren. Aber Feuer, das nachts durch den Urwald schwebte, ohne etwas in Brand zu setzen, grünes Meeresleuchten, das heilige Männer umschloss, Menschen, die von den schlimmsten Leiden geheilt wurden – das konnte er nicht einfach ignorieren. Dennoch fürchtete er sich nicht in der Nacht.

Wallis schob sich seitwärts durch die schmale Lücke, die auf die Felsbank vor den Höhlen führte – dem ›Steinhimmel‹, wie der varuanische Name übersetzt lautete.

»Anua«, sagte er zu der ersten Person, die er erkannte, und man wies ihm den Weg. Währenddessen suchte er nach seiner Frau, hielt nach ihren Freunden und ihrer Familie Ausschau, denn dort würde sie sein. Doch er sah sie nicht und hörte auch nicht ihr sanftes Lachen.

Mehrere heruntergebrannte Kochfeuer verströmten noch Essensgerüche. Wallis wusste, wie viele Menschen hier aus Furcht vor der Rache der Farrländer kauerten, das gesamte Dorf und noch mehr. Obwohl so viele auf engem Raum zusammengedrängt waren, würde kein Streit über Platz oder Essen ausbrechen. Die Varuaner bewahrten nicht nur Frieden, sie machten aus ihrer Flucht einen Ausflug, ein

Picknick. Ihrer täglichen Pflichten entbunden, sangen sie und liebten sich, lachten und tanzten, webten, kochten und aßen.

Trotz der Überfüllung herrschte keineswegs der üble Pesthauch, der entstanden wäre, hätte man die gleiche Anzahl seiner Landsleute auf ähnlich engem Raum zusammengepfercht. Wallis dachte an Seiner Majestät Schiffe und wie sie stanken. Hier aber badete sich jeder wenigstens einmal am Tag, wenn nicht gar öfter, in dem Tümpel, zu dem sich der klare Gebirgsbach staute.

In einem vergleichsweise ruhigen Winkel unter den Ästen eines kleines Brotfruchtbaumes hielt Anua Hof. Nicht weit entfernt sang eine Gruppe junger Leute. Der süße Klang zog leise durch das Lager – *wie Blumenduft*, dachte Wallis.

Die erste Frau des Königs winkte ihn herbei. Zum langsamen Rhythmus der Musik wiegte sie ihren schlafenden Enkelsohn in den Armen.

»Wallis«, sagte sie in ihrer Sprache, »ich hatte gehofft, dass du kommst.«

»Ich konnte nicht schneller fort, Anua, ich bitte um Verzeihung.«

»Was tun die *Dausoko*?«, fragte sie; ein höfliches Wort für ›Seemann‹. »Werden sie wieder mit ihren großen Kanonen auf uns schießen?« Er merkte ihr die Sorge an der Stimme an, auch wenn sie sich nicht in ihrem Gesicht zeigte.

»Nein. Das glaube ich nicht, obwohl Stern bisher keinen Entschluss gefasst hat.« Wallis war unruhig. »Ähnlich wie ein König darf er nicht den Respekt seiner Häuptlinge und seiner Männer verlieren. Seine Anhänger glauben, wir hätten einen Mord begangen, denn ihre Tabus sind anders als unsere. Die Matrosen und vielleicht sogar einige Offiziere meinen, Stern sollte zur Strafe das Dorf in Schutt und Asche legen. Doch so wütend Stern auch ist, er ist ein zivilisierter Mensch. Er will nicht, dass Unschuldige leiden. Trotzdem darf er nicht riskieren, dass seine Männer ihn nicht mehr achten. Verstehst du, was ich meine?«

Anua nickte. »Ja. Er steht vor einer schweren Wahl.

Wenn wir mit einer Flotte unserer Kanus vor einer fremden Insel lägen, bin ich mir nicht sicher, ob wir verständnisvoller wären. Kein Anführer darf sein Gesicht verlieren.« Sie schwieg und strich ihrem Enkel über das Haar. »Trotzdem können wir ihm nicht die Männer überlassen, von denen die beiden Diebe getötet wurden. Sie befolgten nur unser Gesetz – sie haben Recht getan. Wenn nur der König hier wäre.« Ohne mit dem Wiegen aufzuhören, nahm sie den Säugling in den anderen Arm. »Was ist mit dem Einen, Flattery? Was hältst du von ihm?«

Wallis dachte kurz nach. Eine schwere Last schien der junge Mann auf den Schultern zu tragen. »Ich bin sicher, dass er in die Prophezeiung gehört. Und ich zweifle keinen Augenblick daran, dass die Entdeckung der Vergessenen Stadt und die Ankunft der sieben großen Wellen sich am gleichen Tag ereignet haben. Die Kenaturaga irren da nicht.«

»Doch was ist sein Zweck, Wallis? Errätst du das?«

Wallis hob einen Zweig auf und begann damit im Sand zu zeichnen. »Ich weiß es noch nicht. Und er ebenfalls nicht, wie ich glaube. Tristam will beileibe nichts Böses – auch da bin ich mir sicher. Trotzdem kann Schlimmes geschehen. Ich glaube, dass er seinen Zweck selbst nicht kennt – oder sich eines Zweckes nicht bewusst ist.« Wallis stellte fest, dass er sein eigenes Fale gezeichnet hatte. Bald würde er zu seiner Frau und seinen Kindern gehen – sobald Anua mit ihrer Befragung fertig war. Der Gedanke an seine Familie machte ihn plötzlich bestürzt. Er hatte nie bemerkt, wie selbstverständlich sie ihm geworden war.

»Diese Geschichte, die er den Kenaturaga erzählt hat – ich begreife sie nicht.«

Wallis nickte. »Die Welt jenseits der Lagune hat ihre eigenen Gesetze, Anua. In meinem Land stehen nicht einmal die gleichen Sterne am Himmel wie hier. Was in dieser Vergessenen Stadt geschehen ist – es lässt sich nicht leicht mit unseren Worten erklären. Ich sehe es so, dass die Kraft die gleiche ist, doch dass die Art, wie Menschen sie sehen, sich von einem Ort zum anderen unterscheidet, und deshalb auch die Weise, wie man sie benutzt, und auch aller Glaube, der mit der Kraft zu tun hat. Hier ist ein Baum ein Lebewesen. Ein Geist, der in Gestalt eines Baumes auf dieser Welt existiert. In Farrland glauben die Menschen nicht, dass ein Baum einen Geist hat. Sie werden sorglos und ohne Ritual abgeholzt und für jeden Zweck verwendet, ohne dass man sich Gedanken über die Würde des Geistes macht. Aus einem uraltem Baum, der älter ist als unser ältestes Dorf, würde man ohne weiteres Zaunlatten machen. Niemand würde sich etwas dabei denken. Die Welt ist schon absonderlich.«

»Wie kann man denn nicht sehen, dass ein Baum einen Geist hat?«, fragte Anua ungläubig.

Wallis zuckte mit den Schultern. »Du würdest unseren Glauben ebenfalls absonderlich finden.«

»Aber die Bäume, aus denen eure großen Schiffe gebaut wurden – die Schiffsbauer müssen doch ihre Namen kennen und die Geister gesegnet haben?«

Wallis schüttelte den Kopf.

»Wie kann es dann sein, dass sie so weit fahren? Kümmern sich die Götter der Farrländer denn nicht um ihre Schutzbefohlenen?«

»Andere Menschen, andere Götter, Anua.«

Sie küsste ihren Enkel auf die Stirn und schmiegte ihre Wange an sein Haar. »Hat der König die Zeichen falsch verstanden?«

Wallis hielt beim Zeichnen inne und überlegte, was er antworten sollte. »Auch das weiß ich nicht. Die Kenaturaga haben Tristam Flattery nicht auf seiner Fahrt gesehen. Nur einer warnte uns vor der Schlange.«

»Vielleicht gelang es Flattery, sich vor ihnen zu verbergen?«

»Diese Macht besitzt Tristam nicht. Noch nicht jedenfalls.«

»Ich glaube trotzdem, dass es so geschehen sein könnte, Wallis. Der Geist darin könnte es getan haben.«

»Vielleicht.«

Dann schwiegen sie wieder, und Wallis lauschte der

Musik. Wie oft hatte er seine Frau das gleiche Lied singen hören, wenn sie glücklich und zufrieden war – obwohl es eigentlich ein trauriges Lied war. Seltsam.

»Faairi sagt, dass Flattery die Macht, die er in sich trägt, nicht in der Gewalt hat. Sie kann ihn übermannen.«

Wallis hielt beim Zeichnen inne. »Woher will sie das wissen?«

»Sie hat es gesehen, Wallis. Faairi war bei ihm, als er überwältigt wurde.«

»Er hatte von des Königs Laub genommen?«

Im Dunkeln sah er Anua den Kopf schütteln. Noch immer wiegte sie das Kind.

»Ich mache mir Sorgen«, sagte Wallis plötzlich.

»Ja. Wir haben alle Angst. Aber es ist noch schlimmer. Dieser Vogel, der mit dem Schiff gekommen ist —«

»Der Falke.«

»Ja. Flattery hat ihn verwandelt. Faairi hat es beobachtet, und einige andere auch. Er legte seine Kraft in einen Pfeil und schoss ihn in den Falken. Der Vogel ging in Flammen auf, erzählen sie, und aus dem Rauch stieg der Geist auf, nun in eine Geistereule verwandelt.«

Ohne es zu merken, fuhr Wallis mit dem Zweig über seine Zeichnung. »Aber was heißt das?«

Anua strich ihrem Enkel ein paar Haarsträhnen aus dem Gesicht und blickte in die Dunkelheit. »Die Schlange wird kommen. Genau wie Vita'a gesagt hat. Und nichts wird sie aufhalten. Kann denn nicht dieser *Dausoko*, der sich selbst einen Alten Mann nennt, den jungen unterweisen?«

»Das weiß ich nicht. Ich glaube, er ist nicht, was er sich nennt.«

Wallis saß reglos da und hörte auf das Lied. Ein leichter Windstoß entlockte den Bäumen seltsame Laute, und da verstummten die Sänger. Nach einer Weile erstarb der Wind, und eine einzelne Stimme nahm das Lied wieder auf, doch für einige Zeit fiel niemand ein.

Als die anderen schließlich wieder zu singen begannen, wandte sich Anua wieder dem Farrländer zu. »Du musst dich danach sehnen, Hau und deine Kinder wiederzusehen. Ich habe dich zu lange aufgehalten.«

»Es ist schon gut. Ich gehe sofort zu ihnen.« Doch er stand nicht gleich auf. »Hast du noch einmal nachgedacht, über ...?« Er beendete den Satz nicht.

Anua sah ihm ins Gesicht. »Du musst deinem Häuptling gehorchen, Wallis. Wenn Kapitän Stern einverstanden ist, magst du bei uns bleiben, aber du musst seinem Wort Folge leisten.«

Wallis blickte auf die halb vollendete Zeichnung. Der König von Farrland hatte befohlen, dass niemand auf den Inseln zurückgelassen werden durfte, wenn ein Schiff die Heimreise antrat.

Auf dem Rücken liegend blickte Tristam in den Sternenhimmel und dachte über Faairis Tätowierung nach, den Stern, durch welchen sie den Rückweg aus der Welt der Träume fand. Eigentlich hielt er diese Vorstellung für den allerprimitivsten Aberglauben, doch andererseits überlegte er, ob nicht auch er einen Talisman wie diesen Stern gebrauchen könnte.

Die Ruine von Farrow kam ihm in den Sinn, und ihre eigentümliche Darstellung des Firmaments. Gab sie den Himmel zu einem bestimmten Zeitpunkt oder an einem bestimmten Ort wieder? Wenn es ein Ort war, welche Bedeutung kam ihm zu? Während des Aufenthalts im Archipel hatte er den Sternenhimmel nicht sehr eingehend betrachtet, aber sollte vielleicht dieser an der Ruine von Farrow festgehalten sein?

Auf ein Geräusch hin öffnete er die Augen, doch es war nur Beacham, der im Schlaf murmelte, vielleicht von Träumen geplagt, die in der Vergessenen Stadt ihren Anfang genommen hatten. Tristam setzte sich auf und blickte sich um. Das Feuer war heruntergebrannt, und noch immer gab es kein Zeichen von ihren Schiffskameraden. Am meisten sorgte er sich um Hobbes. Nicht nur, dass der Steuermann in der Finsternis allein war und man nicht wusste, worauf die Varuaner sannen, auch der Viscount streifte dort draußen umher. Dass Elsworth nichts geschehen würde, daran zweifelte Tristam nicht. Wahrhafte Unholde schienen gegen Unglück gefeit zu sein – als wäre ihr verdrehtes Gemüt bereits Unglück genug.

Ein plötzliches Geräusch ließ ihn herumfahren, und er starrte suchend in die Dunkelheit. Dort war jemand!

»Tristam«, hörte er flüstern.

Er ging in die Hocke und erschrak. »Faairi?«

»Ich möchte von deinen Gefährten nicht gesehen werden«, sagte sie. »Kannst du mitkommen?«

Tristam zögerte und warf einen Blick auf den schlafenden Beacham, dann auf das Schiff. Dann aber glitt er geräuschlos in die Dunkelheit. Er glaubte, ihr Parfum zu riechen und den Duft ihrer Haare.

Unter den Bäumen fanden sie einander und umschlangen sich wild.

»Ich bin davongeschlichen«, sagte sie, vergnügt wie ein Kind, das die Schule schwänzt. »Außer den Wächtern darf niemand hierher kommen.«

Tristam lachte leise; er fühlte sich ein wenig erleichtert.

Sie nahm seine Hand. »Komm mit. Ich muss dir etwas zeigen.«

Er widerstand dem Zug ihrer Hände und sah zum Strand. »Ich mache mir Sorgen um Beacham.«

»Er ist in Sicherheit. Die Wächter lassen nicht zu, dass ihm etwas geschieht.«

»Die Wächter?«

»Die Männer, die das Schiff bewachen. Sie beschützen Beacham.«

»Aber was wird nun werden, Faairi? Zwei von uns sind tot, und ihr versteckt euch im Urwald.«

Tristam konnte sie nicht sehen, aber er spürte, wie ernst sie plötzlich wurde. Sie stand ganz still. »Mit uns hat das nichts zu tun, Tristam. Deine Gefährten kamen gegen den ausdrücklichen Wunsch des Königs in die Heilige Stadt und entweihten das Fale eines Alten Mannes. Ihr Schicksal hat sie ereilt. Das muss dein Kapitän doch einsehen.«

Entweder wusste sie nicht, was ihre Leute planten, oder sie wollte es ihm nicht verraten. Aus einem Grund, den er nicht näher bezeichnen konnte, vertraute er jedoch darauf, dass sie ihm gesagt hätte, wenn er in Gefahr schwebte – vielleicht verlieh ihm die *Regis*-Saat eine unbewusste Kenntnis der Dinge?

Faairi führte ihn in der völligen Finsternis unter den Bäumen zielstrebig einen schmalen Pfad entlang. Nachdem sie eine Weile bergauf gestiegen waren, hörte man Wasserrauschen und durch einen Riss im Blätterdach schimmerten Sterne. Sie gingen noch gut fünfzig Schritt weiter, vielleicht auch hundert, Tristam konnte es nicht genau sagen, denn Faairi hielt immer wieder an und küsste ihn zärtlich, eine Verheißung dessen, was noch folgen sollte.

Schließlich kamen sie an eine Lichtung, wo etwas Weißes wie ein gewundenes Band aus der Höhe herabhing: ein schmaler Wasserfall, der aus sich selbst heraus zu leuchten schien. Tristam vermutete, lumineszierende Kleinstlebewesen darin.

»Siehst du?«, fragte Faairi und drängte sich an ihn. Er spürte ihre Erregung. Der Sprühnebel kühlte die Luft, und Tristam fühlte sich erfrischt.

»Es leuchtet in der Dunkelheit«, sagte Tristam und dachte: *gespenstisch.* Ihm schauderte.

»Das kommt vom Sternenlicht«, sagte sie voll Ehrfurcht und Stolz. »Es fällt in einen Teich oben auf dem Berg, und in bestimmten Nächten läuft es in den Bach über, bis es sich in diesen Teich ergießt, den Teich der gefallenen Sterne. Von hier aus fließt es ins Meer, wo du es manchmal strahlen siehst, wenn die Fische vorbeiziehen, oder wenn es mit der Brandung an Land gespült wird.«

Lumineszierendes Phytoplankton, dachte Tristam. *Aber hier?* ... Das konnte er sich nicht erklären. Der Wasserfall wirkte wie erleuchtet und von flirrenden Silberfäden durchzogen, geradezu, als bestünde er aus Kristall, in dem sich gleißendes Licht aus einer unbekannten Quelle brach.

»Manchmal wird auch das Mondlicht in den Fällen gefangen und fließt in den Teich. Ich habe ihn schon weiß glühen sehen wie den Mond, kurz nachdem er aufgegangen ist und im Osten riesig über dem Meer steht.«

Plötzlich gab sie ihn frei und ließ ihn stehen, wie er auf das leuchtende Wasserband starrte. Fast konnte er glauben, es handle sich um eingefangenes Sternenlicht. Einen Moment darauf kam Faairi mit einer Kokosnuss zurück. Mit Tristams Messer öffnete sie die Schale sicher und geschickt, dann teilte sie mit ihm die süße Milch und schabte das weiche Fruchtfleisch heraus, wobei sie sich immer wieder lachend gegenseitig die Finger ableckten. Faairi hieß ihn, sich auszuziehen, und hängte ihren Pareo über einen Ast. Dann führte sie Tristam in den flachen Teich.

Während sie etwas auf Varuanisch sang, füllte sie die leere Nussschale mit Wasser.

»Sternenwasser«, sagte sie.

»Das taugt gewiss für viele Dinge«, sagte Tristam, beugte sich vor und küsste sie in den Nacken. Plötzlich spürte er, wie ein ›Anderer‹ sich in ihm regte, und die aufwallende Furcht machte ihn taumelig.

Vielleicht erriet sie, was in ihm vorging, denn sie umarmte ihn und sagte immer wieder leise seinen Namen, unablässig, wie eine Beschwörungsformel. Die Nussschale setzte sie auf einen Stein und schob Tristam sanft rückwärts in den Wasserfall. Das Wasser stürzte kalt und schwer auf ihn nieder, wie das Gewicht des Himmels – als wäre der Wasserfall eine Säule, auf der die dunkle Kuppel der sternübersäten Nacht ruhte.

Tristam merkte, dass er schluchzte, obwohl er keinen Grund dazu hatte – er fügte seine Tränen dem Strom hinzu, der zur wogenden See hinausfloss.

Das Wasser umspülte ihn, hatte ihn schon seit Ewigkeiten umspült, und nahm etwas von ihm fort. Zurück blieb eine seltsame Traurigkeit und Leere und ein paar Traumbilder: sein Onkel an einem schneebedeckten Schreibtisch; eine junge Frau, die aus dem Wasser auftauchte und in den makellosen Händen eine weiße Blüte emporhebt; er selbst, wie er einem kleinen Jungen durch finstere Straßen folgt. Er öffnete die Augen, und die Welt schien sich verschoben zu haben. Hatte er nicht gerade noch die Silhouetten wuchtiger Bauten gesehen? Und huschte dort nicht ein kleiner Junge am Teichufer entlang? Eine klare Tenorstimme sang ein trauriges Lied, und ein junger Mann klammerte sich an die Hände eines Alten.

»Tristam?« Das war Faairi, aber er konnte sie nicht sehen.

»Was ist geschehen?«, hörte er sich fragen. »Wo bin ich?«

»In der Welt der Nacht«, antwortete sie, »in der Welt der Träume.«

»Wieso hast du mich hierher geführt?« Das Wasser murmelte das uralte Lied eines jeden Baches, der über Stein rinnt.

»Um dir zu helfen, deinen Weg zu finden. Was siehst du?«

Tristam schaute in die Dunkelheit. Ringsum flüsterte es, huschten kleine Geschöpfe. Eine Schlange verschwand in einem finsteren Riss. Ein dröger Eulenschrei. Eine Frau ging am Teichrand entlang, ohne zu wissen, dass sie beobachtet wurde. Ihr langer Rock raschelte, ihr Haar wehte im Wind. Die Herzogin. Dann erschien eine zweite Frau, eine jüngere. Sie standen Angesicht zu Angesicht, und keine sprach ein Wort. Dann streckten sie sich die Hände entgegen, doch die Hände durchdrangen sich gegenseitig und suchten umso hastiger nach der anderen. Gespenster.

Glockengeläut schallte durch die gepflasterten Straßen einer großen Stadt, und ein einsames Fuhrwerk, von einem grauen Pferd gezogen, überquerte langsam einen leeren Platz. Tristam sah keinen Kutscher, und der Fahrgast verbarg sich hinter einem dichten Vorhang.

»Tristam?«

»Avonel. Ich sehe Avonel. Ein Begräbnis.«

Männer stiegen eine lange Treppe hinauf, und sie trugen einen lebendigen Mann, der wie ein Leichnam hergerichtet war. Auf dem Gipfel eines Berges sah er die Sterne aufgehen. Sterne, die er nie gesehen hatte, ordneten sich über ihm an und wirkten zum Greifen nahe. Unter ihm auf einer Straße, die dem Lauf eines Flusses folgte, fuhr eine Kutschenprozession gemächlich durch das Tal. Auf der Kuppe eines langgestreckten Felsenkamms stand eine Ruine.

»Ich fürchte mich«, sagte er, doch dann stieg ein Stern

über ihm auf, und er spürte, wie sein Gemüt sich belebte. Immer höher stieg der Stern und strahlte heller.

Tristam erhob sich auf einem Wind und folgte dem Stern über einen Ozean, der reglos und schwer dalag wie Quecksilber und den die Abenddämmerung purpurrot färbte.

Dann kam unter ihm die Insel in Sicht, und ein weißes Licht wie ein Stern spiegelte sich in einem Teich. Tristam war unter Wasser und versuchte aufzutauchen, doch konnte er sich nicht rühren. Er konnte auch nicht atmen oder rufen.

Schließlich wich die Dunkelheit unsteten Lichtblitzen, aus denen Sterne wurden. Ein Gesicht schwebte über ihm.

»Tristam?« Das war Faairi, sie klang besorgt.

Er lag auf dem Rücken und starrte in den Himmel; sein Herz schlug wie rasend, und sein Atem kam stoßweise.

»Du bist gerettet«, sagte sie und strich ihm über die Wange. »Mein Stern hat dich zurückgebracht.« Sie nahm seine Hand, drückte sie sich auf ihre Tätowierung und hielt sie dort. Sie war warm und wirklich. Dann beugte sie sich vor, und Tristam spürte ihre weichen Brüste, und sie umschlang ihn mit den Armen und zogen ihn dicht an sich. Ihr Stern hatte ihn zurückgebracht, aber von woher?

18. Kapitel

Welche Pläne sie auch fassten, es waren Notbehelfe, und keiner führte zu etwas. Das war Jaimy an diesem Morgen klargeworden. Ihm war, als hätte sich alles gegen Littel und ihn verschworen und engte sie in ihren Entscheidungen immer mehr ein. Um ihren Verfolgern auszuweichen, hatten sie gezwungenermaßen den Gedanken aufgegeben, nach Avonel zu reiten. Statt dessen galoppierten sie über Land, als hetzten ihnen Dämonen hinterher. Bisher hatten sie sich – durch glückliche Zufälle – einer Gefangennahme entziehen können.

Obwohl ihnen zahlreiche Männer auf den Fersen waren, schienen die Verfolger zu einem bestimmten Zeitpunkt aufgegeben zu haben. Die Hunde waren zwar zurückgerufen worden, nur hin und wieder sahen Littel und Jaimy kleine Gruppen oder auch einzelne Reiter, die nach ihnen suchten. Was sich ereignet und zu diesem eigenartigen Verhalten geführt hatte, blieb ihnen unverständlich.

Schließlich waren sie so weit vom Weg nach Avonel abgedrängt worden, dass sie sich an ihren ursprünglichen Plan erinnerten und beschlossen, Kents Rat zu befolgen. Allerdings mieden sie die Straßen und ritten querfeldein. Am zweiten Abend ihrer Flucht rasteten sie auf dem abgelegensten Bauernhof, den sie fanden, und das auch nur, weil ihre Pferde völlig erschöpft waren. Sie kauften Heu und Hafer, und die Bäuerin bereitete ihnen ein atemberaubendes Festmahl aus Kaninchenfleisch und eingelegtem Sommergemüse.

Sie schliefen bis zwei Stunden vor Sonnenaufgang, dann ritten sie langsam weiter, Ross und Reiter nach wie vor müde. Endlich erreichten sie die Gegend, in der die Gräfin von Chilton angeblich wohnte. Jaimy scheute es, sich nach ihr zu erkundigen, weil er damit eine Spur hinterließ, doch am Ende wurde es unumgänglich, und er befragte einen Jungen, der am Rand eines Moores Torf stach. Anscheinend wusste hier jeder von der Gräfin, nur hatte sie schon seit Jahrzehnten niemand mehr zu Gesicht bekommen. Sie sollte in einem recht ansehnlichen Landsitz leben, der keine fünf Meilen entfernt lag.

Die letzten beiden Meilen gingen sie zu Fuß. Hungrig und entmutigt führten sie ihre Pferde am Zügel. Auch das Wetter meinte es nicht gerade gut mit ihnen, denn während des ganzen Vormittags fiel ein feiner Nieselregen, der dann später gnädigerweise nachließ.

Littel war schweigsam und verdrossen; die Strapazen setzen ihm sehr zu. Nach Jaimys Ansicht erduldeten sie gar nicht so viel, wenn man ihre Nöte von einem übergeordneten Standpunkt betrachtete. Er versuchte sich vorzustellen, wie es im Krieg zugehen mochte. Selbst Tristam hatte auf seiner Expeditionsreise gewiss größere Entbehrungen hinzunehmen. Immer wieder rief sich Jaimy ins Gedächtnis, dass es ihnen gar nicht so schlecht gehe; allerdings merkte er recht bald, dass sein Begleiter solchen Gedanken überhaupt nicht aufgeschlossen gegenüberstand.

Endlich überquerten sie Felder, von denen sie glaubten, dass sie zum Besitz der Gräfin gehörten, und entdeckten an einem kleinen See das Herrenhaus, dessen Mauern und Schieferdächer sich hinter den kahlen Ästen der umstehenden Bäume abzeichneten.

Jäh beschlich Jaimy die Furcht, Kents Rätsel missverstanden zu haben. Was, wenn sie den ganzen Weg gekommen waren, nur um festzustellen, dass er sich geirrt hatte? Dann hätte er sich unsterblich blamiert, und Littel würde ihm nie vergeben – dabei wäre er ohne Jaimys Hilfe zweifellos gefangen worden.

Was sie tun sollten, wenn die Gräfin sie abwies, wusste er auch nicht zu sagen. Littel nach Avonel zurückzubringen könnte sich als großer Fehler erweisen. Besser wäre es vermutlich, ihn außer Landes zu schaffen, doch bei dem, was er offensichtlich wusste, mochte es ebenso wenig weise sein, ihn nach Entonne zu bringen – hatte Kent den Prinzen nicht nach dem Grafen Massenet gefragt?

Tristams Haus in Locfal erschien ihm als eine gute

Zuflucht. Mit frischen Pferden – wenn sie diese denn irgendwo kaufen könnten – brauchten sie dorthin nur vier oder fünf Tage. Dann musste Jaimy nur noch eine Möglichkeit finden, Nachricht nach Avonel zu geben. Vielleicht sollte er gleich in die Hauptstadt reiten und Egar alleine nach Locfal schicken. Das könnte durchaus sicherer sein. Ihre Verfolger suchten schließlich nach zwei jungen Herren, nicht nach einem einzelnen Reisenden. Wenn Jaimy in Avonel auftauchte, brachte er damit wahrscheinlich einiges in Bewegung. Auf einer einsamen Heide wagten Palles Männer vielleicht einen Mordversuch am Sohn des Herzogs von Blackwater, doch mit Sicherheit wäre niemand so dumm, es in der Hauptstadt zu probieren. Doch für diesen Plan fehlte Littel vermutlich die nötige Nervenstärke.

Jedes Mal, wenn sie in offenes Gelände kamen, begann Littel sich umzuschauen. Jaimy spürte förmlich, wie der Linguist gegen den Drang ankämpfte, doch irgendwann unterlag er, und sein Kopf fuhr nach hinten, als fürchtete er, ein Dutzend Reiter mit Hunden hätten es irgendwie fertiggebracht, sich an sie heranzuschleichen. Normalerweise hätte sich Jaimy darüber amüsiert, doch dazu war er zu müde, und nun, da so gut wie feststand, dass sie entkommen waren, schwelte in ihm die Wut über das, was man ihnen angetan hatte. *Wie können sie es wagen?*, bei diesem Gedanken ertappte er sich immer wieder. *Wie können sie es wagen? Uns zu hetzen wie entlaufene Sträflinge!*

»Da spaziert jemand am Ufer«, sagte Littel, eine der seltenen Gelegenheiten, zu denen er an diesem Tag sein Schweigen brach.

Tatsächlich ging dort eine schwarzgekleidete Gestalt am Ufer entlang. »Wir wollen mit ihr reden«, sagte er, denn er war fast sicher, dass es sich um eine Frau handelte.

Die Gestalt verschwand hinter einigen kleinen Föhren, und Jaimy und Littel bogen von ihrem Weg ab, um sie zu treffen. Obwohl die Wolkendecke zusehends aufbrach, ließ sich nicht sagen, wo die Sonne stand. Sie mochten noch gute zwei Stunden Licht übrig haben, viel mehr aber nicht.

Sie erreichten die Föhren und überquerten feuchten

moosbewachsenen Grund, auf dem die Hufe keinen Laut machten. Die Frau war vollkommen überrascht, als sie zwischen den Bäumen hervorkamen. Mitten auf dem Kiesweg blieb sie stehen und funkelte sie an, ohne das geringste Zeichen von Furcht.

Bevor Jaimy ein Wort sagen konnte, hatte sie sich von ihrer Überraschung erholt. »Wenn Sie bessere Pferde ritten, hätte ich Sie für Straßenräuber gehalten. So wie Sie aussehen, muss ich Sie für Narren halten, weil Sie diese bedauernswerten Tiere zuschanden reiten und dann noch Ihre Gesichter hier sehen lassen, wo Sie kaum willkommen sind.«

Jaimy verschlug es die Sprache, so schuldig fühlte er sich für das, was sie ihren armen Reittieren hatten antun müssen. Doch das war nicht alles. Vor ihnen stand die schönste Frau, die er in seinem Leben gesehen hatte. Diese Augen! Die Wimpern glänzten so dunkel, und der Schwung der Brauen war perfekt. Der Zorn hatte ihren Teint ein wenig verdunkelt, und das fand Jaimy fast unwiderstehlich.

»Entschuldigen Sie unser schauderhaftes Benehmen«, sagte er höflich. »Wir wollten Sie nicht erschrecken. Wir suchen nach dem Anwesen der Gräfin von Chilton.«

»Und wer sind Sie, mein Herr?«

»Lord Jaimas Flattery.« Er zögerte; Littels Namen wollte er ihr nicht nennen. »Ein Freund der Gräfin schickt uns.«

»Und hat dieser Freund einen Namen? Denn ich kenne alle Freunde der Gräfin.«

Jaimy war sich unsicher, wie er fortfahren sollte. Er hatte das entsetzliche Gefühl, dass sie schon beim leisesten Fehler wieder auf die Felder hinausgejagt würden, wo Hunde und Männer sie finden konnten. »Sir Averil Kent heißt er.«

»Kent ...«, sagte sie. Offenbar war sie ehrlich überrascht. »Warum schickt er Sie?«

»Sie müssen verzeihen, Miss, aber darüber darf ich nur mit der Gräfin sprechen.«

»Nun, kommen Sie mit. Ich weiß nicht, ob die Gräfin Sie empfangen kann, aber wir werden sehen.«

Mittlerweile war die Sonne untergegangen, ohne dass Jaimy und Littel Lady Chilton zu Gesicht bekommen hätten. Man hatte ihnen Zimmer in dem ausgedehnten alten Landhaus zugewiesen, ihnen erlaubt zu baden, und ihnen beste Kleidung gegeben, die allerdings seit dreißig Jahren aus der Mode war und ihnen nur schlecht passte. Sie musste einmal jemandem gehört haben, der größer war und einen breiteren Leibesumfang hatte. Jaimy fand, dass sie nun beide ein wenig tölpelhaft wirkten.

»Glauben Sie etwa, man hat uns verraten und lässt uns hier nur gemütlich auf Palles Leute warten?«, fragte Littel.

Dieser Gedanke war Jaimy auch schon gekommen. »Nein, das glaube ich nicht. Wir haben die Wahl, draußen in der Kälte zu warten und uns bereit zu halten, um in die Sättel unserer ausgelaugten Pferde zu springen.« Jaimy blies auf einen Löffel Suppe. Sie saßen in einem langen Speisesaal vor dem Kamin, in dem die Scheite loderten. Der Saal stammte aus einer Zeit, als alte Burgarchitektur wieder in Mode gekommen war. Zu dem eleganten Herrenhaus wollte der Saal nicht recht passen, doch Jaimy mochte ihn trotzdem.

»Ich glaube, diesen Raum baue ich nach, wenn Alissa und ich ein Haus gefunden haben. Er hat einen gewissen Reiz, finden Sie nicht auch? Vielleicht liegt es aber auch nur an diesem Ritt, den wir überlebt haben. Ist es nicht passend, dass wir hier auskommen? Wenn wir nur ein paar Hörner Bier zu pokulieren hätten.«

Littel sah von seiner Suppe auf und hob eine Augenbraue. »Ich verstehe nicht, wie Sie in unserer Lage scherzen können. Das sind die drei schlimmsten Tage meines Lebens gewesen. Manchmal habe ich mich sogar gefragt, ob ich als Palles Gefangener nicht besser dran wäre. Ja, ich weiß, was Sie nun antworten werden: dass die Menschen im Laufe der Geschichte viele Kriege erdulden mussten und weitaus Schlimmeres durchgestanden haben, aber für mich war unsere Flucht schon übel genug. Ich habe mich derart wundgeritten, dass die Narben mir vermutlich mein Leben lang erhalten bleiben.«

Jaimy lachte auf, jedoch nicht, um den jungen Gelehrten zu verspotten. Er war erleichtert, in diesem Haus zu sein, ohne sagen zu können, weshalb. »Ich verstehe gar nicht, dass wir sie nicht nach ihrem Namen gefragt haben«, sagte er unvermittelt.

Littel schüttelte den Kopf, als sei sein Gefährte verrückt geworden. »Sie können doch nun wirklich nicht daran denken!«, rief er tadelnd. »Sie sind schließlich verlobt!«

»Reine Neugierde«, entgegnete Jaimy. »Man darf sich fragen, wie eine Frau von solcher Schönheit in ganz Farrland unbekannt sein kann. Sie muss ein höchst behütetes Leben führen.«

»Wie ein Traumbild ist sie mir vorgekommen, da gebe ich Ihnen Recht«, sagte Littel mit gelinder Wehmut. Dann wandte er sich wieder seiner Suppe zu, doch er wirkte, als sei er mit den Gedanken woanders.

»Sobald wir uns sicher sind, dass Sie hier eine Zuflucht gefunden haben, Egar, sollten Sie sich unverzüglich daran setzen, diesen Text niederzuschreiben.«

Littel schaute Jaimy an, dann erst begriff er, was er gehört hatte, und nickte beflissen.

Ein Diener kam herein, um den Tisch abzuräumen, und neigte vor Jaimy knapp das Haupt. »Lady Chilton würde Sie gern sprechen, sobald Sie fertig sind, Sir.«

Jaimy sprang auf. »Wir sind bereits fertig, nicht wahr, Egar? Gehen Sie voraus.«

Sie wurden in ein kleines Empfangszimmer geführt, das von nur einer Lampe und dem Kaminfeuer erhellt wurde. Der Diener zeigte sich unnachgiebig, auf welchen Sesseln sie Platz nehmen sollten, und bevor er ging, entzündete er einen Kognakwärmer neben einer Karaffe mit Weinbrand und zwei Schwenkern.

Schweigend warteten sie und erwärmten abwechselnd ihre Weinbrandgläser.

»Sehr eigentümlich«, flüsterte Littel. »Was halten Sie davon?«

Jaimy blickte sich in dem Raum um. Ein Sessel stand in dem tiefen Schatten eines Wandschirms, wo er kaum zu sehen war. »Die Gräfin ist eine Einsiedlerin – seit Jahrzehnten hat sie niemand mehr gesehen. Ich nehme an, auf diese Weise sorgt sie dafür, dass sich daran nichts ändert.«

Littel neigte sich ein wenig näher zu seinem Begleiter. »Sie ist ja noch exzentrischer als Ihr Freund Kent.«

»Sie halten Kent für exzentrisch –?«, begann Jaimy, beendete den Satz aber nicht, denn ein Geräusch an der Tür brachte sie beide zum Schweigen. Mit leichtem Schritt kam jemand hinter dem Wandschirm in den Raum, und ein langes schwarzes Kleid raschelte in dem schattendunklen Sessel.

»Ich bin nicht ganz sicher, ob ich Sie willkommen heißen soll, Lord Jaimas und Mr. Littel«, sagte eine Frauenstimme, und ihr war keinerlei Regung anzumerken. »Ich schätze es nicht, in meiner Abgeschiedenheit gestört zu werden.« Sie verstummte, und Jaimy wartete ab. Er war sich nicht schlüssig, ob er antworten sollte. Er fühlte sich ungewohnt nervös.

»Aus welchem Grund hat Kent Sie zu mir geschickt, und welche Botschaft überbringen Sie?«

Jaimy atmete durch, nicht einmal, sondern zweimal, bevor er antwortete. »Wir haben nur diese Nachricht, die Sir Averil uns zugeworfen hat, als er in der Kutsche an uns vorbeipreschte, eskortiert von drei Reitern, die wir wegen der Dunkelheit nicht erkannten.« Jaimy nahm den Zettel aus seiner Tasche, doch nun zögerte er. Was sollte er tun? Er glaubte kaum, sich dieser Frau nähern zu dürfen, die solchen Aufwand betrieb, um ihr Gesicht zu verbergen. Sie streckte abwehrend die Hände vor. Die Finger blieben unter weißer Spitze verborgen.

»Würden Sie es vorlesen?«, fragte sie.

»Ja, gewiss.« Jaimy hielt die Nachricht näher ans Feuer und wurde sich plötzlich gewahr, wie absurd die Worte klingen mussten. »›Wenn Sie Zuflucht brauchen: das Haus der Dame, die bei Ihren Büchern lebt.‹«

»Das ist alles? Aufgrund dessen kommen Sie zu mir?« In ihren Tonfall war ein wenig Bewegung gekommen: ein Anflug von Zorn. »Bewahren Sie etwa Ihre Bücher hier auf, ohne dass ich davon weiß?«

»Ich glaube, Kent bezieht sich auf ein Portrait, das in unserer Bibliothek hängt. Nun, eigentlich bin ich mir dessen völlig sicher.«

Einen Moment lang schwieg sie und ließ ihre Hände, mit denen sie gerade noch ärgerlich gestikuliert hatte, in den Schoß sinken. »Das Portrait, das Erasmus behalten hat«, sagte sie ruhig.

Jaimy nickte.

Sie atmete tief durch. »Sie sollten mir Ihre Geschichte von Anfang an erzählen, Lord Jaimas. Lassen Sie nichts weg. Ich muss jede Einzelheit hören, auch das, was Sie eigentlich als zu unbedeutend erachten, um es erwähnen zu wollen. Vielleicht ist gerade das besonders wichtig.«

Jaimy nahm sich Zeit, seine Gedanken zu ordnen, und erkannte, wie wenig auch Littel von den Zusammenhängen wusste. »Alles begann im letzten Sommer, Lady Chilton. Ich war nach Merton gekommen, weil ... Ich muss zugeben, dass ich mein Herz verloren hatte, und meine Freiung entwickelte sich in höchstem Maße ungünstig. Mitten in dem ganzen Schlamassel tauchte unerwartet mein Cousin Tristam Flattery auf.« Die Geschichte erwies sich als viel länger, als Jaimy gedacht hätte, und sehr viel davon musste er aus unklaren Erinnerungen zusammenklauben. Valarys Brief an Dandish zum Beispiel hatte er nur einmal zu Gesicht bekommen. Wie die Gräfin auf seine Erzählung reagierte, konnte er nicht erkennen, denn sie saß vollkommen reglos in ihrem Sessel und stellte keine einzige Frage, bis Jaimy an die Stelle gelangte, als er Kents Nachricht erhielt, während der Maler in seiner Kutsche an ihnen vorbeipreschte, begleitet von dunklen Reitern, die der Prinz für Palastgardisten gehalten hatte. Hier hob sie eine Hand an ihr Herz, als hätte es jäh zu rasen begonnen.

»Kent ist von Palle verhaftet worden?«, fragte sie und konnte die Angst nicht mehr verbergen.

»So vermuten wir, Lady Chilton, aber wir haben dafür keinen anderen Hinweis als das, was ich Ihnen bereits mitgeteilt habe.«

»Bitte«, sagte sie und zwang sich zur Ruhe. Ihre Hand

legte sie wieder in den Schoß, wo sie fest die andere umfasste. »Fahren Sie fort.«

In dieser Haltung saß die Gräfin für den Rest der Erzählung. Littel hingegen wurde bei jeder Offenbarung aufgeregter.

Als Jaimy vom Anschlag auf ihr beider Leben berichtete, glaubte er zu sehen, wie sich ihr Haar bewegte, als schüttelte sie den Kopf. Schließlich gelangte er ans Ende seiner Erzählung: »Und so kamen wir auf Ihr Gut, Lady Chilton, und so erschöpft und von Furcht bedrängt, dass wir die freundliche Dame, die uns hereinführte, nicht einmal nach ihrem Namen fragten.«

Die Gräfin antwortete nicht, sondern wickelte sich nur immer wieder eine Locke ihres ebenholzschwarzen Haars um die Finger. »Dieser Junge, der Ihnen den Weg zu meinem Haus wies – morgen müssen wir ihn suchen und erfahren, wie viele andere noch von Ihrer Ankunft hier wissen.« Als sie das gesagt hatte, verfiel sie wieder in Nachdenklichkeit. Jaimy beschlich das unangenehme Gefühl, dass sie nichts mehr hinzufügen, sondern sich erheben würde und ihn und Littel voller Fragen zurücklassen könnte.

»Was diesen Text betrifft«, sagte sie dann jedoch, »können Sie tatsächlich eine Abschrift davon anfertigen, Mr. Littel?«

»Das kann ich, Lady Chilton«, antwortete er mit mehr Ergebenheit in der Stimme, als Jaimy selbst bei einem Sympathisanten der Reformer zu hören erwartet hätte.

»Möchten Sie unverzüglich damit beginnen? Noch heute Abend? Es könnte wichtiger sein, als wir ahnen.« Sie dachte kurz nach. »Ich werde eruieren, was Averil Kent zugestoßen ist«, versprach sie leise. »Beten Sie darum, dass er nicht verletzt wurde, denn auf seinen Schultern ruht keine geringe Last, und er ist kein junger Mann mehr.«

»Lady Chilton?«, fragte Jaimy und war nicht wenig überrascht von seinem eigenen demütigen Unterton. »Wir begreifen nicht, worin wir uns verstrickt haben. Glauben die Leute um Palle denn wirklich, sie könnten die Kunst der Magi neu erlernen? Wäre das möglich?« Jaimy war sicher, dass die Gräfin ihn anstarrte. Fast konnte er in der Finsternis die Augen sehen.

»Diese Frage stellen wir uns alle. Ich muss dringend den Text sehen, mit dessen Übersetzung sich Mr. Littel befasst hat. Auch wenn Sie damit noch nicht fertig waren, wenn ich recht verstanden habe?«, fragte sie den Linguisten.

»Nicht ganz. Die Arbeit war sehr schwierig, und mit jedem Fortschritt wurde sie komplizierter. Ich weiß nicht, ob ich sie jemals als originalgetreu und vollendet betrachten kann.« Er zuckte mit den Schultern.

»Ich hoffe, Sie haben nichts dagegen einzuwenden, weiter daran zu arbeiten, Mr. Littel. Mir ist bewusst, dass Sie Schreckliches durchlebt haben und etwas Frieden gut gebrauchen könnten.«

»Ich ... Wenn es Ihnen hilft, Lady Chilton, will ich es gern tun, doch ich muss darum bitten, ein wenig schlafen zu dürfen, bevor ich anfange. Ich kann kaum noch die Augen offen halten, wie ich leider sagen muss.«

Jaimy glaubte, dass sie billigend nickte. »Gewiss. Schlafen Sie, aber nicht zu lange«, sagte sie, und Wärme erhellte ihre Stimme wie die Flamme den Docht, der ihr erst Leben schenkt.

Egar Littel hatte seine Müdigkeit nicht übertrieben. Er zog sich unverzüglich in sein Zimmer zurück und fiel ins Bett. Jaimy hingegen konnte nicht schlafen, obwohl die Flucht ihn kaum weniger erschöpft hatte. Am Ende stand er wieder auf und zog sich an. Ruhelos schritt er in dem kalten Zimmer auf und ab; obwohl ein Feuer im Kamin brannte, schien der Nachtwind durch die Wände zu sickern.

Die Lampe entzündete er nicht, sondern durchmaß im Schein des Kaminfeuers immer wieder mit langen Schritten den Raum, vor und zurück. Zwischendurch kauerte er sich vor dem Kamin nieder und wärmte sich die Hände. Er dachte an seine Familie und an Alissa, die nun alle schon drei Tage lang nichts mehr von ihm gehört hatten. Ein Brief wäre länger als einen Tag zu ihnen unterwegs – wenn es denn ratsam wäre, ihnen einen Brief zu senden. Er würde die Gräfin danach fragen.

Welch seltsame Zuhörerin sie war. Die Situation wäre ihm fast ulkig erschienen, doch ihre Stimme, die aus dem Schatten kam, war nicht dazu angetan, Belustigung hervorzurufen. Schreckliche Eitelkeit, dachte er. Sich für Jahrzehnte zu verbergen, nur weil man die Schönheit der Jugend verloren hat. Dies erschien ihm so merkwürdig, denn er hätte von solch einer Person erwartet, dass sie – nun, sich eigentümlich verhielt. Ihre Eitelkeit hätte sich im Gespräch doch in der einen oder anderen Weise bemerkbar machen müssen. Stattdessen war die Gräfin vielmehr aufrichtig und sogar bescheiden erschienen – völlig anders, als Jaimy es von einer Exzentrikerin erwartet hätte.

Seine Gedanken wandten sich nun der Frau zu, der sie am See begegnet waren. Die Gräfin war auf seine List nicht hereingefallen und hatte ihm den Namen der Unbekannten verschwiegen. *Du bist mit der entzückendsten jungen Frau verlobt, der du je begegnet bist*, mahnte er sich. Das hieß aber nicht, dass er sich nicht trotzdem zu anderen Frauen hingezogen fühlte. Schließlich war er noch keine vierundzwanzig. Er konnte nicht dagegen an, die Schönheit anderer Frauen zu bewundern, aber er wollte auf keinen Fall auch nur einen Schritt über die Bewunderung hinausgehen.

Er trat ans Fenster, zog den Vorhang beiseite und spürte durch das Glas die Kälte hinter der Scheibe. Andere Lichter ließen sich sehen, aber nur wenige der zahllosen finsteren Fensteröffnungen waren hell. Um sein Fenster rankten sich kahle Zweige. Tristam hätte das Gewächs benennen können, Jaimy nicht, und er wunderte sich nicht zum ersten Mal, wie wenig er aus seinen Mertoner Jahren behalten hatte.

In einem anderen Flügel wurde ein Stockwerk höher ein Fenster bewegt; der Winkel zwischen den beiden Gebäudeteilen bedingte, dass Jaimy nicht mehr als einen Schemen ausmachen konnte – er logierte im Haus der Schatten. Gespannt wartete er ab, was die Person tun würde, und fragte sich, ob es die Gräfin oder die junge

Schönheit sei, die hinaus in die Nacht blickte. Ein kleiner Vogel saß dort auf dem Fenstersims, so schien es wenigstens: Er saß so reglos, dass es sich auch um ein in Stein gemeißeltes Ornament handeln konnte. Dann kam Jaimy der Gedanke, er dringe auf ungehörigste Weise in die Privatsphäre eines anderen Menschen ein, und er beschloss, Egar zu wecken. Sie mussten mit der Arbeit beginnen.

Ein Diener stand bereit, um sich um ihre Belange zu kümmern – an deren oberster Stelle Kaffee stand. Seite an Seite, mit dem Rücken zum Feuer, arbeiteten sie an dem gleichen Tisch, an dem sie zu Abend gegessen hatten. Egar legte ein Blatt Papier waagerecht vor sich und teilte die Seite durch säuberlich mit dem Lineal gezogene Striche in drei Spalten. In die erste schrieb er Reihen eigentümlicher Buchstaben, die von allen gebräuchlichen Schriften abwichen. Die zweite Spalte füllte er mit einer direkten Transkription der fremdartigen Zeichen in die gewohnte Schrift, doch die Sprache war unbekannt. Die dritte Spalte schließlich war für die Übersetzung bestimmt.

Jaimy erhielt die Aufgabe, eine Reinschrift der zweiten und dritten Spalte anzufertigen, denn er schrieb viel leserlicher als Egar. Rasch ging die Arbeit nicht vonstatten, doch geriet andererseits der Fluss nur selten ins Stocken. Littels Gedächtnis war in jeder Hinsicht so phänomenal wie behauptet. Je weiter die Nacht voranschritt, desto müder wurde der Linguist, bis er schließlich am Tisch den Kopf auf den Arm legte und eine halbe Stunde einschlummerte, wie es jedem Studenten das eine oder andere Mal geschieht.

Als sie fertig wurden, waren es nur noch zwei Stunden bis zum Morgengrauen. Egar fläzte sich auf einem Sessel am Feuer und schlürfte Weinbrand. Seine Augen waren rot und geschwollen.

Obwohl sein Verstand nahezu erschöpft war, bemühte sich Jaimy nach Kräften, das Gelesene zu erfassen. Der Text war lang – er zog sich über fast zwanzig Seiten – und eigenartig formuliert; er folgte einem merkwürdigen

Rhythmus. Das meiste war in zwei Sprachen verfasst, weniges in anderen unbekannten Sprachen. Hier und da hatte Littel Wörter oder ganze Wendungen ins Entonnische übertragen, an anderen Stellen jedoch Doornisch verwendet. Einige Passagen, manche davon recht lang, ließ er unübersetzt, versah sie aber zumeist mit Anmerkungen, in denen er seine Vermutungen festhielt, worauf sie sich möglicherweise bezogen.

»Aber was in Farrelles Namen soll das bedeuten?«, rief Jaimy schließlich aus. »Wer soll dem denn einen Sinn entnehmen? All das scheint gar nicht für Menschen geschrieben zu sein, sondern für fremde Lebewesen, die die Welt anders wahrnehmen als wir.«

»Genau. Genau so scheint es zu sein. Habe ich Sie nicht gewarnt?«

Jaimy nickte und überflog die Seite. »Aber hören Sie sich das doch an:

> Lebensblut erblüh, halte stand, Blut weiß
> Frühlingsschnee. Dann gesammelt,
>   blass gesammelt.
> Rosendorn sticht, Heidekraut heilt
> Sammle mit dem Neumondlicht.
>
> Schnee trägt Mondlicht.
> Sternenlicht im Winterregen
> Und klar geflossen zum Terhelm-Quell
> Wo der Sänger wartet
> Auf geheimes Lied.«

Jaimy hätte das Blatt fast auf den Tisch geknallt. »Das soll einen Sinn besitzen?«

»Und da haben Sie sich noch eine der einfachsten Passagen ausgesucht. Dabei handelt es sich nämlich nur um eine Reihe von Anweisungen, wie man Kräuter oder dergleichen zu sammeln hat. Wann man es tun sollte, und wo. Sie verrät auch, dass Sternenlicht und Mondlicht aus einer Quelle geschöpft werden können, weil sie in Regen und

Schnee enthalten sind. Und genau das scheinen Palle und Wells, aber auch Kent und die Gräfin so furchtbar ernst zu nehmen. Dafür hat man versucht, uns zu ermorden.«

Jaimy nahm eine andere Seite zur Hand. »Und Sie haben so viel Entonnisch benutzt«, merkte er an.

»Ja, es ist eigenartig. Einige Stellen lassen sich besser ins Farrische übertragen, und in anderen Fällen bilden die entonnischen Wörter eine viel genauere Entsprechung. Wenigstens kommt es mir so vor. Die Übersetzung habe ich mehr mit Intuition und Inspiration angefertigt, als mit Fachwissen. Es kann noch Jahre dauern, bis eine getreue Übersetzung fertig ist, aber Wells und seine Begleiter wollten auf der Stelle Ergebnisse haben. In vielen Fällen habe ich mehr sinngemäß als wörtlich übersetzt, was akademisch minderwertig ist – dessen bin ich mir völlig bewusst.«

»Und hören Sie sich das nur an«, sagte Jaimy. »Es klingt ganz wie ein Nonsensreim:

Eulensang auf leisem Strand
Wo die silbrige See erstirbt
Und im Gefolg des eilenden Monds
Sich Mondgezeit und Magie erhebt.«

»Jawohl, und wir haben vier solcher Verse. Und alle scheinen in einer anderen Mundart verfasst zu sein. Trotzdem ist diese Schrift nicht die einzige Stelle, wo ich ihnen begegnet bin. In der Ballade von Brenoth erscheint nämlich eine dieser Zeilen fast wortgetreu: ›Hinter der Spur des eilenden Monds.‹ Das ist viel zu ähnlich, um ein Zufall zu sein. Und ich glaube, die Zeile ist noch woanders erhalten geblieben, in einem der Lieder der Barden von Carey nämlich. Von dort fand es seinen Weg in ein Gedicht eines obskuren doornischen Dichters. Wer weiß, wer es als nächster benützt!«

Jaimy blickte seinen Gefährten ungläubig an. »Flammen, Egar, Sie sind der Tristam Flattery der Sprachen!«

»Wie bitte?«

»Mein Cousin Tristam gleicht Ihnen sehr, nur dass sein Fach die Vögel, Bäume und Insekten sind. Sein Kopf ist mit den bemerkenswertesten Fakten vollgestopft. Manchmal bewundere ich ihn, genauso wie Sie.«

Littel zuckte mit den Schultern und versuchte über die Bemerkung zu lächeln, von der er hoffte, sie sei ein Kompliment.

»Trotzdem, wo soll da der Sinn sein?«, fragte Jaimy, der sich wieder dem Text zugewandt hatte. »Jeder versucht, es in die Hände zu bekommen, aber für mich ist das reines Kauderwelsch.«

»Für Sie vielleicht.« Die Frau, der sie am See begegnet waren, stand an der Tür. Jaimy hatte sie nicht hereinkommen hören und wusste nicht, wie lange sie ihnen schon zuhörte. Sie lächelte beide an, ohne dass ihr echte Freude anzumerken war, und kam an den Tisch. Wie graziös sie sich bewegte, war Jaimy zuvor entgangen – sie erschien wie eine Virtuosin dieser Handlung, als hätte sie ihren Gang jahrelang geübt.

»Ist Ihre Niederschrift vollständig?«, fragte sie und besah sich die Blätter auf dem Tisch, ohne sie zu berühren.

»So vollständig ich es im Moment kann«, sagte Littel, dessen Stimme in der Gegenwart der Frau ganz anders klang. »Ich benötigte die Hilfe einer recht umfassenden Bibliothek, um mit der Übersetzung weiterzukommen.«

Sie nickte, ohne aufzuschauen. »Das ist die Reinschrift ohne die fremden Schriftzeichen?«

Egar nickte. »Die Zeichen werde ich noch hinzufügen, aber ich glaube nicht, dass ich das heute Nacht noch schaffe. Ich muss zugeben, ich bin völlig am Ende.«

Sie warf ihnen ein aufrichtiges Lächeln zu und weckte damit neue Kräfte. »Sie haben mehr getan, als man von Ihnen verlangen kann; Sie beide.« Sie zog einen Stuhl heran und setzte sich. »Ich bin bereit, die freie Spalte auszufüllen. Dabei werde ich so sorgfältig sein, wie Sie selbst es wären, Mr. Littel. Sie können sich mein Werk ansehen, wenn Sie sich ausgeruht haben. Ich glaube aber nicht, dass Sie Anlass zu Beanstandungen finden werden.«

Als handle es sich um die empfindlichsten historischen Dokumente, zog sie die Seiten vorsichtig zu sich heran. Dann blickte sie die beiden jungen Männer an, deren Verblüffung sie ignorierte. »Schlafen Sie nur, Gentlemen. Sie haben Ihre Aufgabe erledigt – eine schwierige Aufgabe noch dazu. Stehen Sie morgen auf, wann Sie wollen, und frühstücken Sie in Ruhe. Danach lasse ich Ihnen unsere Bibliothek zeigen. Nun aber schlafen Sie gut und ausgiebig. Sie sind hier in Sicherheit.«

Die beiden gingen widerstrebend zur Tür, und als Littel eben hinausgegangen war, drehte sich Jaimy noch einmal um und beugte sich in den Raum.

»Ich könnte noch ein Weilchen bei Ihnen sitzen bleiben. Vielleicht kann ich doch etwas für Sie tun.«

Die Unbekannte hatte einen Federhalter in die Hand genommen. Sie blickte vom Tisch auf und zwang sich zu einem Lächeln. »Ruhen Sie sich aus, Lord Jaimas. Sie müssen ruhen. Wir wollen schließlich nicht, dass Sie Ihrer Verlobten erzählen müssen, wir hätten Sie schlecht behandelt. Schlafen Sie den Schlaf der Unschuld, und wir sehen uns am Morgen.«

Jaimy nickte, trat zurück und schloss hinter sich leise die Tür. Erst als er am Fuß der Treppe angelangt war, fiel ihm auf, dass er den Namen der geheimnisvollen Unbekannten noch immer nicht erfahren hatte.

Im Zimmer setzte er sein unruhiges Auf-und-Abschreiten fort. Nur kurze Zeit hatte er sich ins Bett gelegt und zur Decke gestarrt. Wie hatte sie sich ausgedrückt? ›Schlafen Sie den Schlaf der Unschuld, und wir sehen uns am Morgen.‹? Eine Wendung, wie er sie schon seit vielen Jahren nicht mehr gehört hatte. Seine Großmutter hatte sie benutzt. Welch ein Leben musste diese hübsche junge Dame führen – eingeschlossen mit einer alten Gräfin, die sich vor jedermanns Blicken verbarg. Jaimy empfand tiefes Mitgefühl.

Ich bin verlobt und heirate bald, dachte er, *ich sollte mich nicht derart beeindrucken lassen*. Doch wenn er die Augen schloss, sah er sofort dieses außerordentliche

Gesicht vor sich, als stünde die Frau vor ihm. Fast genau das gleiche Gesicht, das in Vaters Bibliothek vom Kamin herabschaute. Sie trug das Haar aufgesteckt, und das veränderte ihr Aussehen, doch die Ähnlichkeit war verblüffend genug. Er musste wirklich sehr müde gewesen sein, sonst wäre es ihm gleich aufgefallen. Gewiss war die Namenlose eine Tochter der Gräfin, eine spätgeborene Tochter.

Er fragte sich, ob Alissa jemals Männern begegnet war, die eine ähnliche Wirkung auf sie ausübten. Dann dachte er, dass Alissa sich solche Empfindungen nicht gestattet hätte, und sein Schuldgefühl nahm zu. Nach einer Weile stand er auf, steif vor Kälte, und ging ans Fenster, wo er nach der ersten Morgendämmerung Ausschau hielt. Doch die Dunkelheit war noch nicht bereit zu weichen.

Er kleidete sich aus, doch anstatt danach ins Bett zu gehen, zog er sich seine eigenen Sachen an, die gewaschen und ausgebessert zurückgebracht worden waren.

»Ich mache mich zum Narren«, sagte er laut, doch die Vorstellung, von einer Frau für töricht gehalten zu werden, erschien ihm fremd.

Die Korridore wurden zu dieser Stunde nur noch von Kerzen erhellt, die in einigem Abstand in Haltern an der Wand steckten. Trotzdem begab sich Jaimy über die Treppe ins Erdgeschoss und durchquerte es leise. Unter der Tür zum Speisesaal schimmerte kein Licht mehr hervor, und fast wäre er daran vorbeigegangen. Dann aber drückte er doch die Klinke und trat ein. Bis auf das stumpfe Glühen der Kohlen im Herd war es dunkel. Er ging zum Tisch und tastete nach den Papieren: Sie waren fort.

»Sie sind bei mir in Sicherheit«, flüsterte jemand von hinten, und Jaimy schreckte zusammen.

»Lady Chilton?«, fragte er und drehte sich nach der Stimme um. In einen dunklen Schal oder eine dunkle Decke gehüllt, saß die Gräfin auf einem Lehnstuhl neben dem Kamin. Im Schein der Glut erkannte Jaimy die langen Locken, die er schon an Büsten gesehen hatte. Und auf dem Portrait in der Bibliothek, zu dem sein Vater Pilgerreisen unternahm.

»Ja.«

Sie schien sich in den Stuhl zu kauern und ganz in sich zurückzugezogen zu haben wie jemand, den man zum Erfrieren in der Kälte zurückgelassen hat.

»Soll ich Ihnen das Feuer noch einmal anfachen, Lady Chilton?«

»Nein. Die Kälte macht mir nichts aus.«

»Haben Sie Egars Übersetzung gelesen?«, erkundigte sich Jaimy leise.

»Jedes Wort«, sagte sie vollkommen tonlos.

»Was ... was bedeutet der Text?«

Sie neigte sich ein wenig näher zum Kamin. »Er bedeutet vieles. Er bedeutet, dass das letzte große Vorhaben der Magi gescheitert ist. Das ist seine zentrale Bedeutung. Der Text bedeutet aber auch, dass ein Weg, der einst unter großen Mühen verschlossen wurde, wieder geöffnet werden kann.«

»Egar sagte, es hinge mit einem Ritual zusammen – ein Ritual, um vielleicht ein Tor zu öffnen.«

Sie wedelte mit einem Papierstapel, den sie in der Hand hielt und den Jaimy erst jetzt bemerkte. »O nein, das hier eignet sich nicht dazu. Nein, das hier ist viel einfacher, obwohl kompliziert genug. Das hier ...«, sie schüttelte die Blätter leicht, »ist nur das Ende einer Schnur. Was man findet, wenn man an der Schnur zieht – davor fürchte ich mich.«

»Und was würden wir finden?«, fragte Jaimy.

Sie zuckte mit den Schultern, das glaubte er deutlich zu sehen.

»Erzählen Sie mir von Ihrem Cousin Tristam. Waren Sie dabei, als der Gespensterjunge sich ihm näherte?«

»Nein«, antwortete Jaimy, enttäuscht, dass sie seiner Frage auswich. »Nein, das war ich nicht. Und er spricht nicht gern darüber.« Er blickte versonnen in die glimmenden Kohlen, die aussahen wie abkühlende Lava. »Kent dachte, er hätte den Jungen ebenfalls gesehen.«

»*Davon* haben Sie mir nichts gesagt. Wann?«

»In der Nacht unserer Flucht besuchten wir Dandishs verwüstetes Haus. Als wir es verließen und auf die Terrasse kamen, eilte ein Junge durch den Garten und zum Tor heraus. Kent war erschüttert und fest davon überzeugt, dass es kein Kind aus Fleisch und Blut sein konnte.«

Sie hauchte etwas, und Jaimy glaubte, »Das arme Ding« zu verstehen. »Hat dieser Junge das Tor geöffnet, um hinhinauszugelangen?«

Jaimy zögerte. »Anscheinend nicht.«

»Trotzdem glauben Sie nicht an ein Gespenst?«

Jaimy antwortete nicht.

»Ich muss herausbringen, was Averil widerfahren ist«, sagte sie entschieden, aber wie zu sich selbst, und ihre Stimme bebte fast unmerklich. »Wenn Sie Ihrer Familie Nachricht geben wollen, so werde ich sie überbringen lassen. Ich fürchte allerdings, dass Sie wenigstens einige Tage lang hier bleiben müssen, bis wir Näheres darüber erfahren haben, was außerhalb unserer Tore vorgeht. Schreiben Sie etwas, und ich lasse den Brief von einem Diener bei Ihnen abholen. Erwähnen Sie jedoch mit keinem Wort, wo Sie sich aufhalten.« Dem Klang ihrer Stimme entnahm er, dass sie ihn nun ansah. »Und dann muss ich ruhen, Lord Jaimas. Wir alle müssen unsere Kräfte schonen. Was uns noch abverlangt wird, bevor diese Angelegenheit aus der Welt geschafft ist, das vermag ich nicht vorherzusehen.«

Da er sich nicht sofort erhob, sah er aus der Dunkelheit ihre Hand hervorkommen, eine grazile Hand, die ihn mit einem Winken entließ, als wäre er noch ein Kind. Er lächelte schwach, und aus irgendeinem Grund glaubte er, dass sie das Lächeln erwiderte.

Lärm auf dem Hof lockte Jaimy ans Fenster. Er hatte zwei knappe Briefe verfasst, einen an Alissa, den anderen an seine Mutter, und vermerkt, dass die Schriftstücke auch an eine der beiden allein ausgehändigt werden könnten. Eilends hatte sich ein Diener damit auf den Weg gemacht.

Unten war eine geräumige Kutsche vor die Tür gezogen worden. Diener trugen geschäftig Gepäckstücke herbei.

Vier Reiter warteten neben ihren Rössern. Die Umhänge, die sie vor dem Wetter schützen sollten, erinnerten in fataler Weise an die Reiter, von denen Kent begleitet wurde – der arme Kent. Jaimy hoffte inständig, dass dem Alten kein Leid geschehen war, doch wenn er überlegte, wie leichthin ein Mordanschlag auf ihn verübt worden war, so bestand wohl wenig Hoffnung für den Maler.

Die Tür der Eingangshalle öffnete sich, und jemand kam heraus. Nur der Saum eines dunklen Mantels lugte unter dem Vordach des Kutscheingangs hervor. Eine Frau legte rasch die wenigen Schritte bis zur Kutsche zurück und stieg ein; das Fuhrwerk schwankte kaum dabei. Einen Augenblick schien ein Durcheinander zu herrschen, dann war jeder an seinem Platz, und die Kutsche setzte sich in Bewegung. Zwei Reiter ritten voraus. Jaimy sah dem Zug nach, bis die Kutschlampen in dem dünnen Nebel verschwanden, der jenseits der Hofmauern über dem Land hing.

19. Kapitel

An diesem Nachmittag wirkte Lady Galton kränklich. Alissa hatte gehört, die Frau lebe auf Farrow, weil das Inselklima ihrer Gesundheit zuträglich sei, und überlegte, ob die Arme wohl ihrer Wahlheimat länger fernblieb, als gut für sie war. Während Alissa sie die Treppe zum privaten Wohnzimmer der Herzogin hinaufführte, lief Lady Galton rot an und schien sehr kurzatmig zu sein.

»Die Herzogin ist wohlauf, hoffe ich? Ihre Nerven sind nicht angegriffen?«, fragte Lady Galton, als sie auf einem Absatz Pause machten.

»Der Frau Herzogin scheint es heute sehr gut zu gehen, aber Nervenreizungen setzen ihr leicht zu, wie Sie vielleicht wissen. Das Herzogspaar lebt gewöhnlich sehr zurückgezogen, und ich fürchte, die bevorstehende Hochzeit verursacht der Herzogin mehr als genug Aufregung.«

Lady Galton legte sich die Hand auf die Stirn, als plagten sie jähe Kopfschmerzen.

»Sind Sie wohlauf, Lady Galton?«, fragte Alissa besorgt. Die Dame nickte, ohne ihr Gesicht zu zeigen, und als sie den Kopf hob, hatten ihre Augen rote Ränder.

»Sie sind solch ein liebes Kind«, sagte sie mit größerer Zuneigung, als durch ihre kurze Bekanntschaft gerechtfertigt erschien. Sie waren gerade erst miteinander bekannt gemacht worden.

Dann stiegen sie weiter die Stufen hinauf, langsam, denn Lady Galton ging wie unter einer schweren Last. Alissa fragte sich, was wohl über die arme Frau gekommen war; eine tiefe Trauer stand ihr plötzlich im Gesicht. Davon abgesehen gab sich Lady Galton herzlich und sehr gütig – allem zum Trotz, was Kent über ihren Ehemann erzählte.

»Es ist nicht mehr weit«, sagte sie leise. Lady Galton schlug die Augen nieder und nickte.

Am oberen Ende der Treppe hielten sie wieder an, damit die Lady zu Atem kommen konnte. Dafür schenkte sie

Alissa ein Lächeln, das jedoch sehr matt ausfiel. Schließlich folgten sie dem Korridor, der Alissa noch nie so lang erschienen war. Lady Galton ging immer zögerlicher, und als sie endlich vor der Tür ankamen, straffte sie die Schultern und schöpfte ruhig Atem. Es hatte ganz den Anschein, als müsse sie allen Mut zusammennehmen.

Die Herzogin saß vor dem Kamin und las in dem hellen Sonnenlicht, das der Tag ihnen schenkte. Als sie Lady Galton erkannte, kam Farbe in ihr blasses Gesicht, und die Sorgen eines Jahrzehntes verschwanden für einen Augenblick. Sie erhob sich von ihrem Sessel, um die alte Freundin zu begrüßen, und zu Alissas Erstaunen fielen die beiden Damen einander in die Arme wie Schulmädchen, und sie vergossen reichlich Tränen.

Alissa stand abseits, ein wenig verlegen, und die Augen wurden ihr feucht vor Rührung. Jaimas zog sie immer damit auf, dass sie schnell weinte, aber sie wusste, dass er sie dafür liebte.

Widerstrebend ließen die Damen voneinander ab und setzten sich. Sie tupften sich die Augen und lachten leise über ihre Gefühlsbekundung.

Die Herzogin nahm Alissa bei der Hand. »Du kennst Lady Alissa bereits? Siehst du, Margel, endlich habe ich doch eine Tochter, und ich stürze sie nun in Verlegenheit, indem ich sage, dass ich nicht zufriedener sein könnte, wenn ich sie selbst auf die Welt gebracht hätte. Ihre arme Mutter, die schon vor so vielen Jahren von uns gegangen ist, sei gesegnet.«

Diese Erwähnung von Alissas Mutter vertrieb aus irgendeinem seltsamen Grund die Wiedersehensfreude aus Lady Galtons Gesicht, und sie blinzelte neue Tränen fort.

»Ich kann die Pflicht nicht ertragen, die ich auf mich genommen habe!«, rief sie unvermittelt aus. »Ich überbringe euch die allerschlimmsten Neuigkeiten.« Sie beugte sich vor und fasste beide Frauen bei der Hand. Ihre Lippen bewegten sich, doch kein Laut drang hervor. Alissa erschauderte plötzlich vor Furcht.

»Ich habe Schlimmes erfahren, wie, das darf ich nicht

verraten, aber dein Sohn, Anthia ...« Sie warf Alissa einen traurigen Seitenblick zu. »Dein lieber Sohn, und auch sein Freund, sind aufgefunden worden ... tot aufgefunden in der Grafschaft Coombs ... Es tut mir so leid.«

Die Herzogin fasste sich ans Herz; schneeweiß im Gesicht. »Aber das kann doch nicht wahr sein. Wann? Wann soll das geschehen sein?«

»Vor zwei Tagen.«

Die Herzogin seufzte langgezogen, und eine Träne rann ihr die Wange hinunter. »Aber wir haben doch erst heute Morgen Nachricht von Jaimas erhalten.« Sie nahm einen Brief von ihrem Lesetischchen. »Hier ist er, und er ist auf gestern datiert. Und Alissa hat ebenfalls einen Brief erhalten. Es kann kein Zweifel bestehen.« Dann sank sie zusammen. »Außer, das Datum ist falsch, oder seitdem ist ihm etwas zugestoßen.«

Lady Galton wusste kaum, was sie sagen sollte. »Nein. Nein, es war schon vor zwei Tagen, das ist sicher. Steht denn eindeutig fest, dass der Brief wirklich von Lord Jaimas stammt?«

Die Herzogin nickte nachdrücklich. »Ganz gewiss. Jaimas hat eine sehr eigene Handschrift und Ausdrucksweise. Sie blickte Alissa an, um sich ihrer Zustimmung zu versichern, und Alissa nickte rasch. Ihr eigener Brief steckte, wie sie verlegen gewahr wurde, dicht an ihrem Herzen. Sie hoffte, dass man sie nicht bat, ihn vorzuweisen!

Lady Galton lehnte sich zurück. Sie sah aus, als wäre sie es, die des Trostes bedurfte. »Wie kann das sein?«, fragte sie sich laut.

Die Nachricht hatte die Herzogin sichtlich erschüttert, und Alissa ahnte bereits, dass sie für mehrere Tage bettlägerig sein würde.

»Ich bin überzeugt«, sagte Alissa fest, »dass unsere Briefe gestern geschrieben worden sind, wie es die Daten behaupten. In seinem Brief an mich« – die Röte stieg ihr in die Wangen, das spürte sie deutlich – »schreibt Jaimas ausdrücklich, dass er mich nun drei Tage lang schmerzlich vermisse. Das passt genau zusammen. Zum letzten Mal haben wir uns am Samstag, dem fünften, in Merton gesehen. Gestern war der achte, und das ist auch das Datum des Briefes. Und Sie glauben, ihm wäre am sechsten etwas zugestoßen, Lady Galton?«

»Ja, am gleichen Tag, als die Eisenbrücke eingeweiht wurde.« Lady Galton wirkte verwirrt und zugleich bestürzt von dem Gedanken, fälschlich eine solch schreckliche Neuigkeit übermittelt und diesen armen Frauen Ungewissheit bereitet zu haben.

»Dann kann Ihre Information nicht stimmen, Lady Galton«, sagte Alissa und drückte der Herzogin die schlaffe Hand.

»Alissa«, fragte Jaimys Mutter kummervoll, »sind Sie denn sicher?«

»Vollkommen. Niemals würde sich Jaimy beim Datum um zwei Tage irren. Und er schreibt, dass sie nach manchen Schwierigkeiten eine Zuflucht gefunden hätten und er davon ausgehe, in einigen Tagen zurückzukehren, vielleicht zum Wochenende.« Alissa wandte sich Lady Galton zu. »Vielleicht wären Sie so freundlich, uns zu erklären, wie Sie zu dieser Nachricht gelangt sind, Lady Galton.«

Die alte Dame sah aus, als wollte sie vor Peinlichkeit und Schuldgefühl auf der Stelle im Boden versinken. »Ich weiß kaum, wo ich beginnen soll«, sagte sie.

Jaimy folgte dem Pfad um den See herum. Am anderen Ufer saß ein Habicht im kahlen Geäst und drehte langsam den Kopf, als hielte er Wache. Der Wind kündigte bereits den Frühling an, und auch die Sonne deutete auf die nahende Jahreszeit hin, vereinzelt blühten die Schneeglöckchen.

Jaimy suchte das Seeufer ab, doch die er zu sehen hoffte, fand er nicht. Er ging ein Stück und blieb wieder stehen, um Ausschau zu halten, und wenig fühlte er sich wie der Habicht am anderen Ufer.

Die Diener hatten ihm mitgeteilt, dass Lady Chilton für einige Tage verreist sei. *Und die andere Dame?* – Sie sei momentan indisponiert; man werde ihr melden, dass er sich nach ihr erkundigt habe.

Nur eins hatte Jaimy erfahren: Die Frau hieß Angeline und war den Dienern zufolge eine Nichte zweiten Grades der Gräfin. Den ganzen Tag hatte er mit Nachdenken verbracht. Ihn erstaunte doch, wie froh er war, noch einige Tage auf dem Landsitz verbringen zu können, und das warf die Frage auf, ob er wirklich der Schurke sei, als den Professor Somers ihn anfänglich eingestuft hatte.

Liebte er denn nicht Alissa? Oder liebte er sie nicht genügend? Wie sehr er Tristam vermisste. In ihm hätte er jemanden, mit dem er über seine Gefühle sprechen konnte. Littel hockte in der beeindruckenden Bibliothek und wälzte Bücher. Jaimy hatte nur von der Schönheit und der Schlagfertigkeit gehört. Wie breit gefächert ihre Interessen waren, hatte er nicht wissen können. Die Frau, die ihn nachts verhört hatte, gehörte jedenfalls nicht zu der Sorte Mensch, die Bücher nur zu dem Zweck sammelte, andere damit zu beeindrucken. Hier schien es im Übrigen auch niemanden zu geben, den sie damit hätte beeindrucken können.

Er setzte sich auf eine Bank und blickte versonnen über das Wasser, in dem sich die Bäume am anderen Ufer und der Himmel spiegelten. Um Tristam machte er sich große Sorgen, und jede neue Einzelheit, die er erfuhr, vergrößerte seine Unruhe. Am liebsten hätte er alle an einem Ort zusammengebracht: Kent und die Gräfin, diesen Valary und Littel – und dann wollte er herausbringen, was sie wussten. Er war es nun allmählich leid, dass jeder sein Wissen zurückhielt, während er selbst unwissend in den Strudel der Ereignisse geriet Jemand hatte versucht, ihn umzubringen – mit solcher Beiläufigkeit versucht, ihn zu ermorden!

Da ging jemand am anderen Seeufer entlang. Jaimy erkannte augenblicklich Littel an seinem Gang. Also hatte er sich von den Büchern losgerissen. Jaimy grinste. Ein Blick auf die Bibliothek der Gräfin, und die Strapazen der vergangenen Tage waren vergessen gewesen. Um an solch eine Bibliothek zu gelangen, hätte sich Littel offenen Auges und ohne Zögern auf die Hetzjagd über Stock und Stein eingelassen – jeden Tag! Nun, da sich der Gelehrte von seiner

Furcht erholt hatte, mochte Jaimy ihn immer besser leiden, und nicht nur, weil er ihn an seinen Cousin Tristam erinnerte.

Ihm war auch schon ein paar Mal der Gedanke gekommen, dass sich Angeline vielleicht mehr für Littel interessieren könnte, denn auch sie hatte etwas von einer Gelehrten an sich.

»Du benimmst dich wie ein Narr!«, schalt er sich. Ob Alissa sich Sorgen um ihn machte? Stand sie seinetwegen Todesängste durch? Dennoch empfand er kein Verlangen, zu ihr zu eilen, und er fragte sich deshalb, was für ein Mensch Jaimas Flattery eigentlich sei.

20. Kapitel

Obwohl Kent sich noch längst nicht erholt fühlte – und dabei hatte er rund um die Uhr geschlafen –, empfand er das dringende Bedürfnis, sich mit anderen auszusprechen. Da sein Tun offenbar genau überwacht wurde, musste dies in aller Öffentlichkeit geschehen – vorzugsweise an einem Ort, wo er mit möglichst vielen Menschen sprechen konnte, denn dort konnte er die wichtigen Gespräche unter fünfzig anderen verbergen, denen keinerlei Bedeutung zukam.

Die Oper eignete sich dazu am besten. Viele, die er sprechen wollte, waren anwesend, und jeder, der etwas galt, fand sich anschließend bei einer der exklusiven Adressen der Innenstadt ein – und Kent durfte sich selbstverständlich überall unangemeldet sehen lassen.

Aus seiner Loge im ersten Rang musterte er die Menge, registrierte jene, die er sprechen wollte, und die, mit denen er reden würde, um ungebetene Beobachter zu verwirren. Gewissen Menschen wollte er aus dem Weg gehen – ganz gewiss jedem, der versuchen könnte, ihn mit Beschlag zu belegen –, doch auch in solchen Lagen wusste er sich zu helfen. Außerdem war ihm bekannt, wo sich die wichtigen Personen während der Pause gewöhnlich aufhielten – jeder von ihnen hatte seinen Stammplatz.

In der Blackwaterschen Loge sah er Alissa Somers sitzen, doch nur Lady Galton begleitete sie. Auf der gleichen Etage erblickte er den Grafen Massenet in Gesellschaft von zwei schönen jungen Frauen, die er nicht erkannte, einer Blonden und einer Dunkelhaarigen.

Überall funkelte Schmuck – eine entonnische Leidenschaft, die nun von den Farrländerinnen aufgegriffen wurde. Kent genoss den Anblick und überlegte sich ein Gemälde: diese Farbreihen, wie einen Sommergarten zwischen Balustraden, vergoldeten Säulen und Balkons, die gespannte Erwartung, jeder im besten Staat, schöne Hälse und Schultern, die von den gerade modischen tiefen Ausschnitten entblößt wurden, und dieses Vergnügen in den funkelnden Augen. Das Balzen der Singvögel im Frühling nahm sich daneben geradezu blass ausnahm.

Er wandte sich wieder der Bühne zu, wo eine junge entonnische Sängerin ihre außergewöhnliche Sopranstimme zur Geltung brachte. Und selbst hier vermochte Kent der Stimmung nicht zu entkommen, denn sie trug ein Kleid, das nicht mehr hätte offenbaren können; es war so tief ausgeschnitten, dass er es nicht wagte, sein Opernglas zu heben, um sie zu betrachten, weil man ihn dabei sehen konnte. Statt dessen suchte er im Programm ihren Namen heraus: Tenil Leconte.

In Momenten wie diesem kam es ihm wie ein grausamer Streich des Schicksals vor, dass seine Jugend schon lange vorbei war. Zwar spürte er die greifbare Sinnlichkeit noch, nur war sie für ihn Vergangenheit – nicht etwa die Empfindung, sondern die Zeit, in der er sich danach verhalten konnte ... Er war ein Greis geworden, nicht einmal ältliche Damen hatten es noch auf ihn abgesehen.

Ganz kurz schloss Kent die Augen, denn er konnte die Schönheit nicht ertragen, die sich vor ihm ausbreitete. Die Stimme der Sängerin zerschnitt die Fassade, die er zu seinem Schutz errichtet hatte, und die Akkorde der traurigen Arie klangen ihm wie ein Requiem für seine verlorene Jugend. Er musste daran denken, wie er auf Alissa Somers' Fußmassage reagiert hatte – an die körperliche Wirkung, die er nicht hatte beherrschen können. Als geriete er unter einen Bann, der zugleich Verlockung und Schmerz bereit hielt – wie die zwanghafte, unerwiderte Liebe seiner Jugend.

»Kent?«, sprach ihn jemand flüsternd an.

Er drehte sich um und sah Bertillon im Halbdunkel am Logeneingang stehen.

»Darf ich mich zu Ihnen setzen?«

Kent winkte ihn näher und empfand eine gewisse Verlegenheit, als müsste er befürchten, dass Bertillon wüsste, was er gedacht – und empfunden – hatte.

Der Pianist setzte sich, und Kent beugte sich zu ihm.

»Dieses Mädchen singt göttlich! Haben Sie sie schon einmal gehört?«

»Gehört?« Bertillon grinste. »Aber ja.«

Kent wandte sich von dem gut aussehenden jungen Mann ab, denn er begriff, dass die Sängerin seine Geliebte war oder zumindest gewesen war. Einen Augenblick lang war er zornig auf Bertillon, doch im Grunde grollte er nur dem Leben: Ihn empörte es, dass die Krankheit des Alterns auch vor ihm nicht Halt machte.

»Ein gemeinsamer Freund möchte Sie gern sprechen. Es ist sehr wichtig.«

Kent nickte. »Wie Sie ohne Zweifel bemerkt haben, lässt Palle mich überwachen. Im Moment wäre ein Zusammentreffen alles andere als ratsam.«

Bertillon nickte und applaudierte, als die Arie zu Ende war. Dabei beugte er sich näher. »Fünf Minuten von Ihrer Zeit«, flüsterte er dem Maler ins Ohr. »Nicht mehr. Heute Abend beim Earl von Milford.«

Applaudierend stand Bertillon auf, und ein Großteil des Publikums erhob sich mit ihm.

In der Pause ging Kent in das obere Foyer, wo es zuging wie im Bienenstock. Schon war er nicht mehr ganz so müde; Gesellschaft wirkte auf ihn immer verjüngend. Die Menschen begrüßten ihn mit einem Lächeln und nicht mehr mit besorgten Blicken. Also sah er nicht mehr aus wie vom Tode gezeichnet.

Langsam schob sich Kent durch die Menge und fand schließlich Sennet, der sich auf ein Nicken hin von seinen Gesprächspartnern entschuldigte.

»Sir Averil. Ich muss schon sagen, Sie wirken heute Abend erheblich lebendiger. Ich gebe zu, ich habe mich um Sie gesorgt.«

Kent lächelte achselzuckend. »Ich komme mit Schlafmangel nicht mehr so gut zurecht wie in meiner Jugend.« Doch lange hielten sie sich nicht mit Liebenswürdigkeiten auf; sie kannten einander seit mehr Jahrzehnten, als sie zugeben wollten, und wussten genau um die Interessen des anderen.

»Hätten Sie gedacht, dass man den Gouverneur in den Rat beruft?«, fragte Kent, und zu seinem Erstaunen schüttelte Sennet den Kopf.

»Als wir uns das letzte Mal sprachen, noch nicht. Ich wurde überrumpelt.« Er lachte, als fände er Vergnügen daran, als sollte man das Treiben von Hof und Regierung sich nicht allzu sehr zu Herzen nehmen. »Wenn alles wie geplant verläuft, wird der Regentschaftsrat morgen offiziell bestellt, doch wen das außer unwissenden Schafhirten in Nord-Locfal noch überraschen soll, das weiß ich nicht.« In gespielter Empörung richtete er sich auf, und dabei erwartete man, dass er gleich in Lachen ausbräche. »Viele sagen eine lange Regentschaft bevor. Stellen Sie sich vor, ein junger Frechdachs besaß die Stirn, eine Wette anzubieten, dass der König mich überleben würde! Und das auch noch in meiner Gegenwart!«

Kent begann zu kichern.

»Lachen Sie nicht, Kent«, entgegnete der Marquess ernst. »Ich bekomme bessere Chancen als Sie.« Bei dem bestürzten Gesicht seines Gegenübers konnte er sich nicht mehr zurückhalten und brach in schallendes Gelächter aus. »Ich sage Ihnen, Kent«, brachte er endlich hervor, »diese junge Generation versucht alles zu Geld zu machen.«

Sie lachten einmütig, dann wurde Kent ernst und musterte den Raum. »Der Herzog hat Seine Majestät gesehen?«

»Heute Abend«, bestätigte Sennet.

Kent blinzelte. »Ist das dort an der Treppe Lady Galton?«

Sennet stellte sich auf die Zehenspitzen. »Ich glaube ja, in Begleitung der jungen Dame, von der unser Prinz so angetan ist.«

Kent ließ sich sein Erstaunen nicht anmerken und hatte offenbar Erfolg damit. »Alissa Somers?«

»Sie kennen sie?«

»Das will ich meinen. Ich kenne sie schon seit vielen Jahren. Ihr Vater hat einen Lehrstuhl in Merton. Aber sie ist verlobt, wissen Sie, mit Blackwaters Sohn.«

Sennet lächelte breit. »Lord Jaimas? Selbstverständlich. Nun, ihr Verlobter sollte sich vorsehen. Natürlich will ich damit die ehrlichen Absichten Miss Somers' keineswegs in Zweifel ziehen. Die Tochter eines Hochschullehrers, sagen Sie?« Das schien ihn unermesslich zufrieden zu machen. »Prinz Kori und Prinzessin Joelle werden völlig aufgelöst sein!«

Kent empfand gelindes Entsetzen. Er hätte Sennet niemals Alissa benennen dürfen. Der Mann war schrecklich indiskret. Andererseits hatte er sehr gute Beziehungen und war scharfsinniger, als die meisten glaubten.

Kent verabschiedete sich von dem Marquess und durchquerte in einem geeigneten Moment den Raum. Er wollte mit Lady Galton sprechen, sie jedoch nicht mit anderen teilen müssen.

»Sir Stedman begleitet Sie nicht?«, fragte Kent, nachdem er ihr die Hand geküsst hatte.

»Nein, ihn riefen andere Geschäfte fort.« Lady Galton lächelte voller Zuneigung. »Ohne Zweifel hörten Sie schon«, sagte sie, ohne Kent anzusehen.

»Jawohl«, antwortete er leise.

Lady Galton hob die Hand. Sie wirkte ein wenig trotzig. »Aber Stedman scheint nun die eigentümlichen Beschwerden losgeworden zu sein, unter denen er in den letzten Jahren so gelitten hat – er war ja kaum er selbst. Nun geht es ihm wieder gut.«

»Wie es mich freut, das zu hören«, entgegnete Kent und verbarg dabei sein Erstaunen vielleicht nicht ganz so gut, wie er sollte. »Ich kann Ihnen gar nicht sagen, welche Sorgen ich mir um Seine Exzellenz gemacht habe.« Also hatte der Herzog Recht! Galton unterstützte Palle nicht mehr – und Palle durfte nichts davon erfahren.

Lady Galton reichte Kent ein gefaltetes Kärtchen – eine Einladung. »Ich glaube nicht, dass es heute Abend irgendwo interessanter wird«, sagte sie, gerade als die Klingel ertönte und die Zuschauer auf ihre Plätze zurückrief.

In seiner Loge setzte Kent, bevor der nächste Akt begann, die Brille auf und las die Einladung. Die Adresse war ihm unbekannt, und die Einladung schloss Valary mit ein. Die Schrift indessen erkannte er sofort, obwohl die Unterschrift fehlte: Sie gehörte der Gräfin von Chilton. *Die Gräfin ist in Avonel!* Nach allem, was er wusste, war sie seit Jahrzehnten nicht mehr in der Hauptstadt gewesen. Er versuchte sich vorzustellen, was wohl passiert sein mochte, um sie aus ihrer Festung zu locken, und danach war er nicht mehr in der Lage, sich auf die Aufführung zu konzentrieren.

Kent blickte aus dem Rückfenster seiner Kutsche. An diesem Abend regte sich kein Lüftchen, und der Rauch aus tausend Schornsteinen sank auf Straßen, Gassen und Parks herab. Rings um die Straßenlaternen schien er noch dichter zu werden und sammelte sich wie Schlick am Grund eines Flusses. Kent konnte nicht völlig sicher sagen, dass sie nicht verfolgt wurden.

»Hawkins wird uns ein paar Blocks vor unserem Ziel aussteigen lassen, Valary, und den Rest gehen wir zu Fuß. Dann ist es leichter festzustellen, ob man unerwünschte Begleiter hat.«

»Sie tun sehr geheimnisvoll, Kent«, entgegnete Valary. Er war in seine Arbeit vertieft gewesen, als Kent von der Oper heimkehrte, und hatte sich gerade überzeugen wollen, ein lange vergangenes Ereignis sei nur ein Zufall gewesen. »Sie machen mich ein wenig nervös. Wir werden doch nicht etwa vor den König gebracht, oder etwa doch?«

Kent schüttelte den Kopf und schaute unablässig in den Nebel. »Die Stadt ist hässlich an Tagen wie diesem, finden Sie nicht?«

Valary dachte, dass Kent seine Frage nicht gehört hätte, und beschloss, nicht weiter zu fragen. Doch nach einer Weile bekam er die Antwort.

»Erinnern Sie sich noch an meinen letzten Besuch, Valary, als Sie mir sagten, es könnte jemanden geben, der noch mehr über die Magi weiß als Sie?«

Valary schaute verdutzt drein. Dann fragte er: »Die Gräfin

von Chilton? Wir fahren doch nicht zur Gräfin von Chilton?«

»O doch.«

Valary fasste den Maler an der Schulter. »Wie um alles auf dem runden Erdball haben Sie das arrangiert?«

»Das ist eine lange Geschichte, Valary. Ich erzähle sie Ihnen ein andermal.«

Kent ließ Hawkins anhalten, und die beiden Männer stiegen aus. Der Kutscher fuhr weiter, er hatte Anweisung, sie in einer Stunde an dieser Stelle wieder abzuholen. Sie befanden sich nicht so weit von Kents Haus entfernt, dass er sich nicht ausgekannt hätte, und er führte Valary in eine dunkle Nebenstraße.

»Halten Sie das für klug, Kent?«, flüsterte Valary beunruhigt. »Ich würde lieber im Hellen bleiben.«

»Ich glaube, dieses kleine Risiko können wir eingehen. Man darf uns nicht folgen. Lieber will ich von Straßenräubern überfallen werden, als dass jemand von unserem Tun heute Nacht erfährt.«

Sie stiegen eine Treppe hinauf, wo es nach saurem Wein roch, und überraschten ein paar junge Burschen beim Trinken, die im gleichen Augenblick, da die Gentlemen erschienen, auseinanderstoben. Oben auf der Treppe gelangten sie zu einem beleuchteten Platz, und eine einzelne Kutsche umfuhr langsam den kleinen Park in der Mitte. Fast verschwand sie zwischen den Straßenlaternen, und nur das Klappern der Hufeisen auf dem Pflaster verriet ihr Vorankommen. Kent und Valary gingen im Schatten geduckt weiter und beobachteten, wie die Kutsche vorbeifuhr, dann richteten sie sich vor einem Haus auf, in dem man sich gerade leise eine gute Nacht wünschte.

Als die Straße leer war, eilten sie den Bürgersteig entlang bis zu der Adresse, die auf der Einladung angegeben war. Sie gehörte zu einem dreistöckigen Reihenhaus mit einer breiten Eingangstreppe. Ein schmiedeeiserner Zaun trennte es von der Straße. Kent zog an der Glockenschnur und wartete.

Er war ein wenig nervös. Außerdem musste er eingestehen, dass er das Privileg, die Gräfin zu besuchen, nicht gern mit jemand anderem teilte. Er wollte die Vertrautheit dieser Treffen nicht verderben. Außerdem war er schrecklich besorgt, weil er sich noch immer nicht vorstellen konnte, was die Gräfin bewogen hatte, persönlich nach Avonel zu kommen.

Die Tür wurde geöffnet, und zu Kents Erleichterung stand in der Halle ein Diener, den er kannte.

In der kleinen Bibliothek brannte eine einzelne schwache Lampe, die mit Bedacht abgeschirmt war. Das Kaminfeuer war klein, man würde bald ein Scheit nachlegen müssen. Davor stand ein Ofenschirm mit einem Schwertlilienmuster, und ein Tisch mit zwei Sesseln. Ein Paar Gläser und eine Weinbrandkaraffe samt Wärmer waren schon gebracht worden.

»Bringt man denn keine weitere Lampe?«, fragte Valary.

»Nein«, antwortete Kent, »ich hätte Sie warnen sollen. Lady Chilton gestattet es niemandem, sie anzusehen. Ich bitte Sie, fügen Sie sich, und stehen Sie nicht vom Stuhl auf. Für Ihre Güte werden Sie hinlänglich belohnt, das versichere ich Ihnen.«

Der Historiker sagte darauf nichts, sondern starrte mit jenem konzentrierten Gesichtsausdruck ins Feuer, den er immer trug, wenn er in seinem gewaltigen Gedächtnis Informationen zusammensuchte. Kent bemerkte, wie Valary verstohlen seine Hemdsmanschetten einzog und versuchte, sein zottiges Haar zu bändigen. Kent war so sehr gewöhnt, den Mann in vernachlässigter Kleidung zu sehen, dass er schon überzeugt gewesen war, Valary verschwende niemals einen Gedanken auf sein Äußeres.

Er ist alt genug, um sich an sie zu erinnern, dachte er. Zum Zeitpunkt ihres Rückzugs aus der Gesellschaft war die Gräfin die schönste Frau von Farrland gewesen. Ihr Bild hatte sich jedermann eingeprägt, und sie würde es nun nicht zerstören.

Kent wärmte sich einen Brandy und drehte den Schwenker langsam über dem blauen Flämmchen, bis der aromatische Duft durch den Raum zog, ein beruhigender, vertrauter Geruch, der zum Ritual gehörte.

Eine Tür wurde geöffnet, und man hörte leise Schritte, das Rascheln eines Kleides, und dann saß sie, im Schatten verborgen, ihnen gegenüber.

»Averil. Mr. Valary«, sagte die leidenschaftslose Stimme. »Wie es mich freut, Sie endlich einmal kennen zu lernen.«

Valary verbeugte sich; er brachte kein Wort über die Lippen.

»Und ich habe Ihr Geschenk erhalten, Averil. Ich weiß kaum, was ich sagen soll ... Wie kommen Sie nur an solch einen Stein? Er muss doch ... - Nun, ich finde es überaus großzügig.«

Kent winkte ab. »Nicht im Geringsten, er wurde mir von einem Bewunderer hinterlassen. Was sollte ich denn damit anfangen? Nein, ich muss beschämt zugeben, dass er mich nichts gekostet hat. Ich hoffe, Sie nehmen ihn trotzdem.«

Ihre Reaktion konnte er freilich nicht sehen, doch sie schien ihn zu behalten. Kent atmete erleichtert aus. Nun war der Stein nicht mehr in seinem Besitz, und er hatte in keiner Weise davon profitiert.

»Lord Jaimas gelang es, Mr. Littel durchzubringen, Averil«, sagte die Gräfin, »aber es war knapp. Ich war mehr als nur ein wenig erstaunt, dass Sie die beiden ausgerechnet zu mir schickten, doch dann sah ich den Text, den Littel für Palle bearbeitet hatte ... Ganz gewiss haben Sie richtig gehandelt, und soweit ich sagen kann, ahnt niemand, wo sie sind.«

»Sie haben den Text gelesen?«, brach es aus Valary hervor.

Kent war sicher, dass die Gräfin nun lächelte. »Das habe ich, Mr. Valary. Und wenn es Ihnen recht ist, möchte ich Ihnen das Schriftstück gleich zeigen. Trotzdem muss ich Sie davor warnen, allzu bereitwillig zuzustimmen. Palle hat versucht, Lord Jaimas und Littel umbringen zu lassen, damit niemand anders diese Zeilen zu Gesicht bekommt.«

Kent überlief ein Schauder des Entsetzens. *Farrelle sei Dank, sie haben überlebt!* Schließlich hatte er Alissa und

Somers versichert, dass niemand es wagen würde, dem Sohn des Herzogs von Blackwater ein Leid zuzufügen. Ihm war, als hätte er am Spieltisch Platz genommen und zu spät bemerkt, dass die Höhe der Einsätze seine Mittel bei weitem überstieg. Und deshalb äußerte er nun die Furcht, die ihn schon seit dem Erhalt ihrer Nachricht plagte. »Lady Chilton, sind Sie sicher, dass niemand Ihnen gefolgt ist?«

»Ja«, antwortete sie zögernd. »So sicher man sein kann.«

»Ich möchte diesen Text sehen«, sagte Valary plötzlich. »Das Risiko nehme ich mit Freuden auf mich.«

»Nichts anderes habe ich erwartet, und doch bin ich noch nicht restlos davon überzeugt, dass Sie überhaupt wissen, worum es geht, Mr. Valary.« Sie legte die Fingerspitzen aneinander. Wie klein ihre Hände waren. Nie hatte Kent sie als gebrechliche Frau empfunden. Doch wie andere unterlag er der Illusion, sie sei noch immer jung. Ein Ideal durchlief schließlich keine Veränderungen.

»Gehen Sie bitte an den Tisch hinter Ihnen, dort habe ich den Text ausgelegt. Die Übersetzung ist, wie Sie sehen werden, nicht vollständig. Doch sie könnte zunächst genügen, oder wenigstens annähernd genügen. Ich bin sehr auf Ihre Reaktion gespannt, Mr. Valary. Bitte«, sagte sie und wies ihn mit einer spitzenbedeckten Hand an seine Aufgabe.

Valary wirkte seltsam zurückhaltend, nachdem man ihn nun aufgefordert hatte, doch Kent führte dies auf gespannte Erwartung zurück. Der Historiker hatte einen großen Teil seines Lebens auf eine Gelegenheit wie diese gewartet, und nun, da sie gekommen war, dürfte sie ihm unwirklich erscheinen. So hatte Kent es empfunden, als man ihn zum Ritter schlug. Man hatte plötzlich gar keine Eile; die Zeit schien sogar langsamer zu verrinnen. Einen Moment lang fragte er sich, ob ihnen eine Enttäuschung bevorstand.

Sie beugten sich über die ausgebreiteten Papiere. »Es ist nur eine Abschrift«, murmelte Valary.

»Das stimmt, Mr. Valary, und der junge Mr. Littel verfügt über ein höchst bemerkenswertes Gedächtnis. Soweit ich sagen kann, ist es so gut wie untrüglich.«

Valary glättete äußerst sacht die Ecke einer Seite. Sein

Blick ging hastig hin und her, als suchte er alles auf einmal in sich aufzunehmen.

Auch Kent starrte auf den Text: eine Spalte unvertrauter Zeichen, dann eine Spalte, die er für die Transkription hielt, und schließlich eine lückenhafte Übersetzung.

Valary gab ein langgezogenes Seufzen von sich und sah Kent mit leuchtenden Augen an. »Das ist es, was ich Ihnen damals zu erklären versuchte, Kent. Dieser Littel ist ein Genie. Sehen Sie sich das an! Angenommen, er hat Recht, dann ist er allen anderen um Jahrzehnte voraus. Ich kann mir nicht vorstellen, wie er es geschafft hat.« Er wandte sich an die Gräfin. »Haben Palle und Wells einen Schlüssel gefunden oder die Probe einer Zwischensprache?«

»Nein, das ist ganz die Arbeit von Mr. Littel, unter Mithilfe von Wells – und Stedman Galton, wie ich leider sagen muss.«

Galton, dachte Kent. Seine Frau behauptete, er stehe nicht mehr auf der Seite des Königsmanns, und sie hatte die Einladung der Gräfin überbracht. Hoffentlich irrte sie sich nicht.

»Schauen Sie nur«, sagte Valary und zeigte auf eine Textstelle. »Das ist fast eine Beschwörung. Und das hier, das ist die Beschreibung eines Rituals, wer wollte daran zweifeln? Hier ein fragmentarischer Vers. Farrelles Flammen, ist das ein Ganzes oder ein Gemenge verschiedener Fragmente?«

»Eigentlich hatte ich gehofft, dass Sie diese Frage beantworten könnten, Mr. Valary. Meinem Gefühl nach ist es ein Ganzes. Der Verstand eines Magus arbeitete nicht wie der eines normalen Menschen, das darf ich Ihnen versichern, und ihre Rituale und Zunftsprache folgten nicht unserer Logik.«

Valary nahm ein Blatt und hielt es näher ans Licht. Er schüttelte den Kopf. »Vierzig Jahre lange suche ich nun schon nach solch einem Text. Sehen Sie, das hier ist ein Schutzgesang. Ich wusste zwar, dass dergleichen existiert hat, aber ich hätte trotzdem nie geglaubt, einmal einen in die Hand zu bekommen.«

Kent blickte verständnislos auf das Blatt. »Aber was würde geschehen, wenn das hier von einem – *zauberbegabten* Menschen ausgeführt würde? Wozu würde das führen?«

»Dazu bedarf es noch mehr, Averil«, sagte die Gräfin leise. Sie hatte sich von ihrem Sessel erhoben und vor das Feuer gestellt, um sich zu wärmen; sie kehrte ihnen den Rücken zu.

Wie Kent sie nun sah, schien sie ihm noch die gleiche Frau zu sein, die er vor so vielen Jahren gekannt hatte. Es war dasselbe dichte schwarze Haar, auch wenn sie es nun kürzer trug und zweifellos gefärbt hatte, und dieselbe schlanke Gestalt, die nicht einmal als perfekt gegolten hätte, bevor die Gräfin die farrische Gesellschaft im Sturm eroberte.

»Viele verschiedene Elemente sind am Ende vonnöten, und wie gesagt, auch dieser Text ist nicht vollständig.« Sie kehrte zu ihrem Stuhl zurück, und Kent riss den Blick von ihr los.

Indessen hatte Valary einen Stuhl herangezogen und saß brütend über der ersten Seite.

»Hier, ein Bezug auf die Schlange und den Jäger«, sagte er, als müsste Kent dessen Bedeutung verstehen.

»Jawohl«, sagte die Gräfin. »Der Falke, den Averil gesehen hat.«

»Tristams Falke?«, fragte Kent.

»Ja«, sagte die Gräfin traurig. »Sein Jäger. Sein Verfechter im bevorstehenden Kampf.«

»Dann war es wirklich ein Familiar?« Er sah nur, dass sie zur Antwort die Achseln hob.

»Familiar? Wir wissen es nicht genau, doch vermutlich hatte jeder Magus einen. Manchmal eine Wildkatze oder einen Wolf. Einige glauben, der heranwachsende Magus würde den Jäger unwillentlich erzeugen. Andere behaupten, es handle sich um ein natürliches Geschöpf, das umgewandelt wird, wenn der Magus entsteht. Doch das ist reine Spekulation.«

Die Gräfin enthüllte nun weit mehr als früher, und Kent war erstaunt. Ihm schien es, als hätte sie die Tür zu einigen lange verdrängten Erinnerungen aufgestoßen, und nun, da sie offen stand, schwebten sie hervor wie alte Gespenster.

»Eldrich hatte einen Wolf, ein großes, schönes und außerordentlich wildes Tier, das ihm folgte – ihn geradezu verfolgte – und zu den merkwürdigsten Gelegenheiten auftauchte. Der Wolf kam sogar in sein Haus und streifte nächtens durch die Gänge, als suchte er nach etwas – wie eine Mutter, die ihre Welpen sucht.«

Kent traute kaum seinen Ohren. In all den Jahren, in denen er sie kannte, hatte sie kaum zwei Worte zu Eldrich verloren. Manchmal hatte er sogar geglaubt, dass ihre Verbindung zu dem Magus ein Gerücht war.

»Was denken Sie, Mr. Valary?«, fragte die Gräfin gelassen.

Der Historiker rückte die Brille zurecht und lehnte sich zurück. Es fiel ihm sichtlich schwer, seine Lektüre einen Moment zu unterbrechen. »Ich nehme an, das Original bekommen wir nie zu Gesicht«, sagte er bedauernd, »aber dennoch, meinem ersten Eindruck zufolge ist dieses Dokument echt. Natürlich hat es schon viele Fälschungen gegeben, doch bei diesem Exemplar bezweifle ich das, und sei es auch nur, weil es so – merkwürdig ist.« Er nahm die Brille ab und rieb sich mit dem Handrücken die Augen. »Es erstaunt mich, mehr als eine Sprache vorzufinden – hauptsächlich zwei anscheinend. Wenn man Littels Arbeiten berücksichtigt, dann begreift man auch den Grund dafür – wie sich diese Worte in unsere eigenen alten Sprachen entwickelt haben könnten.

Nach allem, was mir bekannt ist, hat es neun Bücher gegeben, die ich persönlich für Kompendien halte, jedes einem Fachgebiet oder einer Disziplin ihrer Kunst gewidmet. Eines beschäftigte sich zum Beispiel mit der Kräuterkunde. Andere waren Geschichtswerke und wurden ständig ergänzt, wie ich glaube. Dann gab es Ritualbücher, Beschwörungsbücher, was Sie wollen. Die neun Bücher handelten von den neun Disziplinen der Magi. Ihr ganzes Wissen teilte sich in diese Bereiche. Jedes Buch hatte einen Titel, und ich habe vier davon entdeckt, das glaube ich zumindest, doch es nutzt uns nur wenig, denn die Titel verraten nichts. ›Eulensang‹ war einer davon, wie ich glaube, und das Buch über Kräuterkunde, da bin ich so gut wie sicher, hieß ›Gildroth‹. Allein an diesem Wort habe ich jahrelang gerätselt: Ich möchte gern wissen, was Mr. Littel davon hält. ›Gild‹ könnte eine frühe Form von ›Gilt‹ sein, das alt-farrische Wort für ›Gold‹. Andererseits kann es sich auch bei ›Ildroth‹ selbst um einen Wortstamm handeln. Unweit der Abtei von Tremont gibt es ein Dorf namens Eldrith, und ich glaube, dort stand vor vielen Jahrhunderten einmal ein Wald gleichen Namens, denn in manchen alten Liedern ist davon die Rede. Tremont leitet sich unbestreitbar von tree mount, Berg mit Bäumen, her; vermutlich hat man den Hügel einmal so genannt. Der Name Eldrith mag Eldrich nur aus Zufall ähneln, das kann niemand mit Gewissheit sagen. ›Goldener Wald‹ also? Die Nordstraße führte sowohl durch den Wald als auch durch die Ortschaft Eldrith, und vielleicht trug die Straße in dieser Gegend den gleichen Namen. Das kam oft vor. ›Goldweg‹? ›Goldwald‹? ›Goldstraße‹? Sehen Sie die vielen Möglichkeiten? Man kann die ganze Nacht damit zubringen, diese Wörter zu ihrem Ursprung zu verfolgen: Das ist, als griffe man in die obersten Äste eines riesigen Baumes; seine Wurzeln ruhen irgendwo tief in der Erde.

Eldrith bietet eine weitere interessante Möglichkeit – dass es von ›Elder‹ abgeleitet ist, Holunder also, und dieses Wort stammt von ›Eld‹. *Ellearn* war der Name für einen weißblühenden Strauch, doch muss es sich hierbei nicht um Holunder handeln. Der Name Elorin leitet sich übrigens auch davon.«

»Der Vorname der Herzogin von Morland«, sagte Kent, und Valary nickte.

»Glauben Sie nur nicht, bei diesen Namensähnlichkeiten handle es sich um reinen Zufall«, sagte die Gräfin leise.

Kent schaute zu ihr hinüber, doch natürlich war ihr Gesicht wie immer unsichtbar.

»Wie auch immer«, fuhr Valary fort, »ich glaube, das Buch der Kräuterkunde hieß ›Gildroth‹, und das bedeutete ›der goldene Wald‹ oder sogar ›der goldene Baum‹. In diesem

Text hier wird auf das Buch Bezug genommen, und es klingt fast wie eine Anweisung: ›Nimm diesen Teil des Buches von Gildroth‹, obwohl es nicht ausdrücklich dasteht. Nur sehr wenige Menschen kennen dieses Wort, und deshalb glaube ich nicht, dass es sich um eine Fälschung handelt.

Dazu kommt dieses Versfragment, das beginnt« – er beugte sich vor und nahm eine Seite –: »›Eulensang an leisem Strand‹. Eines der Kompendien, wie gesagt, hieß ›Eulensang‹. Es kann durchaus noch mehr solche Bezüge geben, doch um sie herauszufinden, bräuchte ich sehr viel Zeit für Recherchen.« Er musterte die Seite noch kurz, dann nahm er eine andere. »Und dieser Teil gleich am Anfang, Lady Chilton. Das ist ein Schutzgesang, wenn Sie mich fragen. Man benutzt ihn sozusagen als Präambel zu einem längeren Ritual.« Er zog die Brauen zusammen und schob die Unterlippe vor. »Ich brauche Zeit ...«

»Aber ausgerechnet Zeit steht uns nicht zur Verfügung, Mr. Valary. Ich werde Ihnen sagen, was ich glaube, und dann können Sie sich den Text bis morgen früh ansehen.« Sie setzte sich im Sessel zurecht, sodass sie ihnen die Seite zukehrte, und umschloss mit einer spitzenverdeckten Hand ihr Knie. »Erasmus Flattery glaubte, dass es in der letzten Generation der Magi zu einem Kampf kam. Einem Kampf zwischen denen, die Lucklow folgten und glaubten, ihre Zeit sei vorüber – wenngleich Erasmus nie erfahren hat, was sie zu diesem Schluss verleitet hatte –, und denen, die gegen diese Entscheidung ankämpften, obwohl sie ihr nach außen hin zustimmten. Ich weiß nicht, was die Magi herausgefunden oder getan oder vielleicht auch vorhergesehen haben, was zu ihrer Entscheidung geführt hat, doch es muss wahrhaft schrecklich gewesen sein. Ich habe Eldrich gekannt – oh, nicht so gut, wie manche glauben, aber ich kannte ihn. Während unserer kurzen Verbindung habe ich eins gelernt: warum die Magi nicht für Selbstaufopferung berühmt waren. Sie waren nämlich eigensinnig, ichbezogen, arrogant, selbstsüchtig und weniger auf die übrigen Menschen bedacht, als viele glauben. Die meisten ihrer Errungenschaften, die man als segensreich für die Menschheit betrachtet, waren in Wirklichkeit nur ein Nebenprodukt dessen, was die Magi sich davon versprachen – oder vielleicht sogar nur ein Magus.

Der Text, der uns hier vorliegt, wurde allein aus einem Grund versteckt: um gefunden zu werden, wenn alle Magi verschwunden sind. Leicht kann das nicht gewesen sein, denn alles wurde getan, um genau das zu verhindern: Die Magi ließen Eldrich zurück, dem sie vertrauten. Doch dieser Text, Averil, Mr. Valary, gleicht, wie ich fürchte, einer Insel, die man gerade am Horizont sehen kann. Jemand führt das Ritual aus, und die nächste Insel erscheint am Horizont, dann wieder die nächste. Am Ende könnte alles liegen. Sogar das, was die Magi dazu gebracht hat, ihresgleichen von der Welt zu tilgen.«

Jeden Abend besuchte der Herzog von Blackwater seine Frau in ihrem Zimmer. Wenn auch die Gelegenheiten, miteinander intim zu werden, durch die schwache Gesundheit der Herzogin sehr selten geworden waren, verlangte es ihn nach ihrer Gesellschaft, und oft brauchte er ihren Rat. An diesem Abend traf er spät nach seinem Termin ein und fand sie schlafend vor. Die Lampe war heruntergedreht, und das blasse Gesicht seiner Frau erschien ihm geisterhaft. Einen Moment lang starrte er auf sie hinab und fühlte eine überwältigende Traurigkeit. Ihr Gesicht war so schmal und spitz geworden, ein untrügliches Zeichen ihrer Krankheit. Als sie sich kennen lernten, waren sie noch unbeholfene Kinder, aber voller Lebenslust. Wie ungerecht, dass die Krankheit sie verzehrte und sie solche Schmerzen leiden musste.

Das Altern ist wie ein schleichender Raub, dachte er. *Nach und nach werden uns alle Fertigkeiten gestohlen, die zu erwerben und zu perfektionieren wir so viele Jahre gebraucht haben.*

Die Herzogin rührte sich, und er setzte sich behutsam auf die Bettkante. Sie schlug die Augen auf, und einen winzigen Moment lang sah er Verwirrung und Qual, dann erschien ein Lächeln – das ihrer Liebe entsprach und das sie sich dennoch abrang, das wusste er.

»Edward«, sagte sie, suchte und fand seine Hand. Er strich ihr mit den Fingern über die Wange, dann beugte er sich vor und küsste sie. Im warmen Licht der Lampe erschien ihre Gesichtsfarbe beinahe gesund, und der Herzog empfand eine Regung.

»Und wie geht es meiner Liebsten heute?«, fragte er.

»Deiner Liebsten geht es gut«, antwortete sie und lächelte. »Aber ich habe einen höchst ungewöhnlichen Tag hinter mir.« Sie hielt inne und forschte in seinem Gesicht. »Dein Treffen mit dem König hat dich beunruhigt, Edward.«

Er senkte den Blick auf ihre Hand, die sich so leicht anfühlte. »Ja«, sagte er leise. »Ja. Ich erinnere mich an Seine Majestät, wie er vor dreißig Jahren war, als man von ihm sagte, er habe sich wirklich sehr gut gehalten ... Er besaß einen außerordentlichen Verstand, was man von gekrönten Häuptern nicht immer behaupten kann. Was ich heute Abend sah ... dieser großartige Verstand ist nun von schrecklicher Demenz zugrunde gerichtet.« Er sah auf und suchte den Blick seiner Frau. »Es war außerdem, als sähe ich in die eigene Zukunft – deine und meine Zukunft. Demenz und Hilflosigkeit. Er war einmal der mächtigste Mann auf der bekannten Welt ...« Er schwieg. »Das spielt keine Rolle mehr. Wir müssen das gleiche Ende erdulden wie unser Gärtner.«

»Ja«, flüsterte die Herzogin und umfasste seine Finger mit beiden Händen, »doch zuvor genießen wir ein Leben, von dem unser Gärtner nur träumen kann. Das ist mehr als genug, finde ich. Beschweren sollten wir uns niemals.«

Er strich ihr das Haar aus der Stirn. »Du hast es zum Prinzip erhoben, dich niemals zu beklagen. Darin bin ich längst nicht so konsequent.«

»Ich habe noch nie erlebt, dass du dich beklagt hättest – außer über diese eine Sache. Wir werden alt und scheiden dahin. Mir gefällt das nicht mehr als dir.« Sie schob sich ihr Kissen neu zurecht und richtete sich ein wenig auf. »Seine

Majestät ist nicht mehr zurechnungsfähig – Palle hat also nicht gelogen?«

Der Herzog schüttelte den Kopf. »Der König hat den Verstand verloren, soviel steht fest. Er hat mich nicht einmal erkannt; nun gut, wir haben uns viele Jahre nicht mehr gesehen. Aber er nannte mich Kent, ausgerechnet, und regte sich über sein Portrait auf. Wo sein Portrait sei? Was ich mir denn vorstelle, wie er ohne Portrait weitermachen solle?« Er warf einen Blick auf das Buch, das auf dem Nachttisch lag. »Die Audienz war sehr kurz, doch ich konnte mich davon überzeugen, keinen Umsturz zu unterstützen, obwohl es natürlich auf dasselbe hinausläuft.«

Dann herrschte ein kurzes, beinah unbehagliches Schweigen.

»Bleibst du heute Nacht bei mir?«, bat die Herzogin. »Ich möchte dich bei mir spüren.«

Sie hatte also bemerkt, dass eher er es war, der einer Tröstung bedurfte. »Ja, ich bin gleich wieder da.«

Als er zurückkehrte, schien sie schon eingeschlafen zu sein, und fast hätte er sich zurückgezogen. Doch dann öffnete sie die Augen, streckte sich wie ein Kind und winkte ihn heran. Er glitt neben sie ins Bett und erschrak, wie kalt sie trotz der schweren Daunendecke war. Sie kuschelte sich an ihn und legte ihren Kopf auf seine Schulter, sodass ihr Mund nahe an seinem Ohr war.

»Wir müssen jemanden nach Norden in die Grafschaft Coombs senden«, flüsterte sie so leise, dass er sie fast nicht verstand. »Zwei unschuldige junge Männer sind dort verschwunden – ermordet, wie ich fürchte. Es besteht die Möglichkeit, dass Palle sie für Jaimas und einen jungen Mann namens Littel hielt, aber unser Sohn und sein Freund sind in Sicherheit.«

Sie spürte, wie ihr Mann erstarrte, und streichelte ihn beruhigend. »Pst! Jaimas geht es gut. Mach dir keine Sorgen.«

»Woher weißt du davon? Palle würde niemals etwas derart Irrsinniges tun!«

»Der Wahnsinn lauert auf uns alle, und manchen befällt

er früher als andere. Palles Wahnsinn rührt daher, dass er sich für klüger hält als alle anderen. Dieser Freund von Jaimas floh vor ihm mit etwas, das Palle für äußerst wertvoll hält.«

»Wie wurde Jaimas in diese Sache hineingezogen?«

»Das weiß ich nicht genau, aber ich vermute, dass Alissa eine Rolle gespielt hat.«

»Alissa!«

»Pst! Ja. Aber ich kümmere mich darum. Ich verbiete dir, sie wieder von den Dienstboten überwachen zu lassen.« Sie schüttelte den Kopf. »Das verbiete ich dir strikt!«

Der Herzog erhob keinen Widerspruch. Wenn sie in diesem Ton mit ihm sprach, hatte es keinen Sinn zu streiten. Er versuchte nun, seinen wachsenden Zorn zu verbergen. Wenn seine Frau richtig vermutete, dann wusste Palle nicht, wen er sich zum Feind gemacht hatte! Er hat Jaimas umzubringen versucht?! Nein, er würde nicht zornig werden, bevor er mehr wusste. Gleich am Morgen wollte er jemanden nach Coombs schicken.

»Woher weißt du davon?«

»Galton kam vorbei, wie ich vorhergesagt hatte.«

Der Herzog lag still und überdachte diese Neuigkeit. Seine Herzogin täuschte sich nur selten in Menschen.

»Du erstaunst mich immer wieder, Liebste«, flüsterte er. Aber ihr Atem ging nun ganz regelmäßig; sie war eingeschlafen.

Kent lauschte auf das leise Getrappel, das sein Gespann auf dem Weg durch die dunkle Stadt verursachte. Mittlerweile war es sehr spät, und von der Bucht kroch ein Nebel heran und vereinigte sich mit dem Rauch. Folgen konnte ihnen niemand, denn so dicht war der graue Brodem, dass gerade noch die Pferde zu sehen waren, aber nichts weiter Entferntes. Die Zugtiere gingen behutsam voran ins Unbekannte. Geräusche schienen aus allen Richtungen zugleich zu kommen. Wer Kent folgen wollte, hatte keine andere Möglichkeit, als sich am Heck der Kutsche festzuhalten, und dass dort niemand kauerte, dessen hatte er sich versichert.

Den alten Historiker hatte er zusammen mit dem obskuren Text in der Bibliothek der Gräfin zurückgelassen und war zu seiner Verabredung mit Massenet aufgebrochen. Mittlerweile war der entonnische Botschafter vermutlich schon gegangen. Trotzdem hielt Kent es für das Beste, noch auszufahren. Sein Gespräch mit der Gräfin hatte gezeigt, wie dringend sie erfahren mussten, was der Entonnier wusste. Das Fragment, das Massenet ihm gezeigt hatte, musste ihn eingelullt haben, doch genau genommen gab es keinen Grund zu glauben, dass die Entonnier sich *nicht* das Wissen der Magi erschließen wollten – besonders, wenn sie annehmen mussten, dass Palle und seine Anhänger kurz davor standen, die Kunst zu meistern. Und dann Bertillon ... Die Gräfin und Valary waren wirklich schockiert gewesen, als Kent ihnen von dem Zauberkunststück mit der brennenden Rose berichtete. Nun erschien es durchaus möglich, dass Massenet über jemand Talentierten verfügte und – darüber hinaus – auch einiges über die Kunst der Magi herausgefunden hatte. Diese verdammten glatten Entonnier! Bertillon war so verflixt überzeugend gewesen, als er abstritt, irgendwelches echtes Talent zu besitzen!

Der Wissensumfang der Entonnier musste unbedingt ergründet werden. Noch dringender war es, herauszufinden, woher Palles Text stammte: Konnte aus dieser Quelle noch mehr kommen? Kent betete, dass das nie geschehen möge.

Im Hause des Earls von Milford brannte noch Licht, und eine lange Reihe von Kutschen wartete am Straßenrand. Die Kutscher drängten sich mit eingezogenen Schultern um ein Becken, in dem Holzkohle glühte, und unterhielten sich leise.

Zuerst überlegte Kent, Hawkins hinüberzuschicken, damit er sich erkundigte, ob der Botschafter noch anwesend sei, dann besann er sich eines Besseren. Kutscher tratschten, und niemand hatte mehr Kutschen und beschäftigte mehr Kutscher als Palle. Am besten war es wohl, wenn er ohne Umschweife ins Haus ging.

Der Earl war erst Ende Zwanzig und hatte Titel und Vermögen schon in jungen Jahren geerbt. In seinem Hause verkehrten die eigenwilligeren unter den Söhnen und Töchtern der oberen Familien Avonels. Der Earl war indes auch ein großer Freund des Theaters wie der Oper und ein Kunstmäzen, sodass Kent den Mann nicht völlig ablehnen konnte. Außerdem erinnerte der Maler sich noch gut an die vielen Abende, die er in ähnlichen Häusern verbracht hatte, als er noch jünger war, und geschadet schien es ihm nicht zu haben.

Trotz vorgerückter Stunde waren viele Gäste im Haus, aus jedem Raum drangen Gelächter und Gesprächsfetzen. Die Aura der Sinnlichkeit, die Kent in der Oper gespürt hatte, war hier noch greifbarer. Manchmal fragte er sich, ob die Menschheit für solche Dinge einen weiteren, noch unbekannten Sinn besaß.

Er stellte rasch fest, dass er unter den Anwesenden bei weitem der Älteste war und auch dem Nächstältesten an Jahren einiges voraus hatte.

Hoffentlich fand er Massenet gleich und konnte schnell wieder fliehen, denn er fühlte sich den schönen jungen Frauen und den Dandys, die sie umschwirrten, so unsagbar fern. Auf einer Gesellschaft dieser Art rechnete niemand damit, Averil Kent anzutreffen – und das bereitete ihm Unbehagen.

Der Klang eines Pianums lockte ihn an, und wie erwartet saß Bertillon davor, umringt von Bewunderern, die meisten davon weiblich. Kent lehnte sich an den Türrahmen und empfand tiefen Neid. Er war so müde, dass er kaum an etwas anderes als Schlaf zu denken vermochte, und da sah er diesen jungen Musiker vor sich, für den der Abend ohne Zweifel noch nicht einmal begonnen hatte.

»Sir Averil Kent?«

Er drehte sich zu einer jungen Frau um, die ihre Hände verschränkt hatte und steif und schüchtern wirkte, obwohl ihre Kleidung diesem Eindruck in höchstem Maße widersprach.

»Ja bitte?«

»Ich weiß gar nicht auszudrücken, wie viel Ihre Bilder mir bedeuten«, sagte sie und errötete leicht. Sie sprach mit entonnischem Akzent. »Ich träume davon, in Ihrem Garten zu spazieren – lebhafte Träume. Ich hoffe, Sie malen Ihren Garten noch öfter.«

Kent lächelte und neigte den Kopf. »Sehr freundlich von Ihnen. Ich glaube, Sie haben Recht, meinem Garten schenke ich nicht die Aufmerksamkeit, die er verdient. Nur ein oder zwei Gemälde, obwohl ich ein gutes Dutzend Studien habe. Wo haben Sie meine Gartenbilder denn gesehen?«

»Das eine gehört Graf Massenet, und das andere hängt hier, in einem Zimmer im Obergeschoss.«

»Soso«, sagte Kent. »Ich wusste gar nicht, dass der Graf eins meiner Bilder besitzt.«

»Er hat sogar drei, glaube ich. Drei in Avonel. Es heißt, seine Sammlung zu Haus in Entonne sei sehr groß, also könnte er dort noch mehr von Ihnen haben. Doch drei Bilder von Sir Averil Kent bilden einen Schatz, der jedem Menschen genügen sollte.« Sie zögerte und blieb unbeholfen. Kent hätte sie binnen kurzem beruhigen können – schließlich war er Bewunderer gewöhnt –, doch dazu fehlte ihm die Zeit. Es war spät, und er musste nun Massenet sehen, wenn der Graf das Haus noch nicht verlassen hatte.

»Hat Ihnen unsere Vorstellung heute Abend gefallen? Sie waren doch in der Oper?«, fragte sie.

»Das war ich tatsächlich, und sie gefiel mir außerordentlich. Sie sind Sängerin? Ich muss zugeben, dass ich Sie nicht erkannt habe.«

Sie lachte leise. »Ich war die enttäuschte Geliebte. Ohne Maske sehe ich unscheinbar aus.«

»Das ist überhaupt nicht wahr«, entgegnete Kent. »Sie sind bei weitem hübscher, wenn Sie nur sich selbst spielen.«

Sie knickste. »Seien Sie vorsichtig, Sir. Ich bewundere Sie außerordentlich, und selbst die leiseste Andeutung eines Kompliments könnte meine Hoffnung steigern.«

Kent lachte. Er bemerkte, dass Bertillon sie beobachtete. Er grinste und machte eine Kopfbewegung; was er sagen wollte, war eindeutig.

»Darf ich Sie begleiten, Sir Averil? Ich werde Sie jedem vorstellen, den Sie kennen lernen möchten.«

Kent bot ihr seinen Arm an. »Es ist wohl nicht passend, von einer Dame vorgestellt zu werden, die mir ihren Namen verschweigt.«

»Oh. Ich bin Tenil Leconte; bitte nennen Sie mich Tenil.«

»Nun, Tenil, wenn ich mit Enkelkindern gesegnet wäre, dann würde ich mir wünschen, dass sie alle Ihnen glichen. Sogar die Jungen.«

Sie gingen im Haus umher, doch Tenil musste Kent nur selten vorstellen. Die Gäste waren jung, und Kent hatte die meisten davon aufwachsen sehen. Es traf ihn wie ein Schlag. Jahrelang schienen sie Kinder zu bleiben, und dann, auf einmal, im Laufe weniger Wochen, verwandelten sie sich in Erwachsene.

Die junge Frau an seinem Arm wirkte sehr zufrieden in seiner Gesellschaft, als sei sie in Begleitung eines gut aussehenden jungen Mannes, für den ihr Herz entbrannt war. Schon vor Jahren hatte Kent bemerkt, wie aufrichtig einige junge Damen der gesellschaftlichen Kreise die Kunst liebten und alle, die Kunst schufen, sehr bewunderten. Kent kannte diese Art Bewunderung, doch gestattete er sich schon lange nicht mehr zu glauben, solch eine junge Frau wie Tenil empfände wirklich etwas für ihn. Wäre er kein berühmter Kunstmaler gewesen, hätte sie ihn als einen langweiligen alten Mann unter vielen betrachtet. Seine Kunst war es, die sie bezauberte, und vermutlich unterschied sie, wie man so sagte, nicht zwischen dem Sänger und seinem Lied.

Eine häufige Erscheinung war das: Viele Künstler waren keine sonderlich bewundernswerten Menschen, und trotzdem hatten sie alle ihre Anhänger. Kent hatte das immer für ein wenig widersinnig gehalten.

Tenil sah lächelnd zu ihm auf. Weder war sie groß, noch konnte sie sich zierlicher Gesichtszüge rühmen, aber ihr rundliches Gesicht mit den bezaubernden dunklen Augen besaß einen wunderschönen Mund und ein Lächeln, das Kent unwiderstehlich fand. Der weite Ausschnitt des Kleides lenkte sein Auge wie die Linie in einem Gemälde, die unaufhaltsam in die Komposition führt.

Sie ging ins Obergeschoss, und Kent folgte ihr, denn er nahm an, dass Bertillon ihr mit seinem Nicken bedeutet hatte, ihn zu Massenet zu führen. Schließlich blieb sie stehen und öffnete eine Tür einen Spalt, lugte hinein, drückte sie rasch auf und zog Kent hinter sich in den Raum, ein kleines, halbdunkles Wohnzimmer, das offenbar kürzlich benutzt worden war. Auf dem Tischchen am Diwan standen Weingläser und Flaschen.

Durch eine Verbindungstür drang Gelächter aus dem Nebenzimmer.

Tenil lächelte. »Ich werde ihn stören, denn er möchte Sie wirklich dringend sprechen.« Sie drückte seinen Arm und ließ ihn mitten im Zimmer stehen. Als sie an die zweite Tür klopfte, verstummte das Lachen augenblicklich.

»Ja«, ließ sich ein Mann vernehmen.

»Ich bin's, Tenil. Der Gast des Herrn Grafen ist da.«

Geraschel, dann Schritte – es dauerte nur einen Moment, dann öffnete sich die Tür, und Massenet kam heraus; hinter ihm sah Kent ein Bett, gelöstes Haar, sowohl blond als auch dunkel, elfenbeinweiße bloße Arme und ein Bein.

Der Graf war offenbar in die Hosen gesprungen und hatte sich das Hemd übergestreift; nun blieb er stehen und zog sich Strümpfe über die blassen Füße. Er zeigte auf die Tür, und Tenil ging in das Nebenzimmer, eindeutig um sicherzustellen, dass niemand es verließe oder an der Tür lauschte.

»Mein lieber Freund«, sagte Massenet, »lassen Sie mich nur rasch die Tür absperren.«

Danach setzte er sich auf den Diwan und zupfte sein Hemd zurecht. Kent blickte den Grafen an: Das gewöhnlich makellos frisierte Haar stand ab, und in seinen Augen funkelte es – dieses unmissverständliche Funkeln. Außerdem war dem Grafen deutlich anzumerken, wie er versuchte, seine Selbstgefälligkeit zu unterdrücken. Kent fragte sich, weshalb er gekommen war.

»Vor einigen Tagen gab es in Merton einen schrecklichen Tumult«, begann der Graf leise und beugte sich näher. »Was in Farrelles Namen ging dort vor?«

Kent schwieg zunächst und sah dem Entonnier in die dunklen Augen. »Wie viel mehr von Lucklows Korrespondenz haben Sie inzwischen entdeckt?«, entgegnete er.

Der Graf ließ sich Zeit mit der Antwort. Er stand auf, ergriff eine Weinflasche, hielt sie schräg, um zu sehen, wie viel sich noch in ihr befand, dann schenkte er etwas davon in ein Glas, das er willkürlich auswählte. »Ich habe leider keine sauberen Gläser. Soll ich mehr Wein bringen lassen?«

Kent schüttelte den Kopf. »Ich bin nicht des Weines wegen gekommen.«

Massenet kehrte zum Diwan zurück. Er wirkte gedankenverloren. »Sie haben das Vertrauen in meine Absichten verloren, Sir Averil«, sagte er schließlich in einem Ton, als schmerze ihn diese Feststellung.

»Vielleicht muss ich nur in meinem Glauben bestärkt werden«, entgegnete Kent. »Antworten auf meine Fragen wären diesem Zweck gewiss dienlich.«

Massenet nickte. »Sie meinen die Briefe, über die Varese referiert und die Ihr Mr. Valary meines Wissens eingesehen hat. Abgesehen von der Passage, über die Varese an jenem Abend berichtet hat, enthalten sie nur wenig, wenn man von Einblicken in Lucklows Liebesleben einmal absieht. Wir fanden nur einige wenige Tagebucheinträge der Marquise und das Fragment, das Sie gesehen haben, sonst nichts. Die Briefe waren im Übrigen echt, was Valary Ihnen zweifellos bestätigt hat. Boran könnte tatsächlich von einem Magus inspiriert worden sein, aber sein guter Ruf ist außer Gefahr. Bald werde ich die Briefe vernichten.«

»Aber Bertillon ... Er hat im Haus der Herzogin von Morland ein Ritual durchgeführt. Wo hat er es gelernt? Und wie viel Talent besitzt er wirklich?«

Der Graf trank. »Wir besitzen ein Fragment, etwa neun Seiten aus einem der so genannten Bücher des Wissens.

Ich vermute sehr, dass es aus der gleichen Quelle stammt wie der Text, der sich in Palles Besitz befinden muss. Haben Sie je von Teller gehört? Wir glauben, dass es ihm gelungen ist, einige Bruchstücke des Wissens, das er gewann, zu verbergen. Er versteckte sie an zahlreichen verschiedenen Stellen, sodass die Magi sie nicht alle finden konnten. Vielleicht wurden sie sogar von einem echten Magus deponiert, wir wissen es nicht.« Er sah Kent direkt in die Augen. »Wir befürchten nun, dass es ein Fragment gibt, das wie ein Schlüssel wirkt - dass es zu den anderen führt. Vielleicht besitzt auch jedes Fragment seine eigene Macht, wenn man es nur enträtseln kann. Sie können sich nicht vorstellen, wie - geheimnisvoll dieser Text ist. Wir beginnen gerade erst, ihn zu verstehen.«

Kent zweifelte nicht, gerade belogen worden zu sein. »Bertillon hat ein Ritual ausgeführt, Graf Massenet.«

Der Graf nickte. »Ja, gewiss. Dabei handelt es sich weniger um ein Ritual der Magi als vielmehr um einen Akt der niederen Kunst - so nennt man es. Heilung, Prophezeiung, derlei Dinge. Man muss weder ein Magus sein, noch sonderlich viel Talent besitzen, um es auszuführen. Wir haben noch jemanden, der es beherrscht. Vielleicht könnten Sie es sogar selbst meistern, Sir Averil.« Massenet kostete noch einmal von dem Wein, verzog das Gesicht und goss ihn ins Feuer. »Sind Sie damit zufrieden? Mir geht es nicht darum, die Künste wiederaufleben zu lassen, doch wenn Palle das gelingt ... Wir müssen uns verteidigen können. Aber beantworten Sie bitte meine Frage - was ist in Merton vorgefallen?«

»Ich werde nur bestätigen, was Sie bereits wissen, Graf Massenet. Littel ist entkommen. Er befindet sich nun in Sicherheit.«

»Sie haben ihn?«

»Er wurde gerettet. Um seiner Sicherheit willen kann ich mehr nicht sagen, das verstehen Sie gewiss.«

»Aber hatte er den Text? Haben Sie ihn gesehen?«

Kent zögerte. Was er nun antwortete, durfte dem Grafen nicht mehr verraten als eine glatte Lüge. »Er hatte ihn nicht dabei, deshalb haben wir nur das, woran er sich erinnert, und die Gedanken, die er sich darum gemacht hat.«

»Aber es handelt sich um einen Schlüssel? Kent, bei den Flammen, wie können wir hier sitzen und so ruhig darüber sprechen?«

»Selbst wenn es ein Schlüssel ist, fehlt Palle immer noch jemand mit Talent.«

»Sind Sie sicher? Haben Sie eine Quelle in Palles Gruppe? Haben Sie Littel dadurch die Flucht ermöglicht?«

Kent schüttelte den Kopf. »Littel gelang selbstständig die Flucht. Ich wünschte, ich hätte jemanden in der Nähe des Königsmanns!«

»Aber der Königsmann wird bald König sein – wenigstens ein Drittel eines Königs. Wann wird die Regentschaft bekannt gegeben?«

»Frühestens morgen, längstens in ein paar Tagen.« Das wusste Massenet; er verwendete einen alten Trick: Man stelle eine Frage, deren Antwort man schon kennt, und wenn man eine Lüge hört, weiß man, dass man der Quelle nicht trauen kann.

»Vielleicht finden sie jemanden«, sagte der Graf nachdenklich.

»Talent ist, wie man mir versichert, sehr selten. Der eine Mensch, von dem wir wissen, dass er es besitzt, ist auf der anderen Seite der Welt.«

»Und was tut er dort?«, hakte Massenet rasch nach. »Diese Frage bildet meine ständige Furcht. Warum schickt Palle diesen Tristam Flattery so weit fort?«

»Da bin ich mir nicht sicher«, gab Kent zu. »Jedenfalls nicht, weil Tristam ein vielversprechender Empirist ist. Palle bezweckt etwas damit.«

»Und darum müssen wir Bündnisgenossen werden, Kent. Palle verfolgt die Sache nicht aus Neugierde. Wir beide sind uns im Klaren, dass dieses Wissen nie wieder ans Tageslicht kommen darf. Wir müssen die Angelegenheit selbst in die Hand nehmen und ihr ein Ende machen, wie es schon vor langer Zeit hätte geschehen sollen.«

Kent zupfte ein bitteres Lächeln an den Mundwinkeln.

»Und wenn wir dieses Wissen von der Magie in der Hand haben, wie wollen wir es dann zerstören? Möchten Sie darauf vertrauen müssen, dass ich alles, was ich habe, den Flammen übereigne? Werden Sie nichts in der Hinterhand behalten, nur für den Fall, dass wir unehrenhaft handeln?«

Der Graf warf einen Blick auf die Schlafzimmertür. »Sie haben den Nagel auf den Kopf getroffen, Sir Averil. Darum habe ich Sie ausgewählt. Jemanden, der versteht, was zu tun ist. Jemanden, bei dem ich hoffen kann, ein Band des Vertrauens zu knüpfen. Wenn wir das nicht zuwege bringen, Kent ...« Den Satz brauchte er nicht zu beenden. »Sie sollten nun gehen«, sagte der Botschafter.

Kent nickte.

Massenet stand vom Diwan auf, drehte sich halb zur Schlafzimmertür um und hielt noch einmal inne. »Tenil bewundert Sie sehr, Sir Averil. Sie ließe sich durchaus von Ihnen verleiten, Sie heute Nacht nach Haus zu begleiten, aber ich möchte deutlich sagen – wenngleich es offensichtlich ist –, dass sie für die entonnische Regierung als Agentin arbeitet. Das sollten Sie nicht vergessen, wenn Sie Tenil mit zu sich nehmen. Sie sehen, ich versuche so entgegenkommend zu sein wie nur möglich.« Damit verbeugte er sich und ging ins Schlafzimmer.

Kent blieb noch sitzen und musterte die leeren Weinflaschen, die verschmierten Kelchgläser, ein Haarband, ein spitzenbesetztes Strumpfband. Er dachte an ein Stillleben. ›Die Verführung‹, so würde er es nennen.

Tenil kam in das kleine Wohnzimmer. Die Befangenheit, die sie anfangs gezeigt hatte, war zurückgekehrt. »Wie ich sehe, ist der Graf ein schrecklicher Gastgeber gewesen, Sir Averil. Kann ich Ihnen vielleicht irgendetwas bringen? Wein? Etwas zu essen?«

Kent versuchte zu lächeln, war jedoch zu erschöpft. *Schlafen*, dachte er, *ich muss schlafen.* Doch das war nicht möglich: Er musste zurück zur Gräfin, um zu sehen, wie Valary vorankam. *Wenn ich doch nur jünger wäre,* dachte er und sah die hübsche junge Frau an.

»Sie sehen sehr müde aus«, sagte sie plötzlich.

»Ja«, brummte Kent, »das bin ich wohl.«

Sie trat näher. »Bleiben Sie noch ein Weilchen, Sir Averil. Ich mache es Ihnen bequem. Sie können die Augen schließen und alle Sorgen von sich abfallen lassen.«

Kent brachte kaum eine Antwort heraus; auf der Welt gab es nichts, was er lieber getan hätte, und sei es nur für die Hälfte einer Stunde.

»Legen Sie die Beine hoch, und strecken Sie sich aus«, sagte Tenil.

Kent focht einen innerlichen Kampf. An sich war es unklug zu bleiben. Er sah die Sängerin an, deren hübsches Gesicht Besorgnis verriet. »Aber in einer Stunde müssen Sie mich wecken«, bat er leise.

»Das verspreche ich.« Sie zog ihm die Stiefel aus und holte eine leichte Bettdecke, dann schürte sie das Feuer und legte Holz nach. Mit dem Geschick einer Frau, die beim Theater arbeitet, nahm sie ihm die Perücke ab, dann hob sie seinen Kopf, doch statt eines Kissens schob sie sich selbst darunter und bettete Kents Haupt vorsichtig in ihren Schoß.

»In einer Stunde wecke ich Sie. Auf dem Kaminsims steht eine Uhr.« Sanft streichelte sie ihm das Gesicht und strich mit den Fingern durch sein dünnes Haar. »Schlafen Sie ... schlafen Sie nur«, hauchte sie, dann begann sie sehr leise zu singen. Und zu seinem Erstaunen glitt Kent in einen matten Traum, in dem Tenils Gesang zwischen den Bäumen eines bezaubernden Gartens schwebte.

Kent erwachte vom Stöhnen einer Frau im Griff der Leidenschaft. Die Lampe war verloschen, und nur das niedergebrannte Feuer gab ein wenig Licht. Kent spürte Tenils stoßweises Atmen, mit dem sie auf die Geräusche aus dem Nebenzimmer reagierte, wo Massenet mit seinen beiden Geliebten im Bett lag.

Ihre Finger hatten sich in sein Hemd geklammert, und nun, da Tenil den Orgasmus der anderen Frau hörte, schlossen sie sich bebend zur Faust.

Erst dann bemerkte sie, dass Kent erwacht war, und ließ ihn los, drückte ihm das Hemd platt auf die Brust. Geziert beugte sie sich vor und schaute ihm in die Augen. »Ihre Stunde hat noch zehn Minuten, Sir Averil«, flüsterte sie und versuchte, ihr Atmen zu bezähmen.

Kent stellte fest, dass die Geräusche auch ihn erregt hatten. Wie viele Jahre war es her, dass er eine Frau in den Armen hielt, während sie vor Vergnügen erschauerte und schrie?

»Die Laute der Liebe«, sagte Tenil, und ein jähes Lachen entschlüpfte ihr. »Da sind wir wie Tiere. Wenn wir sie hören, reagieren unsere Herzen darauf, auch wenn wir schlafen.« Sie lächelte und strich ihm eine Haarlocke aus der Stirn, dann küsste sie ihn dort. »Der Graf hat angedeutet, dass Sie in der näheren Zukunft vielleicht in Entonne leben werden, was für mein Land eine große Ehre wäre, ganz zu schweigen davon, was es für Ihre Bewunderer bedeutete.«

Kent setzte sich abrupt auf, fast stieß er Tenil von sich. Es war, als sähe er eine Falle zuschnappen. »Nein«, sagte er, und sie erschrak über seine Antwort. »Das werde ich nicht.«

Die Nacht war noch immer windstill, und der Nebel war nun so dicht, dass Kent sich fragte, ob man es überhaupt bemerken würde, wenn in weniger als drei Stunden die Sonne aufging. Hawkins fuhr einige Umwege durch die Stadt; hier und dort hielt er an, um zu sehen, ob jemand aus der Nebelnacht hinter ihnen auftauchte. Schließlich setzte er Kent in der Nähe des Hauses der Gräfin ab und verschwand nach zwanzig Fuß in der Dunkelheit.

Die Stadt wirkte verloren zu dieser Stunde, verlassen und traumhaft. Perspektive und Räumlichkeit wurden vom Nebel und von der Dunkelheit ausgelöscht, und die Straßenlaternen erhellten nichts als den Nebel selbst, hingen wie kleine Monde hinter dünnen Wolkenschleiern. Kent wartete einige Augenblicke im Verborgenen, bis feststand, dass er alleine war, dann erst machte er sich auf den Weg. Die Stunde Schlaf und Tenils zärtlicher Abschiedskuss hatten ihn unerwartet erfrischt. Er schritt geradezu beschwingt aus. Nur Tenils unachtsame Bemerkung dämpfte seinen

Überschwang. Wenn Massenet glaubte, Kent könnte nach Entonne auswandern, konnte es nur einen Grund geben. Nun vertraute er dem Botschafter noch weniger als vorher.

Valary saß noch immer über dem Text; an der Tischkante stand eine unberührte Tasse Kaffee, der kalt geworden war. Eine zweite Lampe war hereingebracht worden, und beide beleuchteten hell den Raum, einschließlich des leeren Sessels der Gräfin.

Valary sah auf, als Kent hereinkam. Verwirrung legte sich über sein Gesicht. »Kent?«, fragte er, als hätten sie sich dreißig Jahre lang nicht mehr gesehen.

»Was haben Sie gefunden, Valary?«, fragte Kent, zog einen Stuhl heran und setzte sich neben ihn.

»Ein erstaunliches Dokument, Kent!«, rief er ehrfürchtig aus. »Ich betrachte mich als gesegnet, dass ich alt genug wurde, um es zu Gesicht zu bekommen. Und dieser junge Littel ... Ich weiß einfach nicht, wie er das zuwege gebracht hat! Ich kann es schlichtweg nicht begreifen.«

»Ja, aber was ist es denn? Welchem Zweck dient es?«

Valarys Begeisterung ließ ein wenig nach. »Nun ja, das lässt sich gar nicht so leicht beantworten. Ich bin mir nicht ganz im Klaren, ob ich der Gräfin in allen Punkten zustimmen kann. Ich bin nicht einmal davon überzeugt, dass es sich um einen zusammenhängenden Text handelt. Das ist nur sehr schwer festzustellen. Er enthält vier Strophen Verse, von denen sich jede wie das Motto eines Abschnitts liest. Wenn man diese Verse in der Reihenfolge lässt, in der wir sie gefunden haben, wollen sie nicht recht fließen, wenigstens ist das mein Eindruck. Besser erscheint mir eine andere Zusammenstellung:

Eulensang auf leisem Strand
Wo die silbrige See erstirbt
Und im Gefolg des eilenden Monds
Sich Mondgezeit und Magie erhebt.

Jenseits des Meeres ohne Küste
Sternenchor singt silbernen Vers

Der weiße Vogel fährt auf gutem Wind
Über tönender See und stillem Fluch.

Am spröden Strand spricht die alte Zunge
In Worten, die das Meer glatt gespült
Geborstene Steine sagen dem Menschen nichts
Von alten Stätten und verbotenem Wissen.

Reise hinaus durch nächt'ges Land
Durch Gewölbe unter den Hügeln
Gezeitenjahr lässt ält're Glocken klingen
Obwohl Falken schrei'n und Drosseln schlagen.«

»Klingt das etwa nicht richtig?«, fragte Valary, indem er Kent ansah und die Augenbrauen so weit hochzog, dass sie sich über seiner Lesebrille wölbten.

»Es hört sich flüssiger an, aber Sie verstehen mehr davon als ich, Valary.«

»Ich glaube, Sie haben Recht, Mr. Valary«, sagte die Gräfin plötzlich aus dem Dunkeln hinter dem Wandschirm. »Dadurch könnten Sie unser Verständnis erheblich vergrößert haben.«

»Der Schutzbann bleibt, wo er ist, nämlich am Anfang, doch der Abschnitt, der das Sammeln von Kräutern beschreibt, steht nun an zweiter und nicht an letzter Stelle; allerdings scheint der gleiche Absatz zu erklären, wie man Mondlicht und Sternenlicht sammelt. Ich weiß nicht genau, was diese Neuordnung genau bedeutet, aber verstehen Sie, Kent? Wir können es nun wenigstens in der richtigen Reihenfolge lesen.« Valary nahm die Seite auf und schüttelte den Kopf. »Aber das hier ... Es ist in einem anderen Stil, mit ungewöhnlicher Ausdrucksweise. Das meiste ist noch unübersetzt. Ich würde gern mit dem jungen Littel darüber sprechen.« Valary sah Kent an, dann blickte er zum Wandschirm. »Aber wenn es uns zu ähnlichen Dokumenten führt ... Ich kann's nicht sagen. Es könnte durchaus Jahre brauchen, dergleichen zu verstehen, und nicht nur Stunden.«

»Wären Sie einverstanden, ein paar Tage hier zu bleiben, Mr. Valary?«, fragte die Gräfin. »Ich habe nach Mr. Littel geschickt, und Sie könnten hier ungestört mit ihm arbeiten.«

Kent spürte Eifersucht in sich auflodern.

»Ja.« Valary nickte eifrig. »Ja, sehr gern.«

»Aber ich muss Sie warnen. Verlieben Sie sich nicht zu sehr in diese Aufgabe. Dieser Text muss vernichtet werden, und je früher, desto besser. Gern lasse ich ihn nicht von irgendjemandem lesen, doch wir müssen mehr über seinen Zweck erfahren. Und es gibt eine Kopie, von der ich nicht weiß, wie wir sie zerstören sollen, auch wenn es unbedingt getan werden muss.«

21. Kapitel

Galton starrte Sir Benjamin Rawdon an, der viel bedrückter aussah als jemals zuvor, und das wollte einiges heißen. Rawdon war zwar der gefeiertste Arzt von ganz Farrland, doch zugleich auch ein Mann, der von der Melancholie heimgesucht wurde und der sich leicht von der Unbill des Lebens überwältigt sah. ›Ein schlechter Schwimmer‹, so hätte Lady Galton ihn bezeichnet, eine merkwürdige Redensart in einem Land, in dem nur wenige Menschen diese Kunst überhaupt beherrschten. Doch ein Mann wie Rawdon vermochte in den Fluten und Strömungen menschlicher Verhältnisse kaum den Kopf über Wasser zu halten.

Galton kannte den Arzt nun schon seit vielen Jahren, und er wusste, dass Benjamin Rawdon auch anders sein konnte. In der Gesellschaft von Lady Rawdon oder anderer Damen, von denen Galton wusste, war der Doktor wie verwandelt – ein schlechter Schwimmer, der wieder festen Grund unter den Füßen hatte. Wie aus dem Nichts erschien eine köstliche Schlagfertigkeit, voller Selbstmissbilligung zwar, aber von großer Einsicht geprägt. In weiblicher Gesellschaft teilte der Königliche Leibarzt intelligente Beobachtungen mit, manchmal sogar kleine Weisheiten. Er lächelte oft und lachte an den richtigen Stellen. Dann ähnelte er gar nicht dem zerstreuten, linkischen Mann, den Galton nun vor sich hatte. Der Gouverneur wusste nicht zu sagen, weshalb sich Rawdon in männlicher Gesellschaft niemals entspannen konnte.

»Ich bin über alle Maßen entsetzt, Stedman. Wie sehr, das lässt sich gar nicht in Worte fassen.« Rawdon schüttelte sein majestätisches Haupt. »Diese Männer – was um alles auf dem Erdball haben sie sich dabei gedacht?«

Auch Galton schüttelte den Kopf. »Gedacht? Offenbar haben sie sich dazu keine Zeit genommen. Ausgerechnet den Sohn des Herzogs von Blackwater. Da hätten sie auch gleich den entonnischen Thronerben ermorden können. Wenn der Herzog jemals erfährt, wer das getan hat ...« Er brauchte nicht weiterzusprechen. Am Morgen war seine Frau aufgebrochen, um mit der Herzogin zu sprechen. Galton hegte Zweifel, ob dieser Schritt weise war, doch hatte er seine Meinung für sich behalten: In den vergangenen Monaten hatte er sich oft genug geirrt. Am kommenden Morgen würde Lady Galton zurückkehren, und er würde erfahren, wie die Herzogin es aufgenommen hatte. Ihr einziger Sohn, und sie könnte nie wieder ein Kind bekommen.

Rawdon sah auf und rang sich ein mattes Lächeln ab. »Sir Roderick versichert mir, dass dergleichen nie wieder geschieht. Doch dieser Hawksmoor ... Ich kann Ihnen sagen, Stedman, gemocht habe ich ihn nie. Die Leute reden über Elsworth, als wäre er eine Art Ungeheuer, aber Hawksmoor ... Ich bin davon überzeugt, er würde mich erwürgen, wenn er glaubte, Roderick damit eine Freude zu machen.« Er verzog entrüstet den Mund.

Galton sah Rawdon forschend an und fragte sich, wie aufrichtig die Ernüchterung des Arztes sein mochte. »Ich weiß, was Sie meinen. Ich empfinde mehr oder weniger dasselbe. Unser guter Roderick trägt in dieser Hinsicht Scheuklappen, und Hawksmoors völlige Ergebenheit muss ihm hin und wieder ganz nützlich erscheinen.«

Eine Weile sprachen sie beide kein Wort. Von der Dachrinne war das langsame Tropfen des Regens zu hören.

»Wie geht es mit Wells voran?«, fragte Rawdon, der sichtlich das Thema auf etwas weniger Verfängliches bringen wollte.

Galton zuckte mit den Schultern. »Nicht so schnell wie wir hofften, fürchte ich. Wir brauchen Mr. Littel dringender, als Wells eingestanden hat.«

»Das überrascht mich nicht.«

»Haben Sie jemals Bedenken, Benjamin?«, fragte Galton plötzlich, denn er hielt die Frage unter den gegebenen Umständen für vertretbar. »Werden Sie schwankend in Ihrer Überzeugung?«

Rawdon zog die dunklen Augenbrauen hoch. »Ja. Nach diesem Zwischenfall umso mehr. Mir ist es egal, wer ihre Väter sind, aber zwei anständige junge Männer mit glänzender Zukunft sind tot. So etwas darf einfach nicht geschehen.«

»Da stimme ich Ihnen zu. Ein zweites Mal werde ich so etwas nicht in Kauf nehmen. Auch Noyes ist alles andere als erfreut. Er musste sich darum kümmern, und nun lebt er in Furcht und Angst davor, dass der Herzog davon erfährt. In diese Lage wird er sich nicht noch einmal begeben, und das hat er Roderick ins Gesicht gesagt.«

»Auch ich habe meiner Sorge Ausdruck verliehen. Roderick ist kein Ungeheuer, Stedman. Es war ein schrecklicher Fehler – ein nicht zu rechtfertigender Fehler –, aber es kommt nicht wieder vor. Darauf habe ich Rodericks Ehrenwort.«

Galton musterte sein Gegenüber. *Kein sonderlich starker Verbündeter*, dachte er. *Nein, vermutlich nicht stark genug.*

22. Kapitel

Kent erwachte in einem dunklen Raum. Ihm war ungewöhnlich warm, und er schob die Bettdecke beiseite, dann versuchte er sich zu erinnern, wo er war.

»Averil? Sind Sie wach?«, hörte er die ausdruckslose Stimme der Gräfin neben sich.

Er bemerkte, dass sie seine Hand hielt, und drehte den Kopf. Der Raum lag in völliger Dunkelheit.

»Wie fühlen Sie sich, Averil?«

»Was ist passiert?«, fragte er.

»Sie sind zusammengebrochen und recht unsanft gestürzt. Sie müssen mir sagen, wie Sie sich fühlen. Haben Sie Schmerzen?«

»Schmerzen? Nein.« Er reckte die Glieder und suchte nach einem ungewohnten Gefühl. Die Hand der Gräfin fühlte sich recht warm an. »Ich habe mir wohl nichts getan.«

Ein letzter Druck ihrer Hand, dann ließ sie ihn los. Er hörte, wie sie sich entfernte, und sah dicht neben sich einen hochlehnigen Stuhl. »Bitte setzen Sie sich auf.«

Kent blieb liegen; an dieser Situation war etwas Fremdartiges oder Unpassendes, obwohl er nicht sagen konnte, was es eigentlich war. Er fühlte sich sehr eigenartig, als fehlte etwas. Als er sich aufrichtete, schnappte er nach Luft.

»Averil?«

Kent konzentrierte sich auf sich selbst. »Ich scheine ... Ich fühle mich so gesund. Ich fühle mich ... so kräftig. Vital.« Er blickte den Schemen vor sich an. »Was ist geschehen?«

»Lange vorhalten wird es nicht – eine Woche, vielleicht zwei –, und dann müssen Sie den Preis dafür zahlen, Averil. Es tut mir leid, aber wir dürfen nicht scheitern. Das weiß ich nun noch deutlicher als zuvor.« Sie verstummte, dann ertastete sie wieder seine Hand. »Es tut mir wirklich leid«, flüsterte sie, und Kent hatte den Eindruck, dass sie sich für noch mehr entschuldigte: für alle Fehler, die sie beide in ihrem langen Leben begangen hatten.

Er konnte nicht antworten. In der Dunkelheit hielten sie einander fest, ihre warmen, noch immer weichen Hände lagen in seinen. Er wusste nicht, wann sie sich zum letzten Mal berührt hatten. Das musste so lange her sein, dass man die Zeit in Jahrzehnten maß.

»Haben Sie mir also von der Saat gegeben?«, fragte er und fürchtete die Antwort.

»Nein! Nein, das würde ich niemals tun. Ich ...« Sie sprach nicht weiter.

»*Eldrich*«, erriet Kent. Ungebeten kam ihm das Wort über die Lippen, wie der Name einer Krankheit. *Von Eldrich hat sie es gelernt! Das war Nekromantie. Magie!*

Sie blieben sitzen und hielten einander leicht die Hände. Kent glaubte, ein leichtes Zittern zu spüren, als bebten ihre Schultern, als weine die Gräfin im Schutz der Dunkelheit, und ihre überwältigende Traurigkeit floss in ihre Hände hinab und griff von dort auf ihn über.

Kents Kutsche kroch langsam durch die nebeligen Straßen. Wie anders dieser Nebel im silbernen Morgenlicht ausschaute. Wie anders die Welt erschien!

Das liegt an dem Zauber, dachte er, ohne dass es seine Laune sehr dämpfen konnte. Als er das Haus der Gräfin verließ, waren alle Fragen ungestellt geblieben. Er wagte nicht, sich zu viel herauszunehmen, denn so viele Jahre waren ohne ein Wort von ihr vergangen. In den wenigen Jahren, die ihm noch blieben, könnte er diese Behandlung nicht noch einmal ertragen.

Und in Wahrheit brauchten seine Fragen gar nicht beantwortet zu werden: Sehr wahrscheinlich verstand er ohnehin nur zu gut. Und das rief in ihm dieses Gefühl vollkommener Leere hervor– als wäre ihre Verschwiegenheit ein Treubruch.

Eldrich hatte also wenigstens einen Teil seines Wissens an die Gräfin weitergegeben. Eine andere Erklärung konnte es nicht geben: Trotz der Pflicht, die Eldrich auferlegt gewesen war, hatte er einen Teil seines Wissens weitergegeben. Kent fiel nur eine mögliche Erklärung für dieses Verhalten ein, und er war sicher, dass sie nicht allein der Eifersucht entsprang.

Die Gräfin war die schönste Frau, die Kent jemals gesehen hatte. Eldrich mochte schon sehr alt gewesen sein, doch Kent wusste aus eigener Erfahrung, dass das Alter einem Mann nicht sein Begehren nimmt – und anscheinend hatten alte Magi über Methoden verfügt, ihre Kräfte zu steigern.

Wenn es in Kents Macht gelegen hätte, hätte er dann zugelassen, dass solche Schönheit verblasst? Die Schönheit der Gräfin war makellos wie ein Kunstwerk gewesen. In seinem Leben hatte Kent so vieles verwelken und verfallen sehen. Er konnte mit Bestimmtheit behaupten, dass er für die Gräfin gestorben wäre. Was hatte Eldrich für sie getan?

Nahm sie die Saat? Erschien sie dem Auge noch immer jugendlich? Konnte diese unfassbare Schönheit noch immer am Leben sein? Kent war dieser Gedanke schier unerträglich, denn es war, als existiere ein Teil seiner Jugend weiter, aber außerhalb seiner Reichweite.

Im Augenblick freilich fühlte auch er sich jugendlich – oder zumindest wie ein Mann in mittleren Jahren. Wann hatte er sich zuletzt so kräftig und mit sich im Einklang gefühlt – wann hatte er zum letzten Mal gespürt, wie den Körper nach ausgiebiger Ertüchtigung erschöpfte Zufriedenheit durchdringt? Und auch sein Verlangen war wiedergekehrt, beim Gedanken an die Gräfin regte es sich. Das war sein großer Schmerz: dass sie nie Liebende gewesen waren. Am liebsten wäre er zu ihr gestürmt und hätte die Wälle ihrer Abweisung niedergerissen.

Konnte sie wirklich noch so aussehen, wie er sich an sie erinnerte? War das möglich? Oder war sie wie der König gealtert und über ihre Jahre hinaus hinfällig? Hatte die tückische *Regis*-Arznei auch die Gräfin betrogen?

Die Kutsche hielt vor seinem Haus, und Kent sprang hinaus, dann blickte er sich rasch um und fragte sich, ob jemand ihn beobachtet haben konnte. Besser, er stützte sich noch auf seinen Stock, auch wenn er am liebsten zwei Treppenstufen auf einmal genommen hätte.

An der Tür empfing ihn Smithers trotz der frühen Stunde offenbar längst wach.

»Eine junge Dame wünscht Sie zu sehen, Sir. Ich konnte sie kaum abweisen. Sie hatte schon eine Weile gewartet.«

Alissa, dachte Kent und ermahnte sich zur Vorsicht – heute sollte er sich von ihr lieber nicht die Füße massieren lassen! »Hat Sie einen Namen genannt?«

»Miss Leconte, Sir Averil.«

Kent, der sich Smithers genähert hatte, um ihm den Gehstock zu reichen, blieb stehen. »Sie ist allein gekommen?«

»Jawohl, Sir. Sie wartet in der Bibliothek. Ich habe ihr Tee und Gebäck gereicht.«

»Vielen Dank, Smithers.«

An der Bibliothekstür zögerte Kent einen Moment und fragte sich, wie er nach einer schlaflosen Nacht wohl aussehen mochte. Dann beschloss er, sich nicht darum zu scheren, und öffnete die Tür. Tenil erhob sich bei seinem Eintreten. Sie hielt die Hände in der vertrauten Weise verschränkt, und für einige unbehagliche Augenblicke sagte keiner ein Wort.

»Sie begreifen, was ich für den Grafen Massenet tue?«

»Sie sind seine Agentin?«, entgegnete Kent.

Tenil nickte. »Der Graf glaubt, dass ich Sie leicht beeinflussen kann, weil ich jung bin.«

»Er ist nicht immer subtil«, stellte Kent fest. Er war sich ihrer Schönheit so deutlich bewusst, dass es ihn fast rührte. »Was erwarten Sie nun von mir?«

»Um ehrlich zu sein, erwarte ich, von Ihnen fortgeschickt zu werden. Dann muss ich den Grafen daran erinnern, dass nicht jeder seine Schwäche teilt.«

Kent betrachtete Tenil – die kurzen Locken, die ihr über den zierlichen Hals fielen. Die Entonnierin zeigte etwas wie Trotz. In Kent fochten die Gewohnheiten der Jahrzehnte gegen die Tatkraft seiner wiedergewonnenen Jugend. »Aber möchten Sie nicht gern ein Gemälde meines Gartens sehen, bevor Sie gehen?«

Sie strahlte, dann zögerte sie doch, bevor sie antwortete. »Sie sind sehr freundlich.«

Kent lachte, er konnte nicht anders. Die Situation war so absurd. »Miss Leconte, zu Ihnen könnte ich niemals zu freundlich sein, denn so viel ich auch versuchte, es wäre doch weniger als Sie verdienen. Folgen Sie mir. Dieses Haus quillt über von meinen Gemälden und Bildern. Auf dem Dachboden steht so vieles, das ich vergessen möchte, ich kann es kaum ertragen, dort hinaufzusteigen.«

Kent führte die junge Frau von einem Bild zum nächsten, und wenn ihr Interesse geheuchelt war, dann musste sie eine noch bessere Schauspielerin als Sängerin sein, fand Kent – und sie sang sehr schön.

In dem selten benutzten Atelier gingen sie die Gemälde durch, die gestapelt an der Wand lehnten, und Tenil gab höchst anerkennende Laute von sich.

»Aber das ist ja ein Kind«, rief sie erstaunt. »Ich dachte nicht, dass Sie am menschlichen Körper interessiert sind.« Tenil trug noch immer das gleiche Kleid wie im Haus des Earls, und als sie sich über das Gemälde beugte, wurde die hübsche Wölbung ihrer Brust bis zum Rand der Warze entblößt.

»O, das bin ich durchaus. Sie war die Tochter eines alten Freundes. Nur eine Studie. Aber sie spielte oft in meinem Garten, und ich konnte nicht widerstehen. Gefällt es Ihnen?«

»Ob es mir gefällt? Es ist wunderschön! Sehen Sie sich ihr Gesicht an. Sie ist ein Engel.«

Impulsiv sagte er: »Wenn Sie für mich Modell sitzen, Miss Leconte, dann schenke ich es Ihnen.«

Tenil richtete sich auf. Plötzlich wirkte sie sehr ernst. »Aber es wäre mir eine Ehre, Ihr Modell zu sein. Das Bild könnte ich nicht annehmen. Es ist eine Kostbarkeit.«

»Aber ich bestehe darauf«, sagte Kent und fasste sie bei der Hand. »Sie sollen es haben.«

Ihre Ernsthaftigkeit ließ nicht nach. »Dann will ich zum Dank für Sie sitzen.« Sie stellte sich auf die Zehenspitzen und küsste ihn auf beide Wangen, wie es Art der Entonnier war. Kent spürte seine Begierde dermaßen aufwallen, dass er Tenil in die Arme nehmen musste, auch wenn er dabei nicht vergaß, dass sie für Massenet arbeitete. Dann erinnerte er sich an die Gräfin und seinen Verdacht.

»Ich muss mich waschen und umziehen«, sagte er. »Würde es Ihnen etwas ausmachen, sich einen Moment zu gedulden? Soll ich Smithers bitten, Ihnen etwas anzurichten? Sind Sie hungrig?«

»Nein. Darf ich hier warten?«, bat sie und deutete auf die Bilder, die sie noch nicht gesehen hatte. »Ich werde sehr, sehr vorsichtig sein.«

Kent nickte.

Er eilte die Treppe hinauf, was er erst bemerkte, als er oben war. Einige Jahre musste es hersein, dass er zum letzten Mal Treppen hinaufgerannt war. Er rief nach Wasser, wusch sich eilig, schob die Perücke beiseite und ignorierte alle befremdeten Blicke von Smithers.

Was tat er da nur? Er sollte dieses Mädchen auf der Stelle fortschicken! Vielleicht bewunderte sie wirklich Averil Kent, aber ihre Loyalität Massenet gegenüber wurde davon wohl kaum beeinflusst. Frauen hintergingen den Grafen einfach nicht.

Kent hatte in der Tat anderes zu tun. Er musste den Herzog von Blackwater sprechen. Er musste herausbringen, was Palle im Augenblick vorhatte. Glaubte der Königsmann noch immer, Littel sei tot? Wie lange würde er das noch annehmen?

Als Kent aus dem Bad kam und sich das Gesicht noch mit einem Handtuch abrieb, stand Tenil vor ihm – in Unterwäsche.

»Wo soll ich stehen? Oder möchten Sie lieber, dass ich liege?«

Dergleichen hatte die Gräfin vermutlich nicht im Sinn gehabt, als sie ihm neue Kraft schenkte. Unfähig, sich zu zügeln, trat Kent näher. Wortlos nahm er Tenil in die Arme. Ihn kümmerte es nicht, ob sie seinen Körper schön fand oder ob sie eine Agentin der entonnischen Regierung war. Es zählte nicht, dass er einen falschen Frühling durchlebte, den er allein der Zauberei verdankte. Kent war es auch gleichgültig, ob sie ihn nun ehrlich bewunderte oder seine Kunst insgeheim verabscheute. Es wäre ihm sogar egal gewesen, wenn sein Herz stehen blieb. Nichts spielte mehr eine Rolle.

Kent wusste nicht, wie der Zauber wirkte, den die Gräfin über ihn gelegt hatte. Er fühlte sich kräftig und jung, aber was die Beanspruchung seines Körpers nach sich ziehen würde, konnte er nicht ahnen. Deshalb versagte er sich einiges, was ihm in den Sinn kam. Dennoch hatte er solche Wonnen schon viele Jahre nicht mehr erlebt.

Tenils Haut war weich und besaß doch die Spannkraft, wie nur die Jugend sie verleiht. Und wie sie auf ihn reagierte – ihre leidenschaftlichen Schreie waren die schönste Musik, die er je gehört hatte. Tenils Liebkosungen erweckten sein Fleisch zu neuem Leben, als wären auch ihre Hände zauberkräftig.

Der Orgasmus durchfuhr Kent wie eine eigentümliche Macht, wie das Tosen der Brandung vor den Klippen. Und als es vorbei war, lag er keuchend da, überwältigt von der Wonne. Was um alles auf der Welt hatte die Gräfin mit ihm gemacht?

»Sie beschämen junge Männer«, flüsterte Tenil und wand sich unter ihm. »Wenn ich daran denke, dass ich gestern Abend gefürchtet habe, Sie könnten auf der Stelle zusammenbrechen.«

Ihre Worte trafen ihn wie ein Schlag ins Gesicht und erinnerten ihn an seine wahre Pflicht. »Ja. Sehen Sie nur, was Sie für mich getan haben. Ich fühle mich, als hätten Sie mir die Jugend neu geschenkt.«

Sie hob den Kopf, blickte auf die Uhr und ließ sich wieder zurücksinken. »Ich werde ein andermal für Sie sitzen müssen, muss ich leider sagen. Die Oper ruft.« Sie kicherte. »Obwohl ich lieber für Sie liege, wenn man mich fragt.«

Nachdem Tenil gegangen war – zum Hintereingang hinausgeschlüpft, wozu immer das gut sein sollte –, stand Kent am Fenster und blickte auf die Straße. In der Nacht hatte er keine ganze Stunde geschlafen, dann hatte er eine Frau geliebt, die nur ein Drittel seiner Jahre zählte, und trotzdem fühlte er sich wohl. Müde war er durchaus, aber nicht überwältigend müde. Das Beste aber war, dass sein Verstand ihm so klar und wach erschien. Aus welchem Grund hatte Massenet ihm diese Frau geschickt? Was konnte der Graf noch von ihm wollen? Und weshalb war er so sicher, dass Kent eines Tages nach Entonne ziehen würde? Der Maler schüttelte den Kopf. Kam ihm sein Verstand auch klar vor, den Plan des Grafen durchschaute er nicht – noch nicht.

Es klopfte an der Tür, und auf seine Aufforderung hin trat Smithers ein. Kent war nicht sicher, ob er dem Gesicht des Dieners Missbilligung oder Erstaunen entnehmen sollte. »Sie sind wach, Sir.«

»Ja«, sagte Kent. »Ich brauche mein Frühstück, Smithers, dann ein Bad und dann zwei Stunden Schlaf – aber keine Minute mehr.«

Kent drehte sich wieder dem Fenster zu, als der Diener gegangen war. Eine Nachbarsfrau führte ihren kleinen Hund spazieren, und bei jedem Schritt beugte sie sich und stützte sich auf den Stock. Kent betrachtete sie mitleidig – dann erinnerte er sich an seine eigene Wirklichkeit und verstand plötzlich, dass das Altern ihm immer als eine Krankheit erschienen war – dass er immer damit gerechnet hatte, eines Tages zu genesen und sich wieder jung zu fühlen. Und nun war es in der Tat geschehen. *Eine Woche, vielleicht zwei*, hatte die Gräfin gesagt. Schon erschien es ihm wie ein kurzes Entkommen aus dem Kerker, bevor er wieder eingefangen und dem Verfall überlassen werden würde.

Kent schloss die Augen. Was gäbe er nicht, um seine Jugend zurückzuerlangen? Nein zu sagen war einfacher gewesen, bevor er diese Wiederherstellung erlebte. Er hatte schon vergessen gehabt, wie es sich anfühlt, jung zu sein.

Die Gräfin musste so alt sein wie die Frau dort, die mühsam über die Straße ging. Hatte sie ihn belogen, nahm sie doch die Saat zu sich? Vielleicht schon jahrelang? Doch woher sollte sie die Samenkörner haben? Wo fanden die Magi sie?

Plötzlich kam sich Kent ein wenig schäbig vor, weil er mit Tenil geschlafen hatte, denn trotz der offensichtlichen Gründe hatte auch der Eindruck, dass man ihn täuschen wollte, zu seiner Entscheidung beigetragen. Jung. Fühlte sich die Gräfin wie er? Vielleicht schon all die Jahre? Und wenn, hatte sie mit den Begierden eines jungen Körpers zu kämpfen? Dieser Gedanke war sehr schmerzhaft und unwert, doch Kent kam nicht dagegen an. Von allen Frauen, die er gekannt hatte, weckte allein die Gräfin solche Gefühle in ihm.

23. Kapitel

Bei Sonnenaufgang kam Tristam an den Strand zurück. Vor ihm breitete sich die stille Bai aus, und gleich am Ufer schritt Beacham auf und ab. Gelegentlich blickte der Seekadett zur *Swallow*, die sich vor der steigenden Sonne dunkel und eckig abhob. Langsam trottete Tristam hinan. Nach seiner nächtlichen Reise fühlte er sich müde, ausgelaugt und merkwürdig traurig.

»Aha, Mr. Flattery. Sie haben mir aber einen Schreck eingejagt«, sagte der Seekadett erleichtert und aufgebracht zugleich.

»Es tut mir leid, Jack, ich hätte Sie wecken sollen.« Dabei fiel ihm ein, dass er gar nicht wusste, welche Lüge er Beacham erzählen sollte, denn er wusste nicht, seit wann man ihn bereits vermisste. »Sind Sie schon länger wach?«

»Lange genug«, entgegnete Beacham kurz angebunden, dann verharrte sein Blick auf einem Punkt weiter den Strand hinunter. »Ist das Mr. Hobbes?«

Eine einsame Gestalt näherte sich am Ufer entlang. Der Mann hinkte schwer, und das Hemd flatterte träge im schwachen Wind. Dann sahen sie deutlich, dass der Mann schwankte.

Ohne ein weiteres Wort gingen die beiden los; dann verfielen sie in Trab, und je näher sie kamen, desto größere Sorgen machten sie sich. Hobbes musste brutal zusammengeschlagen worden sein, denn sein Gesicht war angeschwollen und blutverkrustet. Er stützte sich einen Ellbogen mit der anderen Hand, als wären Arm und Schulter verletzt, und er schwankte so stark, dass man bei jedem seiner Schritte zweifelte, ob ihm noch ein weiterer gelang. Seine Kleidung war verschmutzt und zerrissen und an zahlreichen Stellen blutig.

»Wer hat Ihnen das angetan?«, fragte Beacham, als sie den Steuermann erreicht hatten.

»Niemand, Mr. Beacham«, antwortete Hobbes. Seine

Stimme klang trocken und hohl, als spräche er aus tiefer Trauer. »Ich habe nach unseren varuanischen Freunden gesucht, wollte jemanden finden, den ich kenne. Stattdessen habe ich mich wie ein Dummkopf im Dunkeln verirrt. Ich bin gestürzt – dreimal, einmal davon in einen tiefen, steilen Graben. Ich bin ein alter Trottel, der sich im Dunkeln verirrt. Sonst ist nichts geschehen.«

Tristam hätte ihm vielleicht geglaubt, wäre da nicht seine merkwürdige Klarsichtigkeit gewesen. »Sind Sie bei Ihrem Umherirren dem Viscount begegnet?«, fragte er deshalb leise.

Hobbes warf ihm einen scharfen Blick zu, dann aber schlug er die Augen nieder. »Nein. Nein, ist er denn nicht bei Ihnen?«

»Er ist gleich nach Ihnen in der Dunkelheit verschwunden«, sagte Beacham und bedeutete dem Steuermann, sich auf ihn zu stützen.

»Nun, er wird schon wieder auftauchen, es sei denn, er ist dumm genug, zur Stadt hinaufzugehen.«

Nun legte ein Boot von der *Swallow* ab. Im Takt tauchten die Riemen ins Wasser und brachten das Beiboot rasch zu den Landgängern.

»Gleich haben wir Sie an Bord«, sagte Beacham.

»Ja«, stimmte Hobbes ihm geistesabwesend zu, »bringen wir es hinter uns.«

Als sie über die Bordwand kletterten, bot sich ihnen ein Anblick, mit dem Tristam nicht gerechnet hätte. Jeder einzelne Mann an Bord stand auf Deck, und alles begegnete ihrem Eintreffen mit beklommenem Schweigen. Tristam glaubte zunächst, dieser kühle Empfang gelte ihnen, dann erst sah er, dass die Offiziere und Passagiere auf dem Achterdeck standen und die Jacks sich darunter in der Kuhl versammelt hatten – in zwei Gruppen gespalten, die auf Abstand voneinander bedacht waren. In der zehn Fuß breiten Lücke zwischen den Jacks und dem Achterdeck standen nun die drei Männer, die gerade von der Nacht an

Land zurückkehrten, und blickten sich verwirrt um. Beacham schob Tristam unauffällig zum Achterdeck, und erst da begriff er, was im Gange war.

Kaum war er die Treppe hinaufgestiegen, als Osler ihm unauffällig einen Degen in die Hand drückte. Stern bedachte den Steuermann mit einem sehr knappen Blick, dann wandte er sich wieder den versammelten Matrosen zu. Das Schweigen dehnte sich.

Eine Hand berührte Tristam an der Schulter, und als er sich umdrehte, blickte er in die bangen Augen der Herzogin. Ohne dass sie es wagte, einen Laut von sich zu geben, hauchten ihre Lippen die Frage: ›*Wo ist Julian?*‹

Tristam hob kopfschüttelnd die Schultern und hoffte, hinreichend mitfühlend anzusehen. S*ehen Sie sich Hobbes an*, dachte er, *das sollte Ihre Frage beantworten.* Hatte der Steuermann den Unhold besiegt? Sehr unwahrscheinlich, dachte Tristam. So leicht ließen sich Unholde nie bezwingen.

»Fahren Sie fort, Mr. Kreel«, forderte Stern mit einem Nicken den riesigen Vordeckmann auf, der einen halben Schritt vorgetreten war.

Kreel drehte bedächtig den Strohhut in den Händen; er wirkte ganz untypisch gedämpft. »Wenn wir einen Schatz finden oder ein feindliches Schiff aufbringen täten, Sir, dann würden wir alle ein Prisengeld bekommen. Mehr sagen wir ja gar nicht. Wenn die Blume nur halb so viel wert ist, wie's heißt ... ja, dann wollen wir auch nicht außen vor bleiben. Schließlich ist's für uns genauso gefährlich wie für die Offiziere und die Passagiere. Wir sind arme Matrosen, Herr Kap'tän. Wir wollen nur, was uns zusteht.« Als er den Kopf hob, blickte er Tristam direkt ins Gesicht; vielleicht ein Zufall. »Mehr nicht.«

Stern gab keine Antwort und hob nur die Augenbrauen, wie um zu bestätigen, dass er zugehört habe. »Das ist alles?«, fragte er so ruhig, dass selbst Tristam den Ton als bedrohlich empfand.

»Na, dann das mit Garvey und Chilsey, Sir. Ihre Mörder sind noch nicht bestraft worden. Nicht im Geringsten. Diese

Heiden dürfen nicht meinen, sie könnten Seiner Majestät Seeleute ungestraft ermorden, sonst ist doch keiner von uns mehr sicher, Sir. Bevor die Farrländer kamen, haben die hier Menschen geopfert, Sir, und sie anschließend gefressen. Und jetzt ermorden sie unsere Schiffskameraden und behalten auch noch ihre Blume für sich selbst. Wir sind ja keine Kriegs-Sloop, Sir, aber ich meine, wir müssen denen trotzdem zeigen, dass das nicht geht. Das sollten wir tun, bevor sie vergessen haben, wofür wir sie bestrafen.«

»Sonst noch etwas, *Kapitän Kreel*, oder ist die Liste Ihrer Forderungen damit vollständig?«

Kreel hob ruckartig den Kopf. »Ich bin nur deshalb Sprecher für die anderen, weil das Los auf mich gefallen ist, Herr Kap'tän. Ich bin genauso wenig der Anführer wie ...« Ihm versagten die Worte. »Ich sprech's nur aus, damit wir keinen Ärger haben, Sir.«

Stern nickte. »Ich werde alles, was ihr gesagt habt, in meinen Überlegungen berücksichtigen«, sagte er an die gesamte Mannschaft gewandt. »Allerdings sage ich euch gleich, dass auf dieser Expedition niemandem irgendeine besondere Belohnung winkt. Ich bezweifle, dass man mich nach Abschluss dieser Expedition befördert, und wenn es so weitergeht ...« – was er damit meinte, brauchte er nicht näher auszuführen –, »fahre ich vielleicht nie wieder zur See.« Er hob die Hand. »Tut eure Pflicht, und ich werde eingehend über eure Bitten nachdenken. Aber eins sage ich euch gleich: Glaubt nur nicht, dass ein Schiff voller Meuterer auf dieser Welt einen Ort findet, wo die Frauen entgegenkommend sind, die Männer sich das Essen von den Bäumen pflücken und alle bis ans Ende ihrer Tage in Frieden leben können. Die Admiralität weiß genau, was geschieht, wenn auch nur einer damit durchkommt ... Sagen wir einfach, die Welt ist längst nicht so groß, wie ihr vielleicht glaubt.«

Ohne zurückzuweichen, starrte Stern auf die Männer hinab, und langsam, zu zweien und zu dritt, gingen sie zurück an ihre Arbeit. Keiner sagte ein Wort, aber viele Blicke wurden getauscht.

Stern wandte sich Osler zu. »Immer an Deck zeigen. Keine Änderung der Dienstpläne und Landgänge. Aber sehen Sie zu, dass keiner untätig herumlungert, Mr. Osler.« Dann drehte er sich halb zum Steuermann um. »Ich beginne mit Mr. Hobbes«, sagte er knapp, dann ging er nach unten. Der graue Seefahrer folgte ihm und versuchte dabei zu verbergen, dass er hinkte.

Tristam wartete einen Augenblick. Noch immer hielt er den Degen, den Osler ihm gereicht hatte, und spürte urplötzlich die endlosen Meilen Ozean, die ihn von Farrland trennten. Unter Deck ereignete sich eine schreckliche Schimpfkanonade, zwar gedämpft, aber nicht annähernd gedämpft genug. Stern stellte Steuermann Hobbes wegen Pflichtvergessenheit zur Rede. Der arme Stern. Dies war der denkbar schlechteste Augenblick für unzuverlässiges Verhaltem bei einem Offizier.

»Wohin ist er gegangen?«, flüsterte die Herzogin Tristam zu.

»Julian?« Er zuckte mit den Schultern. »Er und Hobbes waren gleich nach Sonnenuntergang verschwunden.«

»Er hat Sie allein gelassen?«, fragte sie, und Tristam hätte nicht sagen können, ob sie sich mehr um ihren Bruder ängstigte oder auf ihn zornig war.

»Ich war bei Beacham.«

Sie wandte sich ab, als wollte sie ihr Gesicht verbergen. »Ich muss ihn suchen«, sagte sie plötzlich.

»Ich bin mir nicht sicher, ob Stern Sie in Anbetracht der Lage an Land lässt.«

»Und ich bin nicht davon abhängig, dass Stern meine Entscheidungen billigt«, entgegnete sie ärgerlich. »Sie sehen doch, wie schlecht er das Schiff in der Hand hat.«

Tristam hob die Schultern. »Vermutlich weil Hobbes die Ereignisse ins Rollen gebracht hat, nachdem er Ihr Gespräch belauschte.«

Sie blickte vorwurfsvoll auf, als könne sie mit Fug und Recht gekränkt sein, weil Tristam sie nicht unterstützte, wo er sich nach ihrer Meinung doch dazu verpflichtet fühlen sollte; und sie war so überrascht, dass ihr kurz die Worte fehlten. »Junge Varuanerinnen können Ihnen nicht helfen bei dem, was Ihnen bevorsteht, Tristam«, sagte sie unvermittelt, als sie sich wieder gefasst hatte. »Glauben Sie das nur nicht.« Dann kehrte sie ihm den Rücken zu und stieg unter Deck, ohne ihn noch einmal anzublicken.

Osler kam herauf und nahm ihm den Degen wieder ab. Mit hochgezogenen Augenbrauen sah er Tristam an. Er musste die Auseinandersetzung beobachtet, wenn nicht sogar mit angehört haben.

»Die Favoritin des Königs«, sagte Osler leise.

»Muss mir entfallen sein«, erwiderte Tristam, ohne den Sarkasmus zu kaschieren.

»Der Kommandant wird bald mit Ihnen sprechen wollen. Was um alles in der Welt ist mit Hobbes passiert? Haben die Varuaner ihn angegriffen?«

Tristam wiegte den Kopf. »Das weiß ich nicht. Er behauptet, sich in der Dunkelheit verirrt zu haben und mehrmals gestürzt zu sein, einmal in einen Graben.«

»Hobbes und sich verirren?«, fragte Osler sichtlich ungläubig. »Der Mann hat doch einen Kompass im Kopf! Haben Sie von seiner Großtat nach dem Kentern seines Schiffes gehört? Er hat das Beiboot über den Grauen Ozean gelenkt und ist mitten im Nebel genau in Wickham angekommen! Erzählen Sie mir nicht, er hätte sich verirrt!«

»Ich wiederhole nur, was der Steuermann mir gesagt hat«, erwiderte Tristam und bemerkte, dass der Steward des Kommandanten ihm winkte. »Meine Audienz, glaube ich.«

Stern stand mit Llewellyn und der Herzogin in der großen Kajüte. Der Kommandant hatte einen Platz vor den geöffneten Fenstern eingenommen, den Uniformrock zurückgeschoben und die Fäuste in die Hüften gestemmt, wie immer, wenn sein Temperament mit ihm durchzugehen drohte.

»Unsere Expedition schwebt in höchster Gefahr«, sagte er sehr leise, sodass er an Deck nicht gehört werden konnte, was seinen Zorn jedoch in keiner Weise verbarg. »Zwei Männer sind tot, und die ganze Besatzung verlangt ein ›Prisengeld‹ für die Saat, nach der wir suchen. Für diese *geheime* Saat. Was mich betrifft, so habe ich in dieser Angelegenheit kein Wort verlauten lassen«, sagte er anklagend. Er stapfte durch den wenigen freien Raum, blieb stehen und sah den Anwesenden nacheinander ins Gesicht. »Landleute glauben in der Regel, an Bord Seiner Majestät Schiffe erzwinge man Disziplin durch harte Strafen, doch mit der Wirklichkeit hat diese Vorstellung nichts zu tun. Nein, es sind Gerechtigkeit und Interesse am Wohlergehen der Männer – in Verbindung mit einem angemessenen Gebrauch der Peitsche, das stimmt schon –, die ein Schiff vor den schlimmsten Impulsen seiner Besatzung schützen.« Er deutete mit einem langen Finger nach vorn. »Diese Männer vor dem Mast können von der Welt nichts weiter erwarten als Armut und den Trost der Trunkenheit. Nicht einer von Tausend erreicht den Rang eines Steuermanns. Und hier sehen sie die Chance, eine kleine Summe Geldes zu erhalten, die in ihren Augen ein Vermögen ist. Damit könnten sie sich vom Dienst freikaufen und ein Stück Land mit einer Kate erwerben. Eine unerwartete Hoffnung, denn auf Entdeckungsreisen gibt es gewöhnlich kein Prisengeld zu verdienen. Die Jacks aber sind der Meinung, auf dieser Expedition eine Belohnung mehr als verdient zu haben, denn die Gefahren, mit denen sie es aufnehmen, sind übernatürlicher Art: Vergessene Städte, seltsame Völker, Schwarze Magie und Tod von der Hand ›freundlich gesonnener‹ Eingeborener. Das empfinden die Jacks als ungerecht. Sie finden, eine Belohnung zu verdienen, weil sie diesen Bedrohungen tapfer trotzen, denn jeder Jack zieht lieber in tausend Seegefechte, als es mit etwas zu tun zu bekommen, was eventuell übernatürlich sein könnte. Wie also soll ich mich nun verhalten?« Wie er die Passagiere anfunkelte, musste er sie für verantwortlich halten – Landleute, die nicht einmal das Mindeste über die Marine begriffen hatten.

»Laut Befehl kann ich nicht einmal die Existenz dieser Samenkörner zugeben. Und selbst wenn ich es täte, hätte ich trotzdem nicht die Autorität, den Jacks Prisengeld für die Beschaffung der Kerne zu versprechen. Aber haben sie sich nicht wacker dem gestellt, was sie auf der Welt am meisten fürchten – dem Übernatürlichen? Sind ihre Forderungen nicht eigentlich gerechtfertigt?« Er wandte sich ab und starrte auf die Lagune hinaus, gefangen in seinem Dilemma.

»Ich könnte anbieten, am Ende unserer Fahrt die Besatzung mit einer Prämie zu entschädigen«, sagte die Herzogin leise. »Zehn Goldkronen für jeden Mann, sogar zwanzig, und ich zahle sie aus eigener Tasche. Ich bin sicher, der König hätte nichts einzuwenden.«

Stern drehte sich um und musterte die Herzogin, dann schüttelte er den Kopf. »Es lag nicht in meiner Absicht, Sie zu einem Vorschlag wie diesem zu verleiten. Er verstößt gegen das Reglement. Wenn wir damit anfangen einer Mannschaft, die zu meutern droht, Bestechungsgeld zu zahlen ... Nun, die Admiralität würde es niemals genehmigen. Auf meinem Schiff halte ich die Disziplin aufrecht, auch wenn das nun keine leichte Aufgabe mehr ist.«

Die Herzogin wäre fast einen Schritt auf den Kommandanten zugetreten. »Aber Kapitän Stern, Sie sagten doch selber, die Jacks hätten für ihre Leistungen eine Belohung verdient, und da gebe ich Ihnen Recht. Für abergläubische Menschen wie sie muss es eine schreckliche Fahrt sein ... Ein paar Kronen am Ende sind doch nur ein kleiner Ausgleich. Das Geld käme aus meinen privaten Mitteln, nicht von der Admiralität. Ein Zeichen meines Dankes und nichts, was Matrosen auf anderen Schiffen von ihren Kapitänen verlangen könnten. Wir dürfen nicht zulassen, dass die Expedition scheitert – um des Königs willen.«

Stern war in brütendes Schweigen versunken; seine Wut war anscheinend vergangen. »Nein. Lassen Sie die Besatzung in Frieden. Ich kümmere mich darum, ohne auf Bestechung zurückzugreifen. Nicht einen Augenblick habe ich beabsichtigt, so etwas anzudeuten.« Er blickte plötzlich seine Hand an, drehte sie hin und her und wackelte mit den Fingern, als zweifle er an ihrer Sicherheit oder Kraft.

Die Herzogin schien noch etwas einwenden zu wollen, entschloss sich dann jedoch zu schweigen.

»Doktor Llewellyn«, sagte Stern, »würden Sie bitte Mr. Hobbes untersuchen und mir Ihren Befund mitteilen?«

Der Mediziner nickte, sichtlich erleichtert, gehen zu dürfen. Stern dachte kurz nach, dann richtete er sich zur vollen Größe auf. »Ich werde einen Trupp an Land schicken, der Lord Elsworth suchen soll, Frau Herzogin. Mr. Flattery.« Damit verließ er schweigend die Kajüte.

Tristam wartete darauf, dass die Herzogin das Wort ergriff, doch sie schwieg beharrlich. Schließlich sagte er: »Sie haben Ihr Angebot, den Männern Gold zu zahlen, nicht sehr nachdrücklich vorgetragen, Elorin.«

Sie setzte sich seitwärts ans Galeriefenster und zog die Knie an. Eine Weile blickte sie auf die Lagune hinaus, das hübsche Kinn auf eine Hand gestützt. »Sie sollten mir zugestehen, dass ich mich mit Männern einigermaßen auskenne, Tristam. Schon dass die Besatzung von der Existenz der *Regis*-Pflanze weiß, bedeutet für Sterns Laufbahn den Todesstoß. Und gewiss haben Sie Recht – nicht Stern hat dieses Wissen ausgeplaudert. Doch so tief zu sinken, dass eine Frau die Besatzung besticht, um eine Meuterei zu verhindern – nun, der Kapitän hat nicht jeden Funken Stolz verloren. Es mag die letzte Reise einer unglückseligen Laufbahn sein, und doch will er sich nicht nachsagen lassen, dass eine Frau seine Mannschaft bestechen musste, damit sein Schiff wieder in den Hafen zurückkehrte. Das könnte der arme Stern nicht ertragen. Ich bin mir nicht sicher, was wir nun unternehmen sollen, denn die Matrosen glauben nun einmal fest daran, ein Anrecht auf einen Teil dieses Schatzes zu besitzen, und dabei haben sie nicht die leiseste Ahnung, worum es wirklich geht.«

»Und worum geht es wirklich?«, fragte Tristam. »Weswegen sind wir denn hier?«

Sie wandte sich von der Lagune ab und musterte ihn mit jenem desinteressierten Blick, den sie so perfekt beherrschte. »Gehen Sie mit mir an Land und suchen nach Julian, Tristam? Hat er Hobbes so zugerichtet? Das denken Sie doch, oder?«

Tristam zuckte mit den Schultern, doch die offensichtliche Not der Herzogin berührte ihn. »Hobbes war vom Tod Garveys und Chilseys völlig niedergeschmettert, was eindeutig darauf hinweist, dass er in ihre Tat verstrickt gewesen ist. Kaum hatten wir ihre Leichen an den Strand geschafft, verschwand er in den Urwald. Julian habe ich nicht gehen sehen, aber ich glaube, er ist Hobbes gefolgt.«

Die Herzogin nickte und schloss kurz die Augen. »Glauben Sie, Hobbes könnte vorgehabt haben, sich das Leben zu nehmen? War seine Verzweiflung so tief?«

»Das halte ich durchaus für möglich.«

Sie nickte. »Vermutlich begann es in aller Unschuld. Er wird Hobbes gefolgt sein, um zuzusehen, wie er seinem Leben ein Ende machte.«

»Das stellen Sie sich unter Unschuld vor?«, fragte Tristam ungläubig, und ihm war deutlich anzusehen, wie sehr er an dieser Sichtweise Anstoß nahm.

Die Herzogin sah ihn kurz an. »Für Julian schon. Dann wird es sich irgendwie falsch entwickelt haben. Wir müssen ihn unbedingt finden.« Sie griff sich an die Stirn, und Tränen quollen hervor. Dabei gab sie keinen Laut von sich.

»Ich gehe mit Ihnen«, versprach Tristam eilig.

»Danke«, brachte sie hervor und wandte sich ab. Sie legte das Kinn auf die Hand und starrte aus dem Fenster, als wollte sie die Seeschwalben beobachten, die auf dem Wind segelten.

Einwände vonseiten Sterns, mit denen Tristam gerechnet hatte, blieben aus. Vielleicht war der Kommandant über den Charakter des Viscounts im Bilde und zog es vor, wenn die Herzogin sich persönlich um ihren Bruder kümmerte. Also ging man wieder an Land: Tristam, die Herzogin, Beacham, Tobias Shuk und drei kräftige Matrosen, die sich während der Konfrontation zwischen ihren Kameraden und dem Kommandanten abseits gehalten hatten; sie alle waren nun bewaffnet.

Keine dreißig Schritt hatten sie sich dem Dorf genähert, als sie den Viscount mit gesenktem Kopf und starr auf einem gefällten Baum sitzen sahen. Er wirkte ganz wie ein geisteskranker Mensch. Die Herzogin hob die Hand und blieb stehen.

»Lord Elsworth leidet manchmal unter tiefer Schwermut«, sagte sie, als offenbare sie engen Freunden ein wohlgehütetes Geheimnis. »Es könnte ratsam sein, wenn wir uns ihm nicht alle auf einmal näherten. Tristam? Würden Sie mich begleiten?«

Er folgte der Herzogin, die sich sehr bemühte, geräuschlos zu gehen. Als sie nur noch wenige Schritte von Elsworth entfernt waren, hieß sie Tristam stehen bleiben, indem sie ihm eine Hand auf den Arm legte, und ging dann alleine weiter.

»Julian?«, fragte sie leise und freundlich, »Julian. Ich bin es, Elorin.« Der Viscount bewegte sich nicht und zeigte mit keiner Geste an, ob er sie gehört hatte.

Tristam merkte plötzlich, wie angespannt er selbst war, und dass er den Degen mit beiden Händen umklammerte, als müsste er sich bereithalten, der Herzogin augenblicklich beizustehen. Wie unberechenbar war Elsworth?

Drei Schritte vor ihrem Bruder hockte sich die Herzogin nieder und lächelte ihn an. »Julian?«, fragte sie leise. »Alles ist gut. Ich bin's. Ich bin gekommen, um dich nach Hause zu holen.«

Tristam empfand eine gewisse Abscheu vor dieser Szene. Wie konnte sie so mit ihm reden? Der Mann war ein Unhold.

Lord Elsworth hob um eine Winzigkeit den Kopf.

»Nichts ist im Argen, mein Lieber. Komm mit, dann bekommst du zu essen und kannst dich baden. Niemandem ist etwas geschehen, Julian. Komm jetzt mit.«

Der Viscount atmete tief durch und erschauerte, als hätte ihn ein kalter Hauch gestreift. »Ich bin nicht mehr sein Diener, Elorin«, sagte er in einem Ton, als berichte er von einer Tragödie unfassbaren Ausmaßes.

»Julian! Du hast mir versprochen, nie wieder davon zu sprechen«, entgegnete sie scharf.

»Aber er wollte mich nicht nehmen«, fuhr er im gleichen Ton fort. »Keinen von uns. Keiner war würdig.«

»*Lass es sein, Julian!*«, verlangte sie, und ein Anflug von Verzweiflung klang in ihren Worten mit.

Elsworth hob die Hände, die er bis dahin zwischen den Schenkeln eingeklemmt und mit den Hemdsärmeln bedeckt hatte. Eine Hand war rot von Blut, in der anderen hielt er einen Dolch.

»Meine Güte! Julian! Was hast du getan?« Instinktiv schob die Herzogin sich vor. Mit einem Ruck hob der Viscount den Kopf, und sie erstarrte auf der Stelle.

»Leg ihn weg, Julian, ich flehe dich an. Leg ihn bitte hin.«

»Ich bin verlassen«, sagte er verzweifelt. Dann begann er zu schluchzen. Er schluchzte mit der Hemmungslosigkeit eines Kindes, dem man das Herz gebrochen hat.

Die Herzogin wagte sich an ihn heran, entwand seinen Fingern den Dolch und schleuderte die Klinge beiseite. Dann wollte sie ihm die Hände vom Gesicht wegziehen. »Bitte, Tristam, helfen Sie mir.«

Tristam stand ihr widerwillig zur Seite. Er konnte es kaum ertragen, in die Szene verwickelt zu werden.

Die Herzogin versuchte nun, die eine blutige Hand zu öffnen. Sie suchte nach einer Wunde. Als sie sie mit Tristams Taschentuch abwischte, enthüllte sich ein hässlicher Schnitt. Der Viscount hatte versucht, seine Speichenschlagader zu öffnen. Und um sein Handgelenk ringelte sich das blutige Bild einer Schlange, die stümperhaft mit einer Messerspitze in die Haut geritzt war.

Die Herzogin führte ihren Bruder an einen der Teiche zwischen den Bäumen, die von den Insulanern zum Baden benutzt wurden. Hier half Tristam ihr, den Viscount zu entkleiden und zu waschen, während die anderen sich diskret zurückzogen. Der Viscount war noch immer in seinem Wahn gefangen und sich kaum bewusst, wie ihm geschah. Er verschränkte zwanghaft die Hände, als hielte er darin etwas von immenser Wichtigkeit fest.

Eigenhändig wusch die Herzogin die beschmutzte und blutbefleckte Kleidung ihres Bruders und breitete sie zum Trocknen auf den Büschen aus. Der Viscount saß mit verschränkten Händen im Schatten. Das einzige Anzeichen seiner Erholung war, dass er die Muskeln entspannte Tristam sammelte Früchte und schlug eine Kokosnuss auf. Indes ließ sich der Viscount nicht dazu bewegen, irgendwelche Nahrung zu sich zu nehmen.

»Lassen Sie ihn eine Weile in Frieden«, sagte die Herzogin. »Er findet von selbst wieder zu sich.« Sie blickte zwischen den Bäumen hindurch. »Glauben Sie, die anderen können uns sehen?«

»Ich bin sicher, keiner von ihnen möchte Zeuge dessen werden, was hier vorgeht«, sagte Tristam und sorgte sich augenblicklich über die Folgen seiner Ehrlichkeit, doch die Herzogin nickte nur geistesabwesend.

Sie knöpfte sich die Bluse auf, um im nächsten Moment alle Kleidung abzustreifen und an das Ufer zu gehen. Dabei band sie sich das Haar zu einem Knoten.

Langsam stieg sie in den Teich, fuhr mit den Fingern durch das Wasser und ließ sich dann hineinsinken. Als sie sich Tristam wieder zuwandte, schienen ihre Sorgen schon davongespült zu sein. »Ich bin mir nicht völlig sicher, weshalb Palle Sie mit auf die Fahrt geschickt hat, Tristam«, sagte sie überraschend. »Ganz eindeutig legt er keinen Wert darauf, dass Sie für den König *Regis*-Samen finden, doch was er stattdessen bezweckt, ist mir ein Rätsel. Llewellyn dürfte Palles Absichten zwar kennen, wird sie aber keinesfalls preisgeben. Jeder glaubt, dass ich dem König die Erlaubnis für diese Reise abringen musste, in Wirklichkeit hat Seine Majestät mich mitgeschickt.«

Tristam sah zu, wie sie unter Wasser spielerisch mit den Händen paddelte.

»Und nun verhält es sich ganz, wie Sie mich sagen hörten: ›Wir folgen nun Tristams Kurs.‹ Sie sind der Magnetstein, Tristam. Palle hat Sie ausgesandt, um einen Vorgang einzuleiten. Eine Weile glaubte ich, die Ereignisse, auf die sie hoffen, seien damit eingetreten, was Ihnen in der Vergessenen Stadt widerfahren ist. Dass Sie Ihr Teil getan hätten. Doch in einem Anfall von Zorn sagte Llewellyn etwas, das einen ganz anderen Schluss nahelegt.« Sie kam zwei Schritte näher und schaute dabei in die Runde, ob ihre

Worte belauscht wurden. Tristam sah im Wasser deutlich ihren Leib.

Er wartete darauf, dass sie ihm berichtete, was Llewellyn ausgeplaudert hatte. Erwartungsvoll beugte er sich vor.

Die Herzogin musterte ihren Bruder, der reglos auf der Bank saß. Dann wandte sie sich Tristam zu. »Wenn ich dem König, ganz gleich wie, die Samenkörner verschaffen kann, werde ich es tun, doch ich kann mich des Gefühls nicht erwehren, dass wir nicht aus diesem Grund auf Varua sind. Die Geschichte, Tristam, gleicht dem Netz einer Spinne. Wer in die Falle geht, bemerkt es erst, wenn es zu spät ist. Das Netz breitet sich aus, wird immer komplizierter und wächst im gleichen Maße wie die Geschichte. Ohne dass wir es merken, umschlingt uns ein längst vergangenes Ereignis wie ein klebriger Faden. Wir können uns dagegen wehren, so viel wir wollen, entkommen können wir ihm nicht. Wir können nichts anderes mehr tun, das Muster zu erkennen, in dem wir uns gefangen haben.

Das ist meiner Meinung nach mit uns geschehen, Tristam. Der Wind der Zeit hat einige Maschen von Ereignissen aus der Vergangenheit herangeweht, und wir haben uns darin verheddert. Unser Leben und unsere Absichten sind unwichtig geworden. Die Geschichte hat uns erwählt; für uns gibt es kein Versteck und kein Ausweichen. Auf irgendeine Weise müssen wir unsere Masche mit der Zukunft verbinden, aber unsere Entscheidung, an welcher Stelle im Netz wir das versuchen, wird unabsehbare Folgen zeigen.«

Sie kam an den Rand des Teiches und griff mit ihren tropfnassen Händen nach Tristam.

»Aber was sitzt in der Mitte?«, fragte er. »Was ist die Spinne?«

Die Herzogin schüttelte den Kopf. »Wir sind nur Menschen, Tristam. Woher sollen wir das wissen?« Sie nahm seine Hand und küsste sie. »Die Magi nahmen die Zeit anders wahr als wir. Sie lebten lange und leiteten Vorhaben ein, die erst Generationen später zu Ende gingen. Nun sind sie verschwunden, aber wer weiß, welche

Unternehmen noch im Gange sind, die sie unvollendet hinterließen, damit andere sie abschließen?«

»Das glauben Sie also? Dass wir einen Plan verwirklichen, der von einem Magus in die Wege geleitet wurde?« Diese Vorstellung gefiel Tristam überhaupt nicht. Schon fühlte er sich, als folge er einer vorgezeichneten Linie, als wollte man ihm den freien Willen verweigern.

Die Herzogin zuckte mit den Schultern. »Ich glaube, diese Zusammenhänge gehen tiefer als irgendjemand ahnt. Bedenken Sie, was in der Vergessenen Stadt geschah. Schienen diese Menschen nicht auf Sie gewartet zu haben? Überlegen Sie nur: ein Abbild der Ruine von Farrow über einem Tempel in einem unerforschten Winkel der Erde. Und unser Weg führte uns dorthin. Unter den zahllosen Atollen dieses Ozeans fanden wir ausgerechnet dieses eine. Sir Roderick Palle ist der Gewöhnlichste aller Männer und verfolgt höchst gewöhnliche Ziele. Er hatte nicht die leiseste Ahnung, das dergleichen geschehen würde, das versichere ich Ihnen. Llewellyn war angesichts der Geschehnisse vollends erschüttert. Das konnte ich sehen.«

»Aber wenn ein Magus all dies in Gang gesetzt hat – was kann er beabsichtigt haben?«, fragte Tristam gedämpft und kleinlaut.

Die Herzogin stieg aus dem Wasser, zog ihn in ihre weichen Arme und drängte sich, nass wie sie war, an ihn. »Ich weiß es nicht, Tristam. Deshalb müssen wir eng beisammen bleiben. Wir müssen uns um jeden Preis gegenseitig unterstützen. Wir stecken in einem Rätsel und brauchen alle Kraft und Geistesgegenwart.«

Tristam schloss die Augen, genoss die Nähe der Frau, ihre feuchte Haut, die ihn kühlte, während ihm innerlich warm wurde. »Aber warum ...?«, flüsterte er. »Weswegen um alles auf dem Erdball schnitt sich Julian ins Handgelenk und ahmte meine Tätowierung nach?«

»Er möchte sein wie Sie. Frei von seinen Dämonen. Frei.«

Nein, begriff Tristam durch eine plötzliche Eingebung. *Er glaubt seinen Herrn verloren zu haben und versucht meinen anzulocken.*

Tristam war aus dem Wäldchen mit dem Badeteich entkommen und hatte die Herzogin mit ihrem Bruder zurückgelassen. Als er ins Dorf kam, sah er Tobias Shuk vor dem fast fertigen Rumpf eines Kanus stehen. Der Schiffszimmermann hatte sich vorgebeugt und begutachtete die Arbeit, ohne etwas anzurühren.

»Wie ich sehe, haben Sie Ihre Schiffsbau-Priester gefunden«, sagte Tristam.

Shuk sah auf. »Ihre Arbeit immerhin. Zurückgelassen, als sie vor unserer Rachsucht flohen.«

Tristam musterte den ausgehöhlten Baum, der ohne echte Werkzeuge bearbeitet worden war. »Sind Sie denn mit Ihren edlen Insulanern zufrieden?«, fragte er.

Shuk hockte sich nieder, wie Tristam es bei den Varuanern gesehen hatte. »Ich wäre zufriedener, wenn sie unsere Schiffskameraden am Leben gelassen hätten. Aber doch, ja, sie sind beinah so, wie ich gehofft hatte. Natürlich nicht perfekt, und sie besitzen die gleiche fehlgeleitete Vorstellung ererbten Wertes wie wir: die Aristokratie. Doch sehen Sie, wie aufrichtig ihre Belange und ihr Leben sind? Sie sind noch nicht im falschen Glanz und der Arbeit nach Plan gefangen. Ihre Zeit verbringen sie mit den wichtigen Dingen – essen bauen, besinnen, Kinder großziehen, singen und tanzen und ...«

»Und lieben«, sagte Tristam.

»Ja, und lieben.« Shuk wandte sich wieder dem Kanu zu und ging in die Knie, um an einem Dollbord entlang zu peilen. »Aber ich werde ihre Moral nicht verurteilen, bevor ich einen Beweis dafür habe, dass sie ihnen schadet. Bislang bringt es mich mehr dazu, unsere Art zu leben infrage zu stellen.«

Er ging zum Bug, um die geschnitzte Galionsfigur zu betrachten, ein kunstvoll ausgeführtes, langhalsiges Geschöpf des Meeres. »Diese Blume, von der alles spricht – ist das die Pflanze, die Freund Llewellyn benötigt, um seine Krankheit zu heilen?«

Tristam überlegte, was er antworten sollte. Der Zimmermann blickte ihn aus großen, ehrlichen Augen an. »Es gibt eine Pflanze, die von den Varuanern über alles geschätzt wird, Mr. Shuk. Nur der König und seine Hohenpriester dürfen sie besitzen. Jeder andere, der sie auch nur berührt, ist des Todes. Garvey und Chilsey haben das nicht gewusst. Suchen Sie nicht für Doktor Llewellyn danach, denn ich bin mir nicht sicher, ob er mit uns ganz ehrlich ist, was seine Krankheit angeht. Setzen Sie nicht für Llewellyn Ihr Leben aufs Spiel, Mr. Shuk, er könnte weniger Ihr Freund sein, als Sie glauben. Verstehen, wie ich das meine, Sir?«

Der Zimmermann nickte. Er öffnete den Mund, um etwas zu sagen, doch ein Ruf schnitt ihm das Wort ab.

»Mr. Flattery!«

Sie drehten sich um und sahen Wallis über den Dorfplatz kommen.

»Ich hoffe, Sie bringen gute Neuigkeiten, Mr. Wallis«, sagte Tristam, fand aber, dass dessen Miene nicht gerade auf großen Erfolg hindeutete.

»Nun, es spricht nichts dafür, dass die Insulaner irgendetwas anderes wollen als Frieden. Der Friede lässt sich jedoch nur wiederherstellen, wenn Ihr Kapitän zugibt, dass seine Männer im Unrecht waren. Eine andere Möglichkeit kann ich mir nicht denken.« Wallis sah beunruhigt aus. »Der König findet vielleicht einen Ausweg, doch er ist weiterhin völlig von den Zeremonien in Anspruch genommen.«

»Aber wie lange können die Varuaner denn noch im Urwald bleiben, Mr. Wallis? Irgendwann müssen sie doch wieder hervorkommen.«

»Sie besitzen Geduld, wo wir sie nicht kennen, Mr. Flattery, und was einem Farrländer als Entbehrung erscheint, ist für sie nur eine Unbequemlichkeit.«

»Sieht denn niemand, dass beide Seiten Unrecht haben?«, fragte Shuk und machte ein trauriges Gesicht. »Garvey und Chilsey hätten niemals das Tabu brechen dürfen, und die Varuaner hätten sie nicht sinnlos töten dürfen. Doch was tun wir nun? Die Matrosen verlangen nach Rache für ihre Kameraden, und die Varuaner können die Willkür ihrer Gesetze nicht eingestehen, ganz zu schweigen davon, dass sie nicht so kaltherzig gegen Gäste hätten angewendet werden dürfen, die sich der Folgen ihres Tuns nicht bewusst waren.«

Wallis setzte sich unter eine Palme in den Schatten. »Was Sie sagen, birgt einige Wahrheit in sich, Mr. Shuk«, gab er zu. Eindeutig verstand er beide Seiten zu gut, um einen Ausweg zu finden. »Anua bittet Sie, sich heute Abend zur Verfügung zu halten, Mr. Flattery. Wenn nötig, soll ich diese Bitte Kapitän Stern persönlich vortragen.«

»Was will Anua denn von mir?«, fragte Tristam, den ein Verdacht beschlich.

»Das sagt sie nicht, aber ich glaube nicht, dass Ihnen ein Leid geschehen wird. Schließlich wäre es Anua ein Leichtes, eine Gruppe Krieger an den Strand zu schicken und Sie mit Gewalt zu verschleppen, wenn Sie wirklich gegen Ihren Willen zu etwas gezwungen werden sollten. Fürchten Sie sich nicht. Anua steht bei ihren Leuten in hohem Ansehen, und Sie stehen unter ihrem Schutz. Sie bittet außerdem darum, dass der Viscount Sie begleitet.«

»Der *Va'ere*?«

Wallis blickte ihn mit sichtlichem Unbehagen an. »Ja.«

24. Kapitel

Bertillon hatte den Morgen noch nie gemocht. Das Licht stach ihm in den Augen, und seine Laune konnte nur mürrisch genannt werden. Am Morgen schienen die Menschen es darauf abgesehen zu haben, ihn zu quälen, indem sie ihm alberne Fragen stellten und allerlei brachten, was er gar nicht wollte. Zwei schreckliche Stunden dauerte es in der Regel, bis er sich allmählich wieder wie er selbst fühlen durfte. Frauen, mit denen er die Nacht verbrachte, behaupteten, er verwandle sich am Morgen in einen Mann, mit dem die Nacht zu verbringen sie niemals erwogen hätten. Zum Glück gewann die Welt ihre richtige Gestalt stets zurück, sobald die Sonne erst ein kleines Stück über den Glockentürmen stand, sonst hätte Bertillon für den Rest seiner Jahre vermutlich allein geschlafen.

Dieser Morgen war leider längst noch nicht so weit fortgeschritten, und den Musiker freute es nicht gerade, dass Massenet ihn zu dieser frühen Stunde zu sich rufen ließ. Der Graf freilich schien keinen Schlaf zu benötigen, so wenigstens wollte es Bertillon häufig erscheinen – dabei war der Botschafter fast doppelt so alt wie er!

»Verdammter Nebel«, knurrte Bertillon, als er aus dem Kutschenfenster blickte. Tatsächlich begann es bereits aufzuklaren, doch das ignorierte der Pianist geflissentlich. Schlechte Laune ließ man besser an dem Nebel aus als am Grafen.

Weshalb er wohl so übereilt herbeigerufen wurde? Obwohl er keinen Hehl daraus machte, mit dem Botschafter in Verbindung zu stehen, war Bertillon doch stets sorgfältig darauf bedacht gewesen, die Natur ihrer Beziehung zu verschleiern. Zu den Pflichten des Botschafters gehörte es, die entonnische Kultur in Farrland zu verbreiten, und es war weithin bekannt, dass der Graf Massenet die Musik sehr schätzte, wobei freilich seine besondere Vorliebe hübschen jungen Sängerinnen galt. Es war also nicht ungewöhnlich, dass Bertillon und der Botschafter sich häufig sahen, doch ihn am frühen Morgen in die Residenz zu rufen, das war nicht unbedingt klug. Dem Musiker gefiel es jedenfalls überhaupt nicht. Er zählte nicht zum Botschaftspersonal, und das bedeutete, dass er keinerlei diplomatische Immunität genoss. Eine Spionageanklage hätte höchstwahrscheinlich seinen Tod zur Folge, es sei denn, Seine Heilige Entonnische Majestät ließe sich bewegen, der farrischen Regierung eine erhebliche Summe zu zahlen. Der Musiker hoffte inständig, dass der Monarch dazu bereit wäre.

Abrupt hielt die Kutsche vor Massenets Residenz – der Botschafter wohnte nicht in der Botschaft, denn er wollte zahlreiche seiner Betätigungen vor den neugierigen Augen der Untergebenen verbergen.

Der Graf saß am Frühstückstisch. Vor sich hatte er sämtliche Avoneler Zeitungen ausgebreitet. In einer großen Tasse dampfte frischer Kaffee.

»Aha, Charl! Sie erraten niemals, was ich heute Morgen erfahren habe!« Keine Entschuldigung, den Musiker so früh am Morgen aus dem Bett gerissen zu haben oder seine Sicherheit zu gefährden – typisch Massenet. Was immer er gehört hatte, schien ihn wohl ungeheuer zu entzücken.

»Nun, wenn ich es nicht erraten kann, müssen Sie es mir wohl erzählen.«

Der Graf schenkte seinem Besucher Kaffee ein. »Haben Sie gestern Abend Kent in der Oper gesehen?«

»Ja, und ich habe ihm Ihre Nachricht übermittelt.« Bertillon lehnte sich zurück, trank Kaffee und wünschte, die Welt würde bald ihre tägliche Umwandlung durchlaufen und wieder zu einem vernunftbestimmten Ort werden.

»Und wie wirkte er auf Sie?«

»Über alle Maßen erschöpft. Um ehrlich zu sein, mache ich mir Sorgen um ihn.«

»Was sagen Sie dazu, dass derselbe Averil Kent kurz vor Sonnenaufgang, nachdem er eine ganze Nacht auf den Beinen war, leidenschaftlich eine Frau liebte, die nur ein Drittel seiner Jahre zählt? Und zwar nicht nur leidenschaftlich, sondern auch ausdauernd?«

Bertillon erstarrte, die Tasse noch an den Lippen. »Kent? Aber ... Selbst der großartigste Schauspieler auf der ganzen Welt hätte nicht so überzeugend sein können. Der Mann hatte keine Spur Farbe im Gesicht. Er zitterte, als er sein Opernglas hob.«

»Ganz genau. Als ich ihn sah, dachte ich noch, dass unser Bündnis nur von kurzer Dauer sein könnte, weil er binnen weniger Wochen dahinscheiden würde. Ich kann nicht glauben, dass solche Altersschwäche sich vortäuschen lässt.«

»Ich auch nicht. Er schien vielmehr seine Gebrechlichkeit vor anderen verbergen zu wollen, als dass er sie absichtlich herausstellt.« Bertillon stellte die Tasse ab. Er musste ja geradezu gelähmt ausgesehen haben. »Nimmt er die Saat, oder ist seine Gebrechlichkeit vorgespielt? Und wenn er sie spielt, aus welchem Grund?«

Massenet erhob sich vom Stuhl und durchquerte langsam den Raum. Die Sonne zerteilte in diesem Moment den Nebel und warf ihr reines Licht durch die großen Fenster. Der Graf schien in die Betrachtung seines Schattens versunken zu sein, als müsse er sich davon überzeugen, dass er tatsächlich zu ihm gehörte. »Ich kann mir nur eins vorstellen: dass er seine Rüstigkeit sehr gut vor uns verborgen hat. Entweder das, oder er kam dem Zusammenbruch so nahe, dass er sich entschloss die Saat zu nehmen. Allerdings weiß ich nicht, wann er damit angefangen hat und wie lange es dauert, bis sie Wirkung zeigt.«

»Einmal angefangen, kann man nur schwer davon wieder lassen«, sagte Bertillon. »Auch die Jugend ist eine Gewohnheit, die man nur sehr schlecht ablegt.«

Massenet blickte ihn an, als glaubte er sich von dem Musiker kritisiert, doch dann sah er, dass Bertillon in Nachdenklichkeit versunken war. »Das wirft natürlich die Frage nach den Zielen unseres Verbündeten auf«, stellte der Botschafter leise fest.

Bertillon nickte. »Doch welche Versuchung – könnten Sie ihr widerstehen?«

»Das muss ich«, antwortete Massenet prompt, »weil ich

ohne Talent geboren bin. Kent hat der Verlockung erst sehr spät nachgegeben. Mag sein, dass er sich noch einredet, er nähme die Saat nur, um seine Aufgabe vollbringen zu können, doch ich glaube nicht, dass es da endet. Vergessen Sie nicht, dass er als Preis seiner Treue einen großen Diamanten annahm. Noch eine Versuchung! Er arbeitet nun mit einer ausländischen Regierung zusammen.«

Bertillon musterte Massenet und fragte sich, ob ihm seine tiefe Verstörung anzusehen war. »Ich bin sicher, dass Averil Kent ein ehrenwerter Gentleman ist. Er glaubt aufrichtig, dass Palles Absichten eine Gefahr für jedermann darstellen. Andernfalls hätten Sie ihn niemals in Ihrer Schlinge gefasst, das wissen Sie gewiss selbst.«

Massenet hob einen Finger. »Aber er hat den Stein nicht zurückgegeben.«

Bertillon überlegte und sagte leise: »Nun, es ist ein enorm kostbarer Stein, der ihm eines Tages sehr nützlich sein könnte. Schließlich könnte sich Kent zur Flucht gezwungen sehen, wenn die Dinge sich nicht so entwickeln, wie wir hoffen.« Er blickte auf die Zeitungen, die auf dem Tisch ausgebreitet lagen. Es sah dem Verführer Massenet ganz ähnlich, dass er gering von einem Menschen dachte, der auf seine Schliche hereinfiel. Nicht dass er sich dies jemals anmerken ließ. Jede Frau, die mit ihm das Bett geteilt hatte, behandelte der Botschafter mit allem Respekt – er verhielt sich zwar, als wäre nie etwas geschehen, aber er war charmant dabei.

Und nun wurde Kent diese Behandlung zuteil. Der Maler war auf Massenets Avancen hereingefallen, und wie konnte der Graf so jemanden noch achten? Bertillon kam der Gedanke, dass Massenet ihn mit der gleichen Geringschätzung betrachten könnte. Solange er dem Botschafter nützlich war, würde Massenet ihn behandeln wie einen Gleichgestellten, den er hoch schätzte. So sehr schätzte wie Kent.

»Wo würden Sie Mr. Littel verstecken, wenn Sie Averil Kent wären?«

Bertillon senkte den Blick. »Ich hatte doch erwähnt, dass Noyes in aller Eile in die Grafschaft Coombs entsandt wurde. Nach allem, was ich höre, gab es dort einige Aufregung. Sind Sie sicher, dass Mr. Littel wirklich entkommen ist? Dass Kent uns da nicht angelogen hat?«

Massenet trat ans Fenster und verschränkte die Arme hinter dem Rücken. »Ich kann mir keinen Grund denken, aus dem er lügen sollte.«

»Es sei denn, wir hätten ihn ganz falsch beurteilt. Was, wenn er das Wissen der Magi für sich selbst will? Schließlich glauben Sie, dass er die Arznei nimmt.«

Massenet nickte. Lange gab er Bertillon keine Antwort, dann fragte er leise: »Weshalb hat er meinen Diamanten angenommen?«

Während der Fahrt war Littel ständig nervös gewesen. Erst nachdem sie die Stadtgrenze Avonels überquert hatten, entspannte er sich zusehends. Jaimy beschloss, dem Linguisten nicht zu verraten, dass nun erst der gefährlichste Abschnitt der Reise begann. Er zog den Vorhang einen Zoll weit zur Seite und blickte aus dem Kutschenfenster. Laternenanzünder waren unterwegs, und die Dämmerung breitete sich über die Stadt wie ein grauer Vogel, der sich auf ein Gelege aus leuchtenden Eiern setzt.

»Nicht mehr weit«, sagte Littel.

»Nehme ich auch an«, antwortete Jaimy, obwohl man ihnen nicht gesagt hatte, wohin die Reise ging. Sie besuchten die Gräfin in Avonel – mehr wussten sie nicht.

Nun, da sie sich seinem Zuhause näherten, empfand Jaimy wachsende Gewissensbisse, weil er sich zu Angeline hingezogen fühlte. Zwar hatte er nichts Unrechtes getan, doch plagte ihn ein Gedanke, der seine Rechtfertigung gewissermaßen unterminierte. Wäre er in Versuchung geführt worden, so hätte er nicht die Hand dafür ins Feuer legen können, dass er den Schwur Alissa gegenüber bewahrte. Und noch immer hoffte er auf ein Wiedersehen mit Angeline.

Während der Fahrt war nur wenig geredet worden. Littel hatte still vor sich hingebrütet, Jaimy über Frauen nachgesonnen. Nun reckte sich Littel, und sein Gesicht hellte sich ein wenig auf.

»Glauben Sie, dass Palle und Wells diese Rituale wirklich durchführen wollen?«

»Rituale? Gab es denn mehr als eins?«

»Nun, ich nehme an, dass der Text, an dem Wells arbeitete, ein Ritual enthält. Er wollte nichts dazu sagen, aber die Fragen, die er mir vorlegte, das eine oder andere merkwürdige Wort, zu dem er mich um eine Meinung bat – das alles lässt mich glauben, dass es sich um ein Ritual handelt.«

»Was sie nur planen – ich kann es mir nicht vorstellen.«

»Die Gräfin schien die Sache jedenfalls genauso ernst zu nehmen wie Wells und seine Gruppe.«

»Aber Sie nehmen es nicht ernst?«

Littel überlegte kurz. »Am Anfang habe ich mir jedenfalls keine großen Gedanken darüber gemacht. Ich sah die Sache als die faszinierendste linguistische Herausforderung an, die mir je untergekommen war. Nie hätte ich mir träumen lassen, auf etwas Derartiges zu stoßen! Und da lag es vor mir, ohne dass meine Kollegen davon wussten. Zwar mache ich mir nicht allzu viele Gedanken um die akademische Anerkennung, aber ich habe mehr als andere Schmähungen durch die konservativen Kreise meines Fachgebiets erdulden müssen. Dieser Text! Er war die Gelegenheit, sich einen Namen zu machen. Dann würde niemand mehr meine Theorien kritisieren können.« Er verstummte, vermutlich besann er sich noch einmal auf die Ereignisse. »Ich wollte es Wells und Konsorten ausreden, den Text geheim zu halten. Schließlich waren sie intelligente Männer. Doch noch bevor ich mit Ihnen darüber sprechen konnte, kamen mir Zweifel. Das lag am Text an sich ...« Seine Niedergeschlagen kehrte zurück. »Wirklich erklären kann ich es nicht, aber je länger ich daran arbeitete, desto mächtiger kam er mir vor. Als hätte er als Werk der Dichtung begonnen und immer mehr an Substanz gewonnen. Die beschriebene Welt wurde von Mal zu Mal deutlicher, und die Stimmen der Figuren klangen mir in den Ohren.« Er zuckte mit den Schultern. »Erst ganz allmählich wurde mir klar, dass sie mich mit meinem Wissen nicht gehen lassen würden. Sie behandelten mich gut, tadelten mich, boten mir Geld, verwiesen auf noch größere Belohnungen. Doch erst, als sie uns auf der Straße ermorden wollten – kaltblütig ermorden wollten –, erst da erkannte ich, dass sie mehr sind als nur Exzentriker, die vom Wissen der Magi träumen. Vielmehr sind es Machtbesessene, die jeden notwendigen Schritt tun werden, um ihr Geheimnis zu bewahren. Dafür nehmen sie sogar in Kauf, den Sohn eines der einflussreichsten Männer im ganzen Königreich zu töten. Da erst bin ich aufgewacht. Dieses Risiko nimmt niemand ohne triftigen Grund auf sich.« Littel drehte sich zu Jaimy um und sah ihn an. »Ich habe Ihnen zu danken, Lord Jaimas, dass Sie mich durch diese schwere Prüfung geführt haben. Zuvor habe ich Ihnen nicht angemessen gedankt, denn jetzt erst begreife ich, was Sie für mich getan haben. Ich war nicht Ihr Freund, der in Schwierigkeiten geraten ist, sondern ein wildfremder Mensch. Aber ich hoffe, das hat sich nun geändert.«

Er lächelte.

Auch Jaimy bemühte sich um ein Lächeln. »Das hat sich sogar völlig geändert, Egar. Wir sind mehr als nur Freunde, wir sind Gefährten auf der Flucht. Haben Sie als Kind jemals Geächteter gespielt? Nun, unser Los ist noch schwerer, und eine Änderung ist nicht abzusehen.«

»Man hält uns für tot?« Jaimy fuhr in seinem Sessel auf und starrte ins Dunkle, wo die Gräfin saß, die zusätzlich einen Schleier zu tagen schien. »Warum um alles auf der Welt glaubt man das?«

Die tonlose Stimme der Gräfin offenbarte nur wenig Gefühl. »Ich fürchte, man hat zwei unschuldige junge Männer ermordet. Wer sie waren, weiß ich nicht. So schrecklich es ist, man sucht nun nicht mehr nach Ihnen – zumindest vorläufig nicht. Ohne Zweifel wird jemand die beiden bedauernswerten jungen Männer vermissen, und dann ...«

Jaimy sah Littel an, der mit zugekniffenen Augen neben ihm saß.

»Verlieren Sie auf keinen Fall die Wahrheit aus den Augen«, sagte Lady Chilton. »Sie sind nicht schuld am Tod dieser Männer. Die alleinige Verantwortung tragen Palle und seine Anhänger. Vergessen Sie das nie.«

»Und Mr. Kent?«, fragte Jaimy.

»Er ist wohlauf. Vielleicht kommt er schon bald hierher. Doch ich betone noch einmal, Sie müssen sich versteckt halten. Ich bin mir nicht einmal schlüssig, ob ich Ihnen gestatten kann, nach Hause zurückzukehren, Lord Jaimas, obwohl Sie natürlich Ihre Familie und Ihre Verlobte wiedersehen möchten.«

Jaimy überdachte ihre Worte, erhob jedoch keinen Einwand. War auch Angeline hier, in diesem Haus?

»Wir haben jemanden hier, dessen Bekanntschaft Sie machen sollten.« Sie erhob sich graziös. »Bitte«, sagte sie und bedeutete ihnen voranzugehen.

Sie gelangten in den Nebenraum, wo es genauso düster war. Allerdings standen zwei abgeschirmte Lampen auf dem Tisch, und dort saß jemand und beugte sich über seine Arbeit. Beim Türgeräusch blickte er auf. Auf seiner Nase saß schief eine Lesebrille, und an einer Seite stand ihm Haar wirr vom Kopf ab. Jaimy fand, dass der Mann herrlich skurril aussah, doch dann sah er sich selbst eingehend gemustert, und dieser Blick war so ernst und so intelligent, dass Jaimy das Lächeln auf der Stelle verging.

»Mr. Valary«, sagte die Gräfin, die in der Tür stehen geblieben war, »darf ich Ihnen Lord Jaimas Flattery und Mr. Egar Littel vorstellen? Ich glaube, Sie haben schon voneinander gehört.«

Der Mann, den die Gräfin Valary genannt hatte, sprang fast vom Stuhl auf. »Auf diesen Moment habe ich mich sehr gefreut – mehr, als Sie sich vorstellen können.« Er schüttelte tatsächlich zuerst Littel die Hand; vom Sohn eines Herzogs war er sichtlich weniger beeindruckt. »Seit Jahren bin ich ein Bewunderer Ihrer Arbeit, Sir. Und das ...« Er drehte sich um und zeigte mit einer weit ausholenden Geste auf die

Papiere, die über den Tisch ausgebreitet lagen. »Das ist die Arbeit eines Genies, und ich darf Ihnen versichern, dass ich das beurteilen kann.«

»Mr. Valary ist unser Spezialist für Magi-Kunde«, erklärte die Gräfin. Sie hatte sich im unbeleuchteten Teil des Raumes auf einem Stuhl niedergelassen.

Valary verbeugte sich vor ihr. »Aber nur einer von zweien«, sagte er sehr höflich.

»Ich hoffe, Sie beide können unserem Fragment ein wenig Sinn entnehmen. Wir brauchen nur noch Kent, und dann haben wir alle an einem Ort versammelt.«

Littel und Valary begannen nun, den Text gemeinsam durchzuarbeiten. Jaimy setzte sich ihnen gegenüber auf einen Stuhl, den er zurückschob, um nicht die Gräfin auszuschließen, die auf der anderen Seite des Raumes saß und dem Gespräch zuhörte.

Valary erklärte seine Neuordnung des Textes. Littel war überrascht und vertiefte sich über dieser Frage in die Seiten.

»Ich stimme Ihnen zu, Mr. Valary«, sagte er schließlich. »Auf diese Weise ergibt es mehr Sinn, wenn man das Wort ›Sinn‹ benutzen kann, um das hier zu beschreiben.« Und dabei fuhr er mit der Hand über die Blätter.

»Befinden sich die anderen, also Wells und Konsorten, im Besitz dieser Übersetzung?«, fragte die Gräfin. »Sie haben keine Fortschritte gemacht, von denen sie nichts wissen?«

»Nein, ich habe nichts vor ihnen verborgen, fürchte ich. Wells und dieser Llewellyn wichen mir kaum von der Seite, und als ich mich entschloss, ihnen zu entfliehen, hatte ich das, was Sie hier sehen, im Großen und Ganzen schon vollendet.«

»Wie schätzen Sie Wells' Kompetenz ein?«, fragte Jaimy.

Littel überlegte einen Moment. »Fähig ist er. Auf die Gefahr hin, eitel zu klingen: Er hat sehr viel von mir gelernt. Aber er ist kein intuitiver Mensch. Unermüdlich, so würde ich ihn beschreiben, und damit wird er die Arbeit am Ende auch erledigen. Natürlich wissen wir nicht, wie lang der Text war, den er mir nicht gezeigt hat. Es könnte sich durchaus um ein kurzes Fragment gehandelt haben. Von Wells' Warte gesehen wäre es durchaus vernünftig gewesen, wenn er die einfachsten Teile zurückgehalten hätte, um sie selbst zu bewältigen.« Er dachte kurz nach.

»Mein eigentlicher Beitrag war die Übersetzung der Stellen, die vermutlich ausgesprochen werden müssen – das war bei weitem die schwierigste Arbeit, denn sie sind in einer viel älteren Sprache verfasst. Wells und Llewellyn waren sich uneins über die Nützlichkeit dieser Stellen. Gewiss wollten sie wissen, was darin geschrieben stand, aber Doktor Llewellyn glaubte, das wäre zur Ausübung des Rituals nicht unbedingt erforderlich, weil diese Stellen ohnehin in der alten Sprache ausgesprochen werden müssten. Sie verstehen, was ich meine. Und er wirkte sehr sicher, was den Sinn des Rituals betraf, obwohl er mir in dieser Hinsicht nie etwas anvertraut hat. Aber die Stellen, die in der ›Sprache der Magi‹ standen, wie sie es nannten, diese Stellen habe ich leider für sie übersetzt.«

Valary erhob sich und sah die anderen nacheinander an. »Wenn ich das ein wenig näher erläutern darf ... Der Text zerfällt offenbar in einen rituellen Gesang und die Beschreibung ritueller Handlungen, und beide stehen in unterschiedlichen Sprachen da.« Er blickte Littel an, der daraufhin geistesabwesend nickte. »Eine davon unterscheidet sich nicht sehr von unseren alten Sprachen – sobald man ein wenig davon übersetzt sieht, erkennt man einen Sinn. Zum Glück verfügt Mr. Littel über ein außerordentliches Gedächtnis, doch gewöhnliche Sterbliche wie Wells oder ich müssten stundenlang alte Bücher und Manuskripte nach Wörtern durchforsten, die Abkömmlinge der Wörter in diesem Text sein könnten. Einige davon haben keine Abkömmlinge, sodass wir sie stehen lassen müssen und nur hoffen können, dass sich ihre Bedeutung am Ende aus dem Zusammenhang erschließt – was sehr unwahrscheinlich ist, wenn ein Wort im ganzen Text nur ein- oder zweimal vorkommt. In gewisser Weise wäre die Übersetzung leichter, wenn wir mehr Material hätten. Wenn wir das

Stück hätten, an dem Wells arbeitet, oder einen anderen Text, dann bekämen wir zwar zusätzliche Fragen, aber auch Antworten auf andere.«

Littel nickte zustimmend. »Ich wünschte, es wäre wahr, dass ich keinerlei Nachschlagewerke benötige. Leider hänge ich fast ebenso sehr von ihnen ab wie jeder andere Gelehrte auch. Hier gibt es eine große Anzahl von Wörtern, die ich noch nicht entschlüsselt habe.« Er betrachtete den Text und wirkte ein wenig durcheinander. »Das ist das größte Rätsel«, sagte er leise. »Das allergrößte.«

Kent hatte am Morgen zwei Stunden geschlafen und war mit einem Lächeln im Gesicht aufgestanden, ohne sich erschöpft zu fühlen und ohne die üblichen Schmerzen. Zwei weitere Stunden verbrachte er mit einer Studie des Königs, die er anfertigen wollte, solange die Erinnerung noch frisch war. Danach war er zu seinem Club aufgebrochen, denn dort hoffte er einige Bekannte zu treffen und zu erfahren, was in Avonel vorging.

Am gewohnten Fenstertisch nahm er Platz und beobachtete, wie die Herren hereinströmten. Tagesgespräch war anscheinend der soeben ausgerufene Regentschaftsrat und die Gesundheit des Königs – ohnehin Gegenstand ständiger Spekulation.

Der Künstler aß allein und bemühte sich, Einladungen von mehreren Tischen so höflich wie möglich auszuschlagen. Heute wollte er nur ganz bestimmte Menschen sprechen. Vor der Tür hielt eine prächtige Kutsche, und Kent musste an sein Treffen mit Massenet denken. Das wiederum erinnerte ihn an Tenil, und ein eigenartiges Gefühl der Wonne und der Euphorie durchströmte seinen Körper. Es fiel ihm schwer, seine Vitalität und sein Wohlbefinden zu verbergen.

Kent hatte schon halb mit Massenet gerechnet, doch zu seiner Überraschung stieg Sir Roderick Palle aus der Kutsche, und nur einen Augenblick später trat ein Diener zu ihm an den Tisch.

»Sir Roderick lässt fragen, ob er sich zu Ihnen setzen darf, Sir Averil.«

Kent versuchte, sich keinerlei Überraschung anmerken zu lassen. »Selbstverständlich. Es ist mir ein Vergnügen.«

Als Palle erschien, stand Kent auf und begrüßte den neuen Regenten mit einem Kratzfuß. Palle winkte ab. Ein kurzes Schweigen senkte sich über den Raum, während die Herren die Ankunft ihres neuen Herrschers beobachteten – eines von dreien wenigstens –, dann setzte das Summen der Konversation wieder ein. Sah man von seiner neuen Position ab, war Palle innerhalb dieser Mauern kein ungewohnter Anblick.

»Sie sehen gut aus, Sir Averil«, sagte der Königsmann. »Anscheinend gehören Sie zu den seltenen Menschen, die von Tag zu Tag jünger wirken. Massenet ist auch einer davon, doch hörte ich sagen, seine Jugend sei ein Geschenk bezaubernder junger Sängerinnen.«

Kent sah den Keim der Hoffnung, dieses Treffen könnte ein Zufall sein, soeben verdorren.

Ein Diener fragte Sir Roderick nach seinen Wünschen, dann wandte der Königsmann sich wieder dem Maler zu. »Ich glaube, es ist Zeit, dass wir offen miteinander sprechen, Kent. Wenn ich mir ein Bild aus der Natur borgen darf, wir sitzen nun beide schon für einige Zeit wie die Spinnen im Zentrum unserer jeweiligen Netze, die Finger an den Fäden, aufmerksam achten wir auf die kleinste Schwingung. Und wir sind in diesem Bemühen nicht alleine – unser Freund, der reizende Graf Massenet, betätigt sich ähnlich.« Wein wurde gebracht, und Sir Roderick nahm sich die Zeit zu kosten, dann ließ er ihnen beiden einschenken. »Auf die Gesundheit des Königs«, sagte Palle und hob das Glas. Kent tat es ihm gleich, denn er musste sich unbedingt seinen plötzlich so trockenen Mund befeuchten.

Ohne den Blick zu heben, strich Palle das Tischtuch glatt. »Innerhalb der Palastmauern besitzen Sie etliche Bewunderer, Mr. Kent, und das macht es mehr als schwierig, Sie wegen Landesverrats anzuklagen. Aber nicht, das möchte ich deutlich sagen, völlig unmöglich.« Er hob den

Kopf und sah Kent in die Augen, ein Blick, dem der Maler nicht ausweichen konnte. »Selbstverständlich würde ich diese Handlungsweise lieber vermeiden. Sie sind ein Nationalheiligtum, Sir Averil, dessen bin ich mir durchaus bewusst. Allerdings bestimmt ein fehlgeleitetes Ehrgefühl Ihr Handeln. Mich betrübt der Gedanke, dass Sie meinen Absichten weniger trauen als denen eines Massenet.« Er senkte wieder den Blick und schüttelte traurig den Kopf.

Kent sah aus dem Fenster, ob die Palastgardisten, die ihn abführen sollten, schon eingetroffen waren. Seine Hände schwitzten. *Landesverrat.* Für Landesverrat konnte man enthauptet werden.

»Gestatten Sie mir einen letzten Versuch, Sir Averil, denn ich hoffe, dass Sie meine Worte mit aller Sorgfalt erwägen. Meine Treue gehört Farrland und dem Königlichen Hof. Meine Anstrengungen dienen nichts anderem als dem Wohlergehen dieser meiner Herren. Vermutlich glauben Sie mir nicht, aber ich bin bereit, mit meinem Leben für meine Überzeugungen einzutreten.

Ich weiß, dass ich kein sonderlich anziehender Mann bin. Frauen fanden mich nie begehrenswert. Wenn ich etwas sage, fehlt ihm die Würze des Geistreichen, und meine Persönlichkeit ist nicht übermäßig gewinnend. Die Kunst weiß ich nicht so sehr zu schätzen, wie es ihr zukäme. Aber ich diene meinem Land, Mr. Kent. Ich diene den Interessen meiner Nation. Und dabei ist es von nur sehr untergeordneter Bedeutung, was die Menschen von mir halten. Jemand wie Massenet vermag andere Menschen allein durch seine magnetische Persönlichkeit für seine Ziele einzuspannen. Doch Massenet darf man nicht trauen. Ich nehme an, Sie kennen die Hintergründe von Lord Kastlers Selbstmord? Unser charismatischer Entonnier durchleidet der Rolle wegen, die er in dieser Tragödie gespielt hat, jedenfalls keine schlaflosen Nächte, das können Sie mir glauben.«

Palle schaute eine Weile aus dem Fenster. Er benahm sich wie ein Mann, der eine Pflicht ausführt, die er als schrecklich unangenehm empfindet, wie der Überbringer einer schlimmen Nachricht. Er wirkte müde, als er sich dem Gespräch wieder zuwandte. »Wenn ich Sie ansehe, Sir Averil, so erblicke ich einen Mann, dessen Kräfte plötzlich wiederhergestellt worden sind. Nein. Keinen Erklärungsversuch. Ich sehe dergleichen nicht zum ersten Mal. Ich weiß auch, wohin es führt, wenn man nicht bestimmte Merkmale aufweist und bestimmte Dinge weiß – und was geschieht, wenn die Arznei nicht mehr zugänglich ist. Das ist schrecklich, Kent. Ein solches Schicksal wünsche ich niemandem – ganz besonders aber niemandem, den ich schätze.« Der Königsmann hob unbewusst den Löffel und betrachtete sein Spiegelbild in der Mulde, als wollte er sehen, woran es ihm denn nun mangelte, dass man ihm stets so sehr misstraute. »Ich mache Ihnen ein Angebot, Mr. Kent, völlig ohne Hintergedanken. Sie können mit Rawdon darüber sprechen, mit Wells oder sonst jemandem. Wen Sie auch fragen, er wird Ihnen versichern, dass ich es aufrichtig mit Ihnen meine.« Wieder richtete er seinen leeren, undeutbaren Blick auf Kent. »Ich biete Ihnen einen Sitz im Rat – nicht im Regentschaftsrat, sondern im Kabinett. Sie sollen zu allem Ihre Meinung sagen können, und glauben Sie nur nicht, dass wir uns so einig sind, als dass niemand Ihnen zuhören würde. Tatsächlich sind wir sogar nur selten einer Meinung. Was immer wir über diese Sache erfahren, die Ihnen so am Herzen liegt, Sie werden sich ein Urteil darüber bilden können. Ich möchte Ihnen sogar die Position eines Verbindungsmanns zu Massenet anbieten, damit er versichert ist, dass wir keineswegs die Oberhoheit über Entonne anstreben, denn das läge uns fern. Außerdem biete ich Ihnen fortgesetzte Vitalität, solange das in unserer Macht steht. So wie jetzt könnten Sie noch eine beträchtliche Zahl an Jahren weiterleben. Ihre Kunst verjüngt sich. Sie können so viele junge Mätressen haben, wie Sie wollen, denn Sie werden weithin bewundert. Überlegen Sie nur, Sir Averil, Sie könnten Ihre Lebensspanne auf das Doppelte ausdehnen. Das ist doch, als würde einem ein zweites Leben geschenkt.« Er setzte sich zurück und musterte den Künstler forschend, maß die Wirkung seiner Worte.

»Aber woher wissen Sie denn, dass ich mit Ihnen zusammenarbeite? Ich könnte ›ja‹ sagen und doch meine eigenen Zwecke verfolgen, sogar der unverdienten Verhaftung wegen Verrats könnte ich entkommen.«

Palle nickte. »Sie müssten mir schon Sicherheiten bieten, Sir Averil, obwohl Ihr Wort für mich an erster Stelle stünde. Machbar wäre es jedenfalls.«

»Sie werden entschuldigen, wenn ich die Frage anschneide, Sir Roderick, doch während Sie die Arznei besitzen, besitze ich gar nichts. Sobald ein Mann einmal abhängig ist, müsste er alles tun, um an die Arznei zu kommen.« *Warum diskutiere ich überhaupt darüber?*, fragte sich Kent. *Weil ich muss. Wenn ich ablehne, sitze ich noch vor Sonnenuntergang im Tower.*

Palle schaute auf den Löffel, als wäre ihm das Gesicht, das sich dort spiegelte, unvertraut. »Wo kein Vertrauen herrscht, ist alles komplizierter. Wir müssten Ihnen die Pflanzen aushändigen, und Sie müssten sie selbst ziehen.«

»Aber ich besitze das Talent nicht. Werde ich nicht das gleiche erdulden müssen wie der König?«

Diesmal zögerte Palle sehr lange. »Ich kann es Ihnen nicht versprechen«, sagte er schließlich sehr leise, als gestände er seine schwärzeste Tat, »aber wir glauben, dass sich diese Wirkung umgehen lässt.«

Die nächste Frage konnte Kent nur flüstern. »Aber können Sie die Pflanze fruchtbar machen?«

Mit der gleichen Traurigkeit nickte Palle.

»Aber warum ...? Warum haben Sie dann Tristam Flattery nach Oceana gesandt?«

Palle hob den Kopf. »Mehr kann ich Ihnen nicht sagen, Sir Averil, bevor ich mich Ihrer Kooperation versichert habe.«

Kent nickte. »Natürlich«, sagte er leise und kniff kurz die Augen zusammen. Palle bot ihm ein zweites Leben! So, wie er sich im Moment fühlte, konnte er sich noch wie lange fühlen? Fünfzig Jahre? Sechzig? Und er bot ihm einen Platz in ihrer Clique, ein Mitspracherecht an ihren Entscheidungen. Unvorstellbar.

»Sie zögern, Mr. Kent ...?«

»Ich werde gerade aufgefordert, jeden zu betrügen, der mir sein Vertrauen schenkte.«

»Und ihnen allen dadurch viel Jammer zu ersparen, Sir Averil. Ich gebe Ihnen mein Wort, dass niemandem etwas geschehen wird. Das Schlimmste wäre ein angenehmer Lebensabend auf dem Land. Entschuldigen Sie, wenn ich darauf hinweise, doch es war Ihre Verbindung zu unserem entonnischen Freund, der sie erst in Gefahr gebracht hat.«

Bluffte Palle? Hatte er genügend Beweise? Benötigte er überhaupt Beweise? Allmählich war es wohl soweit, dem Königsmann klarzumachen, dass Kent gegen letztere Eventualität Vorkehrungen getroffen hatte.

»Sie sollten wissen, dass die entonnische Regierung einen Fühler ausgestreckt hat, der bis ins Herz des Palastes reicht. Ich vermag einen Skandal zu entfesseln, dessen Auswirkungen Ihren Regentschaftsrat ohne weiteres zu Fall brächte, und ich habe damit bisher nur gezögert, um bestimmte Personen zu schützen, die mir am Herzen liegen.«

Palle nickte, ohne Kent in die Augen zu sehen. »In der Flaute, aber außer Kanonenschussweite. Ist das die Lage?« Er sah auf. Sein Blick war noch immer milde, beängstigend milde, fand Kent. »Also lehnen Sie mein Angebot ab?«

Kent antwortete nicht sofort. Er schaute sich die Gesichter der Männer an, die im Clubraum saßen. Ob sie sich fragten, worüber der Künstler und der Königsmann wohl sprachen? Vermutlich konnte es sich niemand vorstellen. Wer über das Wissen der Magi gebieten würde – darüber wurde hier verhandelt. Und Kent war soeben eine Stimme bei der Entscheidung angeboten worden.

»Hätten Sie etwas dagegen, wenn ich mit Wells und Rawdon sprechen würde, vielleicht auch mit Galton?«

Palle erteilte ihm durch eine kaum merkliche Kopfbewegung die Erlaubnis. »Aber schnell muss es gehen, Sir Averil. Ich stelle fest, dass mein Vertrauen zu anderen umso stärker schwindet, je älter ich werde. Jede Verzögerung macht mich misstrauisch, und ich fürchte, meinen Glauben an die Menschheit bald endgültig zu verlieren.«

»Hoffentlich bin ich nicht der Grund dafür«, sagte Kent.

Palle hob zum zweiten Mal sein Glas. »Ein langes Leben«, sagte er, und Kent trank mit ihm. Er konnte nicht anders.

Es war später Nachmittag. Der Nebel war aufs Meer zurückgewichen und ballte sich am Horizont, wo er träge Strudel bildete wie Milch, die man in eine Tasse Kaffee gegossen hat. Graue Zungen leckten am Himmel und der fast unbewegten See. Ganz wenige Schiffe nur hielten sich am Rand des Nebels auf. Ihre Segel blähten sich kaum, und auf weite Entfernung war ihr Kielwasser nicht sichtbar.

Ursprünglich hatte Kent beabsichtigt, die Männer abzuschütteln, die ihn verfolgten, und sich zum Haus der Gräfin zu begeben. Statt dessen hatte er nun seinen Kutscher angewiesen, ihn auf die Landspitze zu fahren, die an der Hafeneinfahrt das Meer überblickte. Wie erstarrt saß er in der holpernden Kutsche und umklammerte den Gehstock, als sei dieser seine letzte Verbindung zur Normalität.

Der Gedanke an die Nacht mit Tenil war ihm so präsent, als hätte ihr Leib einen bleibenden Abdruck auf seinem Körper hinterlassen. Ihr Parfum wehte ihm noch um die Nase. Wenn er an ihre Stimme dachte, beschleunigte sich sein Atem. All das wurde ihm geboten. Er konnte sein Leben zurückbekommen! Sein wahres Leben. Das Leben, das diese Krankheit ihm geraubt hatte, die Seuche, die man Altern nannte.

Den ganzen Weg zum Park über blieb er in schrecklichem Aufruhr. Welch eine Versuchung, welch verlockendes Angebot. Hatte die Gräfin ihre Jugend bewahrt? Wäre es möglich, dass sie doch zueinander fänden? Fast war es, als legte das Schicksal selbst ihm diese zweite Chance vor die Füße. Wäre er nicht ein Narr, wenn er sie zurückwiese?

Die Kutsche hielt an, und Kent stieg aus. Den Fahrer wies er an zu warten. Er selbst zog hinaus in die feuchte Seeluft. Die Sonne war zum Horizont hinabgesunken und stürzte sich nun in den Nebel, um ihn von innen heraus zu erleuchten.

Sprach Palle die Wahrheit? Verfolgte er ehrenvolle Absichten? Vielleicht waren seine Absichten ehrenhaft, aber was war mit seinem Handeln? Der Königsmann hatte zugelassen, dass zwei junge Männer ermordet wurden, weil man sie für Littel und Flattery hielt. Hatte eher Mord gebilligt, als seine Pläne in Gefahr zu bringen.

Kent versuchte dieses Wissen mit dem Mann in Einklang zu bringen, dem er im Club gegenüber gesessen hatte – ein Paradebeispiel für Besonnenheit und Pflichttreue. *Übereifrige Untergebene*, sagte sich Kent. Roderick hätte diese Morde nie gebilligt.

Auf der Klippenspitze blieb er stehen und blickte über die ruhige See. Die leuchtende Nebelbank umfasste den ganzen Horizont, und die Unterseiten der Wolken färbten sich purpurrot. Der Himmel wurde türkis. Wie heiter diese Szene wirkte, und doch so machtvoll und eigentümlich. Kent war wie versteinert und prägte sich jede Einzelheit ein – die Gewohnheit eines ganzen Lebens.

»Wie viele Sonnenuntergänge noch?«, fragte er laut. Er hatte sich bereits damit abgefunden, dass es nicht mehr viele sein würden – dass schon bald ein Tag käme, an dem die Sonne aufging, ohne dass Averil Kent sie sah. »Das Ende ist so nahe«, flüsterte er, »und nun liegt es an mir, es hinauszuzögern und mich wenigstens für eine Weile noch dem Griff des Todes zu entziehen.«

Doch dazu musste er der Gräfin die Treue brechen, der Frau, der er fast sein ganzes Leben lang ergeben war – auch als sie ihn verschmähte.

Eine Möwe schrie, als hätte sie soeben bemerkt, dass sie über einer öden, unfruchtbaren Welt kreiste.

Doch was hatte die Gräfin in all den Jahren getan? Nach jahrzehntelangem Schweigen hatte sie den Kontakt mit ihm wieder aufgenommen und ihn auf die Suche geschickt, um die Wiederentdeckung des Wissens der Magi zu verhindern – und dabei praktizierte sie die Kunst selbst! Ihn ließ sie altern, während sie selbst jung geblieben war. Sie ließ ihn sterben und erhielt sich selbst. Verfolgte sie überhaupt die Absichten, die sie für sich in Anspruch nahm?

Vor einigen Tagen noch hätte Kent sein Leben für die Gräfin und ihre Ziele gegeben. Doch jetzt ...

»Sie hat mir die Treue gebrochen und einen anderen erwählt«, sagte er sich, während er der Möwe nachschaute. »Und jetzt hintergeht sie mich wieder, lässt mich altern und sterben, während sie sich die Blüte ihrer Jugend bewahrt.«

Er setzte sich auf einen flechtenüberwachsenen Stein und beobachtete, wie der Sonnenuntergang ein letztes Mal erstrahlte und verblassend der Dunkelheit wich. Die Sterne gingen auf und warfen ein schwaches Licht auf Kent.

»Es war kein Treuebruch«, flüsterte er nach einiger Zeit. »Sie hat sich einen anderen erwählt. Ich habe von ihr kein Versprechen erhalten, nur das, was ich mir einbildete, worauf ich hoffte.« Er stützte die Ellbogen auf die Knie und ließ den Kopf hängen.

Nach einer Stunde stand er auf und kehrte zu seiner Kutsche zurück. Wozu wäre er wohl bereit, um dem Tod von der Schippe zu springen? Eins stand fest: Ganz gleich, was er tat, er würde sich über seine Entscheidung nicht selbst belügen – denn das wäre in der Tat ein Treuebruch gewesen.

Schweigend hörte Jaimy den beiden Gelehrten zu, die untereinander die strittigen Punkte erörterten, und versuchte, ihren Spekulationen zu folgen. Die Familie Flattery war bekannt für ihr Sprachtalent, deshalb erging es Jaimy besser, als es den meisten Unkundigen ergangen wäre, doch hatte er sich nie mit den alten Sprachen befasst, und genau diese waren hier unerlässlich. Alt- und Mittel-Farrisch beherrschte er nur sehr oberflächlich und konnte deshalb nur wenig zum Vorankommen beisteuern. Also ging er den Gelehrten zur Hand, wo er konnte, und suchte Quellen heraus, an die sie sich vage erinnerten, ja manchmal nur hofften, dass sie existierten. Littel hatte einen hohen Stoß Bücher aus der gräflichen Bibliothek herangeschafft, doch es war keine Stunde vergangen, da benötigten sie bereits mehr Material.

Egar schrieb alles nieder, was Wells ihm von dem geheimen Text gezeigt hatte, und darüber brüteten sie nun.

»Hat Wells Ihnen die Textstellen in dieser Reihenfolge gebracht?«

Littel nickte. »Ja, aber diesem Umstand würde ich nicht allzu viel Bedeutung beimessen. Sie wissen selbst, wie es geht: Als Erstes beschäftigt man sich mit dem, was sich einem am leichtesten erschließt. Man arbeitet sich also nicht unbedingt vom Anfang zum Ende vor.«

Jaimy stand auf und goss sich Kaffee ein, nahm ein süßes Obsttörtchen in die Hand und ging durch die offene Tür ins Nebenzimmer. Valary hatte hier vor einer Weile eine Stunde geschlafen. Der Mann wirkte so ungepflegt, und er schlief eindeutig nur dann, wenn er nicht mehr weiterarbeiten konnte. Der Tages- oder Nachtzeit maß er keine Bedeutung bei. Jaimy entschied, dass er noch nicht zu schlafen brauchte, und wollte gerade wieder in den anderen Raum zurückkehren, als er bemerkte, dass in einem der hohen Stühle am Kamin jemand saß.

»Lady Chilton?«

Doch Angeline war es, die sich hervorlehnte; sie wirkte ernst und legte einen Finger auf die Lippen. »Ich gestehe, ich habe zugehört, aber ich wollte Sie nicht bei Ihrer Arbeit stören.«

Jaimy setzte sich auf den anderen Stuhl. »Bei meiner Arbeit? Ich bin wenig hilfreich«, gestand er und lachte leise. »Ich hole den beiden Kaffee, das ist meine Arbeit.«

Sie entgegnete nichts und blickte ins Feuer.

»Wie kommt es, dass wir uns vorher noch nie begegnet sind?«, fragte Jaimy unvermittelt. »Verkehren Sie nicht in der Avoneler Gesellschaft?«

Sie legte den Kopf schräg und offenbarte dabei ihre wunderhübsche Nackenlinie; ihr Haar verrutschte auf die entzückendste Weise. Jaimy fragte sich, ob alles, was diese Frau tat, verführerisch wirkte.

»Von der Avoneler Gesellschaft habe ich genug. Ich fürchte, ich gebe einem ruhigeren Leben den Vorzug.«

»Das Leben einer Gelehrten«, sagte Jaimy. »Oder wollen

Sie abstreiten, dass Sie sehr wohl verstehen, was Littel und Valary tun – viel mehr als ich?«

Sie sah ihn leicht erstaunt an, gab jedoch keine Antwort.

»Warum verbergen Sie Ihre Fähigkeiten?«

»Mr. Littel und Mr. Valary sind weitaus versierter als ich.«

»Aber Sie verfügen über Wissen, das beiden fehlt – nicht wahr? Von der Gräfin ...«

Sie drehte den Kopf wieder zum Feuer. Jaimy konnte sich nicht von ihrem Anblick lösen. In dem düsteren Zimmer stach sie hervor wie eine Blume, die von einem Sonnenstrahl getroffen wird. Ein einzelner großer Smaragd hing ihr an einem Silberkettchen vor der Kehle; er passte vorzüglich zum Grün ihres Kleides. Jaimy wünschte, sie würde ihn wieder ansehen. Ihre Augen waren dunkel wie eine Nacht, in der sanfter Regen fällt.

»Das dürfen Sie nicht«, sagte sie und blickte ihn bittend an. »Es ist von Anfang an zum Scheitern verurteilt. Eine junge Braut wartet auf Sie, und ich gehe bald fort.« Sie erhob sich unversehens, und Jaimy rutschte unwillkürlich zurück und blickte zu ihr hoch. »Am besten wäre es, wenn Sie zu Ihrer Familie zurückkehrten«, sagte sie und verließ eilig den Raum; fast floh sie.

Jaimy blieb verwirrt sitzen. »*Was war das?*«, fragte er sich. Er wollte ihr nach, wusste aber nicht, wohin sie gegangen war. Und etwas hielt ihn zurück. *Sie empfindet etwas für mich*, dachte er. *Flammen!* Doch selbst diese Erkenntnis bewegte ihn nicht zu einer Verfolgung.

Spät in der Nacht kehrte die Gräfin zurück. Sie saß plötzlich in der dunklen Ecke.

»Haben Sie etwas Neues erfahren?«

»Nur dass ›Buoh‹ das Stammwort für ›Buch‹ ist und vielleicht der Name des fünften Buchs des Wissens«, sagte Valary, begeistert. Er war in seinem Element.

Littel sah von dem Text auf. »Nein, wir haben noch mehr herausgefunden. Mr. Valary hat mir den Zweck des Textes klargemacht, und das war für die Übersetzung hilfreich.

Dieser Schutzzauber zu Beginn dient, wie ich nun glaube, zwei Zwecken. ›*Die gesprochene Flamme brennt vor mir, und in meinem Rücken schließt das kalte Feuer den Weg.*‹ Mr. Valary meint, dass dieser Spruch denjenigen, der das Ritual ausführt, beschützt, während er zugleich vordringt – und dieses Vordringen muss nicht unbedingt im körperlichen Sinne gemeint sein. Das Wort, das ich mit ›Weg‹ übersetzt habe, ist problematisch, denn das Originaldokument war stellenweise beschädigt und schwer zu lesen. ›Weg‹ ist daher bestenfalls eine Mutmaßung. Es könnte auch ›Plan‹ gemeint sein oder sogar ›Zusammenkunft‹, denn die alten Wörter dafür ähnelten sich sehr.«

Valary nickte währenddessen und sagte: »Außerdem sind wir mittlerweile fast sicher, dass es sich bei den Passagen, die Wells vor Mr. Littel geheim hielt, um Bestandteile unseres Textes handelte. Je mehr ich ihn ergründe, desto mehr will es mir scheinen, dass es einen weiteren Abschnitt geben muss, der ans Ende gehört, denn unser Text kann einfach nicht vollständig sein – er endet zu abrupt.« Valary nahm ein Blatt Papier zur Hand und überflog die Seite. »Hier stehen die Zeilen, zu denen Mr. Littel von Wells befragt wurde, und wir haben nur eine ungefähre Vorstellung, was sie bedeuten könnten. Eine Wendung jedenfalls lässt nichts Gutes ahnen: ›die verborgne Welt in all ihrem Schrecken‹.« Er sah die Gräfin an. »Ich glaube, wir müssen unbedingt den Text in die Hände bekommen, den Mr. Wells so sorgsam geheim hält.«

Die Gräfin nickte. »Ja. Was glauben Sie, Mr. Littel – kann Mr. Wells aufgrund der Arbeit, die Sie für ihn geleistet haben, den Text zur Gänze verstehen? Wird er dasselbe erkennen, was Sie und Mr. Valary entdeckt haben?«

Der junge Mann nickte grimmig. »Zu gern würde ich nun sagen, dass ohne meine Hilfe keine Aussicht auf Erfolg bestünde, nur ist es leider anders. Die Gruppe um Mr. Wells dürfte schneller die ganze Bedeutung erfassen als wir. Es ist naheliegend, dass Wells den kürzesten und einfachsten Abschnitt für sich behalten hat. Und wir dürfen nicht außer Acht lassen, dass Stedman Galton von Farrow hierher gekommen ist. Wells sprach immer mit großer Achtung von den Fähigkeiten des Gouverneurs.«

Die Gräfin schien darüber nachzudenken. »›Durch Gewölbe unter den Hügeln‹ – hieß es nicht so?«, fragte sie, und leise an sich selbst gerichtet: »Woher wusste Erasmus davon?«

25. Kapitel

Zwei Stunden vor Sonnenuntergang ging Tristam mit Elsworth an Land. Stern hatte auf förmlicher Kleidung bestanden, und so war es für sie unerträglich warm.

Eine Abordnung Varuaner empfing sie, sechs Männer in Pareos, die um den Kopf Blätterkränze trugen. Auf ihre Stirn waren beunruhigende Zeichen gemalt, die wie Eulen aussahen. Tristam begrüßten sie formell, den Viscount beachteten sie nicht mehr als einen Sklaven. Sie gruppierten sich um Tristam und führten ihn in den Dschungel.

Sie folgten einem Pfad, der so verwirrende Kurven beschrieb und andere Wege schnitt, dass Tristam rasch sicher war, niemals allein zurückfinden zu können. Der Weg führte beständig aufwärts, passierte einen Einschnitt zwischen den Granitspitzen, überquerte einen herabstürzenden Bachlauf und erklomm im Zickzack den Hang. Die Farrländer zogen die Jacken aus und nahmen die Halstücher ab, trotzdem trieften sie bald vor Schweiß und keuchten.

Die Varuaner blieben stehen und warteten wortlos, bis die beiden Fremden wieder zu Atem kamen, dann setzten sie den Aufstieg im gleichen Tempo fort. Tristam hätte nicht erwartet, dass das Versteck der Varuaner so weit entfernt war. Nach einer Stunde erreichten sie ein kleines Dorf, das sie ohne anzuhalten durchquerten, während die Bewohner schweigend die vorüberziehende Gruppe betrachteten und Tristam das Gefühl beschlich, er sei ein Verurteilter auf seinem letzten Gang.

Hinter dem Dorf wurde der Pfad schmaler, undeutlicher, doch die Varuaner zögerten bei keinem Schritt. Tristam, der sich selbst als Waldkundigen ansah, machte sich keine Hoffnung, jemals solche Sicherheit erlangen zu können.

Unerwartet gerieten sie in einen Schauer. Die Varuaner schnitten große Blätter ab, reichten sie den Farrländern, und im Schutze dieser komischen Parapluies marschierte die Gruppe weiter.

Während auf der anderen Seite der Insel die Sonne unterging, gelangten sie in ein Hängetal zwischen zwei Bergschultern, das sich über einer steilen Klippe öffnete. Durch das Tal blickte man nach Osten über die Bai und die Lagune hinaus auf den endlosen Ozean bis zum fernen Horizont. Über dem purpurnen Wasser zogen dunkle Sturmwolken auf, die Silhouette eines jagenden Raubtiers.

Tristam riss sich von dem Anblick los. Durch die Bergschlucht floss ein Bach und nahm förmlich Anlauf, bevor er sich den Steilhang hinunterstürzte. Der Passat nahm die Gischt des Kataraktes auf und verteilte sie über den Rand des Tales, sodass die Blätter glänzten und troffen, als fiele immerwährender Regen auf sie hinab. Das ständige Rieseln kühlte die Luft, und Tristam atmete sie gierig ein, während die seltsam kühle Brise zusehends das klamme Hemd von seinem schweißigen Oberkörper löste.

Ein wunderbares, fruchtbares Tal, dachte Tristam – der Traum jedes Botanikers. Vom Versteck der Varuaner indessen zeigte sich keine Spur. Nur ein einsames, etwas verkommen wirkendes Fale stand hier. Die Hütte sah aus, als wäre sie rückwärts unter die Bäume gekrochen.

Mit einer Verbeugung winkten die Varuaner Tristam vor, dann zogen sie sich eilig in den dunkler werdenden Urwald zurück.

Der Viscount zeigte auf das Fale, wartete jedoch ab, dass Tristam die Führung übernahm. Der Verband an Elsworths Handgelenk zog Tristams Blick auf sich, und er hoffte unwillkürlich, dass sie hoffentlich nicht allein in diesem Fale wären.

Ich habe nichts zu befürchten, versicherte er sich. Das hatte man ihm zumindest versprochen. Tristam setzte sich in Bewegung, nicht forsch, sondern unter dem Eindruck der Unausweichlichkeit – als warte dieser Ort schon lange auf ihn.

Die kurze Dämmerung der Tropen fiel in diesem Moment über das Tal wie der Schatten eines großen Flügels, und als Tristam und der Viscount sich dem Fale näherten, flammte darin plötzlich ein Licht auf. Es flackerte heftig, beruhigte sich dann und warf einen stillen Schein. Ein Schatten kroch langsam über die Innenseite der Wand.

»Hal-lo«, sagte Tristam leise. Als er keine Antwort erhielt, trat er an die offene Seite der Behausung. An der Decke hing eine Schiffslaterne, und vor einem Tisch aus rauen Planken kauerte ein Mann und tat etwas, das Tristam nicht erkennen konnte.

»Hallo«, sagte Tristam erneut. Der Mann hielt inne und hob den Kopf, sodass ihm das Licht auf Bart und Haupthaar schien, das ungekämmt und von grauen Strähnen durchzogen war.

»Sie sind nicht Mr. Hobbes«, krächzte der Mann. Seine Stimme klang gebrochen und abweisend und ungeheuer tief. Eine so schreckliche Stimme hatte Tristam schon einmal gehört – im Palast-Arboretum. Und er hatte auch hier einen Farrländer vor sich – im Hinterland einer weit entfernten Insel.

»Nein. Nein, der bin ich nicht. Ich bin Tristam Flattery. Und darf ich fragen, wer Sie sind?« Seine Worte klangen absurd normal in dieser Situation, die alles war, nur nicht alltäglich.

Der Fremde schwieg einen Moment, dann fragte er: »Verwandt mit Erasmus?«, nickte und wandte sich wieder seiner Beschäftigung zu. »Wie haben Sie mich gefunden?«, wollte er wissen, und dabei rang er um jeden Atemzug.

»Die Varuaner haben mich hierher geführt ... zusammen mit Viscount Elsworth. Und wer sind Sie nun, Sir?«

Der Mann antwortete nicht gleich; er konzentrierte sich auf seine Beschäftigung. »Die Varuaner ... sie nennen mich Matea.«

Tristam erschien es, als sollte er dieses Wort eigentlich kennen. »Aber Sie sind Farrländer?«

»Das war ich, aber das ist schon lange her. Jetzt bin ich kaum mehr als ein Gespenst.« Er deutete auf die Bank vor dem Tisch. »Ein langer Aufstieg. Gönnen Sie Ihren Beinen Ruhe. Der Abstieg ist noch schlimmer.«

Tristam setzte sich, während der Mann mit seiner Arbeit fortfuhr. Er benutzte ein Pistill aus Knochen, vielleicht den

Oberschenkelknochen eines Nagetiers, um in einer Muschelschale eine Substanz zu zerreiben.

»Wallis hat Sie mit keinem Wort erwähnt, Sir«, sagte Tristam und überlegte dabei, ob er einen außerordentlich exzentrischen Menschen oder einen Geistesgestörten vor sich hatte. Die Entscheidung vermochte er noch nicht zu treffen. Selbst über den Tisch hinweg konnte er den Fremden riechen; er stank nach Schweiß und Rauch, nach Schlamm und noch Üblerem. Seine Kleidung hing in Fetzen, und er trug die Runzeln und Falten eines Alters, das mehrere Menschenleben zu umfassen schien. Unzweifelhaft war das der Mann, den Tristam in der ersten Nacht an Land zwischen den Büschen entdeckt hatte, wie er ihn beobachtete.. Ein Farrländer ... auf dieser Insel, ohne dass die Admiralität davon wusste.

»Wallis? Pankhursts Künstler? Der, den man zum Sterben hier zurückgelassen hat?« Er fügte einen Laut hinzu, der vielleicht ein Lachen sein sollte – es klang, als scharre in seiner Kehle eine Raspel über blanken Knochen.

»Sie kennen ihn nicht?«

»Und er mich nicht.« Der Alte war mit dem Zerreiben der Substanz in seiner Muschelschale fertig und sah nun Tristam an, dabei hielt er den Kopf schräg und blinzelte. Der Mann war solch ein Wrack, dass Tristam den Anblick kaum ertragen konnte.

»Erasmus«, flüsterte der Unbekannte und schüttelte den Kopf. Er stand mühsam vom Tisch auf und ging schleppend zu der türgroßen Öffnung im hinteren Teil seiner Behausung. Tristam beobachtete, wie er sich dort vorbeugte und einen Wasserkessel aus einer von Feldsteinen umrandeten Feuergrube hob. Damit kehrte der Alte in den kleinen Raum zurück, setzte den Kessel auf dem Tisch ab und stellte drei grob getöpferte Schalen hinzu. Dann nahm er erleichtert seufzend wieder Platz.

»Wenn ich fragen darf«, begann Tristam, während ihm durch den Kopf schoss, wie absurd hier solche Höflichkeitsfloskeln waren, »wie kommt es, dass Sie hier sind?«

Der Unbekannte schien in einen kurzen Schlaf gefallen

zu sein und hob ruckartig den Kopf, als Tristam ihn ansprach.

»Wie? Torheit führte mich hierher. Nichts mehr, nichts weniger. Die Torheit des Menschen.« Er wandte sich ab und stützte den Kopf auf die Hände. Das Feuer knackte, und die Insekten summten und zirpten. Das Wasser rauschte über der Klippe. Weit entfernt schlug die Brandung unnachgiebig gegen das Riff.

»Eigentlich sollten es drei sein für ein Tribunal«, sagte der Alte leise und brach die geisterhafte Stille. »Anderseits kann ich der Dritte sein. Ich stehe über Ihnen beiden, so viel ist sicher.«

Er blickte zuerst Tristam und dann den Viscount an, der noch immer stand und sich an einen Türpfosten lehnte. Hinter ihm ging der nahezu volle Mond auf.

»Ihr Schatten«, sagte der zerlumpte Mann mit merklicher Abscheu. »Hat versucht, Hobbes zu ermorden ...« Er nickte bedächtig und wischte sich mit dem Hemdsärmel den Mund ab. Dann setzte er sich aufrecht und kämmte sich mit den Fingern durch den Bart, als wäre er sich mit einem Mal seines Äußeren bewusst geworden.

»Sie haben zu einer von Gregorys Expeditionen gehört«, sagte Tristam. »Deshalb kennen Sie Mr. Hobbes. Und so sind Sie hierher gekommen.«

Der Alte warf Tristam einen kurzen Blick zu, dann hob er vorsichtig die Muschel, die ihm als Mörser gedient hatte. Mit heftig zitternder Hand verteilte er das Pulver daraus gleichmäßig in die drei Schalen. Diese Handlung strengte ihn sehr an, und er konzentrierte sich völlig darauf, als wäre jede Ungerechtigkeit bei der Portionierung eine Sünde.

Als er das heiße Wasser aus dem Kessel mit gleicher Sorgfalt in die drei Schalen goss, verschwand er hinter einem Vorhang aus waberndem Dampf und wirkte wie eine körperlose Erscheinung. Dann reckte er sich nach einer Seite, ertastete mit den Fingerspitzen einen Dolch, zog ihn zu sich heran und rührte damit jede Schale um.

»Trinken Sie mit mir?«, fragte er, als falle es ihm erst jetzt ein, die Einladung auszusprechen.

»Was ist das?«, entgegnete Tristam. Sein Körper reagierte selbstständig auf den freiwerdenden Geruch.

»Das, wofür Sie von so weit her gekommen sind, Tristam Flattery«, sagte der Alte und schob ihm über den Tisch eine Schale zu, dann die andere ein Stück daneben für den Viscount. Tristam kniff die Augen zu und zwang sich, ruhig zu bleiben. Allein der Geruch weckte etwas tief in ihm, und er lenkte seine Gedanken auf Faairis Stern. Nur noch darauf durfte er sich konzentrieren! Seine rechte Hand zuckte, als kämpfe ein fremder Wille darum, sie bewegen zu können, und Tristam nahm die Hand vom Tisch. Mit Mühe öffnete er die Augen.

»Das ist Königsblatt«, sagte er. Es reute ihn schon, auch nur den Dampf eingeatmet zu haben.

»Königsblatt? Ja. Das stimmt. Des Königs Laub.« Der Mann schlürfte aus seiner Schale wie von gutem Weinbrand. Seine Lider flatterten und schlossen sich.

»Also gut«, flüsterte er. Seine Atmung hatte sich bereits verlangsamt. »Ich kann beginnen.«

»Ihr Name: Matea«, sagte Tristam. Wie zum Hohn stand die Schale vor ihm. »Was heißt das?«

»Tod«, sagte der Mann und trank wieder.

Tristam schloss die Augen. Warum war er hierher geführt worden?

»Doch so hieß ich nicht immer. Einst hieß ich ›Tommyboy‹, für meine Mutter, die schon lange tot ist. Dann ›Master Tomas‹, als ich älter wurde. Eine ganze Weile lang ›Seekadett‹. ›Leutnant‹. Und dann Kapitän Tomas Gregory von des Königs Marine.«

»Sie sind nicht Gregory!«, rief Tristam – ein Ausbruch heftigster Abweisung.

Der Mann schlug halb die Augen auf, und ein anderer Ausdruck trat auf sein Gesicht; er presste leicht die Lippen zusammen. »Nein. Ich bin nur ein geistig umnachteter Schiffbrüchiger, von dem die Varuaner nicht sprechen, weil sie ihn fürchten. Sie rufen mich ›Matea‹ und legen mir Opfer an den Eingang meines Tales. Es ist das Tal des Todes.«

Tristam wäre fast vom Tisch aufgesprungen, so unerträglich war ihm dieser Mensch. Das war doch nicht Gregory! »Warum haben sie mich hierher gebracht?«, fragte er und fürchtete sich vor der Antwort. Die Behauptung des Alten hatte ihn erschüttert.

»Weil sie mich gerne loswären, gleichzeitig jedoch zu abergläubisch sind, um die Tat selbst zu verüben. Eine Art Prüfung. Lassen Sie mich das Mal an Ihrer Hand sehen.«

»Woher wissen Sie von meiner Hand?«, fragte Tristam.

»Auch der Tod hat seine Gefolgsleute«, antwortete der Alte, beugte sich vor und öffnete die Augen. Erneut trank er aus seiner Schale und musterte Tristam mit einem seltsamen Blick, als erkenne er ihn wieder. Dann schossen seine Augen nach links, und Tristam bemerkte, dass der Viscount neben ihn getreten war.

Bevor er wusste, was er tat, packte Tristam die Schale, die für Elsworth bestimmt war, im gleichen Augenblick, als der Viscount danach griff. Tristam sah auf und funkelte den Adligen warnend an, der daraufhin rasch einen Schritt zurückwich.

Der Alte nickte, als hätte er endlich etwas verstanden, worüber er sich im Unklaren gewesen war. Unter Aufbietung seiner ganzen Willenskraft stellte Tristam die Schale neben die zweite, ihm zugedachte, auf den Tisch.

Er mühte sich, die aufwallende Wut zu bezwingen, die ihn übermannt hatte, und als er sich nach Elsworth umdrehte, stand dieser wieder an seinem Platz und hielt Wache.

»Lassen Sie mich sehen, was man Ihnen angetan hat«, sagte der Schiffbrüchige. Diesmal klang er drängender, und in seiner Stimme lag ein Anflug von Hysterie.

Von dieser Reaktion beunruhigt, zögerte Tristam zunächst, dann aber schob er die Manschette zurück und streckte den Arm vor; er fürchtete sich, selbst hinzublicken.

Der alte Mann beugte sich weiter vor und blinzelte angestrengt. Er drehte Tristams Hand um; seine Finger fühlten sich an wie Holz. »Es verschwindet, wenn Sie nicht die Saat nehmen?«, fragte er, und Tristam nickte.

Der Alte nahm eine der Schalen und schüttete etwas von

dem Gebräu auf Tristams Handgelenk. Die Flüssigkeit war noch immer so heiß, dass es schmerzte. Tristam versuchte dem Alten seine Hand zu entziehen, doch dieser war kräftiger, als es den Anschein hatte. Unnachgiebig hielt er sie fest, anscheinend ohne sich besonders anzustrengen, und starrte so gebannt darauf, als könnte er dort seine eigene Zukunft lesen.

Bei jedem Flackern der Laterne war die Schlange deutlicher zu erkennen; ihr Raubvogelkopf schälte sich heraus, als erhebe sie ihn aus ungeahnten Tiefen. Dann geriet sie an die Oberfläche, wundrot ringelte sie sich aus der Ader hervor und schien sich im unbeständigen Licht zu bewegen. Tristam schloss die Augen, und der Alte gab seine Hand frei.

»Und wie sahen sie aus, die Männer, die Ihnen das angetan haben?«

»Ich habe sie nicht gesehen«, antwortete Tristam und zog die Hand eng an sich. Als er aufsah, bemerkte er die überraschte Miene des Alten.

»Haben sie nicht gesehen?«

»Nein.«

Der Alte griff ungestüm nach seiner Schale. Er wirkte erschüttert. In diesem Moment erfasste Tristam mit aller Klarheit, unter welcher Krankheit er litt: Abhängigkeit vom Samen der *Regis*-Pflanze. Der Mann war eine Ruine wie das Haus, das rings um ihn verfiel, und im Innern war er ebenso leer.

Tristam drehte sich weg, sodass er über das Tal aufs Meer blicken konnte. Ein Sternbild stand über dem Horizont, und Tristam dachte, dass er es kennen sollte – wie so vieles, was ihm auf dieser Reise begegnete.

»Das Wrack meines Schiffes liegt auf der anderen Seite des Riffs«, sagte der Mann leise, »im tiefen Wasser. Alle Mann ... spazieren nun mit den Delfinen. Sie haben gemeutert, wissen Sie. Haben versucht, das Schiff an sich zu bringen, damit sie die Saat bekommen. Ewig wollten sie leben. Davon träumen auch die einfachen Menschen. Eine Gruppe erzwang sich den Zugang zur Waffenkammer und zum Magazin. Ich stand mit meinen Offizieren auf dem Achterdeck – mit denen, die sich nicht den Meuterern angeschlossen hatten. Ich tötete meine eigene Mannschaft. Tötete sie mit meinem Degen.« Wieder schloss er die Augen und sprach flüsternd weiter, mit einer seltsamen Stimme, der jedes Gefühl fehlte, als ob er seine Geschichte nicht anders erzählen könnte. »Was genau passiert ist, werden wir nie erfahren. Vielleicht hat jemand eine Laterne zerbrochen. Die Explosion riss mich mit, und ich landete in einem Hagel aus Wrackteilen im dunklen Wasser. Und gleich vor mir wiegte sich die Jolle meines Schiffes auf den Wellen. Wir hatten sie am Heck mitgeschleppt, weil wir den Kanal ausloten wollten.« Schweigen. Er fuhr sich mit beiden Händen durch die Haare und strich sie so weit als möglich zu den Seiten. Im orangegelben Lampenschein sah Tristam, wie der Alte das Gesicht verzog, als sehe er das Geschehen wieder vor sich.

»Wie ein Geist gelangte ich ans Ufer«, zischte er. »Farrelle schenke ihnen Frieden. Die Varuaner hatten noch nie etwas Ähnliches gesehen – ein Schiff, das in einem Ball aus Feuer zur Hölle fährt. Bei ihnen gibt es Geschichten von brennenden Bergen, die zerbersten; natürlich sind die Götter daran schuld. Sie können sich nicht vorstellen, dass ein dermaßen gewaltiges Ende eine andere Ursache haben kann. Deshalb fürchten sie mich und nennen mich ›Tod‹ – obwohl ich als Einziger überlebt habe. Und so sitze ich hier in meinem Tal und sehe die Schiffe kommen und gehen, während immer etwas an meiner Seele nagt. Ich weiß nicht, was: diese verfluchten Kerne oder mein schlechtes Gewissen. Woher soll ich's wissen? Fünfundsiebzig Mann – alle tot. Mein Kommando. Meins.«

Er sah Tristam an, und das Licht der Lampe flackerte in seinen Augen. »Die herausragendste Seeoffizierslaufbahn meiner Zeit. Und ich kann ihr nicht einmal ein Ende machen.« Er blickte in die Schale, die er in der Hand wiegte. Ein dünner Faden aus Dampf stieg von ihrem Boden auf. »Selbst das ist mir verwehrt. Seines Willens wird man beraubt. Seines Lebens.«

»Sagen Sie mir ehrlich«, forderte Tristam ihn auf, »wer waren Sie?«

»Wer ich war?« Der Mann schüttelte den Kopf. »Doch, Sie haben Recht. Ich war jemand. Jemand anders. Jetzt bin ich der Tod. Ein wandelnder Leichnam, und in meinen Adern fließen nur noch Erinnerungen. Erinnerungen und dieses Elixier, das ich haben muss. Ich bin nach Varua zurückgekehrt, um diese Samenkörner für mich selbst zu holen. Das ist die Wahrheit. Trevelyan und der König haben sie für sich behalten, und mich, der ich sie ihnen gegeben hatte, mich wollten sie sterben lassen. Was war ich? – Ein Seefahrer ohne Einfluss! Wen kümmerte es, dass ich mich den unbekannten Schrecken der neuen Welt gestellt hatte? Wen kümmerte es, dass ich meine Schiffe ohne Verluste nach Hause brachte? ›Legende‹, nannten sie mich. ›Held‹, so hieß ich da. Unter den Jacks aber, von denen viele schon mit mir gefahren waren, sprach es sich herum.

Der König verweigerte mir das Leben, und im Gegenzug verweigerte ich es meiner erbarmungswürdigen Mannschaft. Mein Verrat sollte geheim bleiben, denn er begann mit einer Meuterei in meinem Herzen, doch den Jacks mangelte es an Verschlagenheit. Sie wussten genau, dass sie die Samenkörner nicht behalten konnten, wenn sie sie erst einmal nach Farrland gebracht hatten. Nein, sie mussten sie den Varuanern abnehmen und sich dann eine Insel suchen, auf der sie das lange Leben genießen konnten. Welchen Grund hätten sie gehabt, nach Farrland zurückzukehren und dort wieder ein Leben in Armut zu führen?«

Er schlürfte seine Arznei, dann hielt er inne und starrte in die dampfende Flüssigkeit, als würde er nun erst begreifen, was er tat. Dann fiel sein Blick auf die Schale, die Tristam zurückgewiesen hatte. Verwunderung trat in sein Gesicht. »Sie können es tatsächlich zurückweisen?« Er nahm das Gefäß und neigte es bedenklich. »Sagen Sie Ja oder Nein.«

»Schütten Sie es ruhig weg«, sagte Tristam; jedes einzelne Wort musste er sich abringen. »Ich will nichts davon.«

Der Alte kippte die Schale noch weiter, woraufhin ein Tropfen über den Rand lief. Da gab er nach und stellte die

Schale wieder hin. Der Schweiß brach ihm aus, und er atmete schwer röchelnd, als habe es ihn übermäßig angestrengt.

»Rings um mich auf dem finsteren Meer lag der Leib meines Schiffes«, sagte er, wieder in der Vision gefangen, die ihm offenbar keine Ruhe ließ. Seine schrecklich anzuhörende Stimme hallte in der Leere wider, die in ihm wohnte. »Einiges brannte. Männer trieben vorbei, sie starrten in die unergründliche Tiefe. Männer, die vom ewigen Leben geträumt hatten. Hilflos stand ich in der schwankenden Jolle und konnte niemanden retten. Ein rachsüchtiger Gott, der mir ewige Qualen wünscht, hat mich allein am Leben gelassen. Und ich weiß auch, warum. Weiß es so genau, als hätte man es mir wörtlich erklärt.

Wohin mein Schiff auch immer gefahren war, ich hatte dort den Untergang gesät. Alle Völker, die ich entdeckt habe, werden aufgerieben und verlieren ihre Lebensweise. Ihre Götter geraten in Vergessenheit. Die Götter der Völker am Entide-Meer ersetzen sie: Vernunft und Handel, Fortschritt, Empirismus. Besitz und Reichtum. Und dafür bestrafen mich die Götter des Meeres und der Inseln.

Ich glaube, diese Götter sind längst geflohen, in einen anderen Winkel der Welt. Und die Varuaner spüren nun die Veränderung. Der König und seine Zauberer haben sich in die alte Stadt zurückgezogen, wo sie hoffen, ihre Götter herbeirufen zu können. Sie hoffen, ihr Volk am Leben zu erhalten.«

Er unterbrach sich und sah Tristam mit einem Mal durchdringend an. »Und ich soll sterben. Sie spüren, dass die Ungnade der Götter mit meiner Anwesenheit hier zu tun hat – das wissen sie sehr wohl! Doch sie dürfen den Träger des Fluchs nicht töten, niemanden, dem sie gestattet haben, die Saat einzunehmen. Das ist tabu. Aber Sie ... Was Sie tun, betrifft nur Sie selbst und Ihr eigenes Volk. Es bedeutet ihnen nichts.«

»Aber ich werde keinen Mord begehen«, entgegnete Tristam. *Und schon gar nicht an einer bedauernswerten Gestalt wie dir*, dachte er.

Der Alte, bei dem Tristam zusehends fürchtete, er könnte wirklich Gregory sein, leerte die Schale bis zur Neige. Dann erhob er sich und stand aufrechter als vorher. »Ich will Ihnen etwas zeigen«, sagte er und bedeutete Tristam, ihm zu folgen. Sie traten aus der Hütte ins mondbeschienene Tal.

Der Viscount war nicht zu sehen, was Tristam gar nicht gefiel. Trotzdem folgte er dem Alten über einen ausgetretenen Pfad, der zu einem Hain von Brotfruchtbäumen führte. Hier blieb der Mann, der sich Gregory nannte, vor einem halben Dutzend sauberer Reihen von *Regis*-Sträuchern stehen. Tristam konnte ihre blassen Blüten im Mondlicht gut erkennen.

»Mein größter Sieg«, sagte der Alte voll Ironie.

»Sie nehmen die *Regis*-Arznei«, sagte Tristam, »aber Sie sind nicht mehr jung. Wie ist das möglich?«

Der Schiffbrüchige schaute mit so großem inneren Widerstreit auf seine Pflanzen, dass Tristam sich fragte, wie es ihm wohl gelungen sein mochte, seinen Verstand so weit zu bewahren.

»Wer nicht lebt wie die Kenaturaga, wer nicht das Zeug zum Magus hat, den verrät die Pflanze irgendwann, früher oder später. Dann braucht man mehr und mehr Kerne, und trotzdem wird man älter. Schließlich gerät man an einen Punkt, wo keine erdenkliche Menge an Kernen die Zeit noch im Schach hält. Und ich habe so wenig übrig. Sehen Sie nur. Unschuldig wie Kinder sehen sie aus. Und doch ist auch dieser Viscount einmal ein Kind gewesen. Genauso entzückend wie jedes andere.« Er streckte langsam die Hand nach einem Strauch aus und hob sachte eine der Blüten, als wäre sie das Gesicht eines Kindes. »Sind Sie dafür hierher gekommen?«

Tristam antwortete nicht. Hier standen sie vor ihm: *Regis*-Pflanzen, die sich nicht im Besitz von Insulanern befanden. Nur einige dieser Pflanzen und eine kleine Menge an Samenkörnern, und er konnte als Held nach Farrland zurückkehren. Reichtum, ein Titel und die Dankbarkeit der Herzogin winkten ihm.

Eine Fledermaus flatterte über den Garten, einmal, zweimal, in scheinbar ziellosem Flug. Eine Eule schrie, und Tristam blickte auf. War das die Eule, die er gesehen hatte? Seine Eule?

Tristam fürchtete sich zu sprechen. Von diesem Mann wollte er nichts weiter hören. Und er weigerte sich, irgendeine von dessen Bitten in Betracht zu ziehen.

»Sie gehören Ihnen«, flüsterte der Alte, »wenn Sie sie haben wollen.«

»Ich kann nicht tun, worum Sie mich bitten.«

»Sie können mir nicht helfen?«, fragte er flehentlich. »Sie sind ein Verwandter von Erasmus. Sie verstehen sich auf diese Dinge. Wollen Sie sich denn nicht der erbärmlichen Hülle eines Verdammten annehmen? Helfen Sie mir zurückzubekommen, was ich verloren habe. Die Alten Männer könnten es tun, aber sie haben sich gegen mich gestellt und werden nichts zu meiner Hilfe unternehmen. Aber Sie, Tristam Flattery, Sie sind doch mein Landsmann, und ich galt einmal viel unter den Bürgern Farrlands. Ich möchte nicht uralt und gebrechlich und ganz ohne Ehre sterben. Was habe ich denn so Schreckliches getan? Viele Kommandanten haben ihr Schiff verloren und behielten trotzdem ihre Ehre. Viele, die weniger geleistet hatten als ich. Habe ich dieses Ende etwa verdient? Habe ich das, Sir?«

Tristam gab keine Antwort, sondern schüttelte die Hand des Mannes ab. »Ich bin nicht Ihr Richter, Kapitän Gregory, oder wer immer Sie sein mögen. Und im Gegensatz zu dem, was Sie denken, weiß ich so gut wie nichts. Selbst wenn ich wollte, könnte ich Ihnen nicht helfen, und das ist die Wahrheit.«

Der Alte drehte sich zu seinen Pflanzen um und ließ die Schultern hängen.

»Selbst wenn es wahr ist, was Sie behaupten, Tristam Flattery, Sie könnten mir dennoch helfen. Würden Sie denn nicht ein Tier von seinem Leiden erlösen? Ich bin solch ein Tier.«

»*Nein.* Da sprechen Sie mit dem Falschen. Fragen Sie meinen Schatten. Wussten Sie, dass er sich mit der Messerspitze die Vogelschlange in den Arm geritzt und sogar das Handgelenk aufgeschlitzt hat?«

Der angebliche Gregory nickte. »Aus *Verzweiflung*. Er kann niemals sein wie Sie, deshalb versuchte er einen Selbstmord. Sie ... Sie können dreimal so alt werden wie andere Menschen, die Liebe seiner Schwester erringen, die er nur anbeten darf, und Sie sind frei von seinen ganz persönlichen Dämonen.«

Dieser Mann wusste ganz eindeutig mehr, als er preisgab. »Und welche Dämonen sollen das sein?«, wollte Tristam wissen. »Was treibt ihn zu sein, wie er ist?«

»Ich habe ihn mit Hobbes sprechen hören. Er hält sich für den Diener des Todes.«

Tristam wandte sich ab. Das konnte er sich nicht mehr anhören! *Nicht mehr!*

Wenn ich mich der Saat ergebe, dann ist die Suche für mich vorüber, und ich habe diesen Wahnsinn hinter mir, versicherte er sich. Doch das konnte er nicht tun – er wusste nun, dass *Regis* wirklich ein Fluch war. Man brauchte nur zu sehen, was die Pflanze aus diesem Mann gemacht hatte. Konnte das wirklich einmal Kapitän Gregory gewesen sein?

Tristam ging zum Fale zurück; der Schein der Schiffslaterne leitete ihn. Kaum war ein paar Schritte unter den Bäumen gegangen, als er auf Elsworth traf, der schweigend und reglos im Dunkeln stand. Tristam wollte zuerst stehen bleiben und ihn ansprechen, doch stattdessen ging er weiter. Diese beiden, sie hatten einen Pakt geschlossen: Tod und sein Diener.

Als er an den Rand der Lichtung kam, übermannte ihn morbide Neugier. Er drehte sich um und sah den Schattenriss des großen Viscounts vor dem alten Seemann stehen, dann sank Elsworth auf die Knie. Tristam wandte sich von ihnen ab und floh zu dem einsamen Licht.

Tristam wusste nicht, wie viel Zeit vergangen war; er saß da und schaute in die Sterne. Sein Verstand befand sich in solchem Durcheinander, dass er seine eigene Abart der Leere bildete. Schließlich störte ihn ein Geräusch auf, und der Viscount stand in der Tür. Auf den Armen trug er den schlaffen Leib Gregorys.

Tristam fuhr auf und zog sich einen Schritt zurück. Ungläubig starrte er auf das entsetzliche Bild: Der Viscount hielt den reglosen Mann so zärtlich, als wäre es sein eigener toter Vater. Trotz des schwachen Lichtes erkannte Tristam die Tränen auf Elsworth' Wangen.

»Legen Sie ihn hierher, hier, auf den Tisch«, sagte Tristam, und der Viscount gehorchte. Er bettete die Hände des Toten auf dessen Brust und strich ihm die Haarsträhnen aus dem Gesicht.

Tristam holte die Laterne herab. »Setzen Sie es in Brand«, zwang er sich zu sagen. Er verließ die Hütte und ging in den Hain hinüber. Dort hängte er die Laterne an einen Ast. Die Blüten der *Regis*-Pflanzen schimmerten im Mondlicht. »Wegen euch bin ich gekommen«, flüsterte er ihnen zu und machte sich rasch an die Arbeit. Jede einzelne Pflanze grub er aus, wobei er sorgfältig darauf achtete, dass kein einziges Samenkorn zu Boden fiel. Er stellte sich vor, wie die Pflanzen nun vielleicht ihren primitiven Willen auf ihn richteten und ihn aufzuhalten versuchten. In Tristam wuchs das Verlangen nach der Arznei. Seine Hände begannen zu zittern, doch er gab nicht nach. Hinter ihm fing das trockne Strohdach des Fales Feuer und ging mit einem hohen, knisternden Zischen in Flammen auf. Gegen die Helligkeit des Brandes kämpften die Schatten der Bäume wie gewaltige, vielarmige Krieger.

Das Fale war schon eine Flammenhölle, als Tristam sich umdrehte, und daneben stand der Viscount, zu nahe, und erwies einem gefallenen Helden die letzte Ehre. Trotz der sengenden Hitze warf Tristam die *Regis*-Pflanzen in die Flammen, wo sie sich wanden und knisterten.

Der Viscount stürzte hinzu, um das Königsblatt zu retten, musste jedoch zurückweichen; selbst für ihn war die Hitze zu stark. »Was tun Sie denn?«, fragte er und packte Tristam grob beim Hemd.

Die beiden Männer standen einander starr gegenüber,

die Gesichter nur durch wenige Zoll getrennt. »Nehmen Sie Ihre Hände weg«, verlangte Tristam mit beherrschter Wut. In ihm wuchs etwas, etwas Furchterregendes. Und zu seinem Erstaunen ließ der Viscount ihn tatsächlich los und wich rasch zurück. Tristam rollte die Schultern, um sein Hemd wieder an Ort und Stelle zu bewegen. »Es ist verflucht«, sagte er und entfernte sich ein paar Schritte. »Ich will damit nichts zu tun haben. Ich werde es auch nicht nach Farrland zurückbringen, König hin oder her. Lieber lasse ich mich einsperren.«

Der Viscount stand reglos da und funkelte ihn an. Tristam wich noch einen Schritt zurück. Plötzlich überfiel ihn Furcht vor dem Wahnsinnigen, denn eigentlich wusste er nicht, weshalb er bisher vor ihm sicher gewesen war. Gregory hatte angedeutet, der Viscount sei auf ihn eifersüchtig. Die Eifersucht aber trieb sogar geistig *gesunde* Männer zu wahnsinnigen Taten an.

Dann aber nickte Elsworth. »Sie verstehen sich auf diese Dinge, Tristam«, sagte er beinah unterwürfig. Dann schaute er über die Schulter auf das brennende Fale. »Er war wie ein Vater für mich«, fuhr er in völlig vernünftigem Ton fort, »manchmal sehr streng, aber gerecht und anständig ...«

Tristam raffte die Laterne vom Boden auf und floh. Verzweifelt hastete er den Weg hinunter. Er wollte nichts mehr hören. Überhaupt nichts mehr.

Zwischen den Bäumen herrschte so tiefe Dunkelheit, dass Tristam sich bald verirrte. Immer wieder gelangte er an steile Abhänge, die er unter Strapazen hinunterkletterte. Irgendwann war auch die Laterne leergebrannt und verlosch mit einem letzten Aufflackern. Tristam setzte sich im Dunkeln hin und rang um Atem. Ob der Viscount nach ihm suchte? Ja, das würde er tun – Tristam hatte keinen Zweifel.

Er legte sich auf die weiche Erde und lauschte. Ein Bach, floss unweit seines Lagerplatzes, Blätter raschelten im Wind. Insekten sangen ihre hohen, eigenartigen Lieder, gelegentlich rief eine Eule. Es klang: *Wo bist du? Wo?*

Lange Zeit lag Tristam so da, dann hörte er das Rauschen der Tithy, die an seinem Haus in Locfal vorbeifloss. Sein Großonkel ging gedankenverloren den Bach entlang. Tristam riss das Fenster seines Zimmers auf und legte die Hände um den Mund. »Was willst du denn von mir?«, brüllte er. Der Onkel blickte auf, als hätte er etwas gehört, was er nicht einordnen konnte, und verfiel wieder in Nachdenklichkeit. Aus dem Vogelhaus drang ein Falkenschrei.

Tristam erwachte vom ersten Morgenlicht. Der Sonnenaufgang schmierte sich über den Osthimmel und sah aus wie eine anschwellende Wunde. Für einen Moment wusste Tristam nicht, wo er sich befand und wie er dahin gelangt war, dann erinnerte er sich ... Die Nacht in dem Tal. Ein Mann, der Unmögliches für sich in Anspruch nahm.

»Blut und Flammen.« Hastig richtete er sich auf und fand einen Dolch in seinem Schoß. Fluchend raffte er die Waffe auf, an deren Klinge noch Blut klebte. In jäher Furcht blickte er um sich, noch halb in der Welt der Träume gefangen. Dann sah er sich die Waffe genauer an und fand am Griff ein ›G‹ eingraviert. Dieser Dolch war das Eigentum des Mannes gewesen, der von sich behauptet hatte, Gregory zu sein, und nur Elsworth konnte ihn hierher gebracht haben. Tristam schauderte bei dem Gedanken, dass der Viscount sich ihm genähert hatte, während er schlief.

Für einen Moment schloss er die Augen zu und sah den erbärmlichen Alten vor sich, wie er sich über seinen Aufguss beugte und allen Stolz fahrenließ – alle Ehre und allen Stolz. Die leere Hülle von Tomas Gregory, dem größten Entdecker in der Geschichte von Farrland. Das machte der *Regis*-Kern aus allen Menschen, es sei denn, sie besaßen das Talent zum Magus – und Tristam vermutete sehr, dass diesen noch viel schlimmere Folgen drohten.

»Ich kann mir alles versagen«, versicherte er sich, obwohl seine Besessenheit von der Herzogin ihn schon halb Lügen strafte.

Taumelnd erhob er sich und machte sich, ohne zu säumen, an den Abstieg. Momentan empfand er Erleichterung. Die Ereignisse der vorhergehenden Nacht erschienen ihm wie ein Albtraum – ein Nachtmahr, den man am Morgen nicht abzuschütteln vermag und durch den man sich in merkwürdiger Weise beschmutzt fühlt.

Das Gelände machte ihm zu schaffen, und wiederholt kam er an Abhänge, die zum Hinunterklettern zu steil waren. Nach drei Stunden blickte er über eine Klippe hinweg in ein tiefes Tal, ohne zu wissen, wo er war oder wo er hinuntergelangen sollte.

Er glaubte, jemand am anderen Ende des Tales seinen Namen rufen zu hören, und trat an den Rand der Klippe in der Hoffnung, einen Blick auf seine Retter zu erhaschen.

Erneut drang der Ruf aus dem Tal und verlor sich zwischen den Bäumen. Tristam antwortete ihm und musste gleich wieder an seinen Traum denken. *Was willst du denn von mir?*

Eine halbe Stunde verstrich, bevor er sah, dass Faairi nach ihm suchte, und noch mehr Zeit, bis sie ihn endlich fand. Erleichtert lächelte sie ihn an, doch ihre Augen waren voller Angst

»Tristam«, sagte sie und zog ihn schon mit sich fort. »Du musst dich beeilen. Auf dem Schiff wurde gekämpft.«

26. Kapitel

Tumney durchschritt das Arboretum auf ganzer Länge, blieb stehen und musterte die ordentliche Pflanzenreihe. Er nahm den Hut ab und drehte ihn langsam in den Händen. Ihm wurde klar, wie wenig geheuer es ihm war, im Dunkeln allein an diesem Ort zu sein. Diese Pflanzen waren ihm schon immer seltsam erschienen. ›Fremdländisch‹ war das erste Wort, das ihm in den Sinn kam, wenn er an sie dachte. Absonderlich. Doch heute Abend erschienen selbst diese Attribute unzureichend. ›Aufmerksam‹ waren sie, damit hätte man sein Gefühl am ehesten ausgedrückt, aber natürlich hätte er das niemals irgendjemandem gegenüber zugegeben. Grübelnd. Auf einen Zweck bedacht, den er nicht begriff, er, der er Pflanzen so gut verstand.

Matt glänzte das Lampenlicht auf den wächsernen Blättern der *Regis*-Pflanzen, und die Stille im Arboretum wirkte beinahe geduldig: Ein wenig kamen ihm die Pflanzen wie mörderische Unschuldige vor, die getrennt von allen anderen aufgewachsen waren und nie gelernt hatten, Recht von Unrecht zu unterscheiden. Sie verfolgten einen Zweck und machten sich wie alle Geschöpfe der Natur außer dem Menschen keine Gedanken um die Mittel, mit denen sie ihn erreichten. Vielleicht war es zutreffender, wenn man sagte, dass einige Menschen sich solche Gedanken machten.

Tumney wandte sich erschauernd ab und ging zu den kleinen Pflanzkästen, doch er blieb einige Fuß davor stehen; er wahrte Abstand. In diesen Kästen steckten die Samenkörner, die der junge Naturforscher vor Monaten eingepflanzt hatte. Tumney hatte sich, wie von der Herzogin erbeten, darum gekümmert, doch nichts war geschehen. Und nun plötzlich ragte aus beinahe jedem Kasten ein Königsblatt-Sämling; wie kleine grüne Hände schoben sie sich aus der Erde und tasten nach Licht und Luft.

»Widernatürlich«, brummte der Hofgärtner. Eine andere Erklärung gab es nicht. Keine.

Eine Tür ging, und Tumney drehte sich erwartungsvoll um. Einen Augenblick später kam Prinzessin Joelle herein, begleitet vom jungen Prinzen und Teiho Ruau. Der alte Gärtner verbeugte sich, so gut er noch konnte, und wurde von der Prinzessin mit einem freundlichen Lächeln belohnt. Sie siezte ihn und nannte ihn immer ›Mr. Tumney‹ und gelegentlich sogar ›Sir‹, was er sehr gern mochte, denn schließlich war die Prinzessin so hoch geboren, und überhaupt ...

»Mr. Tumney«, sagte sie und nickte ihm zu. »Ich bitte um Entschuldigung, dass wir Sie warten ließen. Wir kamen, so rasch es uns möglich war.«

Er schüttelte den Kopf, unsicher, was er antworten sollte. Gewiss sollte sich die Prinzessin nicht bei ihm entschuldigen. Da er sie so spät am Abend nicht lange aufhalten wollte, führte er sie unverzüglich zu den Pflanzkästen. Einen Augenblick sprach niemand, und Ruau streckte langsam die Hand vor und berührte einen der zum Vorschein gekommenen Sämlinge. Dann tauschte er einen Blick mit der Prinzessin.

»Sie alle sind von Tristam Flattery gepflanzt worden?«, fragte der junge Prinz leise.

»Jawohl, Königliche Hoheit. Kurz vor Hochsommer. Vor gut acht Monaten.« Der Gärtner trat einen Schritt zurück. »Und da ist noch etwas.« Er gestikulierte mit seinem Hut.

Sie folgten ihm die Reihen von Königsblatt entlang; die Prinzessin winkte ab, als er Besorgnis wegen ihrer Schuhe äußerte. Er kauerte sich neben eine Pflanze, ergriff das Ende eines Astes und hob die Blüte, die dort wuchs. »Es ist ein Mädchen«, sagte er. »Die erste weibliche Blüte seit Monaten und Abermonaten. Sie wird Samenkörner geben.« Er deutete auf weitere Knospen an der gleichen Pflanze und den umstehenden. »Alle weiblich«, sagte er fast ehrfürchtig. »Und ich kann es mir nicht zuschreiben. Ich kann es nicht einmal ansatzweise erklären.«

Erneut tauschten der Varuaner und die Prinzessin einen Blick.

»*Tristam Flattery*«, sagte der Prinz, während er auf die

Blüte starrte. Seine Mutter sah ihn scharf an, und er schwieg.

»Sie sind sicher, Mr. Tumney, dass niemand hiervon weiß?«

Tumney nickte. »So sicher man nur sein kann, Madam.«

Sie überlegte nur eine Sekunde. »Vernichten Sie die Sämlinge«, befahl die Gattin des Prinzregenten. »Schneiden Sie sämtliche weiblichen Blüten und Knospen ab, und werfen Sie alles ins Feuer. Niemand darf erfahren, was hier geschehen ist.«

»Aber ... wir haben so lange darauf gehofft!« Der Gärtner verstummte. Der Blick der Prinzessin verriet ihm, dass er soeben mehr gesagt hatte, als ihm zukam. »Verzeihen Sie, Königliche Hoheit. Der alte Tumney redet, bevor er denkt. Entschuldigen Sie.«

Sie legte ihm die Hand auf die Schulter, eine Geste, die ihr nicht schwer fiel, denn die Prinzessin war ein Stück größer als der alte Gärtner. »Ich weiß, es muss verrückt klingen, Mr. Tumney, aber Sie müssen es einfach für mich tun, ohne mir weitere Fragen zu stellen. Glauben Sie mir, es ist zum Besten von allen.«

Der Gärtner nickte. »Ich mach's noch heute Nacht.«

Die Prinzessin formte mit den Lippen lautlos die Worte: »Ich danke Ihnen«. Dann blieb Tumney allein im Arboretum zurück.

Einen Moment sah der alte Gärtner seine Schützlinge an und fragte sich, wie sie wohl auf den bevorstehenden Überfall reagieren würden, dann schüttelte er den Kopf. »Benimm dich nicht wie ein alter Trottel!«, schalt er sich und ging sein Werkzeug holen, aber nicht ohne das Gefühl, beobachtet zu werden.

Kritisch musterte der Prinz seine Skizze. Welch ein Segen des Schicksals, als Königskind auf die Welt gekommen zu sein, dachte er, denn ganz eindeutig besaß er kein Talent zum Künstler. Andererseits hatte Averil Kent von den eigenen frühen Skizzen behauptet, sie hätten alles andere als vielversprechend ausgesehen. Vielleicht wollte der Maler ihn dadurch nur ermutigen, das war durchaus möglich. Man konnte nie darauf bauen, dass andere sich wahrheitsgemäß über ihre Fähigkeiten äußerten.

Waren ihre Brauen wirklich so gewölbt? Er schloss die Augen und versuchte, eine klare Erinnerung von Alissa Somers zu beschwören. Das fiel ihm nicht schwer, solange er sich auf bestimmte Merkmale konzentrierte, doch das Gesamtbild blieb stets unscharf.

Der Prinz glaubte, dass ihre hohe Stirn und die Brauen die Perfektion der Form wiedergeben mussten. Ihre Haut war auch nicht von der Andeutung einer Falte verunziert, als hätte sie sich in ihrem ganzen Leben noch nie Sorgen gemacht. Sie war freilich auch nicht als Mitglied einer Königsfamilie auf die Welt gekommen. Wenn Menschen mit ihr sprachen, sahen sie vermutlich keine Veranlassung, etwas anderes zu sagen als die Wahrheit.

Er öffnete die Augen und blickte entmutigt auf sein Werk. Vielleicht war sie gar nicht so perfekt, doch in seinem Kopf machte er sie makellos. So etwas war typisch für Menschen; er hatte es schon oft beobachtet. Fast, als würde die Welt der Menschen ebenso von ihren Wünschen wie von ihrer Wahrnehmung gestaltet – eine Frage, mit der sich die Empiristen auf dem Gebiet der Naturphilosophie befassten.

Obwohl der Prinz durchaus wusste, wie trivial diese Feststellung letztendlich war, versuchte er damit dennoch, die Situation zu begreifen, in der er sich unablässig befand. Dem Wort der Minister durfte er nicht unbesehen vertrauen, denn sie alle verfolgten ihre eigenen Zwecke; nicht einmal auf das Urteil seiner Mutter konnte er bauen, denn ihre Wahrnehmung wurde durch ihr Bedürfnis gefärbt, die Menschen in einem bestimmten Licht zu sehen. Schon gar nicht durfte er der Presse trauen, und alle Verfasser von Streitschriften hegten bestimmte konkrete Absichten. Von seiner individuellen Mixtur aus Wunschdenken und Pragmatismus geprägt, schien jeder Mensch die Welt und alles, was darin vorging, ein wenig anders wahrzunehmen. Aus der Geschichte waren viele Herrscher bekannt, deren

Wahrnehmung der Ereignisse sich so weit von der Wirklichkeit entfernt hatte, dass das Elend nicht lange auf sich warten ließ. Prinz Wilam wollte nicht eines Tages zu dieser Kategorie Monarchen gehören – um keinen Preis. Selbst wenn es bedeuten sollte, dass er die Welt nicht so betrachten dürfte, wie er sie gern gehabt hätte.

Wieder schaute er seine Zeichnung an. Nun, vielleicht sah Alissa nicht ganz wie das Idealbild aus, an das er glauben wollte, doch auf jeden Fall war sie hübscher als seine Skizze. Wenigstens das wusste er mit Sicherheit.

Von der Tür kam das Pochsignal seiner Mutter, und er drehte das Bild um, bevor er öffnete. Es war schon spät, doch anscheinend kamen die Prinzessin und er in den letzten Tagen mit sehr begrenztem Schlaf aus.

Er befolgte das Ritual, das sie schon vor langer Zeit entwickelt hatten. »Frau Prinzessin«, sagte er – eine Anrede, die das Protokoll nicht vorsah.

»Herr Prinz«, antwortete sie ebenso unangemessen. Diesmal betrat sie seine Räume mit größerer Zuversicht als bei ihrem letzten Besuch. Rasch musterte die Prinzessin die Umgebung und bemerkte ohne Zweifel die Skizze, die umgedreht auf dem Tisch lag. »Wilam, ich zerbreche mir ergebnislos den Kopf, warum die *Regis*-Pflanzen ausgerechnet zu diesem Zeitpunkt zu blühen beginnen. Ich bin mir aber sicher, dass es keine empirische Begründung dafür gibt. Ich glaube, wir sollten Averil Kent hinzuziehen. Würdest du ihn morgen früh aufsuchen?«

Der Prinz nickte. »Ja, selbstverständlich.«

Die Prinzessin erwiderte das Nicken und lächelte matt – die Sorge zehrte offensichtlich an ihr. »Ich habe versucht, eine Erklärung zu finden, die nicht von Logik abhängt, doch sind die Grenzen der Vernunft erst überschritten, weiß ich nicht, was an ihre Stelle treten soll. Wie soll man dann noch abwägen? Welche Maßstäbe soll man anlegen?«

Wilam wusste, was sie meinte. Sobald die Vernunft nicht mehr Leitlinie war, befand man sich in der Lage eines Menschen, der an einer Küste ohne Merkmale gestrandet ist. Woran sollte er sich orientieren? Die eine Richtung konnte ebenso sehr zum gewünschten Ziel führen wie jede andere. Dennoch glaubte Wilam, eine Ahnung zu haben, allerdings auch nicht mehr als das. »Ich verstehe, was du meinst. Ich weiß zwar nicht wieso, aber ich glaube, dass dieses unerwartete Aufblühen irgendwie mit Tristam Flattery zusammenhängt. Diese Annahme ist nicht vernünftig, das weiß ich. Flattery hat seit Monaten nicht mehr den Fuß in den Palast gesetzt, aber ich glaube es trotzdem.«

»Vielleicht hast du Recht. Man darf die Intuition nicht von der Hand weisen; es spielt keine Rolle, dass sie nicht empirisch ist. Sprich mit Mr. Kent. Er weiß mehr, als die meisten ahnen.«

Der Prinz nickte. Einen Moment standen sich Mutter und Sohn beklommen gegenüber und wussten nicht, was sie sagen sollten.

»Was Miss Somers angeht, habe ich mein Wort gehalten«, begann Wilam. Er versuchte, es gelassen und erwachsen klingen zu lassen. »Trotzdem mache ich mir Sorgen um sie. Es würde mir einigen Frieden schenken, wenn ich wüsste, dass es ihr gut geht. Wäre das möglich?«

Die Prinzessin blieb mitten im Zimmer stehen und betrachtete ihren Sohn mit einer ernsten Miene, die er nicht zu deuten wusste. »Ich habe Nachricht von Lady Galton und werde morgen mit ihr zu Abend speisen. Danach können wir darüber reden.« Sie legte ihm eine Hand auf die Schulter, dann küsste sie ihn auf die Wange und verließ ohne ein weiteres Wort das Zimmer.

Der Prinz ging an seinen Schreitisch und drehte die Zeichnung um. Nicht nur, dass sie Alissa Somers nicht besonders ähnelte, sie gab auch sein Idealbild von ihr nur sehr unvollkommen wieder. Und wenn man bedachte, dass ein echter Portraitmaler nicht nur das Aussehen eines Menschen, sondern auch sein Wesen festhielt. Seine Skizze zeigte eine steife, hölzerne Frau, die möglicherweise eine ungute Vorahnung plagte. Das war nicht die Alissa, die er kannte. Das Bild ähnelte ihr nicht im Geringsten.

Kent fühlte sich elend. Seinen Freunden konnte er kaum in die Augen blicken, und so ließ er sich in seinen Sessel sinken, die Hände in die Taschen seines Gehrocks gestopft. Seit dem Treffen mit Palle fühlte er sich moralisch befleckt. Der Kerl war ein Teufel in Menschengestalt!

»Wenn es nur irgendeine Möglichkeit gäbe, es zu Gesicht zu bekommen«, sagte Valary gerade. »Aber ich bin eigentlich sicher, dass Wells und Palle jede Vorsichtsmaßnahme ergriffen haben, um ihren geheimen Text vor jedem Neugierigen zu schützen.«

Kent spürte den Blick der Gräfin auf sich, obwohl sie kaum zu sehen war. Dann sprach ihre leblose Stimme aus der Dunkelheit. »Was meinen Sie dazu, Averil? Besteht eine Möglichkeit?«

Kent stellte fest, dass diese Frage seinem Bedürfnis nach Aufheiterung gar nicht gerecht wurde. »Eine Möglichkeit ... vielleicht. Gefährlich wäre es allemal. Wie es im Moment aussieht, wird Galton uns alarmieren, wenn Palle und seine Gruppe beschließen, dieses Ritual durchzuführen. Ich bin nicht sicher, was wir dann unternehmen können, aber wenigstens wüssten wir Bescheid. Aber wenn Galton erwischt wird, wie er den Text kopiert ... Ich halte diese Maßnahme für unklug.«

Schweigen. Kent glaubte eine Uhr ticken zu hören.

»Ich fürchte, Averil hat Recht. Wir haben nun endlich einen Agenten in Palles innerem Kreis, und das könnte sich als das Wertvollere erweisen – wenigstens zunächst. Wenn Palle hingegen plötzlich zu handeln beschließt ...« Die Gräfin stockte. »Nun, dann wüsste ich nicht, was wir tun sollten.«

Kent erhob sich. »Wir haben stärkere Verbündete, als vielen klar ist. Wir brauchen sie nur vorzubereiten. Und damit sollten wir unverzüglich beginnen, denn wir können nicht wissen, wann Palle und Wells zuschlagen. Ich hätte gern die Hilfe von Lord Jaimas, wenn er nichts dagegen hat, als gewöhnlicher Bote zu agieren.«

Als Smithers die Tür zum Arbeitszimmer öffnete, hoffte Kent, der Diener käme, um ihm die Ankunft einer jungen Dame von der Oper zu melden. Es war noch früh am Morgen, zu früh eigentlich für Besucher, doch es waren besondere Zeiten.

»Ein junger Gentleman wünscht Sie zu sprechen, Sir Averil.«

»Und hat der junge Herr einen Namen?«

»Den wollte er mir nicht sagen, Sir, aber er gab mir dieses Kuvert, und er bestand darauf, dass Sie ihn empfangen würden.« Er zögerte eine Sekunde.

Kent nahm den Briefumschlag von dem Silbertablett und schnitt ihn auf. »Bringen Sie ihn auf der Stelle herein – ach, und Smithers? Die angemessene Anrede lautet ›Königliche Hoheit‹.«

Der Diener verließ eilends das Zimmer.

Kent nahm die Lesebrille ab und stand auf. Er reckte die Arme, um seine Schultern zu lockern. Er hatte an der Skizze für das königliche Portrait gearbeitet, doch wann er die Zeit finden würde, es zu malen, konnte er nicht sagen. Dann wurde der dunkel gewandete junge Prinz zu ihm hereingeführt.

»Königliche Hoheit«, begrüßte Kent ihn und machte einen Kratzfuß. »Es ist mir eine große Ehre.«

Der junge Mann grinste ein wenig befangen, als hege er den Verdacht, Kent könnte sich über ihn lustig machen. »Die Prinzessin schickt mich, damit ich Ihnen eine Frage stelle, Sir Averil.«

Kent bot ihm einen Sessel an, und sie nahmen Platz. Dann beugte er sich gespannt vor, die Hände auf den Knien. Welchen Dienst er der Prinzessin auch erweisen sollte, er war bereit dazu.

»Doch bevor ich weiterrede, müssen wir uns verständigen ...« Der Prinz schaute ihn an und neigte den Kopf ganz leicht zur Seite. »Die Prinzessin hat zwar die allerhöchste Meinung von Ihnen, Sir Averil, wie ich auch, doch haben wir bisher keine offizielle Erklärung Ihrer Absichten und Ihrer Loyalität gehört.«

Kent nickte und musste an das Gespräch mit Palle denken. Man traute ihm ohne weiteres. Wusste denn niemand, dass es auch Dinge gab, mit denen man selbst einen Averil Kent in Versuchung führen konnte?

»Ich beabsichtige, dafür zu sorgen, dass das Wissen, das man seit vielen Jahren für verloren hält, nicht wiedergewonnen wird. Ich stehe Roderick Palle und seinen Anhängern feindlich gegenüber.«

»Von diesen Anhängern ist einer mein Vater«, sagte der Prinz.

Kent zögerte kaum einen halben Herzschlag lang. »Einer von ihnen ist der Prinzregent, jawohl«, sagte er ruhig und stellte fest, dass seine Aussage ihm wahr und aufrecht vorkam, trotz dessen, was man ihm angeboten hatte.

»Und was sind Sie bereit zu tun, um diese Leute daran zu hindern, dieses verlorene Wissen zu erlangen?«

»Was ich tun muss«, entgegnete Kent sofort. Und auch das klang wahr.

Der junge Mann nickte. »Dann stehen wir auf der gleichen Seite, Sir Averil.« Er blickte kurz zu Boden wie jemand, der mit einem Mal den Faden verloren hat. »Im letzten Sommer«, sagte er dann, als erinnere er sich nun an den Zweck seines Besuchs, »hat Mr. Tristam Flattery während seines Aufenthalts in Avonel *Regis*-Samenkörner im Arboretum eingepflanzt. Der Gärtner befolgte die Anweisungen der Herzogin von Morland und wässerte diese Samen regelmäßig, kümmerte sich ansonsten jedoch in keiner Weise um sie. Vor ein paar Tagen begannen sie zu keimen.«

Kent sank in seinem Sessel zusammen.

»Das ist noch nicht alles. Die *Regis*-Pflanzen im Arboretum haben wieder zu blühen begonnen: weibliche Blüten.«

»Sind Sie sicher?«

Der Prinz nickte und maß sorgfältig Kents Reaktion.

»Meine Güte«, murmelte der Maler.

»Was bedeutet das, Sir Averil?«

Kent stand auf und stellte sich vor den Kamin.

»Sie fingen einfach an zu wachsen, sagen Sie? Der Gärtner hat nichts verändert?«

»Nach seinen Worten nicht.«

Am liebsten wäre Kent augenblicklich zum Arboretum aufgebrochen, um die Pflanzen mit eigenen Augen zu sehen, doch er wusste, wie wenig Sinn das gehabt hätte. »Was halten Wells und Konsorten davon?«

»Sie wissen es nicht. Die Prinzessin hat die Sämlinge vernichten lassen. Und alle weiblichen Blüten und Knospen wurden abgeschnitten.«

Kent blieb stehen und musterte den Prinzen. »Sind Sie sicher, dass Palle nicht davon erfahren hat? Ohne sein Wissen geschieht in unserem Königreich nur sehr wenig. Und wir sprechen hier vom Palast. Vorgeblich seinem Zuhause.«

»Ich weiß genau, dass er nichts davon erfahren hat. Selbst dem König wurde nichts gesagt.«

Kent lehnte einen Ellbogen auf den Kaminsims. »Eventuell werden Sie es nicht sehr lange geheim halten können. *Regis* scheint einen eigenen Willen zu besitzen, etwas in der Art jedenfalls.«

»Sie wissen also auch nicht, was das bedeuten könnte?«

»Bedeuten? Ich glaube wohl, es bedeutet, dass die Dinge, deren Erweckung wir verhindern wollen, sich zu rühren beginnen. Es könnte mit Vorkommnissen hier in Farrland zu tun haben, es könnte aber auch auf unbekannte Weise mit Tristam Flattery in Verbindung stehen, wo immer er jetzt auch ist.«

Der Prinz nickte, als er sich bestätigt sah. »Besteht die Möglichkeit, zu einem sicheren Urteil zu gelangen?«

Kent überlegte. »Es gibt mehrere, die Licht in die Sache bringen könnten. An zwei will ich mich wenden, der dritte aber ist Stedman Galton. – Sie können der Prinzessin sagen, dass ich glaube, sie habe klug gehandelt«, fügte er hinzu. »Ich halte es ebenfalls für das Beste, die Pflanzen nicht blühen zu lassen. Alles ist wichtig, was uns einen kleinen Vorteil gegenüber den anderen verschafft. Selbst den kleinsten Vorteil.«

Smithers klopfte an die Tür und bat um Verzeihung. »Eine junge Dame wünscht Sie zu sprechen, Sir. Soll ich sie bitten zu warten oder hineinführen?«

Kent empfand ein Hochgefühl, dann sank ihm das Herz. Tenil war schließlich eine Agentin der entonnischen Regierung, und nun saß der zukünftige König von Farrland in diesem Arbeitszimmer und sprach unverhohlen über die sensibelsten Themen. Smithers musste das Zögern seines Herrn verstanden haben.

»Es ist Miss Alissa Somers, Sir.«

»Ah. Bringen Sie die Dame herauf, Smithers. Bringen Sie sie gleich herauf.«

Kent bemerkte, dass der Prinz die Farbe wechselte; sein Gesicht begann ein wenig zu leuchten.

»Vielleicht sollte ich ...« Der junge Mann schien sich erheben zu wollen, ließ den Satz jedoch verklingen und bewegte sich nicht. Unbehagliches Schweigen folgte, und Kent musste daran denken, was Sennet ihm erzählt hatte.

Hatten die beiden etwa eine ›zufällige Begegnung‹ in seinem Hause arrangiert?

Als Alissa Somers jedoch durch die Tür schritt, beantwortete sich seine Frage sofort: Beim Anblick des Prinzen erschrak sie und blieb befangen bei der Tür stehen.

»Königliche Hoheit«, sagte Kent, »ich glaube, Sie kennen bereits Miss Alissa Somers, die zukünftige Herzogin von Blackwater.«

Alissa knickste rasch, und der Prinz verbeugte sich tiefer als erforderlich. Der arme Mann wirkte völlig durcheinander. Hin und her gerissen zwischen dem Wunsch zu gehen und zu bleiben.

»Was für ein außerordentliches Glück, dass Sie beide hier sind«, begann Alissa und blickte sie nacheinander an. »Wissen Sie, wo Jaimas steckt? Geht es ihm wirklich gut?«

Der Prinz wandte sich bei diesen Worten ab, von Schmerz und Reue überwältigt, das sah Kent genau.

»Lord Jaimas ist wohlauf.«

Sie zögerte. »Sind Sie ganz sicher, Sir Averil?«

»Ich habe ihn mit eigenen Augen gesehen, Miss Alissa.

Es kann sein, dass er noch heute zu Ihnen nach Hause kommt.«

Sie legte die Hand über die Augen, doch Kent sah trotzdem die Tränen glänzen. Der Prinz stand vollkommen starr und sah den Künstler ungläubig an.

Kent merkte, dass er nun selbst nicht mehr weiterwusste – wie sollte er diese Situation retten? »Zum Glück ist es seiner Königlichen Hoheit gelungen, Lord Jaimas und Mr. Littel rechtzeitig außer Gefahr zu bringen; wer weiß, was sonst noch geschehen wäre. So kam es, dass Palles Gehilfen kaltherzig zwei unschuldige junge Männer ermordeten, und nun hält der Königsmann Lord Jaimas und Littel für tot.«

Alissa richtete ihre schönen Augen, in denen noch die Tränen standen, auf den Prinzen. »Wie schrecklich für diese jungen Männer«, sagte sie. »Ich ... ich verdanke Ihnen sehr viel, Königliche Hoheit.«

Diese einfache Erklärung ließ Kents Herz endgültig zusammenschmelzen, und die Wirkung, die sie auf den Prinzen ausübte, konnte er sich nur ausmalen. Der Arme sah aus, als würde er niemals Worte finden, um ihr zu antworten.

»Gewiss war mein Anteil nur sehr klein«, brachte er schließlich hervor.

Der Prinz und Alissa standen sich an den entgegengesetzten Enden des Teppichs gegenüber, als wäre er eine Kluft, über die hinweg sie sich nur ansehen konnten und eine Fülle von Fragen für sich behalten mussten.

»Ich bin sehr froh, dass Sie gekommen sind, Miss Alissa«, sagte Kent. »Wenn es Ihnen nichts ausmacht, möchte ich Sie bitten, dem Herzog eine Nachricht von mir zu überbringen.«

Kents Worte schienen den Bann zu brechen, und die beiden begannen sich nach außen hin zu benehmen, als sei nichts geschehen. Kent bot ihnen Tee an und fragte sich dabei, ob er da einer Romanze Vorschub leistete, und empfand ein leises Bedauern für Lord Jaimas – und ein leichtes Schuldgefühl.

Die Kutsche des Prinzen hielt an und rollte einen Fuß weit zurück. Alissa sah aus dem Fenster auf die Fassade der Flatteryschen Residenz in Avonel – das Haus erschien ihr riesig, dabei war es kein Palast. Dann sah sie ihren Begleiter wieder an. Sie hoffte sehr, dass niemand sie beobachtete.

»Königliche Hoheit waren sehr freundlich«, sagte sie und blickte auf ihre Hände, mit denen sie fest ihre Knie umschloss. Nachdem der Prinz angeboten hatte, sie nach Hause zu bringen, hatten sie nur förmliche Konversation betrieben. Selten hatte sich Alissa so unbehaglich gefühlt. Ein Diener öffnete die Tür und klappte die Trittstufe heraus.

Sie zwang sich, ihren Begleiter anzulächeln, dann wandte sie sich zum Gehen.

»Lady Alissa?«, fragte der Prinz rasch. Ein drängender Ton lag in seiner Stimme. »Ich möchte um Verzeihung bitten für das, was während der Feier zur Einweihung der Eisenbrücke geschehen ist.«

Sie setzte ihre unschuldigste Miene auf, doch im nächsten Moment besann sie sich eines Besseren. Aus einem unerfindlichen Grund konnte sie sich nicht dazu überwinden, so zu tun, als verstünde sie nicht.

»Kein Grund zur Entschuldigung«, sagte sie herzlich.

»Es wird nicht wieder vorkommen. Ich ... Es wird nicht wieder vorkommen, das verspreche ich Ihnen.«

Sie nickte.

»Meine Mutter ...« Er verstummte und setzte neu an. »Manchmal ist sie allzu scharfsinnig.« Er wollte mehr sagen, vermochte sich jedoch nicht zwischen den unzähligen Möglichkeiten zu entscheiden, und so musste er sich schließlich mit einem Schulterzucken begnügen.

»Es ist schon gut«, sagte Alissa leise und senkte den Blick, sodass sie ihre Augen hinter den dichten Wimpern verbarg. »Mein Herz – es gehört Jaimas ... Aber wenn es ihn nicht ...« Sie begegnete seinem Blick. »*Danke*«, sagte sie mit Mühe und reichte ihm zum Abschied die Hand.

Der Prinz führte ihre Finger an seine Lippen und gab ihr einen Handkuss. »Ich danke Ihnen«, sagte er.

Sie nickte, stieg aus der Kutsche, drehte sich noch einmal um und winkte ihm zu. Während sie die Treppe zur Eingangstür hochging, war sie sich des Blickes bewusst, der auf ihr haftete.

Er glaubt mich zu lieben, dachte sie. *Farrelle schütze uns, er ist ein farrischer Prinz!*

Hinter der Tür reichte sie einem Diener ihren Mantel und dann, als sie aufsah, wurde sie von Jaimas' Anblick überrascht, der die Treppe hinunterkam. Sie zögerte nicht, sondern eilte ihm entgegen.

Einige Zeit dauerte es, bis die Geschichte erzählt war, und Alissa klammerte sich währenddessen an seine Hand. Obwohl sie keinen Augenblick bezweifelt hatte, dass Lady Galtons Nachricht falsch gewesen war, hatte sie in der Nacht vor Sorge kein Auge zugemacht. Und nun war Jaimy wieder bei ihr – fast war es, als sei er von den Toten zurückgekehrt.

»Ich kann noch gar nicht glauben, dass du entkommen bist«, sagte sie. »Wie gerissen von dir, die Hunde mithilfe des Fuchses von deiner Spur abzulenken.«

Jaimy nickte geistesabwesend. »Weißt du, als dieser Fuchs erschien, hatte ich den starken Eindruck, dass es kein Zufall war.«

»Du meinst, er kam, um dich zu retten?« Sie stach ihm mit dem Finger in die Rippen, was sie gern tat, wenn er sie aufzog.

»Nein, das nun nicht, aber ich glaube auch nicht, dass es ein Zufall war.«

Alissa lachte übermütig, so überwältigt war sie von dem Glück, ihn zurück zu haben. »Demnächst wirst du wohl abergläubisch.«

»Das bin ich doch schon. Ich glaube, ich habe dich gefunden, als ich eigentlich einer Nebelkrähe folgte, die einen Silberring zu tragen schien und verstohlen von Ast zu Ast hüpfte.«

Sie lachte wieder. »Nun, mein Leben war weniger ereignisreich, das muss ich wohl zugeben.«

»Ach ja? Und wem gehörte diese große Kutsche, die dich heute früh am Morgen nach Hause gebracht hat, Liebste?«

»Ich habe Mr. Kent einen Brief überbracht«, sagte sie und versuchte, nicht allzu ernst zu klingen. »Prinz Wilam war zufällig bei ihm und ersparte es mir freundlicherweise, für die Rückfahrt eine Droschke mieten zu müssen.«

»Zufällige Begegnungen mit dem Königshaus? Das nenne ich aber kaum ereignislos.«

»Das stimmt«, sagte sie ernster. »Ich glaube, der Prinz ist einsam, weißt du. Vielleicht trifft einsam die Sache nicht ganz.« Sie wickelte sich eine Locke von Jaimys Haar um den Finger. »Ihm fehlt, was wir haben: Menschen um uns, denen wir so viel bedeuten, dass sie uns notfalls auch kritisieren. Menschen, auf die wir uns verlassen können.«

»Ja, ich brauche gelegentlich jemanden, der mich kritisiert«, sagte Jaimy. »Wenn ich mir allein überlassen bin, mache ich mich schnell zum Gespött der Leute.« Er musste an Angeline denken und schloss die Augen; Verlegenheit und Schuldgefühl schufen eine innere Enge, als zöge sich in ihm etwas zusammen.

»Das glaube ich kaum. Jaimas? Ich glaube, der Prinz hat ein Auge auf mich geworfen.« Sie wartete einen Herzschlag lang. »Nun lache nicht.«

»Ich lache ja gar nicht. Du hast höchstwahrscheinlich Recht. Aber wir brauchen unsere Heiratspläne doch nicht zu ändern, oder?«

Sie lachte auf und küsste ihn auf die Wange, dann drehte sie seinen Kopf zu sich und küsste ihn zärtlich auf den Mund. »Nein, ich glaube, wir können weitermachen wie bisher. Zumindest habe ich noch kein besseres Angebot bekommen.« Mit größerem Ernst fügte sie hinzu: »Ein wenig tut er mir leid, so absurd es auch sein mag, den zukünftigen Thronerben zu bedauern.«

Jaimas zog sie an sich und bettete ihr Haupt an seiner Schulter.

»Ist es nicht merkwürdig, Jaimas, dass dein Großonkel das Portrait der Gräfin von Chilton besaß und dass du von Kent ausgerechnet zu ihr geschickt wirst, um dich dort zu verbergen? Ich wünschte, du hättest sie gesehen. Stell dir nur vor, dich so viele Jahre vor der Welt zu verbergen.«

Jaimy zuckte mit den Schultern. Er wollte sich unbedingt noch einmal das Portrait ansehen. Sah die Nichte der Gräfin wirklich so ähnlich? Das war fast ein wenig unheimlich.

Leise rollte die Kutsche durch die Avoneler Straßen, und hinter dem Fenster beobachtete der Prinz die Menschen, die ihren alltäglichen Verrichtungen nachgingen. Diese Welt war so weit von der seinen entfernt, dass die Glasscheibe, durch die er sie betrachtete, durchaus ein Zauberspiegel hätte sein können, der Szenen aus einem anderen Land zeigte.

Die Worte Alissa Somers' schallten ihm durch den Kopf. ›Mein Herz – es gehört Jaimas ... Aber wenn es ihn nicht ...‹ Und dann hatte sie ihm gedankt. Für was? Hatte er ihr denn ein Kompliment gemacht? Nicht nach den Maßstäben eines Gentlemans – gegenüber der Verlobten eines anderen seine Gefühle offen zu legen! Trotzdem hatte sie ihm gedankt, und nicht etwa dafür, dass er sie nach Hause gefahren hatte.

Er fragte sich, ob dies der Augenblick gewesen sei, von dem er träumte. Der Augenblick, in dem zwei Menschen alle Regeln des Anstands vergaßen und aus dem Herzen sprachen. Ja, vielleicht war er das gewesen. Und wenn die Welt dadurch nicht sonderlich anders wirkte, dann spielte es auch keine Rolle. Der Augenblick war ihm trotzdem sehr wertvoll.

»Aber wenn es ihn nicht ...?«, flüsterte er und legte den Kopf auf die Sitzbank, rollte sich zusammen wie ein Kind und kniff die Augen zu, als könnte er die Kälte der Welt ausschließen und sich allein mit diesen fünf Worten einrichten.

27. Kapitel

Die Buchstaben begannen zu verschwimmen, und Stedman Galton kniff die Augen zusammen. Unter den Lidern spürte er ein schwaches Brennen. In den vergangenen Nächten hatte er zu wenig Schlaf bekommen, und die Feuchtigkeit des Avoneler Spätwinters bekam seiner Lungenkrankheit gar nicht. Nur eine gute Nachricht hatte er in den letzten Tagen erhalten: dass Lord Jaimas Flattery und Egar Littel noch lebten – allerdings blieb die Identität der beiden Unglücklichen in Coombs weiterhin ein Rätsel.

Für Galton bedeutete es keinen Unterschied, dass nicht Lord Jaimas und Egar Littel ermordet worden waren, sondern Unbekannte. Entscheidend war doch nur, dass Sir Roderick Palle das von seinen Leuten begangene Verbrechen gebilligt hatte, obwohl die Verfolgten keine Gesetzesbrecher gewesen waren. Die beiden unbeteiligten jungen Männer konnten nicht die leiseste Ahnung gehabt haben, weshalb man sie angriff. Nein, Galton hegte keine Bedenken mehr – als er sich des Geschehens ringsum bewusst wurde, war er vollends aufgewacht. Für ihn konnte es nun keine Ruhe geben.

»Was halten Sie von einer Pause, Sir Stedman?«, fragte Wells fürsorglich.

Galton riss die Augen auf, als wäre er beim Dösen erschreckt worden. »Nein. Ich kann noch ein Weilchen weitermachen. Wir sind so nahe dran.« Mit Mühe konzentrierte er sich wieder auf den Text.

Auch Wells beugte sich über den Tisch, und er seufzte bei dieser Bewegung leise auf. Nach kurzem Schweigen sagte er: »Ich glaube noch immer, dass ›Gwydd‹ sich als Stammwort für ›Wald‹ erweisen wird. Nach allem, was wir wissen, wurde das ›G‹ in Wörtern wie ›Gnat‹ und ›Gnarled‹ stumm. Denken Sie an die Wurzel von ›Gnat‹: ›Gnætt‹. Das Modell ist beinahe perfekt. Also bedeutet ›Gwyddhyll‹ so viel wie ›woodhill‹ oder ›Waldhügel‹, ›*Tree Mount*‹. Wir wissen ja, dass Kent und sein Freund Valary die Abtei von Tremont aufgesucht haben.«

Galton nickte mit leeren Blick. Es dauerte nun einige Zeit, bis selbst die einfachsten Sachverhalte in seinen erschöpften Verstand vordrangen. Er besprach mit Wells eine Passage, die das Ritual beschrieb und in einer anderen Sprache verfasst war als der ritualistische Gesang. »Das könnte durchaus wahr sein, Wells, doch Sir Roderick schickte einen Mann dorthin, um die Abtei zu durchsuchen, und der meldete nichts Außergewöhnliches. Vielleicht ist sie doch nicht die Stelle, die wir suchen.«

»Ja, aber woher sollte dieser Mann wissen, wonach er Ausschau zu halten hat? Das könnte mehr Wissen erfordern, als er besaß.«

Galton versuchte alles, um Wells zu behindern, aber er fürchtete sehr, dass man ihn durchschaute, wenn er nicht vorsichtig war. Manchmal musste er den Schlüssen seines ›Kollegen‹ zustimmen und gelegentlich sogar einen kleinen Beitrag leisten, sonst wäre er rasch in Verdacht geraten. Wells war sehr misstrauisch geworden und hütete seinen Text, als könnte er ihm aus eigener Kraft davonlaufen.

»Da gebe ich Ihnen zwar Recht, doch andererseits muss es über fünfhundert ›bewaldete Hügel‹ oder ›Forsthügel‹ und Abarten geben. Jawohl, Kent hat diesen einen besucht, aber vielleicht hat es sich doch nur um einen Zufall gehandelt. Wenn wir wissen, dass wir nach einer Variante von ›bewaldeter Hügel‹ suchen, dann ist das ungefähr so exakt wie zu wissen, dass man nach einem Ort sucht, dessen Name auf ›field‹, ›bridge‹ oder ›ford‹ endet. Davon gibt es Unzählige.« Er verstummte. Den ganzen Abend lang hatte er versucht, Wells von dieser Fragestellung abzubringen. »Halten Sie es wirklich für so wichtig?«

Wells dachte nach. »Es hängt sehr davon ab, wie wir die Inschriften auf Ihrer Ruine deuten, Stedman. Wenn wir nach Farrow fahren müssen, wie Sie glauben, dann spielt ›Gwyddhyll‹ vermutlich keine Rolle. Eine Reise nach Farrow dauert zu dieser Jahreszeit aber erheblich länger als zu irgendeinem Ort im Königreich – immer angenommen, der

›Gwyddhyll‹ ist überhaupt in Farrland. Wenn Kent und Valary sich mit den Entonniern eingelassen haben, wovon Roderick überzeugt ist, dann wäre es möglich, dass Massenet sich die Abtei zunutze macht, während wir unterwegs nach Farrow auf See sind. Das Risiko ist gewaltig.«

Dann hörten sie Schritte auf dem Korridor und unterbrachen ihr Gespräch.

Wer mochte das sein? Die Tür öffnete sich, ohne dass angeklopft worden wäre, und Sir Roderick trat ein. »Littel ist fast sicher noch am Leben«, sagte er, und Galton fuhr halb von seinem Stuhl auf. Es war also früher ans Licht gekommen, als er gehofft hatte.

»Wie kann das sein?«, fragte Wells. »Hawksmoors Leute ...« Er verstummte. Wörter wie ›ermordet‹ oder ›getötet‹ benutzte er nicht gerne.

Palle schüttelte ärgerlich den Kopf. »Ich weiß nicht, wer sie waren, aber es waren nicht Flattery und Littel.« Er blickte Galton in die Augen. »Farrelle hüte ihre Seelen«, fügte er rasch hinzu.

»Wo kann Littel dann sein?«, fragte Galton, obwohl er die Antwort fürchtete.

»Kent hat ihn, das steht für mich fest. Oder er weiß, wo er ist. Ich habe Hawksmoor herbeirufen lassen. Wir werden Sir Averil und seinen Kutscher festnehmen, dazu jeden, der das Pech hat, bei ihm zu sein. Hoffentlich erwischen wir diesen Entonne-verliebten Historiker. Das wäre zumindest ein Anfang.« Er begann, im Raum auf und ab zu schreiten. »Massenet kann ich nicht festnehmen, aber wir können alle seine Agenten verhaften. Wir werden sehen.« Er musterte seine Helfer, und Besorgnis zog über sein Gesicht. »Was der Herzog unternimmt, wenn sein Sohn zurückkehrt und berichtet, er sei von Hawksmoors Leuten gehetzt worden, das weiß ich nicht. Wenn wir sehr viel Glück haben, begnügt sich Blackwater mit Hawksmoor.« Es schien, als sähe Palle die beiden Männer erst jetzt. »Haben Sie beide der Gewohnheit des Schlafes entsagt?«

Keiner von ihnen antwortete.

»In der Tat kann es keine Ruhe geben für uns«, fuhr der

Königsmann fort. »Wir müssen auf der Stelle handeln. Wäre das möglich? Sind wir bereit?«

Wells blickte über den Tisch auf die ausgebreiteten Blätter. »Um ehrlich zu sein, Sir Roderick: Das wissen wir nicht. Wir sind an einem Punkt angelangt, wo wir weniger übersetzen als vielmehr interpretieren. Das wiederhole ich Stedman gegenüber schon die ganze Zeit. Wir müssen dieses Ritual korrekt durchführen: Der Teil, den man spricht, wird in der Originalsprache rezitiert. Das ist nicht weiter schwierig. Die anderen Bestandteile des Rituals sind es, die unklar bleiben, und das liegt nur daran, dass der Text so ... vage ist. Er besteht aus Allegorien und fremdartigen Vergleichen. Bei vielem können wir nur raten, was es bedeutet.«

Palle ließ sich nachdenklich auf einen Stuhl sinken. »Was wird geschehen, wenn wir das Ritual fehlerhaft durchführen?«

Wells blickte Galton an, zuckte mit den Augenbrauen und wandte sich wieder an Palle. »Da sind wir uns nicht sicher. Vielleicht geschieht gar nichts. Es ist möglich, dass der Schutzbann alle Beteiligten vor Unheil beschirmt, sogar vor ihren eigenen Fehlern – er könnte letztendlich aber auch einem ganz anderen Zweck dienen.«

»Ich wage anzumerken, dass ein erhebliches Risiko besteht«, warf Galton gedehnt ein. »Wir sind im Augenblick wie Kinder, die mit einem wasserkraftbetriebenen Webstuhl spielen – es steckt eine große Gewalt dahinter, und wir begreifen seine Funktionsweise und seinen Zweck nur sehr unvollständig. Es ist genauso gut möglich, dass es uns packt und hineinzieht, was, wie ich fürchte, nur einen tragischen Ausgang nehmen kann.«

Mit seinen weichen Händen umfasste Palle die Armlehnen des Sessels. »Selbst wenn es so wäre, bezweifle ich, dass wir uns ein Zögern noch leisten können. Wenn der zweite Erdstoß auf Farrow das zu bedeuten hatte, was wir vermuten, dann ist Tristam Flattery auf dem vorhergesehenen Weg weit vorangekommen. Angenommen, Llewellyn vermag sein Teil durchzuführen, wie lange könnte es noch dauern?«

Galton schüttelte den Kopf. »Die Wahrsagerei ist eine ungenaue Disziplin, und wir sind gerade mal Novizen in ihrer Ausübung. Ich befürchte, dass wir überstürzt handeln, wo gründliche Vorbereitung vonnöten wäre. Selbst wenn Kent Littels Wissen an Massenet weitergibt: Können die Entonnier besser vorbereitet sein als wir? Würden sie es wagen, das Ritual so früh durchzuführen? Haben sie jemanden mit ausreichendem Talent?«

»Haben wir jemanden mit ausreichendem Talent?«, fragte Palle. »Das ist meine Sorge, auch wenn ich Ihre Bedenken verstehe. Wenn wir Massenet das Feld überlassen, verurteilen wir uns und unsere Absichten wahrscheinlich zum Untergang. Doch was sonst können wir tun? Sollten die Entonnier dieses Wissen vor uns erlangen ...«

Wells ging an die Anrichte und füllte drei Gläser mit Wein aus einer Karaffe. Während er die Stärkung verteilte, sagte er: »Wir könnten gewisse Vorsichtsmaßnahmen ergreifen. Zum Beispiel, was die Ruine von Farrow angeht. Warum stellen wir sie nicht unter Bewachung, sodass andere sie nicht benutzen können?«

Galton schüttelte den Kopf. »Damit würden wir sehr auf uns aufmerksam machen. Farrow ist klein. Ganz gleich, wie verstohlen wir vorgehen, die Leute dort würden es rasch erfahren.«

Wells befasste sich mit einer Karte, die an der Wand hing. »Rings um das Entide-Meer muss es mehrere Orte gegeben haben, an denen die Magi ihre Rituale ausführten. Schließlich und endlich praktizierten sie ihre Kunst lange vor der Entdeckung Farrows.« Er drehte sich um. »Und es gibt eine andere Möglichkeit, über die wir uns den Kopf zerbrochen haben«, fügte er hinzu. »Der ›Gwyddhyll‹. Mein bewaldeter Hügel.«

»Dann haben Sie die alte Abtei noch immer nicht aufgegeben?«, fragte Palle.

»Nein.«

Sir Roderick erhob sich und gestikulierte mit dem Glas. »Valarys Diener behauptete, Kent und sein Herr wären sehr aufgeregt über ihre Entdeckung dort gewesen, doch konnte er nicht genau sagen, worum es sich dabei handelte. Der Mann ist selbst für einen Angehörigen seines Standes einfältig. Ich ließ Hawksmoor jemanden dorthin schicken, doch er meldete nichts Ungewöhnliches.«

»Wie ich schon zu Galton sagte – woher sollen diese Leute wissen, worauf sie achten müssen?«, entgegnete Wells. »Vielleicht braucht man Kents oder Valarys Wissen, um zu begreifen, was man dort sieht.« Wells drückte sich die Finger auf die Augen. Dass dieser Valary ebenso kenntnisreich sein könnte wie er selbst, räumte er nur sehr widerstrebend ein. Er zuckte einmal mit dem Kopf und wagte einen fordernden Tonfall. »Wir sollten augenblicklich jemanden zur Abtei schicken – wir müssen erfahren, ob dort etwas Wichtiges verborgen liegt.«

Palle blieb stehen und dachte nach. Als würde ihm die Zukunft im Wein offenbart, starrte er konzentriert in sein Glas. »Nein«, sagte er schließlich mit überraschend weicher Stimme. »Wir haben niemanden mit ausreichender Kenntnis, den wir aussenden könnten. Wir müssen uns selbst zur Abtei begeben. Valary und Kent wären nicht mitten im Winter so weit gereist sind, wenn sie keinen besonderen Grund dazu gehabt hätten. Dieser Diener Valarys ist kein Genie, doch seine Augen sind vorzüglich. Er beschrieb einen Keller mit zahlreichen zerstörten Meißelarbeiten. ›Ein Raum wie die Apsis einer Kirche‹, das waren seine Worte; alles Markante ist zerstört worden, und es gibt Anzeichen, dass früher aus einer Wandöffnung Wasser geflossen ist und im Fußboden verschwand.« Er blickte auf. Sein Gesicht wirkte abgespannt. »Das wird es sein, wonach wir suchen, meinen Sie nicht auch, Sir Stedman?«

Galton versuchte gemessen zu antworten, doch hätte er am liebsten vor Enttäuschung geweint. »Durchaus möglich. Ich möchte nur vermeiden, dass wir Zeit vergeuden. Wir wissen, dass die Ruine von Farrow für unseren Zweck geeignet ist.«

Palle nickte. »Ich fürchte auch, dass die Stätte in der Abtei für uns nicht mehr infrage kommt, weil sie in Trümmern liegt.«

Wells schüttelte heftig den Kopf. »Ich bin sicher, dass das überhaupt keine Rolle spielt. Ich glaube, es geht um die Stelle, nicht um den Wandschmuck. Nur die Bühne zählt, nicht die Requisite. Halten Sie es für möglich, dass Kent irgendetwas davon Massenet hintertragen hat?«

»Ich fürchte, das ist nur zu wahrscheinlich. Aber ich glaube, wir werden uns schon sehr bald mit dieser Frage an Kent persönlich wenden können. Machen Sie sich nicht zu viele Gedanken, Mr. Wells, zumindest nicht im Augenblick. Seit einer Stunde haben Hawksmoors Leute den lieben Botschafter unter ständiger Beobachtung. Doch das lässt sich nicht ständig fortsetzen. Wir müssen vorpreschen, während andere noch diskutieren. Das Risiko darf uns nicht schrecken. Zu viele arbeiten gegen uns.« Er sah Galton und Wells ostentativ an. »Wann Tristam Flattery seine Aufgabe erledigt hat, werden wir bald erfahren, nicht wahr?«

Wells nickte gedankenverloren. Dann rappelte er sich auf. »Sie haben Recht, Roderick. Es könnte Jahre dauern, bis wir alles wissen, was wir zu brauchen meinen. Irgendwann ist der Zeitpunkt gekommen, an dem man entweder handelt oder seinen Vorsprung einbüßt.«

Zwar blieb die Türe unverschlossen, doch davor standen zwei junge Gardisten, die überaus tauglich genug wirkten, um einen alternden Kunstmaler an der Flucht zu hindern, auch wenn dieser jüngst zu neuen Kräften gekommen war. Kent schritt im Zimmer auf und ab, schwenkte dabei die Arme und machte gelegentlich seinem Zorn mit gemurmelten Worten Luft.

»Ich sollte Angst haben«, sagte er nun laut. Doch er fürchtete sich nicht, er zürnte. Vor dem Fenster blieb er stehen und schaute über das Gelände hinweg auf die Lichter des Palasts. Immer wieder fuhren Karossen über den beleuchteten Kutschweg zum Haupteingang. Wie der Schatten einer jagenden Eule glitten sie lautlos zwischen den Bäumen hindurch. Heute Abend wurde im Palast eine Gesellschaft gegeben, aber was doch gleich? Ein Ball, wenn er sich recht erinnerte, doch selbst wenn sein Leben davon abgehangen hätte, er hätte nicht sagen können, aus welchem Anlass.

Kent drehte an dem kalten Bronzegriff und stellte fest, dass das Fenster nicht abgesperrt war. Er öffnete es weit und blickte nach unten. Ein Stockwerk – gut die doppelte Höhe eines großen Mannes. Wenn der Boden weich wäre ... Aber nein, er konnte nicht damit rechnen, dass seine alten Knochen den Aufprall aushielten. Auf keinen Fall durfte er sich von der vorübergehenden Rückkehr seiner Jugend verleiten lassen, törichte Risiken einzugehen.

Noch bestand eine geringe Chance, dass Palle nur mit ihm reden wollte. Dann wollte er Kents Entscheidung über das unterbreitete Angebot wohl ein wenig früher erfahren als vereinbart.

Doch die Gardisten hatten auch Hawkins festgenommen. Sie stießen ihn zu seinem Herrn in die Kutsche, und ein Gardist setzte sich auf den Bock. Nach dem Eintreffen im Palast wurde Hawkins anderswohin gebracht. Das war kein gutes Zeichen.

Armer Hawkins, dachte Kent und bangte, dass ihm nichts geschehen würde..

Er ging zur Anrichte und schenkte sich zwei Fingerbreit Weinbrand ein. Diese Wohnung gehörte offenbar einem höheren Offizier der Palastgarde. Auf dem Kaminsims standen drei stümperhaft gemalte Miniaturen. Sie zeigten eine ernst dreinblickende Frau und zwei nicht weiter bemerkenswerte Kinder.

Kent begann den Raum gründlich zu durchsuchen, ob ihm etwas weiterhelfen könnte? Auf dem Tisch lag ein Kasten aus Kirschbaumholz, ein Degenkasten, der jedoch leer war. Kent öffnete Schränke und Schubladen, fand aber nichts Brauchbares. Der Bewohner dieser Räume hieß offenbar Ceril Hampton, Oberst Ceril Hampton, doch auch dieses Wissen brachte Kent nicht voran. Hamptons gab es in Farrland zuhauf.

Kent stellte sich mitten in den Raum und blickte sich zähneknirschend um. Hier gab es nicht einmal Bettlaken, die er zusammengeknotet zur Flucht benutzen konnte, wie sie in jedem guten Roman vorhanden gewesen wären.

In diesem Moment öffnete sich die Tür. Kents Wut musste ihm deutlich im Gesicht gestanden haben, denn seine Miene ließ selbst den Königsmann in der Tür zögern. Doch lange zauderte Palle nicht. Noyes und zwei Gardisten begleiteten ihn; Noyes steckte in einem seiner gewohnt verschrobenen Anzüge.

»Mr. Kent.« Roderick nickte ihm zu.

Kent sagte nichts, sondern schaute weiterhin wütend um sich. Noyes wich seinem Blick aus.

»Weshalb bin ich hier?«

Palle lächelte ihn gepresst an, nicht länger allerdings, als man für ein Blinzeln braucht. »Wir haben keine Zeit zu verschwenden, Sir Averil«, sagte der Königsmann. Seiner Stimme war keine Verärgerung anzumerken. Die Gardisten stellten sich zu beiden Seiten der Tür auf. »Möchten Sie sich nicht setzen?«

»Ich ziehe es vor zu stehen.«

»Wie Sie wünschen. Ich suche nach einem jungen Gelehrten namens Egar Littel. Erst vor wenigen Tagen haben Sie ihm geholfen, aus Merton zu fliehen. Er wird eines schrecklichen Verbrechens bezichtigt, Mr. Kent. Wenn Sie uns sagen würden, wo dieser Mann sich verbirgt, würde es mein Vertrauen in Ihre Absichten gewaltig steigern.«

»Littel? Wissen Sie, ich lerne so viele Menschen kennen, und der Name ist nicht ungewöhnlich.«

Auf dem Gesicht des Königsmanns erschien ein Ausdruck gequälter Abscheu. »Mr. Kent. Niemand weiß, wo Sie sich befinden.« Er wies auf die Tür. »Diese Männer sind mir treu ergeben. Wenn ich den Befehl erteilte, würden sie selbst Prinzessin Joelle foltern. Werden Sie mir nun sagen, was ich wissen will, oder muss ich zu extremeren Methoden greifen? Und vergessen Sie nicht, dass wir außerdem Ihren guten Kutscher in der Gewalt haben. Vielleicht ist er eher willens, Mr. Littels Aufenthaltsort preiszugeben.«

»Er kennt ihn nicht«, sagte Kent rasch.

»Aha ... Das heißt aber, dass Sie wissen, wo Mr. Littel ist.

Ich bitte Sie, Kent, berücksichtigen Sie doch, wie viel Leid Sie über andere Menschen bringen.« Palle zog einen Sessel heran, setzte sich und faltete die Hände im Schoß. »Sie hätten mein Angebot annehmen sollen, Kent, anstatt zu versuchen, weiter Ihrem gewählten Weg zu folgen. Mein Angebot habe ich Ihnen in gutem Glauben gemacht.«

Kent musterte den Königsmann, doch Palles Gesicht blieb völlig ungerührt und verriet nichts - wie ein Blatt Papier, bevor es beschrieben wird. »Ich könnte mich nicht überwinden, ein Bündnis mit Mördern einzugehen«, sagte Kent, zu Noyes gewandt, welcher auf der Stelle wegschaute.

Palle nickte, als wären nun alle Zweifel ausgeräumt. »Vor nicht allzu langer Zeit hat eine entonnische Opernsängerin Sie zu Hause besucht, Sir Averil. Die junge Dame ist eine Agentin des Grafen Massenet. Ich muss Ihnen sagen, sie war weitaus kooperativer, als Sie es sind. Sie hat mir eingestanden, sie habe Sie aus nur einem Grund aufgesucht: um einen Brief zu entwenden, den Graf Massenet in die Hände bekommen wollte; das ist ihr gelungen. Welche Bedeutung hat dieser Brief?«

Kent fragte sich, ob ihm seine Bestürzung anzumerken sei. Er setzte sich mit aller Beiläufigkeit, die er vorzuspielen vermochte. »Das kann ich mir nicht vorstellen.«

Palle lachte leise. »Was hat Massenet Ihnen gegeben, um Ihnen vorzugaukeln, Sie hätten eine Art *diplomatische Immunität* erlangt? War das der ›Fühler‹, von dem Sie behaupten, er reiche bis in das Herz des Palastes? Der einen Skandal auslösen könnte, der groß genug wäre, um die Regierung zu stürzen?« Wie um Kent zu einer Antwort zu ermutigen, neigte Palle den Kopf zur Seite. »Massenet ist tückisch bis ins Mark, Mr. Kent. Treue kennt er nur gegenüber seinem König und seinen Gelüsten. Sie sehen, Sie hätten mein großzügiges Angebot besser angenommen.« Mit der Fingerspitze zeichnete Palle einen Kreis auf die Sessellehne. »Ich mache Ihnen einen letzten Vorschlag: Sie beantworten meine Fragen, und ich gestatte Ihnen, sich ehrenhaft in Ihr Haus auf dem Land zurückzuziehen. Nach einiger Zeit könnte es sogar sein, dass ich Ihnen erlaube, nach Avonel zurückzukehren. Lehnen Sie mein Angebot ab, und ich werde Ihnen Ihre Arznei entziehen. Bedenken Sie nur, was der arme Trevelyan erdulden muss.« Er blickte auf. »Wo ist dieser Littel? Haben Sie Massenet hintertragen, was er weiß?«

Kent sah Noyes an, der jedoch weiterhin seinen Blick mied und ihm verriet, dass er ein enormes Schuldgefühl empfand. Kent rutschte auf dem Stuhl hin und her und versuchte, einem in die Ecke gedrängten Tier so ähnlich zu sehen wie nur irgend möglich. »Littel ist in Locfal, im Haus Tristam Flatterys.«

Palle blickte Noyes an, dann wandte er sich wieder an Kent. »Ich frage mich, ob das, was wir von Ihrem Kutscher erfahren, Ihre Aussage bestätigt. Und Massenet?«

»Er weiß nichts von Mr. Littel, das versichere ich Ihnen.«

Palle zog die Augenbrauen hoch, wie um zu sagen: ›Ach wirklich?‹

»Was aber plant der Graf dann?«, fragte der Königsmann.

»Das wissen Sie doch sicher so genau wie ich, Sir Roderick. Er verabscheut Sie und nutzt jede Gelegenheit, Ihre Pläne zu durchkreuzen. Nun versucht er, Ihr großes Bestreben aufzuhalten, das ist doch klar. Aber Sie behaupten doch, eine seiner Agentinnen verhaftet zu haben: Was sagt sie denn außerdem?«

»Sehr viel. Es ist immer wieder erstaunlich, wie redselig die Menschen die Furcht vor der Enthauptung macht. Landesverrat, Mr. Kent – ihn dulden wir ebenso wenig wie die Entonnier.«

Kent war sich im Klaren, dass er nun am besten schwiege, doch er konnte nicht anders. »Und was werden Sie mit ihr machen, sobald sie Ihnen alles verraten hat, was sie weiß?«

Palle sah Kent in die Augen, und nun war sein Blick überhaupt nicht unergründlich: Der Königsmann ließ Belustigung erkennen. »Das hängt ganz davon ab, ob Sie mir die Wahrheit sagen, Mr. Kent. Ich lege das Leben der jungen Dame ganz in Ihre Hände.«

28. Kapitel

Der Herzog von Blackwater folgte dem Diener zu einem kleinen Empfangszimmer im Erdgeschoss. Er war reichlich verdrossen, weil man ihn geweckt hatte.

»Wie spät ist es?«, fragte er.

»Halb zwölf, Sir.«

»Meine Güte«, brummte der Herzog.

Der Besucher, der auf ihn wartete, war ihm völlig fremd, ein Diener, wie man sofort sah, vielleicht sechzig Jahre alt. Trotz seines bescheidenen Anzugs machte er einen äußerst wählerischen Eindruck, und dabei schien er sich vor Sorge zu verzehren. Als der Herzog in den Raum kam, erhob sich der Fremde und vollführte einen Kratzfuß.

»Guter Mann, Sie benutzen die Visitenkarte meines Freundes Sir Averil Kent. Wie erklären Sie das?«

»Ich bin Smithers, Sir Averils Diener, Hoheit. Ich entschuldige mich vielmals, Hoheit zu dieser Stunde aus dem Schlaf zu reißen, aber ich befolge nur Sir Averils ausdrückliche Anweisung.«

Der Herzog nickte und bedeutete Smithers, sich wieder zu setzen. Dann nahm er selbst Platz.

»Meine Anweisungen sind überaus präzise. Wann immer Sir Averil das Haus verlässt, gibt er mir die genaue Stunde seiner Wiederkehr an, und wenn diese sich verschiebt, benachrichtigt er mich. Wenn es zu irgendeiner Zeit anders kommt, bin ich angewiesen, einen bestimmten Brief zu nehmen und ihn Hoheit augenblicklich zu überbringen.«

»Mir?«, fragte der Herzog überrascht.

»Jawohl, Hoheit.«

»Soso. Nun, dann zeigen Sie mir doch diesen Brief.«

Mit überaus bestürztem Gesicht griff sich Smithers in die Jacke. »Wie angewiesen holte ich das Schreiben, Sir, aber ich sah sofort, dass der Umschlag leer ist.« Er reichte dem Herzog ein Kuvert. Blackwater sah es sich an, noch immer völlig verblüfft von dem Geschehen – und es war wirklich leer. Auf dem Umschlag stand der Name des Grafen Massenet; die Handschrift erschien Blackwater vage vertraut.

»Wie lange ist Ihr Herr nun schon überfällig, Mr. Smithers?«

»Ich hatte ihn schon vor einigen Stunden zurückerwartet, Sir. Bisher hat er es nicht einmal versäumt, Nachricht zu geben.«

»Was ... was erwartet Sir Averil nun von mir?«

»Das weiß ich nicht«, sagte Smithers und sah den Herzog verlegen und zugleich tief besorgt an. »Er sagte, Hoheit würden es wissen.«

Blackwater nickte und besah sich noch einmal die Schrift. »Sir Averil verschwand vor geraumer Zeit in Merton und tauchte unversehrt wieder auf. Vielleicht ist es diesmal wieder so.«

»Ich hoffe, Hoheit haben Recht, aber ich fürchte, die Umstände sind diesmal anders. Als ich das Haus durch die Hintertür verließ, traf eine Gruppe Männer ein. Ich stand abseits im Dunkeln, aber nicht zu weit entfernt, und beobachtete sie, weil ich feststellen wollte, ob es sich um Freunde Sir Averils handelte – die vielleicht eine Nachricht brachten. Als das Hausmädchen ihnen die Tür öffnete, stießen sie das arme Ding beiseite und drangen gewaltsam ins Haus ein. Aus den Geräuschen und dem, was ich durch die Fenster sehen konnte, musste ich schließen, dass diese Männer das Haus gründlich durchsuchten. Ich eilte davon und kam auf schnellstem Wege hierher.«

»Und Sie haben diese Männer nicht gekannt?«

»Das habe ich nicht, aber wenn ich raten sollte, würde ich sagen, sie dienen dem Königsmann.«

»Wissen Sie, wohin Sir Averil gegangen ist?«

»Das sagt er mir nur ganz selten, Sir.«

Der Herzog nickte. »Ich denke, Sie sollten heute Nacht hier bleiben, Smithers. Ich werde tun, was ich kann, um Ihren Herrn zu finden.«

Nachdem der Diener hinausgeführt worden war, blieb Blackwater sitzen und dachte nach. Kurz erwog er, die

Herzogin zu wecken, entschied dann aber, sie schlafen zu lassen.

Als sein Diener zurückkehrte, überlegte der Herzog noch kurz und befahl: »Wecken Sie Lord Jaimas und Miss Alissa.« Der Diener verließ das Empfangszimmer wieder, ohne sich über die Bitte erstaunt zu zeigen.

Eine Viertelstunde verging in völliger Stille, dann kamen die beiden ins Zimmer.

»Ist es wegen Mutter?«, fragte Jaimas sofort. Er bemühte sich, ruhig zu klingen.

»Nein. Nein, ihr fehlt nichts. Es geht um Kent.« Der Herzog berichtete, was er erfahren hatte.

Alissa und Jaimy blickten einander ein. Was sie gehört hatten, gefiel ihnen nicht, das sah Blackwater sofort.

»Wohin war Mr. Kent denn gegangen?«, fragte Alissa.

»Das weiß der Diener nicht. Kent sagt ihm klugerweise nur wenig.«

Alissa biss sich nachdenklich auf die Lippe. »Als ich ihn heute Morgen besuchte, sagte er nichts, was auf seine Pläne hinwies. Gibt der Brief, den ich Ihnen überbracht habe, vielleicht einen Hinweis, Herr Herzog?«

Blackwater überlegte kurz. »Kent schrieb mir, dass die Pflanzen, die der König in seinem Arboretum verbirgt, zu blühen begonnen hätten. Wisst ihr, was ich damit meine?«

Alissa und Jaimy nickten.

»Kent deutete an, dass Palle und seine Anhänger noch nichts davon erfahren hätten, dass er aber glaube, sie würden eine Richtung einschlagen, die ganz Farrland in Gefahr bringt, sobald sie davon wüssten. Nun ist Kent nicht dafür bekannt, zur Melodramatik zu neigen. Deshalb bin ich sicher, dass er die Wahrheit sagt.«

»Glaubst du, der Palast hat ihn verhaftet?«, fragte Jaimy.

Aus irgendeinem Grund machte die Beiläufigkeit, mit der sein Sohn diese Frage aussprach, den Herzog sehr traurig. Allein dass sie gestellt wurde, zeigte nur zu sehr, in welchem Zustand sich Farrland derzeit befand. »Das ist sehr wahrscheinlich. Ich werde es ergründen, und je früher, desto besser.« Er nahm den leeren Briefumschlag in die

Hand und musterte ihn einmal mehr. »Diese Schrift ... ich kenne sie ...« Dann reichte er den Umschlag weiter.

»Die Prinzessin!«, stieß Alissa hervor.

Der Herzog sah sie an, und in diesem Blick lagen mehr Fragen, als ihm spontan bewusst war. »Sind Sie sicher?«

»Ja. Die Herzogin könnte es bestätigen, aber ich bin mir sicher.«

Der Herzog schüttelte den Kopf. Das hatte er nicht erwartet. Kent hatte einen Brief der Prinzessin besessen, der an Massenet gerichtet war. Dieser Brief war offenbar entwendet worden, wobei der Dieb das Kuvert zurückließ, damit Kent das Verschwinden des Schriftstücks nicht sofort bemerkte. Der fehlende Brief hätte ihm übergeben werden sollen, wenn Kent etwas zustieß. Daraus ergaben sich unzählige Möglichkeiten.

»Ich sollte auf der Stelle die Gräfin von Chilton benachrichtigen«, dachte Jaimy laut.

Blackwater nickte. »Ja. Im Palast findet ein Ball statt«, sagte er. »Ich werde hingehen und sehen, was ich erfahre.«

Alissa erhob sich. »Ich werde zwar aussehen wie die Cousine vom Lande, aber ich kann mich augenblicklich fertig machen.«

Der Herzog überlegte. »Gut. So schnell Sie können. Und Jaimas – auch du wirst uns begleiten. Mal sehen, was der Königsmann davon hält.«

Prinz Wilam bemühte sich, zwei überaus reizenden Schwestern zu entkommen, den Töchtern eines Marquess, die ihn leider bis zur Schläfrigkeit langweilten. Immer wieder suchte er den Blick des jungen Marineoffiziers, der eigentlich die Aufgabe hatte, in solchen Fällen so subtil wie möglich einzuschreiten. Nur hatte den Offizier dummerweise das gleiche Schicksal ereilt wie den Prinzen – die Tochter eines Admirals genoss seine ungeteilte Aufmerksamkeit –, sodass der Prinz abwechselnd wütend wurde und an sich halten musste, angesichts dieser unfreiwilligen Komik nicht mit einem lauten Lachen herauszuplatzen.

Je mehr er sich das Lachen verkniff, desto brüchiger wurde seine Selbstbeherrschung und desto lebhafter wurden die Schwestern in ihrer Konversation, wobei sie mit wachsendem Unbehagen das tiefe Erröten des Prinzen beobachteten.

»Eh-entschuldigung«, sagte der Prinz und versuchte sein prustendes Lachen hinter vorgehaltener Hand wie ein Niesen klingen zu lassen. In diesem Augenblick betrat der Herzog von Blackwater den Saal, begleitet von Alissa Somers und Lord Jaimas. Jeglicher Unernst fiel von Prinz Wilam ab. Ohne seine Gesellschaft zu beachten, schaute er sich nach Palle um und entdeckte den Königsmann gerade in dem Augenblick, als dieser von einem seiner Gehilfen auf den Herzog aufmerksam gemacht wurde.

Palle verzog keine Miene, als sein Blick auf den Herzog und seinen unleugbar lebendigen Sohn fiel, sondern er wirkte wie versteinert – wie ein Mann, der mitten in der Schlacht etwas Entsetzliches beobachtet. Dann wandte er sich ab und sprach dem Gehilfen etwas ins Ohr, während er den Raum verließ. Noyes folgte ihm auf dem Fuße und blickte noch einmal sichtlich verängstigt über die Schulter.

»Er trägt einen Degen«, flüsterte eine der Schwestern. Der Prinz folgte ihrem Blick und begriff, dass sie den Herzog von Blackwater gemeint hatte. Seit Beaumont seine vernichtende Attacke auf die Barbaren veröffentlicht hatte, die seinerzeit waffenklirrend umherstolzierten, und dafür nicht zum Duell gefordert worden war, war das Tragen von Degen außer Mode gekommen und das Duellieren fast ganz verschwunden. Doch da stand ein höchst zivilisierter Mann, und an seiner Hüfte hing ein Degen – allem Anschein nach keine Zierwaffe.

»Flammen«, hörte der Prinz sich hauchen.

Alissa und Jaimas schritten, ohne zu zögern, auf Prinzessin Joelle zu, und während der Prinz sie noch mit den Augen verfolgte, begriff er, dass sein Vater, Prinzregent Kori, im gleichen Moment verschwunden war wie Sir Roderick Palle.

»Ich muss Lord Jaimas zu seiner bevorstehenden Heirat

gratulieren«, log Prinz Wilam und entfloh mit einem starren Lächeln seinen Schlaf-Feen.

Es gelang ihm zwar nicht, die Menge schnell genug zu durchdringen, um vor Alissa und Jaimas seine Mutter zu erreichen, doch er traf nur einen Augenblick später ein.

»Kent ist verschwunden«, flüsterte seine Mutter ihm zu, kaum dass er nahe genug stand.

Alissa sah ihn nicht an, doch Jaimas' Verbeugung und Gesichtsausdruck ließen keinerlei Feindseligkeit aufkommen.

»Wenn er sich auf dem Palastgelände befindet, dann wissen wir, wo wir ihn finden können«, sagte der Prinz. Er blickte sich rasch im Raum um und bemerkte, dass sich der anwesende Hochadel um den Herzog von Blackwater geschart hatte. »Wir haben keine Zeit zu verlieren. Ich sammle rasch unsere wenigen Getreuen«, sagte er und eilte davon.

Als die Gardisten die Tür öffneten, wichen sie überrascht zurück, denn vor ihnen stand Prinzessin Joelle, zum Ball gekleidet und mit Juwelen geschmückt, die so viel wert waren wie das Vermögen eines Lords. Ihr zu Seiten standen schweigend ein junger Lord und der Herzog von Blackwater in entschlossener Pose; beide trugen Degen.

»Sie werden mir unverzüglich Sir Averil Kent übergeben«, sagte die Prinzessin in einem Ton, der deutlich machte, dass jeder Widerspruch völlig außer Frage stand.

»Sir Averil?«, fragte der befehlshabende Gardist. Vor Verblüffung hätte er beinahe gestottert.

Die Prinzessin trat beiseite, sodass der Offizier sehen konnte, dass sie von bewaffneten Gardisten begleitet wurde. »Nehmen Sie diese Männer in Gewahrsam. Sie haben ihren Eid gebrochen und gegen die Gesetze des Königreichs verstoßen.«

In der Dunkelheit fuhr scharrend ein Rapier aus der Scheide. Die Lords von Blackwater stießen die Tür auf, und die beiden diensthabenden Gardisten wichen zurück, griffen nach ihren Rapieren und zogen blank. Obwohl sie gut geschult und pflichtergeben waren, hatte kein Ausbilder sie darauf vorbereiten können, dass sie sich eines Tages gegen die Königsfamilie stellen sollten. Sie wichen zurück, und gerade, als es schon so aussah, als wollten sie sich fügen, entschieden sich Palles Männer, auf welcher Seite sie standen.

Der Kampf dauerte nur kurz.

Kaum war er vorüber, betrat Prinzessin Joelle das Haus, doch der Anblick, der sich ihr bot, ließ sie erbleichen. Reglos lag ein Gardist am Boden, und unter ihm breitete sich langsam eine Blutlache aus. Zwei andere hielten die Hände auf ihre Wunden gepresst, und wütende Empörung stand in ihren Gesichtern.

»Es hat begonnen«, sagte sie leise, und eine einzelne Träne glänzte an ihren Wimpern.

Kent fanden sie vor einem offenen Fenster; er blickte in den dunklen Garten. Als er die Tür hörte, fuhr er herum und erstarrte. Orientierungslos schaute er auf die blanken, blutigen Klingen. Dann änderte sich seine Haltung, er wurde steif und förmlich, sein Gesicht nahm einen Ausdruck grimmigen Wissens an.

»Königliche Hoheit«, sagte er und verbeugte sich formell, doch seine Stimme war erfüllt von Besorgnis.

Auf die Prinzessin blieb Kents Gebaren nicht ohne Wirkung. Sie stand unschlüssig vor ihm, als hätten sie Zweifel erfasst, dann straffte sie die Schultern. »Wir müssen uns beeilen, Sir Averil«, sagte sie; »noch ist nichts entschieden. Möglich, dass wir alle unter bewachtem Hausarrest stehen, bevor die Nacht um ist.«

Der Ball ging weiter. Musik klang durch die Türen und schwebte blassen Gespenstern gleich in den zahllosen Dielen und Korridoren des Palastes. Niemand, auch die Prinzessin nicht, konnte einschätzen, welche Folgen ihr Handeln zeigen würde. Die unausgesprochenen Regeln, denen die farrische Politik unterstand, waren von beiden Seiten gebrochen worden: Der Königsmann und seine Anhänger hatten aus eigennützigen Gründen den Sohn eines der einflussreichsten Adligen im ganzen Reich ermorden wollen und außerdem einen berühmten Farrländer seiner Freiheit beraubt. Nun hatten sich besagter einflussreicher Adliger und eine Prinzessin, die Gattin des Thronfolgers, gegen sie erhoben, und das musste zu einer Spaltung der Regierung führen – wenn nicht zu Schlimmerem. Jeder hatte begriffen, dass man sich nun eins auf keinen Fall leisten konnte: die Nerven zu verlieren.

Die Prinzessin sammelte ihre Anhänger am Wachhaus und marschierte zum Palast; ihre einzige wirksame Waffe war das Überraschungsmoment. Joelle hatte sich kurz mit dem Herzog beraten und war zu dem Schluss gelangt, dass sie keine andere Wahl hatten, als augenblicklich zu handeln. Wenn Galton sich auf ihre Seite stellte und es ihnen gelänge, den König während eines lichten Moments zu präsentieren, konnten sie behaupten, Palle und Prinz Kori hätten sich die Macht im Königreich widerrechtlich angeeignet, während sie den König unter dem Einfluss eines starken Medikamentes hielten. Unter diesem Vorwurf ließe sich die Regentschaft aufheben und Palles Sturz initiieren.

Sehr viel stand auf dem Spiel, und jedem von ihnen war klar, dass sie den Kerker riskierten, wenn nicht sogar einen Bürgerkrieg. Ihre größte Chance lag darin, Palle und Prinz Kori auf der Stelle festzusetzen, bevor die Gegenseite erkannte, was vor sich ging.

Der Herzog von Blackwater und die der Prinzessin treu ergebenen Gardisten gelangten durch eine selten benutzte Tür in den Palast. Während sie in die breiteren Gänge vorstießen, überraschten sie im Vordringen immer wieder Diener und Gardisten, die sie alle ins Schlepptau nahmen, sodass niemand eine Warnung weitergeben konnte.

Schließlich bogen sie auf einen der Hauptgänge ein, die den Palast von einer Außenwand zur anderen durchzogen, und erblickten weit vor sich eine einzelne Frau, die für den Ball gekleidet war. Die Dame sah sie ebenfalls und stockte beim Anblick der Bewaffneten, doch als sie sich zum Fliehen umwandte, geriet sie ins Taumeln und hätte fast das Gleichgewicht verloren.

»Lady Galton!«, rief Blackwater. Die plötzliche Erleichterung der Frau war offenkundig. So schnell, wie das kunstvolle Kleid es ihr erlaubte, eilte sie der Gruppe entgegen.

»Geflohen ... alle sind geflohen«, brachte Lady Galton atemlos hervor. Die Prinzessin und Alissa drängten sich nach vorn und dirigierten die Lady behutsam zu einem Stuhl.

»Alle fort ...«, sagte sie schließlich, nachdem sie saß. »Der Prinz, Wells, Palle ... Fort. Und sie haben Stedman mitgenommen.«

»Aber wohin?«, fragte der Herzog, der sich auf ein Knie niedergelassen hatte. »Wohin wollten sie?«

Lady Galton hob die Hand und nickte, was heißen sollte, sie wisse zwar Bescheid, müsse aber erst zu Atem kommen. Sie wandte sich von der Gruppe ab, zog etwas aus dem Mieder und reichte der Prinzessin mehrere gefaltete Blätter aus dickem Papier. Joelle öffnete sie rasch.

»Aber was ist das denn?« Sie zeigte die Seiten dem Herzog, der sofort Kent herbeiwinkte.

Der Maler brauchte nur einen Blick darauf zu werfen. »Der fehlende Teil des Textes?«, fragte er Lady Galton.

Sie nickte, noch immer ohne Stimme.

»Aber wohin ist mein Gatte verschwunden?«, fragte die Prinzessin.

»Abtei von Tremont«, hauchte Lady Galton, kaum dass sie genügend Luft hatte.

Palle und seine Gruppe waren tatsächlich geflohen. Die Prinzessin und ihre Anhänger durchsuchten und sicherten den Palast, während die meisten Gäste des Balls wähnten, es sei nichts Ungewöhnliches geschehen. Andere, die besser im Bilde waren, bemerkten sehr wohl, dass etwas vorging, und spekulierten flüsternd ohne Unterlass. Noch besser Informierte wussten, dass im Königreich ein Machtkampf schwelte, der soeben zu offenen Feindseligkeiten eskaliert war, und sie hatten sich eilig aus dem Palast verabschiedet. Nun versuchten sie außerhalb in Erfahrung zu bringen, was sich eigentlich ereignet hatte.

Ohne Zweifel hingen von dieser dritten Gruppe etliche der einen sowie anderen Seite ab, doch die meisten wollten einfach warten, wie sich der Kampf entwickelte, bevor sie offen Stellung bezögen. Für sie war es nicht wichtig, wer gewann, solange sie nur am Ende mit den Siegern im Bunde standen.

Dann gab es noch die vierte Gruppe, in der jeder seine Rolle in dem sich entfaltenden Drama einnahm, und die meisten davon hatten sich in einem festlichen Speisesaal des Erdgeschosses versammelt. Eine große Versammlung war es nicht: Prinzessin Joelle und Sohn, der Herzog von Blackwater und Lord Jaimas, Kent und sein befreiter Kutscher Hawkins, Lady Galton, Alissa Somers, der Marquess von Sennet, mehrere Offiziere der Palastgarde, der Seelord nebst Gattin – und nicht zuletzt eine entonnische Opernsängerin, die entschieden verängstigt und fehl am Platze wirkte.

Sennet saß auf der Sesselkante und schüttelte immer wieder den Kopf, weniger aus Unglauben denn vielmehr aus Ehrfurcht. »Und ich dachte immer, ich wüsste, was im Königreich vor sich geht.« Dabei schaute er Kent fast bewundernd an, und ein gedankenverlorenes Lächeln breitete sich auf seinem Gesicht aus.

Auf dem Tisch lag eine Karte, über die sich Blackwater und sein Sohn beugten. Gelegentlich zogen sie mit dem Finger eine besonders wichtige Linie nach. Alissa Somers saß bei Lady Galton, die sich zusehends erholte und versuchte, möglichst unauffällig die hübsche junge Entonnierin zu beobachten. Zutiefst deprimiert kauerte die Sängerin abseits auf einem Stuhl. Kent hatte zuvor in nicht unfreundlichem Ton mit ihr gesprochen. Das Gespräch war auf Entonnisch geführt worden – es ging um einen Brief –, und Alissa hatte nicht jedes Wort verstanden. Die Sängerin hatte sich sehr geziert, dem Maler in die Augen zu blicken, und war den Tränen nahe gewesen. Alissa fand die Situation sehr merkwürdig, doch was war im Augenblick schon normal? Im Verlaufe von weniger als einer Stunde hatte sich ihre ganze Welt verändert, und sie gehörten zu den Schrittmachern dieses Wandels.

Alissa fragte sich, ob sie nicht besser daran getan hätte, den Wunsch ihres Vaters zu erfüllen und in Merton einen jungen Gelehrten zu heiraten. Was vor sich ging, begriff sie weit genug, um zu wissen, dass ihr bei einem Scheitern der Rebellion eine Anklage wegen Hochverrats drohte – eine furchterregende Erkenntnis.

War der Regentschaftsrat handlungsunfähig, ging seine Macht normalerweise auf den Lordschatzkanzler über. Alissa erinnerte sich, dass Kent sie am Geburtstag der Herzogin auf Lord Harrington aufmerksam gemacht hatte, einen kleinen, adretten Mann, der für seinen brillanten Verstand berühmt war. Wenn der Politiker eine Schwäche hatte, dann die, mithilfe seines Amtes sein Privatvermögen mehren zu wollen – eine unter Ministern recht verbreitete Erscheinung, wie Kent ihr zu verstehen gegeben hatte.

Niemand wusste, wo sich Lord Harrington in diesem Moment aufhielt. »Wahrscheinlich räumt er die Schatzkammer leer«, hatte jemand vermutet, doch der Galgenhumor taugte nicht zur Aufheiterung. Zu schwer lastete dagegen die Sorge über das plötzliche Verschwinden Palles und seiner gesamten Clique.

Jaimy sprach leise mit seinem Vater. Beide gaben sie sich schrecklich ernst, doch war ihnen noch etwas anderes anzumerken.

Im Augenblick kamen ihr die Männer völlig fremd vor: wie sie über das Schicksal des Königreichs diskutierten, als sei ein solches Gespräch nicht absurd – als sei es nicht unnatürlich. Das Gefühl, sie gehöre nicht in diesen Raum, hielt sie umfangen. Vielleicht wollte sie auch gar nicht hierher gehören. Hier war sie nicht mehr in der abgeschiedenen Welt Mertons, wo Politik ein Gesprächsthema unter vielen war, wie Literatur oder Philosophie. In diesem Saal war Politik nichts Theoretisches mehr. Jaimys Hoffnung, den Verpflichtungen auszuweichen, die seine Stellung ihm auferlegte, erwies sich als naiv, und das bereitete ihr große Not.

Außerdem war Alissa sich bewusst, dass der Prinz sie gelegentlich anschaute, obwohl er sich bemühte, es zu unterlassen. Er starrte sie weder an, noch verhielt er sich allzu offensichtlich, doch warf er ihr wie gegen seinen Willen Blicke zu. Wenn diese Rebellion tatsächlich die Nacht überstand, dann würde eher Prinz Wilam dem König auf den Thron folgen, als Prinz Kori. Niemand hatte das je ausgesprochen, doch es lag nahe. Prinz Kori würde mit Palle und den anderen Verschwörern fallen – zugunsten seines Sohnes auf die Thronfolge verzichten. Der junge Mann, der sich in sie verliebt hatte, war der nächste Anwärter auf die Krone Farrlands.

Die Tür öffnete sich, und eine Frau wurde eingelassen. Jeder wandte sich ihr zu, doch niemand sagte ein Wort oder bot ihr eine Geste des Willkommens.

»Lady Rawdon«, flüsterte Lady Galton Alissa ins Ohr.

Die Frau, die in der Tür stehen geblieben war, war keine Schönheit, doch ihre Haltung und Ausstrahlung lenkten aller Blicke auf sie. Alissa kannte Lady Rawdon nicht, aber sie hatte gehört, sie sei im vorhergehenden Jahr schwer krank gewesen. Das war also die Frau, der es gelungen war, das Herz des Königlichen Leibarztes zu gewinnen, denn Benjamin Rawdon zählte zu den am meisten bewunderten Männern ganz Farrlands; zumindest bei den Damen. Ganz gewiss war er einer der bestaussehenden Männer, die Alissa je gesehen hatte, auch wenn er reserviert und geistesabwesend wirkte.

Der Herzog begrüßte Lady Rawdon als Repräsentant der Prinzessin, als ›der Königin Mann‹ gewissermaßen.

Lady Rawdon sagte kein Wort, sondern sah sich zunächst um, als wäre sie plötzlich und völlig ungewohnt ihrer selbst nicht mehr sicher.

»Ich wünsche die Prinzessin zu sprechen. Ich bitte um Nachsicht, Herr Herzog, aber es handelt sich um eine recht heikle Angelegenheit.«

Blackwater schaute die Prinzessin an, welche nickte, und

so bedeutete er Lady Rawdon näherzutreten. Alissa erkannte die Klugheit und den scharfen Verstand, der ihr aus den Augen leuchtete.

Lady Rawdon und die Prinzessin gingen ans andere Ende des Saals und sprachen leise vor dem Kamin. Die Prinzessin gab sich sehr reserviert, war ohne Frage die Herrscherin, der von einer Untertanin eine Bitte vorgetragen wird, welcher sie weder mit Wärme noch mit Erbarmen begegnet.

Weil sie es ungehörig fand, dieses Gespräch zu beobachten, wandte Alissa den Blick ab, doch dann bemerkte sie, dass Blackwater absichtlich und offen hinüberschaute.

Plötzlich wandte er sich ab und kam zu Lady Galton, beugte sich dicht zu ihr hinunter und flüsterte: »Hat Rawdon seine Frau mithilfe dieser Saat geheilt?«

Lady Galton hob ruckartig den Kopf und sah dem Herzog in die Augen. »Sie wären gut beraten, wenn Sie dieses Thema nicht weiter verfolgten«, antwortete sie leise mit leicht schwankender Stimme.

»Dann ist es wahr?«, vergewisserte sich Blackwater, ohne auf ihren Verweis einzugehen.

Lady Galton gab keine Antwort, sie blickte ihn nur forschend an.

Die Prinzessin ließ Lady Rawdon am Kamin stehen und trat zu Blackwater und Lady Galton. Ihren Sohn winkte sie herbei. Alissa blieb, wo sie war, und bemerkte, dass der Prinz sich absichtlich auf die gegenüberliegende Seite des Kreises stellte.

»Bleib sitzen, Cousine«, sagte die Prinzessin zu Lady Galton, die Alissas Hand so fest umschlossen hielt, dass diese sich ebenfalls nicht erheben konnte. Niemand schien es zu bemerken. »Lady Rawdon behauptet, ihr Gatte sei in Bezug auf Sir Roderick und den Prinzen ernüchtert. Er wartet in der Nähe – wo, möchte sie uns nicht sagen – und weigert sich, den König zu verlassen, für den er verantwortlich ist. Rawdon ist bereit, auf unsere Seite zu wechseln, und um ihre Vertrauenswürdigkeit unter Beweis zu stellen, hat Lady Rawdon mir Palles Aufenthaltsort mitgeteilt.«

Der Herzog starrte die Frau am Kamin unverhohlen an, doch sie hatte den Leuten den Rücken zugewandt. »Lady Galton hat uns bereits gesagt, wohin Palle will«, sagte er dann. »Warum floh Palle ausgerechnet jetzt und ließ Rawdon zurück? Das ist es, was wir erfahren müssen. Wenn sie uns das sagen würde, dann wäre ich bereit, den Abfall der Rawdons mit geneigteren Augen zu betrachten.

Für sie ist es nur ein Vorteil, wenn sie jetzt zu uns übergehen. Wenn wir den Sieg davontragen, sind sie gerettet, und wenn nicht, können sie für sich in Anspruch nehmen, keine andere Wahl gehabt zu haben, als uns entgegenzukommen, um den König zu retten.« Der Herzog machte eine Pause, um nachzudenken.

»Außerdem fürchte ich, dass Rawdon über diese Arznei den Geisteszustand des Königs lenkt, ganz wie Königliche Hoheit für möglich gehalten haben«, sagte er dann. »Wenn wir nicht beweisen können, dass Seine Majestät bei Verstand ist – dann bedeutet unser Widerstand Hochverrat.«

Die Prinzessin strich sich über das Kinn. »Nur Rawdon versteht sich auf diese Arznei. Schließlich ist sie streng geheim gehalten worden. Ich weiß nicht, was mit dem König geschieht, wenn Rawdon sich nicht mehr um ihn kümmert. Ich neige jedoch zu der Ansicht, dass Lady Rawdon aufrichtig ist. Ich habe sie nie anders gekannt. Rawdons Aussage käme uns aber zupass, um unsere Behauptungen zu belegen.«

»Ich habe niemals etwas anders als das Beste von Lady Rawdon gedacht«, lenkte Blackwater ein, »und auf ihren Gatten hielt ich große Stücke, bis er sich Palle zuwandte. Wird Rawdon ein Schriftstück unterzeichnen, in dem er darlegt, wie König Wilam in einem dem Wahnsinn ähnlichen Zustand gehalten wurde, damit er von anderen abhängig blieb? Wird er Palle und Prinz Kori als Anstifter beschuldigen?«

»Ja«, sagte die Prinzessin. »Er wird die Regenten anklagen und beschwören, dass der König noch immer geistig zurechnungsfähig ist. Mein Gatte hat den Arzt gebeten, sich um Seine Majestät zu kümmern. Sagen Sie gegen den Prinzen, was sie wollen, aber er hat nicht zugelassen, dass dem König ein Unfall zustößt, was gewiss den einfachsten Weg zur Macht bedeutet hätte. Offensichtlich ging Königsmord selbst ihm zu weit.«

Der Herzog sah wieder zu Lady Rawdon hinüber. »Meiner Ansicht nach sollten wir den Treueschwur der Rawdons akzeptieren, sie aber unter sorgfältiger Beobachtung halten. Wenn wir beweisen wollen, dass Palle und der Prinz dem geistig zurechnungsfähigen König die Macht genommen haben, dann muss Seine Majestät auch geistig zurechnungsfähig auftreten können, das steht einmal fest.«

Im Gesicht der Prinzessin zeichneten sich Schmerz und Erschöpfung ab. »Dann können wir Seiner Majestät den übermäßigen Genuss dieser Arznei nicht mehr gestatten. Palle und der Prinz betrieben seine Abhängigkeit, und nun muss Rawdon sie wieder eindämmen, ohne das Leben des Königs zu gefährden.«

Alissa fragte sich bei alldem, inwieweit das Interesse des Herzogs an dem Heilmittel seine Entschlüsse bestimmte. Ganz eindeutig hatte seine Frage an Lady Galton keinen unschuldigen Grund gehabt.

Die Prinzessin legte die Hände zusammen. »Dann sind wir uns also einig«, sagte sie. »Aber wir dürfen nicht vergessen, dass unser Ziel darin besteht, die Macht des Königs wiederherzustellen. Davon hängt unser Leben ab. Wird Lord Harrington mit einem König konfrontiert, der sowohl in Bezug auf seinen Verstand als auch seine Position wieder der Alte ist, ginge er das allergrößte Risiko ein, wenn er ihm nicht seine Unterstützung zusicherte. Wir müssen rasch handeln, um unser Tun zu legitimieren und von den obersten Ministern anerkannt zu werden.«

Damit ging die Prinzessin zu Lady Rawdon, nahm sie bei den Händen und küsste sie in entonnischer Manier auf die Wangen. Einen Moment noch sprachen sie miteinander, dann eilte Lady Rawdon hinaus, und die Prinzessin kehrte zu ihren Anhängern zurück.

»Lady Rawdon sagt, dass Palle und seine Leute Avonel in

dem Moment verlassen haben, als sie erfuhren, dass Graf Massenet und dieser Doktor Varese ihrer Überwachung entkommen und nach Norden verschwunden sind. Palle und der Prinz sind davon überzeugt, dass Massenet zur Abtei von Tremont will, und so machten sie sich augenblicklich an die Verfolgung. Dass der Herzog gleichzeitig im Palast eintraf, war purer Zufall.«

Kent neigte den Kopf. »Ja. Ja. Das ergibt Sinn. Mein Kollege, Mr. Valary, glaubt, dass die Abtei früher von den Magi zu bestimmten Ritualen benutzt wurde, bevor die Farrelliten sie zerstörten – und vielleicht auch danach noch. Ich habe es selbst gesehen. In einer Geheimkammer im Keller befand sich einmal eine kleine Nachbildung der Ruine von Farrow.« Kent hob das Bündel Papier, das Lady Galton ihm übergeben hatte. »Mr. Littel und Mr. Valary müssen das hier unbedingt sehen. Sie sind die Kapazitäten auf diesem Gebiet.«

»Und die Gräfin von Chilton, wie Lord Jaimas mir sagt«, warf der Herzog ein.

Kent nickte widerstrebend.

»Dann brauchen wir ihrer aller Rat«, entschied die Prinzessin. »Können Sie alle hierher bringen lassen?«

Kent nickte. »Für die Gräfin kann ich nicht sprechen. Seit dreißig Jahren lässt sie sich nicht in der Öffentlichkeit sehen. Ich glaube nicht, dass sie nun hervorkommt, ganz gleichgültig, was im Königreich vor sich geht.«

»Ich werde der Gräfin persönlich schreiben«, sagte die Prinzessin. »Wir brauchen alles Wissen, zu dem wir Zugang haben. Wir dürfen keinen Augenblick vergeuden. Der Kampf um das Königreich wird vielleicht weit entfernt von hier geführt.«

Man hatte den Speisesaal ausgewählt, weil er bei den Zimmerfluchten Seiner Majestät und in der Nähe des Arboretums lag, in dem der König so viel Zeit verbrachte. Auf keinen Fall durfte man riskieren, dass der König den Rivalen in die Hände fiel, und deshalb wurde dieser Teil des

Palastes von den vertrauenswürdigsten Gardisten bewacht.

Kent und Sennet hatten einen abseits stehenden Tisch requiriert und setzten sich unverzüglich daran, Informationen über die Lage in der Hauptstadt zusammenzutragen. Ein ununterbrochener Strom von Anhängern kam und ging, und jeder meldete, was er in Erfahrung gebracht hatte. Alissa staunte über die große Zahl der Informanten, welche die beiden Gentlemen so kurzfristig dienstbar machen konnten. Hin und wieder sprachen Kent und Sennet mit dem Herzog und der Prinzessin, und manchmal kam der Herzog mit Fragen zu ihnen an den Tisch.

Eine tiefe Anspannung lag über dem Raum. Die Menschen ähnelten Spaziergängern im Dunkeln, die so aufmerksam auf Gefahren lauschen, dass ihnen der eigene Herzschlag schon zu laut erscheint. Es war, als versuchten sie etwas in pechschwarzer Nacht zu erspähen.

Just in diesem Augenblick mochten Offiziere, die treu zum Regentschaftsrat standen, irgendwo in Avonel ein Heer zusammenziehen. Vielleicht schmiedete Lord Harrington gleichzeitig Ränke, um die Macht im Palast an sich zu reißen. Die Prinzessin hatte das Gelände in ihre Gewalt gebracht, doch noch konnte man sich längst nicht der Loyalität jedes Gardisten sicher sein. Nur einen einzigen Mann brauchte es, um irgendwo heimlich ein Tor zu öffnen, und jeder in diesem Raum würde sich im Kerker wiederfinden.

»Nun müssen Sie aber an etwas anderes denken«, sagte Lady Galton. »Es bringt wenig ein, darüber zu grübeln, was alles geschehen könnte, Lady Alissa. Wir haben einen Sprung ins Dunkle gewagt und wissen noch nicht, wo wir landen werden. Doch umkehren kann man mitten in der Luft nicht mehr. Wir müssen landen, wo wir eben landen, und versuchen, auf den Beinen zu bleiben. Mehr können wir gar nicht tun.« Sie drückte Alissa die Hand und lächelte sie freundlich an. Alissa war gerührt. In einem Augenblick, der einen Wendepunkt der farrischen Geschichte bedeuten konnte, nahm diese Frau sich Zeit, um sie zu trösten. Damit bewies Lady Galton eine Art von Unbeugsamkeit, von der Alissa glaubte, sie nicht erlangen zu können.

Eine Stunde später traf Sir Benjamin Rawdon in Begleitung seiner Gattin ein. Der Arzt war von Sorge und Furcht sehr angegriffen. Vor der Prinzessin machte er einen Kratzfuß, schwor mit großer Befangenheit einen Treueschwur auf den König und widerrief seine Bindung an den Regentschaftsrat. Nach dieser Förmlichkeit begleiteten Prinz Wilam und der Herzog die Prinzessin und Sir Benjamin zum König.

Mittlerweile war es kurz vor Morgengrauen, und die Gäste verließen den Ball. Die meisten waren nach wie vor ahnungslos. Alissa fand das erstaunlich. Andererseits wäre sie vor nur einem Jahr nicht einmal eingeladen worden, und schon gar nicht hätte sie gewusst, was im Palast hinter verschlossenen Türen vorging. In gewisser Weise bestürzte es sie auch, zu begreifen, dass selbst die gebildetsten Farrländer ohne Einblick in das Räderwerk der Regierung lebten.

Jaimy wurde als Bevollmächtigter zur Gräfin von Chilton gesandt, und Alissa begleitete Lady Galton, die in das Arboretum gerufen worden war.

Ein Gardist führte sie einen Pfad entlang, der sich durch dichten Dschungel wand. Unter der Glaskuppel war es heiß und sehr feucht. Alissa hielt nach Königsblatt Ausschau, aber keine der Pflanzen passte zu der Beschreibung, die Jaimy von Tristam erhalten hatte. In der Nähe hörte sie Wasserrauschen, und eine schmerzende Tenorstimme sang.

Schließlich fanden sie Rawdon auf einer Steinbank, wo er Teiho Ruau zuhörte, der an einem kleinen Teich stand und sang, als wollte ihm das Herz brechen. Das Lied berührte Alissa tief, obwohl sie kein Wort davon verstand. Dann bemerkte sie Prinz Wilam. Er saß auf einer kissenbedeckten Bank neben einer zusammengesunkenen Gestalt, die fast mit den Schatten verschmolz. Dicht dabei saß die Prinzessin auf einem eigenen Stuhl, neben ihr der Herzog.

Rawdon winkte die Damen heran und überließ ihnen

seine Bank. Alissa setzte sich und glaubte einige Augenblicke lang, der Gesang trüge sie davon. Bisher hatte sie Ruau nur einmal gehört, und damals hatte er farrische und entonnische Lieder gesungen; hier aber trug er in einer klangvollen fremden Sprache ein Lied vor, in dem es nur um gebrochene Herzen gehen konnte. Im Verein mit dem Rauschen des Wasserfalls und dem süßen Duft exotischer Blumen erhielt die Szene etwas Unwirkliches. Fast glaubte Alissa nicht mehr, sich im spätwinterlichen Farrland zu befinden.

Zu ihrem großen Bedauern ging das Lied zu Ende, doch es hinterließ in ihr einen Schmerz, der sich nicht leicht lindern ließ.

Der Leibarzt führte Lady Galton zum König, wo sie den Platz des Prinzen einnahm. Wilam verbeugte sich vor seinem Großvater und wandte sich Alissa zu. Sie begriff, dass er herbeikommen und sich neben sie setzen würde – er konnte einfach nicht anders.

Immerhin sprach er kein Wort und bedeutete ihr nur, sitzen zu bleiben und nicht zu knicksen. Von der Beratung zwischen Lady Galton, dem König und der Prinzessin drang manchmal ein Gemurmel herüber. Die Stimme Seiner Majestät war ein tiefes, Unbehagen weckendes Grollen; ein Laut, wie ihn keine menschliche Kehle je hätte hervorbringen sollen.

Rawdon bemerkte Alissas Blick und flüsterte ihr zu: »Wir sorgen dafür, dass Lady Galton unbeschadet zurückkehrt.«

Prinz Wilam erhob sich auf der Stelle. »Es wäre mir eine Ehre, wenn Sie für die Rückfahrt meinen Schutz annehmen würden, Lady Alissa.« Er reichte ihr die Hand, und sie ergriff sie, um aufzustehen, nahm aber wohlbedacht nicht seinen Arm, als sie gingen.

»Ich hatte Teiho Ruau noch nicht in seiner eigenen Sprache singen hören. Das war sehr schön«, sagte Alissa, als sie im Dschungel verschwanden.

»Ja. Ich habe festgestellt, dass es nicht viel ausmacht, die Sprache nicht zu verstehen – das Gefühl teilt sich ungeschmälert mit. Doktor Rawdons Bekannter, ein Mann namens Llewellyn, hat einige Zeit darauf verwandt, die Verse zu übersetzen, und obwohl ich sie sehr interessant gefunden habe, konnten sie mein Verständnis der Lieder nicht weiter vertiefen. Mir kam der Gedanke, dass man die Verse der besten farrischen Lieder durchaus in eine fremde Sprache übertragen könnte, und trotzdem würden sie das Herz ebenso stark berühren. Musik ist ein Träger des Gefühls.« Er neigte den Kopf. »Spielen Sie ein Instrument?«

»Nicht gut, obwohl es mir Freude bereitet. Und Sie?«

»Nur schlecht. Ich denke oft, dass ich zwar mit dem Temperament eines Künstlers, aber keinem einzigen schöpferischen Talent auf die Welt gekommen bin.« Er lächelte ein wenig verlegen.

»Vielleicht haben Sie Ihr Talent nur noch nicht entdeckt, Königliche Hoheit.«

»Ich würde gern denken, Sie hätten Recht, aber leider ist es wohl anders. Ich fürchte, ich muss lernen, ein nur passabler König zu sein.«

Darauf trat ein unbehagliches Schweigen ein, das Alissa ebenso verkehrt fand wie das Geplauder, das ihm vorangegangen war. Sie konnte leere Konversation nicht ertragen und fragte sich, wie sie als farrische Herzogin nur überleben sollte.

Der Prinz wollte etwas sagen, doch Alissa hob die Hand. »Bitte sagen Sie jetzt nichts. Wir wollen die Ruhe genießen – wie Musik ohne Worte.«

Der Prinz nickte, und so gingen sie still weiter. Alissa wusste, welches Gefühl auf diesem Schweigen wandelte, und empfand ein tiefes Bedauern, es nicht erwidern zu können.

Lady Galton stellte erstaunt fest, dass das Arboretum sich sehr angenehm auf ihre Atmung auswirkte. Wärme und Feuchtigkeit erschienen auf den ersten Blick zwar kaum der Atmung zuträglich, doch vielleicht lag es eher an dem beruhigenden Rauschen des Wassers und an dem Zauber und der Heiterkeit der Umgebung.

»Ich muss sterben, wenn ich es nicht bekomme«, sagte

der König zur Prinzessin. »Sehen Sie mich an! Sehen Sie, was das Verlangen danach mir schon angetan hat. Ich durchlebe meinen Tod. Wer kann es denn noch ertragen, sein Auge auf mich zu richten? *Nein!* Ich muss mehr davon haben, nicht weniger! *Mehr!*«

»Aber wenn die Minister der Regierung nicht davon überzeugt werden können, dass Euer Majestät zurechnungsfähig ist, kehren Prinz Kori und Palle zurück, und dann bestimmen wieder sie, wie viel Saat Sie erhalten. Man wird Sie wieder in Ihre Traumwelt senden, während man Ihnen das Königreich stiehlt.«

»Aber ich bin alt, so alt. Warum muss ich noch herrschen? Ich will nur meine Arznei. Habe ich nicht ein wenig Ruhe verdient? Ein ganzes Jahrhundert habe ich mich geplagt. *Ein Jahrhundert!*«

Die Prinzessin ist den Tränen nahe, dachte Lady Galton. Dieser schreckliche, halsstarrige alte Mann verdammte sie alle zu Kerker oder Schlimmerem, wenn er sich nicht mit ihnen zusammentat. Die Prinzessin hatte sein Verlangen nach dem Tonikum unterschätzt: Es war größer als sein Wille, sein Bestes für das Königreich zu geben. Alles hatte er *Regis* geopfert, wieso nicht auch noch Schwiegertochter und Enkelsohn? Hatte er sie etwa gebeten, sich zu dieser Rebellion zu erheben?

»Euer Majestät müssen sich erinnern, dass Palle Ihnen die Kerne zu entziehen pflegte, um Sie seinem Willen gefügig zu machen. Er hat sie Ihnen vorenthalten und ließ Euer Majestät leiden. Ich bitte nur darum, dass Sie die Dosis verringern, bis wir Ihre geistige Zurechnungsfähigkeit bewiesen haben. Sobald ein neuer Königsmann eingesetzt und die Thronfolge zu Eurer Majestät Zufriedenheit geregelt ist – indem der Thron an Wil geht –, können Sie es mit der Arznei halten, wie Sie wollen.«

»Ich halte es schon jetzt, wie ich will!«, wütete er mit seiner entsetzlich anzuhörenden Stimme.

»Aber Palle beabsichtigt nun, sich das Wissen der Magi neu anzueignen«, warf Lady Galton unvermittelt ein. »Was tun wir, wenn ihm das gelingt?«

Der König schüttelte den Kopf und rieb sich sanft die Stirn. »Ja. Ich erinnere mich. Ja. Dieser junge Flattery ist gekommen, und sie schickten ihn fort, um ihr Werk zu verrichten. Ist es schon so weit? Hat Elorin ihr Versprechen erfüllt?«

»Welches Versprechen?«, fragte die Prinzessin.

»Wohin sind sie?«, fragte der König, plötzlich völlig ruhig, beinahe angelegentlich. »Palle und die anderen?«

»Zur Abtei von Tremont.«

»Ich verstehe. Ja. Dann müssen wir auch los. Bringen Sie mir meine Arznei und Ruau, und auch diesen hinterlistigen Arzt, der mir meine Arznei vorenthält. Meine Kutsche fertig machen, eine Kompanie treuer Gardisten mobilisieren. Beim ersten Licht brechen wir auf. Auf keinen Fall meine Arznei vergessen! Und mein Portrait. Ist Kent endlich mit meinem Portrait fertig? Ohne besteht keine Hoffnung. Nichts ist sicherer als das.«

»Aber Euer Majestät«, sagte Prinzessin Joelle besänftigend, »wir müssen die Minister überzeugen, dass Sie bei klarem Verstand sind und der Regentschaftsrat überflüssig ist.«

Der alte Mann rückte ein Stück ab und sah seiner Schwiegertochter ins Gesicht. »Meine liebe Joelle«, sagte er, und mit einem Mal wirkte er geistig klar, »wenn wir nicht vor Sir Roderick in der Abtei ankommen, so ist es ohne jede Bedeutung, wer das Königreich nach dem Buchstaben des Gesetzes beherrscht. Alles wird verloren sein. Ist mein Wagen schon bereit? Und wenn wir hundert Pferde zuschanden peitschen, wir müssen vor Palle in der Abtei sein, oder alle meine Pläne sind gescheitert. Machen Sie sich alle so rasch es geht bereit. In drei Stunden breche ich auf.«

Alissa saß am Fenster und schaute der Sonne zu, wie sie sich aus dem Nebel erhob, der wie ein schmaler wässriger Pinselstrich über dem Garten hing. Auf der Fensterbank stand eine einfache Vase mit einem Strauß aus violetten Schwertlilien und hellgelben Rosen, der das Morgenlicht einfing. Eine einzelne Rose hatte sich so weit geöffnet, als wolle sie ihr Herz offenbaren. Sie verblühte bereits und sah träge aus; das größte äußere Blütenblatt hing herab wie die Schleppe am Abendkleid einer Dame. Wie seltsam, dass die Rose diese Schönheit erst erlangte, bevor ihre Blätter herabfielen. Der leiseste Luftzug würde sie davontragen.

»Es ist alles so vergänglich«, flüsterte Alissa.

Jaimy fand sie erst einige Zeit später. Die Morgensonne war in den Himmel gestiegen wie das Leuchtsignal eines Schiffes und hing brennend hinter dem Park. Auf Alissa warf sie ein weiches Licht und vergoldete die verirrten Strähnen ihres kastanienbraunen Haars. Sie saß auf einem Diwan, die Arme um die angezogenen Knie geschlungen, und ihr Rock hing wie ein Fächer zu Boden. Den Kopf hatte sie auf die Arme gebettet, und Jaimy glaubte, niemals solchen Trübsinn erblickt zu haben.

Als er sich neben sie setzte, schaute sie auf.

»Du wirkst sehr niedergeschlagen, Liebste«, sagte er leise.

»Niedergeschlagen? Nein, ich finde mich nur mit der wirklichen Welt ab, wie ich sie nun sehe.«

Jaimy legte ihr vorsichtig eine Hand auf den Rücken. »Ja, in so wenigen Stunden hat sich alles geändert. Plötzlich riskieren wir alles wegen dieser Sache, ohne genau zu wissen, was sie eigentlich zu bedeuten hat.«

Sie musterte sein Gesicht, dann nahm sie seine Hand und zog den Arm um sich und lehnte sich mit dem Rücken an ihn. »Von dieser Wirklichkeit spreche ich gar nicht«, entgegnete sie. »Wenn wir überleben, dann werde ich eine echte Herzogin – nicht nur dem Namen nach. Wir werden in die Hofintrigen verwickelt, das gesellschaftliche Leben des Adels, die beständige Sorge um Macht und Stellung. Noch glauben wir, all das vermeiden und ein ruhiges Leben führen zu können, aber das ist eine Illusion. Was wäre heute Nacht geschehen ohne deinen Vater? Und du nimmst den Platz deines Vaters ein, mit allen Pflichten, die damit verbunden sind. Unser Leben gehört nicht mehr uns.«

Jaimy legte die Wange an ihren Rücken und lauschte auf das gemessene Pochen ihres Herzens – oder war es sein eigener Herzschlag? »Obwohl es mir für immer das Herz brechen würde, Alissa ...« Für einen Moment verließ ihn der Mut, dann kniff er die Augen zu und fuhr flüsternd fort: »Ich würde dich von deinem Versprechen entbinden, wenn du glaubst, in unserem gemeinsamen Leben nicht glücklich werden zu können.« Er hatte es gesagt. Der Herzschlag schien sich nicht zu verändern, sondern fuhr fort, die Zeit des Lebens zu messen.

»Ich werde dein Angebot überdenken«, sagte Alissa mit schwacher Stimme. »Jaimas?«

»Ja.«

»Ich liebe nur dich.«

Die Sonne badete sie noch länger in den Farben eines Spätwintermorgens, und reglos saßen sie beieinander, nicht bereit, die Nähe des anderen aufzugeben. Ein Blütenblatt fiel, sich einmal überschlagend, von der Rose ab und landete ohne einen Laut.

Tiar und Tarré ziehen nah und fern
Während sternhelle Tore die Hand erwarten
Der Mond ziehe über verborg'ne Reiche
Und suche das Herz von Magus und Mensch.

Valary schob vergebens sein widerspenstiges Haar zurück und starrte auf den neuen Text. »Tiar und Tarré sind Sternnamen, glaube ich, aber vielleicht auch die Namen für Orte. Wissen Sie, es gibt noch andere Bezüge darauf. Lapin erwähnte einmal Tiar in der Gegenwart von Dunn, der alle Worte des Magus aufgeschrieben hat, an die er sich erinnern konnte, auch wenn er den Bezug nicht kannte. Ein Stern, ein Ort – das sind seine Vermutungen.«

Littel massierte sich die Schläfen. Die große Müdigkeit, die ihm anzumerken war, vermochte auch seine Begeisterung nicht zu dämpfen.

»Die Übersetzung ist gut. Ich sehe mehrere Punkte, über die sich diskutieren ließe, aber im Großen und Ganzen ist sie gut.« Littel tippte auf eine Stelle. »Diese Zeile ist gewiss diskussionswürdig, doch andererseits ... Gewiss sein kann man sich nie.«

»Was bedeutet es denn Ihrer Meinung nach?«, fragte die Prinzessin. Sie hatte jeden aus dem Raum verbannt außer Wilam, Blackwater, Kent, Lady Galton, Sennet und der Gräfin, die in einer verdunkelten Ecke saß (das Gesicht von einem Schleier verborgen) und jedermanns Neugier beschäftigte.

Valary richtete sich auf, rieb sich die Augen und blickte sodann nacheinander jeden an. »Ich halte es am ehesten für denkbar, dass es sich um das Ritual zur Öffnung eines Tores handelt – den Weg ›durch Gewölbe unter den Hügeln‹. Mittlerweile glaube ich, dass Tiar die Stätte unter der Abteiruine von Tremont ist. Dafür habe ich mehrere Gründe ...« Wie ein Dozent hob er den Finger, dann bemerkte er, wie Kent das Gesicht verzog. »Aber das kann ich auch ein andermal erklären. Dieser Text deutet darauf hin, dass zwei solcher Stätten gleichzeitig betätigt werden müssen.« Er blickte in die Seiten, die auf dem Tisch lagen. »Hier steht mehrmals, dass man die Worte von Tarré beherzigen muss. Wir könnten Lady Chilton dazu befragen, aber ich persönlich glaube, das soll heißen, dass das Ritual abwechselnd ausgeführt wird. Die Schritte werden abwechselnd von der Person an der einen und der anderen Stätte durchgeführt.«

»Aber wo ist diese andere Stätte?«, fragte Kent. »Auf Farrow?«

»Das erscheint mir am wahrscheinlichsten.«

»Ich glaube, die zweite Stätte finden Sie auf Varua, Mr. Valary«, warf die Gräfin ein, und ihre spröde Stimme zog augenblicklich jedermanns Aufmerksamkeit auf sich. Wie gebannt drehte sich alles zu ihr um. Die Gräfin hob eine Hand, die in einem Handschuh steckte. »Meiner Meinung nach sprechen die Zeichen dafür – das Aufblühen des Königsblatts, der Geisterjunge, der Sir Averil und Lord Jaimas erschienen ist, der Erdstoß auf Farrow. Tristam Flattery hat die Verwandlung von Mensch zu Magus begonnen. Das Ritual stellt den Höhepunkt dieser Entwicklung dar, so vermute ich wenigstens.«

»Aber was soll dieses Gerede von Toren? Wohin sollen sie führen?«

»Vielleicht sollten Sie lieber fragen, zu was sie führen, Mr. Littel. Denn ich fürchte, sie führen zu Wissen. Dem Wissen, das wir für verloren hielten.«

»Mein Onkel Erasmus Flattery hat geglaubt, dass die Magi an einem großen Vorhaben arbeiteten«, sagte der Herzog, und Kent wandte sich ihm hastig zu. »Ein Vorhaben, das sie für einige Zeit völlig in Anspruch nahm. Für Jahrzehnte, glaubte mein Onkel, aber er kannte nicht die genaue Natur dieses Vorhabens. Eldrich nannte es ihm gegenüber die ›große Erkundung‹. Erasmus war davon wie besessen, aber ich weiß nicht, wie viel er am Ende darüber herausgefunden hatte.«

»Nun«, ergriff Sennet zum ersten Mal seit Beginn der Zusammenkunft das Wort, »eins ist wohl klar: Keinesfalls dürfen Massenet oder Palle dieses Wissen erlangen. Wir müssen es als Erste in die Hände bekommen.«

Ein Augenblick des Schweigens folgte, dann widersprach Kent freundlich: »Niemand darf es bekommen, Sennet, wirklich niemand. Nicht einmal jemand, der so ehrenwert und wohlwollend ist wie Sie. Das nämlich haben die Magi am Ende erkannt. Den Grund dafür können wir nur vermuten. Doch seien Sie versichert, wir folgen Massenet und Palle nicht, um das Wissen für uns zu erlangen. Wir werden es für immer vernichten.«

Sennet sah drein, als wollte er protestieren, doch schließlich nickte der Marquess. Wenn ihn sein Fehler peinlich berührte, so ließ er es sich nicht anmerken.

»Kent hat völlig Recht.« Valary öffnete eine kleine Schachtel, die zwischen dem Wirrwarr aus Schriftstücken lag. Mit höchster Sorgfalt nahm er einen steifen Umschlag heraus, aus dem er ein vergilbtes Stück Papier zog. »Ich bin mir völlig sicher, dass es ein Original ist. Dies sind die Worte Lucklows:

> Solchen Schreckens Zeuge ward ich und darf Euch versichern, dass unser Kollege in keiner Weise über-

trieb. Mit entsetzlichen Waffen gewappnete Kinder streichen als Briganten durch die Straßen und morden Mann und Weib um geringen und oftmals gar keinen Gewinn. Der Himmel erstickt an gelblicher Blässe, die faulig riecht und der Lunge schadet, bei Tag das Blau auslöscht und bei Nacht die Sterne. Die Armen sterben auf den Pflastersteinen, und die Bürger schließen sich in Häuser ein, deren Fenster vernagelt und deren Türen aus Eisen sind. In unseren dunkelsten Zeiten haben wir solche Not nicht gekannt, und in diesem in Nacht gehüllten Land ist jeder Tag genau wie dieser! Um jeden Preis müssen wir diesen Narrenplan beenden! Auch so schon sind wir befleckt genug.«

Valary blickte die Versammelten rings um sich an. Es herrschte völlige Stille.

Nach einer Weile sagte Kent leise: »Wir glauben, dass dieser ›Narrenplan‹, wie Lucklow es nennt, das gleiche Vorhaben ist, von dem der Herzog gesprochen hat. Zwar werden wir wohl nie erfahren, was den Magi begegnet ist, doch nach allem, was man hört, war Lucklow ein außerordentlich brillanter Mann. Wenn es ihn beängstigte, dann beängstigt es auch mich. Wir würden uns nicht leicht dazu entschließen, die Existenz Farrlands zu beenden, und doch haben sich die Magi im Grunde zu etwas ähnlich Schwerwiegendem durchgerungen. Indem sie sich weigerten, eine nachfolgende Generation zu Magi auszubilden, setzten sie ihrer Welt ein Ende. Stellen Sie sich vor, wir würden uns entscheiden, keine Kinder mehr zur Welt zu bringen und so der Menschheit ein Ende zu setzen. Genau das haben die Magi getan. Und wie Valary schon sagte, werden wir vielleicht nie erfahren, aus welchem Grund. Doch mir genügt es schon, nur dieses zu wissen; nach mehr verlangt es mich keineswegs.«

»Wo um alles in der Welt haben Sie das gefunden?«, fragte Littel fassungslos.

Kent sah bei seiner Antwort der Prinzessin ins Gesicht.

»Es stammt vom Grafen Massenet, aber wir sind sicher, dass es keine Fälschung ist.«

Damit bewirkte er neues Schweigen. Jeder im Raum fragte sich, wie Kent in den Besitz dieses Dokumentes gekommen war, und doch wollte niemand die Antwort wissen. Im Palast ließ man den Namen Massenet fallen, wenn man Treubruch und Arglist vor Augen führen wollte.

Jaimas war es, der das Schweigen beendete. »Sir Averil? Hat Roderick denn jemanden, der dieses Ritual ausführen kann? Ich nahm an, das wäre die Rolle, die sie Tristam zugedacht hatten.«

Kent schüttelte den Kopf. »Ich verstehe es auch nicht.« Er blickte die Prinzessin an, dann Lady Galton. »Ich vermutete, sie würden ebenfalls nach jemandem mit Talent suchen. Aber vielleicht wollen Sie auch nur den Entonnier aufhalten.«

»Baron Trevelyan«, sagte Lady Galton. »Er war ihre letzte Zuflucht, wenn sie sonst niemanden finden konnten.«

»Trevelyan?«, fragte Kent und schüttelte traurig den Kopf. »Nein. Der arme Baron ist doch geistig umnachtet.«

»Nicht ununterbrochen. Stedman ist der Meinung, dass Palle seinen Zustand kontrollieren kann, zumindest für einen kurzen Zeitraum. Rawdon müsste es sagen können.«

»Die Entonnier haben Bertillon – und Varese nimmt den Platz von Mr. Valary und Mr. Littel ein. Was sie aber zu erreichen hoffen, das kann ich nicht einmal vermuten.« Kent besah sich noch einmal die Papiere auf dem Tisch. »Haben sie einen anderen Text entdeckt, von dem wir nichts wissen, oder konnten sie die Arbeit von Wells und Galton stehlen? Ich werde die junge entonnische Sängerin befragen, obwohl ich nicht glaube, dass sie antworten wird.« Kent schloss kurz die Augen, als hätte auch ihn die Müdigkeit eingeholt.

»Vielleicht wollen sie die Stätte unter der Abtei in irgendeiner Weise zerstören, sodass sie von anderen nicht mehr benutzt werden kann?«, sagte Blackwater und drehte sich mit dieser Frage zu der Gräfin um. »Aber wohin ist denn Lady Chilton verschwunden?«

Ihr Stuhl war leer. Der Wächter an der Tür erklärte, dass

die verschleierte Frau den Raum wenige Augenblicke zuvor verlassen habe, ohne dass einer der Anwesenden es bemerkte.

Kent begab sich unverzüglich auf die Suche. Er erfuhr, dass sie den Palast bereits verlassen und zu seinem großen Erstaunen Tenil mitgenommen hatte. Daraufhin setzte er sich auf eine Bank in einer Nische und blickte in den Garten. Die Gräfin war wortlos verschwunden, und Massenets Agentin begleitete sie. Kent hatte der Gräfin nie von seiner Verbindung zum entonnischen Botschafter berichtet, doch nun würde sie bald alles darüber wissen. Der Gräfin konnte Tenil nichts, aber auch gar nichts verschweigen, so viel stand für ihn fest. Lady Chilton würde herausfinden, dass Kent und Tenil die Nacht zusammen verbracht hatten – sie würde erfahren, was Kent mit seiner wiedergewonnenen Lebenskraft als Erstes angefangen hatte.

»Ich fühlte mich betrogen«, flüsterte er. Doch was würde die Gräfin empfinden, wenn sie davon hörte? Wahrscheinlich gar nichts. Kent wünschte niemandem Schmerz, doch sollte sie diese Erfahrung nicht auch einmal machen?

Der Entschluss des Königs, die Reise zu unternehmen, erwies sich als unumstößlich. Obwohl niemand es für klug hielt und der Leibarzt am allerwenigsten, musste doch selbst er zugeben, dass es für alle Beteiligten am Ungefährlichsten war, wenn sie den König mitnähmen – vorausgesetzt, Seine Majestät überlebte die Reise.

Am Ende beschied die Prinzessin: »Wenn wir die Macht des Königs wiederherstellen wollen, dann müssen wir dem Willen Seiner Majestät nachgeben.«

Und so reihte sich die königliche Karosse in die anderer ein. Prinzessin Joelle, Lady Galton und Alissa reisten zusammen, Kent, Valary und Littel nahmen eine zweite Kutsche. Im Wagen des Königs fuhren sein Arzt und Ruau, während Diener und Hofbedienstete sich anschlossen. Palastgardisten ritten voraus und hinterher. Der Herzog, Jaimy und – nach einem erregten Wortgefecht mit der

Prinzessin – auch Prinz Wilam ritten auf Pferden zusammen mit einer Kompanie der Palastgarde voraus. Sie hofften, die anderen Gruppen überholen und im Namen des Königs aufhalten zu können.

Der Marquess von Sennet wurde zum Königsmann ernannt und blieb zurück, um mit Lord Harrington zu verhandeln und die Restauration der Königsmacht zu betreiben, was auf keinen Fall, wie Blackwater seinem Sohn gegenüber bemerkte, als untergeordneter Teil des größeren Planes betrachtet werden durfte. Selbst mit Vollmachten, die vom König, dem Herzog von Blackwater und der Prinzessin unterzeichnet waren, musste Sennet sich um Unterstützung für den König bemühen, ohne erklären zu dürfen, weshalb der Herrscher nicht persönlich in Erscheinung treten konnte.

Wenn Massenet und Palle Agenten zurückgelassen hatten – und das war so gut wie sicher –, konnten diese den Wagenzug nicht übersehen, der Avonel mit bewaffnetem Geleit verließ. Ob diese Agenten ihre Herren noch warnen könnten, das war eine andere Frage.

Kent machte sich große Sorgen, dass sie die Abtei nicht rechtzeitig erreichen würden. Die Kutschen kamen nicht schnell genug voran, auch wenn der König unentwegt forderte, nicht zu rasten, bevor die Gegner überholt wären.

»Was glauben Sie, wie viel der König eigentlich weiß?«, fragte Kent seine Begleiter, nicht, weil sie vermutlich mehr dazu sagen konnten als er, sondern weil er nicht länger ertrug, mit seinen bangen Fragen ganz alleine dazustehen.

Littel zuckte mit den Schultern. »Sie haben mit ihm gesprochen, Kent, wenn einer das wissen kann, dann Sie.«

»Ja, das stimmt. Doch leider verhält es sich anders. Ich muss Rawdon in die Enge treiben. Trotz seines angeblichen Sinneswandels ist der gute Herr Doktor alles andere als freigiebig mit Wissen, nach dem man ihn nicht ausdrücklich fragt. Mir gefällt seine Haltung überhaupt nicht.« Kent blickte auf die vorüberziehende Landschaft. »Schon oft habe ich mich gefragt, ob Seine Majestät die Herzogin von Morland auf diese Expedition geschickt hat oder ob die Initiative von ihr ausging. Auf keinen Fall hätte sie sich auf die Reise begeben, wäre sie nicht von der überragenden Wichtigkeit des Zwecks überzeugt gewesen. Aber geht diese Entscheidung auf Seine Majestät zurück?«

Valary berührte ihn am Arm und lenkte so seine Aufmerksamkeit von der Landschaft ab. »Nach Lady Galtons Worten leidet Seine Majestät unter Tagträumen, Vorboten dessen, was noch kommt. Der König nimmt diese Arznei schon seit etlichen Jahren. Auch wenn sein Talent nur sehr gering ist, könnte an seinen Vorahnungen doch etwas Wahres sein. Sie versicherte mir auch, dass Wells und seine Komplizen überzeugt sind, Ereignisse prophezeit zu haben. Nur deshalb haben sie Tristam Flattery nach Oceana gesandt. Und der König könnte die Herzogin aufgrund einer intuitiven Eingebung mitgeschickt haben. Palle hat mit Sicherheit Agenten an Bord der *Swallow*, um die Lage auszunutzen, genau wie die Herzogin dies versucht.«

»Wohin soll das nur führen, Valary?«, fragte Kent voller Not. »Selbst wenn es uns gelingt, Massenet und Palle aufzuhalten – spielt das überhaupt eine Rolle? Der junge Flattery könnte die eigentliche Gefahr darstellen. Hat die Gräfin nicht gesagt, er hätte mit der Verwandlung von einem Menschen in einen Magus begonnen? Waren das nicht ihre Worte? Kämpfen wir nicht, um zu verhindern, dass dieser Fall eintritt? Dieses Brieffragment von Lucklow – ich habe noch nie etwas gelesen, was so unheilvoll klang. Und trotz ihrer Neigung zu Geheimniskrämerei äußerte Lady Chilton ihre Überzeugung, dass eine Neuentdeckung der magischen Kunst zu einer Katastrophe führen wird. Und sie weiß mehr, als sie uns sagt.«

Valary nickte. »Ja. Und wohin ist Lady Chilton verschwunden, das überlege ich ununterbrochen. Was wurde gesagt, dass sie so eilig aufbrach?«

Kent fragte sich das gleiche. Und warum hatte sie Tenil mitgenommen? Das war doch sehr merkwürdig. Hatte Tenil etwa die ganze Zeit Massenet im Auftrag der Gräfin überwacht? Und Kent für sie beide? Das konnte er einfach nicht glauben.

»Sie sind unsere Kapazität, was die Abtei von Tremont betrifft, Valary. Wozu haben die Magi sie Ihrer Ansicht nach benutzt? War sie in irgendeiner Weise für ihre Kunst notwendig?«

Valary überdachte die unzähligen historischen Details, die er wusste. »Das ist gar nicht so leicht zu beantworten, Kent. Zu manchen Zeiten befand sich die Abtei nicht in der Gewalt der Magi – mitunter sehr lange. Deshalb ist es unwahrscheinlich, dass sie für etwas so Zentrales wie die Riten der Initiierung gedient haben soll. Die Ruine auf Farrow wurde erst vor gut vierhundert Jahren entdeckt, und sie ist mit Sicherheit nicht von den Magi erbaut worden. Mir will es vielmehr vorkommen, als wären sie davon ebenso fasziniert gewesen wie wir heute auch. Ich glaube immer mehr, dass der Zweck der beiden Ruinen erst nach ihrer Entdeckung erkannt wurde. Vielleicht erst lange danach. Die Ruinen hingen jedenfalls mit dem großen Vorhaben zusammen, und das von Lucklow verfasste Fragment ebenfalls. Doch worin das große Vorhaben bestand, ist nach wie vor ein Rätsel.«

»Nicht für Lady Chilton«, sagte Littel bestimmt und erstaunte damit die beiden anderen.

»Hat sie Ihnen etwas gesagt, was ich überhört habe?«, fragte Valary.

»Nein, eigentlich nicht. Mir gibt vielmehr zu denken, was sie nicht gesagt hat, zusammengenommen mit der Stärke ihrer Überzeugung. Ich bin mir sicher, dass sie Bescheid weiß. Sie weiß sogar mehr als Wells und Konsorten. Mehr als dieser Massenet. Darum ist sie so eilig verschwunden. Ich bin sicher, sie ist vor uns auf dieser Straße und reist im Eiltempo nach Norden. Jedenfalls kommt sie schneller voran als wir. Nur der Herzog und seine Begleiter können sie vielleicht noch einholen. Nein, wir werden eintreffen, wenn schon alles vorbei ist. Und dann erfahren wir vielleicht, worum es die ganze Zeit gegangen ist. Ich bete, dass wir durch unsere Anstrengungen nichts Schlimmes angerichtet haben. Damit könnte ich nicht weiterleben.«

29. Kapitel

Auch mithilfe von Faairi war der Abstieg zum Dorf an der Gregorybai nicht leicht. Tristam kletterte seinem varuanischen Mädchen hinterher, so gut er konnte, aber sie war viel geübter und schien jeden Stein und jeden Felsritz zu kennen. Er konnte kaum Schritt halten. Ein drohendes Rumpeln, wie Donner, kam von der Bai herauf, und sie blieben erschrocken stehen.

»Waren das die Kanonen?«, fragte sie.

»Ich bin mir nicht sicher«, sagte Tristam, obwohl er nicht daran zweifelte, dass sie mit ihrer Vermutung richtig gelegen hatte. Am Himmel standen keine Gewitterwolken. Sie liefen weiter, und Tristam trieb sich nun zusätzlich an; sie verschwendeten keinen Atem mehr aufs Sprechen.

Als sie das verlassene Dorf fast erreicht hatten, führte Faairi ihn in einen Hain, den sie leise durchquerten. Und dort fanden sie, im dichten Buschwerk versteckt, Leute von der *Swallow*. Der Viscount stand neben seiner Schwester, und Stern hatte sich hinter das Gebüsch gekauert und starrte finster zwischen den Ästen hindurch auf die Bucht.

»Tristam!« rief die Herzogin erleichtert aus. »Ich habe mir solche Sorgen um Sie gemacht. Sind Sie wohlauf? Sie sehen erschöpft aus.« Misstrauisch beäugte sie Tristams Begleiterin.

»Mir geht es gut. Was ist denn geschehen?«

»Wir hatten eine Meuterei«, antwortete sie und legte ihm eine Hand auf die Schulter, als müsse sie sich davon überzeugen, dass er wirklich vor ihr stand. »Beim ersten Tageslicht. Irgendwie erfuhr Llewellyn vorher davon, und wir sind mit viel Glück in die Boote gelangt und entkommen. Als wir das Ufer erreicht hatten, trieben die Meuterer uns jedoch mit Kanonenschüssen von den Beibooten fort. Wir warten nun ab, was sie als nächstes tun.«

Tristam sah sich um und schaute, wer an Land gekommen war: Tobias Shuk, natürlich Jacel, Beacham, Osler, der Bootsmann und ein Dutzend Jacks, Pim, Zahlmeister Pickersgill und sein Maat, dazu der Steward des Kommandanten und Llewellyn, aber nicht Taine, der Schiffsarzt – nicht einmal die Hälfte der Besatzung, und sie waren schlecht bewaffnet. Nur wenige Degen und kurze Piken befanden sich in ihrem Besitz. Einige Jacks hatten sich Speere zurechtgeschnitzt; Waffen, die Tristam keinerlei Vertrauen einflößten. Trotz der Konfrontation mit den Matrosen war Stern unvorbereitet überrascht worden.

Wallis suchte Tristams Blick und nickte. Er wirkte ängstlicher und verzweifelter als jeder andere.

»Wer hat sie angeführt?«, fragte Tristam. »Kreel?«

»*Hobbes!*«, rief die Herzogin ungläubig und bestürzt zugleich.

Tristam setzte sich auf einen Baumstumpf. »Hobbes?«

»Ja. Wir können es noch immer nicht fassen. Der Steuermann will die Saat für sich, so glaubt zumindest Stern. Wenn es sein muss, werden die Meuterer versuchen, sie den Varuanern mit Gewalt abzunehmen. Mit allen Frauen, die sie mitlocken können, wollen sie sich eine Insel in unbekannten Gewässern suchen.«

Faairi brachte Tristam eine offene Kokosnuss, was ihr einen weiteren stechenden Blick der Herzogin eintrug, der die Insulanerin indessen nicht sonderlich zu bekümmern schien. Tristam musterte die Versammelten. Elsworth stand nun neben Stern, an der zweifellos gefährlichsten Stelle – dem Tod so nahe er konnte. Jeder sah auf den Kommandanten und behielt gleichzeitig die Bai im Auge.

»Elorin«, sagte Tristam mit gesenkter Stimme, »Julian hat versucht, Hobbes zu ermorden.«

Plötzlich war die Herzogin ganz steif und wachsam. »Haben Sie das gesehen?«

»Nein, aber ich habe mit einem Zeugen gesprochen und zweifle nicht an seinem Wort. Dieser Mordversuch könnte einiges erklären. Nach dem Tod von Garvey und Chilsey wollte Hobbes sich selbst richten, konnte sich dann aber doch nicht dazu durchringen. Julian hat ihn dann angegriffen. Nun wird Hobbes glauben, sein Leben schwebe ständig in Gefahr und wir schützten einen Mörder.« Mit einer Kopfbewegung wies er auf den Viscount, ohne es eigentlich beabsichtigt zu haben. »Das bisschen Treue, das Hobbes noch für Stern und die Marine übrig hatte, ist nun endgültig dahin. Er hat sich für das Überleben entschieden. Und wenn er nicht in Ehren nach Farrland zurückkehren kann, dann nimmt er die Samenkörner und genießt ein langes Leben auf den Inseln.«

Die Herzogin wurde starr, so als kämpfe sie darum, ihren Zorn zu beherrschen – und Tristam kam es vor, als sei er dessen Ziel und nicht Elsworth.

»Sie kommen an Land«, sagte Stern gerade laut genug, dass man ihn hörte. »Wir ziehen uns zurück. Mr. Wallis, könnten Sie uns an eine sichere Stelle führen? Wir sind in der Minderzahl und schlecht bewaffnet.«

»Ja doch, ja gewiss. Folgen Sie mir rasch.«

Stern trieb seine Schützlinge in den Wald und schaute immer wieder zurück. »Jetzt nehmen sie uns die Beiboote weg«, sagte er zu Osler.

»Wir können nichts dagegen tun, Sir. Wenn wir versuchen, den Strand zu nehmen, vertreiben sie uns wieder mit Kanonenschüssen.«

Auf der Lagune entdeckte Tristam ein bemanntes Floß aus Fässern. Es schaukelte gefährlich auf den Wellen, während die Jacks es ans Ufer ruderten. Bei der Erwähnung der Gefahr war seine Erschöpfung wie verflogen. Er hätte die anderen leicht hinter sich zurücklassen können, doch stattdessen folgte er ihnen mit Stern am hinteren Ende.

»Osler sagt, Sie seien ein Fechter, Mr. Flattery?«, fragte Stern in gelassenem Tonfall.

»Es geht«, sagte Tristam rasch.

»Herr Doktor?«, rief Stern. »Würden Sie Ihre Klinge Mr. Flattery geben?«

Widerstrebend blieb Llewellyn stehen, damit Tristam zu ihm aufschließen konnte. Der Mediziner war zweifellos verängstigt. Als er Tristam das Rapier in die Hand drückte, bemerkte dieser, dass es seine eigene Waffe war, die er in seiner Kabine aufbewahrt hatte. Und Llewellyn trug außerdem Tristams Segeltuchtasche.

»Mir ist es gelungen, noch einige Dinge aus Ihrer Kabine in Sicherheit zu bringen, Tristam«, stellte der Arzt nüchtern fest. »Soll ich das hier bis auf weiteres für Sie aufbewahren?«

Tristam war zu erstaunt, um seinen Zorn zu äußern. Was hatte der Mann vor? Gewiss tat Llewellyn für keinen etwas außer sich selbst. »Ja«, brachte Tristam hervor, »tun Sie das, Doktor.« Woraufhin Llewellyn sich eilends an die Spitze der Gruppe begab, ohne die geringste Kurzatmigkeit an den Tag zu legen.

Stern musterte die Bai; er legte einigen Widerwillen an den Tag, sich zurückzuziehen. »Wir wollen hier warten und sehen, was Sie tun«, sagte er plötzlich. »Mr. Wallis: Nehmen Sie die anderen mit. Ich möchte beobachten, was die Meuterer vorhaben.«

So fand sich Tristam allein in der Gesellschaft des Kommandanten, Oslers, Beachams und des ominös schweigsamen Viscounts wieder. Sie folgten dem Pfad zurück, wobei sie darauf achteten, nicht gesehen zu werden, und warfen ab und zu einen Blick auf das türkisfarbene Wasser.

»Haben Sie nicht Ihr Glas, Mr. Flattery?«, fragte Stern.

»Llewellyn könnte es mitgenommen haben, Sir.«

»Mr. Beacham«, sagte Stern, »eilen Sie zum Doktor, und holen Sie Mr. Flatterys Glas, wenn er es hat.«

Wortlos hastete Beacham davon.

»Sie haben es nicht eilig«, sagte Osler, »sehen Sie nur.«

»Es ist kein Offizier dabei«, entgegnete Stern, »deshalb lassen sie sich Zeit. Diese Laxheit könnte unser Vorteil sein. Wollen wir mal sehen, ob sie überhaupt Wachen einteilen.«

Tristam schob sich an eine Stelle, wo er durch das Blattwerk blicken konnte, und sah die Meuterer, wie sie gerade an Land kamen. Meuterei – diesem Wort haftete solche Schändlichkeit an, dass er halb damit gerechnet hatte, eine Bande schrecklicher Halsabschneider zu beobachten. Doch dort am Strand standen die Männer, mit denen er in den vergangenen Monaten gefahren war, und sie wirkten weder arglistiger noch grimmiger als sonst. Keiner sah aus wie ein Verbrecher. Einige waren noch so jung, dass sie erst jüngst begonnen hatten, sich zu rasieren. Auf andere wartete in der Heimat eine Familie. Trotzdem drohte jedem von ihnen der Strang, wenn man sie festnahm. Sie hatten einen Schritt getan, von dem es kein Zurück gab. Ihnen blieb nun keine Wahl, als den eingeschlagenen Kurs mit aller Entschlossenheit zu halten.

Beacham brachte Tristams Glas dem Kapitän, dann krümmte er sich zusammen, um wieder zu Atem zu kommen.

»Ich sehe Mr. Hobbes«, sagte Stern, »er steht auf dem Achterdeck. Ein schwerer Weg zum Kommando«, sagte er nicht unbeteiligt. »Die an Land bringen jetzt gleich die Boote zu Wasser. Sagen Sie, Osler, was würden Sie an Hobbes' Stelle tun?«

»Mir eine Eisenkette um den Hals binden und über die Reling gehen, Sir«, antwortete Osler ohne den geringsten Anflug von Humor in der Stimme. »Sie wollen diese Pflanze. Das ist ihr Ziel. Und je früher sie sie in die Hände bekommen, desto eher können sie die Flucht ergreifen. An Stelle des Steuermanns würde ich spät in der Nacht an Land kommen. Die abergläubischen Varuaner fürchten die Dunkelheit und sind nach Sonnenuntergang nicht gern im Freien. Die Leute könnten sich in die Heilige Stadt schleichen und suchen, was sie haben wollen, oder vielleicht auch Geiseln nehmen, um sie gegen die Samenkörner einzutauschen. Aber wenn der König und die Alten Männer erst die Stadt verlassen haben – na, im Dschungel wird niemand die Varuaner finden, Herr Kapitän. Da bin ich mir sicher. Die Besatzung muss heute Nacht ans Ufer kommen.«

Stern reichte seinem Leutnant das Perspektiv. »Sie haben in jeder Hinsicht Recht, Mr. Osler. Wenn wir die Varuaner mit Wallis' Hilfe bewegen können, von ihrem Aberglauben abzusehen, dann hätten wir eine Chance, uns die *Swallow* zurückzuholen. Andernfalls sitzen wir hier fest, bis die Admiralität ein Schiff schickt, um nach uns zu suchen.«

Aus einer der verlassenen Hütten beobachtete Tristam die *Swallow* durch sein Frommesches Perspektiv. Es war später Nachmittag, und es mehrten sich die Anzeichen, dass Stern und Osler Hobbes' Pläne richtig vorhergesagt hatten. Die Meuterer schafften Waffen auf Deck: Schwerter, Bogen und Halbpiken. Beunruhigender aber war, dass sie eins der kleinen Geschütze in ein Beiboot verluden.

Kaum hatte Tristam das gesehen, schickte er Beacham zu Stern. Unterdessen stiegen die Meuterer bereits in die Boote.

Stern und Osler eilten geduckt herbei.

»Nun, Hobbes verschwendet keine Zeit«, bemerkte Stern. »Ich habe Wallis losgeschickt, um die Varuaner zu warnen, aber ich weiß nicht, wie die Insulaner sich entscheiden. Vielleicht helfen sie uns, aber sie fürchten sich so sehr vor unseren Kanonen, dass sie uns die Sache möglicherweise unter uns ausmachen lassen.« Er lieh sich Tristams Glas und richtete es auf die *Swallow*, wo gerade die Boote abstießen.

»Wir könnten versuchen, sie zurückzuerobern, während die Kerle von Bord sind«, schlug Osler vor.

»Nein. Sie haben Enternetze gespannt und genügend Leute auf dem Schiff gelassen, um Kanonen zu bemannen. Selbst im Schutz der Dunkelheit müssten wir einen großen Blutzoll entrichten, und unsere Chance, erfolgreich zu sein, wäre trotzdem sehr klein.« Stern reichte das Glas an Osler weiter. Der Kommandant war tiefrot im Gesicht von unterdrückter Wut, doch er benahm sich völlig ruhig.

Stern schien um eine Entscheidung zu ringen. Tristam konnte nicht sagen, worum es dem Seeoffizier ging.

»Auch wenn die Varuaner uns nicht zu Hilfe kommen«, sagte der Kommandant endlich, »dürfen wir sie nicht den Meuterern überlassen – denn wir wissen nicht, welche Grausamkeiten die Jacks an ihnen begehen. Wenn wir es schlau anstellen, können wir ihr Vorrücken auf die obere Stadt möglicherweise verlangsamen, und vielleicht hören sie ja doch noch auf die Stimme der Vernunft. Unter ihnen müsste es einige geben, die ihren Schritt schon jetzt bereuen.«

»Um sich's anders zu überlegen, ist es zu spät«, meinte Osler. »Sie können Ihnen zwar Straffreiheit versprechen, Herr Kapitän, aber die Admiralität wird gewiss nicht so entgegenkommend sein wie Sie. Die Meuterer müssen sich im Klaren sein, dass sie gehängt werden, wenn sie sich ergeben.«

Stern nickte, obwohl er nur mit halbem Ohr zugehört hatte. »Das stimmt, doch die Herzogin hat angeboten, jedem Mann des Königs Gnade zuzusichern, der von diesem Irrsinn noch ablässt. Vielleicht erhalten die Männer sogar eine Belohnung. Hobbes als Rädelsführer kann ich natürlich nicht retten, aber er hat immer das Wohl seiner Schiffskameraden über sein eigenes gestellt. Ich habe noch Hoffnung, dass er wieder selbstlos handeln könnte.« Stern zog sich aus dem exponierten Bereich zurück und richtete sich zu voller Höhe auf. »Fort von hier. Sie benötigen zwei Fahrten, um die ganze Gruppe an Land zu bringen. Vor der Treppe zur Heiligen Stadt treten wir ihnen entgegen und stellen klar, dass sie sich jede Stufe teuer erkaufen müssen.«

Sie zogen sich unter die Bäume zurück und trafen auf den Rest ihrer Gruppe. Stern beabsichtigte, diejenigen zu separieren, die nicht kämpfen konnten, und sie sich im Wald verstecken zu lassen. Indes kam man überein, dass die Herzogin anwesend sein musste, damit das Angebot der Begnadigung durch den König glaubhaft erschien, und zu Tristams Überraschung wollte Llewellyn sich nicht wegschicken lassen. Damit blieben nur noch Jacel übrig und einige Männer, die bei der Flucht vom Schiff leichte Verwundungen erlitten hatten, und von denen wollte sich keiner von seinen Kameraden trennen.

Die Treppe zur oberen Stadt hatte Tristam noch nicht gesehen. Als er vor ihr stand, sank ihm das Herz: Sie war gebaut. Sie war nicht in den Felsen gehauen, sondern von Steinmetzen meisterlich errichtet worden. Tristam war dankbar, dass wenigstens kein Wasser die Stufen hinunterlief.

Stern hatte seine Leute alles Schwere sammeln lassen,

was sich als Wurfgeschoss verwenden ließ – Steinbrocken, große Holzstücke, abgefallene Kokosnüsse. Auf dem ersten Treppenabsatz ließ er alles aufschichten.

Tristam verfügte über einen der wenigen Bogen der Gruppe, hatte aber kaum genug Pfeile. Überdies waren sie klein und zum Erlegen von Tieren gedacht, also kaum die richtige Waffe, um heranstürmende Meuterer zurückzuschlagen.

Tristam verstand sehr gut, weshalb sich Stern den Insulanern gegenüber verantwortlich fühlte; schließlich und endlich war es seine Mannschaft, die mit Waffen aus Stahl und einer Kanone vorrückte. Unabhängig davon war es fraglich, ob die Meuterer mit einer so schwach bewaffneten Streitmacht aufzuhalten wären. Und überdies war nicht vorherzusehen, wie die Varuaner darauf reagieren würden, dass die Farrländer sich vor dem Tor zu ihrer heiligsten Stätte eine Schlacht lieferten.

Der Absatz, auf dem sie Stellung bezogen, maß nur zwanzig Fuß im Geviert, und man stand gedrängt. Darauf schickte der Kommandant alle, die weniger kampftüchtig waren, zum nächsten Absatz hoch, und umgab sich nur mit den Stärksten.

Wie alle anderen wusste auch Tristam, wie gering ihre Chancen waren. Die einzige Hoffnung bestand darin, dass Wallis die Varuaner davon überzeugen würde, ihnen zu Hilfe zu eilen, doch da deren König von allen Ereignissen abgeschieden war, würden die Insulaner vielleicht nicht rasch genug zu einer Entscheidung finden, um noch einzugreifen. Jeder wusste zudem, dass ein einziger Schuss aus der Kanone ein ganzes varuanisches Heer in die Flucht schlagen würde. Den Insulanern wurde nachgesagt, grimmige Krieger zu sein, doch nachdem sie einmal gesehen hatten, welche Verwüstung eine Kanone anrichtete, stellten sie sich ihr kein zweites Mal entgegen.

»Da!«, rief Beacham plötzlich und zeigte. »Links, zwischen den Bäumen.«

Männer kamen in Sicht, die in einer Linie langsam, aber entschlossen vorrückten. Zwei Jacks gingen als Späher vor den anderen, und als sie Sterns Leute auf der Treppe erblickten, rannte einer sofort nach hinten.

»Die Fahne«, sagte Stern, und Beacham reichte ihm einen Stock, an dem die Überreste eines weißen Hemdes hingen. »Frau Herzogin und Mr. Flattery, wenn ich bitten darf.«

Tristam bot der Herzogin seinen Arm und folgte Stern. Er musste darauf achten, wohin er trat, und sah deshalb nicht, wie die Meuterer sich hundert Fuß von der Treppe entfernt aufstellten.

Die Herzogin klammerte sich an seinen Arm. Die Selbstsicherheit, die er von ihr gewohnt war, hatte sie offenbar verlassen. Diese Gruppe von Männern wirkte zermürbend auf sie – sie, die sich so gut mit Männern auskannte. Einmal schaute sie ihm in die Augen; noch nie hatte Tristam sie so ängstlich gesehen, nicht einmal, als sie von dem Kaperfahrer verfolgt wurden.

Sie glaubt nicht an unseren Erfolg, begriff er. Und damit vergrößerte sich seine Furcht um das Zehnfache. Wenn die Herzogin sich aufgab, musste sie einen guten Grund haben.

Ohne Warnung blieb Stern stehen, ein Dutzend Stufen über dem Boden. Einen Fuß auf die höhere Stufe gestellt, stand er halb zur Seite gewandt, und Tristam dachte, dass er eine wunderbar tragische Figur abgebe mit der Fahne aus einem zerfetzten Hemd und seiner schmutzigen, eingerissenen Uniform, während das Licht des späten Nachmittags hinter ihm durch die Bäume fiel. Ein bemerkenswertes Gemälde – ›Das letzte Gefecht des Kapitän Josiah Stern.‹

Hobbes kam zwischen den Jacks hervor, grimmig und entschlossen.

»Mr. Hobbes«, sagte Stern und nickte. Der Steuermann erwiderte das Nicken, sagte aber kein Wort, sondern wartete trotzig. Mit kräftigen Fingern umklammerte er den Degengriff.

»Mr. Hobbes ...«, begann Stern, »Ihr alle. Ich beschwöre euch, überlegt euch genau, was ihr tut.« Er schwieg und blickte jeden Mann an; er zeigte sich besorgt um ihrer aller Wohlergehen. »Die Varuaner werden euch diese Pflanze niemals übergeben. Sie sind von Wallis gewarnt worden, der König und die Alten Männer flohen bereits in den Dschungel. Es hat keinen Sinn, weiterzugehen.« Erneut stockte er, um die Lüge einwirken zu lassen. »Ich weiß, ihr glaubt, dass ihr zu weit gegangen seid, um nun noch umzukehren, aber das stimmt nicht. Die Herzogin von Morland garantiert allen die Gnade des Königs – jedem von euch, der diesen Irrsinn nun noch aufgibt. Des Königs Gnade ...« Erneut schwieg er, aber nur ganz kurz. »Ihr könnt also noch nach Hause. Ihr habt noch ein Vaterland. Wer dieses Angebot aber zurückweist, der wird bis an sein Lebensende verfolgt werden. Nirgends, in keinem Land, wird er sicher sein, denn die Marine wird nicht ruhen, bis die Hände der Gerechtigkeit ihn ergriffen haben. Und ihr wisst alle sehr gut, worin diese Gerechtigkeit bestehen wird.« Er machte eine Kunstpause, ließ den Blick über die Männer schweifen und maß die Wirkung seiner Worte. »Nur Ihnen, Mr. Hobbes, kann ich guten Gewissens keine Gnade versprechen, aber denken Sie an Ihre Schiffskameraden. Überlegen Sie, zu welchem Leben Sie die Jacks verurteilen. Es wird ebenso kurz wie ausweglos sein. Ich weiß, dass Sie Ihre Kameraden nicht in den Untergang treiben wollen. Gönnen Sie den Jacks doch das Recht, ihr Schicksal selbst zu entscheiden! Nehmen Sie ihnen nicht die Hoffnung, wieder farrische Bürger zu werden. Nur Sie können die Todesstrafe abwenden, die über jedem einzelnen Mann schwebt, der Ihnen folgt.«

Die Meuterer standen Schulter an Schulter vor dem Kapitän und starrten ihn düster an.

Es verfängt nicht, dachte Tristam, aber er hatte keine Erklärung, weshalb. Waren die Argumente des Kommandanten denn nicht vollkommen wahr und logisch gewesen? Konnte es sein, dass sie auf einen Appell an ihre Vernunft nicht hörten? Das war doch Irrsinn!

Hobbes senkte den Blick auf die Klinge des Degens, den er in der Hand hielt. »Sie bieten uns eine Begnadigung an?«, stieß er leise hervor, und er bebte vor Wut. »Vor Gericht sollten Sie stehen, Stern, Sie und Ihre kostbare Admiralität!« Mit der Degenspitze wies er auf den Kommandanten. »Doch auch Sie werden schon bald am eigenen Leibe spüren, wie weit es her ist mit der Gerechtigkeit der Admiralität, Stern. Denn nach Ihnen wird man suchen.« Er senkte das Schwert. »*Sie* brachten uns einen Mörder an Bord«, sagte er leise und deutete mit dem Degen auf die Treppenstufen. »Einen Mann, der erst Dakin ermordete und dann versuchte, Kreel und mich umzubringen. Und Sie, Sie speisen mit ihm zu Abend, während Ihre Mannschaft aus Furcht vor dem Ungeheuer zittert!« Aufgeregt, erzürnt, verzweifelt von der Wahrheit seiner Worte schritt er zur Seite. »Sie brachten diese Magierbrut an Bord, die vielleicht ein Verderben über unsere Seelen bringt, das wir uns nicht einmal vorzustellen vermögen; und ausgerechnet Sie erzählen uns etwas von Gerechtigkeit?« Er verstummte und blickte mit solcher Abscheu zu Stern hinauf, dass der Kommandant sichtlich wankte. »Wir alle haben viel riskiert, um den Erlauchten Farrlands diese Pflanze zu bringen, die in ihren Palästen und hübschen Häusern hocken und auf das Geschenk warten, dieses Elixier, mit dem sie ihr sorgloses Leben verlängern und sich auch noch vor den Krankheiten schützen wollen. Und was bekommen wir? Die Männer, die nicht nur ihr kurzes, hartes Leben dafür riskieren, sondern auch ihre Seele? Almosen und nicht einmal die Hoffnung auf ein besseres Dasein! Da haben Sie Ihre Gerechtigkeit, Stern! Und auch Sie kommen nicht ungeschoren davon. Ihre Karriere ist zu Ende, Herr Kap'tän! Ihre Herren kenne ich gut. Was die unter Gerechtigkeit verstehen, das habe ich schon am eigenen Leibe erfahren. Sie zahlen einen hohen Preis, wenn Sie ihnen in die Quere kommen. Sie werden alles verlieren, Stern.« Er drehte sich um und blickte die Männer an, die hinter ihm standen, zuhörten und beifällig nickten.

Und dann wandte er sich wieder Stern zu, und in seinen Zorn mischte sich Mitleid. »Nein, wir unterwerfen uns nicht der *Gerechtigkeit*, die Sie uns anbieten. Wir machen unsere eigenen Gesetze und vertrauen darauf, dass sie gerechter sind als alles, was Ihre Herren sich ausdenken. Und wenn die Marine uns eines Tages findet, was soll's? Und wenn wir nur fünf Jahre auf diesen wunderschönen Inseln leben können, wie wir wollen, dann haben wir mehr Glück erfahren, als uns in drei Menschenaltern in Farrland winken würde. Das ist die Wahrheit. Und wenn man uns nie findet ...? Wir wissen doch beide, wie weit das Meer ist. Es sind schon früher Männer verschwunden.« Hobbes blieb breitbeinig stehen, legte die Degenklinge in seine freie Hand und blickte dem Kommandanten offen ins Gesicht.

»Ich will Ihnen auch ein Angebot machen, Herr Kap'tän. Für Sie lohnt es sich nicht, nach Farrland zurückzukehren. Dort wartet die Schande auf Sie. Sie erhalten weder eine Beförderung noch eine Pension. Auf Sie wartet die vielgerühmte Gerechtigkeit, von der Sie sprechen; ausgeübt wird sie von Männern, die noch nie zur See gefahren sind, und die gehorchen wiederum anderen, die in ihrem Leben noch nie Unannehmlichkeiten erduldet haben – die wissen gar nicht, was das ist. Schließen Sie sich uns an!«, rief er mit erhobener Stimme, damit jeder von Sterns Leuten ihn hörte. »Kommen Sie mit uns, gehen Sie das Risiko ein, ein ganzes Jahrhundert lang im Paradies zu leben. Das ist Ihre Wahl! Riskieren Sie es doch, Ihre Zukunft selber zu entscheiden. Wollen Sie wirklich zu dem Leben zurückkehren, das Ihnen die vorschreiben, die als einzige von Ihren Mühen Gewinn ziehen? Dieses Angebot gilt für alle, aber besonders für die, die nichts davon zu erwarten haben, dass sie nach Farrland zurückkehren.«

Ein langes Schweigen folgte. Tristam spürte, wie die Männer auf den Stufen über ihm ihre Wahl noch einmal überdachten, und er war nun selbst nicht mehr sicher, wie er sich entschieden hätte, wäre er einer der Jacks gewesen.

»Und wenn wir uns Ihnen nicht anschließen, Mr. Hobbes?«, fragte Stern.

Der Steuermann trat einen Schritt vor. »Stellen Sie sich nicht zwischen uns und das, wofür wir gekommen sind, Kap'tän Stern. Wir wollen niemandem schaden, und wir lassen alle unbehelligt, solange man uns nicht zwingt, Gewalt anzuwenden. Ich möchte sogar noch einmal offen sagen, dass jeder Mann, der es wünscht, zu Ihnen gehen und sich Ihnen wieder anschließen kann.« An die Jacks gewandt, sagte er: »Jeder von euch, der des Königs Gnade annehmen will, soll das jetzt tun. Aber stellt euch nicht gegen uns, sonst kann ich für eure Sicherheit nicht garantieren.«

Einen Moment lang blieb es vollkommen still, dann schüttelten die Männer einhellig die Köpfe und brummten ihre Ablehnung. Niemand trat vor, um die Sandfläche zu überqueren.

»Da haben Sie Ihre Antwort, Stern. Und jetzt will ich meine hören.«

Der Kommandant zögerte, als hoffte er verzweifelt auf einen letzten Ausweg, doch schließlich sagte er mit fester Stimme: »Wir geben Ihrem Ansinnen nicht nach, Mr. Hobbes. Ich sehe nicht tatenlos zu, wie Sie den Insulanern schaden. Ich habe die Pflicht, die Varuaner vor der Willkür meiner Besatzung zu schützen. Wir werden uns Ihnen in den Weg stellen, Hobbes, und möge Farrelle Ihnen die Seelen vergeben, die Sie sinnlos nehmen.«

Nun war es gesagt. Jeder Anwesende spürte den Eindruck dieser Worte, als wäre ein Urteil gesprochen worden: Tod für einige, wobei noch nicht feststand, für wen. Der Kommandant sah über die Schulter und blickte die Herzogin fast bittend an.

»Es gibt einiges, was Sie über diese Pflanze nicht wissen«, hörte Tristam sich sagen, und seine Stimme reichte, obwohl er leise sprach, weit über die schreckliche Stille. »Nur dann behalten Sie Ihre Jugend, wenn Sie über das Wissen und das Talent eines Magus verfügen.« Er schwieg und versuchte die Wirkung seiner Worte abzuschätzen. Die Sonne versank hinter den Bergen, und Schatten fiel über die Szene. Fast schien es, als sänke die Stimmung der Meuterer um ein Beträchtliches. »Wenn Sie dieses Wissen nicht besitzen, dann wird die Arznei Sie in entsetzlichen Wahnsinn treiben und Ihres Willens berauben. Unser eigener König ist dieser Pflanze verfallen, und obwohl er lange gelebt hat, trägt er die Bürde seiner Jahre wie ein schweres

Gewicht. Ich schwöre, es wird Ihnen nichts nützen, wenn Sie den Varuanern die Samenkörner rauben. Sie können sie weder benutzen noch verkaufen – nicht in Ihrer Lage. Schon das Verlangen, diese Saat zu besitzen, hat Sie zu Meuterern gemacht, denen die Todesstrafe droht. Und wenn Sie sich nicht jetzt, auf der Stelle, davon abwenden, dann wird es nur noch schlimmer. Diese Pflanze ist verflucht. Wenn Sie die Gnade des Königs nicht annehmen wollen, dann retten Sie sich wenigstens vor diesem Schicksal. Segeln Sie fort. Laufen Sie heute noch aus. Verstecken Sie sich in irgendeinem Winkel der Welt. Aber ich sage Ihnen: So wahr, wie mein Großonkel einem Magus gedient hat, so sicher bringt diese Pflanze Ihnen den Untergang, wenn Sie weiter nach ihr trachten.« Impulsiv hob er den Dolch, sodass alle ihn sehen konnten. »Diese Klinge hat Gregory gehört. Sie trägt seine Initiale und sein Wappen. Die Insulaner haben die ganze Zeit von seinem Schicksal gewusst, aber ihr Aberglaube hat sie schweigen lassen.« Stern blickte ihn mit weit aufgerissenen Augen an, als glaubte er, Tristam hätte den Verstand verloren. »Sein Schiff liegt im tiefen Wasser vor der Durchfahrt, wo Meuterer sein Scheitern verursacht haben. Meuterer, die ebenfalls diese Pflanze in ihre Hände bekommen wollten, ohne zu ahnen, dass sie verflucht ist. Das gleiche Schicksal wartet auch auf Sie!« Tristam schleuderte den Dolch vor ihre Füße in den Sand, wo er mit der Spitze zuerst einschlug. Niemand regte sich, um ihn zu untersuchen.

Tristams Ansprache zeigte Wirkung auf die Matrosen. Im Dämmerlicht sah er sie Schutzzeichen machen. Andere murmelten Unverständliches. Die Männern schauderten.

»Und deshalb sind Sie so weit gereist, um die Pflanze zu holen, Mr. Flattery?«, fragte Hobbes in spöttischem Ton. »Gregorys Dolch?« Er lachte. »Der König ächzt so schwer unter der Last dieses Elixiers, dass er Sie ausgeschickt hat, um ihm mehr zu bringen? Und die Herzogin von Morland geht auf ein Schiff voller verlauster Seeleute, weil sie meint, die Pflanze sei nichts wert – dass sie verflucht ist?« Er lachte, und die Männer hinter ihm nickten. Der Zweifel, den Tristam gerade gesät hatte, wurde hinweggefegt wie Spreu. »Treffen Sie Ihre Entscheidung, Sie alle. Schließt euch uns an, oder geht uns aus dem Weg. Frau Herzogin, ich bitte Sie: Bleiben Sie nicht bei diesen Männern. Wenn sie nun nicht die Treppe für uns räumen, werden sie es teuer bezahlen.«

Tristam sah die Herzogin knapp den Kopf schütteln, dann senkte sie den Blick. Stern hob die fadenscheinige Fahne und zeigte damit auf die Treppe; Tristam und die Herzogin sollten ihm vorangehen. Hinter sich hörte Tristam Hobbes befehlen, das Geschütz nach vorn zu bringen, aber die Stimme klang belegt.

Nicht mehr lange, so überlegte Tristam, *und es war Nacht*. Die Dunkelheit brach in diesen Breiten rasch herein. Hobbes würde versuchen, die Treppe zu ersteigen, solange es noch hell war.

Gregory kam ihm in den Sinn. *Gier und Dummheit*, dachte er. Der Groll der Mannschaft war lange genug angestachelt worden. Verursacht durch die Ungerechtigkeit einer armen Geburt, genährt von dem Wissen, dass man sie ausnutzte. In Hobbes' Worten war viel Wahrheit enthalten – deshalb übten sie solche Macht aus. Die Gerechtigkeit als Trugbild – ein Luxus der gebildeten Schichten.

Als sie den Treppenabsatz erreichten, schnauften sie vor Anstrengung. Beacham und der Viscount standen an der Kante und spähten hinab.

»Legen Sie sich hin«, sagte Stern. »Das Gesicht nach unten. Schützen Sie den Kopf.« Der Kommandant kroch an den Rand der Stufen, um beobachten zu können, was weiter unten vor sich ging. Tristam legte sich auf den Boden und rührte sich nicht; er roch Stein und Sand. Seltsam, dass Stein einen Geruch hatte.

Die Herzogin nahm seine Hand, und er blickte in ihr ängstliches Gesicht. *Wahnsinn*, glaubte er ihr von den Lippen abzulesen, aber ganz sicher war er sich nicht.

Beim ersten Kanonenschuss zuckten alle zusammen und pressten sich enger an den Boden. Dann zerbarst über ihnen der Stein mit ohrenbetäubendem Krachen. Felssplitter regneten auf sie herab, Staub hüllte sie ein.

»*Auf, auf!*«, brüllte Stern, und alle, die nicht von der Furcht wie gelähmt waren, packten Steine und Holzstücke und schleuderten sie auf die anstürmenden Meuterer.

Tristam sprang vor und schoss einen Pfeil auf die Männer ab, die sich weiter unten duckten, dann einen zweiten und einen dritten. Die Meuterer blieben stehen, einige zogen sich sogar zurück. Dann brüllte Osler, wieder in Deckung zu gehen.

Der zweite Schuss dröhnte, bevor viele sich zu Boden werfen konnten, und diesmal schlug die Kugel tiefer ein. Sie pfiff dicht über ihren Köpfen hinweg und krachte mit solcher Gewalt in den Stein, dass der Treppenabsatz erbebte. Tristam hörte Stöhnen und Schreie, und nur die Hälfte der Verteidiger erhob sich, um den Meuterern entgegenzutreten.

Die Meuterer hatten mehr Stufen erstiegen als befürchtet. Nun kauerten sie sich nieder und boten dem Regen aus Steinen und Trümmern nur den Rücken. Tristam stellte fest, dass der Vorrat an Wurfgeschossen bald zu Ende sein würde, obwohl die Kanonenkugel weitere Trümmer losgerissen hatte. Plötzlich rief Stern, alles solle weiter hinauf, und die Verteidiger drehten sich um und eilten die Treppen hoch.

Doch sie taumelten, und einige stürzten, und andere stolperten über sie. Trotzdem kamen sie irgendwie vorwärts. Als die Kanone wieder feuerte, trieb die Furcht sie alle einige Stufen höher, und diesmal zerriss der Einschlag hinter ihnen den Stein. Splitter fällten mehrere Leute. Einige versuchten noch aufzustehen, doch man ließ sie zurück; niemand hielt an, um sich um sie zu kümmern oder ihnen weiterzuhelfen. Jeder rannte um sein Leben, und Tristam fand, dass sie sich nun nicht mehr von den Varuanern unterschieden.

Sie erreichten den nächsten Absatz, und obwohl Stern die Flucht hier anhalten wollte, um sich erneut zur Wehr zu setzen, eilten viele an ihm vorbei.

»Die Bäume ... sie bieten uns Schutz«, sagte Osler keuchend.

Nur ein halbes Dutzend Leute stand noch auf dem Absatz. Tristam blickte die Treppe hinunter. Die Meuterer stürmten die Stufen herauf, ließen aber keinen einzigen Triumphruf über das Zurückschlagen ihrer ehemaligen Schiffskameraden hören. Grimmig näherten sie sich, entschlossen, eine unangenehme Pflicht rasch hinter sich zu bringen.

Die Bäume, die ihre Äste über der Treppe zu einem Bogen neigten, verbargen, was bei jenen vorging, die weiter unten die Kanone bemannten. Sie feuerten nicht mehr, sonst hätten sie leicht ihre eigenen Genossen treffen können.

Tristam schoss rasch zwei Pfeile in die nahenden Meuterer, und ringsum warfen die Verteidiger mit den wenigen Steinen und Treppenbruchstücken, die sie finden konnten. Die Angreifer ließen sich dadurch kaum beirren.

»Was geschieht, wenn wir in die obere Stadt kommen?«, fragte Beacham, der ohne Zweifel an Chilseys und Garveys Schicksal dachte. Niemand wusste darauf eine Antwort.

Die kurze tropische Abenddämmerung brach herein, und das bedeutete, dass der Einbruch der Finsternis nur noch wenige Minuten auf sich warten ließ. Ob die Dunkelheit für sie ein Vorteil oder ein Nachteil sein würde, wusste Tristam nicht zu sagen. Er beugte sich über den Seitenrand der Treppe, um nach einer Fluchtmöglichkeit zu suchen. Man konnte zwar dort hinunterklettern, befand sich dann jedoch über einem tiefen Abhang, und der schmale Sims musste nicht unbedingt in die Sicherheit führen – obwohl er vielleicht den einzigen Ausweg darstellte.

»Wir steigen hinauf, bis wir am oberen Treppenabsatz auf Wächter stoßen«, sagte Stern. »Vielleicht lassen sie uns durch, vielleicht kämpfen sie an unserer Seite. Ich glaube kaum, dass sie widerstandslos ihre heiligste Stätte von Meuterern betreten lassen.«

Die Kanone donnerte wieder, und jeder, der noch Geistesgegenwart übrig hatte, ließ sich zu Boden fallen. Krachend durchbrach das Geschoss die Bäume links von der Treppe, und als die eiserne Kugel auf Stein prallte, sah

Tristam tatsächlich Funken stieben. Nun hatte sich die Nacht auf die Insel herabgesenkt.

Plötzlich ging ein Zischen durch die Luft wie von sausenden Pfeilen, dann erhoben sich wilde Schreie. Nach kurzer Verwirrung erhob sich Tristam und versuchte auszumachen, was auf der Treppe vor sich ging. Er konnte schwach erkennen, dass die Meuterer eilig vor einem Steinhagel zurückwichen, der aus den Bäumen zu kommen schien.

»Blut und Flammen!«, rief Osler. »Die Insulaner kommen uns zu Hilfe. Sie haben Steinschleudern.«

Tristam sah, Männer besinnungslos auf der Treppe zusammenbrechen. Einige rollten schlaff hinter ihren Kameraden her. Die Kanone war verstummt, und Tristam fragte sich, ob sie vielleicht so ungenau gezielt hatte, weil auch die Geschützbedienung angegriffen worden war. Die Meuterer flohen, und ihre Reihen lichteten sich schnell. Und mit ihnen rannte Hobbes. Er hielt sich im Rücken der Fliehenden, als könnte er sie durch sein gewaltiges Kreuz vor den tödlichen Geschossen schützen. Tristam sah, wie der Steuermann taumelte und stolperte, wenn Steine ihn trafen, doch er gab der Panik nicht nach und blieb, wo er war. Dann wurde Hobbes' Kopf plötzlich nach vorn gerissen, und er wankte. Die Arme ausgestreckt stürzte er in die Dunkelheit.

Stern blieb stehen und blickte hinab, erstarrt wie jemand, der nicht aufhalten kann, was er beobachtet, obwohl jeder Muskel in seinem Leib danach verlangt, einzugreifen.

»Wir müssen die Überlebenden sammeln«, sagte er mit heiserer Stimme. Dann wandte er sich ab und winkte den anderen, ihm vorauszugehen.

»Aber werden sie ihnen denn keine Gnade zeigen?«, rief Osler unversehens aus. Noch immer konnte er seine ehemaligen Schiffskameraden nicht als Feinde ansehen. Flehend blickte er auf Stern, als wollte er ihn sogleich beschwören, doch endlich einzuschreiten.

»Nein, keine, fürchte ich«, antwortete der Kommandant

und winkte sie die Treppe hoch. So wandten sie sich von den Flüchen und Schreien der Farrländer ab und stiegen hinauf, ohne zu wissen, was vor ihnen lag.

»Sie müssen eins verstehen, Leutnant«, sagte Stern ruhig; ihm war kein Zorn mehr anzumerken. »Die sogenannte obere Stadt und dieses Ritual sind den Varuanern überaus heilig. Sie würden deshalb eher sterben als zuzusehen, wie es entweiht wird. Anscheinend stellen sie sich sogar lieber der Dunkelheit und dem Kanonenbeschuss.«

»Und was wird aus uns?«, fragte Beacham und schaute über die Schulter zurück.

»Noch haben sie sich nicht gegen uns gewendet, deshalb hoffe ich, dass alles gut ausgeht.« Stern zögerte. »Aber ich wäre ein Lügner, würde ich behaupten, die Handlungsweise der Eingeborenen lasse sich leicht vorhersehen.«

Unter der letzten Treppe fanden sie die übrigen Opfer der Meuterei zusammengekauert. Anscheinend wussten sie bereits, was sich weiter unten zugetragen hatte, und warteten nun darauf, dass sich ihnen ihr eigenes Schicksal offenbarte.

Stern stellte sich vor die Reste seiner Mannschaft. In seiner zerfetzten Kleidung und mit seinem blutigen, geschundenen Gesicht erschien er als ein Mann mit wenig Hoffnung. »Ich glaube, die Meuterei ist vorüber, doch was aus uns wird, das kann ich Ihnen nicht sagen. Noch hat man uns nicht angegriffen, obwohl es ein Leichtes gewesen wäre. Ich hoffe, es bedeutet, dass man uns unbeschadet gehen lässt. Vielleicht können wir noch heute Nacht auf unser Schiff zurückkehren. Wenn die Varuaner sich uns bewaffnet nähern, dann behalten Sie Ruhe. Zeigen Sie keine Wut über das, was sie getan haben, aber auch keine Furcht. Ich werde versuchen, uns aus dieser misslichen Lage zu befreien. Doktor Llewellyn? Vielleicht benötigen wir Ihre Sprachkenntnisse. Und wohin ist die Varuanerin, Mr. Flattery?«

»Das weiß ich nicht, Sir.«

Offenbar wusste es niemand. Faairi war kurz nach dem ersten Kanonenschuss verschwunden.

»Wo ist Mr. Wallis?«, fragte Llewellyn, der mit sichtlichem Widerstreben vortrat.

»Ich wünschte, ich wüsste es«, sagte Stern und versuchte, auf der Treppe etwas zu erkennen.

Mittlerweile war es stockfinster. Die Sterne leuchteten durch die Baumkronen. Wie jeden Abend ließ allmählich der Wind nach, und man meinte die Brandung, die gegen das Riff schlug, spüren zu können, als wäre sie der Herzschlag dieser Insel. Von unten herauf drang kein weiterer Kampfeslärm, und man kauerte sich in ungewohntem Schweigen an das hintere Ende des Absatzes. Jeder wollte horchen, jeder bangte, was im Dunkeln vor sich ging. Niemand wagte zu flüstern, um bloß kein warnendes Geräusch zu überhören.

Am östlichen Horizont begann es silbrig zu leuchten, dann ging der Vollmond auf, den ein riesiger Wal in den Himmel gespuckt hatte.

»Herr Kap'tän«, zischte Beacham. »Ich glaube, ich höre jemanden kommen.«

Stern ging nach vorn, gefolgt von einem angstgeschüttelten Llewellyn. Tristam stellte sich neben den Kommandanten, denn er dachte, seine eigene beschränkte Sprachkenntnis könnte vielleicht von Nutzen sein, falls Llewellyn die Nerven verlor.

»Kapitän Stern?«, sprach eine Männerstimme aus dem Dunkel. »Ich bin's, Madison Wallis.«

»Mr. Wallis? Was ist passiert? Sind meine Männer ...?«

Auf dem Stein näherten sich leise Schritte, dann trat Wallis' mit gewohnter Schlaksigkeit ins Mondlicht. Er bewegte sich langsam, wie unter der Last des Anblicks, dessen Zeuge er gerade geworden war. Statt auf den Absatz zu kommen, blieb er einige Stufen tiefer stehen, als fürchtete er, bei den Farrländern nicht willkommen zu sein.

»Bis auf einen sind sie alle tot, Kapitän Stern. Doch wegen der Dunkelheit bin ich mir nicht ganz sicher. Ein Jack ist nur bewusstlos, und ich glaube, dass ich mit Erfolg eingeschritten bin, als man entdeckte, dass er noch lebt. Wenigstens hat er noch gelebt, als ich den Aufstieg begann.« Er setzte sich müde auf die Stufe und legte den Kopf in die Hände.

Tristam hörte die anderen murmeln, teils erleichtert, teils entsetzt.

»Was wird man nun mit uns tun, Mr. Wallis?«, fragte Stern. »Hat man begriffen, dass wir die Treppe nur deswegen betreten haben, um zu verhindern, dass die Meuterer in die Stadt der Götter eindringen? Wir hatten die Absicht, die Varuaner zu schützen.«

»Das habe ich vermutet, Kapitän Stern, und das habe ich auch gesagt. Trotzdem weiß ich nicht genau, was die Varuaner glauben, und sie haben mir nicht gesagt, was sie beabsichtigen. Ich bin geschickt worden, um Sie anzuweisen, Ihre Leute zusammenzuhalten, wo Sie sind, mehr nicht. Versuchen Sie unter gar keinen Umständen, nach oben in die Stadt zu gehen. Bleiben Sie, wo Sie sind, während ich herauszubekommen versuche, was die Varuaner nun vorhaben.«

»Wir machen keinen Schritt, Mr. Wallis. Bitte, tun Sie alles, was Sie für uns tun können. Ich werde nicht zulassen, dass meine Leute eine heilige Stätte entweihen. Wir wollen uns nur um unsere Angelegenheiten kümmern und dann wieder aufbrechen. Wir wollen den Varuanern nichts Böses.«

»Ich werde Ihre Worte übermitteln, Herr Kapitän, aber Ihre Angelegenheiten, das ist problematisch, Sir. Möglich, dass man Sie zwingt, Ihre Suche nach der Pflanze aufzugeben. Das halte ich zumindest für sehr wahrscheinlich.«

Die Herzogin trat einen Schritt vor, als sie das hörte. Tristam glaubte nicht, dass sie so leicht aufgeben würde.

30. Kapitel

Richtig geschlafen hatte Baron Trevelyan nicht, er hatte nur zwischen den Stößen der Kutsche ein wenig gedöst. Trotzdem war der Traum gekommen. Der Traum, in dem er in weißer Robe eine Treppe hinaufschritt, während ein kalter Bach glitzernd seine Füße umspülte. Eine Eule rief ihn aus der Dunkelheit mit fast menschlich klingender Stimme. Dann hatte die Kutsche geschlingert, und er war mit dem Kopf gegen den Fensterrahmen geprallt.

Er richtete den Blick auf Roderick Palle, der ihn mit jenem gleichbleibend forschenden Ausdruck anstarrte, den er gewohnheitsmäßig auf die arme, nichts Böses ahnende Welt richtete. Die Kutsche ratterte durch ein Schlagloch, und beide Männer hüpften mehrere Zoll in die Höhe. Laut hämmerten die Hufe auf dem Fell der Erdtrommel.

»Sind Sie nun wieder auf dem Posten, Lord Trevelyan?«

»Ob der Irrsinn von mir abgelassen hat, meinen Sie wohl? Im Augenblick scheint das ganz so zu sein. Doch mit diesem gnadenvollen Zustand wird es aus sein, wenn Sie mir das nächste Mal das Elixier vorenthalten.«

»Wir beabsichtigen keineswegs, Ihnen jemals wieder die Arznei zu verweigern. Sobald Sie Ihre Aufgabe verrichtet haben, Lord Trevelyan, sollen Sie ausreichend Saat bekommen, bis ans Ende Ihrer Tage, wenn Sie es so wollen.«

Trevelyan bezweifelte nicht, dass er sein Misstrauen nur sehr unvollkommen verbarg. »Ich habe gesehen, wie es Seiner Majestät ergangen ist. Ich verlange nur so viel, wie ich benötige, um den Wahnsinn in Schach zu halten – mehr nicht. Übermäßiger Genuss ist ein Laster, das einen allzu rasch in seinen Bann schlägt, und seine Nachwirkungen sind vernichtend.«

»Doch was ist mit Ihrer Jugend, Lord Trevelyan? Möchten Sie nicht Ihre Lebenskraft wiederhergestellt sehen?«

Der Baron bemühte sich sehr, seine Abscheu vor Palle

zu verbergen. Der Königsmann war ein Meister darin, die Schwächen anderer Männer zu entdecken und auszunutzen. Trevelyan indes war fest entschlossen, sich nicht noch einmal in Versuchung führen zu lassen. Einmal hatten Palle und sein Zirkel ihn bereits betrogen, und er konnte nicht wissen, ob sie diesmal das Abkommen einhalten würden. »Erzählen Sie mir von diesem Ritual, das Sie ausgeführt haben möchten.«

Palle lächelte ihn an oder versuchte es zumindest – der Königsmann war berüchtigt für diese Grimasse, die er für ein Lächeln hielt. »Es ist einfach genug. Mr. Wells wird Sie unterweisen.« Er nickte Wells zu, der besinnungslos in der Ecke lag. Der Mann musste entweder über alle Maßen erschöpft sein oder mit einem so tiefen Schlaf gesegnet sein, dass er selbst den Weltuntergang verpassen würde.

»Ich halte es für einen geringen Dienst, wenn man bedenkt, dass Sie dafür Ihre geistige Gesundheit zurückerhalten. Sie könnten sogar Ihre Arbeit wieder aufnehmen, und jedes Mitglied der Gesellschaft wird Loblieder auf die Rückkehr des großen Trevelyan anstimmen.«

»Wenn Sie es sagen, klingt es so einfach, Roderick. Und was haben Sie aus einer so simplen Aufgabe zu gewinnen?«

Roderick zuckte mit den Schultern.

»Wissen Sie denn eigentlich, was Sie besitzen? Einen Text, nehme ich an. Begreifen Sie denn seinen Zweck? Lassen Sie mich ihn sehen!«

»Schon bald, guter Baron, schon bald.«

Damit war Trevelyan klar, dass Roderick nichts weiteres verlauten ließe. Der Königsmann hatte sein Leben damit verbracht, Geheimnisse zu hüten, und sich bei Hofe hochgearbeitet, indem er sein Wissen gegen Vorteile eintauschte. Trevelyan nannte ihn bei sich einen Kaufmann, der mit Verschwiegenheit handelte. Er behielt jedes bisschen Wissen, so belanglos es auch erschien, und steigerte seinen Wert dadurch, dass er es rar machte. Hätte Palle sich die Welt des Handels zu seinem Feld erkoren, könnte er unermesslich reich sein, doch die Münze, die er schätzte, bestand nicht aus Gold.

»Warum rasen wir so, Roderick? Wen hoffen wir zu schlagen?«

Palle blickte den Baron forschend an. Nie war es ihm peinlich, einem anderen Mann für beliebige Zeit ins Gesicht zu starren, obgleich man das in der farrischen Gesellschaft als höchst unhöflich erachtete. »Massenet«, sagte er schließlich; er musste zu dem Schluss gelangt sein, für diese Information nichts erhalten zu können, und so verschenkte er sie, vermutlich um zu sehen, wie Trevelyan darauf reagieren würde.

»Ah. Das hätte ich mir denken können.« Der Baron schob sich in den Sitz zurück und schaute aus dem Fenster. Der Tag war klar und ein wenig kühl. Heftiger Gegenwind blies von Norden. In der Kutsche war es so unangenehm wie auf einem Schiff, das in einen Sturm fährt, und der Wind pfiff um die Karosse, als wehte er durch die Takelage. Mit entsetzlichem Klappern schlug er die kahlen Äste gegeneinander.

»Er weiß nicht, dass wir ihm folgen«, sagte Palle. »Das ist unser Vorteil. Mit ein wenig Glück beeilt sich der Graf nicht auf seinem Weg nach Norden, sondern lässt sich Zeit. Wir dürfen darauf hoffen, dass er unterwegs auf eine Herberge mit hübschen Schankmägden stößt. Das könnte ihn erheblich aufhalten.«

Anscheinend betrachtete der Königsmann diese Information als Versöhnungsgeschenk. Schließlich war *Information* für Palle die wertvollste Ware. Trevelyan hätte sich geehrt fühlen müssen, doch der Baron machte sich keine Illusionen; wenn es etwas gab, was er wirklich wissen sollte, dann hielt Palle es zur späteren Verwendung zurück. Der Baron ließ sich nicht täuschen. Schon einmal hatte er sich dem Königsmann in den Weg gestellt und schrecklich dafür bezahlt. Diesen Fehler machte er kein zweites Mal.

Die Kutsche hielt an, die Rufe von Männern waren ringsum zu hören. Palastgardisten ritten vorbei, dann zügelte einer neben der Kutsche sein Pferd und stieg ab. Palle gestattete das Öffnen der Tür.

»Die Furt, Sir Roderick. Der Fluss ist angeschwollen.« Er

wirkte verlegen, als wäre er selbst für diese Behinderung verantwortlich.

Palle warf Wells einen verärgerten Blick zu, der sich aufsetzte und die Augen rieb. »Lassen Sie uns sehen, was los ist.«

Niemand erhob einen Einwand, und so folgte der Baron den anderen aus der Kutsche. Er reckte die langen Glieder, die von dieser irrwitzigen Fahrt steif waren und schmerzten. Die Kutsche mit Noyes und Galton war hinter einen Bauernwagen mit Korn geraten, der nun mit den anderen vor der Furt wartete. Berittene Gardisten wimmelten durcheinander und suchten sich den Anschein zu geben, etwas Nützliches zu tun. Ein Offizier, der offenbar einfallsreicher war als die anderen, trieb sein Ross in den Strom.

Der Fluss war über die Ufer getreten und überflutete die Baumwurzeln. Die Strömung war beträchtlich. Ein Schwarm kleiner Möwen kreiste über der Furt im Sonnenlicht, schrie und stürzte sich hinab. Gelegentlich berührte eine das Wasser und glitt, winzige Wellen schlagend, über die Oberfläche, als wollte sie die Männer verspotten, die scheu am Ufer standen.

Trevelyan sog die frische Luft ein. Er konnte seine Erleichterung, aus dem Gefängnis der geistigen Umnachtung entkommen zu sein, kaum genießen. Von ganzem Herzen widerstrebte es ihm, diesen Männern zu Diensten zu sein, doch der Gedanke, in seine Zelle zurückzukehren, verschreckte ihn gänzlich. *Alles wäre besser als das!* Wenn er daran dachte, welch begnadeten Verstand er besessen hatte. Ganz gewiss würde er nie wieder auf diesem Niveau arbeiten können, doch allein schon fähig zu sein, einen klaren Gedanken zu fassen! Sich umzuschauen und die Welt so zu sehen, wie sie war! Das genügte dem Baron. Ihn kümmerte es nicht, dass er dann sterben würde. Nur noch einige Jahre bei Verstand, mehr verlangte er nicht. Bot Roderick Palle ihm dieses bisschen Würde, so täte er alles, was der Königsmann wollte.

In der Flussmitte wurde es für den Reiter mühsam, er hielt sich jedoch über Wasser. Sein Ross wurde flussabwärts getrieben und verlor den Boden unter den Hufen. Doch dann war der tiefste Punkt passiert, und das Pferd fand wieder Tritt. Kurz darauf stürmte es die Uferböschung hinauf. Die anderen Gardisten jubelten.

Roderick schenkte den Bemühungen des Reiters keinerlei Aufmerksamkeit, stellte Trevelyan fest. Stattdessen strich er um den Bauernwagen und musterte ihn, als wäre es ein besonders innovatives Fuhrwerk, das er dort entdeckt hatte.

»Der Reiter ist auf der anderen Seite, Sir Roderick«, meldete einer der Gardisten.

»Und hat uns bewiesen, dass nur Berittene den Fluss überqueren können«, gab der Königsmann zurück, ohne sich die Mühe zu machen, den Mann anzusehen. »Mr. Hawksmoor!«

Palles Ergebener stand ganz in der Nähe, wie immer beflissen, allen Wünschen seines Herrn zu dienen. »Sir?«

»Das hier wird es wunderbar tun. Schicken sie es hinüber.«

Der Bauer, der dabeistand, begriff plötzlich, was in der Luft lag. »Aber Hoheit, das ist das Korn aus der letzten Ernte, für den Markt, Sir ...«

Gardisten gingen auf den Mann zu, und er verstummte vor Furcht.

Palle hob die Hand, und die Bewaffneten blieben stehen. Fast hätten sie den Bauern gepackt. »Bezahlen Sie den Mann für sein Fuhrwerk und sein Korn, Mr. Hawksmoor, dann setzen Sie einen Fahrer darauf. Wir haben keine Zeit zu verlieren.«

Der Bauer kletterte eilig auf seinen Wagen, um einige Habseligkeiten zu retten, dann zählte Hawksmoor ihm ein paar Münzen in die Hand. Trevelyan bezweifelte nicht, dass man den Bauern hinreichend entschädigte, aber trotzdem blieb der Mann bei den großen Zugpferden stehen, streichelte ihnen die Nüstern und sprach leise auf sie ein.

Ein Gardist legte Degen und Hut ab, kletterte auf den schwer beladenen Wagen und trieb die Pferde an.

»Wir könnten dieses Gespann benutzen, um alle Wagen

hinüberzuziehen, Sir«, sagte Hawksmoor mit einem Blick auf die großen Arbeitspferde.

Roderick nickte geistesabwesend. Sein Blick haftete auf dem Wagen, der ins Wasser rollte. Zwei Berittene folgten mit zusammengerollten Seilen in den Händen, um dem Fahrer eine Rettungsleine zuzuwerfen, sollte das Vorhaben kein gutes Ende finden. Wie fast alle Farrländer konnten die Männer nicht schwimmen, und die Strömung war stark genug, um einen Mann mühelos von den Beinen zu reißen.

»Wie eigenartig, dass der Himmel klar und die Erde trocken ist«, bemerkte Wells zu Noyes. »Ich würde annehmen, dass es hier seit Tagen nicht geregnet hat.«

Roderick wies vage stromaufwärts. »Das Wasser kommt aus den Hügeln von Camden.«

Der Wagen war in den Fluss gerollt, bis seine Radnaben unter Wasser standen; einen Moment später reichte der Spiegel bis an die Seitenwände. Ohne Unterlass zogen die Pferde ihre Last vorwärts. *Das Wasser wird ihnen nicht viel ausmachen*, dachte Trevelyan. Denn sie waren gewiss achtzehn Handbreiten groß.

Das Gespann erreichte die Flussmitte, wo die Strömung am reißendsten war, und noch immer kamen die Tiere voran, als wären sie große Bewohner des Flusses oder der Gezeitenzone. Noch zwei Schritt, und sie begannen, sich zur gegenüberliegenden Böschung hinaufzuarbeiten. Die Männer, die dem Gespann zusahen, beruhigten sich ein wenig und wurden erst jetzt gewahr, wie gebannt sie die Flussüberquerung verfolgt hatten.

In diesem Augenblick aber brach das Rad oder vielleicht auch die Achse; die Strömung riss das Heck des Wagens herum, der sofort zu versinken begann. Die Pferde wurden rücklings zur Seite gezogen, und sie stolperten übereinander und stürzten. Sosehr sie auch kämpften, der Wagen zerrte sie am Geschirr mit sich; sie platschten und wieherten, während sie versuchten, die Köpfe über Wasser zu halten.

Der Fahrer bemühte sich noch, die Lage zu retten, doch als er vollends begriff, was geschah, packte er das Seil, das er mitgeführt hatte, und rettete sich mit einem Sprung vor den um sich tretenden Pferden.

Dann zerbrach der Bauernwagen, und ein Pferd riss sich los, schwamm ans Ufer, und zog sich die Böschung hinauf, wo es stehen blieb und kläglich wiehernd nach seinem Gefährten rief, den das Gewicht des Wracks am Geschirr in die Tiefe gezogen hatte.

»Damit ist unsere Frage wohl beantwortet«, sagte Palle. »Wir müssen den Umweg über die Brücke von Tainsill nehmen. Das kostet uns viel Zeit.« Er wollte wieder in die Kutsche steigen, als Hawksmoor ihn anhielt.

»Was ist mit dem Pferd, Sir? Wir haben Gold dafür bezahlt.«

»Ach, lassen Sie es den armen Mann behalten!«, rief Galton mit erhobener Stimme. »Ich zahle Ihnen Ihr Gold zurück.« Und er ging zu dem Bauern, der erschüttert dastand, und drückte ihm noch einige Münzen in die Hand. Trevelyan konnte zwar nicht hören, was der Gouverneur von Farrow zu dem Mann sagte, doch es klang freundlich. Wenigstens einer war also unter Palles Leuten, der sein Mitgefühl für andere Menschen noch nicht völlig verloren hatte. Das war gut zu wissen.

Die Nacht war kalt. Wie eine Träne hing der nahezu volle Mond über dem Midden-Tal. Nachts kamen keine Menschen hierher. Die Schafhirten der Gegend ließen nicht einmal ihre Herden nach Sonnenuntergang im Tal grasen. Wer aus Unglück oder Tollkühnheit in der Dunkelheit dort geblieben war, über den kursierten schreckliche Geschichten. Nachts spukten die Geister der in der Schlacht Gefallenen, und Magi auf grauen Pferden galoppierten lautlos über die Hügelkuppen. Aus der Ruine des alten Wehrturms schien ein grünes Licht, dahinter erhoben sich die Middenhügel wie die Rücken grüner Wale. Es hieß, dass dort kein einziger Baum je Wurzeln geschlagen hätte, und auch höhlenbauende Tiere siedelten nicht auf diesem entsetzlichen Feld.

Graf Massenet ließ sich von den Geschichten der Schäfer

keine Schauder über den Rücken jagen. Andererseits hatte er in den letzten Jahren zu viel geheimes Wissen erlangt, um derlei als Aberglauben abzutun. Und letztlich war das Tal in der Tat ein beunruhigender Ort – wenngleich er das nur sich selbst gegenüber eingestand.

»Können wir es denn nicht hier schöpfen?«, fragte Bertillon flüsternd. »Es ist doch das gleiche Wasser.«

»Nein, es muss aus dem Wasserfall geschöpft werden«, erwiderte Massenet, und absichtlich sprach er in normaler Lautstärke. »Kommen Sie mir nur nicht mit logischen Argumenten, Charl, die Logik hat hier keine Bedeutung. Und die Vernunft auch nicht. Der Text verlangt, dass das Wasser aus dem Wasserfall stammt, also muss es aus dem Wasserfall stammen.«

»Der Graf hat vollkommen Recht, Mr. Bertillon«, warf Varese ein. »Wir dürfen nicht von den Anweisungen abweichen, nicht einmal um eine Winzigkeit.«

Bertillon schüttelte den Kopf. »Ich begreife immer noch nicht, worin sich dieses Wasser hier von dem Wasser einhundert Schritt weiter bachaufwärts unterscheiden soll – aber ich beuge mich Ihrem überlegenen Wissen.« Er bemühte sich, den letzten Satz nicht sarkastisch klingen zu lassen, doch das misslang. Der Graf sah sich dadurch nicht gekränkt. Wenn das Tal schon auf ihn zerrüttend wirkte, dann war es für den Musiker vielleicht noch schlimmer. Bertillons Talent offenbarte ihm Aspekte, die ein anderer nicht empfinden konnte. Und Massenet gefiel dieser Ort schließlich auch nicht.

»Seien Sie nachsichtig mit uns, Charl«, bat Massenet ihn. »Es dauert nicht lange.«

Eine Lampe trugen sie nicht, weil Varese darauf bestand, das Licht der Sterne und des Mondes müsse rein bleiben. Deshalb suchten sie sich in der Dunkelheit einen Weg unter den Bäumen und nahmen in Kauf, dass sie gelegentlich stolperten. Bertillon wünschte, er hätte einen Degen mitgenommen, doch er hatte befürchtet, wegen dieser Anwandlung ausgelacht zu werden. Mit einer Klinge an der Seite wäre ihm nun wohler gewesen.

Sie folgten einem Bach, der den Wald wie eine schwarze Ader durchlief, die die Lebenssäfte der Erde zu den Bäumen brachte. Knorrige Wurzeln ragten wie Fußangeln aus dem Boden, eigens um Eindringlinge aufzuhalten und die Quelle des Waldelixiers vor ihnen zu schützen.

Gelegentlich hauchte der Wind wie ein kalter Atem durch die Bäume und ließ das trockene Laub erzittern, das noch an den Zweigen hing.

»Fallen die Blätter hier nicht ab?«, fragte Bertillon.

»Das sind Eichen, Mr. Bertillon«, entgegnete Varese. »Eichen behalten ihr totes Laub bis zum Frühling. Das ist höchst alltäglich.«

Das war dem Musiker noch nie aufgefallen. *Eichen.*

Manchmal rief ein Vogel – ein leiser, absinkender Ton, der ohne Nachhall erstarb, als hätte die Dunkelheit ihn verschluckt. Bertillon empfand ihn als Ruf tiefer Trauer.

Allmählich schälte sich das Rauschen des Wasserfalls aus den anderen Nachtgeräuschen heraus. Ein leichter Luftzug regte sich zwischen den Bäumen, und die trockenen Blätter schabten mit höchst beunruhigenden Lauten aneinander. Bertillon erschrak von einem eigenartigen Rascheln, dem ein charakteristisches Krächzen folgte. Ein Rabe. Wenigstens die Vögel fürchteten diesen Ort nicht.

Die drei Entonnier mühten sich weiter vorwärts und kamen gut voran, wenn es galt, eine vom Mond beschienene Wiese zu überqueren. Dann stieg der Pfad an und wurde steinig, und zwischen ein paar Felsbrocken ergoss sich der Bach aus einem kleinen Teich in einen anderen. Als der Pfad wieder eben wurde, keuchten die Männer vor Anstrengung, und die Nacht erschien ihnen plötzlich warm.

Erneut führte Massenet sie unter alten knorrigen Eichen entlang; Bäume, die schon zur Zeit der Schlacht vom Midden-Tal dort gestanden hatten. Die schweigend beobachtet hatten, wie Dunsenay sich allein dem Heerbann Farrelles entgegenstellte, die Zeuge geworden waren, wie das seegrüne Licht den Magus einhüllte, während der Sturm nahte, den Dunsenay mit fremden Zungen herbeirief. Massenet hatte die Legende immer für übertrieben gehalten, nun aber war er dessen nicht mehr sicher. Und die Macht, über die Dunsenay geboten hatte, war nicht verloren! Hätte er nur selbst mehr Talent besessen!

Die Luft wurde umso feuchter, je dichter sie den Eichen und jungen Fichten kamen, die den reinen, frischen Geruch ihrer Nadeln verströmten. Unter den Bäumen kamen die Männer wieder langsamer voran. Massenet wedelte mit den Händen, tastete bei jedem Schritt nach einem Hindernis. Bertillon klammerte sich fest an seinen Rockzipfel, und Varese machte es bei dem Musiker genauso – wie die drei Blinden in der Fabel.

Das schwache Licht lockte sie vor, und das Wasserrauschen wurde lauter. Noch ein Dutzend Schritte vielleicht, und sie stünden am Teich. Massenet fühlte sich plötzlich beklommen, als seien sie im Begriff, etwas Grundfalsches zu tun. *Wie Diebe in der Nacht*, dachte er unvermittelt.

Das Licht der Gestirne glänzte auf dem Wasser, und Massenet erhaschte einen Blick auf den Bach, der sich aus einer Öffnung in der Kalksteinklippe ergoss. Das Wasser glitzerte wie eine Säule aus Kristall.

Dann traten sie unter den Bäumen hervor an das Ufer des Teiches, und dort, gleich vor dem Katarakt, stand eine geisterhaft bleiche Frau knietief im Wasser. Sie hatte die Hände halb erhoben und sang, als stünde sie von einem Altar. Dunkle Locken fielen ihr wie verflochtene Ranken den nackten Rücken hinab.

Varese wankte bei ihrem Anblick. »Ein Gespenst!«, zischte er.

Die Frau fuhr herum und bedeckte dabei ihre Brüste mit den Armen. Massenet war wie versteinert. Diese Frau war zu schön, um etwas anderes zu sein als eine Vision. Er hörte Varese keuchen und furchtsam einen Schritt zurückweichen; der Gelehrte schien indes nicht willens, allein in den dunklen Wald zu fliehen.

Die Frau betrachtete sie, ohne etwas zu sagen, und nachdem sie nun sah, wer sich genähert hatte, zeigte sie keine Furcht. Schatten spielten über ihr Gesicht und ihren Körper. Dennoch sah Massenet, dass sie ein schönes, herzförmiges

Gesicht mit vollen, sinnlichen Lippen hatte. An einer Kette um ihren Hals hing ein großer Edelstein, der funkelte, als wäre er mit Sternenlicht gefüllt.

»Graf Massenet«, sagte sie. Der Etonnier fuhr überrascht zurück. Er hätte eher damit gerechnet, dass sie sich in Luft auflösen oder in den Wasserfall zurücktreten und verschwinden würde. »Ich glaube, Sie begreifen nicht, was hier vorgeht«, fuhr sie mit angenehmer, melodischer Stimme fort, die zugleich gebieterisch klang.

Massenet trat einen Schritt auf sie zu. »Ich kenne Sie ...«, sagte er. Diese Frau hatte er schon einmal gesehen. »Sie sind Angeline Christophe«, stellte er mit gelindem Triumph fest, doch sie schien ihm gar nicht zuzuhören. Sie starrte ihn unverwandt an, schien die Kälte des Wassers und der Luft überhaupt nicht zu spüren.

Dann bemerkte Massenet, dass sie eine kleine Glasflasche in der Hand hielt, die glitzerte, als besäße sie zahllose Facetten. »Was wollen Sie hier?«

Sie gab keine Antwort, obwohl sie keineswegs wirkte, als schweige sie aus Furcht.

»Prinz Kori hat Sie geschickt«, stellte der Graf fest. Er trat weiter vor und war schon im Begriff, den Fuß in den Teich zu setzen.

Die Frau hob rasch die Hand. »Besudeln Sie nicht das Wasser. Noch ist es rein, unberührt vom Menschen.« Angeline strich sich mit einer Hand das Haar aus dem Gesicht und hob dabei verlockend eine Brust, dann schlug sie die Augen nieder, als fühle sie sich mit einem Mal gehemmt.

Massenet fand sie geradezu unerträglich bezaubernd. Wie jeder Mann, der stets nur das Neue genießt, schwelgte er in der Erotik dieser Szene: Eine Frau, die keine Reize verbarg, allein in diesem gespenstischen Wald. Sie war wie eine Märchengestalt, eine Quellnymphe. Massenet klebte an ihrem Anblick. Doch ganz gewiss bedeutete ihre Anwesenheit, dass der Prinzregent und Palle ihre Pläne vorantrieben. In irgendeiner Weise war diese Frau Teil jener Ränke.

Sie blickte ihn unter halb geschlossenen Lidern an. »Sie

haben der Versuchung also nachgegeben, wie ich sehe«, sagte sie leise und schwieg wieder.

»Wenn ich eine andere Möglichkeit wüsste, den Königsmann aufzuhalten …«, begann der Graf, dann bemerkte er, dass er sein Handeln vor einer jungen Frau rechtfertigte, die so unzüchtig vor ihm stand.

Plötzlich sah sie ihm offen in die Augen. Massenet verschlug es fast den Atem. »Die Versuchung ist groß. Man stelle sich vor: Macht, Wissen, Jugend … Verübeln kann ich es Ihnen kaum, obschon ich gehofft hatte, Sie wären klüger.«

»Anscheinend wissen Sie sehr viel darüber«, sagte der Graf und war noch immer unschlüssig, was er tun sollte.

Sie zuckte die Achseln; sie machte sich eindeutig keine Gedanken darum, womöglich den entonnischen Botschafter zu brüskieren. Ebenso wenig scheute sie anscheinend, sich ihm als Gegnerin zu offenbaren – als wäre es kein Grund zur Besorgnis, nachts allein drei Männern in einem dunklen Wald zu begegnen. »Jugend«, sagte sie fast unhörbar leise, »sie birgt solche Verlockung.« Dann kehrte sie ihnen den Rücken zu und stand nach drei anmutigen Schritten auf der gegenüberliegenden Böschung. »Im nächsten Dorf gibt es einen Gasthof. Wollen wir nicht lieber dort unser Gespräch fortsetzen?«

Massenet wusste genau, dass er diese Frau nicht entkommen lassen wollte, denn sie war über das Sternenwasser und gewiss noch andere Geheimnisse im Bilde. Außerdem war er daran gewöhnt, dass die Frauen ihn begehrten, und konnte nicht glauben, dass ihr Vorschlag etwas anderes bedeutete, als es für ihn den Anschein hatte. Sie würde sich ihm hingeben, wie alle anderen auch – wie die Frauen hochstehender Männer, die so viel zu verlieren hatten und ihm trotzdem erlagen. Massenets Verlangen und Stolz wuchsen zugleich. Angeline Christophe war also doch nicht unempfänglich für seinen Charme.

Er beobachtete sie, wie sie halb verborgen unter den Bäumen stand. Zwischen den Ästen fiel das Mondlicht auf sie herab. Sie nahm ein langes schwarzes Hemd vom Boden auf und zog es sich über den Kopf, sodass es aussah, als schlösse die Dunkelheit sie in die Arme. Ihr weißes Gesicht erschien, und sie schüttelte die Locken frei.

»Graf Massenet«, sagte sie und neigte knapp das Haupt. »Meine Herren.« Sie wandte sich ab und trat ins Dunkle. Ganz kurz meinte Massenet, ein Kind an ihrer Seite gehen zu sehen, doch als er blinzelte, war sie fort, im Wald verschwunden.

»Prinz Koris Mätresse ...«, begann Bertillon.

»Diese Frau ist nicht die Mätresse dieses einfältigen Prinzleins«, widersprach Massenet verächtlich.

»Sie ... Sie hätten sie nicht gehen lassen dürfen«, stammelte Varese, als er die Sprache wiedergefunden hatte. »Sie schöpfte aus dem Wasserfall, genau wie wir.«

»Aber wir treffen sie im nächsten Ort, Doktor«, entgegnete Massenet.

»Dahin kommt sie niemals«, behauptete Bertillon.

Massenet wandte sich zu dem Musiker um, dessen Haut im Mondlicht noch bleicher erschien – als wäre er selbst ein Geist. »Aber selbstverständlich kommt sie, Charl.«

Massenet saß in einem großen Sessel und trank Wein. Zu seinem Verdruss waren auch seine Begleiter eingeladen, doch er bezweifelte nicht, dass er schon bald mit Angeline allein sein würde. So würde er den Augenblick noch mehr genießen. Angesichts der makellosen Schönheit dieser Frau waren Varese und Bertillon fast sprachlos und benahmen sich wie Schuljungen. Massenet konnte darüber nur lächeln. Angeline stand an einem Beistelltisch und schenkte sich ein Glas Wein ein. Diener waren nicht zugegen. Massenet stellte sich bereits vor, was er mit der Frau tun würde, wenn sie endlich allein wären, und malte sich die Wirkung aus. Er hatte im Einzelnen untersucht, was Frauen die größten Wonnen bereitete – das war sein großer Stolz.

Die Form ihrer bloßen Schultern zog ihn an. Sie verriet einige Kraft. Ihr Haar hatte sie mit silbernen Kämmen zurückgesteckt, und es fiel ihr in dichten schwarzen Flechten auf die Schultern. Massenet verstand genug von diesen Dingen, um augenblicklich zu erkennen, dass Angeline nur sehr wenige Vorbereitungen für diesen Abend getroffen hatte. Ihr schwarzes Kleid war schmucklos, und ihre Wangen zeigten so wenig Röte, dass sie sich womöglich gar nicht geschminkt hatte. Dennoch stand sie keiner Frau nach, die Massenet kannte.

Sie reichte Varese ein Glas, der es rasch und sichtlich befangen entgegennahm. Sie hob das ihre und blickte jedem der drei Herren kurz in die Augen. »Auf zufällige Begegnungen«, sagte sie.

Massenet lächelte breit und trank. Genau in diesem Moment begriff er, dass der Edelstein an ihrem Hals der Diamant war, den er Kent geschenkt hatte. Sein Lächeln verschwand. *Kent?*

Einen Moment lang geriet seine Zuversicht ins Wanken. Was hatte sie mit dem Alten zu tun? Offensichtlich verfügte sie über Talent und auch Wissen – doch zu welchem Zweck beabsichtigte sie beides einzusetzen? Plötzlich wusste er, dass der geplante genüssliche Abend, auf den er sich so freute, einen außerordentlich unklugen Schritt bedeuten mochte. Aber er würde niemandem gestatten, ihn oder sein Ziel zu gefährden. Hatte sie das nicht begriffen?

»Also sind wir alle hinter dem gleichen her«, sagte Angeline, als sie gegenüber Massenet Platz nahm. »Nein, ganz richtig ist es nicht. Sie haben beschlossen – wonach zu streben? Herrschaft, Graf Massenet? Geht es Ihnen darum? Sie wollen über die Macht gebieten, zu der Ihr wiederentdeckter Text Sie führt?«

»Meine Absicht ist, das Gleichgewicht der Kräfte zwischen den Nationen am Entide-Meer aufrecht zu erhalten, Lady Angeline«, entgegnete Massenet in dem Bemühen, beiläufig zu klingen. Auf keinen Fall wollte er vor seinen Begleitern als Narr erscheinen, nur weil sie so schön war! »Was wollen denn Sie und mein Freund Mr. Kent erreichen?«

Sie wirkte nicht überrascht. Massenet freute sich zu sehen, dass sie sich nicht so schnell übertölpeln ließ. Er konnte es nicht ertragen, wenn man ihm den Sieg zu leicht machte.

»Kent sucht nach seiner verlorenen Muse, Herr Graf, wenn Sie es denn unbedingt wissen müssen. Für dieses Ziel würde er sehr viel opfern.« Sie hob das Glas. »Auf die Muse.«

Massenet hob ebenfalls das Glas und blickte hinein. Einen Augenblick später bemerkte er, dass Angeline aufgestanden war und ihm das Glas aus den Fingern genommen hatte. Sie beugte sich vor und legte ihm eine Hand auf die Stirn. Dabei murmelte sie Worte, die er nicht verstand. Als er nach ihr greifen wollte, gehorchten seine Hände nicht. Er spürte, wie kühle Lippen ihm über die Stirn strichen, dann richtete sich Angeline auf und verließ ihn. Er versuchte den Kopf zu drehen, um ihr mit Blicken zu folgen, und stellte fest, dass er auch das nicht konnte. Seine Lider schlossen sich, als hätte die Schwerkraft entschieden, ausgerechnet in diesem Moment den Zug zu erhöhen, den sie ausübte.

Wie aus der Ferne hörte Massenet einGemurmel in einer eigenartigen Sprache. *Sie hat mich unter Drogen gesetzt*, begriff er. Unter Aufbietung aller Kraft öffnete er die Augen ein wenig und drehte den Kopf. Verschwommen sah er, dass Angeline nun vor Varese saß und mit ihm redete. Sie schienen etwas durchzugehen. Papiere. Verzerrte Vokale und harte Konsonanten drangen an sein Ohr, als wären die Wörter zerbrochen, während sie durch die Luft flogen, und nun konnte sein Verstand sie nicht wieder richtig zusammenfügen. Manchmal hörte er eine weiche, melodische Stimme, dann wieder eine tiefere, und die tiefere Stimme sprach lange.

Er verrät ihr alles, dachte der Graf, aber er konnte keinen Finger rühren, auch nicht sprechen. Wie ein Beschwörungsgesang ging der Dialog der Stimmen weiter. Manchmal glaubte Massenet etwas zu verstehen – aber dann entfiel ihm die Bedeutung. Er zwang sich, die Augen aufzureißen, und sah die undeutliche Gestalt Angelines vor sich. Sie blickte auf ihn herab, als könnte er sie nicht sehen – als wäre er eigentlich gar nicht anwesend.

Er wollte seine Lider zwingen, offen zu bleiben. Angeline wandte sich ab, und nach zwei Schritten war sie aus seinem verengten Blickfeld verschwunden. Als sie zurückkehrte nahm sie auf dem Diwan Platz, gleich gegenüber Bertillon. Massenet sah sie lächeln – und noch immer ignorierte sie ihn. In ernstem Tonfall sprach sie zu Bertillon, gestikulierte, berührte den Musiker am Arm, und der Graf musste mit ansehen, wie Bertillon gefügig wurde.

Massenet kämpfte um seine Konzentration und glitt doch immer wieder in einen Traum ab. Als er erwachte, stand Angeline nackt vor ihm, dann erst öffnete er die Augen und erkannte eine andere Wahrheit. Sie saß noch neben Bertillon auf dem Diwan, aber sie sprachen nicht mehr. Im Griff der Unentschlossenheit starrte der Musiker auf die Kissen nieder. Einmal sah er den Grafen an, kühl, unergründlich, dann wandte er sich Angeline zu und nickte. Sie beugte sich vor und küsste ihn auf den Mundwinkel.

Massenet bemerkte, dass das Grunzen, das er hörte, sein eigenes Fluchen war. Die Frau hob daraufhin den Kopf und sah ihn an. Kurz beugte sie sich näher zu ihm, entschied, dass keine Gefahr von ihm ausging, und wandte sich wieder Bertillon zu. Massenets Welt wurde wieder dunkel, und sein Zorn floh wie ein geflügeltes Tier. Er fiel.

»Herr Graf?«

Massenet versuchte sich zu bewegen und fragte sich, wer ihn gerufen hatte.

»Graf Massenet?«

Es gelang ihm, ein Auge zu öffnen, und er erkannte Varese, der sich über ihn beugte.

»Sie sind fort«, sagte er, als wüsste Massenet, wen er meinte. »Fort. Und den Text haben sie mitgenommen.«

Der Graf richtete sich auf. »Wer?«

»Die junge Frau und Bertillon. Und unser Text ist mit ihnen verschwunden«, sagte Varese noch einmal.

Massenet barg sein Gesicht in den Händen. Ja, nun erinnerte er sich. Sie hatte ihm eine Droge verabreicht und dann ... Hatte er alles andere geträumt?

»Wissen Sie noch, was geschehen ist? Hat sie alles erfahren?« Vareses Gesicht entnahm er bereits die Antwort auf alle seine Fragen. Der Graf richtete sich auf – zu rasch; er sank in den Sessel zurück. *Sie hat mich zum Narren gehalten*, dachte er. *Mich zum Narren gehalten!* »Sie hat eine Droge in den Wein gemischt.«

»Und nicht nur das, glaube ich.« Varese war vollkommen erschüttert. »Ich fürchte, wir sind jemandem begegnet, der erheblich mehr von diesen Dingen versteht, als wir es für uns in Anspruch nehmen können. Es war ein Fehler, sie am Teich entkommen zu lassen, obwohl ich nicht sicher bin, ob wir sie hätten aufhalten können.« Er machte ein Gesicht, als hätte er gerade das Ende der Welt vorhergesagt.

»Sie können reiten, nehme ich an«, sagte Massenet, und das war keine Frage. Varese nickte. »Gut. Wir werden sie einholen, bevor sie die Abtei erreichen.«

31. Kapitel

Jaimy fragte sich, ob sich irgendjemand davon täuschen ließ, dass die Gardisten ihrer Eskorte keine Uniform trugen. Vielleicht aber erkannten die Menschen hier, einen Tagesritt von Avonel entfernt, Soldaten nicht so rasch: Schließlich neigten Palastgardisten dazu, in der Nähe des Palastes zu bleiben. Der Leutnant näherte sich ihrem Tisch und unterdrückte den Impuls, zu salutieren oder sich gar vor dem Prinzen zu verneigen.

»Massenet hat heute Nacht hier Zimmer gemietet, Kö...« Der Gardist räusperte sich. »Er wurde von zwei Damen empfangen, die schon früher eingetroffen waren – eine Frau, die ihr Gesicht hinter einem Schleier verbarg, und ihre junge Begleiterin. Heute Morgen ist Massenet abgereist, aber nicht mehr in der Kutsche, sondern zu Pferd. Ein jüngerer Entonnier, die mit ihm gereist war, war nicht mehr bei ihm, und niemand ist sich ganz sicher, wann dieser junge Herr den Gasthof verlassen hat. Einige sind allerdings der Meinung, er sei mit den beiden Damen aufgebrochen.«

»Die Gräfin von Chilton und ihre Nichte«, sagte Jaimy leise.

»Aber wer war der jüngere Mann?«, fragte Prinz Wilam mit gesenkter Stimme. Im Schankraum des Gasthauses saßen ein paar Einheimische, und die waren durchaus neugierig auf die hohen Herren, die mit bewaffneter Eskorte reisten.

»Hat Kent denn nicht Bertillon erwähnt, den Musiker?«, fragte der Herzog, und Jaimy nickte.

»Also sind sie uns immer noch mehrere Stunden voraus«, sagte der Prinz. »Und wo stecken Palle und mein Vater, das würde ich gern wissen.«

Niemand antwortete.

»Am besten machen wir weiter«, sagte der Herzog und wischte sich mit einer fadenscheinigen Leinenserviette den Mund ab. »Haben wir frische Pferde?«

Der Leutnant nickte.

»Gentlemen ...«, sagte der Herzog, als wolle er darauf bestehen, dass die anderen vor ihm eine Tür durchschritten. Jaimy kannte seinen Vater gut genug, um zu wissen, dass die Leichtigkeit in seinem Tonfall sie nur aufmuntern sollte. Der Herzog war besorgter, als Jaimy ihn je erlebt hatte.

Sie saßen auf, und während sie noch warteten, dass die Gardisten mit dem Zurechtrücken der Sättel fertig wurden, fing Jaimy den Blick seines Vaters auf. »Onkel Erasmus hatte damit zu tun, oder? Gab es etwa doch Schriftstücke?«

In dem Herzog, der sich normalerweise sehr gut in der Gewalt hatte, stieg die Wut auf, doch genauso schnell legte sie sich wieder. »Wenn sich eine Gelegenheit bietet, Jaimas, werde ich dir alles erklären«, sagte er leise, und indem er zur Seite blickte, fuhr er fort: »Und ich werde mich bei Lady Alissa entschuldigen, dass ich sie zu Unrecht in Angst und Schrecken versetzt habe.« Er nickte seinem Sohn zu, winkte den Leutnant herbei, überzeugte sich, dass der Prinz bei ihnen war, dann spornte er sein Pferd an und galoppierte die Straße hinunter.

Jaimy folgte ihnen. Mit Absicht ritt er allein. Er fragte sich, wie viel sein Vater wirklich über diese Sache wusste. Das Portrait der allzu schönen Frau in der Bibliothek war geradezu eine Besessenheit des Herzogs, das ahnte Jaimy schon länger, und nun würde er vielleicht den Grund erfahren. Er überlegte, ob sein Vater im Palast überhaupt mit der Gräfin gesprochen hatte. Außer bei der Vorstellung konnte sich Jaimy an keine Gelegenheit erinnern – und wie sein Vater der Dame begegnet war, hatte nichts enthüllt. Es sei denn, nicht mit ihr zu sprechen wäre schon als revelatorisch anzusehen.

Nun lagen sie nicht mehr allzu weit hinter der Gräfin zurück – nur wenige Stunden Vorsprung blieben ihr noch. Massenet befand sich irgendwo dazwischen. Jaimy fiel es schwer, sich vorzustellen, die Gräfin sollte sich mit dem Entonnier verbündet haben. Warum sonst sollte aber Bertillon sie begleiten? Wenn die Gräfin sich jedoch den

Zielen des entonnischen Botschafters in den Weg stellte, schwebte sie nach Jaimys Ansicht in großer Gefahr.

Von seinem Sattelhorn hing ein Degen, keine Duellwaffe, sondern ein schweres Rapier, mit dem man einen Hieb abwehren konnte, ohne dass es zerbrach. Er berührte es flüchtig, doch er gewann dadurch nicht den Trost, auf den er gehofft hatte.

Alissa ängstigte sich pausenlos um Jaimy, doch demzufolge, was er ihr von seiner Flucht vor Palles Leuten erzählt hatte, wusste er sich besser zu helfen, als sie erwartet hätte. Und natürlich war der Herzog bei ihm, dazu eine Abteilung Palastgardisten.

Er würde mich meines Schwures entbinden, fiel ihr plötzlich ein, und sie erschrak. Zugleich fühlte sie eine Leere in der Brust, die sie nicht angemessen zu erklären vermochte. Sie stellte Jaimys Treue infrage. Seit er von der Gräfin zurück war, kam er ihr mehr auf Abstand bedacht vor. Andererseits hatte er eine Menge durchgemacht. Vielleicht sollte sie mehr Verständnis zeigen. Aber kann ich wirklich eine Herzogin von Blackwater sein?, fragte sie sich nicht zum ersten Mal. Auf diese Frage fand sie einfach keine Antwort. Sie wusste nur, wie sehr sie sich in den wenigen Monaten ihrer Verlobung verändert hatte.

Sie brauchte nur ihre augenblickliche Situation zu bedenken. Mit Prinzessin Joelle und deren Cousine, Lady Galton, fuhr sie in einer Kutsche. Obwohl Alissa nie nach diesen Kreisen geschielt hatte, musste sie dennoch zugeben, dass ihr die Gesellschaft schmeichelte. Vielleicht mehr als nur das – ihr schien es, als habe sich ihre Beziehung zur ganzen Welt verändert. Nach den vielen Jahren, in denen sie schier endlosen Diskussionen über die Politik zugehört hatte, war sie plötzlich hier, auf allerhöchster Ebene in die Politik verwickelt. Das war nicht nur schmeichelhaft, es war verführerisch.

Aber fand sie dieses Leben wirklich erstrebenswert? Alissa erinnerte sich, dass sie die Phase ihrer Kindheit, in der sie gern Prinzessin spielte, sehr schnell durchlaufen hatte. Andere Dinge hatten sie mehr interessiert.

Sie blickte auf die Straße und dachte daran, dass Jaimy erst vor wenigen Stunden hier entlanggeritten war. Wie konnte sie ihn nur gehen lassen? So aberwitzig es klang, ihr wäre es lieber gewesen, wenn er aus bescheideneren Verhältnissen stammte ... Doch das tat er nicht, und sie stammte nicht aus der Welt, in der sie sich nun wiederfand. *Ich bin hier eine Fremde,* sagte sie sich, *und werde mich wahrscheinlich nie anders fühlen.*

Wo mag Jaimy nun sein? Ich bete, dass er in Sicherheit ist, dachte sie, obgleich es nur ein Reflex war: Sie konnte nicht beten.

Vielleicht sollte sie sich eher Gedanken um den jungen Prinzen machen. Prinzessin Joelle war seinetwegen in großer Unruhe Oder grübelte sie über ihren Gatten nach? Wie um alles in der Welt konnte die Prinzessin mit ihrer Lage ins Reine kommen? Wie schaffte sie das schon all die Jahre?

Alissa zweifelte nicht daran, dass die Gruppe, die den König begleitete, zuletzt an der Abtei von Tremont ankommen würde. Die Eile erschien mehr oder minder vergebens. Sie hätte auch reiten können – zwar nicht sehr anmutig, aber sie fiel niemals aus dem Sattel oder verlor die Gewalt über ihr Ross. Wenn man ihr nur gestattet hätte, sich Jaimy und dem Herzog anzuschließen. Gelegentlich empfand sie es als Fluch, als Frau zur Welt gekommen zu sein.

Der Kutscher rief seinem Gespann etwas zu, und schwankend hielt die Karosse an. Alissa drückte rasch das Fenster auf, um festzustellen, weshalb man hier stoppte, wo sich weit und breit keine menschliche Behausung zeigte.

»Wir wollen sehen, was vorgeht«, sagte die Prinzessin plötzlich. »Cousine?«, wandte sie sich an Lady Galton.

»Geh nur«, sagte Lady Galton. »Ich bleibe hier in Ruhe sitzen. Geh nur.«

Ein Diener sprang vom Bock und klappte die Trittstufe für die Damen aus. Die Straße war trocken, aber vierzig Schritt weiter verschwand sie in einem dahinschießenden Fluss.

Kent kam hinter seiner eigenen Kutsche hervor. Er schwenkte seinen Gehstock wie ein Mann auf den Straßen der Stadt, und zwei schmutzige Jungen liefen ihm hinterher. »Brookford«, sagte er lächelnd. »Allem Anschein nach ist hier gestern ein Wagen davongespült worden.«

»Vornehme Leute ha'm versucht, über'n Fluss zu kommen«, ließ sich einer der Jungen vernehmen, während er die beiden Frauen voller Ehrfurcht betrachtete. »Dem König sein Mann, sagen sie. Un' da könn' Se den Wagen sehn an der Böschung, Burnetts alter Ned liegt daneben, ersoffen.«

»Meine Güte!«, rief die Prinzessin und blickte die Kinder an, als wären sie kleine Kobolde, so befremdlich erschienen ihr die Söhne der Landarbeiter. »Jemand ist gestorben?«

»Ich glaube, er meint ein Pferd, Königliche Hoheit«, sagte Kent freundlich, und die beiden Jungen wichen einen Schritt zurück. So viel wussten sie, um aus Kents Anrede zu schließen, dass diese Frau von sehr hoher Geburt sein musste.

»Wir können den Fluss also nicht überqueren?«, fragte die Prinzessin.

»Das wollen wir genau herausbekommen«, sagte Kent und beugte sich zu den Jungen vor. »Hat seit dem Scheitern des Wagens jemand den Fluss zu überqueren versucht?«

»Wa?«, fragte der Junge, steckte sich die Finger in den Mund und kaute auf den Knöcheln.

»Er meint, seitdem gestern das Pferd ertrunken ist«, warf Alissa ein; sie hielt es für ihre Aufgabe, als einzige Bürgerliche zwischen Volk und Adel zu vermitteln. »Hat jemand seitdem den Fluss überquert?«

»Nur Burnetts Bill und Fosters Vieh, Eure Ladyschaft.«

Die Prinzessin lächelte. »Aber Pferde oder Fuhrwerke?«

»Burnetts Bill, Majestät«, wiederholte der Junge.

»Wir wollen es uns mit eigenen Augen ansehen«, sagte Kent. »Nun sag mir, mein Junge, was ist denn gestern mit des Königs Mann passiert? Durchforste dein Gedächtnis, und ich schenke dir eine Münze für deine Mühen. Euch beiden schenke ich eine Münze.«

Sie gingen bis ans Wasser, und die Jungen schwatzten in einem fort von den ›vornehmen Leuten‹, die am vergangenen Tag an die Furt gekommen waren. Sie konnten nicht ahnen, dass in der Kutsche mit den zugezogenen Vorhängen der König von Farrland saß und zwischen Wirklichkeit und Tagtraum hin und her trieb. Alissa hörte leisen Gesang.

Sie bemerkte einen Spülsaum mit Schwemmgut aus Blättern und Zweigen, der schon weit über dem Wasserspiegel verlief. »Er ist schon um gute zwei Fuß gesunken«, sagte sie und deutete auf das Indiz. Die Prinzessin zweigte sich sehr erstaunt über solche Beobachtungsgabe. Bei den komplizierten Vorgängen des Palastlebens machte man Ihrer Königlichen Hoheit gewiss nichts vor, doch ihre Erfahrung mit der Alltagswelt war ganz offenbar sehr beschränkt.

Ein Gardist trieb sein Pferd in die Mitte des Flusses. Stromabwärts entdeckte Alissa die Überreste eines Wagens, der an den Kiesstrand gespült worden war. Wie die Jungen gesagt hatten, lag dort ein Pferd, nun unter einem Schwarm Krähen verborgen, die mit den Flügeln schlugen und den Kadaver bedeckten wie ein schmutziger Mantel, der im Wind flatterte. Kurz unterbrachen die Vögel ihren Schmaus und blicken auf, um die Besucher mit ihren dunklen, glänzenden Augen zu begutachten.

Alissa wandte sich ab. Sie musste an die unglücklichen jungen Männer denken, die ermordet worden waren, weil man sie mit ihrem Jaimas und Egar Littel verwechselt hatte. Genauso gut hätte es Jaimas sein können, der irgendwo auf einem namenlosen Acker lag, ein Fraß der Krähen. Und es konnte noch immer so weit kommen.

»Ich glaube, heute können wir den Fluss gefahrlos überqueren«, sagte Kent, als der Gardist mühelos die andere Böschung hinaufritt. »Palle hingegen war gezwungen, den Umweg über die Brücke von Tainsill in Kauf zu nehmen. Nun sind sie uns nicht mehr ganz so weit voraus. Wenn wir nur in Bewegung bleiben können. Wie geht es dem König?«, fragte er Rawdon, der sich zu ihnen gesellt hatte.

»Seine Majestät wird müde. Er ist nicht rüstig genug für solch eine Reise.« Rawdon wirkte selbst ein wenig blass. Vielleicht überlegte er, dass Palle nicht mehr weit vor ihnen war, und bereute schon seinen Verrat.

»Wir müssen eine Stelle finden, an der Seine Majestät auf unsere Rückkehr warten kann«, sagte die Prinzessin.

»Der König wird nicht erlauben, dass man ihn zurücklässt«, widersprach der Arzt bestimmt. »Seine Majestät hat das mir gegenüber immer wieder betont. Er wünscht nicht nur weiterzufahren, er befiehlt es. Geschehe, was wolle, Seine Majestät wird mitkommen.«

Alissa bemerkte, wie Kent und die Prinzessin einen Blick tauschten. Was er zu bedeuten hatte, konnte sie nur vermuten. Vielleicht Besorgnis. Anteilnahme. Möglicherweise aber auch nur die Frage: *Was treibt den König so sehr an?* Alissa sah nur, dass alle Beteiligten ihre Geheimnisse bewahrten, und auch der König behielt offenbar das Seine für sich.

»So angenehm ich es auch finde, nicht ständig gegen die härtesten Teile meiner Kutsche geschleudert zu werden«, sagte Kent, »glaube ich doch, wir sollten weiter.«

Kent fand Valary und Littel bei einer hitzigen Diskussion am Straßenrand stehen und trieb sie zurück in die Kutsche. Sie hatten sich unterwegs in Wells' Text vertieft und so gut daran gearbeitet, wie es in der schwankenden Kutsche möglich war.

»Aber wenn es nicht um das Midden-Tal geht, wie erklären Sie es dann?«, fragte Valary gerade in beinah anklagendem Ton. Stundenlang in einer Kutsche eingezwängt zu sein blieb nicht ohne Folgen für die Gemüter.

Littel zuckte mit den Schultern. Er war des Streitens müde.

Valary wandte sich dem Maler zu und sagte: »Kent, erinnern Sie sich noch an die Teile des Textes, in dem es um das Sammeln von Sternenlicht und Mondlicht ging?«

»Die in Schnee und Wasser eingefangen sind, ja, ich glaube, das weiß ich noch.«

»Nun, nicht ganz, aber ähnlich genug. Der Text berichtet von einer Quelle, in der sich Regenwasser und Schmelzwasser vereinigen. Über die Stelle, an der sich diese Quelle befindet, haben wir uns pausenlos den Kopf zerbrochen. Doch dann kam uns der Gedanke, dass das ganz alte Wort sich zu ›Mogdynge‹ im Alt-Farrischen entwickelt hat, und das heißt heute Midden. Also ist der Quell im Midden-Tal, verstehen Sie?«

Kent blickte Littel an, der mit den Achseln zuckte. Der junge Gelehrte mochte ein Sprachgenie sein, doch Valary befasste sich schon länger mit den Magi, als Littel überhaupt lebte. Allmählich war Kent die Intuition des alten Gelehrten auf diesem Gebiet ein wenig unheimlich.

»Nicht allzu weit von hier gabelt sich die Straße. Wenn Palle die Abzweigung zum Midden-Tal genommen oder andere in diese Richtung geschickt hat, dann sollten wir das nicht außer Acht lassen. Doch was, schlagen Sie vor, sollen wir dort tun, Valary?«

Der Historiker wirkte ein wenig überrascht, als führten sie eigentlich eine akademische Debatte – dass jemand auf seine Entdeckungen hin handelte, erwartete er einfach nicht. »Ich – ich weiß nicht so recht. Ich versuche nur, des Rätsels Lösung zu finden.«

Kent nickte.

Das Wasser war zur Ausführung des Rituals unverzichtbar. Wenn er es nicht besaß, dann kam er nicht in Versuchung – nicht, dass sie überhaupt rechtzeitig dorthin kommen würden. Nein, er hatte eine Chance angeboten bekommen, seine Jugend zurückzuerhalten, und er hatte sie abgewiesen. Seine Gedanken richteten sich augenblicklich auf die Gräfin und die Frage, die ihn quälte. *Wenn sie wirklich noch immer jung ist, was hat sie zu tun eingewilligt, um das Alter abzuwenden?*

Seltsam unheimlich schabten die trockenen Eichenblätter aneinander. Mit dem üblichen Geraschel, das ein Lüftchen hervorruft, wenn es durch den Wald streicht, hatte dieses Geräusch wenig gemein. Ausgerechnet Galton konnte von allen am besten im Dunkeln sehen und ging deshalb als Erster; dabei tastete er mit seinem Gehstock den Weg ab. Wie gewohnt litt der Gouverneur von Farrow unter Atemnot, doch kamen sie in dem dunklen Wald nur so langsam voran, dass selbst Galton sich nicht verausgaben musste.

Wells und Palle stützten den Baron, der auf dem schmalen Pfad nur schlecht gehen konnte. Rechts von ihnen rauschte ein Bach, doch das beruhigende Murmeln, mit dem das Wasser über die Steine plätscherte, wollte gar nicht zu der Stimmung des nächtlichen Waldes passen. Das Wasser stammte aus der Quelle im Midden-Tal, was es nach Galtons Ansicht ungesund machte.

Prinz Kori und Noyes waren gemeinsam mit den Gardisten bei den Wagen zurückgeblieben, denn Palle wollte den Thronfolger an diesem Vorhaben auf gar keinen Fall teilnehmen lassen. Obwohl sich alle sehr selbstsicher gaben, wusste Galton genau, dass keiner von ihnen mit Bestimmtheit sagen konnte, was in dieser Nacht passieren würde. Bis vor kurzem war alles graue Theorie gewesen – das Gelernte hatte niemand je anzuwenden versucht. Auch Galton fühlte sich außerordentlich unruhig.

Der Gouverneur war nicht sicher, wie er Palles Pläne nun durchkreuzen sollte. Immer deutlicher wurde ihm eins bewusst: Wenn es seiner Gattin nicht gelungen war, ihm Kent und die anderen zur Rettung zu schicken, musste er irgendwann die Karten auf den Tisch legen. Das konnte sich jedoch als außerordentlich gefährlich erweisen. Wenn ihm nur ein Ausweg einfiele ... Aber er war von seinen pausenlosen Versuchen, den Text zu begreifen, bereits so erschöpft, dass sein Verstand ihm keine Handlungsmöglichkeiten mehr vorschlug.

»Was glauben Sie, ist es noch weit?«, fragte Trevelyan, und seine Stimme nahm den jammervollen Tonfall an, der für seinen geistig umnachteten Zustand charakteristisch war.

»Nicht mehr allzu weit«, antwortete Palle bedacht freundlich. »Wissen Sie noch, was Sie tun müssen, Lord Trevelyan?«

Der Baron grunzte.

»Ich hoffe, das hier ist wirklich erforderlich«, brachte Galton mühsam hervor.

»Unumgänglich sogar, mein lieber Freund«, sagte Wells. »Zweifeln Sie nicht daran.«

Darauf sagten sie eine Weile nichts. Noch immer schabten die ausgetrockneten Blätterleichen aneinander, und Galton erschauerte gegen seinen Willen. Immer wieder trieben Wolkenfetzen über den Himmel und vertieften das Dunkel unter den Bäumen. Ein Sturm lag in der Luft, da war Galton sicher. Am südlichen Horizont durchstachen winzige Lichtblitze die Finsternis wie die Funken über einem Feuer. Gewiss ein Gewitter, glaubte Galton, und obwohl er keinen Donner hörte, spürte er, wie etwas Tiefes, Mächtiges nahte – wie ein Hund, der den Donner lange vor seinem Herrn vernimmt. Die Luft fühlte sich merkwürdig trocken an und schien die elektrisierende Kraft zu sammeln, von der ein Gewitter immer begleitet wurde. Die Entladung würde gewiss nicht mehr lange auf sich warten lassen.

Der Pfad führte über eine Wiese, dann verschwand er wieder in der Dunkelheit des Waldes. Nachdem sie noch ein kurzes Stück durch tiefste Schwärze zurückgelegt hatten, stieg der Weg an. Galton sah sich gezwungen, zu verschnaufen. Dadurch erhielt auch der bedauernswerte Trevelyan eine Pause.

»Nicht mehr weit, ganz sicher nicht«, sagte Palle.

»Und dann müssen wir immer noch die Heilige Eiche finden«, sagte Galton und bereute seinen Einwurf sofort. Es wäre besser gewesen, sie hätten es vergessen.

»Machen Sie sich keine Sorgen, Stedman«, entgegnete Wells, »die wachsen an mehreren Stellen an der Straße, die wir nehmen.«

Sie tasteten sich die letzten Schritte vor, während das Wasserrauschen immer lauter wurde.

Zwischen den Bäumen hindurch wurde ein Teich sichtbar, ein dunkles Auge des Waldes, das zum Himmel starrte und in dem die Sterne wie Tränen glitzerten. Galton blickte auf und sah, dass Wolken den Mond und die Sterne verdeckten, doch das war nun ohne Belang: Ihr Licht war schon eingefangen und ergoss sich aus einer Felsspalte als Wassersäule in den Teich.

Galton blieb wie angewurzelt stehen. Das Wasser erschien ihm wie eine Säule aus glitzerndem Eis.

Wells stellte sich neben Palle und betrachtete ungläubig den Anblick. In der Dunkelheit war der Mann beinahe nicht mehr zu sehen. Einen Moment lang suchte er den Himmel ab. »Da, schauen Sie nur! Das Sternenlicht glänzt im Wasser trotz des wolkenverhangenen Himmels! Das wird die Naturphilosophie nie erklären können!«

»Wir dürfen nicht säumen«, sagte Palle hastig. Was er sah, brachte ihn aus der Ruhe. »Lord Trevelyan.«

»Ich soll also nackt in einen Teich mit Schmelzwasser steigen?«, fragte der Baron, und in sein Jammern mischte sich ein empörter Unterton.

»Denken Sie an unseren Handel, Lord Trevelyan. Je schneller Sie Ihr Teil geleistet haben, desto eher können wir gehen und uns wieder in die warme Kutsche setzen. Nicht allzu weit von hier ist ein Gasthof. Dort machen wir einige Stunden Rast. Helfen Sie ihm, Wells, wir haben schließlich nicht die ganze Nacht Zeit.«

Wells und Galton halfen dem Baron, sich auszukleiden, und paukten ihm dabei ein letztes Mal ein, was er zu sagen hatte. Die Wolkendecke riss ein wenig auf, wie eine Wunde, die sich wieder öffnet, und offenbarte ein paar Sterne, die kaltes, sprödes Licht in den Teich fallen ließen. Die Eichen, die sich beschützend über das Wasser neigten, nahmen Gestalt an, und ihre Blätter wirkten wie die Überreste vertrockneter Haut auf uralten Knochen.

»Also gut«, sagte Trevelyan schließlich, »ich bin soweit. Bei den Flammen, ist es hier kalt! Wo ist die Flasche?«

Wells reichte ihm eine entkorkte Glasflasche. Indem er sich vorbeugte, um das Wasser mit dem Finger zu berühren, begann der Baron auswendig gelernte Zeilen zu rezitieren. Er legte den Finger an die Lippen und sprach weiter; seine Stimme gewann an Kraft.

Galton fand den alten Mann mehr als nur erbärmlich, wie er zögernd in den Teich watete. Im Mondschein wirkte sein massiger Leib wie eine riesenhafte Made. Kaum war er drei Schritt ins Wasser vorgedrungen, als ein Fuchs am Ufer erschien. Eine zierliche Pfote erhoben, blieb er dort stehen, als sei er mitten im Schritt überrascht worden. Palle sog scharf den Atem ein, und Galton glaubte schon, er wollte etwas schreien, doch Wells fasste den Königsmann bei der Hand.

»Es ist schon recht. Das wird Trevelyans Familiar sein. Ein gutes Zeichen.«

»Aber ich dachte, niemand dürfe das Wasser besudeln?«, flüsterte Palle zurück.

»In gewisser Weise ist der Fuchs eine Erweiterung Trevelyans«, sagte Wells. Die Erregung war ihm deutlich anzumerken. »Das Tier wird nichts Schädliches tun.«

Der Fuchs schien die Augen auf die Fremden fixiert zu halten, während er sich zum Wasser hinabbeugte. Eine kleine Zunge zuckte einmal, zweimal hervor, dann hob der Fuchs wieder den Kopf. Nicht Trevelyan galt seine Aufmerksamkeit, sondern den anderen, die er beobachtete – als könnte man ihnen nicht trauen.

Mit unsicheren Schritten tappte Trevelyan durch den Teich und ruderte mit den Armen, wenn er auf einen schlüpfrigen Stein trat. Dabei blickte er beständig auf den Wasserfall, als ginge von diesem eine Bedrohung aus. Der Baron erschauerte. Je weiter er vordrang, desto unsicherer schien der Fuchs sich zu fühlen und neigte sich immer mehr dem Wald zu, als erwartete er, sich jeden Moment durch rasche Flucht retten zu müssen.

Schließlich erreichte Trevelyan den Fuß des Wasserfalls. Dort blieb er stehen und ließ die Schultern sinken wie ein Mann, der gerade das letzte Quäntchen Selbstvertrauen verliert. Als Galton schon glaubte, der Baron würde nicht weitermachen, hob Trevelyan seine fetten Arme und rief in der eigentümlichen Sprache der Magi:

»*Tandre màl!*«

Wells hielt den Atem an, doch nichts veränderte sich. Das Licht des beinahe vollen Mondes und der Sterne fiel weiter auf die Lichtung, das herabstürzende Wasser glitzerte wie zuvor. Der Fuchs jedoch war in die Dunkelheit davongeeilt, und Galton fragte sich, was das bedeuten konnte.

Ein Windzug ließ die Blätter rascheln. Galtons Haar lud sich auf – die Strähnen hafteten unnatürlich aneinander. Trevelyan verfiel in einen Singsang, womit er das Ritual weiterführte.

Er bückte sich und schöpfte mit der Hand Wasser aus dem Teich, mit dem er sich Schultern und Stirn netzte. Fast schien es Galton, dass Trevelyan mit dem Mondlicht verschmolz. Dann ließ ihn etwas aufblicken, und er zuckte zusammen, bevor er sich beherrschen konnte.

»Elmsfeuer«, flüsterte Wells.

Das Licht schien an den Spitzen der Zweige zu haften wie leuchtende grüne Flechten. Ganz langsam nahm es zu, sickerte von den Zweigen herab und sprang von einem Baum auf den nächsten über.

Trevelyan sang weiter, ohne dass er seine Umgebung wahrnahm. Das Elmsfeuer stieg immer weiter hinab, und die drei Beobachter verfolgten es ängstlich und fasziniert zugleich.

Trevelyan füllte inzwischen die Flasche aus dem Wasserfall. Auch dabei rezitierte er noch die Worte der Formel.

Ein dumpfer Donner rollte irgendwo abseits des Tales; Galton spürte den Widerhall in seiner Brust. Die drei Beobachter des Rituals hatten sich unwillkürlich enger zusammengedrängt, sodass ihre Schultern einander berührten. Das grüne Licht ergoss sich auf den Waldboden und umfing plötzlich den Baron, wo er stand und den Ritus fortsetzte.

»Unmöglich«, flüsterte Wells.

Als hätte er von allem nichts bemerkt, intonierte Trevelyan seine Zeilen. Wieder donnerte es, diesmal schon in der Nähe, und ein Windstoß fuhr durch die trockenen Eichenblätter und ließ sie prasseln wie Hagelkörner.

Trevelyan verstummte, und unweit der Lichtung fuhr ein Blitz zwischen die Bäume; ein Donner wie ein Kanonenschuss rollte durch den Wald. Das Elmsfeuer erstrahlte hell, sprang von Baumwipfel zu Baumwipfel und erlosch nach einem letzten Aufflackern; es hinterließ eine Dunkelheit, die nur das Glitzern aus dem Teich durchbrach. Die Wolken hatten sich wieder vor die Sterne geschoben und tauchten den Wald in neue Finsternis.

Als Trevelyan aus dem Teich watete, wirkte er kräftiger und weniger unentschlossen. Galton legte dem Baron eine Decke um. Der alte Mann wirkte benommen, wie jemand, der eigentlich gar nicht wahrnimmt, was ringsum vorgeht. Obwohl Wells sich Mühe gab, vermochte er die Flasche nicht den Fingern des Barons zu entwinden, und sah sich gezwungen, den Behälter zu verkorken, während Trevelyan ihn festhielt.

»Das Feuer ist erloschen«, sagte Wells. »Sie haben es berührt, Lord Trevelyan. Haben Sie es gespürt?«

»Was?«

»Das Elmsfeuer. Haben Sie es denn nicht gesehen?«

»Doch, ich sah es«, sagte der Baron und schlug sich eine Hand vor das Gesicht. »Die Träume ... die Träume meines Irrsinns. Überhaupt keine Träume«, flüsterte er entsetzt. Er begann zu zittern, und Galton glaubte, er würde zusammenbrechen. Erneut blitzte es, so nahe, dass sie alle erschraken. Palle gelang es endlich, dem Baron die Flasche abzunehmen, und trat er einen Schritt von den anderen zurück.

»Kommen Sie, Trevelyan«, sagte Wells. »Ziehen Sie sich rasch an. Wir müssen fort von hier. Das Elmsfeuer. Das Gewitter. Das ist der Schlacht im Midden-Tal zu ähnlich. Es heißt, der Geist Dunsenays reite in solchen Nächten über die Hügelkuppen.« Er half dem verängstigten Baron in seine Kleider.

Wieder schlug der Blitz ein, und sie wurden geblendet Da verloren sie allen Mut. Der Baron begann zu weinen und sank auf die Knie. Wells und Galton rissen den Mann hoch, warfen ihm den Mantel über und führten ihn barfuß, wie er war, davon.

Während sie sich ihren Weg durch den dunklen Wald suchten, wimmerte Trevelyan unablässig. Gelegentlich krümmte er sich zusammen wie unter einem Hieb. Doch das war nicht das Schlimmste: Galton bemerkte, dass nicht alle Wörter, die der Baron murmelte, aus vertrauten Sprachen stammten, und nicht alle gehörten zu dem Ritual, das er auswendig gelernt hatte.

Galton ergriff die Furcht und drängte seine Vernunft zurück. Die Finsternis wurde zusehends beängstigender, und bei jedem Blitz erwartete der Gouverneur, ein ungeahntes Schrecknis vor sich zu sehen – ein Heer geisterhafter Krieger, das sie still und leise umzingelt hatte. Oder etwas noch Schlimmeres.

Trevelyan stürzte mehrfach und schrie und jammerte in seiner Furcht, als hätte er den letzten Rest seines Verstandes eingebüßt. Der Wind peitschte die Äste, dass sie durch die Luft ruderten und knirschten und ächzten; das trockene Laub schien die drei Männer anzuzischen, während sie vorbeieilten.

Der Weg schien sich in alle Unendlichkeit dahinzuschlängeln, und manchmal verloren sie ihn ganz. Wenn dann ein Blitz ihnen offenbarte, wohin sie sich zu wenden hatten, erschien es Galton immer wieder wie ein Wunder. In den Bäumen vor ihnen flackerte ein Licht, als hätte der Blitz ein Feuer entfacht. Es schwebte zwischen den Bäumen und verschwand.

»War das eine Laterne?«, fragte sich Galton laut und hoffte, es sei nichts Übernatürliches.

Einen Moment später, als der Sturm kurz abflaute, hörten sie Noyes rufen und antworteten unisono. Prinz Kori und Noyes kamen ihnen entgegen. Im Licht ihrer Sturmlaterne wirkten beide ausgesprochen verstört. Die Wut des Unwetters war so gewaltig, dass niemand etwas sagen wollte, und Noyes wandte sich bereits ab und ging den Weg zwischen den Bäumen voran. Mit einem lauten Krachen brach ein Ast und fiel zwanzig Fuß vor ihnen auf den Weg. Trockene Eichenblätter stoben durch die Luft und schlugen auf die Männer ein wie ein Schwarm angriffslustiger Insekten.

Endlich verließen sie den Wald, und die Nacht offenbarte sich in all ihrem Schrecken und all ihrer Schönheit. Ununterbrochen blitzte es sowohl vom Horizont bis zum

Waldrand. An der Hügelflanke schien ein großes Feuer zu lodern, und die Männer konnten nicht gegen den Wind blicken, der ihnen Staub in die Augen blies.

»Feuerschrift!«, brüllte Trevelyan und zeigte auf die Blitze, die quer über den Himmel zogen, und stand mit weit aufgerissenen Augen wie versteinert da.

Die Kutscher und Gardisten kämpften darum, die Pferde zu beruhigen, obwohl sie selbst kaum weniger ängstlich wirkten. Ein heftiger Regen setzte ein, und der Wind peitschte gegen Mensch und Tier, dass die Tropfen sich anfühlen wie Hagelkörner. Galton und Wells gelang es endlich, den sich wehrenden Trevelyan in die schaukelnde Kutsche zu schieben, dann krochen sie hinter ihm hinein. Palle stieg in seinen eigenen Wagen, dann trieben die Kutscher ihre Pferde an, und kaum durften die Tiere sich bewegen, flohen sie voller Entsetzen.

Der Innenraum der Kutsche wurde vom ständigen Blitzen erhellt, und durch den trommelnden Regen und das Stampfen der Pferde hindurch hörte Galton, dass Trevelyan etwas murmelte – in der Sprache des Rituals.

Der Gouverneur war von dem Geschehen zutiefst bestürzt. Auf keinen Fall durften sie weitermachen ... Nun war doch vollkommen klar, dass sie nicht einmal ansatzweise wussten, auf was sie sich eingelassen hatten oder welche Mächte verstrickt sein mochten. Hatte Trevelyan diesen Sturm und das Elmsfeuer entfesselt?

»Lord Trevelyan«, schrie Wells, »Sie müssen sich wieder fassen, Sir. Wir sind noch nicht fertig.«

»O doch, wir sind fertig, Roderick«, sagte Trevelyan mit einer merkwürdigen Stimme. »Wir sind ganz fertig. *L'achevé.*«

Am Hügelkamm zügelte Massenet sein Pferd und wartete dort auf seine Begleiter. Die Straße voraus konnte er in Ausschnitten sehen, wo sie zwischen Hecken und Baumreihen eine Anhöhe erklomm. Dann verbargen die Erhebungen den Weg für ein Stück, bis er schließlich wieder hervortrat, braun vor den smaragdgrünen Feldern und grauen Gehölzen, mit einem hellgrünen Streifen in der Straßenmitte wie eine Linie auf dem Rücken einer Schlange. Niemand war auf der Straße, doch das nachlassende Licht des Spätnachmittags schuf tiefe Schatten, die vieles tarnen mochten.

Großen Vorsprung hatten Angeline Christophe und Bertillon nicht mehr, doch holten der Graf und seine Begleiter nur mit unerträglicher Langsamkeit auf, obwohl sie ihre Pferde erbarmungslos antrieben. Freilich war Varese nicht der beste aller Reiter, doch er tat, was er konnte, ohne sich zu beklagen. Wenn sie anhielten, sagte er nur wenig, allerdings verbarg er auch nicht seine zunehmenden Schmerzen.

Der Graf sah nach der Sonne und stellte fest, dass er die Hoffnung aufgeben musste, Lady Angeline und Bertillon noch vor Sonnenuntergang einzuholen. Alles, was er zu tun und zu sagen sich vorgenommen hatte, sobald er der Frau gegenüberstand, musste noch warten. Er fragte sich, ob sie überhaupt für eine Übernachtung anhalten würden, und der Gedanke, dass sie die Nacht mit Bertillon verbringen könnte, gab seinem Zorn neue Nahrung. Er mühte sich um Fassung. Hier und jetzt musste er einen klaren Kopf bewahren, auch wenn die Wut weiterhin dicht unter seinem gelassenen Äußeren schwelte. Noch immer wusste er nicht genau zu sagen, was diese Frau eigentlich vorhatte, doch ganz offensichtlich durfte er nicht zulassen, dass sie vor ihm die Abtei erreichte. Er begriff nicht, weshalb er in dieser Hetzjagd nicht rascher an Boden wettmachte, und das beunruhigte ihn. Schließlich waren Reiter schneller als Kutschen.

Varese und die anderen schlossen zu ihm auf. Massenet nickte dem Gelehrten zu.

»Was glauben Sie, aus welchem Grund hat sie Bertillon mitgenommen?«, fragte er den Doktor.

»Um uns aufzuhalten«, antwortete Varese umgehend. Offenbar hatte er sich über die Frage schon Gedanken gemacht.

»Ja, aber warum nimmt sie ihn mit? Hätte sie nicht uns alle vergiften können, oder meinetwegen auch nur Bertillon?«

»Vielleicht widerspräche das ihrem Wesen, Graf Massenet. Nicht jeder ist des Mordes fähig.«

»Nein. Gewiss nicht. Doch wäre noch eine andere Erklärung möglich? Braucht sie Bertillon denn überhaupt? Übersehen wir etwas Offensichtliches?«

Varese zuckte mit den Schultern.

Weit hinter ihnen, an der fernsten Biegung der Straße, die noch sichtbar war, kam eine Kutsche in Sicht. Reiter begleiteten sie, und es hatte den Anschein, dass sie rasch vorankamen.

Massenet sagte nichts, sondern spornte sein Pferd an, entschlossen, die Lage ein für allemal für sich zu entscheiden. Er war es nicht gewöhnt, wie ein Narr dazustehen.

Bertillon begriff, dass es sich bei den dunklen Schemen um verschleierte Frauen handelte. Er kniff die Augen fest zusammen. Wie zwang man seine Augen, scharf zu sehen, wenn sie sich verweigerten? Als er sie wieder öffnete, war die Szene ein wenig deutlicher.

»Können Sie mich hören, Mr. Bertillon?«, fragte eine der Frauen. Ihre Stimme klang melodisch und angenehm, und er glaubte, sie schon einmal gehört zu haben. Er stellte fest, dass diese Erkenntnis ihn auf merkwürdige Weise erregte.

»Ja.« Es kam ihm nur als Flüstern über die Lippen. »Was ist geschehen? Wo ist Massenet?«

»Beruhigen Sie sich, Mr. Bertillon. Ihr Verstand wird sich bald klären. Seien Sie unbesorgt.«

Er versuchte zu nicken, doch ohne Erfolg.

Eine Kutsche. Er saß in einer fahrenden Kutsche. Die Vorhänge waren ganz zugezogen, und Licht gelangte nur in den Wagen, wenn der Stoff in Bewegung geriet. Dann wurde das Kutscheninnere von zuckenden Lichtspeeren erhellt, die genauso rasch verschwanden, wie sie gekommen waren. Bertillon sah die Wirklichkeit wie zersplittert, und sein benebelter Verstand bemühte sich, diese Splitter in einen schlüssigen Zusammenhang zu bringen. Zwei in Schwarz gekleidete Frauen mit schwarzen Schleiern und Handschuhen.

Wie Gesichte des Todes sind sie, kam ihm plötzlich in den Sinn, und Angst durchfuhr ihn. Todesengel, die ihn zur letzten Reise abholten, zur Reise in die Unterwelt. Ihm wurde schlagartig übel.

»Ist Ihnen nicht wohl, Mr. Bertillon? Wir könnten anhalten, aber nur ganz kurz.«

Er nickte. »Bitte.«

Als er aus der Kutsche stieg, blendete ihn das grelle Licht. Die Nachmittagssonne warf lange Schatten. Zwei Männer stützten Bertillon, während er sein Wasser abschlug. Dann glaubte er einen Moment, er müsse sich erbrechen. Sobald ihm wohler wurde, halfen die Männer ihm zur Kutsche zurück.

»Einen Augenblick noch«, sagte er und sog genießerisch die klare Frühlingsluft ein.

»Wir dürfen keinen Augenblick verschwenden, Mr. Bertillon«, sagte die Frau, und die beiden Helfer hoben ihn gegen seinen Willen in den Wagen. Ihm fehlte die Kraft, sich zur Wehr zu setzen.

»Fühlen Sie sich besser?«

Er nickte und legte den Kopf an die schaukelnde Sitzlehne. »Bin ich krank?«

»Nein, Mr. Bertillon, Sie haben von der Arznei genommen. Mehr als in der Vergangenheit. Erinnern Sie sich nicht?«

»Massenet ...? Haben wir ihn in dem Gasthof zurückgelassen?«

»Ja, und nun ist er nicht allzu weit hinter uns.«

Das schien richtig zu sein, obwohl Bertillon nicht genau sagen konnte, weshalb er das glaubte. »Wir fahren zur Abtei?«

»Ja, und es ist nicht mehr weit. Am Morgen sollten wir dort ankommen.«

»Der Graf ... Ich glaube kaum, dass er uns entkommen lässt. Er ist ein sehr guter Reiter.«

Diese Behauptung verleitete die verschleierten Frauen zu kurzem Lachen. Bertillon konnte sich nicht vorstellen, was daran so komisch sein sollte. »Das hörte ich schon. Sorgen Sie sich nicht, er wird uns nicht einholen. Erinnern Sie sich noch an unser Übereinkommen, Mr. Bertillon?«

»Ich ... Nein.« *Übereinkommen?* Was hatte man ihm angetan? Er konnte sich an nichts erinnern.

»Warten Sie kurz, dann wird Ihnen alles klar. Atmen Sie tief durch. Seien Sie ganz ruhig. Schlafen Sie, wenn Sie möchten. Sie sind in Sicherheit. Ich wecke Sie, wenn die Zeit da ist.«

Zeit?, dachte der Musiker. *Zeit?* Worauf hatte er sich eingelassen? Als er die Augen schloss, sah er die eigenartigsten Trugbilder. Am hartnäckigsten hielt sich eine Szene, in der er eine bezaubernd schöne Frau liebte; ein Bild, das trotz seines gegenwärtigen Zustands eine stark erotisierende Wirkung auf ihn ausübte. Das Bild schien ihn auf eine Weise anzuziehen, als wohnte ihm eine Bedeutung inne, die er nicht ganz begriff – es schien sich mehr um einen Ritus zu handeln als um eine wonnige Nacht.

Erneut stoppte der Wagenzug. Kent hielt die Verzögerungen kaum aus. Hätte er sich nur dem Herzog angeschlossen. Doch das hätte eine Herausforderung des Schicksals bedeutet, da konnte er sich so rüstig fühlen, wie er wollte. Er legte keinen Wert darauf, der Grund zu sein, weshalb sich das Vorankommen der Vorhut verzögerte. Die Pferde wurden gewechselt, und die Menschen verrichteten ihre Notdurft und nahmen einen Imbiss. Kent hatte schon früher eine Zwischenmahlzeit verschlungen, weil er auch nicht schuld sein wollte, wenn sie langsamer hinterherkämen.

»Sir Averil?«

Kent drehte sich um. Prinzessin Joelle trat näher. In der goldenen Nachmittagssonne wirkte sie nun Jahre jünger. »Königliche Hoheit«, sagte er.

Mit ihrem Nicken gab sie ihm zu verstehen, dass sie über

etwas Vertrauliches reden wollte, was ihre königliche Haltung indes nicht im Geringsten schmälerte. Neben Kent blieb sie stehen, beschattete sich mit einer Hand die Augen und blickte die Straße hinunter. »Was glauben Sie, was beabsichtigt Massenet?«, fragte sie leise.

Kent schüttelte den Kopf. »Ich hatte gehofft, Königliche Hoheit wüssten das.«

Sie senkte den Blick, dann spähte sie wieder die Straße entlang und folgte ihr von ihren Füßen bis in die Ferne. »Gewöhnlich sind die Männer leichter zu durchschauen.«

»Ich weiß nicht, wie ich das Thema anschneiden soll, Königliche Hoheit ...« Kent stockte und suchte nach einem Zeichen dafür, dass sie wusste, worauf er sich bezog, doch sie sah ihn nicht an. »Massenet hat mir einen Brief gegeben, einen Brief, der meiner Meinung nach darauf hindeutete, dass er das Vertrauen von ... von jemandem aus dem Palast besaß.«

Sie nickte, doch Kent war nicht sicher, was sie damit eigentlich einräumte. »Und wo ist dieser Brief nun?«

»Er wurde mir in meinem Haus gestohlen, von einer Agentin des Grafen – das vermute ich zumindest.«

»Er versteht es, das Vertrauen der Menschen zu gewinnen, doch niemals legt er seine wahren Absichten offen. Kann er irgendwie die Stätte unbrauchbar machen, wenn er die Abtei als Erster erreicht?«

»Valary hält das nicht für möglich.«

Sie hob wieder die Hand, um ihre Augen zu schützen, doch wollte sie damit ihre Gefühle verbergen. »Dann müsste man doch eigentlich annehmen, dass der Graf sehr stark hofft, das Wissen für sich selbst zu erlangen, oder für seine Regierung.«

»Ich fürchte, dem muss ich zustimmen.«

»Dann wollen wir beten, dass der Herzog als Erster dort eintrifft. Möge Farrelle mit ihm sein.«

Kent nickte. Ihren einzigen Sohn erwähnte sie nicht, und das berührte den Maler sehr.

Mit einem Nicken beendete die Prinzessin das Gespräch und ging zu ihrer Kutsche zurück. Kent überlegte, was es damit auf sich hatte, als sie sagte: ›Er versteht es, das Vertrauen der Menschen zu gewinnen, doch niemals legt er seine wahren Absichten offen.‹ Es hatte ganz so geklungen, als habe sie diese Lektion am eigenen Leibe erfahren.

Alissa saß allein auf einer Bank unter einem Baum und wirkte gedankenverloren. Vermutlich war sie froh, kurze Zeit ohne fremde Gesellschaft verbringen zu können, und Kent entschied sich, sie nicht zu stören. So lange in einer Kutsche eingesperrt zu sein war für jedermann anstrengend.

Valary winkte ihm zu und näherte sich über den freien Platz vor der kleinen Schenke. »Kent, ich habe nachgedacht. Mehr und mehr bin ich überzeugt, dass ich mit dem Midden-Tal Recht hatte, wissen Sie? Ich glaube nicht, dass ich mich einfach nur starrsinnig benehme.«

»Nun, Palle und seine Anhänger scheinen jedenfalls dorthin gefahren zu sein. Das ist ein sehr starker Hinweis darauf, dass Sie Recht haben könnten.«

Valary nickte und war plötzlich geistig abwesend, als hätte er vergessen, weshalb er den Maler eigentlich sprechen wollte. Einen Moment lang kämpfte er mit sich, dann nahm er den Gedankengang wieder auf. »Ich glaube, wir haben einen Fehler begangen, Averil. Wir hätten selbst in das Tal fahren sollen. Wenn es keine andere Möglichkeit gibt, die anderen davon abzuhalten, das verlorene Wissen zurückzugewinnen, dann wäre es vielleicht besser, wenn wir es selbst ebenfalls hätten. Verstehen Sie?«

Kent zögerte mit seiner Antwort. »Es spielt jedoch kaum eine Rolle, Valary«, sagte er schließlich. »Wir kommen erst lange nach allen anderen dort an. All unsere Hoffnung müssen wir auf den Herzog setzen oder vielleicht auch auf die Gräfin. Ich frage mich immer mehr, weshalb wir diese Fahrt überhaupt auf uns nehmen. Vielleicht hat Seine Majestät doch den Verstand verloren. Was um alles auf dem Erdball will er denn erreichen?«

Valary schaute nachdenklich drein. »Es wäre nicht ganz unvorstellbar, dass die anderen scheitern, Kent. Bedenken Sie, dass wir gar nicht wissen, ob wir das Ritual in einer

Weise durchführen können, die Resultate erzielt. Freilich sind wir unsicher, wie viel Massenet nun weiß, doch nach allem, was Littel mir sagt, könnten Wells und seine Leute genauso wahrscheinlich gewinnen wie verlieren. Vermutlich sind wir nicht die Ersten, die zur Abtei kommen, aber vielleicht sind wir die Ersten, denen Erfolg beschieden ist. Wenn wir nur das Midden-Tal durchquert hätten. Wir benötigen Wasser aus der Quelle und Pflanzen, die dort wachsen. Und noch etwas – je mehr ich mich mit dem Text befasse, den Wells geheimgehalten hat, desto überzeugter bin ich, dass er nicht vollständig ist. Könnten die Leute um Palle noch einen weiteren Abschnitt zurückhalten? Etwas, von dem weder Littel noch Galton erfahren haben?«

»Warum sollten sie das tun, Valary?«, fragte Kent, ein wenig beunruhigt über diese Möglichkeit.

»Ich weiß es nicht, aber ich habe ein schlimmes Gefühl deswegen. Mittlerweile besitze ich ein Gespür für derlei Verstrickungen, und wenn ich Recht habe mit meiner Vermutung, dass ein Teil des Textes noch fehlt, dann möchte ich gar nicht darüber nachdenken, welchem Zweck dieser Abschnitt dient.«

Kent empfand Valarys Enthüllung als überaus beklemmend. Nur die Gräfin vermochte mit Bestimmtheit zu sagen, ob der Text vollständig war, hatte sich aber ohne Erklärung entfernt – und nicht zum ersten Mal.

Die Leute stiegen wieder in ihre Kutschen, und Kent lenkte Valary zurück zu ihrer eigenen von Pferden gezogenen Zelle, als die er den Wagen immer mehr betrachtete. Er wollte hinter dem Gelehrten einsteigen, doch als er auf die Stufe trat, gab sein Bein unter ihm nach. Hätte der Gardist, der ihm den Wagenschlag aufhielt, nicht schnell reagiert, wäre er gestürzt. Vorsichtiger kletterte Kent in das Gefährt und ließ sich schwerfällig in den Sitz sinken. Dann brach ihm am ganzen Leib der Schweiß aus.

Ließ der Zauber, den die Gräfin auf ihn gelegt hatte, so rasch nach? Eroberte die Seuche namens Alter seinen Körper zurück? Kent schloss kurz die Augen, doch konnte er dieses Dunkel nicht ertragen.

32. Kapitel

Bertillon empfand noch immer einigen Abstand zu der Welt, die er gewöhnlich wahrnahm, als wäre sein Bewusstsein tiefer in seinen Schädel gesunken und blickte nun durch enge Röhren auf die Umgebung hinaus. Trotz aller Garantien, die er von Massenet empfangen hatte, bereute der Musiker seine Entscheidung nun bitter. Er bezweifelte, ob er ohne Angelines Hilfe mit den Wirkungen der Arznei zurecht gekommen wäre – vor allem bei den Dosen, die das Vorhaben noch erforderte. Entweder hatte Massenet nichts davon gewusst, oder er war Bertillon gegenüber nicht ganz aufrichtig gewesen. Hätte sich letztere Möglichkeit als wahr erwiesen ... es hätte ihn nicht überrascht. Angezogen hatte ihn dabei das Versprechen, die Zahl seiner Jahre zu vergrößern – seiner produktiven Jahre –, doch nun war er von der Richtigkeit seiner Entscheidung längst nicht mehr überzeugt.

Zielstrebig überquerte er die buschbestandene Wiese vor der Abtei und achtete sorgfältig darauf, nicht in die allgegenwärtigen Haufen zu treten: Hinterlassenschaften der Schafe, die hier grasten. Er blieb stehen und musterte den Horizont, um herauszufinden, welches Wetter die See am Nachmittag schicken würde. Am besten blieb er in Bewegung und versuchte, sich auf etwas zu konzentrieren, denn sonst trieben seine Gedanken in die unheimlichen Wachträume ab, die von der Saat hervorgerufen wurden.

»*Es gibt keinen Weg zurück*«, flüsterte er, als spreche er zu den Möwen, die weit entfernt im Wind segelten. Vielleicht würde eine von ihnen sein Familiar werden. Angeline hatte ihm gesagt, er solle auf solche Entwicklungen achten, doch bislang war ihm jedes Tier, dem er begegnete, völlig natürlich vorgekommen.

Bald würde Massenet eintreffen. Bertillon konnte kaum begreifen, warum Angeline sich deshalb so wenig Unruhe anmerken ließ – sie schien an andere Dinge zu denken.

Stellte sie damit eine falsche Zuversicht zur Schau, oder konnte er daran wirklich ihren Mut ermessen? Hatte sie in der Tat ein gutes Blatt auf der Hand, oder bluffte sie nur? Bertillon kannte sie nicht gut genug, um darüber zu spekulieren. Allerdings blieb für ihn kein Zweifel, dass an Angeline Christophe mehr war, als die wenigen Stunden offenbarten, die er sie beobachtet hatte.

Der Graf würde sehr wütend sein, wenn er eintraf – vermutlich hätte er sich in der Gewalt und würde nach außen hin vielleicht sogar ruhig erscheinen, doch innerlich würde er vor Zorn schäumen. Angeline hatte ihm Bertillon abspenstig gemacht, und was noch schlimmer war, sie hatte dem Grafen weisgemacht, sie wäre für ihn erreichbar. Die große Eitelkeit des Botschafters in dieser Hinsicht würde ihn nun sehr gefährlich machen. Es war eine schlechte Idee, den Grafen Massenet zum Narren zu halten.

Wenn irgend möglich, würde der Graf sich für diesen Affront rächen. Bertillon hätte sich, selbst wenn er gewollt hätte, nicht mehr auf die Seite des Botschafters stellen können.

Angeline behauptete, dass Bertillon unter keinem Zauberbann stehe und seine Entscheidung selbstständig getroffen habe. Sie sagte sogar, das Ritual könne unter Zwang überhaupt nicht erfolgreich durchgeführt werden – doch er fragte sich trotzdem, ob sie die Wahrheit sagte. Woher sollte er wissen, wie es sich anfühlte, wenn man verzaubert war? Deshalb ließ sich so einfach nicht sagen, ob man seine Entscheidungen selbst traf oder nicht. Doch gab es andererseits mehr als einen Zauber, den solch eine Frau auszuüben vermochte, daran bestand kein Zweifel.

Ein Windstoß ließ seinen Rock flattern, und einen Moment kam er sich vor wie eine Vogelscheuche, die über die Abteiruine wachte und die Menschen zurückwies, die sie mit ihrer eigenartigen Lockung anzog.

»Schon denkst du von ihnen als ›den Menschen‹«, sagte er laut. Ein seltsames Gefühl. *Ich werde nie ein echter Magus sein*, gemahnte er sich, und das war ihm ein Trost.

Als er sich aus den Gedanken riss, stellte er fest, dass

Angeline ihn betrachtete; gleichwohl war ihr Blick desinteressiert. Sie hatte den Schleier abgelegt und ihr Haar mit einem schwarzem Band zusammengebunden. Sie trug einfache Kleidung, und ihre Suche in der Abtei hatte einen Schmutzfleck auf ihrem Schal hinterlassen. Der Wind brachte Farbe in ihr Gesicht und ließ das Blau ihrer Augen noch umwerfender erscheinen. Bertillon fiel es nicht leicht, sie nicht andauernd anzustarren.

»Sie kommen«, sagte sie. Bertillon brauchte nicht zu fragen, wen sie meinte. »Sie brauchen nicht mit ihm zu sprechen, wenn Sie nicht wollen, Charl.«

»Nein. Ich bleibe bei Ihnen, wenn Sie gestatten.«

Sie lächelte, als amüsierte sie sein Ernst oder vielleicht auch seine Wortwahl. »Dann stellen wir uns ihm gemeinsam«, sagte sie, doch lag kein Spott in ihrer Stimme. »Kommen Sie.« Sie deutete mit einer Kopfbewegung auf die Stelle, wo die Straße zwischen den Bäumen hervorkam.

Schweigend gingen sie zur höchsten Stelle der Straße, und dort warteten sie gespannt. Bertillon machte sich nicht die Mühe zu fragen, woher sie wisse, dass ›sie‹ sich näherten. Zu oft hatte er erlebt, dass Angeline manches wusste, ohne dass es dafür eine Erklärung zu geben schien.

Lange dauerte es nicht. Wie Bertillon erwartet hatte, ritt der Graf den anderen voraus, wie üblich nicht um die eigene Sicherheit besorgt. Er führte ein Pferd am Zügel, das aussah, als würde es die letzten paar Schritte nicht mehr schaffen. Auch Massenet wirkte verschmutzt und müde. So hatte Bertillon ihn noch nie gesehen. Im Gegensatz zu ihm schien Angeline gerade zur Vordertür ihres Hauses herausgetreten zu sein.

»Graf Massenet«, sagte sie in herzlichem Ton, »wir haben Sie erwartet.«

Der entonnische Botschafter saß ab und blieb breitbeinig stehen, als könnte er anders kein Gleichgewicht wahren, und er betrachtete das Paar mit offenkundiger Verachtung. Bertillon bemerkte, wie ungern er sich diesem Blick stellte.

»Glücklich in Ihrem neuen Vaterland, Charl?«, fragte der Graf sanft.

Bertillon wusste nicht, was er darauf antworten sollte, und konnte den starren Blick des Grafen nicht mehr ertragen. Er wandte die Augen ab und bemerkte, wie ihm die Schamesröte ins Gesicht stieg.

»Hier steht mehr auf dem Spiel, als Sie glauben, Graf Massenet«, sagte Angeline gelassen. »Mehr als unsere Eitelkeit.« Dabei lächelte sie charmant.

Massenet indes nahm die Herausforderung nicht an. Bertillon wusste, dass der Graf eine starke Frau besonders schätzte – eine schlagfertige, selbstsichere Frau –, doch sein wütender, verächtlicher Ausdruck verschwand nicht.

»Ich bin nicht so weit geritten, um mit Verrätern und Mädchen spitze Bemerkungen auszutauschen. Vielmehr bin ich fest entschlossen, meine Aufgabe durchzuführen.« Er blickte Bertillon an. »Und Sie werden mir dabei helfen, Charl.«

Bertillon zögerte unmerklich, dann schüttelte er den Kopf. »Das kann ich nicht«, sagte er leise.

Gerade, als Massenet den Mund zu einer wütenden Entgegnung öffnete, ergriff Angeline das Wort. »Gestatten Sie mir, Ihnen alles zu erklären, Graf Massenet«, sagte sie mit unermesslich sachlicher Stimme, ohne sich von Massenets bedrohlichem Gebaren auch nur in geringster Weise beeindruckt zu zeigen. »Und Doktor Varese; Sie müssen ebenfalls zuhören.«

Der entonnische Gelehrte war nun den Pfad hinaufgeächzt; er wirkte erheblich mitgenommen und ließ sich tatsächlich zu Boden sinken, während er seine Gegner offenen Mundes anstarrte.

»Ich habe sowohl den Text gesehen, den Sie besitzen, als auch den Text von Palles Gruppe, und die beiden sind nicht identisch.« Angeline verschränkte die Arme zu einer Haltung, die Bertillon als herausfordernd empfand. »Man kann diese Texte nicht unabhängig voneinander verwenden. Es ist Ihnen nicht bestimmt, die Macht zu gewinnen, von der Sie träumen, Graf Massenet. Selbst wenn Charl Sie unterstützen würde, Sie könnten nichts bewirken, es sei denn, ihn ins Verderben zu stürzen. Ich glaube, Doktor

Varese davon überzeugen zu können, dass es wahr ist, was ich behaupte. Würden Sie mir das gestatten?«

Massenet blickte Varese kurz an, der einen Augenblick nachdachte und die Schultern hob, als wolle er die Entscheidung wieder dem Grafen aufbürden. »Es dauert noch einige Stunden, bis das Ritual durchgeführt werden kann«, sagte der Botschafter, »aber ich will Sie warnen, Lady Angeline. Wenn ich den Verdacht habe, dass Sie erneut versuchen, uns zu betäuben, werde ich unverzüglich und mit aller Gewalt dagegen vorgehen.«

Auf diese Drohung antwortete sie mit einem liebreizenden Lächeln, dann bedeutete sie dem Grafen mit einer Gebärde, die Abtei zu betreten, als bitte sie ihn in ihr Landhaus.

In einer Ecke der Ruine hatten Schäfer vor einem alten Kamin ein Stangengerüst mit Strohdach errichtet, das einen gewissen Schutz vor rauem Wetter bot. Eine Bank, ein niedriger Plankentisch und einige grobe Schemel standen dort. An einem rostigen Haken hing ein Kessel über dem Feuer. Die Diener und die Reiter, die Lady Angeline begleitet hatten, entfernten sich augenblicklich. Die Reiter bezogen unweit Position – *wie gut ausgebildete Wächter*, dachte Bertillon. Die andere Dame, die, die nie ein Wort sagte, war nicht zu sehen.

Massenet zog einen Schemel an den Tisch und setzte sich Angeline gegenüber. Varese stellte sich wie ein Berater neben ihn. Beeindruckend anzusehen, wie rasch jeder seinen Platz in Massenets Plan der Dinge fand. Bertillon ließ der Gedanke nicht los, dass sein eigener scheinbarer Verrat dadurch nur umso unglaublicher erscheinen musste. Männer, die es gewöhnt waren, andere ihrem Willen zu unterwerfen, zeigten sich von Auflehnung immer wieder überrascht – als existierte das Gefängnis, das sie um diese Menschen errichteten, wirklich und nicht nur in der Vorstellung.

»Was die Künste der Magi anbetrifft, sind Sie wohl kaum

eine Unschuldige«, sagte Massenet, der augenblicklich in die Offensive ging. »Wo haben Sie das gelernt?«

Angeline lächelte, als hätte der Graf eine geistreiche Bemerkung gemacht, und das war für Massenet der Tropfen, der das Fass zum Überlaufen brachte. Er erhob sich halb von seinem Platz und hob die Hand, um Angeline zu schlagen, aber da stürzte sich etwas in das Gesicht des Grafen, und er fuhr zurück.

Massenet griff sich mit der Hand an die Wange und hatte Blut am Finger. Bertillon schaute zur Mauerkrone hinauf und erhaschte einen Blick auf einen kleinen Vogel, der dort fast unsichtbar in einem schattigen Winkel hockte.

»Bitte setzen Sie sich, Graf Massenet«, sagte Angeline. »Sie sind weit entfernt von Ihrem Schlupfwinkel in Avonel und mit wenig Kräften und keinerlei Handelsgut hierher gekommen. Ich bin mir im Klaren, dass diese Lage sehr ungewohnt ist für Sie, und daher will ich Ihnen diese eine Unbedachtheit verzeihen. Doch wenn Sie noch einmal versuchen, Gewalt gegen mich oder meine Begleiter anzuwenden, wird einer meiner Männer Ihnen einen Pfeil ins Herz senden. Haben Sie mich verstanden? Dass Sie hier sind, verdanken Sie allein meiner Duldung. Ich benötige Sie nicht im Geringsten.«

Massenet zog die Schultern ein und sagte kein Wort mehr, sein Gesicht enthüllte noch weniger. Bertillon fragte sich, ob Angeline überhaupt ahnte, was sie da getan hatte. Sie würde jedes Quäntchen der Macht benötigen, die zu besitzen sie offenkundig für sich in Anspruch nahm, sonst wollte Bertillon nicht darüber nachdenken, was sie erwartete.

Sie erhob sich von ihrem Stuhl, kehrte dem Grafen sorglos den Rücken zu und goss Wasser aus dem Kessel in eine abgenutzte Teekanne. »Ich nehme nicht an, dass ich Sie für Tee begeistern kann?«

»Ich trank bereits von Ihrem Wein«, erwiderte Massenet und erntete nur ein Schulterzucken.

Als sie wieder auf ihrem Platz saß, begann Angeline zu sprechen. »Vermutlich überrascht es Sie zu erfahren, dass dieser Text, den Sie gefunden haben, gefunden werden *sollte*.

Allerdings waren nicht notwendigerweise Sie als Finder vorgesehen. Lassen Sie es mich anders sagen: Das Finden des Textes dient einem Zweck, doch dieser Zweck soll nicht Ihren Zielen dienen. Ich muss sogar sagen, das könnte er gar nicht.«

Varese beugte sich vor, um etwas einzuwerfen, doch Massenet gebot ihm mit einer Geste zu schweigen.

War ich auch so, fragte sich Bertillon unwillkürlich; *so völlig unterwürfig?*

»Und wessen Zwecken soll all das dienen, wenn ich fragen darf?«

Angeline zuckte mit den Schultern. »Da muss ich Ihnen ehrlich gestehen, dass ich es nicht genau weiß.«

Massenet lehnte sich zurück. »Aber Sie ... Sie haben Ihre Fertigkeiten doch nicht durch eine Laune der Natur erhalten. Wo haben Sie das gelernt? Sie haben mich gebeten, mir eine Erklärung anzuhören, doch ich glaube immer mehr, dass Sie nur meine Zeit verschwenden. Wessen Zwecken dient Lady Angeline? Wer sind Sie eigentlich wirklich? Wie kommt es, dass niemand sagen kann, aus welcher Familie Sie stammen und wer Ihre Eltern sind?«

Sie schaute auf und begegnete seinem Blick, ohne mit der Wimper zu zucken. »Einiges davon wird Ihnen früh genug offenbart«, sagte sie leise. »Wem ich diene? Erinnern Sie sich an das Fragment, das Sie Averil Kent überließen, Graf Massenet? Ich diene denen, die wissen, was diese Vision bedeutet.«

Bertillon musterte Massenet eingehend. Er konnte nicht anders. Faszinierend: Es war, als beobachtete er ein Raubtier, das plötzlich selbst gejagt wird. Fast unmerklich war der Graf vom Tisch abgerückt, als hütete er sich plötzlich vor der Frau, die auf der anderen Seite saß.

»Ich verstehe. Und was wollen Sie nun unternehmen?«

»Wir verschließen den Zugang zu dieser Macht, und zwar endgültig, wenn wir können. Und ich glaube, das können wir.«

»Was wünschen Sie von mir?«

»Ihre Mithilfe, Graf Massenet. Schon bald treffen andere

hier ein. Wir können nichts tun, bevor alle an Ort und Stelle sind. Aber ich appelliere an Ihre Vernunft. Lieber soll niemand das verlorene Wissen erhalten, als dass es in die Hände von Palle oder einem seines Schlages fällt. Ich glaube, da werden Sie mir zustimmen. Für mich selbst möchte ich gar nichts, außer eine Aufgabe zu erfüllen, die ich vor langer Zeit auf mich genommen habe. Wenn Sie meine Ziele bedrohen, vergrößern Sie die Chance, dass diese Macht jemandem in die Hände fällt, und zwar sehr wahrscheinlich jemandem, in dessen Besitz Sie die Geheimnisse der Magi nicht wissen möchten.«

»Warum unterwerfen Sie mich nicht einfach Ihrem Willen? Das könnten Sie doch, oder nicht? Liegt es daran, dass Sie auf Bertillons freiwillige Teilnahme angewiesen sind? Fürchten Sie, ihn sich zu entfremden, wenn Sie gegen mich handeln?« Er wandte sich plötzlich Bertillon zu und gebärdete sich so entschlossen, wie nur ein Massenet es konnte. »Charl, begreifen Sie denn nicht? Wir werden von einer Meisterin der Manipulation gelenkt - von einer Zauberin. Sie ist eine treue Farrländerin. Zweifeln Sie nicht daran. Wir warten auf andere, und Sie wissen genau, wer diese anderen sind: Palle und sein Prinzregent. Wir werden hinters Licht geführt, Charl. Man hält uns zum Narren. Sobald Palle eintrifft, übergibt sie ihm das Wissen der Magi. Das bedeutet den Untergang Entonnes. Sie behauptet zwar das Gegenteil, aber sind Sie etwa bereit, dieses Risiko einzugehen?«

Bertillon rang mit sich. Er hatte nicht einkalkuliert, wie schwierig es sein würde, sich vom Einfluss dieses Mannes zu lösen. Wie sehr er ihn zufrieden stellen wollte! »Ich glaube, Lady Angeline sagt die Wahrheit, Graf Massenet. Hier geht so viel mehr vor, als wir je vermutet haben. Lassen Sie Lady Angeline mit Doktor Varese sprechen, dann werden Sie sehen.«

»Sie hat Sie beeinflusst, Charl. Sie hat uns alle unter Drogen gesetzt —«

Den Satz beendete er nicht, denn Hufgetrappel und Männerstimmen ließen sie alle innehalten. Der Graf bedachte Bertillon mit einem anklagenden Blick. »Nun hat sie genügend Zeit geschunden«, sagte er.

Dann bog der Herzog von Blackwater um eine Mauerecke, und Bertillon hörte die Frau neben sich erleichtert aufseufzen. Daraufhin richtete Massenet seinen Blick wieder auf sie.

Der Herzog blieb stehen und betrachtete die Anwesenden. Sein Sohn und Prinz Wilam stellten sich neben ihn.

»Lady Angeline«, sagte Jaimy und verbeugte sich eilig, »es ist mir eine große Freude, Sie so bald wiederzusehen.«

Der Herzog nickte Massenet zu, dann wandte er sich mit forschendem Blick an Angeline. »Wir sind vor Palle und den anderen eingetroffen.« Halb war es Feststellung des Offensichtlichen, halb eine Frage, denn man konnte sich in keiner Weise mehr sicher sein.

»Sie sind hinter Ihnen, allerdings nicht allzu weit.«

»Und die Gräfin?«

»Sie trifft Vorbereitungen für das Ritual.«

Bertillon fand, dass der Herzog Massenet recht ähnlich sah, und obwohl er sich nicht so überheblich gab, unterschied sich ihr Gehabe nicht sehr. Zwei mächtige Männer, dachte der Musiker, und keiner von beiden weiß sicher, weshalb er eigentlich hier ist oder was ihm bevorsteht. Instinktiv fühlen sie sich von dem Machtkampf angezogen. Der Herzog sah allein Angeline an, Massenet beachtete er kaum. Bertillon wusste indes, dass die Blickrichtung des Herzogs nicht notwendigerweise auf sein wahres Augenmerk oder seine tatsächlichen Sorgen hindeuteten.

»Ich habe den Auftrag, die Abtei bis zur Ankunft des Königs zu sichern, und meine Gardisten werden dafür sorgen, dass ich meine Pflicht erfüllen kann.«

»Von der Gräfin haben Sie keinerlei Widerstand zu erwarten, Herr Herzog. Wir warten ebenfalls auf den König. Der Königsmann und Prinzregent Kori sind es, von denen uns Gefahr droht. Wenn ich mich nicht irre, werden sie ebenfalls von Gardisten begleitet.«

Bertillon hatte reichlich Gelegenheit erhalten, bei aller Maniertheit des Grafen dessen wirkliche Mimik zu studieren, und die verriet ihm nun, dass der Botschafter heftig unter Zurücksetzung und Missachtung litt und kurz vor einem Wutausbruch stand. Bertillon musste sich beherrschen, um nicht zu lächeln. Schlimm genug für Massenet, nicht Herr der Lage zu sein, doch hinzu kam, dass er nicht einmal zur Gänze begriff, was eigentlich vorging. Das musste ihn zum Wahnsinn treiben.

»Und Graf Massenet? Was beabsichtigen Seine Exzellenz der Botschafter?«, fragte der Herzog.

»Der Graf vermag ohne meine Mithilfe nicht zu handeln, Herr Herzog«, stellte Bertillon klar, »und ich habe eingewilligt, Lady Angeline zu unterstützen.« *Und die Gräfin*, fügte er in Gedanken hinzu. *Wer immer sie ist.*

Der Herzog musterte Massenet, als wäge er dessen zu erwartende Reaktion ab, dann wandte er sich wieder an Angeline. »Ich werde Männer in der Abtei postieren.«

Einen Augenblick wirkte alles wie eingefroren, und die zahlreichen ungestellten Fragen schienen sich an die Oberfläche zu kämpfen, dann wandte sich der Herzog ab und erteilte den Palastgardisten Befehle. Angeline erhob sich, um ihn zum Eingang in die Keller zu führen, und plötzlich fand sich Bertillon allein mit dem Grafen.

Kaum waren die anderen außer Hörweite, wandte Massenet sich ihm zu. »Ohne Sie kann ich nicht handeln, Charl?«, fragte er und neigte den Kopf zur Seite. »Ich wusste gar nicht, dass Sie so gering von mir denken.« Er stand auf und verließ den Unterstand in einer Körperhaltung, die seinen wilden, mühsam beherrschten Zorn verriet.

Vermutlich prahlte der Botschafter nur und beabsichtigte damit, ihm Angst zu machen, aber trotzdem nahm Bertillon sich vor, den Herzog und Angeline zu warnen. Dass man jemanden wie Massenet auf keinen Fall unterschätzen durfte – da hätte manch einer ihm Recht gegeben.

Kent kam aus dem Wald. Die Vorzeichen des Frühlings hoben seine Laune – die Knospen an den Büschen und Bäumen, das Summen der Insekten, die ersten Blüten, das aufgeregte Zwitschern der Vögel. *Die Kraft der Erde erwacht neu*, dachte er.

An einer Quelle unweit der Straße hatten sie Halt gemacht, um die Pferde zu tränken. Die Kutschen standen in planlosem Durcheinander am Wegrand, die Zugtiere waren ausgeschirrt worden. Gardisten und Kutscher kümmerten sich um ihre Tiere, die Passagiere ruhten sich aus oder folgten, wie Kent es getan hatte, dem Ruf der Natur.

Ein Hauptmann trat zu ihm.

»Seine Majestät ersucht Sie, zu ihm zu kommen, Sir Averil.« Der Gardeoffizier neigte den Kopf, sodass er von allen fort zeigte, ohne selbst in die Richtung zu schauen. Man blickte den König nicht an.

Unter den ausladenden Ästen eines Kirschbaums, der kurz vor der Blüte stand, saß auf einer Steinbank König Wilam VII. Er kehrte allen den Rücken zu und trug einen schweren Mantel über den Schultern, aber es konnte kein Zweifel bestehen, wer er war. Vornüber gebeugt saß der Herrscher Farrlands, als wäre das Gewicht seines Mantels schon mehr, als er tragen konnte.

Kent trat näher. Er bewegte sich so laut er konnte, denn niemand stand in der Nähe, um ihn anzukündigen.

»Euer Majestät?«

Etliche Sekunden lang blieb jede Reaktion aus, dann hob der König den Kopf und wiegte ihn langsam von einer Seite auf die andere.

»Euer Majestät?«, fragte Kent lauter.

Der König hob die Hand und winkte dem Maler, vor ihn zu treten. »Ist das Mr. Kent?« Die Stimme des Monarchen wirkte nicht mehr ganz so unirdisch. Kent fragte sich, ob das an der Umgebung lag.

»Jawohl, Sir.« Kent verbeugte sich vor seinem König, der ihn gegen das helle Sonnenlicht anblinzelte.

»Stelle Er sich vor, Er gelange an einen Punkt Seiner Existenz«, sagte der König, »an dem Er das Licht der Sonne scheuen muss.«

Kent nickte. Er wusste nicht, was er darauf antworten sollte.

»Nun, ich bin wieder ein wenig mehr ich selbst, dennoch leide ich schrecklich unter dem Verlangen nach meiner Arznei. Weiß Er von meiner Arznei?«

»Jawohl, Euer Majestät.«

Der König blickte ihn säuerlich an. »Mir will es scheinen, als wüsste jedermann davon. Geheimnisse sind nicht mehr das, was sie einst waren, Kent, das sage ich Ihm. In meinen Tagen, da kannte ich Männer, die wussten, wie man ein Geheimnis bewahrt! Aber jetzt sind sie alle tot. Nur ich bin noch übrig. Sobald auch ich gestorben bin, gibt es niemanden mehr, der noch ein Geheimnis bewahren kann, und dann weiß jeder alles.« Der König blickte Kent wieder an, und ein entsetzliches Lächeln trat auf sein verwüstetes Gesicht. »Schau Er nicht so drein, Mann; ich scherze. Hat Er das Gemälde dabei?«

»Ich habe nur eine Skizze, Euer Majestät. Ich könnte sie Ihnen zeigen.«

Der König hob rasch die Hand und schloss die Augen. Er wandte den Kopf ab. »Nein. Nein, ich brauche sie nicht zu sehen. Sie wird es tun, denke ich.«

Kent blieb schweigend vor dem König stehen, denn man wartete, bis man vom Monarchen angesprochen oder entlassen wurde, doch das Schweigen dehnte sich so weit aus, dass der Maler sich schon fragte, ob Seine Majestät in einen seiner Tagträume versunken war.

»Kent?«

»Majestät?«

»Fürchtet Er den Tod?«

Diese Frage hatte er Kent schon einmal gestellt. »Ja, ich fürchte ihn, Sir.«

Der König nickte. »Gibt es irgendetwas, was Er nicht tun würde, um dem Tod zu entgehen?«, sagte er leise, als schäme er sich, jemanden die Frage hören zu lassen.

»Das kann man nicht wissen, bevor man vor die Wahl gestellt wird«, sagte Kent und musste an Palles Angebot denken.

Der König nickte wieder mit geschlossenen Augen.

Ihn quält die Wahl, die er getroffen hat, dachte Kent.

»Ja ... Hält Er unser ›Zeitalter der Vernunft‹ für einen Fortschritt, Kent?«

Der Maler überlegte, worum es bei diesem Gespräch eigentlich ging. »Ich glaube, es verspricht mehr, als es halten kann, aber es führt dennoch in eine bessere Welt.«

»Besser? Ich frage mich, ob Ihm die Magi da zustimmen würden. Doch mit ›besser‹ meint Er eigentlich: gerechter, oder? Nicht ›moralisch mehr dem Guten zugewandt‹. Manchmal glaube ich, Kent, dass man sich an mich als den letzten farrischen König vor Einbruch des ›Zeitalters der Vernunft‹ erinnern wird. Der Letzte der unvernünftigen Könige also. Glaubt Er, dass die Geschichte mich mit freundlichen Augen betrachten wird?«

»Ich glaube, die Historiker werden Sie sehr freundlich betrachten, Sir.«

»Vielleicht«, sagte der Monarch leise. Schlagartig riss er die Augen auf und deutete auf eine Baumkrone. »Ist das ein Falke?«

Kent folgte dem Blick des Königs. »Ein Turmfalke, Sir.«

»Er scheint mich zu beobachten«, meinte der Herrscher, und Kent konnte nicht sagen, ob das ein weiterer Scherz sein sollte oder nicht. Der König schloss die Augen und legte den Kopf in den Nacken. Ein fast friedlicher Ausdruck legte sich über seine furchtbaren Gesichtszüge. »Die Liebkosung der Sonne, Kent. Frühlingsdüfte, Frühlingslaute. Sie zu verlieren könnte ich nicht ertragen – und doch sorgte meine Gier nach der Saat am Ende dafür, dass mich ewige Finsternis umschloss. Meine Welt reduzierte sich auf eine bloße Imitation. Wenn Er bedenkt, wie viele Jahre ich verloren habe – wiewohl ich glaubte, Jahre gewonnen zu haben. Nun, es sind nur noch Stunden. Nicht allzu lang. Ich danke Ihm, Kent. Halte Er nur mein Portrait bereit. Ich danke Ihm.«

Kent verbeugte sich, obwohl der König die Augen geschlossen hielt, und entfernte sich rückwärts gehend. Diese Audienz war nur graduell weniger beunruhigend gewesen als die vorherige. Allein beim Anblick dieses Gesichtes lief es ihm eisig den Rücken hinunter! Doch die grauenvolle Stimme hatte einiges von ihrer Leere und Distanz verloren – zweifellos, weil nun Rawdon die Dosierung der Arznei kontrollierte. Für Kent stand es mittlerweile fest, dass der Zauber der Gräfin an Wirkung verlor, doch falls er versucht gewesen war, Palles Angebot der Arznei anzunehmen, so hatte die Begegnung mit dem König alle Verlockung ausgelöscht. Was konnte schlimmer sein, als so zu enden? Selbst wenn bis dahin noch Jahre vergingen?

Besitzt die Gräfin genügend Talent oder Ausbildung, um dem Schicksal des Königs zu entgehen? Es dauerte nie lange, bis er sich diese Frage erneut stellte, und nun, auf dem letzten Wegstück zu ihrem Ziel, schien sich seine Neugier noch zu steigern – im gleichen Maße, in dem seine Vitalität versiegte. Bald, dachte er. *Morgen vor Sonnenuntergang. Wir werden sehen, was während unserer Abwesenheit geschehen ist. Wenn der Herzog schnell genug war. Dann sehe ich die Gräfin wieder und werde eine Antwort auf meine Frage bekommen.*

»Sir Averil?«

Als Kent sich umdrehte, stand Alissa Somers vor ihm, und sie runzelte die glatte Stirn. »Lady Alissa, Sie sehen ausgesprochen betrübt aus. Wollen Sie mir sagen, was ein alter Mann tun kann, um Ihnen zu helfen?«

Darauf antwortete sie zwar nicht mit einem Lächeln, aber ihre Miene wurde weicher. »Sir Averil, ich muss zugeben, dass mein Leben viel komplizierter geworden ist, als ich es je erwartet hätte. Mir ist es unmöglich geworden, auch nur eine Entscheidung zu treffen. Ich bin mir nicht mehr sicher, wer ich eigentlich bin. Alle Leute nennen mich ›Lady Alissa‹, doch selbst wenn ich heirate, sollte mich meinem Gefühl nach niemand so anreden.« Sie sah Kent an und biss sich auf die Lippe.

Kent *regis*trierte ihre Wortwahl durchaus – ›selbst wenn ich heirate‹ – und entschied, dass es für den armen Lord Jaimas gar nicht gut aussah. Alissa wirkte von ihren Nöten fast überwältigt, und das berührte ihn auf eine Weise, die er nicht erklären konnte. »Auch wenn man uns beigebracht hat, dass gewisse Versprechen niemals gebrochen werden dürfen«, sagte er, »glaube ich doch, dass es zu viel verlangt wäre, wenn man von jemandem erwartet, eines Versprechens wegen auf ein glückliches Leben zu verzichten.« Er musste an die Entscheidung der Gräfin denken, die so viele Jahre zurücklag. »Wenn Sie wirklich nicht so fortfahren können, Alissa, dann seien Sie ehrlich zu Ihrem jungen Mann, aber behandeln Sie ihn so gütig wie möglich. Später einmal werden Sie froh sein darüber, und er auch. Ich selbst ...« Er stellte fest, dass er einen Moment die Augen schließen musste.

»Mr. Kent?«

Er öffnete die Augen und lächelte, so gut er konnte. Zugleich blinzelte er eine Träne fort. »Sie werden die Frage wohl eher töricht und übermäßig romantisch finden, aber lieben Sie den jungen Mann?«

»Ganz ohne Frage«, antwortete sie feierlich.

»Nun, dann wissen Sie immerhin eines sicher. Auf irgendetwas muss man seine Entscheidungen schließlich gründen. Freilich gibt es so manchen, der seine Entscheidung auf dieser Grundlage getroffen hat und Ihnen sagen würde, er habe damit sein Leben verpfuscht. Doch eins kann ich Ihnen ohne Einschränkung sagen: Wenn Sie entscheiden, dass andere Faktoren wichtiger sind als das, was Sie für Lord Jaimas empfinden, dann werden Sie sich immer fragen, ob Sie die richtige Entscheidung getroffen haben. Wenn man alt wird, dann werden solche Fragen zur Plage wie wiederkehrende Albträume. Finden Sie unbedingt heraus, was wichtig für Sie ist, bevor Sie sich entscheiden.«

Alissa nickte und mied Kents Blick. »Gewiss haben Sie Recht. Ich soll Ihnen ausrichten, dass die Prinzessin Sie gern gesprochen hätte.«

Prinzessin Joelle saß in ihrer Kutsche, und der Schlag war geöffnet, um die Frühlingsluft hineinzulassen. Die Prinzessin nahm gerade einen Imbiss aus Brot und Käse ein; dass sie nicht von einer Schar Bediensteter umgeben war, schien ihr nichts auszumachen.

»Aha, Mr. Kent«, begrüßte sie ihn, als er zur Tür kam. »Haben Sie mit Seiner Majestät gesprochen?«

»Ja, gerade erst. Erstaunlich, ihn im Freien zu finden, wo andere ihn sehen können.«

Die Prinzessin nickte. »Mehr als erstaunlich. Doktor Rawdon sagt, Seine Majestät sei kaum weniger morbid als sonst und spreche wie gewöhnlich ständig vom Sterben. Können Sie mir etwas sagen, wovon Sie sprachen und das ich erfahren sollte?«

»Der König war besorgt, ob ich die Skizze des Portaits mitgebracht hätte. Ansonsten war das Gespräch von geringer Tragweite, glaube ich.«

»Wenn ich nur verstehen würde, welchen Zweck Seine Majestät verfolgt, Mr. Kent. Ich wünschte wirklich, ich wüsste es. – Wenn ich mich nicht irre, erreichen wir die Abtei morgen Nachmittag. Glauben Sie, dem Herzog gelingt es, Palle aufzuhalten?«

»Ich will es hoffen, Königliche Hoheit. Wenn Sir Roderick und die anderen aber gewonnen haben und es ihnen gelungen sein sollte, das Ritual durchzuführen – nun, mir kommt die Welt nicht sehr anders vor.«

»Die Welt kann auf eine Historie solcher Täuschungen zurückblicken. Mancher Monarch saß nichtsahnend in seinem Palast, während sich draußen die Welt unwiderruflich änderte. König Ambray war schon drei Tage lang entthront, als er davon erfuhr. Er spielte gerade seinen Enkeln auf dem Pianum vor. Aber wer ist es, der hier wie ein Narr weiterspielt? Ist es mein Gatte? Oder bin ich es?«

Kent hatte sich schon die gleiche Frage gestellt. »Der Herzog von Blackwater ist ein erfinderischer Mann. Er ritt mit königstreuen Gardisten. Ich glaube, dieser Tag wirkt so unschuldig, weil er unschuldig ist. Was sich an der Abtei abgespielt hat, kann ich natürlich nicht wissen, doch wenn irgendetwas Übernatürliches geschehen wäre, dann hätte der König es gespürt. Und Seine Majestät gab mir mit keinem Wort zu verstehen, dass er etwas wahrgenommen hätte.«

»Ich hoffe, Sie haben Recht.« Plötzlich blickte die Prinzessin Kent an und blinzelte ins Sonnenlicht. Dann schloss sie kurz die Augen. Er begriff, dass sie den Tränen nahe war. »Dieses Fragment Lucklows«, sagte sie und wandte den Blick ab, »was hat es zu bedeuten? Was war das für eine Schreckensvision?«

Kent strich sich mit der Hand über die Wange. »Darüber sinne ich schon länger nach. Valary glaubt, dass die Magi über eine Möglichkeit verfügten, begrenzt in die Zukunft zu schauen - einige waren darin vermutlich erfolgreicher als andere. Vielleicht beschreibt das Fragment die Zukunft - oder eine mögliche Zukunft - obwohl es so formuliert ist, als spräche Lucklow von einem fremden Land. So als ob er persönlich dorthin gereist wäre und es mit eigenen Augen gesehen hätte. Was auch immer, ganz eindeutig fürchtete er, die gleiche Tragödie könnte sich auch hier ereignen.«

Die Prinzessin dachte einen Moment lang nach. »Zu viel Altruismus«, sagte sie bestimmt. »Die Magi sind nicht gerade dafür bekannt gewesen, dass sie sich Gedanken um das Wohlergehen anderer machten.« Sie schüttelte den Kopf, entmutigt, wie Kent meinte. »In diesem Fragment steckt mehr, als wir vermuten, Averil. Vertraut Lady Chilton Ihnen nicht an, was sie denkt?«

»Lady Chilton vertraut ihre Gedanken niemandem an, Königliche Hoheit«, antwortete Kent, erneut erstaunt über die Bitterkeit, die sich in seine Stimme schlich, wenn er von der Gräfin sprach.

Die Prinzessin gab keine Antwort, gerade so, als hätte er nichts gesagt, doch in Wirklichkeit hatte er gerade etwas allzu Persönliches preisgegeben. Im Umgang mit Prinzessin Joelle sollte man sich solche Vertraulichkeiten nicht erlauben.

»Wann können wir aufbrechen?«, fragte sie unvermittelt. »Diese ständigen Verzögerungen sind noch unser Verderben.«

»Ich kümmere mich darum«, versprach Kent, verbeugte sich steif und entfernte sich rasch. *Niemand versteht*, dachte er. *Hat sich seit Beginn der Geschichtsschreibung etwas Vergleichbares ereignet? Die Mächtigen zweier Staaten lie-*

fern sich ein Rennen, um zuerst an einer Abteiruine einzutreffen, und das aus einem Grund, den niemand in Worte fassen kann. Welch ein Irrsinn.

33. Kapitel

Jaimy hatte noch nie an einer militärischen Stabsbesprechung teilgenommen, und doch war er davon überzeugt, dass diese Unterredung vom Muster des Üblichen abwich. Der ranghöchste Offizier war ein Gardekommandeur mit einem Schnurrbart, der an die unteren zwei Zoll eines Straßenbesens denken ließ. Dieser Mann gab sich das Gehabe eines Dandys, doch wusste Jaimy, dass die Gardisten eine Tradition pflegten: Sie waren die besten Reiter und die besten Degenfechter im Königreich. Von ihrer Ausbildung hieß es, sie sei hart bis an die Grenze zur Brutalität, und die Gardisten waren für ihren Mut und ihre Zähigkeit bekannt. Daher konnte es nicht weiter verwundern, dass sie im Lauf der Jahre bei mehreren Kämpfen um den Thron die entscheidende Rolle gespielt hatten.

Oberst Townes saß über den niedrigen Tisch gebeugt auf einem Schemel, als betrachtete er eine Karte, die es nicht gab. Den obersten Kragenknopf seiner Uniformjacke hatte er geöffnet – sein einziges Zugeständnis an den kräftezehrenden Ritt. Obwohl er genauso weit geritten war wie jeder andere auch, waren ihm die Meilen am wenigsten anzusehen. Er ließ nicht die Schultern hängen, seine Gesten waren knapp und präzise, und seine Schlagfertigkeit schien vom Mangel an Ruhe nicht beeinträchtigt zu sein.

Wie viele Soldaten, die Jaimy kennen gelernt hatte, hielt wohl auch Oberst Townes Zögern gleich welcher Art für ein Zeichen von Schwäche. Nur ein schlechter Mann musste innehalten und ›nachdenken‹, ein guter Offizier ›wusste‹ einfach, was er zu tun hatte. Davon abgesehen wirkte der Mann keineswegs wie ein Narr. Vielleicht hatten seine Ausbildung und seine Erfahrung ihn besser auf Situationen wie diese vorbereitet.

Dennoch war Jaimy fast sicher, dass kein Absatz im Handbuch des Offiziers abdeckte, was hier vor sich ging und geschehen würde. Die Mitglieder des scheinbar rechtmäßig eingesetzten Regentschaftsrates würden bald auf eine Truppe treffen, die einen König vertrat, dessen Anhänger wiederum behaupteten, er sei durchaus in der Lage, selbst zu herrschen, anstatt nur Staatsoberhaupt zu sein. Alle Streitparteien aber hatten sich zudem in diesem abgelegenen Winkel des Königreichs versammelt, um ein geheimnisvolles Ritual mit einem unbekannten Zweck auszuführen. Unter diesen Umständen, musste man sagen, vollführte der Oberst seine Pflichten mit Elan.

»Wenn es uns nicht gelingt, Prinz Koris Kämpfer gefangen zu nehmen, Hoheit«, wandte er sich an den Herzog von Blackwater, »was wird sie davon abhalten, sich zurückzuziehen und Verstärkung heranzubringen? Wir haben das Überraschungselement auf unserer Seite, und es erscheint mir unklug, es zu vergeuden.«

»Ich glaube nicht, dass man uns die Abtei so leicht überlässt, Oberst Townes«, warf Lady Angeline ein. Sie gab sich geduldig, als wäre sie gewöhnt, mit Männern zu diskutieren, welche die Lage erheblich schlechter erfasst hatten als sie, und dieses Gebaren vertiefte die Farbe auf dem Gesicht des Offiziers.

»Aber wenn doch, dann kann man Krethi und Plethi zum Heeresdienst verpflichten und unsere Stellung mit diesen Leuten überrennen«, erwiderte er völlig gelassen und vernünftig. Townes war viel zu sehr Gentleman und viel zu beeindruckt von der Schönheit dieser Frau, um einfach zur Seite zu schieben, was sie dachte, obwohl er ihre Kenntnis militärischer Angelegenheiten sichtlich für sehr begrenzt hielt.

»Nicht, bevor wir unsere Aufgabe erledigt haben«, entgegnete sie rasch, als hätte auch ihre Geduld Grenzen.

»Aber wir verlieren das Königreich an Sir Roderick, wenn wir uns die Gelegenheit entgehen lassen, ihn zu verhaften. Ist, was wir hier tun, etwa wichtiger als das Königreich?«

»Ja«, antwortete sie, ohne zu zögern.

Darauf folgte ein Moment des Schweigens. Der Oberst warf den beiden Offizieren in seiner Begleitung einen Blick zu. Sie wussten, was sie erwartete, wenn diese Rebellion gegen die Regenten fehlschlug. Dann schaute er wieder den Herzog an, als hoffte er, ein Mann könne seine Position besser verstehen.

Der Herzog schien sich wegen der Bedenken des Kommandeurs keine grauen Haare wachsen zu lassen. »Prinzessin Joelle hat mir den Befehl erteilt, die Abtei zu sichern, bis der König eintrifft. ›Sichern Sie die Abtei um jeden Preis.‹ Das, Oberst, ist der Wille des Königs. Ich weiß, dass Sie alle Eventualitäten zu erwägen haben, aber glauben Sie mir, es ist von alles überragender Bedeutung, dass die Abtei gesichert wird. Ich würde mein eigenes Leben opfern, wenn ich dadurch die anderen daran hindern könnte, die Herrschaft über diese Stätte an sich zu reißen.«

»Dann kann ich nicht weniger leisten wollen, Sir«, versicherte der Oberst ihm rasch. »Ich schlage dennoch weiterhin vor, die Abtei dadurch zu sichern, dass wir den Königsmann und seine Anhänger gefangen setzen.«

»Das lässt sich nicht ohne großes Risiko durchführen«, entgegnete der Herzog, »vor allem deswegen, weil wir die Stärke des Gegners nicht kennen. Wir sind nur wenige, Oberst. Ich halte es für sinnvoller, die Abtei so gut zu befestigen, wie wir können, und sie zu halten. Ich werde versuchen, auf Prinz Kori einzuwirken, denn schließlich hat er ein Königreich zu verlieren und nur wenig von echtem Wert zu gewinnen. Wenn Vernunft nichts fruchtet, werden wir alles in unserer Macht Stehende tun, um die Abtei für den König zu halten, denn er kommt, soviel ich weiß, mit genügend Männern, um Palle zu besiegen.«

Der Oberst senkte den Blick und klopfte mit der Fingerspitze auf den Tisch, als erklärte er anhand einer Karte entscheidende Einzelheiten von Truppenaufstellungen. »Wenn ich zugrunde lege, dass unser vorrangiges Ziel im Halten der Abtei für sechsunddreißig Stunden besteht, muss ich zustimmen, Hoheit. Ich fürchte mich vor dem, was mit Farrland geschieht, aber ich werde meine Männer auf der Stelle an die Arbeit schicken, so müde sie auch sind. Wir werden alles tun, was wir können, um uns in der Abtei zu verschanzen. Leider fürchte ich, dass das nur sehr wenig ist. Wir sollten von vornherein einkalkulieren, uns in die Keller zurückziehen zu müssen und nur die entscheidende Kammer verteidigen zu können.«

Der Oberst verbeugte sich und ging mit seinen Offizieren davon. Der Prinz, Jaimas, sein Vater und Lady Angeline blieben zurück und konnten sich nun fragen, ob sie sich richtig entschieden hatten.

Ohne ein Wort saßen die vier beisammen, und das letzte Abendlicht fiel weich und warm auf ihre von Sorgen gezeichneten Gesichter. Allem Anschein nach suchten sie nun, da gesagt worden war, was gesagt werden musste, in der Gesellschaft der anderen einen gewissen Trost, doch Jaimy wusste, dass es nicht an dem war. Er jedenfalls wollte Lady Angeline sehnlichst allein sprechen und war sicher, dass sie es spürte.

Er dachte an die Nacht im Haus der Gräfin. ›Das dürfen Sie nicht‹, hatte sie gesagt. ›Es wäre von Anfang an zum Scheitern verurteilt.‹ Nun jedoch schien dieses Eingeständnis ihrer Gefühle zwischen ihnen zu liegen wie die Karte, die Townes sich erdacht hatte – darauf deutlich sichtbar der Anfang eines Weges, den sie entweder beschreiten oder aber meiden konnten. Jaimy wünschte sich von ganzem Herzen, dass sein Vater sie nur für einen kurzen Moment allein ließe. Als er schon glaubte, das Schweigen nicht mehr ertragen zu können und etwas sagen zu müssen, erhob sich Angeline, verabschiedete sich ein wenig übereilt und huschte davon, ohne indes verhindern zu können, dass Jaimy einen Blick auf das Rot erhaschte, das ihre Wangen überzog.

Er sah ihr nach, bis sie hinter der Mauerecke verschwand. Da erst bemerkte Jaimy, dass sein Vater ihn forschend musterte. »Ich helfe den Gardisten bei der Barrikade«, sagte er rasch.

»Nicht nötig, Jaimas. Es gibt nur wenig zu tun, und das ist fast beendet. Ich rechne damit, Palle gegenüberzustehen, bevor die Nacht vorbei ist, und da ist etwas, worüber wir vorher sprechen müssen.« Der Herzog rückte seinem Sohn näher, und seine Haltung änderte sich; er begegnete Jaimys Blick, und seine Augen bekundeten Erstaunen darüber, dass er mit einem Mann sprach und keinem Jungen. »Wenn es zum Kampf kommt, muss einer von uns versuchen, Prinz Kori zur Strecke zu bringen. Vielleicht haben wir einen hohen Preis dafür zu zahlen, doch es muss getan werden. Hast du verstanden?«

Jaimy nickte. Er konnte kaum glauben, was er hörte, doch er sah die unverbrämte, klare Logik darin.

»Es ist nicht wahrscheinlich, dass der Prinz sich persönlich in Gefahr begibt, doch das kann man nie wissen. Ich will versuchen, zu tun, was getan werden muss, doch sollte ich scheitern ...« Verloren in Gedanken und Sorge senkte der Herzog den Blick auf den Tisch. »Während eines Gefechtes kann alles geschehen, Jaimas. Nichts lässt sich vorhersagen. Wenn das Glück sich gegen uns wendet, musst du mit Prinz Wilam fliehen. Kein anderer ist wichtiger als er.« Er sah seinem Sohn ins Gesicht. »Hast du verstanden? Nicht einer.«

Jaimy empfand jene Entfremdung von der Wirklichkeit, die man erfährt, wenn man eine schlechte Neuigkeit erhält. »Da stimme ich dir nicht zu, aber ich verstehe, was du meinst, und werde tun, was du sagst.«

Der Herzog klopfte dem Sohn auf die Schulter, doch wurde aus der Geste fast eine Umarmung, und er ließ die Hand leicht dort liegen. »Sennet wird Truppen unter Prinz Wilams Banner bringen, wenn es soweit kommt. Selbst wenn Kori gestürzt wird, könnte es trotzdem Krieg geben. Wenn der König jedoch Palle in die Hände fällt, dann hat der Königsmann eine Chance, daran zweifle nicht. Wir müssen nun auf das Beste hoffen, aber für das Schlimmste planen.« Der Herzog versuchte zu lächeln.

»Ich möchte dich vor alldem beschützen«, sagte er plötzlich, »aber du bist der Sohn eines Herzogs ...« Er drückte Jaimys Arm ein letztes Mal und zog seine Hand zurück. »Ich will dir meine geheime Hoffnung anvertrauen, falls das Schicksal eine andere Richtung nimmt, als wir hoffen.« Er senkte die Stimme so weit, dass er beinahe flüsterte. »Ich glaube, dass Rawdon seine Frau von einer tödlichen

Krankheit kuriert hat, indem er dieses Tonikum benutzte. Mein Onkel Erasmus hatte eine ähnliche Theorie, was die Gräfin von Chilton anging. Diese Arznei – sie kann vielleicht auch deine Mutter heilen. Sie ist schon so lange krank ...« Er stockte, als hätte er den Faden verloren. »Heilung für deine Mutter ... Stell dir das nur vor«, flüsterte er.

»Wenn die Umstände es verlangen«, versprach Jaimy und mochte dabei nicht einmal den Klang dieser Worte, »dann werde ich das verfolgen.«

Ein mildes Lächeln trat in das Gesicht des Herzogs. »Ich werde in Frieden ruhen können, wenn ich das weiß. Und den Mann sehe, zu dem du geworden bist. Du machst uns stolz, Jaimas. Du machst uns stolz.«

Im Osten schwebte der Mond, nur noch einen Tag vor der vollen Größe, frei über dem Ozean und warf auf die Wellen einen Weg aus Porzellanscherben, der zur Küste Farrlands führte. Im Westen verkroch sich das letzte Licht eines warmen Tages hinter den Horizont. Der Wind flaute ab, nur um immer wieder mit silbenlangen Lauten die Stimme zu erheben wie ein alter Mann, der im Schlaf murmelt.

Auf dem Hügel, der sich hinter der Abtei erhob und die Ruine samt umstehenden Bäumen überragte, schritt Jaimy unruhig auf und ab. Die Aussicht, die sich ihm bot, war spektakulär, und gelegentlich riss er sich von seinen Sorgen los und blickte zur fernen Küste, aufs glitzernde Meer und die strähnigen Wolken, deren Kanten der gerade aufgegangene Mond zum Leuchten brachte.

Wie rasch und sicher er in den Himmel steigt, dachte Jaimy, *wie das Zifferblatt einer himmlischen Uhr. Nur dessen können wir uns sicher sein: dass die Zeit verstreicht – alles andere ist eitel.*

Rauch drang ihm in die Nase, dann Kochgerüche. Mittlerweile hatten die Gardisten die Schanzarbeit beendet, dann war es still geworden. Zuvor hatten sie Bäume gefällt und mit Pferdegespannen an Ort und Stelle geschleppt. Mit eilig hergerichteten Steinschleifen waren Felsbrocken herbeigeschafft worden, und alle Breschen in dem kleinen Gebäude hatte man grob geschlossen. Alles war bereit – so bereit man unter solchen Umständen sein konnte. Jedermann rechnete damit, das man sich schon bald in die Keller zurückziehen müsste. Dort, so glaubten die Gardisten, könnte man sich eine Weile halten, denn die Durchgänge und Korridore waren eng und daher gut zu verteidigen.

Das Gebiet rings um die Abtei glich nun einem Militärlager, wenngleich es klein und in mancherlei Hinsicht eigenartig war: Zelte oder Kriegsmaschinen waren nicht zu sehen, doch Männer saßen an Feuern, standen Posten, banden Pferde an, säuberten ihre Waffen. Und in diesem abgelegenen Winkel Farrlands hatte sich eine außergewöhnliche Gesellschaft aus Gelehrten, Adligen, legendären Einsiedlern, Ausländern und Renegaten versammelt. In späteren Jahren würde man sich allerorten immer wieder davon erzählen; und Jaimy war dabei, war Teil davon.

»Wenn ich dafür nicht aufgehängt werde«, flüsterte er.

Palle und Prinz Kori konnten nicht mehr weit sein. Wenn sie nicht wegen der Dunkelheit Rast machten, dann mussten sie eintreffen, bevor die Nacht vorüber war.

Jaimy wusste nicht, was sein Vater sagen könnte, um Prinz Kori oder Sir Roderick Palle schwankend zu machen. Diese Männer waren nicht gewöhnt, dass sich jemand ihrem Verlangen in den Weg stellte. Und seit seiner Flucht vor Palles Helfern wusste Jaimy, dass es nur wenig gab, was den Königsmann abschreckte.

Beim Anblick des Meeres dachte er wieder an Tristam, den man ausgesandt hatte, um mehr von dieser Pflanze zu beschaffen, die alle so sehr schätzten. Lady Chiltons Worten zufolge hatte Tristam die Umwandlung vom Menschen zum Magus begonnen. Was bedeutete das für seinen armen Cousin?

Mein Bruder, dachte er.

An sich hätte Tristam auf Abenteuer ziehen und Jaimy still zu Hause bleiben sollen, um zu heiraten. Nun aber hatte sich alles in die falsche Richtung entwickelt.

Jaimy fragte sich, ob er noch immer heiraten wollte. Nun hatte er Alissa angeboten, sie von ihrem Schwur zu entbinden, und sie hatte geantwortet, sein Angebot überdenken zu wollen. Er schloss die Augen. Hatte er ihr diesen Vorschlag gemacht, weil er einer anderen begegnet war? Wollte er in Wirklichkeit die Verlobung lösen? Allein der Gedanke, dass Alissa ihn abwiese und einen anderen nähme, ließ seine Augen brennen. Wie konnte er das nur wollen?

Und doch hatte er Angeline Christophe im Kopf. Immer wieder kreuzten sich ihre Wege, verliefen jedoch niemals auch nur für ein winziges Stück parallel. Warum begleitete sie dieser Bertillon? Was bedeutete er ihr? Der Herzog zweifelte nicht, dass Bertillon ein Agent des Grafen Massenet war oder zumindest gewesen war. Wie hatte Angeline ihn bewegt, zu ihr überzulaufen? Wut und Eifersucht begannen in Jaimy zu brodeln, als seine Fantasie ihn übermannte.

Ich bin immer noch mit einer anderen verlobt! Das war beinahe ein innerer Aufschrei der Qual. Genau so musste die Gräfin von Chilton in ihren Tagen auf Männer gewirkt haben: Männer, die sie nicht einmal beim Namen kannte, verließen aus Liebe zu der Gräfin ihre Frauen. Und nun hatte ihre Nichte den gleichen Wahnsinn über ihn gebracht.

Ich bin Alissas überhaupt nicht würdig, schalt er sich zornig. *Wenn sie wüsste ...* Dieser Gedanke stürzte ihn in Verzweiflung. Er konnte es nicht ertragen, Alissa Schmerz zu bereiten. *Vielleicht sollten wir nach unserer Heirat eine Weile ins Ausland gehen, damit dieser Wahnsinn Zeit hat, wieder aus meinen Adern zu verschwinden – wenn wir denn je heiraten.*

»Lord Jaimas?«

Jaimy fuhr herum.

»Mr. Bertillon.«

Einen Moment lang standen sie sich schweigend gegenüber und beäugten einander nicht ganz höflich.

»Warnen Sie den Herzog bitte, dass er Massenet auf keinen Fall trauen darf«, sagte der Musiker gehetzt, als wollte er, nachdem er sich einmal zu sprechen entschieden hatte, es so rasch als möglich hinter sich bringen. »Er würde niemals untätig dulden, dass man ihn aussticht. Dem widersetzt sich sein ganzer Charakter.«

Jaimy dachte über diese Worte nach, ohne den Blick von dem Entonnier zu nehmen. »Massenet glaubte, durch Sie in den Besitz dieser Macht zu gelangen ... Doch wie wollte er sich Ihrer Treue versichern?«

Bertillon sah Jaimy merkwürdig an, als suchte er in der Frage nach verborgenem Spott. »Graf Massenet würde stets abstreiten, dass etwas wie freier Wille existiert. Für ihn leben auf der Welt lauter Menschen, die noch nicht begriffen haben, dass sie nichts sehnlicher wünschen, als dem Willen Massenets zu gehorchen. Seine Eitelkeit ist unermesslich. Doch das soll nicht mehr meine Sorge sein. Ich glaube, dass Lady Angeline Recht hat - dass dieses Wissen am besten verborgen bleibt und nach Möglichkeit vernichtet werden sollte. Sie müssen den Herzog warnen.«

»Warum sprechen Sie nicht persönlich mit meinem Vater?«

Bertillon zögerte, dann deutete er mit dem Kopf in Richtung der Bäume. »Ich habe einen kleinen Jungen gesehen, der durch die Bäume streifte, und bin ihm gefolgt. Am Waldrand blieb er stehen, als würde er etwas beobachten. Als der Mond höher stieg, bemerkte ich, dass Sie es waren, den der Junge beobachtete, Lord Jaimas. Als ich mich näher schlich, bemerkte er mich und sah mich an. Das Licht schien nicht von ihm zurückgeworfen zu werden, wie es sollte, doch dann sah ich, dass er keinen Schatten warf. Verschlagener als ein wildes Tier schlüpfte er in die Dunkelheit - ja, er wurde ein Teil von ihr. Doch er hat Sie beobachtet, und vermutlich ist er nun schon wieder dabei. Ich dachte, das sollten Sie wissen, nur für den Fall, dass Sie es selbst noch nicht bemerkt haben.« Der Entonnier verbeugte sich, als hätte er gerade ein Recital beendet und bedankte sich für den Applaus. Er kehrte in den Wald zurück wie ein Mann, der sich vor Gespenstern nicht fürchtet.

Jaimy stand einen Moment reglos auf der Stelle und starrte die dunkle Baumgrenze an, das tiefe Blau der Schatten, doch kaum war Bertillon in dieser flüssigen

Dunkelheit verschwunden, war dort schon nichts mehr zu erkennen. Keine Augen, die ihn musterten.

Aber wir sind so weit weg von Merton, dachte er. *Der Spuk kann mir doch nicht bis hierher gefolgt sein.*

Er hörte einen Ruf und im nächsten Moment das Hufgetrappel eines Pferdes, das sich über den Weg aus dem Tal näherte. Mit Mühe verdrängte Jaimy jeden Gedanken an Gespenster, suchte den Trampelpfad, der durch das Wäldchen führte, und stürzte sich ins Dunkle, ein wenig beunruhigt, was dort auf ihn lauern mochte. Dankbar trat er wieder zwischen den Bäumen hervor und fand das Lager in Aufregung vor.

»Mein Vater kommt«, sagte Prinz Wilam, als er Jaimy sah, und er klang wahrlich verstört. Alle anderen schienen in gleicher Weise aufgeschreckt zu sein, dennoch herrschte nirgendwo Unordnung. Der Herzog und der Oberst hatten alle Vorkehrungen für diese Eventualität getroffen. Jaimy kletterte eilig eine grob gezimmerte Leiter hinauf, um seinen Posten auf der Mauer einzunehmen. Den Mantel warf er sich über die Schulter, sodass er leicht den Degen ziehen konnte. Die Gardisten trugen Helme und Degen, einige hatten Piken. Rasch wurden Pferde gesattelt, Männer saßen auf, und der Reitertrupp verschwand leise im Wäldchen. Jaimy vermutete, dass der Oberst in der Lage sein wollte, dem Gegner zumindest eine Überraschung zu bereiten, aber vielleicht hätten die Reiter einen ganz anderen Auftrag.

Er fragte sich, in welcher Stärke Palle wohl anrückte. Auch seine Leute hatten im Eiltempo das ganze Land durchquert. Offenbar hatte sich Palle mit einer kleinen Streitmacht in Bewegung gesetzt und so der Geschwindigkeit den Vorrang gegenüber der zahlenmäßigen Überlegenheit gegeben; die genaue Stärke seiner Kräfte war unklar.

Jaimy wusste, dass man diese Stunden später als entscheidenden Moment betrachten würde, nicht nur, weil sie entschieden, wer die Abtei besaß, sondern auch, weil sie den Beginn eines Bürgerkriegs markieren konnten. Keinen Zeitraum des normalen Lebens, sondern einen historischen Augenblick standen sie hier durch, und Jaimy fragte sich, wie er sich halten würde und ob sein Name eines Tages in den Geschichtsbüchern stand.

Wenn der Regentschaftsrat sich zurückzöge und behauptete, der König sei von einer Gruppe entführt worden, die sich die legitime Macht des Rates aneignen wolle, dann würde er gewiss breite Unterstützung finden. Wie der Oberst ganz richtig bemerkt hatte, gingen sie ein schreckliches Wagnis ein. Der Herzog hoffte auf eine verfahrene Situation und baute darauf, dass Palle die Abtei keineswegs aufgeben, sondern in der Nähe Stellung beziehen würde. Bevor Palle aber genügend Leute zusammengezogen hätte, um zu stürmen, musste der König eintreffen, und was immer dann folgte, es ginge rasch zu Ende. Der Plan war hastig entworfen worden und wies eine ganze Reihe von Schwächen auf, doch Palle konnte indessen keinen Gegenplan geschmiedet haben – denn er musste völlig ahnungslos sein über alles, was an der Abtei vor sich ging.

Der Prinz stellte sich neben Jaimy. Er hielt seinen Degen etwas auf Abstand, als fürchtete er sich davor, dessen Zweck anzuerkennen. Ohne Zweifel hatte der Prinz an der Universität Fechtstunden gehabt wie jeder, doch hier war kein Fechtsaal. Die beiden jungen Männer blickten sich kurz in die Augen: unausgesprochene Anerkennung, dann nickte der Prinz.

Er ist in Alissa verliebt, erinnerte sich Jaimy, und dieser Gedanke schnitt wie eine spitze Klinge in sein Bewusstsein. Doch das war nicht alles. Prinz Wilam wünschte ihm nichts Schlechtes. Nein, sie waren hier, von ihrem gemeinsamen Ziel zusammengeschmiedet, ihrer Furcht vor der Konfrontation und anscheinend der Liebe zur gleichen Frau. Zum ersten Mal erschien es Jaimy wirklich möglich, Alissa zu verlieren, und die Angst davor war noch größer als seine Furcht vor dem bevorstehenden Kampf.

Das Hufgetrappel auf dem Weg wurde lauter und lenkte Jaimys Bewusstsein wieder auf die unmittelbaren Ereignisse. Furcht – Jaimy spürte Furcht, das gab er unumwunden zu. Man hatte schon einmal versucht, ihn zu töten. Für ihn war das längst nicht mehr so unvorstellbar wie vielleicht noch für den Prinzen. Während der Hetzjagd quer durch Farrland hatte Jaimy jedoch eine unbezahlbare Lektion gelernt: Er wusste nun, dass er die Geistesgegenwart nicht verlieren durfte, wenn er überleben wollte.

Der Prinz hingegen befand sich in einer Lage, die Jaimy sich kaum vorstellen konnte: Er lag im Widerstreit mit dem eigenen Vater, und die Umstände zwangen ihn, sein Feind zu werden.

Mein Vater und ich stehen Seite an Seite, dachte Jaimy; *der Vater des Prinzen aber kommt diesen Pfad heraufgeritten und bemerkt den Verrat.* Jaimy sandte ein stilles Dankgebet an alle Götter, die es geben mochte, dass er nicht in des Prinzen Haut steckte. Zwar schrieb Halden, dass alle jungen Männer ihre Väter überwinden müssten, aber ganz so wörtlich gemeint hatte der Philosoph es wohl nicht. Würde Prinz Kori Soldaten gegen seinen eigenen Sohn senden? Und würde der Sohn, wenn der Augenblick kam, das Schwert gegen den Vater erheben?

»Werden Sie kämpfen, wenn es soweit ist?«, fragte er plötzlich mit leiser Stimme.

Der Prinz nickte traurig. »Gegen jeden außer meinen Vater. Aber ich hoffe, dazu kommt es nicht.«

»Ich kenne diese Männer«, entgegnete Jaimy, »sie haben schon einmal versucht, mich zu töten. Sie sind entschlossener und machen sich zugleich weniger Gedanken um Menschenleben, als Sie für möglich halten. Wenn Sie die Klingen mit einem Mann kreuzen, den Sie wiedererkennen, dann sollten Sie sich nicht darauf verlassen, dass er Ihr königliches Blut achtet. Nutzen Sie jeden Vorteil, der sich Ihnen bietet, und schlagen Sie mit aller Kraft zu. Doch bis es soweit ist, sollten Sie Ihr Rapier in die Scheide stecken.«

Mit bösen Ahnungen blickte der Prinz auf die Klinge, dann befolgte er Jaimys Vorschlag.

Der erste Reiter, ein Palastgardist, erschien am oberen Ende der Straße. Erschöpft beugte er sich beim Reiten über den Sattel. Als er die bewaffneten Männer aus seiner eigenen Truppe vor sich erblickte, zügelte er verblüfft sein Pferd. Der zweite Reiter, der erschien, warf nur einen Blick auf die Situation, ließ sein müdes Ross auf der Stelle herumtänzeln und galoppierte den Weg zurück davon. Jaimy hörte, wie das Pferd stolperte und stürzte, aber trotzdem würden Palle und der Kronprinz schon bald über die Lage im Bilde sein. Eine zermürbende Viertelstunde verging, während man die Pferde wiehern und trappeln hörte, und gelegentlich Stimmen, ohne dass jemand in Sicht kam.

Man hatte Jaimy einen Bogen gegeben, eine Waffe, die zu meistern ihn sein Cousin Tristam gedrängt hatte. Er stand auf einem Baumstamm, den man gegen die Mauer gestemmt hatte, sodass ein Mann über die Mauerkrone blicken konnte. Das Dach der Abtei war schon vor Jahrzehnten eingestürzt, sodass die Ruine wie ein Wehrturm mit Wall aussah, zu dem freilich die Fensterrosetten in den intakten Giebelsteinen nicht gepasst hätten.

»Wenn man sich vorstellt, dass wir diesen Ort mit unserem Leben verteidigen«, flüsterte Jaimy dem Prinzen zu. Er wollte jemanden sprechen hören.

Der Enkelsohn des Königs sah ihn an und war vielleicht auch ein wenig erleichtert. »Ja, aber wir sind nicht die Ersten, die es tun. Im Laufe der Jahrhunderte sind um die Herrschaft über diese Stätte zahllose Leben vergeudet worden. Was immer sich hier befindet, vergeht nicht – die Anziehung, die es ausübt ... sie erwacht immer wieder aufs Neue.«

Jaimy blickte die Reihe von Männern auf dem Wall entlang. Der Mond schien auf ihre Gesichter. Sie starrten angespannt ins Dunkle und fragten sich vermutlich, was Palle plante. Jaimy stellte fest, dass er selbst sich ebenfalls niedergekauert hatte, um sich so wenig wie möglich zu exponieren. Vor sich sah er das Bild eines Pfeils, der aus der Dunkelheit heranzischte und ihn im Gesicht traf.

In diesem Augenblick erschien ein Reiter auf einem Schimmel, ein Offizier der Palastgarde. Er machte sich nicht die Mühe, eine Parlamentärsflagge mitzuführen, sondern ritt langsam ins Freie, den Kopf hocherhoben, die Schultern gestrafft.

Mitten auf der freien Fläche hielt er sein Pferd an. Aufmerksam betrachtete er die Abtei; er nutzte die Gelegenheit, sich persönlich ein Bild von der Lage zu machen.

»Ich bin Ceril Hampton, Oberst der Palastgarde«, rief er mit selbstsicherer, gebieterischer Stimme. »Ich begleite Prinzregent Kori und Mitglieder des Rates der Regenten. Ihr wart einmal meine Kameraden, meine Waffenbrüder und Gesinnungsgenossen, doch wenn ihr nun eure Waffen nicht niederlegt und uns diese Stätte übergebt, dann seid ihr nichts weiter als Verbrecher – gescheiterte Meuterer –, die nichts als Schande über ihren Eid und ihre Uniform bringen.«

»*Das genügt!*«, rief der Herzog plötzlich. »Der Regentschaftsrat wurde aufgelöst, und der König herrscht wieder in Farrland. Sir Roderick Palle ist nicht mehr des Königs Mann, und Sie selbst sind es, der Gefahr läuft, ›Meuterer‹ genannt zu werden. Ich bin Edward Flattery, Herzog von Blackwater, und neben mir steht Prinz Wilam von Farrland, vom König hierher geschickt, um Seiner Majestät Willen zu vertreten. Ein königstreues Heer gelangt binnen Stunden hier an. Kein Palastgardist wird für seine Taten bis zu diesem Augenblick zur Verantwortung gezogen, denn Sie alle haben sich dem König unwissentlich widersetzt. Doch nun sind Sie gewarnt. Die Autorität Seiner Majestät ist wiederhergestellt. Wer weiterhin Mitglieder des aufgelösten Rates unterstützt, gilt als Rebell. Die Palastgardisten haben geschworen, den König zu schützen – nicht aber jene, die Seiner Majestät Thron rauben wollen. Sie haben dem König Treue geschworen. Halten Sie sich an diesen Eid, oder erklären Sie sich hier auf der Stelle.«

Jaimas sah, wie der Offizier in seiner Überzeugung wankend wurde. Zweifel ließen ihn schweigen. Der Herzog von Blackwater war als Ehrenmann bekannt und nicht als einer, der durch die Säle des Palastes strich und versuchte, seine Macht zu vergrößern.

»Und wer hat Sie zum Abt erhoben, Herr Herzog?«

Jaimy kannte diese Stimme. Das war Palle. Dann trat der abtrünnige Königsmann in Sicht, zum größten Teil verdeckt von Ross und Reiter, um sich vor einem Bogenschuss zu schützen. Offenbar rechnete Palle nicht damit, dass sich auch im Wäldchen bewaffnete Reiter verborgen halten könnten.

»Haben Sie wirklich den Prinzen bei sich?«, fragte er mit leisem Spott. »Kommen Sie herunter, Königliche Hoheit, Ihr Vater möchte Sie sprechen.«

»Ich komme ganz bestimmt nicht zu Ihnen«, antwortete Prinz Wilam, fast ohne zu zögern. »Ich befolge den Befehl des Königs, dem Sie einmal gedient haben. Weder sind Sie nun Regent von Farrland, Roderick, noch Königsmann. Ergeben Sie sich, bevor man Sie als Rebell kennt und Sie mehr verlieren als nur Ihre Stellung.«

Palle gab keine Antwort, doch Jaimy war sich fast sicher, dass er im Dunkeln Männer sprechen hörte.

»Aber ich kenne doch die Stimme meines Prinzen«, sagte Palle, als handle es sich um ein freundliches, spöttisches Geplänkel. »Kenne sie sehr gut. Das war nicht Prinz Wilam. Mit welcher Lüge wollen Sie den Königsmann als nächstes einschüchtern, Blackwater? Wollen Sie mir noch weismachen, der König ritte an der Spitze dieses Geisterheeres? *Lassen Sie das sein!*«, brüllte er mit plötzlich scharfer Stimme. »Ich bin mit einer eigenen Streitmacht hergekommen. Sie sind uns hoffnungslos unterlegen. Viele Männer könnten ihr Leben verlieren. Haben Sie vielleicht Ihren eigenen Sohn bei sich? Wollen Sie sein Leben wirklich so sinnlos in Gefahr bringen?«

»Ihren ersten Mordanschlag hat er ja überlebt, Roderick. Glauben Sie nur nicht, dass ein Flattery sich so leicht umbringen lässt.«

Der Königsmann wollte gerade antworten, als plötzlich eine Frau im Mondlicht erschien und gelassen in die Mitte des Platzes schritt. Vor einem Feuer, das bis auf die Glut heruntergebrannt war, blieb sie stehen. Jaimy sah sie als Schattenriss vor dem stumpfen Rot. Ein fast unsichtbarer Rauchfaden stieg vor ihr in die Luft.

»Schauen Sie nicht so, Roderick«, sagte die Gräfin – Jaimy erkannte ihre Stimme auf der Stelle. »Wir wollen diese Farce hinter uns bringen. Kommen Sie doch hinter

Ihrem tapferen Ritter hervor, *Sir Roderick*, und sprechen Sie mit mir. Ich werde Ihnen kein Haar krümmen.«

»Wer sind Sie, gnädige Frau?«, fragte Palle mit plötzlich sehr leiser Stimme.

Die Gräfin fasste an ihren Schleier und schlug ihn über die Hutkrempe zurück. Der Abtei kehrte sie den Rücken zu, dennoch lehnte Jaimy sich vor, damit ihm auf keinen Fall ein etwaiger Blick auf ihr Gesicht entging.

Palle erhob sich zaghaft hinter dem Reiter. »*Lady Chilton?*«

Jaimy sah sie einmal nicken. »Sie sind kein Dummkopf, Palle, Sie müssen ahnen, weshalb ich hier bin.«

Roderick sprach weder, noch rührte er sich. Ganz offenbar konnte es auch dem Königsmann die Sprache verschlagen.

»Wofür Sie gekommen sind, kann Ihnen niemals gehören«, fuhr die Gräfin fort, als belehrte sie ein Kind, das sich im nächsten Moment schrecklich enttäuscht zeigen würde. »Selbst wenn ich beiseite träte, könnten Sie es nicht erlangen. Doch auch kein anderer soll es besitzen. Ich werde den Zugang verschließen, Roderick. Ich werde es aus jedermanns Reichweite entfernen.« Das Feuer zu ihren Füßen flackerte auf, erwachte mit einem Seufzen zu neuem Leben. Eine schmale Flamme züngelte empor, zuckte in die Luft, als koste sie die Nacht. »Trevelyan ist bei Ihnen. Bringen Sie ihn her, und ich rette seinen Verstand. Haben Sie Mitleid mit dem armen Mann, er hat Ihnen so gut gedient, wie er konnte.«

Palle fasste an die Flanke des Pferdes und hielt im nächsten Moment einen Degen in der Hand. Damit wich er eilig hinter den Reiter zurück.

»Nicht Erasmus hat Eldrich zurückgelassen – sondern *Sie!*«, rief Palle aus, und dann schrie er: »Bleiben Sie mir fern! Ich habe Ihre Geste gesehen, und das Feuer erwachte zum Leben. Ich weiß, was Sie mit Feuer tun können!« Immer schneller wich er zurück, und der Reiter ließ sein Pferd rückwärts gehen, um seinen Herrn vor einer unbewaffneten Frau zu schützen. In diesem Augenblick kamen Bewaffnete aus der Dunkelheit und eilten Palle zu Hilfe.

»Schützt die Gräfin!«, brüllte der Herzog, und Jaimy schoss augenblicklich einen Pfeil mitten unter Palles Männer, ohne zu wissen, ob er damit etwas ausrichtete.

Aus dem Wäldchen brachen Reiter hervor, doch bevor sie die gegnerischen Kämpfer angreifen konnten, strahlte das Feuer vor der Gräfin grell auf, und dicker schwarzer Rauch breitete sich wie eine herannahende Flutwelle über den Grasplatz aus.

Die Männer wichen furchtsam vor dem Qualm zurück, dann war er so dicht geworden, dass Jaimy nichts mehr sehen konnte.

Eine Hand fasste ihn bei der Schulter, und er sah seinen Vater neben sich.

»Massenet ist in der Abtei verschwunden. Ich kann die Mauer nicht verlassen. Folge ihm, aber sei vorsichtig.«

Jaimy sprang auf den Boden hinunter und übernahm die Spitze der beiden Männer, die sein Vater ihm abstellte. Einer davon war der Prinz. Gemeinsam eilten sie zu der Treppe, die in die Kellergeschosse hinunterführte. Hinter sich hörten sie Pferde galoppieren und Männer schreien.

Sie nahmen eine Laterne und drosselten die Flamme, sodass sie sich nicht allzu sehr als Ziel exponierten, und folgten der Treppe, die auf einen schmalen Gang führte. Jaimy war hier schon gewesen, aber nur bis an die Tür zur wichtigen Kammer. Sich an den Weg zu erinnern fiel ihm nicht schwer.

Er überlegte, was der Graf bezwecken könnte. Jaimy hatte geglaubt, ohne Bertillon sei der Entonnier aus dem Spiel. Doch andererseits hatte der Musiker selbst ihn gewarnt. Es war damit zu rechnen, dass ein gewiefter Taktiker wie Massenet den günstigsten Zeitpunkt abwartete, um seinen Zug zu machen.

An einer Ecke zögerte Jaimy; er wusste nicht, ob er von vorn ein Geräusch gehört hatte oder ob ihm seine Einbildungskraft einen Streich spielte.

»Haben Sie das gehört?«

Der Prinz nickte. Ein Gardist ging am Schluss. Er überragte den Prinzen und erweckte nicht gerade den Eindruck, als sei er besonders glücklich, ein Mitglied der Familie, die er zu schützen hatte, an einem Ort wie diesem zu sehen.

Jaimy bemerkte, dass die Laterne ihre Schatten auf die Wände warf, sodass sie jedem ihr Nahen verrieten. Er ließ seinen Schatten vorzucken, als spränge er in den Durchgang, und ein Pfeil knallte gegen die Wand. Holzsplitter trafen Jaimy.

»Bleiben Sie zurück«, knurrte der Gardist unnötigerweise. »Wenn der Entonnier den Zugang der Kammer blockiert, kann er ihn eine Weile halten. Um überhaupt nahe genug heranzukommen, um uns den Zutritt zu erzwingen, brauchen wir Schilde. Wir können nichts tun«, sagte er, »wir sind nur zu dritt.«

Jaimy überlegte einen Moment. Sosehr er auch wünschte, melden zu können, er hätte Massenet die Kammer wieder abgewonnen, glaubte er doch, dass der Gardist Recht hatte. Massenet war kein Dummkopf. »Gehen Sie hinauf zu meinem Vater, und melden Sie ihm, was geschehen ist. Ich weiß nicht, ob Massenet die Kammer für sich allein benutzen kann, aber wenn nicht, dann wird der Graf verhandeln wollen. Sagen Sie das dem Herzog.«

Jaimy und der Prinz kauerten sich nieder und hielten ihre Degen bereit. Sie lauschten angestrengt auf das leiseste Geräusch von der Treppe. Obwohl die Stille fast greifbar erschien, lastete ein noch tieferes Schweigen auf ihnen.

Alissa war förmlich zu spüren, als wäre sie gekommen und hätte sich zwischen sie gesetzt.

»Was glauben Sie, Lord Jaimas«, flüsterte der Prinz plötzlich, »werden Sie in Ihrem Leben glücklich sein?«

Für Jaimas, dem das Glück niemals fraglich erschienen war, klang diese Frage sehr merkwürdig. »Das habe ich immer angenommen. Und Königliche Hoheit?«

»Ich ... Ich rechne nicht damit.« Der Prinz heftete den Blick auf die Stufen, die nach unten führten. »Ich denke oft, dass meine Braut, wenn ich denn eine finden sollte, nur mein Unglück teilt – ein schreckliches Schicksal, finde ich.«

Jaimy nickte. Der Prinz versuchte unbeholfen zu sagen, dass er Alissa ein glückliches Leben wünschte.

»Ich würde auch nicht wollen, dass meine Braut unglücklich ist«, antwortete Jaimas rasch. »Mir wäre es lieber, sie würde sich gegen mich entscheiden, als unglücklich zu werden.«

Wilam nickte knapp. »Das finde ich auch.«

Und die Stille kehrte zurück.

39. Kapitel

Über dem fernen Meer ging der Mond auf, direkt über der Gruppe im Tal indes ließen zerzauste Wolken einen nicht enden wollenden Nieselregen niedergehen. Palle stand unter einem Regendach, das zwischen der prinzlichen Kutsche und drei Baumstämmen aufgespannt war; letztere stammten von jungen Bäumen, die man zu diesem Zweck gefällt hatte. Gleich außerhalb der Plane knisterte ein erbärmliches Feuer und zischelte kläglich, wenn Regentropfen hineinfielen. Es rauchte entsetzlich. Die Regenten Farrlands waren hier zusammengekommen, um die Zukunft ihrer Nation zu besprechen, nicht ganz in dem Komfort, den sie gewöhnt waren.

Stedman Galton war nass bis auf die Knochen, durchgefroren und nur wenig erleichtert, dass als Erster der Herzog die Abtei erreicht hatte. Er blickte zwischen Palle und dem Prinzregenten hin und her und fragte sich, welche Schritte sie als nächstes versuchen würden. Besonders der Königsmann bereitete ihm Unbehagen. Sir Roderick Palle war immer sehr findig, und das steigerte sich, wenn er seine Ziele bedroht sah.

»Seit wann kann Lady Chilton schon in die Sache verwickelt sein?«, fragte Kori in eindeutig vorwurfsvollem Ton. »Ich dachte, Sie hätten Agenten, Roderick. Ich dachte, Sie wüssten, was in meinem Reich vorgeht.«

Palle schien von den Anwürfen des Prinzen nicht sonderlich beeindruckt zu sein. Reglos stand er vor ihm, die Hände tief in die Taschen geschoben, das Gesicht fast ganz hinter dem Kragen seines langen Mantels verborgen, obwohl es dadurch kaum weniger ausdrucksstark wirkte. Der Königsmann war in Gedanken versunken und schenkte dem Gesagten nur wenig Beachtung.

»Halten Sie es für einen Bluff? Was meinen Sie?«, fragte er plötzlich. »Das Heer, von dem der Herzog sprach?«

Der Gedanke daran schien den Kronprinzen immerhin

soweit aus dem Gleichgewicht zu bringen, dass er seine Vorwurfstirade einstellte und nachdachte. »Ganz von der Hand zu weisen wäre es nicht, dass er die Wahrheit sagt«, antwortete er schließlich. »Offensichtlich steht meine treulose Gattin mit dem Herzog im Bunde – darum ist auch Wilam da: Er gehorcht seiner törichten Mutter. Es wäre nicht unvernünftig anzunehmen, dass die Prinzessin Männer sammelte, während der Herzog sich alle Mühe gab, die Abtei vor uns zu erreichen. Vielleicht sollten wir weniger selbstzufrieden sein, Roderick.« Der Prinzregent blickte Galton an. »Womöglich sollten wir selbst Männer mobilisieren?«

Galton nickte. »Das würde einen Bürgerkrieg bedeuten, doch wenn die Prinzessin und Blackwater den König in ihrer Gewalt haben und es ihnen gelungen ist, Prinz Wilam zu täuschen ... Ich stimme Königlicher Hoheit zu. Auf keinen Fall können wir es uns leisten, festgesetzt zu werden.« Alles hätte er gesagt, um sie von der Abtei fortzulocken. Andererseits sorgte ihn das, was die Gräfin von Trevelyan behauptet hatte. Drohte der Baron den Verstand zu verlieren? Oder hatte die Gräfin eine andere Absicht verfolgt?

Palle streckte die Hand unter der Plane hervor, um zu prüfen, wie stark es regnete. »Morastiger Boden verlangsamt jedes Heer. Jedes echte Heer. Wenn aber Verstärkungen aufgebrochen sind, dann leichte berittene Truppen. Geschwindigkeit ist hier von alles überragender Wichtigkeit. Weniger als hundert Mann, würde ich schätzen. Soldaten, Königliche Hoheit. Männer, die man dazu ausgebildet hat, nicht selbst zu denken.« Er blickte den Prinzen an. »Wenn sie dem Thronerben gegenüberständen, ließen sie sich gewiss leicht davon überzeugen, einen Fehler begangen zu haben, ohne die Schuld daran zu tragen.«

»Nun, da schlagen Sie ein Wagnis vor! Ohne Zweifel haben die Männer Befehl, uns drei zu verhaften«, sagte der Kronprinz und hob die Stimme. »Warum reiten Sie ihnen nicht entgegen, Roderick? Sie sind der Königsmann und Regent noch dazu. Ihnen wird man am ehesten zuhören.«

Aus den Schatten seines Mantels blickte Palle den

Prinzen leidenschaftslos an. »Soll ich Königliche Hoheit hier in dieser unglücklichen Lage zurücklassen? Wollen Sie sich mit dem Herzog von Blackwater und dieser anomalen Gräfin befassen? Ich habe sie gesehen, Königliche Hoheit. Ich habe gesehen, was sie tat. Es kann nicht der leiseste Zweifel bestehen – es lässt sich nicht abstreiten: Sie ist bewandert in den magischen Künsten.«

Damit brachte er den Prinzregenten für einen Augenblick zum Schweigen, und Galton fragte sich erneut, was Palle bezweckte.

»Was wollen Sie gegen diesen Gegner unternehmen, Roderick?«, fragte der Prinzregent und sprach damit Galtons Frage aus.

Palle blickte zum Hügelkamm hoch. »Ich bin mir nicht sicher, was, aber irgendetwas Merkwürdiges geht hier vor.« Er wandte sich an Hawksmoor, der gleich außerhalb des Regendachs wartete. »Holen Sie den Baron«, befahl er.

Auf Farrow ritt Galton gelegentlich, doch dort war es eine vergnügliche Beschäftigung, die man nur bei bestem Wetter und auf weichem Untergrund betrieb. Das Pferd, auf dem er in dieser Nacht ritt, hatte eine entsetzliche Gangart – wenn er auch zugeben musste, dass man es erfolgreich auf Schnelligkeit gezüchtet hatte –, und während es im fortgesetzten und immer schlimmer werdenden Regen über die Straße holperte, verfluchte Galton den Königsmann im Stillen.

Palle hatte sich nicht von der Ansicht abbringen lassen, dass der Herzog und seine Gruppe unerschütterlich entschlossen waren, die Abtei zu halten, und daher keinen Ausfall wagen würden. Daher hatte der Königsmann fast alle Gardisten dazu abgestellt, Galton und den Kronprinzen bei ihrer Mission zu unterstützen. Es sah Roderick ganz ähnlich, derart felsenfest von der Richtigkeit seiner Entscheidungen überzeugt zu sein – und von seinem Talent, andere zu durchschauen. Galton musste allerdings zugeben, dass Roderick sich in der Tat nur selten irrte.

Mit dem Argument, zwei Mitglieder des Regentschaftsrates könnten die Legitimität ihrer Ansprüche umso nachdrücklicher vertreten, hatte der Königsmann bewirkt, dass Galton den Kronprinzen begleitete. Galton glaubte dagegen, vornehmlich aus einem anderen Grund mitgeschickt worden zu sein: Er sollte dafür sorgen, dass Prinzregent Kori in seinem Entschluss nicht wankend wurde. Je weiter sie vom Palast entfernt waren, desto weniger entschlossen wirkte der Prinzregent, als bestehe die Quelle seiner Macht tatsächlich in ihren äußeren Symbolen: dem Thron und der Krone, dem Großen Siegel und dem Zepter.

Während sie durch die Dunkelheit ritten, sprach niemand ein Wort; der Wind heulte und trieb die Wolken über das Land. Gelegentlich trat der Mond hervor und schien, wenn die Wolken an ihm vorbeizogen, dahinzueilen; dann wurde die Straße erhellt: Eine leere Straße, auf der es nichts gab als die Pferde, die Stimme des Windes und den prasselnden Regen.

Galton wusste nicht genau, was er tun sollte, wenn sie tatsächlich auf Truppen trafen, die Blackwater zu Hilfe kamen. Wenn dieser Gegner ihnen zahlenmäßig überlegen war, könnte es ihm vielleicht gelingen, den Kronprinzen zur Kapitulation zu überreden – Roderick zu verstoßen und dem König Treue zu schwören. Der Prinz könnte dann behaupten, nicht gewusst zu haben, was Rawdon und Palle dem König angetan hatten. Eventuell gelang es Prinz Kori sogar, seinen Platz in der Thronfolge zu bewahren – was freilich kein besonders verlockender Gedanke war.

Schwierig war es, über den nächsten Schritt zu entscheiden; trotzdem bereitete er sich am besten darauf vor, zu handeln. Er musste alle Möglichkeiten erwägen, zumindest alle, die er sich vorstellen konnte.

Ob es dem Kronprinzen tatsächlich gelingen mochte, Soldaten, denen sie begegneten, auf seine Seite zu ziehen? Im Augenblick schien Kori sich seiner Stellung jedenfalls alles andere als sicher zu sein. Nach Norden gesandte Truppen standen unweigerlich unter dem Befehl von Offizieren, die Prinzessin Joelle treu ergeben waren, wenn nicht sogar dem König selbst. Doch so weit von der Prinzessin entfernt überdachten sie ihre Entscheidung vielleicht noch einmal und fragten sich, was in Farrland vor sich gehen mochte, während sie ohne Nachricht waren. Wenn der Kronprinz seinen gewohnten Aplomb zurückerlangte, gelang es ihm am Ende womöglich wirklich, die Männer der Prinzessin auf seine Seite zu ziehen, und dann verfügte Palle über genügend Soldaten, um die Abtei zu stürmen. Wie erstaunlich, welch weitreichende Dinge letztendlich von einer kleinen Handvoll Bewaffneter entschieden wurden.

Folglich durfte beim Prinzregenten gar nicht erst allzu große Selbstsicherheit aufkommen, beschloss Galton.

»Was, wenn Rawdon übergelaufen ist?«, fragte er plötzlich. Mit seiner Stimme übertönte er das Tosen von Wind und Regen.

»Wie?«, fragte der Kronprinz schlecht gelaunt.

»Was, wenn Rawdon zur Prinzessin übergelaufen ist? Wenn sie plötzlich mit einem geistig klaren König aufwarten könnten ...« Er ließ die Überlegung unvollendet in der Luft hängen. Eine Weile gab der Kronprinz keine Antwort, und Galton glaubte schon, er würde nie eine bekommen.

»Ich habe das gleiche überlegt«, sagte der Prinz unversehens. »Das würde unser Bemühen in höchste Gefahr bringen. Und Rawdon ... nun, er ist in den vergangenen Monaten nicht gerade ausgeglichen gewesen.«

»Ganz meine Meinung«, stimmte Galton erleichtert zu. Ließ der Prinzregent sich so mühelos von dieser Möglichkeit überzeugen?

»Doch unterschätzen Sie nur nicht Roderick, Stedman«, sagte Kori dann. »Er ist der beste Staatsmann in ganz Farrland, und darin schließe ich mich selbst ein. Eins dürfen wir nicht außer Acht lassen: Wenn Rawdon wirklich übergelaufen ist und der König wieder zu nennenswertem Verstand gekommen ist – nun, dann ist unser Vorhaben umso wichtiger. Anders als durch die Macht, nach der wir suchen, erlangen wir den Thron dann nie zurück. Daran kann kein Zweifel bestehen. Ein Versagen können wir uns nicht leisten, Stedman. Wir dürfen nicht daran denken zu scheitern.«

An der Wegbiegung vor ihnen erschien ein Licht, dann noch eins. Eine große Gruppe war auf der Straße – und das in dieser abgelegenen Ecke des Königreichs.

Der entonnische Parlamentär war ein kleiner, von Kopf bis Fuß verschmutzter und bis auf die Haut durchnässter Mann. Hemmungslos bibberte er, während er vor Palle und Wells stand, doch bot man ihm weder eine Decke an, noch forderte man ihn auf, näher ans Feuer zu treten. Zwei Posten hatten ihn im Dunkeln aufgegriffen. Der Königsmann war noch nicht ganz davon überzeugt, ob es sich um einen echten Boten Massenets handelte; schließlich konnte sich der Kerl das nach seiner Gefangennahme auch einfach ausgedacht haben.

»Du sagst also, Graf Massenet habe diese Kammer unter der Abtei in seine Gewalt gebracht?«

Der Entonnier nickte. »Jawohl, Sir. Und ich bin durch einen Tunnel heraus, den wir in einer noch tieferen Kammer gefunden haben.«

»Wie günstig. Was also wünscht der Graf von mir?«

»Sir, er sagt, es wäre besser, wenn Sie und er sich verbünden, als wenn die Künste in die Hände Ihrer Feinde fallen. Der Herzog und die Gräfin: Sie wollen die Macht für sich selbst. Aber der Herr Graf wird sie nicht in die Kammer lassen, und er hat Mr. Bertillon, den die Gräfin braucht, um ihr Vorhaben durchzuführen.«

Nun war Roderick doch besorgt. Hatte Massenet am Ende wirklich die Kammer und diesen Bertillon in seiner Gewalt? Was hielt ihn dann davon ab, die Macht für sich selbst zu gewinnen? Roderick schaute Wells an, der seinem Blick jedoch auswich.

»Was wünscht der Graf denn nun von mir?«

»Ich soll Ihnen sagen, dass die Gräfin noch einen Zweiten mit Talent braucht, um das Ritual durchzuführen. Das hat sie jedenfalls Bertillon gesagt. Unter keinen Umständen sollen Sie zulassen, dass Trevelyan ihr in die Hände fällt. Unter keinen Umständen.

Im Augenblick ist niemand im Vorteil, sagt der Herr Graf. Er hat die Kammer. Die Gräfin und der Herzog halten den Zugang zur Kammer, und Sie, Sir Roderick, schneiden alle von der Außenwelt ab. Wie es aussieht, kann keiner gewinnen. Es sei denn, der Herzog nimmt uns die Kammer ab und hat noch einen mit Talent, von dem wir nichts wissen. Aber die Zeit arbeitet gegen uns. Ich kann Sie hinunter in die Kammer bringen: Sie selbst, den Herrn Baron und vielleicht noch ein paar andere.« Der Entonnier warf einen raschen Blick auf Wells, dann sah er wieder Palle an. »Jeder von uns hat einen Teil des Textes und jemanden mit Talent. Der Graf glaubt, wir könnten diese Macht ans Licht bringen und sie gerecht teilen. Dann hat keiner einen Vorteil – wie es zwischen unseren Ländern auch jetzt der Fall ist.« Zitternd trat der Mann von einem Fuß auf den anderen. »Ich will Ihnen etwas anvertrauen, was der Graf erfahren hat. Ihr König kommt. Weit kann er nicht mehr sein. Er kommt mit einem Heer, und was er vorhat, das weiß der Graf nicht. Aber aus welchem anderen Grund sollte König Wilam so weit reisen, wenn nicht, um diese Macht selber zu gewinnen und sein ohnehin schon langes Leben noch mehr zu verlängern? Der Herzog braucht nur abzuwarten. Die Zeit schlägt für ihn die Schlacht.

Bringen Sie Trevelyan hinunter in die Kammer. Wenn wir zusammenlegen, was Sie wissen und was Entonne herausgefunden hat, können wir immer noch gewinnen. Wer weiß, was es zu erfahren gibt? Eine ganze neue Welt des Wissens, Sir Roderick. Die Kunst, die so lange vor uns verborgen wurde.«

Schweigen. Der Regen trommelte auf die Plane und verging zischend im Feuer. Roderick schaute Wells an, dann wandte er sich wieder dem bibbernden Boten zu. »Wir werden über deinen Vorschlag beraten.« Roderick nickte dem Gardisten zu, der daraufhin den Entonnier abführte.

»Was halten Sie davon, Wells?«

Der Empirist neigte den Kopf und blickte in die Pfützen,

die sich rings um ihre Füße sammelten. »Ich misstraue Massenet über alle Maßen, doch ich fürchte, dass er in manchen Dingen Recht hat. Ich stimme ihm dahingehend zu, dass wir Trevelyan auf keinen Fall in die Hände Lady Chiltons fallen lassen dürfen. Für meinen Geschmack war sie viel zu sehr darauf aus. Aber dass Trevelyan ausgerechnet Massenet in die Hände fällt, möchte ich ebenso wenig.«

»Ja, ich habe den Wunsch der Gräfin ebenfalls als merkwürdig empfunden, doch Trevelyan behauptet ja, er wisse keinen Grund dafür. Ich habe vorhin mit ihm gesprochen. Was meinen Sie: Hat Massenet begriffen, dass wir zwei Talentierte haben, die tun, was wir wollen?«

»Nein«, antwortete Wells auf der Stelle. »Nein, ich bin mir ganz sicher, dass er davon nichts ahnt. Meiner Meinung nach sollten wir nun herausbringen, wie dieser Bote in die Abtei hinein und wieder heraus kam, wenn es stimmt, was er sagt. Dieses Wissen wäre uns sehr nützlich.« Er blickte auf und versuchte in der Dunkelheit Rodericks Gesicht zu lesen. »Diese Nachricht vom König? Halten Sie es für möglich?«

Roderick schüttelte den Kopf. Das Gerücht war so unglaublich, dass es schon fast wieder wahr sein konnte. »Nur wenn Rawdon uns hintergangen hat«, sagte er entschieden.

»Falls das aber so ist ...« Wells beendete den Satz nicht.

»Umso mehr ein Grund, weshalb wir unbedingt in diese Kammer vordringen müssen. Glauben Sie, dieser Entonnier würde Trevelyan erkennen, wenn er vor ihm steht?«

Wells zuckte mit den Schultern. »Ich kann mir nicht vorstellen, wie.«

»Wer soll dann den Baron spielen, was meinen Sie? Noyes eignet sich ganz gut für die Rolle, finden Sie nicht?«

Auf der schmalen Straße glänzte das Sternenlicht auf Helmen und Lanzen und schuf Schattenheere. Nervös hielten beide Parteien ihre Positionen. Die Banner waren entrollt, blieben auf die Entfernung jedoch unkenntlich. Die Pferde tänzelten nervös und warfen schnaubend die Köpfe herum.

Dann ritt wieder der Oberst vor, der schon vor der Abtei dem Herzog von Blackwater gegenübergetreten war. In der Mitte des neutralen Bodens zwischen den beiden Truppen hielt er sein Pferd an und blickte mit angemessener Arroganz ins Halbdunkel.

»Die Regenten Farrlands und Seine Königliche Hoheit, Prinzregent Kori, verlangen zu erfahren, auf wessen Befehl Sie sich auf dieser Straße befinden.«

Eine Antwort blieb aus, und auf Seiten des Prinzen wurden Rapiere gezückt und Helmriemen fester gezogen. Dann ritt ihnen ein Mann entgegen.

»Ich kenne Ihre Stimme, Hampton«, sagte der Reiter, »aber Sie irren sich. Es gibt keinen Regentschaftsrat mehr. Er ist aufgelöst worden, und der König hat wieder die Herrschaft übernommen. Wir sind auf Befehl des Königs hier, und wir bringen jeden, der sich verschworen hat, Seiner Majestät Macht an sich zu reißen, vor den Richter. Legen Sie Ihren Degen ab, Oberst, und befehlen Sie Ihren Männern, das gleiche zu tun. Sie können mit des Königs Gnade rechnen, denn Sie sind irregeführt worden und sollen für Ihre Taten nicht zur Verantwortung gezogen werden.«

»Wie viele sind es?«, flüsterte der Kronprinz Galton zu. »Können Sie das schätzen?«

Galton hatte nicht die leiseste Vorstellung, er fürchtete nur, es wären weniger, als er hoffte. »Schwierig zu sagen, aber ich glaube, sie sind in der Überzahl.«

Einen Augenblick lang brach niemand das Schweigen, dann hatte der Kronprinz genügend Mut zusammengenommen, um seinem Pferd die Sporen zu geben und nach vorn zu reiten. Neben Oberst Hampton hielt er an.

»Ich bin Prinzregent Kori«, sagte er mit bewundernswerter Ruhe. »Wer führt hier das Kommando? Bringen Sie ihn her.«

»Seine Majestät hat mir sein Vertrauen ausgesprochen, Königliche Hoheit«, entgegnete der Reiter.

Der Prinz sprach mit selbstsicherer Stimme weiter: »Dem König geht es schlecht, und jeder, der behauptet, für ihn zu sprechen, ist nichts weiter als ein Ehrgeizling, der in Abwesenheit des rechtmäßig eingesetzten Rates die Macht an sich zu reißen versucht. Wenn hier jemand irregeführt wurde, dann Sie. In Farrland gibt es manche, die es auf einen Bürgerkrieg ankommen ließen, um die Macht zu erlangen, und Sie lassen sich von diesen Leuten ausnutzen. Der Friede in unserem Land darf solchem egoistischem Machtstreben nicht zum Opfer fallen. Ich appelliere an Sie, legen Sie die Waffen nieder und schließen Sie sich uns an. Ich bin Thronerbe und Regent im Rat. Mir liegt nichts anderes am Herzen als das Wohl meines Volkes und die Gesundheit meines Vaters, des Königs. Ich beschwöre Sie, bringen Sie keinen Krieg über unser Land. Schließen Sie sich uns an, und bewahren Sie Frieden und die Herrschaft des Gesetzes.«

»Das war eine hübsche Rede, Königliche Hoheit«, drang eine Stimme aus der Dunkelheit. »Solch eine vollmundige Lüge habe ich schon seit Jahren nicht mehr gehört, und dabei kommen mir recht viele Unwahrheiten zu Ohren.«

»Kent? Sind Sie das?«

»Ja, ich bin es, Averil Kent. Verschwenden Sie keine weiteren Worte an uns. Wir haben den König mit eigenen Augen gesehen und lange mit Seiner Majestät gesprochen. Nicht nur ich, sondern auch diese guten Offiziere, die Sie versuchen, auf Ihre Seite zu ziehen.« Kents berittene Gestalt schob sich aus dem Halbdunkel, bis das Mondlicht auf ihn fiel. Als Galton den altmodischen Dreispitz erblickte, konnte er nicht anders, er musste lächeln. Wenn jemand den Prinzen zur Aufgabe bewegen konnte, dann Kent. Niemandem wurde mehr getraut als ihm.

»Rawdon hat gestanden, Königliche Hoheit. Die Minister der Regierung sind informiert, dass Königsmann und Leibarzt konspiriert haben, um Seine Majestät den König in die geistige Umnachtung zu treiben, und Seine Majestät ist nun wieder bei Verstand und hat seine rechtmäßige Stellung zurückgefordert. Befehlen Sie Ihren Leuten, die Waffen zu strecken, sodass es zu keinem überflüssigen Blutvergießen kommt. Der König erwartet Ihre Rückkehr nach Avonel, und wir sind bereit, Ihnen ein Ehrengeleit mit auf den Weg zu geben. Es steht völlig außer Frage, dass Sie den Ränken Roderick Palles zum Opfer gefallen sind, und dafür soll der ehemalige Königsmann bezahlen.«

Galton ließ sein Pferd langsam einige Schritte vortänzeln. Bevor der Kronprinz und Kent das Gespräch unter vier Augen weiterführten, was sie ohne Zweifel tun würden, sollte ihm kein Wort entgehen. *Gib auf*, beschwor Galton im Stillen den Prinzen. Er schritt noch etwas weiter vor, um Kori mit Rat zur Seite zu stehen, doch im nächsten Moment riss der Prinz sein Pferd herum und gab dem Tier die Sporen. Er hielt fast genau auf Galton zu.

»*Lassen Sie sie nicht vorbei!*«, brüllte der Kronprinz. »Galton!«, rief er.

Pferde preschten an Galton vorbei, und ein Gardist packte sein Ross am Zaum, riss es herum und schickte den Gouverneur hinter dem Prinzen her. Zunächst zog Galton sich widerwillig zurück, dann wurde ihm klar, dass ein Gefecht entbrannte, und er spornte sein Pferd an, um nicht unbewaffnet und für beide Parteien unkenntlich zwischen den Kämpfenden zu stehen.

Mit einem Mal ritten zwei Gardisten links und rechts von ihm und zerrten ihn mit sich. Jeden Gedanken ans Überlaufen musste er nun vorerst beiseite schieben. Der Kampfeslärm wurde immer leiser, während sie die Straße hinuntergaloppierten. Schließlich holten sie den Prinzregenten und zwei weitere Gardisten ein.

»Was ist geschehen?«, fragte Prinz Kori atemlos.

»Das weiß ich nicht «, antwortete Galton. »Wir sollten kurz warten und dann einen Mann zurückschicken, der nachschaut.« Er wollte Zeit gewinnen. Vielleicht gelang es ihm sogar noch, den Prinzen zu überzeugen, einen entsetzlichen Fehler begangen zu haben, doch eigentlich stand zu befürchten, dass sich Koris Vertrauen in Palle als unerschütterlich erwies.

Einer der Gardisten spornte sein Pferd an und galoppierte wieder die Straße entlang, und alle saßen sie schweigend im Sattel und lauschten.

Dann wandte sich der Prinzregent abrupt zu Galton um.

Trotz der Dunkelheit sah der Gouverneur die Verzweiflung, die ihm ins Gesicht geschrieben stand. »Halten Sie es für möglich?«, fragte Kori. »Könnte es wirklich gelungen sein, den schrecklichen Alten so weit in die Wirklichkeit zurückzubringen, dass er halbwegs bei Verstand zu sein scheint? Begreifen diese Leute denn nicht, dass er sie alle an den Strang bringen würde, wenn davon seine nächste Dosis abhinge?«

Galton wusste nicht, was er antworten sollte. Doch eins stand fest: Der Prinz würde eher die Rebellion riskieren, als sich dem Willen des Königs zu unterwerfen. Sein Tonfall deutete sogar an, dass er lieber in den Tod ginge. Galton hatte keine Chance, ihn umzustimmen.

Ein Pferd kam um die Straßenbiegung galoppiert, und sie fuhren auf. Doch der Mann rief sie beim Herbeireiten an, und sie erkannten ihn als einen der ihren.

»Der Kampf wurde abgebrochen«, sagte er und zügelte sein Pferd. »Beide Seiten stehen sich gegenüber und warten ab. Wir wissen nicht genau, wie stark der Gegner ist, und er kann nicht abschätzen, wie viele Leute wir haben. Bis zum Morgen warten sie, das ist gewiss. Sie warten, bis sie das Risiko kalkulieren können.«

»Aber sind sie denn zahlreich? Zahlreicher als wir?«

»Das wissen wir nicht, Königliche Hoheit. Das können wir nicht sagen.«

Der Prinz drehte sich Galton zu, als wollte er ihn um Rat bitten, doch als der Gouverneur nichts sagte, wandte er sich wieder an den Offizier. »Schicken Sie Sir Roderick einen Kurier, damit er weiß, was hier vorgeht. Ich bin mir nicht sicher, ob wir hier bleiben und den Gegner aufhalten oder uns lieber zur Abtei zurückziehen sollten.«

»Wenn ich einen Vorschlag machen darf, Königliche Hoheit?«, fragte der Offizier.

»Ja. Ja, selbstverständlich. Sprechen Sie.«

»Wenn wir uns nur bis an diese Stelle zurückziehen und die Straße mit Baumstämmen verbarrikadieren, können wir vermutlich auch eine größere Streitmacht eine Weile aufhalten. Der Fluss führt Hochwasser und kann nicht überquert werden, und auf den Hügelkamm führt kein Weg hinauf.«

»Dann sollten wir das tun. Weisen Sie den Oberst an, sich so leise wie möglich zurückzuziehen. Wir müssen Kent und seine Truppe hinhalten. Schon ein Tag kann den entscheidenden Unterschied bedeuten. Vielleicht genügt sogar ein halber.«

Kent stand vor der königlichen Karosse im Regen und starrte ins dunkle Kutscheninnere. Vielleicht war es Rawdon doch nicht gelungen, dem Verlangen des Monarchen nach der Arznei Zügel anzulegen – oder hatte der Arzt sie am Ende verraten? Schon seit mehreren Minuten wartete der Maler darauf, dass der König die an ihn gerichteten Fragen beantwortete.

Die Prinzessin trat in den Schein der Kutschenlaterne. Sie hielt ihr Cape und ihr Kleid gerafft, sodass die Säume nicht durch den Schmutz schleiften. Lady Galton war ihr gefolgt. Beide blieben sie abrupt stehen, als sie Kent am Wagenschlag warten sahen.

»*Kent?*«, drang die schreckliche Stimme aus der dunklen Kutsche. Sie klang kraftlos und unkonzentriert.

»Euer Majestät.«

»Wir müssen einen Weg hinauf finden. Wir dürfen uns nicht aufhalten lassen.«

»Aber die Böschung ist steil, Euer Majestät. Das habe ich schon bei Tageslicht gesehen. Vielleicht gelingt es jungen Männern, einen Weg zu finden, auf dem sie zu Fuß auf den Kamm kommen, aber es gibt keinen Kutschweg, selbst für ein Pferd ist es zu unwegsam.«

»Es gibt immer einen Weg«, entgegnete der König. »Such Er einen Schäfer oder einen Jäger. Ein guter Wilderer würde es auch tun. Es muss einen Weg nach oben geben. Aber wir können uns keine Verzögerung leisten. Meine Stunde ist nahe, Kent. Meine Stunde. Hat Er mein Portrait?«

»Ich ... ich hab' es, Sir«, stotterte Kent. Diese Frage hatte er auf dieser Reise schon ein Dutzend Mal beantwortet. Er blickte in das von Sorgen verhärmte Gesicht der Prinzessin, die schweigend den Worten des Königs zuhörte. Der feine Nieselregen setzte wieder ein.

»Kent?«

»Sir?«

»Fürchtet Er den Tod?«

Kent fürchtete in der Tat um sein Leben. Sie folgten einem schmalen Pfad, der auf der einen Seite so steil abfiel, dass kein Pferd sich mehr fangen könnte, wenn es erst einmal ins Rutschen geriet. Gardisten mit Laternen gingen in regelmäßigen Abständen innerhalb des königlichen Wagenzugs, doch diese Lichtquellen waren bei weitem nicht stark genug, um wirklich etwas auszurichten. Kents Uhr behauptete, es sei früher Morgen; von der See her war jedoch ein Nebel herangezogen, und sie mussten sich mühselig und langsam den Weg durch die klamme Finsternis bahnen. An diesem Morgen wirkte die Welt unheilverkündend, und die Bäume überragten den Weg, als hätten sie sich zu einer Drohgebärde aufgerichtet.

Vor Kent ritt der König, ermattet über die Kruppe seines Pferdes gebeugt. Unter seinem Mantel und der Kapuze bewegte sich nichts. Kent erinnerte sich an den König als kräftigen Mann und ausgezeichneten Reiter, doch nun war er vollkommen hinfällig und unmenschlich gealtert.

Irgendwo weiter oben im Nebel gingen ein Schäfer und sein Sohn voran und suchten ihnen den Weg. Jeden Sommer trieb der Schäfer seine Herde auf die Wiesen vor der Abtei.

Mit einem dumpfen Laut trat ein Pferdehuf im Grau auf eine Wurzel, und Kents Ross spitzte die Ohren. Er tätschelte dem Wallach den Hals und blickte erneut den Steilhang zu seiner Linken hinunter.

Er fragte sich, wie Lady Galton und die Prinzessin wohl zurecht kämen. Allerdings glaubte er sich zu erinnern, dass beide in ihrer Jugend begeisterte Reiterinnen gewesen waren. Vermutlich ging es ihnen besser als ihm.

Kent konnte die Augen nicht davor verschließen, dass der Verjüngungszauber der Gräfin – oder wie immer man ihn nennen wollte – an Kraft verlor. Die Schmerzen, die er hatte erdulden müssen, bevor das Wunder an ihm verübt wurde, kehrten allmählich zurück. Sein Rücken bereitete ihm beim Reiten große Pein, von der er nicht glaubte, dass sie aufhören würde, bevor er sich auf einem anständigen Bett ausstreckte – und er rechnete nicht damit, dass diese Wohltat ihm bald vergönnt sein würde.

Nur Mut, sagte er sich und schüttelte einmal mehr den Kopf darüber, dass er Palles Angebot ausgeschlagen hatte. Dann drängte sich wieder sein Erlebnis mit Tenil in den Vordergrund. Inzwischen erschien es ihm fast unmöglich, dass dieses Gefängnis, das sein Körper war, solche Freuden gekannt haben sollte. Wenn sonst nichts, so behielt er doch von dem ganzen Zauber eine Erinnerung für sich, die nicht so rasch verblassen würde. Das wenigstens konnte ihm die Gebrechlichkeit des Alters nicht mehr nehmen. Kent fühlte sich wie ein Mann, der eine Krankheit überstanden hat und spürt, wie ein Rückfall naht, und er bedeutete auf kurz oder lang sein Ende.

Er musterte den König auf seinem Pferd, und dachte an besagte Gestalt, die einen Menschen auf die letzte Reise begleitet.

Nachdem er nun so weit gekommen war, wurde Kent plötzlich unsicher, ob er überhaupt von Nutzen sein könnte. Man wusste schlichtweg nicht, was man in der Abtei vorfinden würde. Nur den König schienen keinerlei Zweifel zu plagen. Seine Majestät glaubte entweder nicht, dass Palle die Abtei eingenommen hatte, oder es war ihm egal. Nun zogen sie durch Dunkelheit und Nebel und umgingen die Truppen des Kronprinzen, die auf der Straße warteten, vielleicht aber würden sie in eine noch bedrohlichere Lage geraten.

Etliche Gardisten ritten an der Spitze der langen Kolonne, und Kent hatte sich ausbedungen, dass diese die Abtei erkunden sollten, bevor sie alle anrückten. Ob man allerdings in der Lage sein würde, den König zum Warten zu bewegen, stand auf einem anderen Blatt. Seine Majestät schien nichts zu kümmern, er wiederholte nur immer wieder, seine Stunde sei nah, und fragte Kent, ob er an sein Portrait gedacht habe.

Und fragte Kent, ob er den Tod fürchte.

Warum fragt er das nur mich?, überlegte der Maler, wobei ihm eine plötzliche Furcht überkam. War der König am Ende hellsichtig? Flammen, wie sehr Kent sich wünschte, noch in Avonel zu sein!

Dennoch trieb ihn etwas vorwärts. Er ahnte, dass vor ihnen im Nebel die Gräfin wartete. Das war für ihn so gut wie gewiss. Sie wartete, und es gab einiges, was zwischen ihnen bereinigt werden musste, ein für allemal. Ohne ein Herz konnte Kent nicht weiterleben, und die Gräfin hatte sein Herz lange genug in Besitz gehabt. Sie hatte es wohl im Schnee aufbewahrt, denn es hatte schon viele Jahre lang keine Wärme mehr erfahren. So konnte er einfach nicht weiterleben.

35. Kapitel

Noyes kroch aus dem verfluchten Tunnel in eine kleine, feuchte Kammer. Nachdem er sich aufgerichtet hatte, begann er sich den Schmutz von der Kleidung zu wischen, hielt jedoch ärgerlich inne, als er im schwachen Lampenschein sah, dass es vergeblich wäre. Der drahtige Entonnier nickte ihm zu und versuchte ermutigend zu lächeln, doch Noyes hatte nur einen erzürnten Blick für ihn.

Er fragte sich ernstlich, ob der echte Trevelyan sich überhaupt durch diese engen Öffnungen zwängen könnte. Er selbst hatte es ja kaum geschafft. Hoffentlich war es Palles Männern gelungen, ihm bis zum Eingang dieses verwünschten Loches zu folgen.

»Sollen wir weitergehen, Lord Trevelyan?«, fragte der Entonnier.

»Ja, ja. Zeigen Sie mir den Weg.« Noyes blickte sich um. Der Raum war klein, das Wasser rann die Wände herab, die keinerlei Bewuchs zeigten, was bedeutete, dass niemals Licht in diese Kammer drang.

Noyes folgte dem erbärmlichen Schein der Blechlaterne, einige Stufen hinauf, durch einen bogenförmigen Durchgang und dann nach links; er prägte sich den Weg genau ein. Sie durchquerten einen größeren Raum und wandten sich wieder nach links. Er scharrte mit dem Fuß durch den Schmutz am Boden und markierte so seinen Weg für den Fall, dass Palles Leute ihm folgten. Dann stiegen sie eine längere Treppe hinauf. Eindeutig war dies ein Labyrinth. Nachdem sie gerade durch eine Tür gegeangen waren, sprang der Entonnier verängstigt zurück und schlug mit den Armen um sich, dass die Flamme in der Laterne flackerte und fast erlosch.

Am Ende der Kammer verschwand eine Frau in einem dunklen Kleid um die Ecke, gefolgt von ihrem huschenden Schatten.

Der Entonnier wollte sich an Noyes vorbeidrängen, doch

dieser packte den Mann an der Jacke. »Nein. Sie ist vor uns davongelaufen. Führ mich weiter.«

»Aber das war Lady Chilton«, sagte der Mann nervös. »Die Gräfin ist ein Magus.«

»Ja, und ich bin ein kräftiger Baron mit einem Dolch. Führ mich weiter.« Er stieß den Mann vorwärts. In Wahrheit fühlte sich Noyes längst nicht so selbstsicher, doch auf keinen Fall wollte er sich noch einmal durch den Tunnel zwängen. Lieber trat er der Gräfin gegenüber, die seiner Ansicht nach nicht so gefährlich sein konnte, wie der Entonnier glaubte. Ihr war es gelungen, ein Feuer zu neuem Leben zu entfachen und dichten Qualm zu verbreiten. Noyes hatte Zauberkünstler auf der Bühne das gleiche tun sehen, und sie waren nicht mehr Magus als er.

Widerwillig schlich der Entonnier weiter; der Mann blickte ein wenig wirr um sich. Noyes wusste nicht genau, was der Mensch nun eigentlich erwartete, doch die Legenden über die Magi gehörten zur entonnischen Kultur - und die Entonnier neigten mehr als jeder Farrländer dazu, derlei zu glauben.

Noyes konzentrierte sich ganz darauf, sich den Weg zu merken. Zuletzt gelangten sie an den Fuß einer Wendeltreppe, die nach oben ins Dunkle führte.

»Sie müssen hier warten, Herr Baron«, sagte der Entonnier. »Ich gehe vor und stelle sicher, dass keine Gefahr droht.«

»Das werde ich keinesfalls tun«, entgegnete Noyes. Glaubte der Kerl denn wirklich, er würde ihm gestatten, vorauszulaufen und Massenet vor seiner Ankunft zu warnen? Noyes zückte den Dolch aus dem Gürtel. »Geh vor. Um deinetwillen hoffe ich, dass ihr keinen Verrat geplant habt.«

Der Mann stellte den Fuß auf die unterste Stufe; nun bewegte er sich noch langsamer. Im Gehen ließ er die Laterne hin und her schwenken, sodass die Schatten unstet über die Wand und die Stufen strichen. Als sie einige Minuten gegangen waren, blieb er stehen und pfiff leise. »Ich bin's, Georg«, flüsterte er. »Ich bringe den Baron mit. Nur den Baron.«

Sie hörten ein Scharren, und dann zischte eine Stimme durch den Treppenschacht. »Kommt rauf, aber schnell.«

Der Entonnier drehte sich zu Noyes um. »Links von hier befindet sich über uns ein Loch in der Wand. Wir müssen rasch hindurchschlüpfen. Die Männer des Herzogs sind nicht viel weiter oben.« Er kehrte Noyes den Rücken zu und ging weiter. Dabei hielt er die Laterne so eng an sich gepresst, dass Noyes kaum sehen konnte, wohin er trat. Eilig stiegen sie hinauf, dann schob der Mann unversehens die Laterne in ein Mauerloch. Als er hinterher stieg, ergriffen ihn Hände und zogen ihn rasch außer Sicht. Noyes stieß den Dolch in die Scheide und duckte sich ebenfalls in das Loch, sobald die Füße des Entonniers darin verschwunden waren. Auch ihn packten kräftige Hände und hoben ihn in eine spärlich erleuchtete Kammer.

Man half ihm auf die Beine, und dann stand er vor dem Botschafter Entonnes.

»Mr. Noyes«, begrüßte ihn der Graf ohne ein Zeichen von Überraschung.

»Herr Graf«, antwortete Noyes und neigte den Kopf. Bestürzt drehte sein Führer sich zu ihm um.

Massenet sprach kein weiteres Wirt, sondern stand kühl sinnend vor dem Eindringling, als überlegte er, was er mit dem unerwünschten Gast wohl anfangen sollte.

»Sie bringen mir eine Botschaft von Sir Roderick?«, fragte der Graf endlich.

»Jawohl, ich bin der Parlamentär Seiner Königlichen Hoheit des Prinzregenten von Farrland und des Königsmanns.«

»Können Sie mir sagen, was oben vorgeht? Ich habe Leute hinaufgeschickt, aber bisher ist keiner zurückgekommen.«

»Lady Chilton streift durch die tieferen Keller«, warf Noyes' entonnischer Führer rasch ein. »Wir sahen sie auf dem Weg hierher.«

»Lady Chilton, sagst du?«

Der Mann nickte, doch Massenet wirkte nicht übermäßig beeindruckt von der Neuigkeit. Er sah Noyes wieder an.

»Ich vermute, dass Roderick ein Pfand meiner Gesinnung wünscht, bevor er den Baron hier herunter schafft?«

»Darüber haben wir gesprochen, bevor er mich zu Ihnen entsandte, doch nun, da ich Ihren Tunnel durchquert habe, bezweifle ich, dass Trevelyan folgen könnte. Der Tunnel ist eng, und der Baron ist alt und schwach und viel zu beleibt.«

Massenet schüttelte den Kopf. »Fetter alter Trottel«, sagte er fast unhörbar. »Ihr König naht, Noyes, und wenn er hier ist, dann wird abgerechnet. Wenn nicht bereits ein Heer in Marsch ist, das Ihnen hilft, dann stehen Sie im Begriff, alles zu verlieren. Für immer kann ich diese Kammer nicht halten. Wir sind nur wenige, wie Sie sehen, und schlecht bewaffnet. Sagen Sie Roderick, dass wir keine Zeit haben, um sie mit Unterhandlungen zu vergeuden. Wir müssen unsere Differenzen beiseite schieben und die Gelegenheit beim Schopfe packen, wie sie sich bietet. Wir können das Gleichgewicht erhalten, das im Augenblick zwischen unseren Ländern herrscht, zwischen Entonne und Ihrer Partei hier in Farrland. Aber wir müssen Trevelyan in diese Kammer schaffen, und wenn wir ihn hineindrücken müssen wie einen Pfropfen in einen Flaschenhals.«

»Ich habe dem Herrn Grafen schon zu erklären versucht, dass er keine Aussicht auf Erfolg hat«, sagte jemand, und als Noyes sich umdrehte, bemerkte er Bertillon, den entonnischen Virtuosen, der allein auf einem Steinsims saß. Am Arm trug er eine Bandage, die von seinem eigenen Hemd stammte. Offenbar hatte er eine Verletzung erlitten; er wirkte müde und verlassen. »Aber er will nicht hören. Dabei benötigt man alle Teile des Textes. Und das ist noch nicht alles. Manches Wissen ist in den Texten gar nicht enthalten. Sie würden Verderben auf sich laden und noch mehr, wenn Sie mit dem Wenigen weitermachen, über das Sie nun verfügen, und trotz aller Drohungen werde ich Ihnen nicht helfen. Nur Lady Chilton hat Aussicht auf Erfolg. Und sie wird dafür sorgen, dass sich niemand dieses Wissen verschafft.«

Graf Massenet rollte mit den Augen. »Charl steht unter dem Zauberbann einer Frau, aber ich hoffe noch immer, dass er wieder zu Verstand kommt.«

In diesem Moment erkannte Noyes, dass Massenet geschlagen war – Bertillon widersetzte sich seinem Willen. Die einzige Karte, die der Graf nun noch in der Hand hielt, bestand in der Beherrschung der Kammer, die er, da hegte Noyes keinen Zweifel, gegen einen beherzten Sturmangriff nicht halten könnte. Der Handel, den er Palle angeboten hatte, war nichts weiter als sein letzter, kläglicher Versuch, im Spiel zu bleiben. Doch die Pläne von Noyes' Gruppe schwebten ebenfalls in Gefahr. Besonders, wenn der König sich im Anmarsch befand.

»Vielleicht gelingt unser Plan doch noch, auch ohne Mr. Bertillons Mithilfe, Graf Massenet«, sagte Noyes. »Wir wissen vielleicht mehr, als Sie ahnen.«

»*Graf Massenet?*«, hallte eine Stimme von weit oben. Jeder in der Kammer hielt inne, als wäre er an die Stelle gebannt, wo er stand.

»Graf Massenet? Hier spricht Lady Chilton. Wir müssen reden. Das ist unumgänglich.«

Der Graf winkte Varese herbei und ging mit ihm an das Mauerloch. »Was wollen Sie denn, Lady Chilton?«, rief Massenet.

»Ein Ende dieses törichten Kampfes. Nur ich besitze alle erforderlichen Teile, Graf Massenet. Sie haben Kent das Lucklow-Fragment gegeben: Sie müssen also wissen, was uns droht. Die Kunst der Magi ist niemals für die Unausgebildeten bestimmt gewesen. Weder können Sie die Kunst meistern, noch Ihre Feinde beherrschen, ohne dass die Welt als Ganzes einen entsetzlichen Preis dafür zahlen muss. Sie würden schneller das Verderben auf sich und Ihr Land herabbeschwören, als Sie die Herrschaft über andere erlangen könnten. Fünfzig Jahre dauert es, ein Magus zu werden, Graf Massenet. Ein halbes Jahrhundert, um zu lernen, wie die Kunst auszuüben ist, ohne die Welt ringsum zu verderben. Am Ende aber sind die Magi trotzdem gescheitert und haben begriffen, dass ihre Kunst aus dem Gedächtnis der Menschen getilgt werden muss. Bedenken Sie, was auf dem Spiel steht, Graf Massenet. Opfern Sie Ihr Trachten dem Wohl aller.«

Varese berührte Massenet am Arm. »Ich bin nicht sicher, ob sie nicht doch die Wahrheit spricht, Herr Graf«, sagte er und schüttelte sichtlich besorgt den Kopf. »Das Lucklow-Fragment war über alle Maßen unheilverkündend.«

Massenet dachte nach. Sein Gesicht gab nichts preis. »Warum sollte ich Ihnen trauen, Lady Chilton? Woher soll ich wissen, dass Sie Ihr Versprechen halten, wenn ich Ihnen erst Zugang in die Kammer gewährt habe?«

Plötzlich schoss eine Gestalt durch die Öffnung und schlug den Grafen zurück, sodass er den Haufen aus Steinen und Erdreich hinunterglitt. Palastgardisten strömten in die Kammer, den blanken Degen in der Hand. Massenet sprang augenblicklich wieder auf und riss sein Rapier aus der Scheide. Noyes ergriff die Gelegenheit, trat vor und warf sich dem Grafen mit aller Kraft in den Rücken. Ein bemerkenswerter Degenfechter war Noyes nicht gerade, aber er war kräftig gebaut, und sein Gewicht war nun entscheidend.

Massenet stürzte zu Boden, und einer der Gardisten stellte den Fuß auf die Rapierklinge des Grafen, dann richtete er die Spitze seiner eigenen Waffe auf die Kehle des Entonniers. In der nächsten Sekunde war der Kampf vorbei.

Sir Roderick Palle kam durch das Mauerloch gekrochen, gefolgt von Prinz Kori und schließlich Baron Trevelyan, der wimmerte und stöhnte wie das Opfer einer Prügelei. Augenblicklich ließ er sich auf den Boden fallen und schnappte keuchend nach Luft.

»Nun, da wären wir also«, sagte Massenet und schüttelte den Kopf, »wie Ratten in der Falle. Aber trotzdem haben Sie nur einen mit Talent, Palle, und das ist zu wenig. Sie brauchen mich noch.«

Palle sah sich in der Kammer um, dann musterte er abschätzig den Grafen. »Aber wir haben ja zwei, Graf Massenet. Zwei. Und sogar einen dritten, der tut, was wir wollen. Mehr als Zeuge werden Sie nicht sein«, sagte Palle triumphierend. »Ja, Sie können diesen historischen Augenblick für die Nachwelt festhalten.«

36. Kapitel

Immer höher stieg der Mond in den Himmel, während Tristam auf dem Rand des Treppenabsatzes saß. Diesen langen Weg hatte er zurückgelegt. Hatte ihn unwissentlich bereist, bis er an diesen Ort gelangte: auf diese Treppenstufe.

Dass er soweit kommen musste, nur um bald das Schicksal seiner Schiffskameraden unten zu teilen, erschien ihm nicht möglich, und doch war er es, dem die Varuaner misstrauten. Er blickte auf sein Handgelenk, doch die Vogelviper hatte sich zurückgezogen und lauerte irgendwo in seinen Adern – vielleicht sogar in seinem Herzen.

Ob dieser Expedition das gleiche Schicksal beschieden war wie Gregorys letzter Fahrt? Ein mysteriöses Verschwinden, und niemand erfuhr je, was aus der Mannschaft geworden war – zumindest niemand in Farrland?

Tristam wandte den Kopf und sah, wie der Viscount in den Schatten eines Baumes zurückwich. Ohne Unterlass wurde er von ihm beobachtet. Er schauderte leicht und schaute woanders hin. Alle anderen hatten sich in stiller Angst in der Mitte des Absatzes zusammengekauert, doch dieser grausige Viscount spürte den Tod. Spürte ihn weiter unten, wo die Meuterer gestorben waren, und vielleicht spürte er, wie er die Treppe heraufkroch.

Niemand konnte sagen, was die Varuaner mit ihnen anstellen würden. Die nach außen so freundlichen Menschen erschienen plötzlich unberechenbar und zu allem fähig. Tristam war sicher, dass jeder an die Geschichten über Menschenopfer dachte.

»Kapitän Stern?«, rief jemand die Treppe hinauf.

»Herr Kapitän«, raunte Tristam, »da kommt Wallis.«

Stern kam an den Rand und kauerte sich neben Tristam nieder. »Mr. Wallis?«

Wallis trat ins Mondlicht und blickte zu ihnen hoch. »Die Varuaner wollen Sie laufen lassen, Herr Kapitän, aber nur, wenn Sie ihnen helfen.«

Stern winkte Wallis herauf. »Bestimmt können wir uns einigen, Mr. Wallis«, antwortete Stern. »Was wollen die Varuaner denn?«

Stern bemerkte die Herzogin neben sich. »Geben Sie Acht, auf was Sie sich einlassen, Herr Kapitän«, sagte sie, und Tristam sah, wie Stern sich vor Zorn versteifte.

»Wir sind in keiner Lage, Bedingungen zu stellen, Frau Herzogin«, beschied er sie kurz angebunden. »Kommen Sie herauf, Mr. Wallis. Sagen Sie uns, was die Insulaner fordern.«

Wallis drehte sich um und schien auf jemanden zu warten, dann erschien Anua auf der Treppe, und Wallis folgte ihr gehorsam. Keiner von ihnen stieg jedoch auf den Treppenabsatz. Sie blieben einige Stufen weiter unten stehen, sodass sie sich mit dem kauernden Stern auf Augenhöhe befanden.

Anua blickte die Farrländer an. Sie benahm sich nicht unfreundlich, aber reserviert. »Sie müssen zweierlei zustimmen, Kapitän Stern«, sagte sie.

Stern nickte, gab aber keine Antwort.

»Sie müssen auslaufen, sobald Sie Ihr Schiff seeklar machen können«, fuhr Anua fort. »Und Mr. Flattery und Dr. Llewellyn müssen einwilligen, ihre Fertigkeiten dem König zu leihen. Wenn Sie beides tun, erhalten Sie die Samenkörner, die Sie Ihrem König bringen wollen.«

Tristam schloss einen Moment lang die Augen. Er konnte nicht glauben, was er da hörte. Diese verdammte Saat. Er hatte Gregory gesehen und wusste, was das Verlangen nach der Arznei anrichten konnte.

»Wir werden tun, was Sie von uns verlangen«, sagte Stern entschlossen und bedachte die Herzogin mit einem Blick voller Genugtuung. »Was verlangen Sie also von meinen Leuten?«

Wallis schaute Tristam in die Augen. »Das Ritual ist nicht gut verlaufen. Der König braucht die Hilfe von Mr. Flattery und Dr. Llewellyn.«

»*Nein!*«, rief Tristam aus. »Ich will nichts damit zu tun haben!« Er sprang auf und wollte rückwärts zurückweichen.

Die Herzogin packte ihn bei Arm und Schulter in dem Versuch, ihn aufzuhalten.

»Tristam«, beschwor sie ihn, »überlegen Sie, was Sie da sagen.«

»Nein! Wallis hatte Recht: Diese Pflanze ist verflucht. Ich möchte damit nichts zu tun haben. Sie glauben, ich könnte eine Art Schwarze Magie zelebrieren!« Er hob die Hand, sodass alle die Narbe sehen konnten. »Sie glauben, die Narbe hier hätte etwas zu bedeuten. Sie verlangen von mir, wieder diese Arznei zu nehmen, aber Sie verstehen nicht, was das für mich bedeuten würde. Ich werde davon abhängig, versklavt. Ich verliere den Verstand.«

Er riss sich von der Herzogin los und funkelte wütend Anua und Wallis an, die ihn schweigend beobachteten. Dann sagte Anua rasch etwas in ihrer Muttersprache, wandte sich ab und begann mit großer Würde die Treppe hinunterzusteigen. Ihre Schultern waren starr von Wut.

»Mr. Flattery ...«, begann Wallis. »Überlegen Sie, was Sie tun. Das Volk von Varua bittet Sie um Ihre Hilfe, Sir. Und dafür will es Ihnen die Saat geben, für die Sie um die halbe Welt gereist sind. Dabei sollten eigentlich Sie es sein, der in dieser Not seine Hilfe anbietet. Nichts hat man Ihnen hier verweigert: weder Essen noch Trinken, noch die Gunst der Frauen, nicht einmal die Saat, die Ihr König so sehr begehrt.« Wallis blickte die Treppe hinunter. »Anua wird bald zurückkehren, um Ihre Antwort zu hören. Ich will ganz offen zu Ihnen sein, Kapitän Stern: Ich weiß nicht, wie die Varuaner reagieren, wenn Sie ihnen den Beistand verweigern. Reden Sie mit Mr. Flattery. Von seiner Entscheidung hängen mehr Menschenleben ab als nur sein eigenes.«

Tristam wandte sich ab und entfernte sich so weit von den anderen wie nur möglich. Er sah, dass Llewellyn auf die Herzogin und den Kommandanten einredete, wobei er gelegentlich einen Blick auf Tristam warf. Draußen in der Bucht ließen sich die Laternen der *Swallow* gerade noch ausfindig machen. Wussten die Männer, die an Bord zurückgeblieben waren, schon vom Schicksal ihrer Schiffskameraden?

Wenn wir nur auf das Schiff gelangen könnten, dachte er, aber vermutlich gab es keinen anderen Weg abwärts als den über die Treppe. An deren Fuß aber warteten die Varuaner.

Llewellyn näherte sich ihm. Seine Lungenkrankheit hatte der Arzt offenbar auskuriert.

»Folgt die Entwicklung Ihrem Plan, Doktor Llewellyn?«, fragte Tristam. Aus den Augenwinkeln sah er, wie der Mediziner ein wenig vor ihm zurückwich und ihn forschend musterte.

»Sehr eng, jawohl«, gab er zu und überraschte Tristam, weil er auf jedes Abstreiten verzichtete. »Die Meuterei war zwar nicht eingeplant, aber ich begriff rasch, dass es ohne sie gar nicht gegangen wäre.«

Tristam begegnete dem Blick des Mannes, der kühl und sachlich wirkte und keinerlei Feindseligkeit ausstrahlte.

»Nun haben Sie keine andere Wahl«, fuhr der Arzt fort. »Das Leben der Besatzung hängt von Ihnen ab, Tristam, und Sie sind ein Mensch voller Mitgefühl.«

»Und damit ist die Umwandlung abgeschlossen?«, fragte Tristam. »Das ist Ihr Plan? Haben Sie das vorhergesehen?«

»Mehr oder minder«, antwortete Llewellyn. »Ihre Umwandlung wird die Kraft wieder in die Welt ziehen. Sie sind wie ein Docht, Tristam, die Kraft wird durch Sie aufsteigen, wie es in geringem Ausmaß schon geschehen ist. Seien Sie nicht niedergeschlagen«, sagte er beinahe tröstend. »Danach brauchen wir Sie nicht mehr. Dann haben Sie Ihr Teil getan und können leben, wie Sie es wünschen.«

»Aber wenn ich keine Wahl habe, wer ich dann bin? Ich werde umgewandelt, und zwar in einen Sklaven dieser Pflanze.«

Llewellyn schüttelte den Kopf. »Und selbst wenn Sie sich dagegen entscheiden, die neue Welt zu erforschen, die sich Ihnen öffnet, können Sie lange leben, vielleicht zwei Jahrhunderte lang. Aber könnten Sie wirklich auf dieses Wissen verzichten? Würden Sie nicht lieber erfahren wollen, wozu Sie fähig sind, Tristam? Geheimnisse entdecken, die so lange im Verborgenen geruht haben? Sie sind ein junger

Mann von großer angeborener Neugier. Können Sie wirklich widerstehen?«

Tristam musste an Gregory denken – wie er ihm drohte, die Arznei zu verschütten, und es dann doch nicht über sich brachte. »Ja«, entgegnete er.

Llewellyn bedachte ihn mit einem letzten Blick, dann wandte er sich zum Gehen.

»Doktor Llewellyn?«

Der Arzt blieb stehen.

»Fürchten Sie den Tod?«, fragte Tristam.

Der Mediziner zögerte mit einer Antwort, als frage er sich, ob schon wieder einmal jemand Spott mit ihm triebe. »Jeder Mensch fürchtet den Tod«, entgegnete er.

Tristam drehte sich um und blickte dem Arzt unverwandt in die Augen. »Nun, der Tod ist hier auf dieser Insel und wartet. Er wird einen von uns treffen, bevor wir aufbrechen. Denken Sie an meine Worte. Ich habe davon geträumt, und es wird eintreten.«

Llewellyn wollte sich abwenden, doch er war von Tristams Vision gefangen. Mit Mühe drehte er sich schließlich um, sichtlich erschüttert, wie Tristam fand. Eine winzige Genugtuung – ein unbedeutender Ausgleich für den Preis, den er zu zahlen hatte.

Er setzte sich auf die Kante und blickte auf die Gregorybai hinaus, sah dem Vollmond zu, der wie eine aufgestiegene Luftblase über dem Wasser stand und eine Leuchtspur auf das Meer warf.

»Tristam?«

Das war die Herzogin. Sie setzte sich neben ihn und schwieg.

In der Luft bewegte sich etwas, und eine kleine Eule landete keine fünf Fuß entfernt auf einem Ast. Sie schien Tristam nervös anzublicken.

»Aber das ist gar kein Falke«, sagte die Herzogin. »Fühlt sich eine Eule von Ihnen angezogen?«

»Ich habe sie erschaffen«, antwortete Tristam so gefühllos, dass es ihn selbst überraschte. »Sie ist das Symbol für meinen Tod.«

»Was sagen Sie da, Tristam?« Sie legte ihm eine Hand auf den Arm, doch er beachtete sie nicht.

»Die Umwandlung. Ich werde sterben«, flüsterte er. »Es ist eine Umbildung. Danach bin ich jemand anderer. Von Tristam bleibt nichts oder nur wenig übrig.«

Sie legte die Wange an seine Schulter. Offenbar war es ihr nun gleich, was die anderen dachten, und sie tastete nach seiner Hand. »Woher wissen Sie das?«

»Ich weiß es. Den Anfang davon habe ich in der Vergessenen Stadt gespürt. Sag mir Lebewohl, Elorin, denn du wirst mich niemals wiedersehen.«

Sie drückte seine Hand mit der Kraft der Verzweiflung zusammen, als wollte sie seine Finger nie wieder freigeben.

Die Eule schrie leise. Es klang beinah mitfühlend.

»Sag mir, weshalb du hier bist, Elorin«, sagte Tristam plötzlich. »Keine Ausflüchte mehr. Ich muss es wissen.«

Sie zögerte. »Der König hat mich hergeschickt, um ihm Samenkörner zu holen. Das ist die Wahrheit. Ich habe gehofft, meinen Platz bei Hofe dadurch zu retten. Wenn es so nicht kommen sollte, dann hoffte ich, hier eine Möglichkeit zu finden, mir meine Jugend zu erhalten – und sei es nur für einige Jahre –, ohne erdulden zu müssen, worunter der König leidet. Reine Eitelkeit, Tristam, das weiß ich, aber ich sah deutlich vor mir, wie mein Leben sich entwickeln würde – und ich konnte das Beispiel der Gräfin von Chilton nicht vergessen. Das ist die ganze Wahrheit, das schwöre ich. Der König hat mich geschickt, und ich sollte Julian mitnehmen. Mehr wollte mir der König nicht sagen.« Schweigen drängte sich zwischen sie. »Der König träumt«, fuhr sie nach einer Weile flüsternd fort, »und einige seiner Träume hält er für Visionen. Was wir hier tun, gehorcht in gewisser Weise einer seiner Visionen. Wenigstens vermute ich das. Mehr weiß ich nicht, Tristam. Seine Majestät sagt mir längst nicht alles, was in seinem Kopf vorgeht ...«

»Anua ist da« sagte Stern plötzlich. Er hatte höflich Abstand behalten, als würde er sonst ihre Privatsphäre stören.

Die Herzogin sah Tristam beschwörend in die Augen, dann umarmte sie ihn und erhob sich.

»Helfen Sie den Insulanern, Mr. Flattery?«, fragte Stern.

Tristam nickte, ohne Stern anzusehen, und stand auf. Anua kam die Treppe herauf, begleitet von Wallis und mehreren Männern, die einen gefangenen Jack führten. *Kreel.*

Tristam blieb stehen und starrte den Matrosen an, der seinen Blick trotzig erwiderte. »Was wird mit ihm geschehen?«, fragte Tristam.

Anua bedeutete Tristam weiterzugehen. »Das entscheidet der König«, sagte sie.

Tristam bewegte sich nicht, sondern starrte weiterhin den Jack an. »Ich habe Ihnen zweimal das Leben gerettet, Mr. Kreel, aber ich weiß nicht, ob mir das noch einmal gelingt.«

Zuerst antwortete der Mann nicht, sondern starrte den Naturforscher nur weiter an. Dann sagte er: »Das wird wohl so sein, Mr. Flattery, aber trotzdem stecke ich lieber in meiner Haut als in Ihrer, denn wer versucht, Sie zu retten, das frage ich mich?«

Tristam schüttelte den Kopf, ohne Kreels Worte bestreiten zu wollen. Wer ihn retten würde, wusste er nicht.

Er stieg die letzte Treppe hinauf, die zur geheiligten Stadt der Varuaner führte. Wallis und Anua gingen direkt hinter ihm, darauf folgten die Herzogin und Stern, dann der Rest.

Die Eule setzte sich ein Stück über ihm auf eine Stufe, blickte ihn scheinbar erwartungsvoll an, dann verschwand sie die Treppe hinauf.

Mein Fluch, dachte Tristam. *Unvermeidbar, wie ich befürchtet hatte.*

Gregorys *Regis* zu verbrennen hatte also nicht die gewünschte Wirkung gezeigt. Das Königsblatt war nicht der Grund, weshalb er sich auf Varua befand. Wenn sonst nichts klar war, so doch dies.

Auf der obersten Stufe standen Wächter mit erlesen gefiedertem Kopfschmuck. Sie verwehrten Tristam den Zugang, indem sie ihre Speere vor ihm kreuzten. Anua trat neben ihn und sprach zu den beiden Männern. Tristam vermutete, dass ihre Worte peinlich genau einem Ritus folgten, ähnlich wie die Bitte um Eintritt in den Palast, wenn man zum Ritter geschlagen werden sollte. Die Wächter verbeugten sich vor Anua, zogen die Lanzen zurück und luden Tristam zum Weitergehen ein.

Auf der Plattform am Ende der Treppe stand einer der Alten Männer, die Tristam in der Nacht gesehen hatte, in der er den Tanz der Umwandlung beobachtete. Die Umwandlung vom Vogel zum Menschen – einem Menschen, der einen Geist verfolgte, von dem er die *Regis*-Blüte erhielt. Irgendwo in der Dunkelheit hörte Tristam seine Eule leise rufen. Es schauderte ihn, als hätte er ihre Worte verstanden.

Der Alte Mann schwenkte einen Stab um Tristam und sang dabei. Ein junges Mädchen reichte dem Alten Mann eine halbe Kokosnuss, der sie wiederum förmlich Tristam anbot, nachdem Anua ihn angewiesen hatte, laut in die Hände zu klatschen.

Tristam leerte das Kawa bis zur Neige. Der metallische Geschmack nach Wurzeln und Erde blieb an seinen Zähnen kleben und erzeugte in Zunge und Lippen das bekannte Gefühl der Taubheit.

»Sie müssen sich nun das Hemd ausziehen, Mr. Flattery«, flüsterte Wallis ihm von hinten zu. Tristam gehorchte. Ein Mann mit einem groben Pinsel und einer Muschelschale, die mit dunkler Flüssigkeit gefüllt war, trat vor und malte Tristam ein Muster auf Brust und Oberarme. Weitere Zeichen kamen auf seine Wangen, und zum Schluss wurde ihm eine kleine Verzierung höchst sorgfältig auf die Stirn gezeichnet.

Ein Mädchen umwand sein Handgelenk mit einer Girlande aus *Regis*-Blüten und bedeckte damit die Narbe. Man drückte ihm einen entrindeten, geglätteten Ast in die Hand, aus dem nahe der Spitze im rechten Winkel ein kurzer Zweig ragte. Ihn, so wurde ihm bedeutet, musste er aufrecht tragen.

Der Alte Mann besang ihn erneut, dann führte man Tristam weiter, während die anderen ebenfalls gereinigt wurden, um die Stadt der Götter betreten zu dürfen. Bei ihnen dauerte es nicht lange, denn sie wurden keiner solch ausgefeilten Zeremonie unterzogen wie Tristam.

Tristam blickte zur Stadt der Götter hinüber, die von Fackelschein schwach erhellt wurde. Mehrere große Fales waren zu sehen, die ohne erkennbaren Plan angeordnet zu sein schienen, und hier und da warfen mannshohe Menhire im Mondlicht ihren Schatten. Zerfurchte Gesichter wie die der Kenaturaga waren darin eingemeißelt und blickten nach Osten, beobachteten über das endlose Meer hinweg den Aufgang von Mond und Sonne.

In der Mitte eines Platzes erhob sich ein Steinhaufen, auf dem etwas ruhte, eine Plattform vielleicht, Tristam konnte es nicht genau erkennen. Palmen und heilige *Aito*-Bäume wuchsen hier und da, ebenso blühende Büsche einer Art, die von den Varuanern am höchsten verehrt wurde. Der Passat flüsterte träge in ihren Zweigen. Stern hatte richtig vermutet: Nur wenig hier erinnerte an die Vergessene Stadt, und doch musste Tristam feststellen, dass die geheimnisvolle Aura dieses Ortes ihn aus der Fassung brachte.

Vor den gegenwärtigen Bewohnern hatte hier ein anderes Volk gelebt, genau wie auf Farrow. Ein geheimnisvolles Volk; und so eindeutig es war, dass die Erbauer der Vergessenen Stadt mit der Ruine von Farrow in Verbindung gestanden hatten, so sicher war Tristam, dass auch diese Stätte mit ihnen zu tun gehabt hatte. Mit ihnen – und mit den Magi und ihrer Kunst.

Der Alte Mann gelangte zum Abschluss seiner Riten, und Wallis winkte Tristam, ihm zu folgen. Die anderen gingen in der gleichen Formation hinterher.

Sie kamen an einem Menhir vorbei, dessen fremdartiges, langgezogenes Gesicht sie aus leeren Augen anstarrte, und der Blick wirkte nur umso durchdringender. Dann standen sie vor dem Steinhaufen in der Mitte der ›Stadt‹, und Tristam erkannte ihn als Ruine eines Bauwerks – des einen Gebäudes, welches das geheimnisvolle Volk zurückgelassen hatte. In einige Steine waren Ornamente eingemeißelt, doch nun lagen sie auf einem Schutthaufen, wie die Überreste des Theaters, das Morton Flattery in Avonel gebaut hatte.

Tristam fand seine Lage gleich doppelt beunruhigend,

als lauerte das Gespenst des Vaters auch hier, auf der anderen Seite der Welt.

Der Alte Mann führte sie weiter. Die Gruppe trat aus dem rötlichen Lichtkreis einer Fackel in kühles Mondlicht, dann wieder in Fackelschein.

Tristam blickte sich über die Schulter und stellte fest, dass jeder so behandelt worden war wie er, bis zu den Hüften entblößt: selbst die Herzogin und ihre Gesellschafterin, auch Stern.

Auf Varua war es Brauch, dass die Untertanen oberhalb der Hüften unbedeckt waren, wenn sie vor ihren König traten, doch bisher waren Farrländer von dieser Bestimmung ausgenommen worden.

Die Herzogin wirkte weder verlegen noch beunruhigt, obwohl nun einfache Jacks sie entblößt sehen konnten.

Nach kurzem Marsch gelangten sie an das größte Fale, das Tristam je gesehen hatte. Kunstvoll behauene Steinsäulen stützten es, und ein wunderbares, grazil geschwungenes Strohdach ruhte auf ihnen. Ringsum waren brennende Fackeln in den Boden gerammt. Sie blakten im Wind und warfen unstete Schatten.

In ehrerbietigem Abstand zum Gebäude hatten sich Kenaturaga versammelt. Sieben waren es, und jeder trug einen Kopfputz wie der erste, dazu ein altes, verblichenes, mit roten Federn besetztes Cape. Schweigend standen sie vor dem Fale und beachteten die Farrländer nicht; ihre Aufmerksamkeit richtete sich ganz auf den Eingang. Dort stand auch ein Kanu auf dem Boden, beladen mit Körben und Paketen, Werkzeugen und Pflanzen, und ein rotes Tapa-Tuch war über die Ruderbank ausgebreitet. Es war wie für eine Reise vorbereitet.

Tristam warf einen Blick hinter sich auf seine Begleiter. Sie wirkten grimmig und furchtsam zugleich und erduldeten still, was geschah, in der Hoffnung, dass es bald vorüber wäre und man sie auf ihr Schiff ließe. Jacel schluchzte plötzlich auf, und die Herzogin legte ihr sanft den Arm um die Schultern und tröstete sie wie ein ängstliches Kind. Die Geste berührte Tristam eigenartig, denn sie wirkte so aufrichtig. *Sein Herz offenbart man nur, wenn man glaubt, dass niemand es sieht*, dachte er.

Ob ich am Morgen noch ein Herz habe?, fragte er sich dann.

Llewellyn stand dicht neben der Herzogin und verschob die schwere Segeltuchtasche, die ihm über der Schulter hing. Was hatte der Arzt aus Tristams Kammer gerettet? Sicher nichts, was für Tristam wichtig wäre, sondern Dinge, die Llewellyn benötigte! Und wie kam es, dass allein Llewellyn es zuwege gebracht hatte, das Nötigste an sich zu nehmen, bevor die Meuterei losschlug?

Tristams Zustand ließ Empfindungen wie Zorn nicht mehr zu, das wusste er. Aber in Wirklichkeit war er zornig auf den Arzt, auf diesen Lakai Palles, und er war nur einer aus der Gruppe, die Tristam so beiläufig und selbstverständlich ausnutzte, um ihre Ziele zu erreichen. Tristam war nicht sicher, ob er überhaupt etwas dagegen auszurichten verstand.

Plötzlich klatschten die Kenaturaga laut in die Hände, und ein Mann trat aus dem Fale, bei dem es sich nur um den König handeln konnte. Er war alt und verrunzelt und nach varuanischen Maßstäben klein. Er ging äußerst langsam, jeder Schritt eine bewusste Willensanstrengung. *Ein Greis*, dachte Tristam. Der König blieb einen Moment vor dem Gebäude stehen. Der Mond warf sein kühles Licht auf ihn, während die flackernden Fackeln das Scharlachrot des Federumhangs zum Lodern brachten. Tristam sah den Kampf zwischen dem uralten, unirdischen Licht und dem kurzen, aufstrebenden Feuer des Menschen.

Der König stieg in das Kanu, und setzte sich auf die Ruderbank.

Dann traten vier junge Männer hinzu und hoben sich das Kanu mithilfe zweier Querstangen, die an die Dollborde gebunden waren, auf die Schultern. So schlossen sie sich der Prozession der Alten Männer an.

Tristam folgte dem Zug. Gelegentlich warf er einen Blick auf den Greis, der unter der Last des Federschmucks gebeugt in dem Kanu saß. So wirkte der alte König wie ein

Vogel einer alten, flugunfähigen Spezies, die unter einem pompösen Ferderkleid auf dem Boden leben musste. Hier vor sich sah Tristam den Letzten seiner Art, runzlig und krank, der still, aber mit einem Rest Würde seinem Ende entgegenging.

Als sie den Rand der Stadt erreicht hatten, gingen sie in den Wald. Das Mondlicht fiel nicht zwischen die Bäume, und die Fackeln warfen einen blutroten Schein und zuckende Schatten. Ein breiter Sandweg führte in weitem Bogen die Bergflanke hinauf. Gelegentlich änderte er die Richtung und kreuzte wie die Spur einer Schlange diagonal zurück.

Tristam juckte das Handgelenk unter den *Regis*-Blüten, doch er wagte nicht, es zu berühren, aus Furcht, was er dann zu sehen bekäme.

Eine Stunde lang stiegen sie langsam bergauf; fast schienen sie auf der Stelle zu treten. Endlich wurde der Weg für eine kurze Strecke eben, und Tristam fragte sich schon, ob sie ihr Ziel erreicht hätten, als er bemerkte, dass die Kenaturaga hinter den Bäumen verschwunden waren und die Träger des Königs Anstalten machten, ihnen zu folgen.

An den Bewegungen der Männer erkannte er, dass sie Stufen hinaufstiegen. *Wieder eine Treppe.* In gleichmäßigen breiten Stufen führte sie hinauf in den Dschungel. Ihr heller, fast weißer Stein, das wusste Tristam auf der Stelle, war kein heimischer Fels. Aus welcher Entfernung war er wohl herbeigeschafft worden?

Tristam setzte den Fuß auf die erste Stufe und zögerte. Mit den Fackeln unter den Bäumen konnte man meinen, in eine lange Säulenhalle zu blicken.

»Nur nicht den Mut verlieren, Mr. Flattery«, flüsterte Llewellyn. »Denken Sie an die anderen.« Falls der Arzt versucht hatte, ironisch zu sein, so überdeckte jedenfalls sein aufgeregter Tonfall diese Absicht. Hierfür war Llewellyn um die halbe Welt gereist. Er vermochte sich kaum zu beherrschen.

Tristam dachte an seinen Traum. *Wen wird der Tod sich erwählen?*, dachte er und war zugleich bestürzt, wie sehr seine Frage dem Gerede des Viscounts glich. Der Wind fauchte in den Bäumen. Tristam kniff kurz die Augen zu und spürte den Anprall der fernen Brandung, der stets im Hintergrund zu hören war.

Dann begann er die Stufen zu ersteigen. Langsam folgte er dem königlichen Kanu. Die Treppe führte zwischen den Bäumen hindurch zu einem tiefen Hohlweg, der in die Bergflanke geschnitten war. Der Mond stand gerade hoch genug am Himmel, dass sein Licht auf diesen Abschnitt der Treppe fiel. *Wie Wasser*, dachte Tristam. An den Felswänden über ihm wuchsen auf jedem noch so schmalen Sims und in der kleinsten Nische Farne und blühende Büsche und warfen bizarre Schatten auf den Stein. Tristam fragte sich, ob Beacham ähnlich empfand wie er selbst. Sie waren schon einmal zusammen solch eine Treppe hinaufgestiegen, geführt von einer Eule.

Was erwartete sie am oberen Ende?

Etwa die Träume, um ihn wieder gefangen zu nehmen? Tristam musste an den Traum denken, in dem er im Schlaf gelähmt dalag und nicht aufwachen konnte. In dem er hilflos war. Hilflos - so fühlte er sich nun. Als läge er in einem Albtraum, der ihn einfach nicht mehr loslassen wollte.

Weiter oben stimmten die Alten Männer leise ein melodisches Lied an. Aber ihr Gesang war ohne Wärme. Es schien ein Klagelied zu sein, und erst dann merkte Tristam, dass er Teiho Ruau das gleiche Lied hatte singen hören, als sie zu ihrer Reise aufbrachen. Und ebenfalls dieses Lied sangen die Varuaner, die Chilseys und Garveys Leichen an den Strand brachten. Wie hatte Wallis gesagt? Man sang das Lied zu Beginn einer Reise und für die Toten, denn der Tod war gleichbedeutend mit der Reise zu einer Insel - dem Fernen Paradies. Und hier zog der König dahin, in einem kleinen Boot getragen, und im Kielwasser schwamm Tristam mit.

Schlangengleich wand sich die Treppe zwischen hohen Felswänden hinauf, und kurze Windstöße waren die Begleiter der Prozession. Sie klangen wie ein beständiges

Lebewohl. *Denk an mich*, glaubte Tristam zu hören, das Klagelied der Geister.

Plötzlich stieß lautlos die Eule herab und setzte sich auf den Ast, den Tristam trug. Sie drehte den Kopf fast ganz auf den Rücken und blinzelte ihn mit gelben Augen an.

Immer höher ging es, und am Ende geriet Llewellyn doch noch ins Wanken. Die Treppe endete schließlich vor einem Torbogen, der mit höchster Kunstfertigkeit aus dem Felsen gehauen war. Dort hielt die Prozession an, und die Kenaturaga sprachen einige Worte und schlugen mit ihren Stäben auf die Stufe. Dann sangen sie, und Tristam roch, dass sie etwas verbrannten, was einen wunderbaren Duft gab.

Vor ihm durchschritten die Alten Männer das Tor, und Tristam folgte dem König in die Höhle, wobei er sich fragte, wohin sie ihn nun noch führen würden und was die Varuaner dort verborgen hielten.

Ein kurzer Gehweg aus dem gleichen weißen Stein führte ins Innere. Der Fackelschein enthüllte, dass dieses Pflaster über natürlichen Fels verlief. Zuerst glaubte Tristam, der Durchgang sei von Menschenhand in den Fels getrieben worden, doch je tiefer sie in den Berg vordrangen, desto unbehauener wirkte der Gang, während er sich zugleich weitete. Tristam begriff, dass dies einmal ein natürlicher Riss im Vulkankegel gewesen war.

Aus einem Stück gewachsen, dachte er.

Sie stiegen eine breite Treppe hinauf, die aus etwa einem Dutzend Stufen bestand. An den Wänden glitzerte der Fackelschein. Dann gelangten sie auf eine Plattform, und vor ihnen tat sich eine Höhle auf, in der eine weitere Treppe, einige hundert Fuß abwärts führte, doch am anderen Ende der Höhle standen sieben Säulen in einem Halbkreis: die beiden äußersten waren weiß, dann folgten zwei Rosafarbene, das innerste Paar bestand aus grünem Marmor, und die mittlere Säule war schwarz.

Wasser rann aus einem Speier in Form eines Schlangenkopfes, der auf einem Raubtierkörper saß, und darüber ruhte auf den Schultern eines nackten Mannes und einer nackten Frau, die beide schamhaft ihre Gesichter verbargen, eine kleine Plattform.

Auf jede einzelne Treppenstufe ließ Tristam sein volles Gewicht sinken, so steif wie ein Automat und unfähig, wegzuschauen oder auch nur zu blinzeln. *Das Volk, das verschwunden ist,* dachte er. Ein Volk, das den ganzen Globus umspannte und sich Stätten suchte, um dort Tempel zu errichten. Waren die ersten Magi die Letzten dieses Volkes gewesen? Oder hatten sie die Kunst der Alten entdeckt, denn Tristam wusste nun, dass die Magie um ihre Wiedergeburt kämpfte, sobald das Wissen verloren zu gehen drohte.

Die Eule flatterte auf und umkreiste einmal den Boden innerhalb der Säulen, dann ging sie auf dem Sturzstein nieder – der mit Schriftzeichen bedeckt war, die Tristam schon einmal gesehen hatte.

Er blickte Llewellyn an, der hingerissen dastand und alles mit den Augen verschlang. *Er begreift überhaupt nicht, was hier geschieht,* dachte Tristam. *Llewellyn glaubt, er und seine Gruppe hätten all diese Ereignisse in die Wege geleitet, doch das stimmt nicht. Das Stück, in dem wir spielen, hat ein anderer geschrieben, und wir können nicht wissen, ob es gut oder tragisch endet.*

Lady Galton hatte gesagt, das Böse werde von Menschen begangen, die es nur gut meinen. Tristam sah zurück auf die anderen, die noch auf der Treppe standen. Würde die Geschichte über ihn schreiben, er hätte sich auf einen schlechten Handel eingelassen? Dass die wenigen Leben, die er rettete, besser verwirkt gewesen wären, als den Menschen das Wissen um die Kunst der Magi zurückzugeben? Durfte er darauf bauen, dass Männer wie Palle und Llewellyn weise handelten?

Aber ich bin es doch, der zum Magus wird, das hat Llewellyn zumindest behauptet. Was soll ich mit dieser Macht anfangen? Kann ich den Schaden eingrenzen, den die anderen verursachen? Muss ich die Kunst erlernen, um die anderen aufhalten zu können? Oder bin am Ende ich es, der mit besten Absichten Böses tut?

»Es ist Zeit«, sagte Llewellyn plötzlich, »wir müssen beginnen. In einer Stunde müssen Sie Ihre Rolle gelernt haben, Tristam, aber ich werde da sein, um Sie zu leiten.«

Tristam hoffte halbherzig, dass die Kenaturaga Llewellyn fortschicken und das Kommende in ihre Hände nehmen würden, doch sie standen erwartungsvoll und reglos da und warteten, dass die Farrländer begännen.

Llewellyn stellte Tristams Tasche ab und nahm eine Mappe voller abgegriffener Papiere heraus. »Kommen Sie, wir dürfen keine Zeit verschwenden. Zu viel hängt von Ihnen ab, Mr. Flattery. Mehr, als Sie ahnen. Denken Sie nur an diese guten Leute.« Er zeigte mit einer ausholenden Handbewegung auf die ängstlichen Farrländer. Tristam musterte seine Schiffsgefährten – mit entblößtem Oberkörper stand die Herzogin in ihren Reihen –, und er dachte, dass er nichts anderes tun konnte, als sie zu retten versuchen. Mit besten Absichten.

37. Kapitel

Jaimas und der Prinz kamen kurz hinter der Gräfin aus den Tiefen der Abtei hervor. Lady Chilton begann, ohne zu säumen, langsam die offene Fläche abzuschreiten, mit gesenktem Blick, als könnte sie durch den Stein bis ins Herz der Erde sehen. Jaimy blieb stehen, während der Prinz weiterging, und wartete darauf, dass sie seine Anwesenheit zur Kenntnis nahm. Schließlich räusperte er sich. Sie blickte nicht auf.

»Sind Lady Angeline und Bertillon in Massenets Hand?«, fragte er. Ihn verdross, dass es ihm nicht gelungen war, den Entonnier aus der Kammer zu vertreiben. Doch noch mehr wünschte er, er hätte die Nichte der Gräfin retten können – denn er spekulierte auf ihre Dankbarkeit.

Die Gräfin schien die Frage nicht gehört zu haben. »Es ist Teil des Ganzen«, sagte sie, als sprächen sie schon länger darüber, »aber ... es ist so schwer zu erkennen, wo es sich einfügt.«

Jaimy registrierte mit Bestürzung, wie wenig sie sich um das Leben ihrer Nichte sorgte. Sie fuhr fort, den Boden abzusuchen, als handle es sich um die wichtigste Tätigkeit der Welt.

Völlig ruhig war es geworden; nicht mehr lange, und der neue Tag begann. Der Mond war über den Himmel nach Westen gewandert und schwebte über dem Horizont. Er warf lange, undeutliche Schatten in die Ruine, welche Jaimy auf eine unbeschreibliche Weise die Vergangenheit vor Augen rief. Was hatte sich im Lauf der Jahrhunderte hier alles ereignet? Welches geheime Wissen war von Eldrich mit ins Grab genommen worden oder verbarg sich ungelesen in den verbotenen Büchern im Besitz der Farrellitenkirche? Es bedurfte keiner außergewöhnlichen Phantasie, um an diesem Ort die Magi am Werk zu sehen oder sich Heere vorzustellen, die sich zusammenzogen und um diese Stätte kämpften.

Ein Gardist kam und verbeugte sich vor der Gräfin. »Der Herzog verlangt nach Ihnen, Lady Chilton.«

Sie blickte verwirrt auf, als wäre sie in die gleiche Vergangenheit abgeschweift, die auch Jaimy sehen konnte. Dann nickte sie. Im Unterstand, wo ein Feuer ein wenig Wärme verbreitete, fanden sie eine kleine Gruppe vor, die sich um den Tisch scharte. Nur ein einziger Mann saß; zusammengekauert hockte er auf einem Schemel.

Die Gräfin knickste augenblicklich tief.

»Euer Majestät«, sagte sie.

»Lady Chilton?«, fragte der König mit einer Stimme, bei der Jaimy kaum glauben konnte, dass sie aus der Kehle eines Menschen stammte. »Ist alles bereit?«

»Sie beabsichtigen also weiterzumachen?«, fragte sie und überraschte damit gewiss nicht nur Jaimy.

Der König gab keine Antwort, doch der Kopf sank ihm nach vorn und hob sich langsam wieder: ein erschöpftes Nicken.

»Es ist noch etwas zu tun, bevor wir weitermachen können.«

Erneut nickte der König, und seine Kapuze fiel ihm noch tiefer ins Gesicht.

Die Gräfin winkte Blackwater nahe zu sich heran, damit sie ungehört sprechen konnten.

»Palle und der Kronprinz haben die Kammer in ihre Gewalt gebracht«, raunte sie ihm zu und überraschte Jaimy damit einmal mehr. Gelegentlich waren Geräusche gemeldet worden, die von einzelnen Männern stammen konnten, doch auf diese Übernahme hatte es keinen Hinweis gegeben.

»Wie das?«

»Wir sollten Mr. Kent und Valary fragen. Es muss einen Eingang geben, von dem wir nichts wissen.«

Prinzessin Joelle kam in den Unterstand, gefolgt von Lady Galton, die Alissas Hilfe bedurfte.

Jaimy suchte und fand den Blick seiner Verlobten, die vergeblich zu lächeln versuchte. Nun war er überzeugt, dass die Entscheidung gefallen sei: Sie akzeptierte, dass er sie freisprach. Er schloss die Augen, und eine Welle von Schuldgefühlen überkam ihn. Er hatte zugelassen, dass es so weit kam, nur weil er, Narr, der er war, sich in Angeline Christophe verlieben musste. Warum hatte er Alissa auch je dieses Angebot gemacht? Nun konnte er es nicht mehr zurücknehmen.

Sein Vater, die Gräfin und einige andere verließen den Unterstand; anstatt dort zu bleiben und zu hören, wie Alissa ihren Entschluss in Worte kleidete, schloss Jaimy sich dieser Gruppe an. Kent und Valary nickten ihm zu, als er sich zu ihnen gesellte.

Im Hauptsaal der alten Abtei blieben sie stehen, wo die Mauern und Säulen im Mondlicht lange Schatten warfen und der Nebel durch die Fenster hereinzuwehen schien.

»Wir werden die Kammer mit Gewalt einnehmen müssen«, sagte der Herzog.

»Nein«, widersprach ihm die Gräfin bestimmt. »Dazu ist es zu spät. Sie haben Trevelyan, und wenn sie Mr. Bertillon zwingen können, ihnen zu Willen zu sein, könnte großes Unheil geschehen.« Die Gräfin blickte auf die Stelle, unter der die Kammer lag, und starrte auf den unebenen Steinfußboden. »Ich muss sie auf meine Weise dort hinausjagen.«

Zwei Gardisten erschienen in diesem Augenblick. Sie brachten eine Frau, und Jaimy empfand einen Ansturm der Hoffnung, denn es konnte nur Angeline sein, schlammbespritzt, mit zerrissenem Kleid. Doch als sie in den Lichtkreis der Laterne geschoben wurde, sah Jaimy, dass es überhaupt nicht Angeline war, sondern die entonnische Sängerin, die er zuletzt im Palast gesehen hatte!

Er warf der Gräfin einen raschen Blick zu, doch sie verbarg ihr Gesicht hinter dem Schleier.

»Wie um alles in der Welt ist Ihnen die Flucht gelungen?«, fragte Lady Chilton.

Die Entonnierin wirkte über alle Maßen verängstigt und völlig erschöpft. Als die Gardisten sie losließen, brach sie beinahe zusammen.

»Ich war nicht in der Kammer, als der Graf sie einnahm«,

antwortete sie auf Entonnisch. »Ich war ins Treppenhaus gegangen und ein Stück hinabgestiegen – dem Ruf der Natur folgend. Ich hatte eine Laterne und versteckte mich in den unteren Kellern. Irgendwann ging das Öl zu Ende, und ich war allein im Finstern, bis einer von Massenets Leuten mit einer Laterne vorbeikam. Ich versuchte ihm zu folgen, aber weil ich Angst hatte, entdeckt zu werden, bin ich zu weit zurückgeblieben und verlor ihn aus den Augen. Mir kam es wie Stunden vor, bis er mit jemand anderem wiederkam. Und weitere Männer folgten ihnen, Palle und noch andere. Dann fand ich den Gang, den sie benutzt hatten, und kroch durch die Dunkelheit, bis ich einen winzigen Lichtpunkt sah – einen Stern. Und dann kam ich in dem Wäldchen hinter der Abtei wieder an die Oberfläche.«

Die Gräfin nickte. »Bringen Sie die Dame zu Lady Galton, und sagen Sie ihr, sie möchte sich freundlich um sie kümmern«, befahl die Gräfin den Gardisten. Sie wandte sich ab, um sich wieder mit dem Boden zu beschäftigen, und als sie an Jaimy vorbeiging, glaubte er zu erkennen, dass sie seinen Blick bemerkte.

Sie sind ein und dieselbe, dachte er. *Sie hat den Pfad der Magi eingeschlagen und sich nicht deshalb versteckt, weil sie alt und eitel ist und ihre Schönheit verloren hat, sondern weil sie immer noch jung aussieht.*

Angeline war alt genug, um seine Großmutter zu sein.

»Ich brauche Kerzen und Asche aus dem Ofen«, sagte sie plötzlich. »Lord Jaimas, wären Sie so freundlich? Aber bringen Sie niemand anderen mit.«

Sie schlüpfte aus den Schuhen und schritt langsam über die Steine, als wollte sie sie mit den Fußsohlen abtasten. Spürte sie Erschütterungen?

Jaimy beeilte sich, ihrem Wunsch nachzukommen, und als er zurückkehrte, stand sie dem Mond zugewandt, hatte das Gesicht mit den Händen bedeckt und redete leise.

»Löschen Sie die Lampe«, sagte sie ruhig, »und halten Sie sich fern. Wenn Sie bleiben möchten, sagen Sie kein Wort, und rühren Sie sich nicht.«

Sie nahm zwei Hände voller Asche auf, verteilte sie langsam in einer Linie auf dem Boden und murmelte dabei leise vor sich hin. Jaimy kauerte sich neben seinem Vater und Kent nieder. Alle drei beobachteten sie in gebanntem Schweigen, ohne zu wissen, wovon sie Zeuge werden sollten.

Lady Chilton streute die Asche so auf den Boden, dass sie einen zehn Ellen durchmessenden Kreis bildete, dann zog sie sorgfältig Schnittlinien. Jaimy zählte sie: Es waren sieben. Lady Chilton nahm die größte Kerze und tropfte damit Wachs auf die Linien des Musters – Wachskleckse in gleichen Abständen. Dann setzte sie drei Kerzen in die Mitte und sang eine Weile über ihnen.

Jaimy glaubte zu spüren, wie die Luft sich lud, als zöge sich ein Gewitter zusammen. Er wartete nur darauf, dass sein Haar sich aufrichtete.

Aber Angeline ist nicht die Frau, die für das Portrait in der Bibliothek Modell gestanden hat, dachte er plötzlich. Gewiss, es gab unleugbare Ähnlichkeiten, und doch war es nicht die gleiche Frau, da konnte gar kein Zweifel bestehen. Alle Überlegungen führten ins Nichts.

Die Gräfin hatte nun das Wachs verteilt und stand auf dem Schnittpunkt zweier Linien. In der Sprache des Textes begann sie zu singen. Jaimy blickte Valary an, der aufmerksamer war, als er es dem zerstreuten Gelehrten je zugetraut hätte. Ihm war förmlich anzusehen, wie er sich jede Einzelheit aufs Genaueste einprägte.

Die Gräfin hob steif die Hände und verdrehte sie absonderlich, als hätte sie ihre Gliedmaßen nicht völlig in der Gewalt. Sie schien in Trance zu sein, und ihre Stimme hatte sich verändert, hatte den hohlen Klang angenommen, den Jaimy vom König kannte: Die fremdartigen Laute erforderten einen fremdartigen Tonfall.

Drei dunkle Rauchfahnen stiegen von den Kerzen auf, ringelten sich umeinander und vereinten sich zu einer Wolke. Der Rauch krümmte sich zu einem engen Bogen und schien fast wie ein Wasserstrom zu fließen, schwebte jedoch einige Zoll über dem Boden und folgte einer der Linien, die dem Mittelpunkt entsprangen. Zur äußeren Kreislinie hin knickte er scharf ab, dann richtete er sich nach unten und verschwand in einem Bodenspalt.

Der Herzog stand langsam auf und wich tiefer ins Dunkle zurück. Jaimy hörte ihn einige Schritte machen und sodann die Flucht ergreifen.

Etliche Minuten lang strömte der Rauch aus den Kerzen und folgte dem widernatürlichen Kurs, dann blakten die Kerzen plötzlich und flackerten wild, als wäre etwas in den Flammen gefangen und bemühte sich zu fliehen. Als sie dann verloschen, stiegen von ihnen dünne Rauchfäden senkrecht ins Mondlicht auf.

Die Gräfin erhob sich, schlug sich die Arme um die Schultern und streichelte sich mit den Fingern unbewusst die Oberarme. Langsam wiegte sie sich vor und zurück, wie jemand, der den Verstand verloren hat. Niemand wagte, sie anzusprechen.

Jaimy sah den Vater an der Spitze eines Trupps Gardisten wiederkommen. Entschlossenen Schrittes marschierten die Männer zwischen den Säulen hindurch.

»Wohin geht er?«, fragte Jaimy.

»Er will Prinz Kori und die anderen abfangen, wenn sie aus dem Untergrund getrieben werden«, flüsterte Valary.

Jaimy stand auf und trat hinter eine Säule. Er wollte von den anderen in Ruhe gelassen werden. In einer dunklen Ecke fand er einen zu Boden gefallenen Stein und setzte sich darauf.

Dann gab er sich seiner Reue und der Trauer hin. »Was für ein entsetzlicher Treubruch«, flüsterte er. »Und alles nur wegen eines Trugbilds.«

Er schaute in den Mond, und er erschien ihm wie ein Sinnbild seiner Einsamkeit. Alissa war fort, und die Frau, die in ihm so verwirrende Gefühle geweckt hatte, entpuppte sich als jemand anderes. Jemand ganz anderes.

»Was sehen Sie im Gesicht des Mondes?«

Jaimy drehte sich um, und da saß die Gräfin nur wenige Fuß entfernt auf einem anderen Stein.

Er wandte sich wieder dem Trabanten zu. »Ein einfaches Gesicht, unschuldig und schön. Und obwohl es von den

Jahren unberührt bleibt, spürt es keinerlei Drang, dies zu verbergen.«

»Auch der Mond ändert sich, Jaimas: Er durchläuft seine Phasen und verschwindet manchmal ganz. Oder er versteckt sich hinter Wolken.«

»Wie Sie sich hinter einem Schleier verstecken, Lady Angeline?«

»Das ist nicht das gleiche, meine ich«, sagte sie leise.

Jaimy schüttelte den Kopf und sah über die Schultern hinweg die Frau an, von der er sich getäusht fühlte. »Nein? Warum verbergen Sie dann immer noch Ihr Gesicht vor mir? Ich weiß nun die Wahrheit.«

»Nein«, widersprach sie. »Sie kennen sie nicht einmal ansatzweise.«

Jaimy drehte sich zu ihr herum und flüsterte: »Was ist denn die Wahrheit? Sie bleiben jung. Ist es etwa nicht so?«

»Ich bin uralt«, erwiderte sie rau.

»Aber ich habe Sie gesehen. Sie sind eine wunderschöne Frau mit den Reizen und den Sehnsüchten der Jugend.«

»Nein. Ich kann dergleichen verkörpern. Das ist der einzige Unterschied zwischen mir und anderen alten Frauen. Die Alten sagen, sie seien im Herzen jung geblieben, auch wenn ihre Körper altern. Ich aber bin alt im Herzen und jung von Gestalt. Ich kann die Welt nicht mehr sehen, wie ich sie einst betrachtet habe. Ein anderer kann das unmöglich verstehen, denn es ist anomal und nur für die alltäglich, welche die Kunst praktizieren.«

»Dann sind Sie ein Magus?«

Sie lachte bitter auf. »Nach den Maßstäben der Magi bin ich nicht einmal ein Lehrling. Selbst Eldrich war kaum ein wahrer Magus. Nein, sie sind fort. Verschwunden«, flüsterte sie. »*Verschwunden.*«

»Was tun wir dann hier? Was hoffen Palle und Massenet zu erreichen? Was bewirken diese Texte, und woher stammen sie?«

Sie schwieg und umfasste mit beiden Händen ein Knie, wiegte sich vor und zurück – ihr Benehmen strafte die Behauptung, ›uralt‹ zu sein, schlichtweg Lügen. »Sie wurden vor langer Zeit versteckt, noch bevor Lucklow und die anderen den Bund schlossen. Die Magi vermochten manchmal zukünftige Ereignisse vorherzusehen, vielleicht so, wie wir Gestalten im Nebel zu erkennen glauben. Diese Gesichte waren kaum klar und eindeutig zu nennen, doch einige Magi verstanden sich darauf, sie sehr geschickt zu deuten. Die Texte wurden sehr sorgfältig versteckt, damit sie von niemandem gefunden werden könnten, nicht einmal von einem Magus. Es muss Jahrzehnte gedauert haben, das zu erreichen. Im Versteck warteten sie darauf, dass bestimmte Dinge eintraten.« Sie legte die Hände um das andere Knie und wiegte sich weiter. »Wie die Dunkelheit die Eulen hervorlockt.« Sie zeigte auf den Boden. »Über der Tür war ihr Zeichen. Die Talrose und der Falke. Die Kammer gehört ihnen.«

»Wessen Zeichen?«

Sie schüttelte den Kopf. »Die Magi sprachen ihren Namen niemals aus.« Sie senkte den Kopf und rührte sich eine Weile nicht. Im Mondlicht konnte Jaimas ein wenig ihr Profil durch den Schleier erkennen. In diesem Augenblick spürte er ihr Alter und den Schmerz.

»Aber was erwarten Massenet und Palle hier denn zu finden?«, fragte Jaimas leise noch einmal.

»Überlegenheit und Einfluss für sich, für ihre Länder. Sie fürchten die anderen – deshalb haben sie sich Machtstellungen verschafft. Ihr größter Traum ist ein König, der tanzt, wenn sie an den Fäden ziehen. Massenet wünscht, seine Tochter mit dem entonnischen Kronprinzen zu verheiraten und seinen Enkelsohn auf dem Thron sitzen zu sehen. Die üblichen Gelüste derer, die nach solchen Stellungen streben. In ihren Ambitionen sind sie letztendlich nicht sonderlich originell. Dennoch richten sie gewaltigen Schaden an.«

Sie hörten ein Scharren, und als sie aufblickten, stand Kent einige Fuß entfernt. Auf seinem Gesicht lag eine solche Traurigkeit, dass Jaimy tiefes Mitleid empfand.

Er hat so viel länger gelitten als ich, dachte er.

»Würden Sie uns bitte allein lassen?«, bat die Gräfin leise.

Jaimy nickte und stand auf, doch als er an der Gräfin vorbeiging, streckte sie die Hand aus und drückte die seine, als könnte sie es kaum ertragen, ihn gehen zu sehen. »Sagen Sie dem Herzog, dass wir in einer Stunde beginnen müssen.« Damit ließ sie ihn los – das spürte Jaimy – gab ihn so weit frei, wie sie nur konnte. Nun lag alles in seiner Hand.

Kent stand vor der Frau und betrachtete sie im Mondlicht. Am liebsten hätte er sie gebeten, den Schleier zu heben, doch dazu war es längst zu spät. In all den Jahren hatte er nie auch nur eine Forderung an sie gestellt, und mit dieser Gewohnheit konnte er nun nicht brechen.

»Sie haben jedes Recht, genau das zu empfinden, was Sie fühlen«, sagte die Gräfin plötzlich.

»Sie wissen, was ich empfinde?«

»Groll. Zorn. Bitterkeit.«

Kent schüttelte den Kopf. »Nein, das stimmt gar nicht. Verlust, den fühle ich. All die Jahre, die wir verloren haben. Warum haben Sie sich vor mir versteckt?«

Sie ballte die Fäuste in ihrem Schoß, das sah Kent auch im Mondlicht. »Mein Herz gehörte einem anderen, Averil«, brachte sie langsam hervor, als bereitete es ihr Qualen.

»Der wie viele Jahre schon tot ist?«, entschlüpfte es Kent, bevor sein Verstand ihn daran hinderte, denn er wusste, wie vergebens es ist, zurückliegende Entscheidungen infrage zu stellen oder jemanden ändern zu wollen, der sich nicht ändern kann.

Niedergeschlagen senkte sie den Kopf.

»Aber was soll es, ich bin ein alter Mann«, sagte Kent wehmütig.

»Und ich habe mich verändert«, sagte sie. »Ich bin nicht mehr, wie Sie mich in Erinnerung haben. Der Zauber ist vergangen.«

Kent blickte sie fragend an, als ergäben ihre Worte plötzlich keinen Sinn mehr, oder als verstünde er gar nicht, worauf sie anspielte.

Die Gräfin wandte sich von Kent ab, dem untergehenden Mond zu, hob ihren Schleier und nahm ihn ganz ab.

»Kommen Sie herum, Averil«, sagte sie, und dabei schlich sich ein wenig Wärme in ihre Stimme.

Kent bewegte sich langsam, auf Wahrung des Abstandes bedacht und plötzlich unsicher, was ihm offenbart würde. Und dort, vom weichen Mondlicht beschienen, sah er die Frau vor sich, die er so oft aus der Erinnerung gemalt hatte, und doch war sie es nicht – nicht ganz.

»Sehe ich aus, wie Sie mich im Gedächtnis haben?«, fragte sie und klang überhaupt nicht mehr tonlos.

Kent zögerte. »Das Licht ist schlecht.«

»Nein. Es liegt nicht am Licht«, sagte sie. »Äußerlich hat sich wenig geändert, und doch – etwas ist verschwunden. Habe ich Recht? Ich war verzaubert, Averil. Oder vielleicht war es schon meine Mutter oder meine Großmutter, der dieses Unglück widerfuhr. Im Schoß meiner Mutter wuchs ich nicht auf gewöhnliche Weise heran. Solange ich zurückdenken kann, übte ich immer eine unnatürliche Anziehungskraft aus. Schauen Sie sich mein Gesicht an. Noch immer bin ich schön – und das sage ich ohne Eitelkeit. Doch würden sich meinetwegen Männer duellieren, zu denen ich nie ein Wort gesagt habe? Brächte ich Scharen junger Kavaliere zum Weinen, weil ich sie verschmähe? Sie kennen die Antwort. Der Zauber ist fort, denn er hat seinen Zweck erfüllt.

Ich war eine Falle für Eldrich, ohne es zu wissen – und er wusste ebenfalls nichts davon. Weder konnte er mir widerstehen, noch vermochte er den Zauber zu entdecken, denn der war von Männern gewirkt, deren Kräfte Eldrichs Macht bei weitem übertrafen. Er konnte es nicht ertragen, mich altern zu sehen, und deshalb gab er Wissen an mich weiter, obwohl er damit gegen alle Eide und alle Vernunft verstieß, nur damit ich meine Schönheit nicht verlor. Damit er sie nicht verlor.

Und so wurde ich diejenige, die in dieser Welt die Magie am Leben erhielt. Ich zog sie an wie ein Magnet das Eisen. Ich habe alles, was kam, in Bewegung gesetzt. Und doch wurde ich mir dessen nur sehr langsam gewahr. Ich, Averil. Ich habe alles verursacht. Vor langer Zeit sah jemand, vielleicht ein Wahrsager, was kommen würde, und setzte die Figuren an Ort und Stelle. Legte den Grundstein für alles, was heute Nacht geschieht.« Sie erhob sich und fasste Kents Hände. Ihre Hände fühlten sich so warm und weich an, dass sie alles abstritten, was die Gräfin gesagt hatte, denn die Flamme der Jugend schien noch sehr stark in ihr zu brennen. »Und Sie fielen unter den Bann, Averil, wie so viele andere. Bezaubert waren Sie, und das tut mir so leid.«

Das wollte Kents Verstand nicht hinnehmen. »Daran ist noch mehr«, brachte der Maler hervor. »Was ist mit den Gefühlen, die ich jetzt empfinde? Der Zauber ist vergangen, sagen Sie?«

Sie hob seine Hand an ihre weichen Lippen. »Ich kann Ihre Gefühle nicht erhören, denn ich bin nicht gut zu Ihnen gewesen. Jahrzehnte des Schweigens, und dann erlege ich Ihnen diese unmögliche Pflicht auf. Sie sollten mich verabscheuen. Das hätte ich verdient.« Sie sah ihn an, suchte in seinen Augen. »Doch hier stehen wir, so viele Jahre später. Sagen Sie mir ehrlich, Kent, glauben Sie, dass Sie mich lieben? Mich ein bisschen lieben?«

»Ich habe Sie während all dieser Jahre des Schweigens geliebt«, sagte Kent bewegt, und fast versagte ihm die Stimme. »Wie könnte ich jetzt damit aufhören, wo ich Ihre liebliche Stimme wieder höre?«

Sie stellte sich auf die Zehenspitzen und küsste ihn auf den Mundwinkel. »Wenn ich diese Nacht überlebe, sprechen wir weiter. Vielleicht bleiben uns noch einige Jahre. Ich verstehe mich zwar nicht auf Weissagung, aber unmöglich wäre das nicht. Doch ich will Ihnen die Wahrheit sagen, Averil: Es wäre ein Wunder, wenn ich das Kommende überlebte, und Wunder sind in unserer Zeit selten geworden.«

»Dann will ich um ein Wunder beten.«

Sie drückte seine Hände, als gefiele ihr nicht, was er sprach. »Ich brauche Sie noch ein letztes Mal. Darf ich mich Ihnen noch einmal aufdrängen? Ich warne Sie, auch für Sie könnte es gefährlich werden.«

Kent schüttelte den Kopf. »Ich bin so weit gekommen. Wie könnte ich meiner Pflicht jetzt noch den Rücken kehren?«

»Dann kommen Sie mit mir hinunter«, sagte sie und ließ seine Hände los. Plötzlich war sie tiefernst geworden. »Ich werde noch einige andere um ihre Begleitung bitten.«

Sie legte sich den Schleier wieder vors Gesicht und wandte sich zum Gehen. »Kent?«, flüsterte sie.

»Ja?«

»Ich fürchte mich.«

Kent wusste, dass er darauf nichts antworten konnte, und streckte die Hand aus. Die Gräfin nahm sie, und dann gingen sie im letzten Mondlicht los.

Ein Vogel schlug über ihnen mit den Flügeln und flatterte von einem Fenster auf die Spitze einer Säule, dann auf die oberste Stufe der Treppe, die in die Tiefe führte.

Schweigend standen Kronprinz Kori, Stedman Galton, Palle und Massenet vor dem König, als erwarteten sie den Richterspruch. Zur Rechten des Monarchen sah Kent den Herzog, und er konnte sich nicht erinnern, dass Blackwater jemals so aufgewühlt gewirkt hätte.

»Wieso belästigt man mich damit?«, fragte der König missmutig. »Sieht denn niemand, dass meine Stunde gekommen ist? Um solche Belanglosigkeiten bekümmere ich mich nicht! Soll die Thronfolge fallen, an wen sie will. Nur ein Narr verschließt die Augen davor, dass sie nichts anderes ist als ein Fluch! Wer also den Fluch auf sich nehmen will, soll es tun, und verdammt soll Er sein deswegen!« Der König erhob sich mühsam. »Wil?«, rief er und schaute sich um.

»Hier bin ich«, sagte der Prinz und trat vor. Eindeutig hatten ihn die Worte seines Großvaters aus der Fassung gebracht.

»Führe Er mich hinunter in diesen Keller.«

Nun ließ sich Massenet vernehmen. »Als Repräsentant Seiner Heiligen Entonnischen Majestät verlange ich, an diesem Ritual teilzunehmen. Ich und Mr. Varese.« Massenet wusste nicht ganz, wem er sein Verlangen eigentlich vorbringen sollte, denn den König bekümmerte es offensichtlich überhaupt nicht. Deshalb wandte er sich an alle Anwesenden. »Wir müssen mit eigenen Augen sehen, dass Lady Chilton ihr Wort hält.«

Der König machte eine unwirsche Gebärde, als erteilte er seine Erlaubnis.

»Auch ich werde Zeuge werden«, sagte Kronprinz Kori, »zusammen mit Wells und Sir Roderick. Ich brauche Gewissheit, dass in meinem Königreich nichts in falsche Bahnen gerät.« Nicht ohne Triumph blickte er den Herzog an.

»Er ist ein eigensinniger alter Mann«, raunte Kent der Gräfin zu.

»Das ist ohne Bedeutung«, entgegnete sie. »Es ist Zeit, Euer Majestät. Mr. Bertillon? Sind Sie noch immer bereit, bis zum Ende weiterzumachen?«

Der Pianist stand so weit von Massenet entfernt, wie der kleine Raum es zuließ. Er nickte, doch gelang es ihm nicht, seine Beklommenheit hinter Schweigen zu verbergen.

»Lord Trevelyan?«

Der Baron hatte sich auf einen Schemel sinken lassen und stützte sich trotzdem schwer auf seinen Gehstock. »Jawohl. Ja. Nur dass es endlich vorbei ist ... Nein – Sie brauchen mich nicht zu warnen. Ich weiß, wie gefährlich es ist. Lassen Sie uns die Sache zu Ende bringen.«

»Ich benötige außerdem noch andere Hilfe. Des Prinzen, Lord Jaimas' und Alissas Hilfe. – Nein, ich meinte Prinz Kori«, sagte sie, als Prinz Wilam sich mit einem Nicken einverstanden erklärte.

»Ich werde daran nicht teilnehmen!«, widersprach Kori sofort.

Der König hielt inne und wandte sich halb seinem Sohn zu. »Natürlich wird Er teilnehmen. Soll ich meinen Thron einem Feigling hinterlassen? – Führ Er ihn mit«, befahl er einem Gardisten. Der Kronprinz blickte rasch zu Palle, der dieses Mal jedoch keinen Rat äußerte. Der Gardist trat vor, und der Prinz folgte dem König mehr ängstlich als verärgert; der Moment seines Triumphes war rasch entschwunden.

Im Schein der Laternen stiegen sie langsam die Stufen hinab, und außer der Gräfin wusste niemand, was ihnen bevorstand. ›Um dieses Wissen ein für allemal zu bannen‹, hatte sie gesagt.

Teiho Ruau begann, in seiner Muttersprache zu singen. Seine wunderbare Stimme erhob sich über alle Beklommenheit und Furcht. Jaimy bemerkte, dass der Gesang ihm ein wenig Mut einflößte, wenn er auch nicht im Entferntesten sagen konnte, was die Verse bedeuteten.

Lady Galton ließ ihren Gatten zurück und kam neben Jaimy.

»Hat der König uns hierher geführt, um uns nun im Stich zu lassen?«, fragte er die Dame. »Was soll aus uns werden?«

Lady Galton schüttelte den Kopf. Das Atmen fiel ihr schwer. »Das weiß ich nicht. Doch selbst wenn das Schlimmste eintritt, sollte Ihr letztes Wort nicht aus Schweigen bestehen.« Mit einer Kopfbewegung deutete sie auf Alissa, die vor ihnen ging.

»Alissa hat sich entschieden, keine Herzogin zu werden«, sagte Jaimy traurig.

»Das hat sie Ihnen gesagt?«

»Nein, aber ich bin mir sicher.«

»Und ich bin mir sehr sicher, dass zwischen Ihnen ein Missverständnis vorliegt, wie es für junge Leute nicht ungewöhnlich ist. Halten Sie nur nichts für sicher, solange Sie es nicht mit eigenen Ohren gehört haben. Solange Sie nicht gehört haben, dass sie ihr Herz sprechen ließ.« Sie legte ihm eine Hand auf den Arm und schob ihn sanft vorwärts.

Am Fuß einer Treppe musste die Gruppe warten, während die Ersten sich einer nach dem anderen durch eine enge Öffnung zwängten, und Jaimy wagte zu flüstern: »Alissa?«

Als sie seine Stimme hörte, blickte sie rasch auf, und verzweifelte Hoffnung schoss ihr über das Gesicht.

»Wäre es möglich, dass wir uns hinterher sprechen?«

»*Ja*«, antwortete sie. »Ja, ganz gewiss.«

Jaimy tastete nach ihrer Hand und umschloss sie für einen Augenblick. Trotz ihrer Lage fasste er neuen Mut. Alissa flüsterte: »Sei vorsichtig«, dann war sie an der Reihe, die Engstelle zu passieren.

Gardisten hatten den Eingang in die Kammer freigeräumt, und die Gruppe kämpfte sich hinein. Nur ein großer, feuchter Keller, dachte Jaimy, der fast damit gerechnet hatte, dass die Stätte sich verändert hätte.

»Wir haben keine Zeit für lange Erörterungen«, richtete sich die Gräfin an die Versammelten. »Tun Sie bitte, was ich sage, ohne Fragen zu stellen.« Sie winkte. »Treten Sie nun zurück.«

Dann trat sie an die Öffnung im Boden, die sich am weitesten rechts und am nächsten an der Mauer befand. »Mr. Bertillon, Sie stehen hier. Sie sind mit Ihrer Rolle vertraut, hoffe ich? Lord Trevelyan, Sie nehmen bitte den Platz daneben. Dort stand einmal eine Säule; stellen Sie sich auf, als hätten Sie diese im Rücken. Mr. Ruau?«, bat sie und winkte den Varuaner vor. »Gewiss kennen Sie Ihren Platz. Zur Rechten des Königs. Wenn ich Euer Majestät bitten darf? Sie müssen ihn nun verlassen, Prinz Wilam. Averil – Sie stehen links von Seiner Majestät.«

»Hat Er mein Portrait?«, fragte der König, worauf Kent das zusammengerollte Papier schwenkte.

»Geben Sie es mir, Kent«, sagte Lady Chilton und nahm dem Maler die Skizze ab. »Lord Jaimas, Sie stellen sich bitte links von Mr. Kent hin. Und schließlich Prinz Kori ganz nach links.« Sie schob die drei an ihre Plätze. »Im Folgenden spielen Sie keine eigene Rolle, sondern stehen für andere, die weit entfernt sind. Sie werden spüren, wie diese von Ihnen Besitz ergreifen, und Sie verlieren Ihre Fähigkeit, sich zu bewegen oder zu sprechen. Kämpfen Sie nicht dagegen an. Ihnen wird kein Leid geschehen. Ich kann nicht sagen: ›Fürchten Sie sich nicht‹, denn es ist eine zutiefst furchterregende Erfahrung. Wenn Sie sich nicht wehren, wird es allerdings leichter sein für Sie.« Sie wandte sich ab. Es blieb zu wenig Zeit, um weiter beruhigend auf die Ausführenden einzuwirken.

»Sie haben Ihre Rolle gelernt, Lord Trevelyan? Gut. Lady Alissa?«, fragte sie, und Jaimy beobachtete, wie Alissa Lady Galtons Hand drückte und vortrat. Die Gräfin lüftete den Schleier so weit, dass sie in den Ausschnitt ihres Kleides fassen konnte, und zog einen hellen Edelstein an einer silbernen Kette hervor, die sie Alissa um den Hals legte.

»Wenn diese Stätte nicht zerstört worden wäre, dann müssten Sie dort oben auf einer kleinen Plattform stehen.« Die Gräfin deutete auf die abgeschlagene Wand. »Nun müssen Sie hier stehen, gleich am Brunnen. Sobald das Ritual beginnt, legen Sie eine Hand auf diesen Stein und denken an nichts anderes als daran, wie er aussieht. Stellen Sie ihn sich als einen hellen Stern vor, der über unseren Köpfen am Himmel leuchtet. Dann sprechen Sie immer wieder meinen Namen. Halten Sie nicht inne, ganz gleich, was geschieht. Es ist von alles überragender Wichtigkeit, dass Sie meinen Namen ständig wiederholen. Meine Liebe, ich vertraue Ihnen mein Leben an, denn Sie sind reinen Herzens.« Sie küsste Alissa auf beide Wangen und flüsterte ihr etwas ins Ohr. »Wo ist mein Diener?«, fragte sie, an die anderen gewandt.

Der Mann trat daraufhin mit einer Ledertasche vor, aus der die Gräfin nacheinander merkwürdige Gegenstände und kleine Päckchen nahm. Dann blickte sie den Diener an. »Du kannst die Lichter löschen.«

Nach einer Weile herrschte völlige Dunkelheit. Jaimy fühlte sein Herz pochen. Er hörte nichts außer plätscherndem Wasser und Alissas leisem Singen; sie sang einen Namen, den er nicht verstand. *Wenn du nicht verzagst*, dachte er, *dann verzage ich auch nicht mehr.*

Plötzlich leuchtete etwas auf.

Die Gräfin hielt eine Glasflasche in der Hand, die mit einer blassen, leuchtenden Flüssigkeit gefüllt war. Sie stellte das Gefäß auf den Boden, von wo es einen matten Schimmer in den Raum warf. Unmittelbar vor sich sah Jaimy den gebeugten Lord Trevelyan, der sich mit beiden Händen auf seinen Gehstock stützte. Der Baron schien Schmerzen zu leiden. Jaimy hoffte, dass die Gräfin dem alten Mann nicht zu viel abverlangte und dass sein Leben nicht von dem Baron abhängen möge.

Lady Chilton lüftete mit einer unbewussten Bewegung ihren Schleier, als hätten all die Jahre, in denen sie ihre Züge verborgen hatte, nun jede Bedeutung verloren. Angeline Christophe stand vor Jaimy – die Frau auf dem Portrait in der Bibliothek, und doch nicht ganz dieselbe. Sie ging zu der Vertiefung im Boden an der Wand – gleich vor dem Brunnen –, und dort sprach sie leise mehrere Minuten lang zu sich selbst. Zwei Fuß entfernt sang Alissa mit entschlossener Miene.

Das Plätschern wurde lauter, und die Gräfin legte die Hände zusammen und schöpfte Wasser aus dem Brunnen. Sie trank etwas davon, dann ging sie zu Bertillon, der den Kopf in den Nacken legte. Lady Chilton ließ ihm einige Tropfen auf die Zunge rinnen. Nacheinander ging sie zu allen Teilnehmern des Rituals und gab ihnen zu trinken. Jaimy war erstaunt, dass es sich um gewöhnliches, in jeder Hinsicht unbemerkenswertes Wasser handelte.

Die Gräfin entzündete eine kurze Kerze, ohne dass Jaimy sehen konnte, wie sie das bewerkstelligte. In die Flamme warf sie einige Kräuter, die beim Verbrennen einen süßen, angenehmen Geruch von sich gaben. Einen Moment lang empfand Jaimy eine tiefe Ruhe, als läge überhaupt nichts im Argen. Er sah Alissa an, doch sie war völlig in ihrer Aufgabe versunken und bemerkte ihn nicht. ›Weil Sie reinen Herzens sind‹, hatte die Gräfin gesagt. Anders als Jaimy, den im gleichen Moment eine tiefe Gefühlsverwirrung befallen hatte, als er die rätselhafte Lady Angeline zum ersten Mal erblickte.

Die Gräfin hob das Gefäß mit der leuchtenden Flüssigkeit und besprengte unter großer Konzentration damit den Boden. Wie zuvor mit der Asche zeichnete sie Linien auf, doch diese Linien leuchteten schwach, und hier und da bildeten sich kleine Kugeln aus hellerem Licht, die ein Muster ergaben; sie erinnerten Jaimy an Sternbilder, obwohl er kein einziges davon erkannte.

Bald zog sich von jeder Person in dem Halbkreis eine

Linie zum Brunnen; diese Linien wiederum schnitt die Gräfin mit Kreisbogen. Eine Weile musterte sie aufmerksam die Zeichnung, die sie geschaffen hatte, dann endlich nickte sie zufrieden. Ohne zu zögern schüttete sie aus einem kleinen Beutel einige Samenkörner in einen Mörser – *Regis*, begriff Jaimy. Doch sie wirkten harmlos wie Pfefferkörner. Die Gräfin pulverisierte die Kerne gründlich. Aus einer zweiten Flasche, die aus dunklem Glas bestand, goss sie eine dunkle Flüssigkeit in die Reibschale und rührte das *Regis*-Pulver zu einem dicken Brei an. Sie hob den Mörser, trat in das Zentrum der Anordnung, sprach einige Wörter in einer fremden Sprache und leerte die Schale bis zur Neige, dann warf sie sie in die Vertiefung, die einmal ein Brunnen gewesen war. Ihr Kopf sank herab, als wäre sie völlig erschöpft, dann sah Jaimy sie schwanken und wollte schon vortreten, um sie vielleicht aufzufangen.

Da aber hob sie den Kopf und blickte einen Moment auf den Brunnen, als spräche sie ein kurzes Gebet. Langgezogen stieß sie den Atem aus und öffnete die Manschetten ihres Kleides.

Jaimy glaubte zu erkennen, dass ihr rechtes Handgelenk von einer grässlichen Narbe verunstaltet war.

Sie nickte Ruau zu, der daraufhin zu ihr kam, wobei er darauf achtete, nicht auf eine der leuchtenden Linien zu treten. Er wand ihr seinen Gürtel aus Schlangenhaut um den rechten Arm, sodass der Kopf des Tieres auf ihrem Handrücken auskam. Dann zog er sich zurück, und die Gräfin blickte erneut auf die Wand. Sie hob die freie Hand, und ein kleiner Falke, ein Turmfalke, erschien auf ihrem Handgelenk. Jaimy beobachtete, wie der Vogel ihr die Krallen in die weiche Hand trieb, bis ein paar Blutstropfen hervortraten. Sie rannen langsam über die marmorweiße Haut und fielen auf den Steinboden.

Die Gräfin stampfte mit dem Fuß auf, und das Geräusch hallte laut durch die Kammer. »*Curre d' Efeu!*«, rief sie mit fester Stimme und ließ die Worte verschallen. »*Curre d' Emonde!*« Dann fügte sie auf Farrisch hinzu: »Herz der Flamme! Herz der Welt. *Vere viteur aupel e' loscure.*«

Jaimy hörte, wie Egar für Valary dolmetschte: »Aus der Dunkelheit ruft dich dein Diener.«

»*Vau d' Efeu. Ivanté!*«

»Stimme der Flamme. Tritt hervor!«

»*Par d' embou vere fant!*«

»Sprich aus dem Munde deines Kindes.«

Jaimy wollte schlucken, vermochte es jedoch nicht, und sein Herz begann wild und unregelmäßig zu pochen. Kalter Schweiß rann ihm die Stirn hinab und brannte ihm in den Augen. Er stellte fest, dass er nach Luft schnappte und fremdartige Wörter sprach.

Allein durch sein Sprachtalent und sein geübtes Gedächtnis konnte Tristam der gehetzten Unterweisung durch Dr. Llewellyn folgen. Während er sich erneut mit dem Text befasste, stellte Llewellyn die anderen auf. Vor der äußersten Säule rechts platzierte er Beacham, vor der mittleren Rechten – zu ihrer großen Überraschung – die Herzogin. Rechts innen stand der Viscount. Die Varuaner hatten den König in seinem Kanu vor der schwarzen Säule abgesetzt, und links von ihm, vor einer grünen Säule, stand Wallis. Ein Alter Mann nahm den Platz vor der linken rosafarbenen Säule ein, und die letzte Position blieb frei.

»Sind Sie bereit, Tristam?«, fragte Llewellyn.

»Bereit? So bereit man sein kann, wenn man eine Stunde Zeit hatte, um sich vorzubereiten. Wissen Sie eigentlich, was geschieht, wenn es mir misslingt und ich einen Fehler begehe?«

»Sobald das Ritual in Gang ist, fällt Ihnen alles wieder ein, was Sie benötigen. Machen Sie sich keine Gedanken.« Mit einer Geste lenkte er die Aufmerksamkeit der Farrländer auf sich. »Was auch geschieht – verlassen Sie Ihren Platz unter keinen Umständen. Nichts kann Ihnen schaden, keine Flamme kann Sie verbrennen, solange Sie auf Ihrem Platz bleiben. Sie werden den Willen eines anderen spüren – widerstehen Sie nicht, sondern entspannen Sie sich. Atmen Sie langsam – konzentrieren Sie sich auf das

Atmen. Alle anderen ...«, wandte er sich an die Farrländer, die auf der Treppe geblieben waren. »Wenn Sie den Fuß in das Septogramm setzen, kostet es Sie das Leben. Halten Sie sich fern davon. Achten Sie auf Ihre Leute, Stern.« Llewellyn sah sich im Kreis um, überprüfte, ob alles in Ordnung war, dann nahm er seine Position vor der äußersten linken Säule ein. »Mr. Wallis«, bat er, und der Maler ging zu dem Kanu und nahm etwas heraus, das in Tapa-Tuch eingeschlagen war. Rasch entfernte er die Hülle und offenbarte eine Leinwand mit dem Portrait des varuanischen Königs.

Er legte es Tristam zu Füßen.

Faairi kam zu Tristam, ergriff seine Hand und legte sie sich auf ihren tätowierten Stern. »Suche nach meinem Stern«, forderte sie ihn auf, dann küsste sie ihn auf beide Wangen. Sie ging zum Brunnen und stieg zu der kleinen Plattform darüber hinauf, wo sie sich hinsetzte. Eine Hand auf den Stern gelegt, begann sie, unablässig seinen Namen zu wiederholen, immer und immer wieder.

Sie ist gekommen, dachte Tristam, *wie sie jedem schlägt: die Stunde meines Todes.* Nacheinander sah er die anderen an - die Lebenden. Sie, die sie diese Stätte verlassen und ihr Leben wieder aufnehmen würden, während Tristam Flattery nicht mehr existierte. Seine schlimmste Furcht bestand darin, dass es ihn noch immer geben würde, bei Bewusstsein, aber unter der Oberfläche und unfähig, zu sprechen oder auch nur einen Finger zu rühren, während der Andere in die Welt hervortrat. War das nicht schlimmer, als völlig ausgelöscht zu sein? Unversehens musste er an Dandish denken - den freundlichen alten Hochschullehrer, der im Garten werkelte. Eine Träne quoll hervor und blieb ihm an den Wimpern hängen. Solche Hoffnungen hatte Dandish für Tristam gehegt, doch niemals hätte der Professor an etwas Derartiges gedacht. Jaimy kam ihm in den Sinn; zweifellos war sein Cousin mittlerweile glücklich verheiratet, und Tristam empfand einen Stich der Eifersucht, den allerdings rasch eine Woge der Zuneigung vertrieb. *Soll er glücklich leben bis an sein*

Ende, dachte er. *Soll es wenigstens einem von uns beschieden sein.*

Er sah die Herzogin an; selbst jetzt noch war er sich über die Gefühle im Unklaren, die er ihr entgegenbrachte. Er war nicht einmal sicher, ob er wirklich wusste, weshalb sie hierher gekommen war, trotz allem, was sie ihm berichtet hatte.

Beacham starrte ihn verängstigt an. Der Seekadett fragte sich wohl, ob er verschont bliebe; ob er gerettet würde. Er fragte sich, ob sich Tristam plötzlich doch noch weigerte, seinen Teil zu tun. *Jung*, dachte Tristam. *Er ist noch so jung.*

Die Farrländer wirkten völlig fehl am Platz und so hilflos wie eine Schar Kinder. Und wie Kinder begriffen sie weit weniger, als sie dachten, und tappten mit völlig unangebrachtem Selbstvertrauen weiter. *Das ist das ewige Problem unseres Volkes*, dachte Tristam. *Ihres Volkes. Doch die Magi und das Volk, das zuvor verschwunden war – das die Magie ausgeübt hatte –, sie waren ausgestorben. Wie Arten, von denen uns nur ein Abdruck in Stein erhalten ist.*

Aus solchem Stein haben wir unsere bedeutendste Stadt gebaut – wir haben Avonel mit ihren Gräbern gebaut. Mit all den Arten, die auf geheimnisvolle Weise verschwunden waren – wie auch Tristam verschwinden würde, um etwas anderes zu werden. *Umbildung.*

»Mr. Flattery«, hörte er Llewellyn. »Es ist soweit.«

Die Fackeln wurden gelöscht, und Tristam betrachtete das ersterbende Licht wie seinen letzten Sonnenuntergang. Dann herrschte Finsternis. Im Wasser sang die Erde ihr uraltes Lied, und Faairi murmelte unablässig Tristams Namen.

»Lebt wohl«, flüsterte Tristam, dann beugte er sich vor, um sein Teil zu tun.

Er öffnete einen Krug aus Steingut, aus dem es zu leuchten begann. Darin war das Sternenwasser, das er mit Faairi geschöpft hatte. In seinem matten Licht trat Tristam an den Brunnen und begann die fremdartigen Wörter zu sprechen, die er sich so hastig eingeprägt hatte. Zuerst sprach er sie sehr unbeholfen aus, doch mit jedem Wort schien er an Selbstvertrauen zu gewinnen, als sähe er den Text vor seinem inneren Auge und könnte ihn ablesen. Mit den Händen schöpfte er Wasser aus dem Mund der Schlange und trank davon, dann trat er zu Llewellyn und ließ ihm einige Tropfen auf die Zunge fallen. Nacheinander gab er jedem im Kreise zu trinken.

Am furchteinflößendsten war dabei, wie natürlich ihm all dies vorkam; Tristam empfand das bohrende Gefühl, alles schon ausgeführt zu haben – vielleicht hatte er einmal davon geträumt. Ihm war, als drehe er sich zu den Klängen eines Tanzes, von dem er geglaubt hatte, ihn seit Jahrzehnten verlernt zu haben, während sich sein Körper dennoch an jeden Schritt erinnerte.

Einmal warf er der Herzogin einen Blick zu, die ihre Hände auf den Schultern ließ, um ihre Brüste mit den Armen zu bedecken. Sie biss sich vor Konzentration auf die Lippe, und Tristam sah sie erschauern, als wäre es kalt an dieser Stätte. Danach verlor er an die anderen keinen Gedanken mehr.

Sorgfältig besprenkelte er mit dem Wasser die Linien auf dem Marmorboden, und sie leuchteten geisterhaft auf. Über ihm am Gewölbedach schienen Sterne zu glitzern.

Aus einem Lederbeutel schüttete Tristam *Regis*-Kerne in einen Mörser, die er unter einem Knochenpistill zu einem staubfeinen Pulver zerrieb. Aus dem Kästchen nahm er die Weinflasche seines Großonkels – das Blut eines Vorfahren – und mischte die Flüssigkeit unter das *Regis*-Pulver, sodass ein dünner Brei entstand. Tristam stellte sich vor den Brunnen, starrte ihn an, schloss die Augen und stürzte die bittere Mischung hinunter, dann warf er die Schale in den Brunnen, dessen Wasser sich blutrot färbte.

Einen Augenblick lang war er überwältigt und spürte den Anderen, der sich in ihm regte. Er dachte an Faairis Stern und hörte den Singsang ihrer Stimme: »...tamtristamtristamtris...« Er hob den Kopf und versuchte, scharf zu sehen, doch das gelang ihm nicht. In der Höhle war es dunkel geworden, und Schatten zuckten ringsum. Vor ihm kostete die Schlange züngelnd die Luft.

Jemand trat zu ihm und legte ihm die Haut der Otter um

den Arm – der Otter, die er im Archipel getötet hatte. Er hob die linke Hand, und die Eule grub ihre Krallen in sein Handgelenk. Blutstränen quollen hervor und fielen mitten in das Linienmuster.

Wir wollen beginnen, dachte Tristam und öffnete den Mund. Dann rief er: »*Curre d' Efeu!*«, darauf fast die gleichen Worte, die er Bertillon an jenem Abend im Hause der Herzogin hatte benutzen hören: »*Curre d' Emonde! Vere viteur aupel e' loscure. Vau de' Efeu. Ivanté! Par d' embou vere fant!*«

Ein Augenblick völliger Stille folgte, und die Luft schien unter einem sich zusammenziehenden Gewitter zu knistern, dann erhob sich eine Flammenblume aus dem Brunnenwasser und verschlang Faairi auf ihrem Sitzplatz darüber.

Jaimy wollte vorspringen, doch etwas hinderte ihn an der Bewegung; Arme und Beine gehorchten ihm nicht. Die Flammensäule wälzte sich der Kammerdecke entgegen, er hörte einen erstickten Schrei und dann Alissa, die den Namen murmelte, den er nie ganz verstand. Dort mitten im Feuer saß sie, unbeschadet, wie er hoffte. Die Flamme ließ nicht nach. Sie wallte aus dem Brunnen hervor, doch weder breitete sie sich aus, noch rauchte sie.

Lady Chilton stimmte das an, was Littel als Schutzgesang bezeichnet hatte, und stieß die Hände in die Luft über sich, dann nach hinten. Fast schien es, als würde die Flammensäule ein wenig gegen die Wand zurückgedrängt.

»*Ivanté!*«, rief die Gräfin und breitete die Arme aus.

Jaimy verschwamm plötzlich die Sicht. Sterne erschienen vor seinen Augen, und Zonen, in denen die Dunkelheit Spiralen beschrieb. Einen Moment lang hielt er die Gräfin für einen Mann, der bis zu den Hüften nackt war und auf dessen Hand eine weiße Eule hockte. Der Schwindel überwältigte ihn, und unter seinen Füßen schwankte der Boden. Dann ertastete Jaimy mit den Händen etwas Festes hinter seinem Rücken: Stein. Er ließ sich zurücksacken und packte den Fels mit beiden Händen.

Als er es wagte, die Augen zu öffnen, sah er jenseits des

leuchtenden Linienmusters andere vor Steinsäulen stehen: weißen, rosafarbenen und grünen. Und dort befand sich ein Brunnen, von dem eine Flamme aufstieg, die aus dem Wasser hervorkochte, und darüber, auf einem Sims, der nur auf der Feuersäule zu ruhen schien, saß Alissa; mit der rechten Hand hielt sie etwas an ihrer Brust fest. Und sie sprach immer wieder Tristams Namen, als handle es sich um eine Litanei der Liebe.

Jaimy hörte Stimmen in seinem Kopf, die fremde Wörter sprachen und die in ihm widerhallten und nachklangen, als hätten viele Stimmen auf einmal gesprochen.

Plötzlich breitete sich das Feuer um den ganzen Kreis aus; es brannte in einer dünnen Linie auf der anderen Seite der Säulen und warf Schatten und eigenartige Lichtmuster.

»*... loginé*«, sagten die Stimmen, und Jaimy bemerkte, dass er an diesem Chor teilnahm.

Sosehr er die Augen anstrengte, um etwas deutlich zu sehen, die Gräfin war unkörperlich geworden, und zwischen den bewegten Schatten standen grimmig wirkende Männer, die hohen Kopfschmuck und Umhänge aus Federn trugen. Erneut erhob Jaimy die Stimme und sang in der Sprache der Magier; dann streckte er die Hände aus und entdeckte, dass sie mit eigentümlichen Tätowierungen bedeckt waren.

Ich bin in Sicherheit, sagte er sich, *ich darf mich nicht fürchten.* Verzweifelt lauschte er auf Alissas Stimme, auch wenn es gar nicht sein Name war, den sie sang, und erneut hörte er eine Frau murmeln:

»*Tristamtristamtristam.*«

Tristam beendete den Schutzgesang und empfand beinah eine Art Heiterkeit, das gleiche Gefühl, von dem er befallen worden war, nachdem er sein erstes Seegefecht überstanden hatte.

Bevor er noch überlegen konnte, was als nächstes folgte, schoss die Flamme vor ihm fauchend an die Höhlendecke, und daraufhin erwachte die Otterhaut zum Leben und wickelte sich um seinen Arm. Die Eule breitete die

Schwingen aus, als wollte sie davonfliegen, und Tristam fiel, fiel langsam. Und die Schlange und der Falke trafen sich in der Luft, griffen an, die Viper umschlang ihre Beute, und die Krallen des Falken packten zu. Ineinander verschlungen, fielen sie. Fielen durch einen lichtlosen Himmel, durch das Netz der Sterne.

Tristam spürte, wie der nadelspitze Schnabel ihm in die Seite schlug, und er wand sich vor Schmerz. Dann bohrten sich die heißen Fänge der Viper in die andere Seite, und ein brennendes Gift breitete sich aus. Er fiel. In seinen Ohren gellten der Schrei des Falken und das Zischen der Viper.

»*Tristamtristamtristam*«, rief jemand, und etwas in ihm antwortete: »*Ja, ich bin Tristam.*« Und dann prallten sie auf, Schmerz überflutete ihn, sodass er aufschrie, und sein Schrei klang wie das Brüllen eines Tieres.

»Ich bin Tristam«, sagte er und richtete sich auf. Er war in den Ruinen der dunklen Stadt. Ein kleiner Junge huschte in eine Grube, und Tristam folgte. Jemand flüsterte seinen Namen, und er erinnerte sich, blickte auf, bis er den Stern gefunden hatte, nach dem er suchte. Den Jungen überließ er sich selbst – mochte er ihm folgen oder nicht –, und begab sich auf die Suche nach dem hellen Stern.

Einmal blieb er stehen, als er sein Spiegelbild erblickte, das ihn aus einer Wasserlache auf einem Stein ansah, doch das Gesicht gehörte einer Frau, die jung und alt zugleich war. »*Ich bin Tristam*«, wiederholte er und ging weiter.

Plätscherndes Wasser lockte ihn näher, und als er die Quelle fand – Wasser, das sich wie ein Schrei aus dem Mund einer steinernen Büste ergoss –, trank er daraus.

Er spürte, wie er vor lauter Macht und Stolz und Wut anschwoll, und das Kreischen eines Vogels drang an sein Ohr. Erneut kämpften sie hoch in den Lüften. Und erneut fiel er.

Sieben Mal fochten sie gegeneinander, und sieben Mal stürzten sie auf die Erde. Und ein kleiner Teil Tristams kroch vor der Viper und dem Falken davon, die sich in Todeszuckungen wanden.

Ich kann nicht siegen, dachte er, *ich bin Tristam. Noch kann ich den Anderen in mir nicht überwinden.*

»Doch was für ein unsicherer Friede sollte das sein?«, schluchzte die Gräfin. Jaimy sah, dass sie nicht wieder an den Brunnen zurückging, um zu trinken, sondern sich in zerrissenen Kleidern am Boden wand. Das Haar hing ihr in nassen Strähnen ins Gesicht. Schatten huschten über sie wie flinke Vögel. Und sie wand sich, als litte sie Todesqualen, als wäre sie aus großer Höhe auf den Fels geprallt .

»*Mich überwindest du nicht!*«, hörte Jaimy eine Stimme brüllen, und er meinte, dass er diese Stimme kennen sollte. Vor ihm erhob sich die Gräfin schluchzend vor Zorn und Vernichtung und Gram. Ein kleiner Vogel flatterte an ihr vorbei und stieg in den Himmel auf. Sie atmete, als hätte sie schon seit langer, langer Zeit keine Luft mehr bekommen. Sie atmete wie ein Tier im Kampf um Leben undTod.

»*Tandre vere viteur!*«, rief sie in ihrer Wut. »Höre mich!« Sie stockte, als hätte sie vergessen, was sie sagen wollte. Und dann fügte sie leise, resigniert hinzu: »*Ci's m'curre.*« Aus dem Mieder nahm sie eine weiße Blüte und warf sie zum Feuer, doch der Turmfalke stürzte herab und nahm sie auf den Flügel. Zweimal umkreiste der Vogel die Kammer, dann stürzte er sich wie rasend in die Flammen, woraufhin sie mit dem Geräusch einer verebbenden Welle erloschen.

Es war dunkel, und Jaimy spürte, dass er sich im Kreise drehte. Er klammerte sich an die Steinsäule, bis der Schwindel nachließ, dann schlug er die Augen auf. Sie befanden sich offenbar in sehr großer Höhe und waren von Sternen umgeben. Ein schwacher, kühler Wind bewegte sein Haar und die Federn seines Umhangs. Es war still bis auf ein fernes Glockenläuten. Vor ihm lag die Gräfin in einem Haufen aus dunklen Kleidungsstücken.

»Wo bist du?«, flüsterte eine entsetzliche Stimme.

»Hier bin ich«, antwortete die Gräfin leise, und alle Überheblichkeit war fort. »Einsam. Mit dem Einsamen. Zwischen den Sternen.«

»Was hörst du?«

»Die Stimmen ... der Sternbilder.«

»Dann sage mir deinen wahren Namen.«

»Elaural«, hauchte sie.

Langsam richtete sich die Gräfin auf wie eine alte, verhärmte Frau. Als sie kniete, streckte sie den Arm aus und fuhr mit der Hand über den Boden. Das Lichtmuster veränderte sich.

»Öffnest du den Weg, auf dass wir hindurchtreten?«, fragte die Stimme.

Die Gräfin nickte, hob die Hände und begann zu sprechen. Jaimy spürte, wie unter ihm der Boden kippte und er mit Händen und Knien auf harten Stein prallte. Er stöhnte und sank in Dunkelheit.

»Jay?«

Jaimas hatte das Gefühl, sich erbrechen zu müssen, wenn er die geringste Bewegung machte.

»Jay? Du bist unversehrt.«

»Tristam?«

»Steh auf, mein Junge, du bist noch nicht fertig. Komm schon, schüttle es ab.«

Jaimy hob den Kopf – genauer gesagt spürte er, wie er für ihn gehoben wurde, aber von *innen*. Vor ihm kniete die Gräfin mit ausgestreckten Armen, den Kopf in den Nacken gelegt. Sie sang sehr rasch, und er verstand kein Wort.

Sie befanden sich wieder in der Kammer, allerdings nicht in derselben Kammer, die er zuerst gesehen hatte. Auch hier standen Säulen im Halbkreis, und Licht und Schatten spielten schnell und verwirrten das Auge.

Jaimy gelang es, auf die Beine zu kommen.

Auf dem Boden vor der Gräfin sah er ein Portrait, das in den Stein gemeißelt war. Es schien sich zu kräuseln, als triebe es auf der Oberfläche einer Flüssigkeit. Während er zusah, veränderte sich der Hintergrund des Bildes, vom Blau einer Lagune zum Schwarz eines sternenübersäten Himmels. Die Gräfin fuhr mit dem Finger mehrmals den Rand der Leinwand nach, und beim letzten Mal folgte der Bewegung eine dünne rote Flammenlinie. Langsam fraß sich das Feuer durch die Leinwand und verschlang das Portrait.

Die Gräfin blickte sich über die rechte Schulter, und Jaimy sah Ruau einmal nicken und dann vorsichtig vortreten.

Er ging zum König, der nur wenige Schritte entfernt auf dem Boden zusammengesunken war und sich unter Umhang und Kapuze nicht mehr regte. Sanft hob Ruau den Herrscher mit beiden Armen hoch und trug ihn, als wöge er nicht mehr als ein kleines Kind, an Lady Chilton vorbei. Wie jemand, der auf Trittsteinen einen Bach überquert, setzte er behutsam einen Fuß vor den anderen, bis er an der Flammensäule stand.

Ganz allmählich, fast widerwillig teilte sich die Flammensäule und erzitterte sacht. Dann hatte sich eine Öffnung gebildet, durch die man keinen Stein, sondern nur Dunkelheit sah. Dann Lichtpunkte - unbekannte Sterne. Jaimy spürte eine warme Brise, die den Geruch nach Blumen und Meer mit sich trug, und er hörte ein Geräusch wie von fernen Wellen. Das Portrait brannte noch, schneller nun, und die Flamme rings um die Öffnung begann zu zittern. Ruau zögerte einen Herzschlag lang, dann schritt er entschlossen hindurch. Jaimy sah, wie er in knietiefes Wasser trat, dann erhob sich seine reine Tenorstimme zu einem Lied. Und obwohl die Verse aus keiner Sprache entsprangen, die Jaimy kannte, verstand er sie trotzdem.

Der Mutterwind trägt uns
In den fernen Westen.
Der große Wal kommt
Mit dem letzten Sonnenstrahl.
Und Sterne weisen uns den Weg
Wie Inseln, aufs Meer geworfen.

Urplötzlich wechselte die Szenerie. Die Sterne zitterten wie ihre eigenen Spiegelbilder in aufgerührtem Wasser, dann waren sie verschwunden. An ihrer Stelle sah Jaimy drei geschwungene Bauten, Brücken, wie er rasch begriff, von denen eine die andere hoch in der Luft überspannte. So selten war ein Stützelement zu sehen, dass sie dem Zug der

Schwerkraft zu trotzen schienen. Hinter ihnen, schmerzhaft hell vor dem Nachthimmel, standen Türme aus Glas und Licht. Als er sprachlos nach Luft schnappte, erstickte ihn fast der Gifthauch ungesunder Feuer, und nun bemerkte er, dass die Luft von einem unnatürlichen Braun war und die Sterne am Nachthimmel hinter Schleiern verdeckt waren, sodass nur ein fleckiger Mond übrig blieb, der über der Dunstglocke trieb.

Unter den Brücken bewegten sich Männer und Frauen. Jaimy sah gleich, dass sie in Lumpen gekleidet waren und mit den langsamen, erbärmlichen Schritten derjenigen dahinschlurften, die völlig entmutigt oder unheilbar krank sind. Nur wenige und überdies verkümmerte Bäume wuchsen jenseits der großen Stadt, und sie waren so karg belaubt, dass Jaimy zuerst glaubte, es wäre Winter, obwohl die unreine Luft recht warm war.

Das ist die Welt, die wir errichten, verriet ihm eine plötzliche Eingebung. *Die Welt des Empirismus und des Handels – aber keine Welt des Menschen.*

Ein blässlicher Junge rannte an der Öffnung hinter der Flamme vorbei, und Jaimy entdeckte sowohl an Land als auch im dunklen Himmel bewegte Lichter. Und dann wechselte das Panorama erneut.

Nun blickten sie durch das verkohlte Astwerk eines Waldes. Über dem Horizont stand die schlanke Sichel des abnehmenden Mondes. Einen Augenblick lang glaubte Jaimy in eine leblose Welt zu schauen, doch dann bewegte sich etwas auf dem finsteren Hügel. *Das sind Menschen*, begriff er, *Menschen auf einem entsetzlichen Schlachtfeld.* Der Geruch des Todes drang zu ihm, und er schmeckte Galle in der Kehle. Dann erkannte er die Heere, oder besser, ihre zerlumpten Überreste, die sich auf gegenüberliegenden Anhöhen postiert hatten. Auf den einen Hügel zuckten Blitze aus dem wolkenlosen Himmel herab, und ein grünes Licht breitete sich wie eine Flut darüber aus, während auf dem anderen Hügel Flammen in den Himmel stiegen und schreckliche Explosionen die Männer vor Angst brüllen ließen. Abgerissene Schmerzensschreie drangen an sein

Ohr. Jaimy wusste, dass er das letzte Gefecht der Menschheit vor sich sah: die Kräfte des Empirismus gegen die Kräfte der Magie. Alle Hoffnung schwand ihm, und dann ging ein Ruf durch die zusammengezogenen Heere, ein Ruf der Trauer und des Schreckens, und dann stürmten sie über das Feld des Todes einander entgegen.

Und gnädigerweise zeigte sich wieder ein anderes Bild.

Über fernen Bergen schwebte ein Mond. Klippen erhoben sich aus ruhigem Wasser. An einer Bergflanke blitzte ein einzelnes Licht auf, und dann sprach die Gräfin entschlossen in der Sprache der Magier, und die Flamme flackerte und erstarb.

Jaimy war über all das zutiefst bestürzt, und dann begriff er, dass sich in ihm auch die Gefühle anderer regten. Aber war da nur einer? Die Flamme in der Kammer begann zu blaken, und wieder begann die Gräfin zu sprechen, dann schrie sie auf. Die Bestürzung verwandelte sich in Furcht.

Wallis spürte die anderen, die in einer nicht genau zu benennenden Weise bei ihm waren. Es sind *zwei*, und es sind *Männer*, dachte er, und eines seiner Gegenstücke in dieser Zeremonie war ein Mann von solcher Freundlichkeit und erlesener Vernunft, dass seine Furcht gelindert wurde. Wie Wallis hatte dieser Mann das Portrait eines Königs vorbereitet, also war er ein Künstler. Der Schiffbrüchige betrachtete sein Gemälde, das in einem Rahmen aus Flammen trieb, und empfand sich als Teil der hier ausgeübten Magie.

»Sie müssen ihn hindurchtragen«, sagte eine Stimme in verständigem Ton, der an die Vernunft appellierte und zugleich gebieterisch klang.

Wallis war nicht sicher, wer da sprach und ob hier gesprochen wurde oder an den anderen Orten, an denen seine Gegenstücke weilten. Er sah Mr. Flattery auf dem Boden zusammensacken und ablehnend den Kopf schütteln. Das Flammentor flackerte.

»Sie müssen! Unser aller Leben hängt davon ab!«

Noch immer weigerte Flattery sich, und in Wallis wuchs die Furcht. Der Sprecher hatte Recht: Wenn Flattery nun zurückschreckte vor dem, was getan werden musste, dann wären die Varuaner rasend vor Wut.

»Ich werde es nicht tun«, entgegnete Tristam. »Ich habe meinen Namen in den geheimen Ort geschrieben, und nun werde ich nicht bequem verschwinden, Doktor. Tragen Sie ihn doch selbst hindurch.«

Schweigen senkte sich herab, und Wallis spürte, wie ihn der Wind berührte. Er roch den Duft des Fernen Paradieses. Am liebsten wollte er selbst hindurchschreiten. Ohne Sterben hindurchzuschreiten! Das hatten bisher nur Götter vollbracht. Nur Götter, und nun dieser halb wahnsinnige König.

Wallis sah, wie sich der König in seinem Kanu wand, auf dem Sitz zusammensackte und die altersschwachen Hände um die Dollborde krallte. Die Federn seines Kopfputzes schüttelten sich, als er zu schluchzen begann. Sein Moment war gekommen, und niemand wollte ihn hindurchtragen. Wallis sah nach seinem Portrait, was nun damit geschah, und stellte fest, dass es sehr rasch brannte. Die Zeit verstrich, bald war der Moment vorüber und würde niemals wiederkehren.

Aus den Augenwinkeln sah er, dass sich jemand dem König näherte.

»*Julian!*«, rief eine Stimme entsetzt aus, sagte jedoch nur dieses eine Wort.

Wallis sah zu, wie der Viscount sich bückte und wie zum Beweis seiner großen Kraft das Kanu samt König aufhob und es sich auf die Schulter lud. Aufmerksam immer zwischen die leuchtenden Linien tretend, überquerte Elsworth das Muster und sagte im Vorübergehen etwas zu Tristam, was Wallis nicht hören konnte.

Als er ging, streckte die Herzogin die Arme aus, doch sie konnte ihn nicht erreichen und wagte es nicht, sich von ihrem Platz zu entfernen.

»Nein! Das ist falsch!«, kreischte Llewellyn. »So ist es nicht vorhergesehen!«

»Nicht von Ihnen, Doktor«, sagte Tristam mit trockener, trauriger Stimme.

Der Viscount beugte sich durch das Feuertor und trat in knietiefes Wasser. Dort setzte er das Kanu auf die Oberfläche und zog es weiter, auf das ferne Ufer zu. Hohl und fern klang der varuanische Abschiedsgesang, dann flackerte das Tor, und der König war von dieser Welt gegangen.

»Ju-li-an ...«, klagte flüsternd eine Stimme. Die Herzogin vergrub ihr Gesicht in den Händen und weinte. Und Wallis glaubte, dass sie nicht weinte, weil sie ihren Bruder verloren, sondern weil sie nun erkannt hatte, was aus ihm geworden war und was er in dieser Welt getan hatte.

Möge er in der nächsten Welt Frieden finden, dachte Wallis. *Mögen wir alle Frieden finden.*

Mit großer Anstrengung erhob sich Tristam auf die Knie. Jede Bewegung schien Minuten zu dauern, als wäre er über alle menschliche Leistungsfähigkeit hinaus erschöpft.

»Was tun Sie da?«

»Ich suche, Doktor. Danach werden wir das Tor versiegeln, damit es nicht mehr geöffnet werden kann, bis dass die Sterne das nächste Mal richtig stehen.«

»Das können Sie nicht tun, Tristam! Sie wissen nicht, wie.« Dann fügte er verzweifelt hinzu: »Überlegen Sie doch, welches Wissen dadurch verloren geht!«

»Ja, Wissen – allzu viel Wissen und bei weitem zu wenig Weisheit«, erwiderte Tristam. Seine Stimme schien einem Schlaftrunkenen zu gehören.

Mit der Hilfe seines Anderen – denn nun schien es nur noch einer zu sein –, gelang es Wallis, den Kopf nach links zu drehen, wo er Llewellyn erblickte, wie er mit wutverzerrtem Gesicht dem jungen Mann in der Mitte des Kreises mit seinen kleinen Fäusten drohte.

Ein Schatten flitzte zwischen den Flammen umher, und Tristam begann zu singen und mit den Händen eigentümliche, komplizierte Gesten zu beschreiben. Das Flammentor flackerte und zog sich zusammen.

»Jetzt ist es soweit«, sagte Llewellyn, »jetzt muss es getan werden.« Und ohne zu warten, eilte er auf Tristam zu. Er ging mit merkwürdigen, ruckartigen Schritten. Aus seinem Gürtel zog er ein Messer und hob es hoch in die Luft.

»Tristam!«, rief der Alte Mann neben Wallis warnend und nicht mit eigener Stimme. Doch der Magus hörte ihn nicht, zu vertieft war er in sein Werk.

Llewellyn warf eine Handvoll weißer Federn vor sich und rief etwas in der Sprache der Magi. Die Federn fingen Feuer und senkten sich brennend zu Boden – und dennoch sang Tristam, ohne die Augen zu öffnen, und bewegte seine Hände.

Llewellyn blieb stehen, umfasste die erhobene Waffe mit beiden Fäusten und rief: »*Elé y'alin!*«

Wallis hätte die Augen geschlossen, wenn er nur gekonnt hätte. In diesem Moment warf sich ein Jack in den Kreis. Sofort brach unter seinen Füßen Feuer aus dem Boden, und der Matrose stand in Flammen. Ihm waren die Hände auf den Rücken gebunden worden, doch er stieß gegen Llewellyn und riss ihn mit sich, und der Arzt verschwand mit dem Seemann in den Flammen.

Es gab keinen Schrei, kein Zischen der Flammen, und Tristam fuhr fort, als hätte er den Tod nicht bemerkt, der so nah an ihm vorbeigezogen war, dass sein Atem ihn streifte.

Das Tor schloss sich, die Feuersäule zog sich in den Brunnen zurück, der einmal gluckste und dann wie unberührt dalag.

Das varuanische Abschiedslied verklang. Tristam lag kraftlos am Boden und rührte sich nicht, als hätte der Tod ihn doch noch ereilt. Wallis wollte sich bewegen, musste jedoch feststellen, dass er nicht konnte. Er wollte schlafen, schien es, denn die Dunkelheit rief ihn lockend. Er ließ die Augen zufallen und sank in einen Traum.

38. Kapitel

»Auralelauralelauralel ...«, leierte die Stimme, ohne innezuhalten. Ein Stern wirkte, aus welchem Grund auch immer, heller als alle anderen, heller und schöner. Fast war es, als habe er eine Stimme wie ein Glockenspiel, das der Wind zum Läuten bringt. »*Elaural*«, klingelte es auf einer unbekannten Tonleiter, und sie folgte ihm.

Wind. Sie hörte den Wind in den Ästen. Sie roch Gras und Blumen.

»Lady Chilton?«, fragte jemand mit unendlicher Zartheit.

Das bin ich nicht, dachte sie. Aber vielleicht, auf eine merkwürdige Weise, war sie es doch.

Sie schlug die Augen auf und lag im Gras. Eine kleine, blasse Blüte lag fast vor ihrer Nase.

»Wo ...?«

»Das weiß ich nicht«, sagte Kent. Er klang schrecklich alt. Sanft fasste er sie an die Schulter. »Wir sind in einem Hain aus sieben Bäumen, und ein kleiner Quell gluckert am Fuß einer niedrigen Felswand hervor, aber ob wir in Locfal oder in Farrland oder einem anderen Land sind, das kann ich Ihnen nicht sagen. Wir haben Morgen an einem Tag, der wunderschön zu werden verspricht. Die Bäume, übrigens von einer Art, die ich noch nie gesehen habe, stehen in Blüte und lassen in diesem Moment ihre Blütenblätter auf uns herabregnen.«

Die Gräfin drehte sich mühsam auf die Seite. Ihr schwirrte der Kopf, und sie presste sich die Hand gegen die Stirn. Als sie sie wieder fortzog, bemerkte sie, dass ihre Haut faltig und fleckig war. Erschrocken starrte sie darauf.

»Ja«, sagte Kent leise, »ich fürchte, Sie sehen richtig, aber ich bin sicher, dass Sie nicht so bleiben müssen. Sie können so jung sein wie jeder Magus«, fügte er ein wenig traurig hinzu.

»Nein«, erwiderte sie flüsternd. »Noch einmal ergebe ich mich nicht der Versuchung. Diesmal werde ich nicht schwach. Ich werde mir die Arznei abgewöhnen und altern und hinscheiden, wie es mir bestimmt ist.«

Sie beobachtete neben sich auf dem Gras Kents Schatten, der zustimmend nickte.

»Sind Sie verletzt?«, erkundigte sich der Maler.

»Ja«, antwortete sie, »wenngleich nicht körperlich.« Sie spürte Stiche, Steifheit der Glieder und unbestimmte Schmerzen, doch im Vergleich zu ihrer wahren Qual war das unerheblich. »Haben Sie es gesehen, Kent? Das Gesicht? Die Vision der Magi?«

»Gesehen habe ich es, nur nicht verstanden. Eine gewaltige Schlacht auf ödem Land ohne Bäume und ohne Hoffnung. Dann eine große, finstere Stadt unter einer Dunstglocke aus giftigem Rauch.«

Die Gräfin nickte, und augenblicklich stach es sie in den Nacken. »Zwei Zukunftsvisionen. Der Krieg zwischen den Kräften der Magie und den Kräften der Vernunft. Ein Krieg, der die Welt unheilbar verzehren würde. Ich weiß nun, weshalb die Magi keine Menschen mochten, obwohl sie bis an ihr Ende eine tiefe Liebe zur Erde empfanden.«

»Besteht also gar keine Hoffnung?«

»Doch, es gibt Hoffnung, wenn auch nur eine sehr kleine. Wir haben die Magie erneut aus der Welt ausgeschlossen, sodass es zu keinem letzten Krieg kommen kann. Diese Wahl hatten vor uns bereits die Magi getroffen. Sie wussten, dass der Empirismus von vielen begriffen wird und sein Verbreiten sich nicht eindämmen lässt. Doch die magische Kunst – sie lag immer in den Händen einiger weniger, und deshalb nahmen die Magi an, sie könnten diesen Krieg verhindern, indem sie das Wissen von der Magie aus der Welt verbannten. So vermute ich wenigstens.« Sie stockte, als die Erinnerung an das Erlebte sie überwältigte. »Die Welt aber, die der Empirismus errichtet ... – Sie haben gelesen, was Lucklow schrieb. Das war sein Gesicht, und es war kaum weniger finster als die Alternative. Doch vielleicht besteht hier einige Hoffnung, auch wenn sie nicht groß ist.

Wenn der Mensch nur im gleichen Maße weise wäre wie klug ...«

Im Liegen lauschte sie dem Wind und fühlte sich innerlich völlig leer. Sie schloss wieder die Augen und erwartete, dass Kents warme Hand auf ihrem Leib eine Regung hervorrief – obwohl die Hand gar nicht warm war. Nichts geschah. Eine Träne rann ihr die Wange hinunter. »Die anderen?«, zwang sie sich zu fragen.

»Sie schlafen. Aber der Prinz, der König, Mr. Ruau und Trevelyan sind fort. Gegen Ende des Rituals sprang Prinz Kori plötzlich vor, um Sie mit einem Messer zu erstechen. Ich wollte ihn aufhalten – aber ich konnte mich nicht bewegen. Dann aber, ich weiß nicht wieso, stolperte er und fiel ins Feuer. Haben Sie das getan?«

Sie schüttelte den Kopf. »Nein«, sagte sie, aber sie erklärte nichts.

»Was ist mit ihm geschehen?«

»Sie sind nun Geister«, brachte sie hervor.

Darauf folgte Schweigen. Sie beobachtete, wie Kents Schatten sich bewegte, während er die Umgebung betrachtete. »Ich habe einen kleinen Jungen in der Nähe gesehen; sehr verstohlen und still ist er.«

»Hat er einen Schatten?«

»Das glaube ich doch.«

Sie nickte. »Gut. Kent?«

»Ja?«

»Er ist fort ... von ganzem Herzen habe ich geglaubt, ihn zu finden, aber er ist fort. Die ganzen Jahre ... und er ist wirklich fort.«

Der Schatten legte sich eine Hand vors Gesicht, und die Hand krümmte sich.

»Kent?« Sie bemühte sich, Speichel im Mund zu sammeln, die Worte zu befeuchten, sie weicher zu machen. »Es tut mir leid ...«

Kent gab keine Antwort, doch sie spürte, wie seine Hand leicht zitterte und wieder ruhig wurde.

»Eine der Lektionen des Alters«, sagte er leise. »Man soll die Zeit, die man noch hat, nicht mit Bedauern verschwenden.« Er strich ihr das Haar aus dem Gesicht – graues Haar, das längst nicht mehr so dicht war wie einst.

Mit Kents Hilfe setzte die Gräfin sich auf und erduldete eine Welle der Übelkeit. Kent stützte sie und massierte ihr sanft den Rücken.

»Mir geht es schon besser«, sagte sie. »Wir müssen die anderen zusammenrufen, denn es könnte sein, dass wir einen langen Weg zu gehen haben.«

»Wissen Sie denn, wo wir sind?«

»Nicht genau, aber wohl nicht allzu weit von der Abtei entfernt.« Sie blickte auf den Hain aus sieben Bäumen.

»Sind Sie durstig?«, fragte Kent.

»Ja. Wir alle müssen aus diesem Quell trinken«, antwortete sie. »Er bringt Ihnen Glück, Gesundheit, Liebe und ... Na, die Liste ist lang, das behauptet wenigstens die Sage.« Sie wies auf die sieben Bäume. »Schauen Sie es sich an, Averil, denn Sie werden sie nie wiederfinden, und wenn Sie drei Lebensalter danach suchen.« Sie entdeckte Alissa im Gras und ging langsam zu ihr.

Lady Chilton strich Alissa die langen Strähnen aus dem Gesicht und stellte fest, dass sie den Diamanten noch immer umfasst hielt. Sanft küsste sie der jungen Frau auf die Wange und schüttelte sie behutsam an der Schulter. »Sie war mein Stern«, sagte die Gräfin zu Kent. »Ohne sie wäre ich nicht hier. Alissa?«

Alissa öffnete die Augen einen Spalt und zog die Nase kraus. »Was ist geschehen?«

»Sie haben mir und anderen unermesslich geholfen. Nun sind Sie unverletzt und gerettet. Schon bald sind Sie auf dem Weg nach Hause. Wo immer das ist. Aber stehen Sie nun auf, und stillen Sie Ihren Durst an der Quelle. Helfen Sie mir dann, die anderen zu wecken.«

Alissa setzte sich auf und starrte die Gräfin an, dann, als sie begriff, was sie sah, wandte sie den Blick ab.

»Seien Sie nicht verlegen«, sagte die Gräfin. »Ich gewöhne mich schon daran, dass die Leute mich anstarren.«

Alissa befühlte ihren Hals, ertastete den Diamanten und griff nach hinten, um die Schließe zu öffnen.

»Nein, nein. Er gehört Ihnen, mein Liebes, weil Sie mich zurückgeleitet haben.« Sie blickte Kent fragend an, doch er nickte.

»Eigentlich ein zu geringer Lohn«, meinte er.

Alissa ging zur Quelle, wusch sich das Gesicht und trank. Dann sah sie Jaimy am Stamm eines Baumes liegen. Er schlief nur, einen ruhigen, sorglosen Schlummer.

Sanft rüttelte sie ihn, dann küsste sie ihn auf die Stirn. Er riss die Augen auf.

»Wir haben überlebt?«, fragte er, und sie nickte. »Willst du mich noch immer heiraten, Alissa Somers?«

Sie lehnte sich zurück und musterte ihn, als müsse sie sich noch über ihn schlüssig werden. »Gibt es denn keine andere, die du mehr liebst als mich?«

Er schüttelte den Kopf.

»Und auf keinen Fall entsagst du diesem Titel, den du eines Tages erbst?«

»Nur durch den Tod, wie ich höre.«

»Das erscheint mir übertrieben. Dann lautet die Antwort Ja. Doch du musst schwören, dass du nie wieder durchs Land ziehst und die Häuser fremder Frauen besuchst.«

»Das gelobe ich.«

»Dann auf mit dir, Faulpelz, und schau, wo wir sind. Das ist nicht die Abtei.«

Jaimy stand auf und blickte sich bestürzt um. »Alissa, ich glaube, während des Rituals hat Tristam mit mir gesprochen. Das war so deutlich, dabei muss es ein Traum gewesen sein.«

»Vielleicht nicht. Ich habe eine andere gehört – oder sogar gefühlt –, die seinen Namen sang und ihn zu sich lenkte, so wie ich die Gräfin rief. Wir können sie fragen.«

Die Gräfin und Kent weckten derweil Bertillon, der noch einen Moment liegen blieb, um seine Sinne zu ordnen. Er war erstaunt, eine ältliche Frau mit jugendlicher Stimme vor sich zu sehen.

»Lady Chilton?«, fragte er schließlich erstaunt.

»Ja, Charl«, antwortete sie ein wenig verletzt. Sie wandte sich ab und ging an die Quelle, um zu trinken.

Das Wasser war so kalt, dass es beim Trinken schmerzte, doch sie spritzte es sich ins Gesicht und schüttelte sich.

»Lady Chilton?«, fragte Jaimy vorsichtig. »Ich glaube, während des Rituals sprach mein Cousin Tristam zu mir —«

»Das hat er vielleicht. Er hat das Ritual überlebt, Lord Jaimas, aber mehr weiß ich nicht.« Mehr konnte sie ihm nicht sagen, wenn sie aufrichtig bleiben wollte, auch wenn seine Enttäuschung und Sorge sie nicht kalt ließen.

Bertillon kam näher, er war vollkommen verwirrt. »Aber wo sind wir eigentlich?«, fragte er.

Die Gräfin hob die Schultern. »An einem verborgenen Ort ...« Sie blickte um sich in der Hoffnung, einen Hinweis zu entdecken. »Orte wie diesen erreicht man durch das Flammentor - sie sind sehr nahe und doch außer Reichweite. Die Magi nannten diesen Ort das *Fantime Valone* - das Phantom-Tal.« Sie suchte in ihrem Gedächtnis, um herauszufinden, wie es wohl von der Umwandlung verändert worden war. »Diese Bäume heißen *Valonemme*, aber von den Magi wurden sie ›*Immerfort*‹ genannt, weil es heißt, dass sie ununterbrochen in Blüte stehen.« Nun erst bemerkte die Gräfin, dass alles sie verwundert anstarrte. »Und mehr werde ich Ihnen vorerst nicht verraten«, sagte sie merkwürdig befangen.

Aus dem Augenwinkel nahm sie eine Bewegung wahr, und sie erhob sich steif. »Trinken Sie aus der Quelle, und ruhen Sie sich aus, aber wir müssen schon bald von hier aufbrechen. Geschehnisse ereignen sich auch ohne uns, und ich bin davon betroffen.«

Sie wandte sich ab und winkte Alissa und Jaimy, ihr zu folgen. »Wir müssen einen kleinen Jungen hervorlocken, aber ich habe keine Bonbons.« Sie drehte sich im Kreise und spähte dabei in den umgebenden Wald. »Aber womöglich wäre es ein Fehler, ihn zu verfolgen. Wir wollen warten und sehen, ob er uns folgt.«

Sie sammelten sich, und die Gräfin führte sie widerstrebend aus dem Gehölz, denn niemand hatte es eilig, diesen Ort zu verlassen, der so friedlich-heiter und von den Sorgen der Welt so völlig abgeschieden wirkte. Alle hatten sie das

Gefühl, dass ihnen nichts Böses widerfahren konnte, solange sie in dem Hain blieben.

Sie folgten einem grasigen Pfad unter schönen Bäume, die niemand benennen konnte, und durch einen einfachen Steinbogen, der ohne Mauer oder anderen Halt den Weg überspannte, dann stiegen sie eine Treppe aus flachen Steinen hinab, die in die Erde gesetzt waren. Als Kent einen Blick zurückwarf, sah er nichts außer vertrauten Bäumen – Eichen und Linden –, doch weder Torbogen noch Treppe. Ein kleiner Junge rannte zwischen zwei Bäumen hervor und beobachtete sie, wie sie weitergingen.

»Wir sind zurück«, sagte Kent, »und wir locken einen kleinen Jungen hinter uns her.«

Und die Gräfin nahm nickend seinen Arm.

Die Sonne war zum Vorschein gekommen, flammte im Osten am Horizont auf und entzündete alle Wolken, die sich zu nah heran wagten. Den Rücken an den Stamm gelehnt, saß Tristam unter einem Baum und blickte aufs Meer hinaus.

Nachdem er als Erster die Welt wiedererlangt hatte, war er die Stufen hinuntergestolpert, die aus der Höhle führten, und hatte sich an dieser Stelle niedergelassen, irgendwo oberhalb der Heiligen Stadt.

Schließlich hörte er auf dem Weg andere Menschen aus der Höhle kommen. Nach ihrem Schritt urteilend, hielt er sie für Varuaner.

»Tristam?«

»Ich danke dir, dass du mich geführt hast, Faairi«, sagte er, als sie sich neben ihm auf den Boden setzte. »Wenn du in dein Fale gehst, wirst du dort, wie ich glaube, deine Schwester finden, die von ihrer Reise zurückgekehrt ist.«

Faairi schlug sich die Hände vor den Mund. In ihren Augen glitzerten Tränen. »Wie? Hast du sie hierher getragen?«

Tristam nickte.

Faairi beugte sich vor, um ihn auf die Wange zu küssen, hielt aber mitten in der Bewegung inne und stand auf.

Langsam wich sie vor ihm zurück, als sei er ein Alter Mann oder womöglich ein Geist.

Verdenken kann ich es ihr nicht, dachte Tristam, während ihre Schritte sich rasch über die Treppe entfernten.

Die Sonne brannte sich durch die dünnen Wolken und stieg über dem Wasser auf.

Das Flüstern weckte die Herzogin. Erschrocken schlug sie die Augen auf. Doch es war dunkel, von irgendwoher fiel ein schwaches Licht in die Höhle. Menschen wimmelten umher und raunten. Sie hörte sie varuanisch und farrisch sprechen.

Elorin von Morland setzte sich auf und bemerkte, dass sie von den Hüften aufwärts entblößt war. Rasch brachte sie ihre herabgezogene Kleidung in Ordnung. Und mittendrin hielt sie inne, als ihr die Erinnerung an die Nacht vor Augen trat. Mit unsicheren Bewegungen erhob sie sich ganz. Sie musterte den Raum, und dann starrte sie auf die Steinwand, in der sich das Flammentor geöffnet hatte.

Julian war fort. Er hatte Tristams Stelle eingenommen und war ins Feuer gegangen – oder was immer dahinter lag.

Hoffentlich ist seine Qual damit zu Ende, dachte sie. Alle Schuld, die er auf sich geladen hat, kann ich ihm weder zum Vorwurf machen noch deshalb weniger für ihn empfinden. Armer Julian. Er kam zur Welt, wie er war, ebenso, wie Tristam mit seinem Talent geboren wurde. Und sie ließ sich unbeholfen hinter einer Säule nieder, um zu weinen. Still und lange weinte sie um das, was geschehen war, und um das, was hätte sein können.

Erst viel später fiel ihr auf, dass Tristam nicht in der Höhle war.

Sie konnte ihn nirgends entdecken. In ihrer Nähe lag Seekadett Beacham, und die langen Beine, die sich quer über den Boden streckten, konnten nur Wallis gehören. Damit blieb noch Llewellyn – und dann erinnerte sie sich, dass auch er ins Feuer gegangen war; von einem Jack hineingestoßen, als er versuchte, Tristam zu ermorden.

Auf den Stufen der Treppe rührten sich andere – Stern und der Rest der Mannschaft –, doch mit ihnen wollte die Herzogin nun nicht sprechen. Sie wünschte mit ihrer Trauer allein zu sein. Sie benötigte Abgeschiedenheit, um zu überdenken, was sich ereignet hatte.

Sie stand auf, überquerte rasch den Halbkreis und betrat die Treppe.

Ein Jack stand bei seinen Schiffskameraden, als bewachte er ihren Schlaf. Pim war es, der Schiffsjunge.

»Mr. Flattery?«, fragte sie im Flüsterton.

»Hinausgegangen, Hoheit, schon vor 'ner Weile«, antwortete der Junge mit ehrfürchtig gedämpfter Stimme. »Ist ... ist er wohlauf, gnä' Frau?«

»Das hoffe ich«, antwortete sie und tätschelte ihm den Arm, während sie weiterging. Sie konnte nicht anders, der Junge wirkte so verängstigt.

Als die Herzogin die Stufen aus der Höhle trat, stellte sie fest, dass es früher Morgen war. Wie lange sie geschlafen hatte, konnte sie nicht sagen, auch nicht, wie viel Zeit das Ritual in Anspruch genommen hatte. Die Möglichkeit, dass es nicht einmal in der vorherigen Nacht stattgefunden hatte, ließ sich nicht von der Hand weisen.

Sie ging langsam, und und sie fühlte sich in jeder Hinsicht erschöpft. Ihre Gedanken schienen durch eine hohe, leere Halle zu schweben, in der eine unnatürliche Stille herrschte. Sie blickte mit einer Distanz auf ihre Umgebung, die sie nicht fassen konnte.

Am Fuß der Treppe fand sie Tristam, der abseits des Weges an einer Klippe saß und aufs Meer hinausblickte.

Als sich die Herzogin näherte, schaute er kurz über die Schulter und wandte sich wieder ab. Sie zögerte, weil sie nicht wusste, was sein Verhalten zu bedeuten hatte, gewiss aber nichts Gutes.

»Sind Sie noch Sie selbst?«, erkundigte sie sich aus drei Schritt Entfernung.

Tristam schüttelte den Kopf, ohne sie anzusehen. Von

Erschöpfung und Verlust übermannt, ließ sich die Herzogin zu Boden sinken.

»Sollte ich mich nun fürchten?«

Er überlegte kurz. »Ich bin mir nicht sicher.«

Sie starrte auf den Ozean hinaus, während sie sich bemühte, ihr Gehirn zur schuldigen Arbeitsleistung zu nötigen. »Mit so etwas hätte ich nie gerechnet«, sagte sie wie zu sich selbst. »Wo ist er nun?«

»Julian? Die Varuaner nennen es das Ferne Paradies.«

»Dann lebt er noch?«, fragte sie mit neuer Hoffnung.

»Wenn Sie ihn niemals wiedersehen oder von ihm hören werden, lebt er dann noch für Sie?«

»Ja«, antwortete sie, »in gewisser Weise lebt er dann noch für mich, auch wenn ich weiß, wie unvernünftig diese Ansicht ist.« Sie blickte Tristam an, der ihr das Profil zuwandte. Er schien ganz der Alte zu sein, wenngleich sehr traurig. »Ihnen ist es gleich, ob er lebt oder stirbt«, warf sie ihm vor, ohne zu wissen weshalb.

Tristam zuckte mit den Schultern.

»Er ist an Ihrer Stelle gegangen, Tristam. Das müssen Sie doch anerkennen.«

»Das schon, aber ich nehme nun trotzdem nicht seinen Platz ein.«

»Ich weiß nicht, worauf Sie hinauswollen, Mr. Flattery.«

»Seien Sie vorsichtig, Elorin. Ich verfüge nun über mehr Macht, als Sie sich vorstellen können, und weit weniger Geduld als zuvor.«

Fast wäre sie von ihm abgerückt; sein kühler Ton machte ihr Angst. »Soll ich gehen?«

Er schien kurz mit sich zu ringen. »Nein, bleiben Sie.« Dann schwiegen sie beide eine ganze Weile. »Es tut mir leid um Ihren Bruder, Elorin«, sagte Tristam schließlich. »Ich bedaure, was er war und was er getan hat. Doch kein Mann schuldet seinem Schatten etwas, und ich vermag sein Hinscheiden nicht zu betrauern.« Erneut rang er mit sich, und das Sprechen fiel ihm sichtlich schwer. »Die Varuaner betrachten den Königsmord als ein Verbrechen, das niemals gesühnt werden kann. Die Familie, das Dorf, ja die

Insel des Täters tragen bis in alle Ewigkeit das Stigma. Wer einen König tötet, vergeht sich an den Göttern und kann es niemals wiedergutmachen. Ein Fremder aber ... Die Varuaner kümmert es nicht, was einem Fremden oder seinem Volk widerfährt. In das Ferne Paradies überzugehen, ohne zuvor zu sterben, ist von den Sterblichen noch nie bewerkstelligt worden. Bis gestern Nacht. Die Varuaner halten das für ein Zeichen, dass die Gunst der Götter wiederkehrt, denn der König und sein Diener suchen nun nach den Göttern. Doch kein Varuaner konnte den König in die andere Welt tragen, denn für sie wäre das Königsmord gewesen.«

»*Deshalb* sind wir um die halbe Welt gesegelt?«, fragte die Herzogin.

»Das glauben zumindest die Varuaner.«

»Doch ist es wahr?«

»Vielleicht. Das ganze Geschehen ist höchst kompliziert, und ich kann nicht behaupten, alles verstanden zu haben. Doch möglicherweise erkenne ich bald mehr.« Er streckte die Beine aus, eine solch gewöhnliche Bewegung, dass sie der Herzogin die Hoffnung eingab, der Tristam, den sie gekannt hatte, sei vielleicht doch nicht ganz verschwunden. »Der Plan ist vor langer Zeit von Männern mit außerordentlichen Fähigkeiten und unvergleichlicher Geduld ersonnen worden. Sie wollten dafür sorgen, dass die magische Kunst nicht von dieser Welt verschwindet. Das war ihre Absicht. Und Sie und ich, Stern, Averil Kent, der varuanische König und viele andere gehörten zu diesem Plan. Aber ich glaube, dass er vereitelt wurde. Andere begriffen die Absichten dieser Männer und kämpften dagegen an. Mein Onkel Erasmus ist wohl einer von ihnen gewesen, denn ohne ihn hätte ich mein Teil niemals verrichten können.«

Sie beobachtete ihn, wie er sich mit den Fingern durchs Haar fuhr und es grob aus dem Gesicht zurückstrich. Er wirkte gehetzt.

»Aber Sie, Tristam, haben das Ritual ausgeführt. Sind Sie nun nicht einer von ihnen? Sind Sie nun kein Magus?«

Tristam lachte freudlos. »Wie durch ein Wunder habe ich

überlebt – ein anderer kam mir zu Hilfe ... Und doch verfügte ich über kein Tausendstel des Wissens, das ein Magus besessen hat, und ich hege nicht die geringste Absicht, diese *Gabe* zu erforschen. Ich habe die Vision der Magi gesehen, Elorin. Ich weiß nun, was sie fürchteten. Was ich weiß, nehme ich mit ins Grab. Das schwöre ich. Versuchen lasse ich mich nicht.«

»Und der Kampf zwischen der Viper und dem Falken? Ich habe ihn doch gesehen, Tristam, ich sah, wie Sie sich am Boden wanden und mit fremden Zungen schrien. Der Kampf spielte sich in Ihrem Innern ab, nicht wahr? Ich habe ihn gespürt.«

Tristam bedeckte sein Gesicht; er drückte sich die Handballen auf die Augen, als wollte er verhindern, dass etwas hinausträte. »Ja«, flüsterte er.

»An wen ging der Sieg, Tristam?«, fragte sie und fürchtete die Antwort.

»Es gibt keinen Sieg, nur einen unsicheren Frieden. Mit Worten kann ich es nicht erläutern.« Er nahm die Hände vom Gesicht und blickte wieder auf die See. »Ich bin verwandelt worden, als wäre ich in einer Nacht um ein halbes Jahrhundert gealtert und hätte all die unerwarteten Veränderungen durchgemacht, die die Jahre mit sich bringen. Ich bin nicht viel anders und dennoch völlig verändert. Sehen Sie die Wellen, die gegen das Riff schlagen? Sie reisen Tausende Meilen, und Minute um Minute verändern sie sich. Die Welle, die hier auf den Korallen erstirbt, ist die gleiche, die vor so vielen Meilen das Archipel verließ, und trotzdem nicht wiederzuerkennen. Genau das aber ist mit mir geschehen. Mir kommt es nicht vor, als hätte ich mich verloren; sondern ich weiß, dass ich mich verändert habe, Elorin. Völlig verändert.«

Als er das gesagt hatte, senkte er den Kopf auf die Knie und begann zu weinen.

39. Kapitel

Obwohl im Phantom-Tal die Morgensonne geschienen hatte, war es Nachmittag auf der Welt, in die sie zurückkehrten. Sie kamen aus dem kleinen Wäldchen am Hügel hinter der Abtei hervor und überquerten die offene Weide, dann gingen sie zwischen den Bäumen rings um die Ruine hindurch.

Draußen vor der Abtei hatten sich Palastgardisten aufgestellt. Die Männer wirkten angespannt und unsicher. Ein gutes Stück trennte jene, die den Regentschaftsrat unterstützt hatten, von denen, die der Prinzessin und dem König gefolgt waren. Wachsam beobachteten sie sich gegenseitig.

Als die Gräfin und ihre Begleiter erschienen, verstummten beide Gruppen, doch niemand machte Anstalten, ihnen den Zutritt zur Abtei zu verwehren. Schon bevor sie einen der Zurückgebliebenen sahen, hörten sie lauteStimmen.

»Ich glaube nicht, dass mein König eine Regentschaft anerkennen wird, an deren Spitze Roderick Palle steht. Nicht nach alldem, dessen Zeuge ich wurde«, sagte Graf Massenet gerade.

Jaimy folgte Kent und der Gräfin in den Unterstand, und dort wurde hitzig diskutiert.

»Wo ist der König?«, verlangte Palle zu erfahren, kaum dass er die Gräfin sah, so als wäre er über ihre Veränderung nicht im Mindrsten erstaunt. »Wo ist mein Prinz, der rechtmäßige Erbe?«

Die Gräfin blieb stehen und blickte von einem zum anderen. Lady Galton schenkte sie ein gepresstes Lächeln. Dann wandte sie sich an Palle. »Der König ist hindurchgetreten, ganz wie Seine Majestät es wünschte. Prinz Kori ...« – sie sah Prinzessin Joelle und den Prinzen traurig an – »stolperte ins Feuer. Er ist fort, von dieser Welt gegangen.«

»Aber Sie sagen nicht, dass der Prinz tot sei«, warf Palle ein. »Ich verlange, dass Sie ihn zurückholen.«

Die Gräfin blickte Palle an wie einen Dienstboten, der

etwas gesagt hat, was ihm nicht zusteht. »Ich bedaure sagen zu müssen, dass Seine Königliche Hoheit Kronprinz Kori tot ist. Mein Beileid, Königliche Hoheit«, wandte sie sich an Prinzessin Joelle, dann sagte sie zum Prinzen: »Mein aufrichtiges Mitgefühl, Euer Majestät.«

Die anderen im Kreise zogen vor dem Prinzen den Hut, verbeugten sich und wiederholten sowohl die Worte der Gräfin als auch die Anrede, die sie benutzt hatte.

»Das nehme ich nicht hin!«, schrie Palle. »Ich verlange, dass diese Frau vor Gericht gestellt wird!«

»Mäßigen Sie sich, wenn Sie von Lady Chilton sprechen, Sir Roderick«, tadelte ihn die Prinzessin und wandte sich wieder an die Gräfin und an Kent. »Wir haben voll Sorge auf Sie gewartet. Sind Sie alle unverletzt?«

»Unverletzt«, antwortete die Gräfin, »aber nicht unverändert.«

Roderick Palle trat einen Schritt vor; er war noch nicht fertig. Von dem Benehmen, das er gewöhnlich an den Tag legte, war nichts mehr übrig. Die Gefahr, seine Macht könnte dahinschwinden, schien den Königsmann schier zur Verzweiflung zu treiben. »Ich möchte Königliche Hoheit dennoch daran erinnern, dass die Gräfin Ihren Gatten ermordet hat.«

»Das behaupten Sie, Sir Roderick, doch wer anderes als Ihre Lakaien wird es bestätigen? Ich jedenfalls nicht.« Sie schaute sich in der Runde um, doch niemand trat vor, um Palles Anklage zu stützen. Er stand allein, und das wurde ihm soeben bewusst.

»Königliche Hoheit«, sagte Dr. Rawdon, »nachdem Sir Averil nun hier ist, sollten wir fortfahren.«

Palle funkelte Rawdon an; das Wort: ›Verräter‹ brauchte er nicht auszusprechen.

Die Prinzessin nickte und wandte sich an Kent. »Der König hat bei Sir Benjamin ein Testament hinterlassen, mit der Anweisung, dass es von Ihnen geöffnet und verlesen werden soll, Sir Averil.«

Kent war die Überraschung anzumerken. »Von mir?«

»Anscheinend hat Seine Majestät nur Ihnen getraut.«

Rawdon reichte Kent ein versiegeltes Kuvert. »Wir haben das Siegel bereits überprüft, Kent, aber sehen Sie selbst.«

Kent suchte und fand seine Lesebrille, dann drehte er den Briefumschlag um. Er sah ein einfaches Zeichen, das in das Siegelwachs gedrückt war. »Das ist nur der Siegelring des Königs«, sagte er, »nicht das Großsiegel von Farrland.«

Rawdon nickte. »Seine Majestät schrieb sein Testament während der Kutschfahrt mit eigener Hand. Aber es ist rechtskräftig bezeugt.«

Kent erbrach das Siegel und entfaltete das Schriftstück. Der König hatte es tatsächlich mit eigener Hand geschrieben; seine spitz zulaufenden und außerordentlich altmodischen Buchstaben vergaß man nicht so leicht. Jaimy beobachtete den Maler, wie er den Blick über die Zeilen wandern ließ. »Aber es ist zu kurz!«, rief Kent aus, »kaum zwei Seiten. Und wer sind diese Zeugen, Herr Doktor? Ihre Namen kenne ich nicht.«

»Des Königs Leibdiener, Sir Averil.«

»*Diener?!*«, donnerte Palle erstaunt, und diesmal sprach er für jeden.

Kent schüttelte den Kopf. »Seine Majestät hinterlässt Vermögen und Landbesitz seinem Erben Prinz Wilam.« Was jeden Anwesenden erstaunte: Hatte der König einen Fehler begangen oder Kronprinz Koris Tod vorhergeahnt?

Kent fuhr mit dem Finger die Seite entlang. »Hier sind einige besondere Klauseln, die Dienstboten und andere betreffen – ein Haus für Mr. Tumney zum Beispiel. Und Seine Majestät beruft den Herzog von Blackwater in den Regentschaftsrat. Ganz offensichtlich war er doch nicht bei Verstand«, sagte Kent. »Es gibt keinen Rat. Er wurde aufgelöst.«

Palle sah Wells an, und sein Gesicht veränderte sich, kaum dass er begriff, was das bedeuten konnte. »Ist der Rat denn nach Recht und Gesetz aufgelöst worden?«, fragte er lauernd.

Auf diese Frage erhielt er nur Schweigen zur Antwort.

Mit einem Mal verlor Palles Miene jeglichen Anflug von Verzweiflung. »Dann sind Sir Stedman und ich nach wie vor Regenten von Farrland.« Er blickte Galton an, der neben seiner Frau und der Prinzessin stand. »Obwohl Sir Stedman womöglich bald nach Farrow zurückkehrt …«

»Nein, Roderick«, widersprach Galton entschieden. »Geben Sie sich keiner Täuschung hin. Die Lage hat sich völlig verändert. Ich werde für die Dauer der Regentschaft in Farrland bleiben. Nur zwei kurze Jahre, und Seine Majestät ist volljährig. – Ist Euer Majestät damit einverstanden?«

Der Prinz blickte Galton an. Sein junges Gesicht war bleich von Trauer und Erschütterung. Er nickte zustimmend und wandte sich an den Herzog. »Zuallererst wünsche ich, dass diese beiden Morde in der Grafschaft Coombs aufgeklärt werden. Wären Sie bereit, sich darum zu kümmern, Herr Herzog?«

Blackwater tat seine Einwilligung durch eine knappe Verbeugung kund, und Palle verfiel in Schweigen.

»Also können wir unseren Verlust betrauern«, sagte die Prinzessin, »und den neuen König feiern.«

»Lange lebe König Wilam!«, rief ein Gardeoffizier laut, und jeder der Anwesenden fiel ein, dann hallte der Ruf von der anderen Seite der Mauer wider, als die wartenden Gardisten die Nachricht erhielten. Der Prinz warf einen Blick auf Alissa, die dicht neben Jaimy stand, dann wandte er sich rasch ab.

»Ich werde meine Herrschaft damit beginnen, dass ich alle Palastgardisten von jeder Missetat freispreche, denn ohne Ausnahme glaubten die Männer, die rechtmäßige Regierung zu unterstützen.« Er wandte sich Blackwater zu. »Einverstanden, Herr Herzog? Sir Stedman?« Und als sie beide zugestimmt hatten, sah er Palle an, der steif nickte.

»Aber wo ist Trevelyan?«, fragte Kent, der plötzlich gewahr wurde, dass jemand fehlte.

»Wir haben ihn dort drüben aufgebahrt«, sagte der Herzog und zeigte auf einen Bogengang.

Sofort ging Kent dorthin, gefolgt von den anderen.

Trevelyan lag auf einem Fenstersims unter einer dunkelroten Decke. Als die Menschen näher traten, schoss aus einem dunklen Winkel ein Fuchs hervor und verschwand.

Die Gräfin folgte ihm mit den Augen und hätte beinahe die Hand nach dem Tier ausgestreckt.

»Sehen Sie nur, wohin diese entsetzliche Pflanze ihn gebracht hat«, sagte Kent leise und stockend. Er legte Trevelyan die Hand auf die Brust. Noch nie hatte Jaimy ihn so ergriffen erlebt. »Einer der größten Geister unserer Zeit«, sagte er und wandte sich Palle zu, der hinter den übrigen zurückgeblieben war. »Was haben Sie dazu zu sagen, Roderick? Dass er seinem Land gute Dienste geleistet hat? Haben Sie endlich genug Leid über uns gebracht?«

»Sie kennen mich gut, Kent«, entgegnete Palle rasch. »Es lag nie in meiner Absicht, irgendwem zu schaden ... Ich habe immer nur an Farrland gedacht. Jederzeit stelle ich die Belange meines Vaterlandes über mein eigenes Wohlergehen.«

Kent schüttelte den Kopf. »Sie glauben wirklich, was Sie sagen, das ist das Traurigste daran. Hat Farrland Sie gebeten, den großen Trevelyan zu vernichten? Haben die Farrländer Sie aufgefordert, in Coombs zwei unschuldige junge Männer ermorden zu lassen?«

»*Kent*«, warnte ihn die Prinzessin, denn der Maler erhob Beschuldigungen, die sich womöglich niemals beweisen ließen.

Roderick wirkte nicht im Geringsten eingeschüchtert und auch nicht von Reue bewegt. Zweifel berührte ihn vielleicht - Selbstzweifel -, doch das passte nicht zu ihm, und er wusste kaum, was er mit derlei Empfindungen anstellen sollte. *Zweifel?*

Wells zupfte Palle am Ärmel, und obwohl der ehemalige Königsmann auf der Stelle seinen Arm losriss, drehte er sich widerstrebend um und folgte seinem Anhänger. Dennoch blickte er drein, als sollte er sich eigentlich nicht zurückziehen - als sollte man sich nie zurückziehen.

»Wir müssen aufbrechen«, sagte die Prinzessin. »Vielleicht erreichen wir die nächste Stadt, bevor die Lage eskaliert. Und auch anderswo ist zu viel zu tun.«

Die Kutschen fuhren vor, und man stieg ein. Jaimy sah, wie sich der Prinz noch einmal umdrehte und Alissa fast bittend ansah, dann nickte er ihnen zu. Aber sein Lächeln geriet zu einer Grimasse. Der Wagenschlag wurde geschlossen, und der Kutscher setzte die Karosse in Bewegung.

Alissa drückte Jaimys Arm. »Ich bin froh, dass wir nicht alleine abfahren«, sagte sie.

Jaimy betrachtete ihr ernstes Gesicht, mit dem sie der Kutsche hinterher blickte. »Ja«, sagte er und drückte ihr die Hand. »Es reicht, eines Tages Herzog zu werden – ich bin so dankbar, dass ich niemals König sein muss. Doch wenigstens werde ich als Herzog nicht einsam sein.« Er drehte sich um und musterte ein letztes Mal die Abteiruine. »So bald vergesse ich nicht, was ich hier erlebt habe.«

Alissa lächelte ihn an. »Und ich werde so rasch nicht den Ort vergessen, an dem du um meine Hand angehalten hast.«

Tristam saß auf der Bank, die Tobias Shuk zur Bequemlichkeit der Herzogin gezimmert hatte, und sah über die Bucht aufs offene Meer. Stern und Osler waren noch immer mit der Untersuchung des Schiffes beschäftigt, als könnte der Bark während der vierundzwanzig Stunden, in denen sie nicht unter ihrem Befehl stand, etwas Entsetzliches zugestoßen sein. Die Besatzung schweifte auf Deck umher und konnte nicht mit den Gedanken bei der Arbeit bleiben, denn die Leute waren Zeugen eines Geschehens geworden, wie es sich sonst nur in alten Sagen ereignete. Der Verstand fand sich nicht leicht damit ab.

Ziellos wie jeder andere Jack auch trieb sich Beacham auf Deck herum; andauernd war er von der Pflicht abgelenkt. Tristam bemerkte immer wieder, wie der Seekadett in die Ferne blickte, und wusste dabei doch, dass Beacham in Wirklichkeit auf seine Erinnerungen starrte.

Ich bin ein bisschen besser dran, sagte er sich. Pim kam, um die Schiffslaternen anzuzünden, als die Sonne verschwand, und Tristam gelangte zu der Ansicht, es müsse wohl etwas dran sein an der alten Binsenweisheit von der

Unverwüstlichkeit der Jugend. Pim schritt leichtfüßig über Deck und sang leise vor sich hin. Als er vorüberkam, nickte er Tristam ein wenig ehrfürchtig zu. Wie erleichtert Tristam war, dass wenigstens der Schiffsjunge sich nicht vor ihm zu fürchten schien - dass wenigstens einer an Bord ihn nicht als eine Gestalt des Schreckens behandelte. Alle waren jedenfalls überaus höflich zu ihm. Schließlich hatte Tristam ihnen das Leben gerettet und sich dabei zu einer Person verändert, die sie nicht begreifen konnten.

Stern kam, um die Wanten am Kreuzmast zu inspizieren. Er testete die Spannung der Taljereeps und prüfte die Jungfern. Plötzlich aber verlor der Kommandant alle Konzentration und stand wie jemand da, der vergisst, wohin er gegangen ist und welchen Grund er dazu hatte.

Er drehte sich langsam um, bemerkte Tristam und lächelte verlegen. »Aha, Mr. Flattery. Sie bringt uns zurück«, sagte er und tätschelte die Reling. »Da habe ich keinen Zweifel, auch wenn wir äußerst knapp sind mit Leuten.«

»Ich stehe zur Verfügung, Herr Kapitän«, sagte Tristam.

»Und auf dieses freundliche Angebot muss ich dann wohl auch zurückkommen, Mr. Flattery. Ich fürchte, ich muss die Gesellschafterin der Herzogin lehren, am Ruder zu stehen, bevor wir zu Hause ankommen.« Dann wurde Sterns Gesicht übergangslos tiefernst, und ihm entglitt ein wenig die gewohnte Selbstsicherheit. »Was Sie gestern Abend gesagt haben ... über Gregory ...« Aus schmalen Augen sah er Tristam an. »Ist das wahr?«

Tristam blickte dem armen Stern ins Gesicht, diesem Mann, dessen Weltsicht auf dieser Fahrt schon genug gelitten hatte. »Nein«, sagte er deshalb, »ich hatte gehofft, ich könnte damit die Meuterer abhalten, das zu tun, was sie dann ja leider doch getan haben. Und uns dadurch retten. Nein, Kapitän Stern, es war eine Lüge. Ich ... Sie können der Besatzung sagen, dass ich gelogen habe.«

An diesem Morgen hatte ein Insulaner Tristam den Dolch gebracht, doch er bezweifelte, dass irgendjemand davon wusste.

Stern wirkte erleichtert, aber trotzdem blieb er stehen. Er

hatte noch etwas auf dem Herzen. Etwas, bei dem er nicht wusste, wie er es ausdrücken sollte. »Könnten Sie nicht ein wenig vorausschauen, Mr. Flattery? Wissen Sie, was aus uns wird?«

Tristam schüttelte den Kopf. »Das kann ich nicht, aber ich vertraue darauf, dass Sie uns auch mit zu wenig Vollmatrosen nach Hause bringen, Kapitän Stern. Daran zweifle ich nicht.«

Der Kommandant bemühte sich, nicht das Gesicht zu verziehen. »Ich hatte an danach gedacht, Mr. Flattery«, sagte er verlegen.

Tristam begriff, was gemeint war. Armer Stern, dachte er. »Ich verfüge nur über wenig Einfluss, Kapitän Stern, doch ich will für Sie geltend machen, was ich kann. Gewiss wird die Herzogin nicht anders handeln.«

Stern nickte. Sonderlich beruhigt wirkte der Kommandant nicht. Bei allem, was auf dieser Fahrt geschehen war, würde die Admiralität gewiss nicht wünschen, dass auch nur ein Wort an die Öffentlichkeit drang. Da der König nun, wie Tristam dem Kommandanten versichert hatte, tot war, konnte seine Pflichterfüllung durch den Palast keinerlei Anerkennung erfahren. Die Meuterei hingegen würde man ihm nicht vergessen – wenigstens darauf konnte er zählen. Es sah nicht gerade vielversprechend aus für die bereits festgefahrene Karriere Josiah Sterns.

Osler schickte einen Jack vom Bug herbei, der den Kommandanten nach vorn rief, und Stern ging, um sich um die Bark zu kümmern, von der er glaubte, dass sie sein letztes Kommando wäre. J. Stern, der unter Gregory die Welt umrundet hatte.

Jacel schien im Niedergang gewartet zu haben, bis die Gentlemen ihr Gespräch beendeten. Nun kam sie rasch herauf und knickste vor Tristam.

»Ich mache mir Sorgen um die Frau Herzogin«, sagte sie auf Entonnisch.

»Niemand an Bord verhält sich normal, Jacel.«

»Aber die Frau Herzogin ... Nun, ich glaube, es wäre gut für sie, wenn sie mit jemandem reden könnte.«

»Und dieser jemand soll ich sein?«, fragte Tristam.

Sie nickte.

»Ich komme gleich hinunter.«

Nach einem letzten Blick in das Licht, das hinter der Bai verlosch, ging Tristam unter Deck. Die Herzogin saß am Fenster und starrte hinaus; offenbar gelang es ihr so wenig wie allen anderen, sich normal zu verhalten.

»Ich dachte, Sie hätten vielleicht eine Tasse Tee für einen müden Naturforscher übrig«, sagte Tristam.

Sie sah ihn geistesabwesend an, bevor sie antwortete. »Ich glaube, Jacel hatte ein wenig davon versteckt. Die Meuterer haben ihn nicht ganz verbraucht.«

Tristam nahm in ihrer Nähe Platz und legte den Ellbogen auf den Sims des offenen Fensters. »Sie wirken gedankenverloren, Elorin.« Seeschwalben zogen über die Bai und stießen hektisch herab, um noch etwas Futter zu ergattern, bevor der Tropentag sein plötzliches Ende fand.

»Ja«, sagte sie und zupfte einen losen Faden aus dem Kissen. »Im ersten Morgenlicht begraben wir die Meuterer – ein Seebegräbnis natürlich. Ich muss immer wieder an Hobbes denken. Ich kann nicht anders, ich bedaure den Mann. Wurde er denn nicht durch Ungerechtigkeit zu seiner Tat getrieben? War er nicht das Opfer der Gier im Marineamt, das ihm mit einem seeuntüchtigen Schiff auszulaufen befahl? Und sagte er nicht vieles, das wahr ist, als er vor uns auf der Treppe stand? – Dinge, die wenigstens zum Teil wahr sind?«

»Ja, dieser Meinung bin ich auch«, sagte Tristam, erstaunt, dass die Herzogin sich Gedanken um Gerechtigkeit machte, wo sie doch stets nur an ihr eigenes Wohl zu denken schien. »Stern nannte ihn einen der besten Seeleute in der ganzen Marine, und er hatte immer ein freundliches Wort für mich, als die Jacks am feindseligsten waren. Ich bin mir nicht ganz sicher, ob nicht Llewellyn etwas mit dieser Meuterei zu tun hatte, aber das werden wir wohl nie erfahren. Das Leben des Mr. Hobbes war eine Tragödie. Doch er hat seine Wahl getroffen, und er war kein Mann, der sich den Folgen seines Tuns zu entziehen versucht. Ich glaube, Sie haben es nicht gesehen, doch am Ende, als die Insulaner sie die Treppe hinuntertrieben, floh Hobbes als Letzter, so als könnte er seine Leute vor dem Steinhagel schützen.

Es ist seltsam, finden Sie nicht? Ein Meuterer. Ein Mann, dem für sein Verbrechen der Strang drohte, sorgte sich doch so sehr um seine Untergebenen, dass er im vergeblichen Versuch, sie zu beschützen, einen Tod durch Steinigung auf sich nahm. Er war kein einfacher Mensch, unser armer Hobbes, und ich vermute sehr, dass seine Meuterei ihn zumindest in den Augen der Jacks nicht herabwürdigt. Man wird Lieder über ihn singen, und nicht alles darin wird erfunden sein.«

Nachdenklich blickte die Herzogin aus dem Fenster. »Doch vielleicht hat er nur seine Rolle gespielt, wie wir alle, die wir auf diese Fahrt gegangen sind. Vielleicht war die Meuterei des Steuermanns Hobbes vorherbestimmt, wie es vorherbestimmt war, dass die Herzogin von Morland sich auf der *Swallow* einschiffte – die Herzogin und ihr geistesgestörter Bruder ...«, flüsterte sie. »Mir ist, als hätte ich mich zwischen den endlosen Riffen und Inselchen Oceanas verirrt, Tristam. Ohne Karten oder Instrumente. Der König ist tot, sagen Sie, also habe ich keinen Platz mehr bei Hofe. Wohin soll ich nun gehen? Werden mich die Vergnügungen Avonels noch ebenso sehr reizen, nachdem ich nun die Meere befahren und gesehen habe, wie die Menschen auf diesen wunderbaren Inseln leben?« Sie deutete zum Fenster. »Wird die Pracht einer Oper der Schönheit dieser tropischen Lagune im letzten Tageslicht gleichkommen? Kann ein Drama auf der Theaterbühne auch nur annähernd wiedergeben, was wir überlebt haben? Mir will es vorkommen, als wäre ich gerade erst wieder zum Leben erwacht, zum ersten Mal seit ... – nun, seit sehr langer Zeit. Und nun kehre ich zu meinem schleichenden Tod in Avonel zurück – werde zur ›Geisterherzogin‹. Ich sterbe bald genug, ich beabsichtige nicht, es damit zu übereilen. Und das ...« Sie hob die Hände zum Gesicht und fuhr sich mit den Fingern behutsam die Wangen hinunter, über die Lippen und den

Hals bis an die Brust. »Meine kostbare Jugend schwindet dahin. Man wird meines Vermögens wegen um mich werben.« Bei dem Gedanken hätte sie beinah geschluchzt, und sie schlug sich die Hände vors Gesicht, als wäre ihr das der größte Schrecken von allem. »Habe ich mein Leben verschwendet, Tristam? Werde ich auch noch die Zeit vergeuden, die mir bleibt? Die wenigen Jahre, in denen ich noch jung bin? Aber wie soll ich sie weise nutzen? Wenn ich den Ränkespielen des Hofes entsage, was soll ich dann tun? Ich kann den Gedanken nicht ertragen, ans Ende meiner Tage zu kommen und feststellen zu müssen, dass ich mein kurzes Leben verschwendet habe. Alles verplempert zu haben, was mir in den Schoß fiel. Aber was, was soll ich tun? Welches Leben soll ich wählen, bei dem, was ich weiß – bei dem, was ich gesehen habe? Die farrische Welt duldet so wenig.

Denken Sie nur an den armen Wallis. Ich kann ihm nicht verübeln, was er getan hat. Wohin hätte er zurückkehren sollen? Er hätte das Leben eines wenig bekannten Kunstmalers wieder aufnehmen und sich um Anerkennung bemühen müssen, nur um die Miete für ein Zimmer bezahlen zu können, in dem er eigentlich niemals wohnen wollte.« Sie stockte, als begreife sie, dass Farrland nie ihre wahre Heimat gewesen war. Sie hatte keine Heimat. Sie kannte keinen Ort, an dem sie leben, an dem sie sein konnte, wie sie wollte, ohne Geraune und missbilligende Blicke zu ernten. »Ich habe mich verändert«, sagte sie leise, als könnte sie es kaum glauben und halte es für die schlimmstmögliche Tragödie – Elorin Herzogin von Morland konnte doch nicht den Umständen zum Opfer fallen! Anderen Menschen mochte ein Schicksal widerfahren, das sich ihrer Gewalt entzog, aber doch nicht ihr! »Und Sie, Tristam, haben das gleiche Schicksal erduldet – so viel mehr als ich. Was wollen Sie nun beginnen?« Sie griff nach seiner Hand, und Tristam stockte der Atem – doch sie berührte nur seine Finger, nicht sein Herz.

Er zuckte mit den Schultern.

»Doch Sie könnten bleiben, wie Sie jetzt sind, unberührt

vom Alter, Tristam, und auch ich könnte jung bleiben. Das vermöchten Sie doch? Wir hätten wenigstens uns. Und wir könnten Liebe erfahren. Niemals endende Liebesnächte, Jahre der Liebe. Ich weiß nicht, was mir sonst bleibt. Alles andere scheint man mir genommen zu haben. Alles außer Ihnen. Könnten Sie denn nicht glücklich werden mit mir?«

Tristam antwortete ihr nicht, sondern betrachtete ihre großen, weichen Augen, in denen solche Verzweiflung stand, und er fragte sich, wie solch ein Leben sich wohl gestaltete. Ohne Zweifel voller Wonnen – doch verzweifelter Wonnen. Er dachte an den Abend im Haus der Herzogin.

»Ich werde mein Altern nicht aufhalten. Sie haben die Vision des Krieges gesehen ... Die magische Kunst muss uns verschlossen sein, und was sich an Zauberkraft noch auf der Welt befindet, muss sich verstreuen, muss verschwinden. Ich möchte kein Risiko eingehen. Es tut mir leid, Elorin, aber auch Sie müssen altern wie jeder Mensch. Trotzdem glaube ich nicht, dass es für sie so schlimm sein wird. Ihre Schönheit besteht aus viel mehr als glatter Haut und schimmerndem Haar, auch wenn Sie es noch nicht wissen.« Über der Bai gingen die ersten Sterne auf. »Doch es gibt weiterhin Zauberei. Sie liegt in der Erde und in jedem einzelnen Lebewesen verborgen. Ich spüre sie nun deutlich, obwohl ich mir ihrer vielleicht schon früher bewusst gewesen bin. Das ist die wahre Magie, der Schatz unserer Welt, Elorin, größer als jedes Menschenwerk und für mich Zauber genug – wenn ich nur lernen kann, einfach darin zu leben. Möglich, dass ich nach Farrow ziehe und die Kunst des Weinbaus erlerne, ja, vielleicht keltere ich sogar selbst. Ob ich aber im Schatten der Ruine leben kann, das weiß ich noch nicht. Sie hat mich so lange verfolgt.«

Die Herzogin rückte näher und lehnte den Kopf in seine Halsbeuge. »Sie sagen mir also, dass Sie mich altern und wie alle anderen zu einer abgezehrten Vettel werden lassen?«

»Ganz genau.«

»Und die Aussicht auf ewige Wonnen führt Sie gar nicht in Versuchung?«

»Mehr als ich zu sagen vermag – und doch leiste ich mit aller Willenskraft Widerstand.«

»Ein schaler Ersatz.« Sie schwieg. Die Dunkelheit sickerte in die Kajüte. »Ich weiß nicht, ob ich auf Farrow leben könnte«, sagte sie dann.

»Würde Sie denn das Angebot wonnevoller Nächte reizen, wenn sie nicht endlos sind?«

»Sie kennen meine Schwäche, Tristam«, flüsterte sie, »das ist nicht recht.« Sie schmiegte sich an ihn. »Ich kann Ihnen nicht versprechen, dass ich es jemals aufgebe, Sie zu verleiten, und wenn auch nur aus dem Grund, dass ich gern meinen Willen durchsetze.«

»Das weiß ich.« Stille – hörte er da aus weiter Ferne den Ruf einer Eule? »Elorin? Ich weiß nicht mehr, wer ich bin. Ich ... ich weiß nicht, ob ich zu Glück fähig bin, oder auch nur zu Freundlichkeit, geschweige denn zu Liebe.«

»Auch ich möchte keine Versprechungen machen. Wir sind verändert worden, Tristam. Wir sind eine mehr als erstaunliche Metamorphose durchlaufen. Ich weiß nicht, wer wir sein werden, aber wer anders als wir könnte besser verstehen, was wir erduldet haben?«

»Ja. Wer wohl?«

An die Reling gelehnt, beobachtete Tristam die fernen Schemen der Tänzer: Die Varuaner feierten das Wunder, durch das ihr König ins Ferne Paradies eingegangen war, ohne vorher im Leben den Tod erdulden zu müssen. Und es gab einen neuen König – einen Jungen von knapp sechs Jahren.

Die Nacht erschien Tristam sehr schön, wie durchdrungen von Zauberkraft. *In mir ist die Kraft*, dachte er mit gewisser Zufriedenheit; *die Nacht ist nicht anders als früher.* Zugleich schmerzte es ihn, dass solche Schönheit und auch ihr Erleben nur kurz sein konnten.

Im Wasser plätscherte ein großer Fisch oder vielleicht auch ein Delfin.

»Tristam?«, flüsterte jemand von unten.

»Faairi?« Tristam kletterte an der Schiffwand hinab in die Jolle. »Fürchtest du dich nicht nachts im Wasser? Hier gibt es doch Haie, Muränen und Barrakudas.«

»Ich trage einen Talisman, der mich beschützt«, erklärte sie.

Tristam spürte ihre weichen Hände, die triefnass die seinen ergriffen. Doch sie blieb im Wasser. Ihr langes Haar trieb auf der Wasserfläche, und in der Dunkelheit glänzten ihre Augen. »Ich bringe dir ein Abschiedsgeschenk, Tristam«, sagte sie traurig. »Gib mir deine Hand.«

Tristam gehorchte. Welche Hand sie meinte, brauchte er nicht zu fragen. Er spürte, wie sie etwas über der Narbe am Gelenk befestigte.

An einem Riemchen aus geflochtenem Leder baumelte ein kleiner gemeißelter Stein. »Das ist ein Wächter«, sagte Faairi, »er wird über dich wachen und die Verzweiflung fernhalten. ›Verzweiflung‹, ist das das richtige Wort? Die tiefste Traurigkeit?«

»Ja, es ist richtig.«

»Und wenn du Schmerzen hast, wird er dir helfen.« Sie zögerte. »Ich danke dir, dass du meine Schwester gesucht und zurückgeführt hast.«

Tristam umfasste plötzlich ihre Hand. »Ich habe eine Botschaft an Wallis. Nein – ich weiß, dass er lebt. Sag ihm, dass er sich verstecken muss, wenn ein anderes farrisches Schiff hierher kommt. Man darf nie herausfinden, dass er hier ist. Das ist sehr wichtig. Wirst du ihm das sagen?«

Sie schob sich halb aus dem Wasser und umarmte ihn fest. »Lebe wohl, Tristam. Mögest du Frieden in deinem Herzen finden.«

»Und du in deinem«, flüsterte Tristam.

Sie glitt zurück ins Wasser, als wäre es ihr natürliches Element. Tristam musste ihre Hände freigeben.

»Um mich brauchst du dir keine Sorgen zu machen«, sagte sie. »Und wenn unser Kind ein Junge wird, nenne ich es Tristam.«

Zuerst war Tristam sprachlos, dann dämmerte ihm, dass es erst wenige Tage her war, dass sie sich geliebt hatten –

sie konnte es nicht wissen. »Ich halte es für sehr unwahrscheinlich, dass du ein Kind von mir bekommst«, sagte er.

»Oh, da sind die Kenaturaga anderer Ansicht. Und wenn es ein Mädchen wird, nenne ich sie Elaural.«

»Wo hast du diesen Namen gehört?«

»Als ich dein Stern war. Ich hörte eine andere, und sie sang diesen Namen: Elaural.« Sie fügte etwas auf Varuanisch hinzu, das Tristam nicht verstand, dann begann sie ans Ufer zu schwimmen. Er blieb noch lange in der Jolle sitzen, denn er hoffte, dass sie noch einmal zu ihm zurückkehrte. Tristam erwog sogar, ihr nachzuschwimmen, obwohl er wusste, dass er das besser sein ließe. *Ich habe getan, was ich hier tun sollte*, dachte er. *Die Varuaner brauchen mich nicht mehr. Faairi braucht mich nicht mehr.* Er befühlte den Talisman an seinem Handgelenk, und Averil Kent kam ihm in den Sinn.

»*Isollae*«, flüsterte er in die Nacht, doch die Nacht hörte ihn nicht.

40. Kapitel

An einem warmen Tag kurz vor Ende des Sommers lief Seiner Majestät Vermessungsbark *Swallow* in den Avoneler Hafen ein. Es war früh am Morgen, gleich im ersten Licht des Tages, und der Granulit der Stadt wirkte kühl und ausgeblichen. Zwischen den Mauern und Schieferdächern hatten sich einige Bäume schon kupfrig verfärbt.

Tristam Flattery stand im Rigg und rollte mit den Toppsgasten Segel auf, doch während die Jacks nach getaner Arbeit eilig abenterten, um möglichst schnell an Land zu kommen, setzte sich Tristam auf die Saling und blickte sinnend auf die Stadt. Er suchte in sich nach einer Regung.

Kehre ich heim?, fragte er sich. Wenn er ehrlich war, empfand er seine Ankunft nicht als Wiederkehr.

»Du bist zu Hause«, flüsterte er sich zu, doch die Worte weckten nicht die angemessenen Gefühle.

Die Besatzung ließ die Boote zu Wasser. Tristam blieb auf seinem Hochsitz und musterte die Stadt. Unter ihm auf Deck waren auch die Jacks gedämpfter Laune und sprachen leise. Es gab kein Lachen und keine Lieder, keine Feier ihrer Ankunft. Sie beendeten eine Reise, von der alle Beteiligten wünschten, sie nie unternommen zu haben. Bei jedem Mitglied der Besatzung hatten die Ereignisse ihren Stempel hinterlassen.

Pims frisches Gesicht erschien plötzlich zwischen den Püttingstauen. »Der Kommandant lässt Sie nach unten bitten, Mr. Flattery«, sagte der Junge mit dem üblichen übertriebenen Respekt.

»Soso?«, entgegnete Tristam, ohne Anstalten zu machen, dem Wunsch des Kapitäns zu gehorchen.

»Jawohl, Sir. Wir haben Signal vom Turm erhalten«, sagte er und wies auf ein hohes Bauwerk, das mit Flaggen in bunten Farben geschmückt war. »Ich weiß nicht, was es heißt, aber der Kommandant und Leutnant Osler flüstern deswegen. Begeistert sehen sie beide nicht aus.«

»Dann komme ich wohl besser hinunter«, sagte Tristam. Er ergriff die Pardune und glitt daran auf Deck wie ein Mann, dem Salzwasser durch die Adern floss.

»Man hat uns unter Quarantäne gestellt, Mr. Flattery«, sagte Stern leise, als Tristam auf dem Achterdeck erschien. Die Herzogin stand in der Nähe und musterte den Kai ab, dann bedachte sie Stern und Tristam mit seltsamen Blicken. An Land war niemand zu ihrer Begrüßung erschienen. Einst Favoritin des Königs, nun geschnitten. Tristam glaubte schon, sie würde sich unter Deck zurückziehen, um ihre Verletztheit und die Demütigung zu verbergen. Am liebsten hätte er sie in die Arme geschlossen, doch das wäre wohl nur ein unzureichender Ausgleich gewesen. Auf die Bewunderung der Höflinge kam es ihr an.

»Wir haben keine Krankheit an Bord«, sagte Tristam zu Stern. »Oder grassiert eine Seuche, von der wir nichts wissen?«

Er ließ seinen Blick über den Hafen schweifen, und obwohl Schiffe aller Länder zu sehen waren, war an keinem die Quarantäneflagge gehisst, und es gab auch kein Zeichen, dass man nicht frei zwischen Schiff und Ufer verkehren durfte.

»Ein Boot hält auf uns zu, Herr Kapitän«, meldete Osler.

Beacham stand mit einem Fernrohr bereit und beobachtete den sich nähernden Kutter.

»Es scheint Admiral Gage zu sein, Sir«, sagte er und reichte Stern das Glas.

»In einem Kutter? Ohne Flagge?« Stern hob das Glas. »Flammen! Bereitmachen, den Admiral an Bord zu pfeifen.« Er blickte sich um. »Wir sind nicht vorbereitet.«

Bevor etwas unternommen werden konnte, ging das Boot längsseit, und der alte Admiral kletterte über die Bordwand, ohne auch nur auf eine seinem Rang angemessene Enterleiter zu warten.

»Nein. Nein, lassen Sie Ihre Männer nur, Kapitän Burns«, sagte der Admiral und hob die Hände. Er verbeugte sich vor der Herzogin, dann sah er rasch in die Runde und musterte die Männer, die sich auf Deck formierten. »Das ist doch gewiss nicht Ihre ganze Besatzung?«, fragte er und wandte sich Stern zu, als wolle er sich vergewissern, überhaupt den richtigen Mann vor sich zu haben.

»Das sind alle Überlebenden«, antwortete Stern leise.

Gage blickte ihn höchst verwirrt an. »Aber hatten Sie nicht Steuermann Hobbes an Bord und einen Seiner Majestät Leibärzte? Und den Viscount Elsworth?«

Stern nickte. »Ich habe bereits einen vollständigen Bericht verfasst, Sir Jonathan.«

»Na, mir brauchen Sie ihn nicht zu geben«, sagte der Seelord, unfähig, seinen Grimm zu kaschieren. »Die Verantwortung für diese Expedition ist mir entzogen worden. Heute Abend um acht Uhr schickt der Palast Ihnen eine Kutsche. Für Sie, Ihre Offiziere und Passagiere. Niemand sonst geht an Land oder hat überhaupt irgendeinen Kontakt mit jemandem, der nicht Ihrer Besatzung angehört. Sie verlegen Ihren Ankerplatz an den Quarantäne-Ankergrund und setzen außerdem die Quarantäneflagge.« Er unterbrach sich, um Stern genauer anzusehen. Ihm brannte sichtlich eine Frage auf der Zunge, doch er wusste, dass er sie nicht stellen durfte. »Ich weiß nicht, was um alles auf dem Erdball Sie im Schilde führen, Burns, aber Sie haben den Palast in eine Aufregung versetzt, wie ich sie seit dem Kriege nicht mehr gesehen habe. Ich hoffe, Sie haben nichts getan, was ein schlechtes Licht auf die Marine wirft ...« Das war fast eine Frage, aber nicht ganz.

Stern antwortete nicht. Er deutete weder ein Achselzucken noch ein Kopfschütteln an. »Es kommt Wind auf, Sir Jonathan«, sagte er, »und wir sollten den Ankerplatz wechseln, solange er hält. Und, Herr Admiral? Ich heiße Stern. Leutnant Stern.«

Nur halbherzig befasste sich Tristam mit dem Zusammenpacken seiner Proben und Exemplare. Er hatte die Zwischendecksmesse in Beschlag genommen, um dort seine Schätze auszubreiten. Andere Expeditionen hatten zwar größere Sammlungen mitgebracht, doch klein zu nennen war Tristams Hort auch nicht gerade. Er saß auf einem Schemel und starrte sinnend auf die Erinnerungsstücke seiner Reise, die ihn um die halbe Welt geführt hatte; dabei konnte er sich nicht mehr erinnern, was er eigentlich genau getan hatte.

»Mein lieber Tristam, Sie wirken ein wenig geistesabwesend.«

Als er aufsah, beugte sich die Herzogin gerade über die zahlreichen Präparategläser und die Schachteln voller Bälge, Federn und Knochen.

»Ist es nicht zutiefst enervierend, die Behaglichkeiten Avonels so nahe zu wissen und dennoch gezwungen zu sein, an Bord zu bleiben?«, fragte sie. Sie blickte Tristam an, und ihre Augen wirkten so durchdringend wie seit je.

»Ich habe es nicht eilig, an Land zu gehen, glaube ich«, entgegnete er, selbst ein wenig erstaunt über diese Erklärung.

Die Miene der Herzogin wurde weich, und kopfschüttelnd kam sie näher und setzte sich neben ihn auf eine Truhe. »Fast vier Monate lang«, sagte sie ernst, »hatten wir nur ein Ziel: mit einer halben Mannschaft dies treue Schiff nach Hause zu bringen. Tag und Nacht hat uns das in Anspruch genommen und keine Kraft für irgendetwas anderes gelassen. Zwischen den Ereignissen auf Varua und unserer Heimkehr hingen wir gewissermaßen in der Schwebe. Währenddessen konnten wir leicht alle Gedanken an die Zukunft verdrängen, Tristam – wir brauchten uns nicht zu fragen, was wir nach unserer Ankunft in Farrland anstellen wollen. Wer wir sein würden. Wie jede Reise bot auch diese Fahrt Aufschub – einen Zeitraum, in welchem keine Entscheidungen gefällt zu werden brauchten, als wäre die Uhr stehengeblieben und begänne erst wieder zu schlagen, sobald wir den Fuß auf farrischen Boden setzen. Deshalb klammern wir uns an diesen Augenblick – zumindest ich. Plötzlich erscheint mir unsere enge kleine *Swallow* als Zufluchtsort, und es widerstrebt mir, von Bord zu gehen. Können Sie sich das vorstellen? Mein altes Leben ist Vergangenheit, Tristam, und ich kann mich nicht mit dem

Gedanken anfreunden, ein neues aufzubauen. Welche Mühen ich mir mit dem alten gegeben habe!«

Sie ergriff Tristam bei der Hand. »Also sitzen wir hier zwischen Ihren toten Käfern und Vögeln und trocknen Blättern und Pflanzen und wünschen auf keinen Fall, dass der Uhrzeiger sich wieder in Bewegung setzt.« Sie mühte sich um ein mattes Lächeln. »Trotzdem werden wir irgendein Leben an Land führen, als die Menschen, die wir sind. Schließlich und endlich wissen wir uns zu helfen.«

»Dass wir irgendein Leben führen werden, bezweifle ich auch nicht«, antwortete Tristam. »Ich bin einfach in Trauer. Erinnern Sie sich noch an den Jungen, der dem Ruf des Königs zu gehorchend nach Avonel kam?«

Die Herzogin lächelte, als sie daran dachte.

»Ich betraure seinen Tod, fürchte ich«, erklärte Tristam befangen.

Die Herzogin neigte den Kopf zur Seite und blickte ihn an, nicht ohne Zuneigung, wie er glaubte. »Hin und wieder betrauern wir alle das Dahinscheiden unseres idealistischen jüngeren Selbst, Tristam. Sie sind damit früher dran als die meisten, und dafür haben Sie einen guten Grund, doch letztendlich gelangt jeder Mensch an diesen Punkt.« Sie verstummte für einen Augenblick, und ihre Lippen deuteten zart ein Lächeln an. »Ich beschäftige mich damit seit zehn Jahren oder mehr.

Der Frost legt Hand an die Blüte,
Denn vergänglich sind Liebreiz und Jugend.
Jedes Kind geht und kommt nicht wieder,
Und kurz ist am Ende die Weisheit.«

Tristam versuchte zu lächeln.

Sie beugte sich vor und küsste ihn auf die Wange. »Kurz ist am Ende die Weisheit«, sagte sie nur.

Man führte sie durch ein Seitentor in den Park und dann durch einen Nebeneingang in den Palast. Ironischerweise war es der gleiche Weg, auf dem Roderick Palle Tristam zum ersten Mal in den Palast gebracht hatte. Als sie die Halle erreichten, an der Tristam die Herzogin erstmals gesehen hatte, schaute er Elorin an und bemerkte, dass sie sich ebenfalls erinnerte. Darüber freute er sich ein wenig.

Wie damals führte man sie ins Arboretum, allerdings nicht dorthin, wo *Regis* wuchs. In Einerreihe durchquerten sie den transplantierten Dschungel Oceanas, bis sie das Plätschern hörten, mit dem Wasser sich in einen Teich ergießt. Die Gerüche und das Plätschern zupften an Tristams Herz; er musste an Faairi denken und spürte wieder die träge tropische Hitze.

Hätte ich es doch nur tun können wie Wallis, wünschte Tristam und fühlte sich ertappt.

Sie gelangten auf die Lichtung, und dort erwarteten sie vertraute Gesichter. Jaimy war da, neben sich Alissa Somers – hieß sie gar nicht mehr Somers? –, der Herzog von Blackwater, Averil Kent, Prinzessin Joelle, Sir Stedman und Lady Galton, und nicht zuletzt Prinz Wilam.

Der Herzog von Blackwater erhob sich augenblicklich. »König Wilam möchte Sie willkommen heißen, doch erlauben Sie mir vorher, mich für die abscheuliche Behandlung zu entschuldigen, die Sie erdulden mussten. Es verbreiten sich immer mehr Gerüchte darüber, was an der Abtei und auf Varua geschehen sein soll, und nicht nur die Farrelliten-kirche steht am Rande einer Panik. Die Länder am Entide-Meer fürchten, dass erneut Magi unter uns leben und dass sich deren Macht gegen sie wenden könnte. Wir müssen um jeden Preis die Geheimhaltung wahren, das werden Sie selbst sehen, wenn alles erzählt und alles gehört worden ist.« Er wandte sich dem König zu und verbeugte sich. Hatte er nicht bemerkt, wie überrascht die Offiziere und Passagiere der *Swallow* waren, jemand anderen als Prinz Kori auf dem Thron vorzufinden?

Prinz Wilam – nun König Wilam – stand auf und begrüßte die Weltreisenden mit einem freundlichen Lächeln.

Tristam hatte den jungen Herrscher zuvor nur einmal zu Gesicht bekommen und staunte, wie sehr die wenigen Jahre, die seitdem vergangen waren, ihn verändert hatten. Obwohl der König noch immer dasselbe weiche Gesicht besaß, gehörte sein Gebaren doch einem viel älteren Menschen: Er bewegte sich bedächtig und war sich der Wirkung, die er auf die Welt hatte, sichtlich bewusst. »Ich freue mich zu sehen, dass Sie unbeschadet zurückgekehrt sind, auch wenn ich mit Trauer von Ihren Verlusten höre«, begann er. »Angesichts dessen, was Ihrem Schiff und Ihrer Besatzung hätte zustoßen können, Kapitän Stern, erstaunt es mich beinahe, dass Sie so viele zurückbringen konnten, denn man hat Sie auf die Reise geschickt, ohne Sie hinreichend über die wahren Ziele der Expedition aufzuklären.« Er trat dem Teich um drei Schritte näher und ordnete dabei seine Gedanken. »Während Ihrer Abwesenheit hat sich vieles ereignet, manches davon so außergewöhnlich, dass ich den Berichten niemals Glauben geschenkt hätte, wäre ich nicht selbst Zeuge der Ereignisse gewesen.« Bei diesen Worten schüttelte er den Kopf; ganz eindeutig übertrieb er nicht. »Doch heute Abend entsteht vielleicht endlich ein sinnvolles Gesamtbild. Denn etliches ist noch nicht berichtet worden, und daher bestehen Unklarheiten.« Er blickte Kent an. »Lady Chilton ist nicht bereit, weitere Auskünfte zu erteilen. Dafür hat sie persönliche Gründe, die wir achten sollten.« Schweigend betrachtete er einen nach dem anderen seine Gäste, denen mittlerweile Plätze zugewiesen worden waren. Tristam war von der Wärme und Anteilnahme in seinem Blick berührt. »Wenn uns wirklich daran liegt, das Vorgefallene zu begreifen, müssen wir offen sprechen, denn unsere zukünftige Taktik soll sich auf Tatsachen gründen und nicht auf Vorurteile. Um unser aller Seelenfrieden willen sollten wir das Geschehene erörtern.« Er deutete zwischen die Bäume. »Dort wird eine Tafel für uns stehen, doch zunächst, so glaube ich, hungern wir alle nach Wissen. Kapitän Stern, darf ich Sie bitten, den Anfang zu machen? Die anderen können, sobald es erforderlich erscheint, Ihren Bericht ergänzen. Nein, nein, bleiben Sie sitzen. Sitzen Sie bequem. Es ist wohl eine lange Geschichte, und vielleicht wollen Sie ein oder zwei Glas Bier zu Hilfe nehmen.«

Stern setzte sich wieder und begann, mehr als nur ein wenig befangen, seinen Bericht damit, wie er den Befehl erhielt, die Entdeckungsreise zu kommandieren, und gab sein Gespräch mit Admiral Gage, dem Seelord, wieder. Als er an den Punkt gelangte, da der Falke mitten auf offenem Meer die *Swallow* fand, gehörte ihm die ungeteilte Aufmerksamkeit seiner Zuhörer.

Wie der Prinz vermutet hatte, war es eine lange Geschichte, und gelegentlich wurde der Kapitän von anderen unterbrochen. Als Stern von dem entonnischen Schiff berichtete, das vorgab, ein Korsar zu sein, hörte man Kent den Grafen Massenet für seine Hinterlist verwünschen.

Die Entdeckung der Vergessenen Stadt überschattete die abenteuerliche Flucht ins Archipel, und hier wurden sehr viele Fragen gestellt und Beschreibungen verlangt, welche alle Anwesenden erstaunten. Tristam sah, dass Jaimy gelegentlich seiner Alissa Blicke zuwarf und verblüfft die Augenbrauen hochzog. Der Prinz wirkte, als wollte er sich gleich einschiffen, um dieses Wunder mit eigenen Augen anzusehen.

Danach wurden Erfrischungen gebracht, und Averil Kent, der nun der Earl von Sandhurst hieß, nahm den Faden der Erzählung auf. Er begann mit einem Brief, den die Gräfin von Chilton ihm sandte, nachdem er viele Jahre nichts mehr von ihr gehört hatte. Tristam war erstaunt zu erfahren, dass Kent Dandishs abgeschlossenen Salon, wo die *Regis*-Pflanzen gezogen worden waren, gesehen und von Anfang an den Verdacht gehegt hatte, der Tod des Barons Ipsword stehe im Zusammenhang mit seinen ständigen Angriffen auf Sanfield Dandish.

Währenddessen saß die Herzogin sehr steif in der Runde, doch taktvoll wie er war ließ Kent nicht den Namen der Person fallen, für die Dandish die Pflanze angebaut hatte. Auch der Abend im Hause der Herzogin, als Tristam die Rose in Brand gesetzt hatte, wurde nicht in allen Einzelheiten beschrieben.

Die Geschichte war kompliziert, und viele Personen spielten darin eine Rolle. Man verblüffte sich gegenseitig. Die Replik der Ruine von Farrow im Keller der Abtei bot eine fast ebenso große Überraschung wie die Vergessene Stadt.

Die Mitternachtsstunde war bereits vorüber, als alles erzählt war und jeder in Schweigen dasaß. Keiner wollte so recht glauben, dass er die gerade gehörte Geschichte wirklich erlebt hatte, denn eigentlich erschien sie zu außerordentlich, als dass gewöhnliche Menschen darin verwickelt sein konnten.

Auf dem Sandplatz am Teich wurde eine Tafel aufgebaut, an der jeder Platz fand. Tristam saß neben Jaimy und Alissa, vor ihm Kent und die Herzogin. Links vom König saß Stern, rechts von ihm die Prinzessin, und man befragte den Schiffskommandanten bedächtig über alles, was er berichtet hatte.

»Sie alle begreifen sicherlich, dass alles, was hier gesprochen wurde, höchst vertraulich zu behandeln ist«, bemerkte der König an einer Stelle. »Kapitän Stern, wir müssen uns darauf verlassen können, dass auch Ihre Mannschaft sich daran hält. Die Einzelheiten überlasse ich dem Herzog und Ihnen.«

»Aber aus welchem Grund wurden unsere Leute in der Vergessenen Stadt angegriffen?«, fragte die Prinzessin. Dabei schaute sie Tristam an, doch als er zu keiner Antwort ansetzte, wandte sie rasch den Blick ab.

»Wie der varuanische König und die Gruppe um Palle«, warf Kent ein und rettete die Situation, »besaß auch dieses Volk im Archipel eine gewisse Vorahnung, und auch diese Leute hofften, die Kunst zurückerlangen zu können, die ihnen verloren gegangen war. Das glaubt wenigstens Lady Chilton. Und sie nahmen am letzten Ritual teil, denn ihre Stimmen vereinigten sich mit den unseren, doch Lady Chilton sorgte dafür, dass ihr Bemühen keine Früchte trug. Traurig für diese Menschen, aber sie konnten das Wissen nicht zurückerlangen. Traurig für sie, aber besser für die Welt als Ganzes, wie ich meine.«

Tristam fiel auf, dass sein Onkel ungewöhnlich still war;

den Herzog von Blackwater schien ein tiefer Gram zu belasten, dessen Ursache Tristam nicht festzustellen vermochte. Allerdings fürchtete er, dass es um die Herzogin ging, die seit so vielen Jahren krank war. Blackwater wirkte erschöpft und melancholisch, obwohl er sich bemühte, weder durch Gebaren noch Tonfall etwas davon preiszugeben.

»Haben Sie Trevelyans Gegenwart gespürt, Frau Herzogin?«, fragte Kent. »Ist er Ihr Gegenstück gewesen?«

Sie nickte ernst und legte sich eine Hand aufs Herz. »So war es. Während des ganzen Rituals spürte ich seine Qual, und als sein Herz aufgab, erfuhr ich seine Angst und seine Ergebung in sein Schicksal. Zuletzt spürte ich, wie er die Arme nach dem Tod ausstreckte, als wollte er ihn willkommen heißen und endlich dem Leiden und der Sorge des Lebens entkommen. Ich spürte, wie Lord Trevelyan starb, als durchlebte ich meinen eigenen Tod, und einen Moment lang glaubte ich, es wäre um mich geschehen.« Sie wirkte sehr ernst. »Ich weiß nun, was der letzte Augenblick wirklich ist: Ein tiefes Entsetzen, wenn man von der Erkenntnis getroffen wird, und dann Schicksalsergebenheit. Der Tod kommt zu uns allen – warum also sich noch wehren? Wir streifen unser Leben ab wie einen Mantel und treten in die Dunkelheit, in der wir versinken wie ein Taucher im Meer.« Sie schüttelte den Kopf, als wollte sie das Erlebte vergessen, dann sah sie die Zuhörer an. »Am Ende erfuhr der Baron tiefsten Frieden, und sein letzter Gedanke war, dass er der große Trevelyan gewesen sei. Das erfüllte ihn mit Stolz.«

»Das sollte es wohl auch«, sagte Kent in das anschließende Schweigen.

Jeder beschäftigte sich nun mit seinem Essen, doch es gab zu viele Fragen, die noch nicht gestellt worden waren.

Jaimy wollte wissen, ob Tristam während des Rituals mit ihm gesprochen hätte, und Tristam gab es zu. Das Phantom-Tal war Gegenstand zahlreicher Spekulationen, wie auch die anderen Welten, in die sie geblickt hatten.

Hierzu wurde Kent in der Hoffnung befragt, die Gräfin hätte ihm Näheres verraten. »Ich fürchte, ich weiß nur wenig davon«, sagte der Maler. »Der Krieg zwischen den Kräften der Magie und der Vernunft – das schien eine Vision zu sein, wie die Magi sie heraufzubeschwören verstanden. Die mögliche Welt, die wir sahen, mit lichtüberfluteten Plätzen und fantastischen Maschinen, voll Elend und schrecklichen Verbrechen ... Ich bin mir nicht sicher, ob es sich dabei um die Vision einer anderen Welt gehandelt hat wie jener, in die der König eingetreten ist. ›Eine Welt ähnlich der unseren und doch unendlich fern‹, sagte Lady Chilton dazu.« Er zuckte mit den Schultern und deutete mit einer Handbewegung an, dass es sich um Spekulationen handele. An Tristam gewendet, fragte er: »Sie haben die gleichen oder sehr ähnliche Gesichte gesehen. Hielten Sie sie für wirklich?«

»Da bin ich mir nicht sicherer als Sie, Lord Sandhurst. Wirklich sind Sie in dem Sinne, wie die Zukunft wirklich ist oder die Vergangenheit. Trotzdem sind wir von beiden durch eine unüberschreitbare Schwelle getrennt, doch nur weil man ein Land nicht besuchen kann, heißt das noch lange nicht, dass es nicht existiert. Zwei Könige beschlossen, durch das Portal in solch eine Welt überzutreten – in das Ferne Paradies, wie die Varuaner es nennen, und so erscheint mir zumindest diese Welt als wirklich. Ich konnte die Blumen riechen und das Meer hören. Ich habe Viscount Elsworth durch Wasser waten sehen, und ich habe Ruau singen hören. Vielleicht sind einige dieser Welten auf andere Weise wirklich.« Tristam lächelte verlegen. »Ohne die Schriften der Magi können wir es nicht sagen. Vielleicht haben auch sie es nicht gewusst.«

»Glauben Sie denn, dass der varuanische König Mr. Ruau zu diesem bestimmten Zweck hierher entsandt hatte?«, fragte die Prinzessin ihn. »Sodass das Tor geöffnet wurde und sie aus diesem Leben ins gelobte Land treten konnten?«

Tristam nickte. »Genau das glaube ich, auch wenn ich bezweifle, dass alle Ereignisse nur diesem Zweck dienten. Auch die Könige waren nur Spieler, die ihre Rolle ausführten, genau wie Mr. Ruau und der Viscount. Aus einem unerfindlichen Grund waren sie vonnöten. Fast waren sie Opfergaben. Lady Chilton aber wusste, dass alles, was diese Geheimnisvollen geplant hatten – wer immer sie nun auch gewesen sind –, benutzt werden konnte, um den Weg zu verschließen. Wo sie diesen Teil des Rituals gelernt hat, weiß ich allerdings nicht. Doch ich konnte sie in meinem Kopf hören, und gemeinsam waren wir in der Lage, das Ritual auszuführen – ein Ritual, das den Krieg verhindern sollte, welcher unsere Welt so tiefgreifend verwundet hätte, auch wenn wir uns so etwas kaum vorzustellen vermögen.«

»Ja«, sagte der Herzog von Blackwater, »unsere Welt ist so weit, und Kraft und Stärke der Natur sind so groß. Trotzdem bezweifle ich nicht, was wir gesehen haben, und auch nicht, was es zu bedeuten hat.«

Tristam war sich deutlich bewusst, dass alle am Tisch Sitzenden ihn immer wieder mit eigenartigen Blicken bedachten und rasch wegschauten, sobald er sie erwiderte – sogar Jaimy verhielt sich so. Wenn Tristam aber das Wort ergriff, verstummten alle Gespräche, sodass die Sprecher hören konnten, was er zu sagen hatte. *Sie halten mich für einen Magus. Es ist geradezu, als hätte sich Eldrich zu ihnen an den Tisch gesetzt.*

Tristam bemerkte zudem, dass der neue König niemals Alissa ansah, es sei denn, sie sprach gerade; nur einmal warf er ihr einen raschen Blick zu, als fürchtete er sich, man könnte ihn dabei ertappen. Auch hier gab es eine Geschichte, daran zweifelte Tristam nicht.

»Darf ich einen Trinkspruch auf meinen Cousin, Lord Jaimas, und seine Braut Lady Alissa ausbringen?«, fragte Tristam plötzlich und entlockte damit allen Gesichtern ein Lächeln. »Ich weiß, dass ich Monate zu spät dran bin, doch konnte ich bei der Hochzeit nicht zugegen sein und habe so die beste Gelegenheit dazu verpasst.« Tristam stand auf und hob das Glas. »Möge das Leben freundlich zu euch sein und alle Freunde treu. Mögen Wagnisse sich lohnen und die Kinder zahlreich sein; das Altern aber soll sein wie der langsame Farbwechsel der Blätter im Herbst – majestätisch, schön und allmählich.«

Dem offensichtlich glücklichen Paar wurde zugetrunken, und Tristam kam nicht umhin, die kurze Qual auf dem Gesicht des jungen Königs und der Herzogin von Morland zu bemerken.

Galton suchte nach Tristams Blick. »Ich habe noch nicht begriffen, wieso dieser Llewellyn glaubte, Sie während des Rituals angreifen zu können. Habe ich etwas völlig falsch verstanden? Sie hatten doch einen Schutzritus ausgeführt?«

»Ich verstehe es auch nicht ganz, Sir Stedman«, antwortete Tristam, »und bin mir des Anschlags auf mein Leben auch gar nicht bewusst gewesen.«

»Ich glaube, hier weiß ich die Antwort«, warf Kent ein. »Die Gräfin sagte, dass es während des Rituals einen Moment gibt - nach dem Kampf mit dem in Erscheinung tretenden Anderen -, in dem der neue Magus getötet werden kann. So ist es immer gewesen, denn einige Aspiranten verloren den Kampf, und davor fürchteten sich selbst die Magi. Doch sie besaßen Mittel, dies augenblicklich zu erkennen, und Wege, damit fertig zu werden. Das stand nur in dem Text, den Llewellyn und Wells sogar vor ihren eigenen Leuten zurückgehalten hatten. Sie scheuten sich, ihn Sir Stedman oder Doktor Rawdon zu zeigen - sie fürchteten wohl, dass diese allzu befremdet wären -, doch womöglich hatten sie von vornherein geplant, sich Tristams zu entledigen, sobald die Tore offen standen. Dieser Jack, der auf die Plattform gesprungen ist ... Ich glaube, er hat nicht nur Tristam gerettet.«

Das Essen ging zu Ende, und der Herzog ließ in seiner Eigenschaft als Mitglied des Regentschaftsrates jeden Anwesenden schwören, gewisse Aspekte der Expedition geheim zu halten, und alle einigten sich auf eine glaubwürdige Version der Ereignisse auf dieser Reise.

»Ich bin sicher, dass einiges hiervon Massenet zu Ohren kommt«, sagte Galton, »selbst wenn wir jeden Jack der *Swallow* bis an sein Lebensende in den Kerker stecken würden. Daran lässt sich, wie ich fürchte, nichts ändern.«

»Noch ein Grund mehr, ein Schiff nach dieser Vergessenen Stadt zu entsenden«, sagte der König. »Wir müssen vor den Entonniern dort ankommen und sicherstellen, dass nichts dort sie auf den Weg zur verlorenen Kunst führt. Auch jetzt, wo das Portal wieder verschlossen ist, wäre es noch möglich, einiges vom Wissen der Magi ans Tageslicht zu holen – wohl nicht alles, was die Magi einst kannten, aber doch einen Teil. Nein, wir müssen schon zu Frühlingsanfang ein Schiff zum Archipel in Marsch setzen, um Kontakt mit diesem geheimnisvollen Volk aufzunehmen und die Vergessene Stadt weiter zu erkunden.« Er wandte sich Stern zu. »Kapitän Stern, am liebsten wäre es mir, wenn sie das Kommando über besagte Expedition übernehmen könnten – das heißt, wenn es Ihnen möglich wäre, sich in so wenigen Monaten für solch ein Unternehmen bereit zu machen.«

Stern neigte unterwürfig das Haupt. »Ich gehe, wohin die Admiralität mich schickt, Euer Majestät«, sagte der Kommandant tonlos.

»Und das lohnt man Ihnen ganz erbärmlich, Herr Leutnant«, warf die Herzogin ein. »Euer Majestät, verzeihen Sie, wenn ich dieses Thema ausgerechnet jetzt zur Sprache bringe, doch ein Offizier mit solch beispielhafter Führung wie Leutnant Stern hätte schon längst zum Kapitän zur See befördert werden sollen. Die Admiralität jedenfalls hat ihm seine Dienste und seine Treue nicht mit gleichem vergolten, so viel steht einmal fest.«

Stern erstarrte bei diesem Ausbruch der Herzogin, und der König wandte sich sichtlich erzürnt Galton und Blackwater zu. »Das ist ein großes Problem in des Königs Marine«, sagte er, als wäre er nicht selbst der König. »Um aufzusteigen, muss ein Mann einen Gönner haben, ganz gleich, was er für Farrland leistet. Eines Tages wird das unser Untergang sein.« Er sah wieder Stern an. »Doch an Ihnen soll das wiedergutgemacht werden, Kapitän Stern. Sie werden befördert, und mehr noch: Die Krone dankt Ihnen Ihre Dienste und entschädigt Sie für die Willkür meiner Admiräle, indem sie Ihnen den Ritterschlag erteilt.«

Sowohl Galton als auch der Herzog beugten sich vor, als

wollten sie Einwände erheben, doch ein Blick des jungen Königs ließ sie innehalten. »Den Ritterschlag«, wiederholte er, »und dann sollen diese Admiräle um Ihre Gunst buhlen!«, sagte er mit mehr als nur ein wenig Schadenfreude. »Der Seelord wird Sie alle zwei Wochen zum Abendessen einladen, und die Söhne der Peers werden miteinander zanken, um unter Sir Josiah Stern zu dienen, der mit dem großen Gregory gefahren ist!« Der König stellte eine gewisse jungenhafte Freude daran zur Schau, bei der Admiralität hohe Wellen schlagen.

Galton blickte den Herzog an, und beide grinsten.

Die Herzogin von Morland hob das Glas und neigte es um eine Winzigkeit in Tristams Richtung; sie trank auf ihr unvermindertes Geschick und Gefühl für den rechten Augenblick, so glaubte er wenigstens.

Der König stand auf und hob sein Glas. »Und nun zu Ihnen allen, die Mühe auf sich genommen haben, die zu fernen und fremden Ländern gefahren sind oder die hier an unseren eigenen Küsten in einen geheimen Machtkampf verstrickt wurden: Für alle soll es eine Belohnung geben, und niemand soll übersehen werden. Besonders wollen wir diejenigen nicht vergessen, die jene Schwelle überschritten haben – eine Redewendung, deren wahre Bedeutung wir nun erfahren haben. Den großen Trevelyan ebenso wenig wie diesen armen Steuermann Hobbes, welcher der Korruption innerhalb der Marine und, wie ich vermute, der Arglist Doktor Llewellyns zum Opfer fiel. Der Meuterer Kreel, der sein Leben gegeben hat, um Mr. Flattery zu retten, könnte Familie haben. An alle werden wir denken. Und einige, die ich gebeten habe, mir ihre Wünsche mitzuteilen, müssen bald sprechen, sonst muss ich selbst entscheiden, wie ich sie belohne.« Er sah den Herzog von Blackwater an, der dem Blick des jungen Monarchen indes auswich.

»Euer Majestät«, sagte Stedman Galton, »wir müssen bedenken, dass wir vieles geheim halten müssen. Großzügige Belohnungen, die ohne Erklärung nicht gerechtfertigt werden können, verleiten die Menschen nur, unbequeme Fragen zu stellen.«

Der junge König nickte und lächelte zuversichtlich. »Vieles kann sicherlich der Launenhaftigkeit eines jungen Königs zugeschrieben werden, aber ich weiß, was Sie meinen, Sir Stedman.«

Dann zog sich König Wilam zurück, nachdem er einige der Anwesenden um ein Gespräch unter vier Augen gebeten hatte. Tristam ging als Erster.

Der junge Herrscher hatte sich einen Sessel auf eine abgelegene Wiese stellen lassen, wo varuanische Blumen wuchsen. Allem Anschein nach war er ein ernsthafter Mensch, der nicht beabsichtigte, sich zurückzulehnen und die Regenten das Land lenken zu lassen. Immerhin würden zwei der Regenten nicht versuchen, den Monarchen an den Rand zu drängen, sondern ihn vielmehr in seinen Aufgaben schulen und ihn schrittweise an die Regierungsarbeit heranführen.

»Ihr Onkel, der Herzog, hat mir versichert«, begann der König, »dass Sie schwören werden, die Kräfte, die Sie erlangt haben, niemals zu benutzen. Lady Chilton sagt, die Magie gedeihe gerade dadurch, dass man sie einsetzt. Deshalb bleibe sie eine Gefahr, solange auch nur ein Kundiger am Leben ist. Ich weiß nicht, auf welcher Grundlage der Herzog annimmt, für Sie sprechen zu können, deshalb würde ich gern hören, was Sie selbst dazu zu sagen haben, Mr. Flattery.«

Tristam hatte gewusst, dass ihm dieser Moment bevorstand, und seine Entscheidung schon vor langer Zeit gefällt. »Lady Chilton und der Herzog sprechen beide die Wahrheit. Die Kunst darf nicht ausgeübt werden, oder alles, was wir erreicht haben, gerät aufs Neue in Gefahr. Ich schwöre, diese Macht niemals einzusetzen und sie an niemanden weiterzugeben.«

König Wilam sah ihm ins Gesicht; Tristam las die vielen Fragen in seinem Blick. »Ich weiß, dass Sie einen hohen Preis bezahlen, Mr. Flattery, doch Ihrem Onkel wird wohl noch mehr abverlangt – dem Herzog und seiner schönen Frau. Er hatte gehofft, die Herzogin mithilfe der *Regis*-Pflanze zu heilen, denn sie schwindet unter einer geheimnisvollen Krankheit dahin, die kein Arzt überhaupt benennen kann, geschweige denn kurieren. Diesen Preis zahlt das Herzogspaar dafür, dass die Magie nicht erneut zum Leben erwacht, und mir tut es zutiefst leid darum.«

Tristam nickte. Er hätte es selbst bemerken müssen. Llewellyns Behauptung, Rawdon habe seine Frau durch die *Regis*-Arznei geheilt, war am Ende doch keine Lüge gewesen.

»Haben Sie noch *Regis*-Kerne in Ihrem Besitz?«, fragte der König.

»Nur eine kleine Menge, die Doktor Llewellyn gehört hat. Ich habe mich nun fast ganz davon entwöhnt, aber ich bin damit noch nicht fertig.«

Der König biss sich auf die Lippe. »Nun, bewachen Sie die Samenkörner gut, Mr. Flattery. Nicht ein einziges darf Ihnen entgehen, sonst findet *Regis* am Ende doch einen Weg, sich selbst in unseren Breiten fortzupflanzen. Dieser Strauch ist anomal und fremd; fast als wäre er ›aufmerksam‹, wie unser Gärtner sagte.«

»Ich werde dafür sorgen, dass kein einziger Kern irgendjemandem in die Hände fällt, Sir«, sagte Tristam. Die Worte des Königs ließen ihn an den alten Tumney denken und an den Tag, als er den Palast zum ersten Mal in seinem Leben betrat. »Niemand hat sich bisher die Mühe gemacht, mir zu erzählen, was aus Sir Roderick Palle geworden ist.«

Der König atmete tief durch und senkte den Blick. »Sein Lakai Hawksmoor und einige andere sitzen nun im Kerker, aber keiner von ihnen will gegen seinen Herrn aussagen. Palle ist, Sie glauben es nicht, noch immer Regent. Mit einer unvorstellbaren Hartnäckigkeit klammert er sich an die Macht. Darüber hinaus versucht er, uns von Nutzen zu sein und sich unentbehrlich zu machen. Dieser Mensch verfügt über eine Schläue, die man beinah bewundern muss. Doch auch das nützt ihm nichts. Die Regentschaft geht rasch zu Ende, und ich vergesse nicht, was er getan hat. Lord Jaimas hat mir berichtet, wie er und sein Begleiter kreuz und quer durch Coombs gehetzt worden sind. Palle mag das nicht angeordnet haben – ich glaube es auch gar nicht

–, aber seine flexiblen Moralvorstellungen und sein Talent, im richtigen Moment gerade in die andere Richtung zu schauen, haben diese Ereignisse erst ermöglicht. Er wird sein Leben in solcher Vergessenheit beschließen, dass er sich am Ende fragen wird, ob er wirklich Königsmann gewesen ist, dafür sorge ich.« Er blickte auf, und Tristam war von seinem Entschluss beeindruckt. *Palles Hartnäckigkeit findet hier ihren Meister*, dachte Tristam.

Der Blick des Königs wurde weicher. »Und was kann nun ein unerfahrener Monarch für einen Mr. Flattery tun, in dessen Schuld wir alle stehen – wir, die wir wissen, was sich ereignet hat, und all die Tausende, die nie davon erfahren werden? Nur wenige könnten dem widerstehen, worauf Sie verzichten: ein langes Leben, Kraft, Macht, Wissen. Ich bin mir nicht sicher, ob ich all dem so entsagen könnte.«

»Ich habe die Vision der Magi gesehen, Euer Majestät. Ich habe mich nicht so weit von anderen Menschen entfernt, dass ich mit ansehen könnte wie sie wahr wird. Jeder von uns hat etwas aufgegeben, Sir«, sagte Tristam eingedenk des Blickes, den der König Alissa zugeworfen hatte. »Ich verdiene es nicht besser als jeder andere.«

»Doch was wollen Sie nun beginnen? Was fängt ein Fast-Magus mit seinem Leben an? Sie leiden doch unter dem Verlangen nach dieser Pflanze, das weiß ich. Ich habe gesehen, was sie meinem Großvater zugefügt hat. Auch für Sie muss es eine Folter sein. Gibt es denn gar nichts, was ich für Sie tun kann?«

»Da wäre etwas«, sagte Tristam, der diese Möglichkeit bereits überdacht hatte.

»Nennen Sie es.«

»Es wird nicht leicht sein, weil die Gefühle Prinzessin Joelles dadurch verletzt werden, doch wenn Euer Majestät die Herzogin von Morland wieder an den Hof zurückholen könnte, wäre ich Ihnen höchst verbunden.«

Erstaunt hob der König den Blick. »Wenn Sie es wirklich wünschen, dann will ich dafür sorgen.«

Tristam nickte. Ihm fehlten plötzlich die Worte.

Der König musterte ihn aus schmalen Augen; vielleicht

spürte er, dass diese Geste sie enger aneinander band. »Mein Großvater hat der Herzogin von Morland einen versiegelten Brief hinterlassen. Ich weiß nicht, was drinsteht. Galton wird ihn ihr geben. Seine Majestät hat sie gemocht, das weiß ich, und im Gegenzug hat die Herzogin ihn geschützt und ihm nicht wenig Freude bereitet – ich glaube, sie war ihm die Tochter, die er nie hatte. Ich werde tun, worum sie mich geben haben; Ihnen und meinem verstorbenen Großvater zuliebe. Die Prinzessin wird es eben hinnehmen müssen. Gibt es denn nichts, was ich für Tristam Flattery tun könnte?«

»Nichts, aber ich danke Ihnen, dass Sie mir meine Bitte gewähren.«

Tristam stand vor dem König; er konnte nicht gehen, bevor er nicht entlassen worden war, doch er hatte das Gefühl, das Gespräch sei vorbei.

»Dieser Talisman an Ihrem Handgelenk, Mr. Flattery – worum handelt es sich dabei?«

»Ich habe ihn von den Varuanern erhalten, er soll mir in Zeiten des Schmerzes beizustehen.«

Der König überdachte die Erklärung. »Und erfüllt er seinen Zweck?«, fragte er leise.

Tristam zuckte mit den Schultern. »Möglich, Euer Majestät.«

Der König dachte nach, und sein junges Gesicht wirkte sehr ernst. »Ich wünsche Ihnen viel Glück, Mr. Flattery«, sagte er. »Wenden Sie sich an mich, wenn Sie jemals etwas brauchen. Sie haben sich von mir längst nicht genug erbeten.«

Alissa war längst zu Bett gegangen, und Jaimy saß mit Tristam allein in der Bibliothek seines Avoneler Hauses. Es war sehr spät, bald graute der Morgen. Auf der Straße hörte man schon die Wagen der Händler.

»Ich hoffe, du bleibst noch eine Weile bei uns«, sagte Jaimy. »Ich weiß natürlich, dass du dein Haus in Locfal nach allem, was geschehen ist, gern wiedersehen möchtest. Aber ich gestehe ganz offen, am liebsten wäre es mir, wenn du ein Haus in Avonel finden würdest. Schließlich könntest du eines Tages Onkel werden, und aus der Entfernung kann man seinen Onkelpflichten nur schlecht nachkommen.«

Tristam lächelte. »Einen Abstecher nach Locfal plane ich allerdings, aber ich spiele mit dem Gedanken, wenigstens den Winter auf Farrow zu verbringen und vielleicht sogar noch länger zu bleiben.«

Jaimy war die Enttäuschung deutlich anzumerken. »Schlägst du etwa Onkel Erasmus nach und ziehst dich von deiner Familie und allen Freunden zurück? Willst du der Einsiedler unserer Generation werden?«

»Mir fällt die Gesellschaft anderer nun sehr schwer, Jay. Oh, darin schließe ich weder dich noch deine Frau ein, aber ich bin nicht mehr der gleiche wie früher, und in der Gesellschaft anderer Menschen komme ich mir eigentümlich vor, und isoliert. Deshalb muss ich fort. Ich habe mich mit dem Geschehenen auseinander zu setzen und muss mir darüber klar werden, was aus mir geworden ist. Und ich benötige Ruhe. Es wäre durchaus möglich, dass meine Gemütsverfassung mit der Entwöhnung von diesen Kernen zusammenhängt, doch jedenfalls verlangt es mich verzweifelt nach Entspannung, nach Schlaf und nach Zeit zum Nachdenken. Dein Vater hat mir Erasmus' Papiere und Tagebücher versprochen, und ich möchte im Moment nur auf der Terrasse sitzen, auf die See hinausblicken, ohne eine andere Küste zu sehen, und lesen. Endlich kann ich den Menschen kennen lernen, der mein Vormund gewesen ist, denn er ist mir immer fremd geblieben.«

»Heißt das, ich kann dich nicht mit einer von Alissas Schwestern zusammenbringen und überzeugen, ein Haus in der Nachbarschaft zu kaufen?«, fragte Jaimy resigniert.

Tristam gab seinem Cousin einen Klaps auf den Arm. »Eigentlich wäre mir nichts lieber als das, doch eigne ich mich nicht zum Ehemann einer jungen Frau, die in der schönen kleinen Welt von Merton aufgewachsen ist. Ich finde keine Ruhe, Jaimas. Ich kann es nicht erklären, aber ich finde sie nicht ... – Mir fehlen die Worte«, sagte er und schloss müde die Augen.

Jaimy nickte unendlich traurig. »Lady Chilton sagte zu mir, sie sei nach außen hin jung, im Herzen aber uralt. Ich fürchte, mit dir ist es das gleiche, Tristam, und wenn ich dir überhaupt irgendwie helfen kann, dann sag es mir bitte, und ich werde es tun.«

Dieser Ausspruch der Gräfin traf Tristam tief, zugleich rührte ihn die Besorgnis seines Cousins. »Damals in Merton hast du mich in die Gemeinschaft eingeführt, Jaimy. Hast mich zu einem der Euren gemacht. Ohne dich wäre es mir dort recht erbärmlich ergangen. Aber ich glaube, ein zweites Mal gelingt dir das nun nicht mehr. Das Problem liegt woanders. Ich wusste augenblicklich, was Lady Chilton gemeint hat. Ich fühle mich tatsächlich uralt.« Tristam schüttelte den Kopf und wünschte verzweifelt, er könnte dem Cousin begreiflich machen, was ihn bewegte.

»Der Gedanke, dass du nach Farrow ziehst, betrübt mich sehr, Tristam. Ich ...« Er überachte seine nächsten Worte. Tristam sah wohl, wie er mit den Tränen kämpfte. »Ich sorge mich darum, dass du in Melancholie sinken könntest, ohne dass ich davon weiß, weil ich so weit entfernt bin.«

»Du brauchst dich nicht um mich zu sorgen, Jaimy. Ich glaube, Farrow wird mir gut tun. Und ich glaube nicht, dass es mir bestimmt ist, in die Fußstapfen meines Vaters zu treten. Ich werde dir schreiben. Selbst im Winter geht jeden Monat ein Postschiff. Und ich werde euch besuchen, das verspreche ich. Ihr könntet mich besuchen und euch die berühmte Ruine ansehen.«

Jaimy schüttelte den Kopf. Es erschauderte ihn. »Ich habe Angst, auch nur einen Blick darauf zu werfen, Tristam. Von alldem habe ich bis an mein Lebensende genug. Ich möchte die Bilder vergessen, die ich durch das Portal gesehen habe. Ich möchte in der Welt des Tageslichts und des blauen Himmels leben.«

»Ich auch, Jaimy«, sagte Tristam leise, »ich auch.«

Tristam saß allein in der Bibliothek, denn er konnte nicht schlafen. Er hielt Faairis Talisman zwischen den Fingern und rieb ihn, als könnte etwas durch die Haut absorbiert werden – ein Wirkstoff, der den Schmerz dämpft.

»Tristam?«

Als er aufblickte, stand Alissa in der Tür. Sie trug einen warmen Morgenmantel, und ihr Haar war durcheinander.

»Können Sie nicht schlafen?«, fragte sie.

»Ich bin nicht müde«, log er und versuchte zu lächeln. »Dieser Stein, den Sie von der Gräfin bekommen haben, Alissa; dürfte ich ihn sehen?«

Sie blickte ihn erstaunt an. »Ja, warum nicht.« Sie drehte sich halb in der Tür um. »Soll ich ihn jetzt holen?«

»Ich bitte darum.«

Kurz darauf brachte Alissa ihm eine kleine silberne Dose. Sie öffnete den Verschluss und holte einen lupenreinen Diamanten hervor, größer als Tristam je einen gesehen hatte. Er nahm ihn an der Kette und hielt ihn ins Licht, drehte ihn langsam herum, dann ließ er ihn in seine Hand fallen und umschloss den Stein einige Sekunden lang.

»Und Sie haben ihn während des Rituals getragen?«, fragte Tristam, woraufhin Alissa nickte. »Und in welcher Hand haben Sie ihn gehalten? Darf ich einmal sehen?«

Sie streckte Tristam die Hand hin, und obwohl sie dabei etwas verunsichert wirkte, machte sie doch deutlich, dass sie ihm traute.

Tristam drehte ihre Hand und schien sie mit Blicken zu durchbohren, doch da bemerkte Alissa, dass er die Augen fest zugekniffen hatte. Schließlich gab er sie frei und lehnte sich zurück. Er hatte die Augen wieder geöffnet, doch sein Blick war in weite Ferne gerichtet. Noch immer hielt er den Diamanten in der geballten Faust.

Nach einer Weile lächelte er sie an, während er zugleich die Hand öffnete und den glitzernden Edelstein hob. »Ich bin überrascht, dass die Gräfin nicht bemerkt hat, was dieser Diamant an sich hat, Alissa. Das Ritual wirkt in ihm noch nach, denn er gehörte zu den Mitteln, die dabei benutzt wurden.«

»Sie meinen, er ist verzaubert?«, fragte Alissa. Sie wirkte plötzlich hellwach.

»Mehr oder weniger. In ihm befindet sich ein Rest der Kraft, die ihn berührt hat. Verstehen Sie, was ich meine? Mit der Zeit lässt sie nach, aber im Augenblick spüre ich sie noch deutlich. Und mit Ihrer Hand ist es das gleiche, wenn auch in geringerem Maße. Auch darin befindet sich noch ein wenig Kraft, doch sie wird noch rascher verblassen. Doch solange sie anhält, sollten Sie damit Erstaunliches vollbringen können.«

»Wie etwa?«, fragte Alissa, hob die Hand und musterte sie.

»Hat Jaimy Ihnen nicht erzählt, dass ich eine Münze werfen und unglaublich oft hintereinander Kopf erzielen kann?«

Sie nickte.

»Nun, das könnten Sie nun auch. Sie hätten das Zeug, zum Schrecken aller Spieltische zu werden. Sie können aber auch Menschen in einer Weise segnen, wie kein Priester Farrelles es je zustande brächte.«

»Was sagen Sie da?«, fragte sie, plötzlich ein wenig beklommen.

»Legen Sie jemandem die Hand auf die Stirn, und sehen Sie, was aus ihm wird. Er wird über alle Maßen Glück haben im Leben. Und Sie können heilen. Nun, keine schweren Krankheiten, aber Sie können Schmerzen lindern und kleinere Verletzungen kurieren.«

Alissa blickte ihn plötzlich sehr wachsam an, als fragte sie sich, ob er sie anflunkere.

»Ich schwöre, ich sage die Wahrheit«, beteuerte er.

»Wollen Sie damit andeuten, ich könnte die Herzogin heilen?«

Tristam schüttelte den Kopf. »Nein, dazu fehlt Ihnen die Macht und das Wissen. Aber der Diamant, Alissa ... Geben Sie ihn der Herzogin. Sie soll ihn Tag und Nacht tragen, dann wird sich wohl eine Besserung einstellen. Vielleicht sogar mehr als nur eine Besserung.«

»Aber Tristam, wäre das nicht gefährlich? Haben Sie nicht geschworen, niemals die Macht zu nutzen, die Sie nun besitzen?«

»Das habe ich geschworen, und ich werde diesen Eid nicht brechen. Die Kraft, die diesem Stein innewohnt, kann nur durch die Kunst der Magi entfernt werden. Vielleicht wäre Lady Chilton dazu in der Lage, aber sie müsste dazu die Kunst anwenden. Verstehen Sie? Es ist am besten, wenn man die Kraft einfach schwinden lässt, und das wird im Laufe der Zeit von selbst geschehen. Doch ich glaube nicht, dass es schadet, wenn der Stein derweil am Hals meiner Tante hängt. Danach sollten Sie ihn mir überlassen, damit ich ihn sicher aufbewahren kann. In zehn, vielleicht zwölf Jahren gebe ich ihn an Sie zurück.«

Tristam sah deutlich, dass der Gedanke an ein Heilmittel für die Herzogin Alissa an den Rand der Tränen brachte. »Aber was ist mit meiner Hand? Die kann ich Ihnen schließlich nicht geben.«

Tristam lachte. »Nein, doch Sie richten damit gewiss kein Unheil an. Und die Kraft lässt rasch nach. In ein paar Monaten ist nichts mehr davon übrig, würde ich sagen. Höchstens hält sie ein Jahr. Doch sagen Sie niemandem etwas davon, Alissa. Selbst die Herzogin sollte es nicht erfahren. Wenn es sich herumspricht ...«

Alissa nickte und legte die Hand aufs Herz. »Wussten Sie, dass Averil Kent mir einmal gesagt hat, meinen Händen wohne Heilkraft inne? Als hätte er es geahnt.«

»Hat er womöglich sogar. Unterschätzen Sie nur nicht unseren guten Kent.« Tristam reichte Alissa den Stein. Sie nahm ihn behutsam an sich, als könnte sie die Herzogin dadurch, dass sie ihn fallen ließe, zu einem kurzen Leben voller Schmerzen verdammen. Dann beugte sie sich vor, küsste Tristam auf die Wange und ging hinaus.

Die Sterne traten hinter die Helligkeit des Morgenhimmels zurück, als Kent im Avoneler Haus der Gräfin ankam. Die Gewohnheiten der letzten Jahrzehnte vermochte sie nicht leicht abzulegen und verbrachte die meiste Zeit in der Abgeschiedenheit ihrer eigenen vier Wände. Kent wusste nicht, ob sich daran je etwas ändern würde – wenigstens nicht mehr, solange er noch lebte. Doch er leistete ihr an den meisten Abenden Gesellschaft, und hin und wieder empfing sie einen Besucher.

Trotz der frühen Stunde saß die Gräfin auf der Terrasse, einen kleinen Tisch mit Kaffeegedeck neben sich. Das Gesicht hatte sie dem Himmel zugewandt, und sie schien die laue Luft zu genießen. Nach der Rückkehr nach Avonel hatte sie viel von ihrer jugendlichen Erscheinung zurückerlangt, doch während sie sich nun langsam von der *Regis*-Arznei entwöhnte, schwand sie wieder dahin. Ihr Haar war sehr fein und von reinem Weiß, Falten überzogen ihr einst makelloses Gesicht, und ihre Lippen waren von einem Gespinst kleinster Runzeln umgeben. Doch Kent war es gleich, er fand sie wunderschön. Er brauchte nur dort zu stehen und sie anzusehen, und schon ging ihm das Herz auf. Zwar wusste er nicht, was aus ihnen werden sollte, doch diese letzten Monate erfüllten ihn mit einer Zufriedenheit, die er in seinem ganzen Leben noch nie empfunden hatte, und auch die Gräfin wirkte glücklich.

Sie lächelte, als sie Kent näher kommen hörte, öffnete jedoch nicht die Augen. »Lord Sandhurst«, sagte sie formell, doch Wärme und Tonfall ließen in Kent die Freude aufwallen.

»Lady Chilton«, antwortete er ebenso förmlich.

»Sie haben unsere Reisenden gesprochen?«

»Ja – die wenigen, die zurückgekehrt sind«, sagte Kent nunmehr ernst.

Die Gräfin nickte. Sie schlug die Augen auf und drehte sich Kent zu. »Kommen Sie, setzen Sie sich zu mir«, bat sie ihn leise, »und berichten Sie.« Sie schenkte ihm Kaffee in eine zweite Tasse, die bereit stand, als hätte die Gräfin seinen Besuch erwartet – was recht wahrscheinlich erschien. Kent war nun überzeugt, dass sie in einer Weise manches wusste und vorhersehen konnte, die nicht natürlich war.

»Haben Sie mit Tristam Flattery gesprochen?«, fragte sie.

»Das habe ich, und er wirkt kaum verändert. Oh, er ist sehr erwachsen geworden und viel ernster, wenn nicht gar ein wenig streng, doch er erschien mir längst nicht so verwandelt, wie ich es erwartet hatte.« Er sah die Gräfin an, als erhoffte er von ihr eine Erklärung.

»Vielleicht hat er es besser überstanden, als ich zu hoffen wagte. Und er hat geschworen, sein neu erlangtes Wissen niemals einzusetzen?«

Kent nickte.

»Ich würde den jungen Mann gern kennen lernen. Würden Sie das einrichten, Averil?«

»Gern. Und auch die Herzogin von Morland möchte Sie besuchen.«

»Das ist gut. Ich habe ihr einiges zu sagen. Bringen Sie beide zu mir mit, aber getrennt.« Sie lächelte den Maler an und nahm seine Hand. »Benötigen Sie keinen Schlaf? Sie sind doch die ganze Nacht aufgewesen.«

»Nein, in diesen Tagen treibt mich ein erstaunlicher Tatendrang.« Er sah die Besorgnis in ihrem Gesicht, und das berührte ihn. »Vielleicht schlafe ich nachher ein wenig. Doch lassen Sie mich Ihnen zuerst berichten, denn es ist eine lange und verworrene Geschichte.«

Die Gräfin lehnte sich in ihrem Sessel zurück, ohne seine Hand loszulassen. »Dann lassen Sie uns beginnen. Danach schlafen Sie ein wenig. Heute Abend würde ich vielleicht gern den Ausblick von der Hauptstraße nach Brigham Head genießen. Kann man dort noch immer unter den Ulmen spazieren? Man hat es noch nicht zugrunde gerichtet?«

»Nein, man hat einen Park angelegt. Im Abendlicht ist es dort sehr hübsch.« Kent trank von seinem Kaffee und begann mit der Geschichte, die er von den Reisenden erfahren hatte. Während der gesamten Erzählung spürte er die warme Hand der Gräfin, die ihm Kraft einflößte und noch mehr: Sie vermittelte ihm ein Glücksgefühl. Als er gerade begonnen hatte, trat ein kleiner Junge in den Schatten eines Baumes und hockte sich am Stamm nieder, um zuzuhören.

»Sehen Sie, Kent?«, flüsterte die Gräfin, »er mag Sie. Er kommt fast jedes Mal, wenn Sie hier sind. Und er nimmt nun Essen an, das ich auf dem Tisch liegen lasse. Er versteckt sich auch nicht immer, wenn ich in den Garten komme. Ich hoffe so für ihn, den armen Jungen. Stellen Sie sich nur vor, in der Zeit verloren zu gehen und die vielen Jahre durch einen Traum zu irren. Ich möchte so gern erfahren, wie es dazu kam. Ob der Junge es überhaupt weiß? Doch nun zu Ihrer Geschichte, mein Lieber. Danach ruhen wir. Ruhen und sind müßig. Wir brauchen uns nicht mehr zu beeilen. Überhaupt nicht mehr.«

Von den Bergen im Norden war der Herbst herabgestiegen und breitete sich wie eine Flut aus Kupfer, Zinnober und Gold über die Wiesen und Wälder Farrlands aus. Langsam floss er Tag für Tag durch Gärten und über Hecken, bis er endlich auch die Stadt Avonel erreichte, wo die Bäume ihre flammenden Farben aufs Hafenwasser warfen. Und wenn die Ebbe einsetzte, zog sie dieses Feuer langsam hinaus ins offene Meer.

Tristam stand an der Reling des Postschiffs und blickte über das Wasser hinweg zur Stadt auf dem Hügel, die im warmen Sonnenlicht vor ihm lag.

»Bestimmt ist die Herzogin aufgehalten worden«, sagte Jaimy nach einem Blick auf die Uhr.

Tristam nickte. »Vielleicht.«

In unbehaglichem Schweigen sahen sie den Kai hinunter. Ein Schiffsoffizier trat hinter Tristam und räusperte sich leise.

»Der Herr Kap'tän sagt, wir verpassen die Ebbe, Sir«, mahnte er.

Tristam nickte und wandte sich Jaimy zu. »Ich glaube, du solltest gehen, Jay«, sagte er und verbarg jedes Gefühl hinter einer ausdruckslosen Stimme.

Jaimys Blick drückte sein Mitgefühl aus. »Du hast Ihr einen Platz bei Hofe verschafft«, sagte er leise. »Nicht, dass sie dir keine Gefühle entgegenbrächte ... Aber die Herzogin ist eine reinblütige Hofdame, Tristam, und Farrow ... na ja ...« Er verstummte.

Tristam nickte. »Dein Boot legt gleich ab.«

Jaimy schaute über die Reling und wandte sich wieder

dem Cousin zu. »Mir kommt es so falsch vor. Du hast dich so sehr aufgeopfert, und nun gehst du zum Dank ins Exil. Und du gehst allein. Aber ich kann dich nicht begleiten.«

»Du gehörst hierher, Jaimas. Und vergiss nicht, dass ich nie ein großes Verlangen nach der Gesellschaft anderer hatte. Richte Alissa meine besten Wünsche aus, und alles Gute auch dir, Jay.«

Die Cousins umarmten sich, dann stieg Jaimy rasch die Treppe ins wartende Boot hinunter. Er sah ein letztes Mal zu Tristam hinauf und versuchte zu lächeln, als es ablegte, dann setzte er sich. Während die Ruderer das Fahrzeug über das Wasser pullten, sah er seinem Cousin nach.

Jacks legten sich am Gangspill ins Zeug, und die Toppsgasten enterten auf.

Tristam wandte sich ab, als Jaimys Boot hinter einem Schiff außer Sicht verschwand. Er schaute aufs offene Meer, auf die weißen Wolken, die am Horizont trieben, als sammelten sie sich um eine ferne Insel. Tristam dachte an Varua und Faairi, schloss die Augen und strich mit den Fingern über den Talisman.

Von hinten kam ein Ruf. Tristam drehte sich um und hielt nach der Quelle Ausschau. Ein Boot bahnte sich seinen Weg zwischen den geankerten Schiffen hindurch. Die Ruderer beugten sich vor Anstrengung. Und dort, zwischen den Jacks, sah er die Herzogin. Sie hob die Hand und winkte, wenngleich nicht begeistert.

Sie kommt, um mir Lebewohl zu wünschen, vermutete er sofort. Je näher das Boot kam, desto sicherer war er sich dessen, denn die Herzogin sah so traurig aus– als wüsste sie, dass sie ihm gleich das Herz brechen würde, und überlegte nur noch , wie sie es am schonendsten tun sollte. Der Wind fing eine freie Strähne ihres Haars und ließ sie träge flattern. Tristam dachte daran, wie er die Herzogin das erste Mal gesehen hatte. Damals war sie ihm so unfassbar fern und schön erschienen. Nun aber kannte er ihr Gesicht besser als sein eigenes. Er wusste, dass sich über ihrem rechten Ohr ein Leberfleck in ihren Haaren verbarg. Er vermochte ihre Stimmung an ihren Augen und an ihrem Mund zu erkennen. Wenn sie wirklich fröhlich war, entblößte ihr Lächeln das Zahnfleisch ihres Oberkiefers ein wenig zu sehr –sie bemühte sich immer, es zu verbergen, aber Tristam liebte diesen Anblick.

Als das Boot längsseit kam, sah er, dass sie ihre makellosen weichen Lippen fest zusammengekniffen hatte. Sie wirkte so unglücklich und reuevoll, dass Tristam glaubte, ihm müsse das Herz brechen.

Die Herzogin hob die Röcke und kam die Treppe herauf. Sie achtete auf jeden Schritt, sodass Tristam ihr Gesicht nicht mehr sehen konnte.

»Mein lieber Tristam, ist Ihnen nicht gut?«, fragte sie, als sie vor ihm stand. »Sie wirken wie ein Mensch, der sich im Trübsinn verliert.«

Tristam zuckte mit den Schultern. Was sollte er sagen?

Sie küsste ihn auf die Wange, ergriff seinen Arm und drängte sich an ihn. Dann blickte sie auf die Stadt zurück und seufzte. »So habe ich denn Ihre kleine Prüfung bestanden? Indem ich Sie dem Hof vorziehe?«

Tristam tastete nach ihrer Hand, und sie drückte seine Finger zusammen, als sei sie böse auf ihn, doch dann ließ sie los und streichelte sie zart. »Ich hätte niemals daran zweifeln sollen«, sagte er. »Lady Chilton hat mir prophezeit, Sie würden kommen.«

»Hat sie das?«, fragte die Herzogin mit aufrichtigem Interesse. »Mir sagte sie etwas Ähnliches.« Nachdenklich schwieg sie einen Augenblick. »Sie sagte mir nur eins, Tristam: ›Achten Sie darauf, jemanden zu haben, der hinter Ihre Schönheit blickt, sonst werden Sie eines Tages feststellen, dass Sie unsichtbar geworden sind.‹ Es bekümmert Sie doch, was in meinem Kopf und in meinem Herzen vorgeht, nicht wahr, Tristam?«

Er drückte nickend ihre Hand. »Obwohl Ihre wunderschönen Lippen und Augen nichts an Verlockung eingebüßt haben, für mich am allerwenigsten.«

Die Herzogin schwieg wieder. Das Schiff nahm Fahrt auf. Es legte sich nur schwach vor dem Wind auf die Seite und wurde immer schneller. »Haben Sie bemerkt, wie sie mit

Kent umging?«, fragte die Herzogin plötzlich. Tristam brauchte nicht zu fragen, wer mit ›sie‹ gemeint war.

»Ja, das habe ich.«

»Sie erwartet nicht, ihn lange bei sich zu haben, oder?«

Tristam schüttelte den Kopf und dachte daran, wie freundlich und großzügig Averil Kent war und wie viel der Künstler in seinen Jahren vollbracht hatte. »Nein«, sagte er beinahe flüsternd. »Ich glaube, von Averil Kent haben wir das letzte Gemälde gesehen.«

»Nun, wenigstens wird ihm für eine kurze Zeit sein Herzenswunsch erfüllt«, sagte die Herzogin. »Das geschieht nicht jedem.«

»Nur sehr wenigen«, stimmte Tristam zu und drückte wieder ihre Hand. Er sah ihr in die Augen. Einen Moment lang schien ihr vor der Kraft seines Blickes zu schwindeln, dann zog ein schelmisches Lächeln auf ihr Gesicht.

»Tristam, ich muss Ihnen sagen, dass der Hof nicht mehr das ist, was er einmal war. Jeder scheint nur die Hälfte meiner Jahre zu zählen und nur ein Drittel meiner Schlagfertigkeit zu besitzen.« Sie schüttelte den Kopf. »Dagegen erscheint selbst Farrow verlockend.« Doch noch während sie das sagte, fiel ihre Maske aus guter Laune ab, und plötzlich wirkte sie beladen. Tristam legte ihr den Arm um die Schultern, und eine ganze Weile sagten sie nichts. Als die Herzogin schließlich das Schweigen brach, klang es sehr bekümmert. »Erinnern Sie sich noch daran, wie wir an Bord der *Swallow* ausliefen? Sie nahmen ihr Frommesches Glas und zeigten mir mein Haus, als wir den Hafen verließen.«

Tristam nickte.

»Aber wo bin ich nun zu Hause?«, flüsterte sie.

»Das weiß ich nicht«, sagte Tristam, »vielleicht finden wir das noch heraus.«

Jaimy erschien hinter einem Schiff. Er stand auf dem Kai und schwenkte seinen Hut. Aus dieser Entfernung sah er fast wie ein Schuljunge aus.

Tristam winkte zurück, und irgendwo weit über ihnen schrie ein Vogel und schwebte im Wind; er war in den Wolken zu Hause.

ENDE

Abgeschieden von der übrigen Welt, umschlossen von Meer und Bergen, liegt Elderland, die Heimat des friedfertigen Ffolks. Das Ffolk ist stolz auf seine Geschichte und hortet im großen Museum zu Aldswick viele seltsame und kuriose Dinge aus der Vergangenheit. Doch als die düsteren Schatten dieser Vergangenheit sich auf das Land legen und eine Gefahr heraufzieht, die alle schon längst gebannt geglaubt, treten Geheimnisse zutage, von denen niemand etwas ahnte. Nun muß sich das Ffolk bewähren. Das Schicksal des ganzen Imperiums lastet auf einer kleinen Gruppe treuer Freunde, die zu einer abenteuerlichen Reise aufbrechen, welche sie an die Grenzen der Welt führen wird, zum Anfang und zum Ende der Zeit ...

ISBN 3 404–20333–7

BASTEI LÜBBE

Die Schlacht der freien Völker gegen die Mächte der Finsternis ist geschlagen, der dunkle Feind besiegt. Also bricht Kimberon Veit als Vertreter des kleinen Ffolks zu einer großen Reise auf, um der Krönung des Königs im fernen Magna Aureolis beizuwohnen. Nebel steigt aus den Sümpfen …

… und mit einem Mal ist nichts mehr, wie es war. In den Mittelreichen herrscht seit tausend Jahren das Dunkle Imperium. Die Elben haben sich in ihre undurchdringlichen Wälder zurückgezogen und die Zwerge in ihre unterirdischen Festungen. Und das Ffolk von Elderland ist nur noch eine Legende, welche die Mütter ihren Kindern erzählen, um sie in den Schlaf zu wiegen.

Aber Kim gibt die Hoffnung nicht auf. Mit seinen Freunden, den Hütern der drei Ringe der Macht, macht er sich auf einen gefahrvollen Weg, der ihn durch die Schatten der Zeit führen wird. Denn in dem unscheinbaren Ring, den er selbst an seinem Finger trägt, liegt der Schlüssel zu Gegenwart, Vergangenheit und Zukunft …

3–404–20401–8

BASTEI LÜBBE

Epische Fantasy im Stil von Tolkien und Marion Zimmer Bradleys Darkover-Zyklus.

Arcana ist eine archaische Welt, die bisher nur friedliche Zeiten erlebte. Doch plötzlich tauchen Elfen auf und berichten von Dämonen, die durch eine Weltenbresche nach Arcana einzufallen versuchen. Der Orden der Magier von Cavillon entsendet eine Expedition – die bald in einen Hinterhalt gerät. Nur mit Hilfe eines geheimnisvollen Fremden können die Ordensbrüder entkommen: Kenran Del, ein irdischer Raumfahrer, der auf Arcana Schiffbruch erlitten hat und plötzlich das Geschick der Welt in Händen hält . . .

Beginn eines spannenden, in sich geschlossenen Zweiteilers von Frank Rehfeld, der vor allem als Co-Autor Wolfgang Hohlbeins bekannt wurde und bereits zahlreiche Romane in Deutschland veröffentlicht hat.

ISBN 3-304-20373-9

BASTEI LÜBBE

Das Hohe Haus, Abendsee, das seine Giebeldächer zwischen den großen Hügeln erhebt, die eine Landschaft voller Efeu, Rotdorn und Brombeersträuchern überragt, mit Früchten so süß und klein wie die Fingerspitzen eines Kindes, das Hohe Haus haben normale Sterbliche nur selten gesehen. Jene, die es besuchen, gelangen nicht durch Zufall dorthin, und jene, die in ihm leben, verweilen lange in seinen dunklen Hallen; nur selten wagen sie sich auf die gewundene Straße, die zu den Siedlungen der Menschen führt. Von allen die dort leben, war nur einer dort geboren worden und aufgewachsen — der Mann mit Namen Carter Anderson. Erst in der Zeit der Not hat das Haus ihn wieder zurückgerufen. Über sein Leben und die großen Taten, die er während des Großen Krieges des Hohen Hauses vollbracht hat, berichtet Das Graue Buch von Abendsee, doch diese Geschichte erzählt von einer Zeit lange vor diesen Heldentaten.

ISBN 3-404-20381-X

BASTEI
LÜBBE

Prinz Rodrigo ist zum Herrschen geboren – doch nach dem Tode seiner Mutter und dem Verrat seines Onkels muß er in die Verbannung fliehen. Um sich die Krone zurückzuerobern, braucht Rodrigo Verbündete – keine einfache Sache für jemanden, der bisher stets nur egoistisch und hochnäsig anderen gegenüber war. Nur wenn es ihm gelingt, den Spiegel von Caledon, ein mystisches magisches Artefakt, sowie sich selbst zu beherrschen, hat er noch eine Chance...

ISBN 3-404-20362-3

BASTEI LÜBBE